清詩話全编

乾隆期一

張寅彭 編纂
劉 奕 點校

上海古籍出版社

圖書在版編目(CIP)數據

清詩話全編·乾隆期 / 張寅彭編纂;劉奕點校. —
上海:上海古籍出版社,2020.11
ISBN 978-7-5325-9694-2

Ⅰ.①清… Ⅱ.①張… ②劉… Ⅲ.①詩話—中國—
清代 Ⅳ.①I207.22

中國版本圖書館CIP數據核字(2020)第132647號

清詩話全編·乾隆期

(全十二册)

張寅彭 編纂

劉 奕 點校

上海古籍出版社出版發行

(上海瑞金二路272號 郵政編碼200020)

(1)網址:www.guji.com.cn

(2)E-mail:guji1@guji.com.cn

(3)易文網網址:www.ewen.co

安徽新華印刷股份有限公司印刷

開本850×1168 1/32 印張228.125 插頁61 字數4,906,000

2020年11月第1版 2020年11月第1次印刷

印數:1—1,020

ISBN 978-7-5325-9694-2

I·3498 定價:1980.00元

國家古籍整理出版專項資助項目
二〇一二年國家社科基金重大項目（編號 12&ZD160）

封面題簽　集翁方綱字

執行編輯　劉　賽

責任編輯　（以姓氏筆畫爲序）
戎　默　祝伊湄　袁嘯波　黄亞卓　常德榮
章　行　劉　賽

校對人員　陳　穎　王怡瑋　沈息蘭　羅思遠　等

美術編輯　嚴克勤

技術編輯　隗婷婷

清詩話全編總目

全編序

清代詩學文獻的整理，民國初即有丁福保首輯《清詩話》，此後郭紹虞等多人迭有續輯，相繼選編了《清詩話續編》、《三編》及《訪佚初編》等，學術遺澤甚厚。今《清詩話全編》受此學澤，又得國家之力相助，寅彭遂敢承乏，以六十之年，與一班同道，賈餘勇完成此一極大之書。至於以「詩話」爲題，而盡收詩評、詩法、摘句圖、本事詩、論詩詩、點將録等各體勒爲成書之作，非僅詩話一體之專輯，此乃從何文焕《歷代詩話》以來之老例，以方便叢書之命名，固非用其體例之本義也。

有清一代文化繁盛，乾嘉學術臻于傳統學術的高峰，詩學自是其中的一部分。又由於時間距今最近，保留較歷代爲完整。據各家書目著録，幾達一千數百種之多，雖不無亡佚或有目無書，但數量仍極可觀。今《全編》遍訪海内外藏書單位，所獲將近千種，亦庶幾可謂備矣。全書編輯兼採傳統之「編年」與「分類」兩法，相輔而行：先以分類劃出内、外兩大編，内編置自撰之著，外編置彙輯之著。而内編採編年法，以順遂十帝三百年間詩學生成發展之自然之勢；外編下復分「斷代」、「地域」、「詩法」三類，俾其體例與題旨之繁複多樣稍得各愜其當。其詳可參凡例，此處不贅。

清代詩學留存下如此鉅量的文獻材料，這爲今人解讀清人之詩觀、詩法、詩情乃至詩生活，提供了在它之前任何一個朝代的詩學之於當代都未曾有過的充裕條件（應與同樣鉅量的詩人詩集合觀）。

我們可以具體地讀到，詩觀、詩法是如何集歷代之大成而又推陳出新的，詩情是如何四处溢出而導向平民化的，尤其社會日常生活是如何普泛地詩化的。總之，在經歷了唐宋詩的輝煌及元明詩的學唐後，清人在詩學方面繼續前行的同時，更在生活方面日常地踐行着「詩言志」、「不學詩無以言」、「詩可以興觀群怨」的聖人古訓。而其前所未有的具體可感的程度，最是令人感覺新鮮。無庸諱言，此種體認效果也是閱讀上述幾種局部選輯性質的清詩話叢書難以達成的。

清代詩學的學術屬性，余嘗援《四庫全書總目》集部詩文評類小序「五例」之概括，進而約爲詩評、詩法、詩話三大體例，及各從其體例的三種屬性，以爲非藉此不能從容把握其總量之鉅，不能認清其體例繁複背後之實質。

如清人詩評，詩觀集成與創新的情形，二十世紀以來學界已有比較充分的研究，歸結爲所謂「神韻」、「格調」、「性靈」、「肌理」四大説。當然現在統觀全部材料之後，還可以補充更多的内容。例如康熙時吴喬倡言、趙執信弘揚的「詩中有人」説，中經乾、嘉時發展爲「詩中有我」説，迄於道光初落實於潘德輿的「質實」説，實是足與四説的「文飾」性質平行分立的另一條詩學的主流脈絡。故余嘗謂潘德輿「質實」説乃是清人詩觀的第五説，其義切「今」，匡扶本朝詩風之功，不在四説下也。而即就四説本身言，也有了較之二十世紀學界更進一步的認識。如「格調」説旨在承舊，「性靈」説易發寫詩之興，前者温厚無偏頗，宜作初學之教科書，後者則在當年鼓蕩起一場盛大的詩潮，兩説之長皆不在詩理之新創也。惟王漁洋之「神韻」説與翁覃溪之「肌理」説，最具論學之質，王説立足五言而盡出其妙緒，翁説著意長篇而暢通其文、理之脈，有清一代詩學之學理，端賴此兩家之實質性推動，而進於一新境界也。

昔者孟子説《春秋》云：「其事則齊桓、晉文，其文則史。孔子曰：其義則丘竊取之矣。」（《孟子·離婁》）此言何嘗不可看作是聖人在爲史著定義，即析出了事、文與義三種成分，缺一不可。此言又何嘗不可借用於清人詩學：詩中有「人」、「事」，其「文」則詩，其「義」則詩評發之也。若以上述五論分疏之，吴修齡、趙秋谷之「詩中有人」説稍重於詩中之「人」、「事」，王漁洋「神韻説」、沈歸愚「格調説」、翁覃溪「肌理説」稍重於「文」之表達，而袁隨園「性靈」、養一齋「質實」之説，則有人有文，意主融通平衡，此各家「義」之稍别也。清人詩評的此種「義」旨，如果擴大至學術全體來看，與乾嘉學者中章學誠「六經皆史」、「文史通義」，姚鼐「義理、考據、辭章」等名論，亦屬同路，是完全可以打通互參的。

再如詩法類，清人此類著作最盛，大抵一爲童蒙初學而作，一爲士子考試而作。此時古、近體詩的一般法則格式，在理論上已經基本没有新義，剩義可供探究了，所以此類著作多爲歸納、總結前人成法，用來教授初學。至於應試之作，乾隆二十二年科舉恢復試詩以後，大量直接供作參考之用的韵書、事典類書、試帖作法書等充斥市面，如徐文弼《彙纂詩法度鍼》、鄭錫瀛《分體利試詩法入門》之類，篇幅宏大，格式全備，雖也可屬廣義的詩法性質，但均係工具書，不在「詩學」的範疇之内，今皆不予收録。

詩法多須附麗於體式方可著論。吾國詩體至清代，各體雖都不乏好詩，但若就「體」而論，似只有七律與七古歌行兩體尚有一些變化發展。如七律有袁枚的所謂「第四變」（舒位《瓶水齋詩話》），七古歌行則有「梅村體」。尤其是後者，乾嘉時又有楊芳燦、陳文述等，直至清末民初樊增祥、楊圻，都被公認爲此體的大家，其成就甚是可觀。若非白話詩體代興，此體幾可直入現代矣。故清人於七古歌行一體，既有創作實績，又有詩理探討，大爲開抉了明人何大復《明月篇序》之説，其新創的成分最可引人關注。其他如古體詩探究其聲調之秘，亦是一個熱門的話題，自清初王士禛、趙執信等發其端，引來宋弼、翁方綱衆家之回應，一直持續到同、光間，還出現有董文涣的《聲調四譜圖説》等作，以爲總結。又有周春的《杜詩雙聲叠韵譜括略》，亦是聲韵研究方面的專門之著。所以「聲調譜」著作也自成詩法類中的一類，是超越了實用性而具有學理性質的題目之一。

清人説詩法表現得最爲充分的場合，乃在别集、總集的作品評説之中，往往精心選録某家、某體、某代之作，編爲選本，然後一首一首詳加分析，就詩説法，不欲徒托空言。此種選詩説法的形式雖然由來已久，不自清人始，但清人則將説辭部分大爲擴充，甚至多有徑直題爲「論」、「説」、「法」的，如徐增《説唐詩》、吴淇《六朝選詩定論》、屈復《唐詩成法》等。此類著作一般仍被視作總集、别集，如《四庫全書總目提要》，今亦從之。其中有選詩與説法原即分開者，如清初馬上巘《詩法火傳》分左右兩編，右編録詩，左編則採衆家之言説法辨體；王士禛《五七言古詩選》、姚鼐《今體詩鈔》，道光中方東樹以桐城文法批點之，復將批校語彙輯爲《昭昧詹言》，則《火傳》左編與《詹言》自是現成的詩法之作了。也有將總集的可剥離部分抽出單行的，如徐增《説唐詩》卷首《與同學論詩》一篇，即曾被張潮改題《而庵詩話》，收入其《昭代叢書》。拙《三編》也曾將康熙中徐錫我《我儂説詩》的樂府、古詩、律詩三體三篇「總説」，輯爲一卷收入，蓋其説法務求詳盡，頗有可採者也。乾隆中李懷民《中晚唐詩主客圖》亦同此例，今亦抽出其卷首之《圖説》一卷入《全編》。又如紀昀《玉溪生詩説》亦爲一異例，既選一百六十餘首，儼然義山詩選本，却又爲不選之三百六十餘首逐一説明理由，則又破從來選本之例矣，亦不容不收入。故清人詩法之作往往需要逐種甄别，視其選詩數量多寡（數十首以下者多非選本）、説之輕重詳略、詩録出與否（僅列詩題者自非選本）等因素，而定其説法爲主抑或選詩爲主，非可一概而論也。總之，清人之選詩説法遠較歷代細密，遂大破「金鍼不度人」之古箴，已孕有民國現代學術的旨趣了。

又如以記事録詩爲主旨的詩話之作，其體例也在清代發生了一次躍進，即由康熙中《漁洋詩話》之以本人視聽爲中心的傳統寫法，發展爲乾隆中由《隨園詩話》爲代表的四方廣爲徵詩求話的新寫法。此種長篇詩話在乾嘉以後幾乎成爲寫作的常態，篇幅動輒在十卷以上，記録功能亦非同昔比。此是由其所處的疆域遼闊、民族衆多、生活五花八門的大國新時代使然也。蓋清詩除鐘鼎廟堂、漁樵僧道、山川草木、鳥獸魚蟲等傳統題材外，又極力著墨於較新的題材，諸如十八行省、藩部四陲，士農工商、閨閣布衣，乃至怪行醜物、洋人夷器等，鉅細靡遺，無一不能吟咏入詩，留下了數量極爲可觀的當代詩學甚或社會學的史料。「詩話」作爲一種主要「通於史」（章學誠語）的詩學體例，其從北宋《六一詩話》始，至此殆可謂完成。若以現代術語名之，或可稱之爲「歷史詩學」。「此時的詩話，在平静地記録當下歷史的過程中，順帶也呈現出作者的詩學趣尚。換言之，清人詩學的理論思維，此時已是自然無痕地融入歷史記録的取捨褒貶之中了。現成的詩學原理與規則都已爛熟於詩人内心，作詩的主要趣味只在表現性情與生活，相信只要真實地表現即可自具面目而達於獨創」(《清詩話三編》拙序)。詩被生活日常化了，而與此同時生活也被詩形式化了。此種曾經存在過的詩性的生活方式，在清人詩話的記録之中，被空前絶後地、完整地呈現出來了。

詩話的史的旨趣，除了記録當代詩壇外，前人還曾嘗試運用此體彙纂一代詩史與一地詩史，如宋人托名尤袤的《全宋詩話》，係奪胎於計有功《唐詩紀事》；明人郭子章輯撰《豫章詩話》等。但宋代與明代都各只此一部，尚屬偶見。斷代詩話與地域詩話都是在清人手上纔被激發出生機的，並蔚成大觀，各自形成了相當完備的系列。

以上即是清代詩學的主要内容及其特徵。其他如論詩詩之連章體亦有較大的發展，又新創「點將録」一體等，則皆可歸入詩評類。三大例要而言之，詩評、詩法自具美學的性質，詩話則偏於歷史的性質，合而爲一亦詩亦史的整體，雖是最近的形態，也正未出儒家詩學言志言情、興觀群怨的規範也。

清代距今已踰百年。上世紀初清亡不久，陳寅恪先生即曾就治中國古代史，對現代學人提出過一個「應具瞭解之同情」的要求。余以爲這是一個高懸於其他任何治學方法之上的原則，當然也不妨視之爲底線。陳先生並進而指出：

蓋古人著書立説，皆有所爲而發。故其所處之環境，所受之背景，非完全明瞭，則其學説不易評論，而古代哲學家去今數千年，其時代之真相，極難推知。吾人今日可依據之材料，僅爲當時所遺存最小之一部，欲藉此殘餘斷片，以窺測其全部結構，必須備藝術家欣賞古代繪畫雕刻之眼光及精神，然後古人立說之用意與對象，始可以真瞭解。所謂真瞭解者，必神遊冥想，與立說之古人，處於同一境界，而對於其持論所以不得不如是之苦心孤詣，表一種之同情，始能批評其學說之是非得失，而無隔閡膚廓之論。否則數千年前之陳言舊說，與今日之情勢迥殊，何一不可以可笑可怪目之乎？（《金明館叢稿二編·馮友蘭中國哲學史上册審查報告》）

陳先生此言寫於民國二十年，針對一部學術著作，自是一個學術的立場。但是否也是對於剛過去的「五四」運動中的反孔之舉，作出的一個極早、極敏鋭的反思呢？

在走完了敌視祖宗文化的幾乎整個二十世紀之後，刻下回味陳先生此言，才驀然驚覺其言之善。二十一世紀中華文化的復興之業，不得不需要從接續上世紀被鑿出的文化斷層開始，不得不需要從頭再培養起此種「瞭解之同情」的正常心態。余與同仁此番編輯《清詩話全編》，不避瑣屑而務求其「全」，即秉持此種同情之心態，欲爲古人續命也。蓋清後之百年，或罪其以少數族入主中土，或罪其挫於中、西交涉之際，更有罪其爲「封建專制」而全盤抹煞者，影響流傳所及，已全然不知康、乾盛世之得中華文化之正，即連詩話也幾成絶學了。在此謹冀望《全編》的出版，能够促進清詩的整理、閱讀、研究之業，推動評定其作爲繼唐詩、宋詩之後第三個高峰（汪辟疆語）的歷史位置。詩與文，本是最能代表中華文化的權威兩體，其中如唐詩的價值，乃是在宋人手上評定的；宋詩的價值，更在歷經元、明兩代，在清人手上才得以評定，其獲定評都費去了數百年的漫長時間。如此則清詩距今尚不算遥遠，又有汪辟疆、錢仲聯、錢鍾書等前輩學者開導在先，正是今後大可用武之地，吾儕豈能不努力乎。

這一套大叢書的編輯，余雖忝列首席，實賴同道團隊之合作：內編順治、康熙、雍正三期之點校由楊焄担任，乾隆期由劉奕担任，嘉慶期由姚蓉担任，道光期由朱洪舉、張宇超担任，咸豐、同治期由鄭幸担任，光緒、宣統期由王培軍担任；外編斷代類由鄔國平担任，地域類由蔡錦芳担任，詩法類由嚴明担任。此外如李德强、李清華、竇瑞敏等同學，亦曾先後參與其間。付梓階段，又與上海古籍出版社奚彤雲、劉賽等往復切磋，郭時羽亦參與了前期的工作，書名題簽由虞桑玲集翁方綱字而成。數年中我們同聚於清人詩話之字裏行間，甘苦與共，炎涼同嘗，有得於學術之餘，亦可謂不負歲月人生也。

張寅彭識於丁酉臘月

全編凡例

一、清人説詩風氣繁盛，各家書目、各級地志著録的詩評、詩法、詩話類著作，不下一千數百種，惟有目無書及散佚者不在少數。今借國家之力，得以遍訪海内外藏書單位，所收亦有近千種之鉅，雖仍不免掛漏，亦可云備矣。

一、「詩話」本是傳統詩學諸種體例中的一種，其他尚有詩評、詩格詩式、摘句圖、論詩詩、選本等，至清人又新創一「點將録」體，不一而足。然明清人編叢書，好泛用「詩話」之名，以概其餘，後遂相沿成習。清人詩學叢書，前即已用此名，輯有《清詩話》、《續編》、《三編》等。今《全編》亦從此例，而非用「詩話」之本義也。

一、所收各書，自以成於有清一代爲限。人入清而其書成於前明者，如錢謙益《讀杜小箋》有崇禎六年序，盧世㴶《讀杜私言》、馮舒《詩紀匡謬》有崇禎間刊本，方以智《通雅説詩》末有崇禎壬午之署年，張次仲《瀾堂夕話》、《昭代叢書》本楊復吉跋謂乃其少作，皆未入清，則錢、盧、馮、方、張人雖入清，而書仍不收。又清人入民國者，其作於民國之詩話，自亦不宜闌入，以清兩朝之時限。

一、全書編輯兼採「編年」與「分類」兩法。首據「自撰」與「彙輯」之不同，分爲内編、外編兩大類。内編自撰之著，按順治、康熙、雍正、乾隆、嘉慶、道光、咸豐、同治、光緒、宣統十朝之時序排列，俾三百年之進程得以次第呈現之。外編彙輯之著，則按題旨内容分爲斷代、地域與詩法三類，其下又各分小類若干，較内編多一層次。此是全書之體例框架也。

一、内編各期按十帝次第劃分命名，稱「期」不稱「朝」者，以所輯非史著也。各期内之排列，略按成書之先後，如毛先舒《詩辯坻》成書於順治九年，即列於順治初；葉之溶《小石林文外》有乾隆元年張雲錦序，林昌彝《射鷹樓詩話》有咸豐元年家刻本及温訓序，即據以分别列爲乾隆、咸豐朝之首。又如阮元《定香亭筆談》成於嘉慶三年戊午，轉較趙翼《甌北詩話》之成於嘉慶九年前後爲早，則阮元歲齒雖較趙翼晚三十餘年，其書仍得置趙書前。如此排列，可復當年諸書次第面世、讀者先後接閲之實情，亦即叢書以「書」爲第一輯旨之謂也。

一、成書、刊刻年份無考者，則據撰者生卒年、科第先後等酌定。如宋顧樂壽短，逝於雍正元年，其《夢曉樓隨筆記》未明寫作時間，即置为康熙朝殿軍。馬魯，乾隆二十五年舉人，其《南苑一知集》有論詩二卷，未知作於何年，即按其科名年份置於乾隆二三十年間。成書於同一年者，亦據撰者生平先後排列。一無可據者，則列於相應各期乃至全書之末。

一、一人有一種以上著作者，按最早之一種排列，其餘接排於其下，不復按時序，俾便睹其著述之全。如周春（一七二九—一八一五）享壽長，其《杜詩雙聲疊韵譜括略》作於乾隆二十年至四十六年，《耄餘詩話》作於八十一歲之嘉慶十四年，即據前一種置於乾隆期，不復分置兩期。然若或自撰或彙輯，則不能不分隸内、外編矣。仍以周春爲例，其《遼詩話》一種屬彙輯而非自撰，即另入外編之「斷代類」。他皆倣此。

一、彙輯之著偶有内容不盡合於上述外編三大類者，如徐釚輯《本事詩》屬徵事性質，張宗柟輯《帶經堂詩話》屬專家性質，石林鳳輯《閨閣詩話》屬閨秀性質等，其數量尚不足以别成一類。又有王毓芝《詩剩》、張道《蘇亭詩話》、鍾秀《陶靖節紀事詩品》之類，半屬彙輯半屬自撰。凡此皆不再另立類目，以避枝蔓，而改入内編相應各期，非自亂體例也。

一、清人説詩好操選政，遂與别集、總集無分。如徐增《説唐詩》、吴喬《西崑發微》等，《四庫全書總目》概不入詩（文）評類。本叢書亦略倣此，如吴瞻泰《杜詩提要》、屈復《唐詩成法》、吴淇《六朝選詩定論》等，雖各有主旨，今皆視同選本，不予收録。惟此類著述之可單獨抽離部分，如徐增《説唐詩》卷首之《與同學論詩》一卷，李懷民《重訂中晚唐詩主客圖》卷首之《圖説》一卷等，前者即曾被張潮改題《而庵詩話》，收入其《昭代叢書》，則後者亦不妨抽出，收入《全編》。又如紀昀《玉溪生詩説》既選一百六十餘首，儼然義山詩選本，却又爲不選之三百六十餘首逐一説明理由，則又破從來選本之例矣，亦不容不收入。故此種界劃需要隨書逐一審慎甄别，非可一概而論。

一、説《三百篇》者例屬經部，自在不收之列。偶有稍近詩話旨趣者，如王夫之《詩譯》、勞孝輿《春秋詩話》等，前人已收入詩話叢書，今亦酌予採録。

一、版本必據最善者。其「善」有二義，即最接近於原貌者與最全者。前者如王士禛《詩問》取康熙刻本，方薰《山静居詩話》取管庭芬《花近樓叢書》本；後者如蘇一圻《詩法問津》取乾隆壬午静遠堂刻本，嚴首昇《瀨園集》「三十四年十五刻」，《詩話》三續之，即取其最終所續之全本。惟每種擇一本收入，不作彙校之工作。

一、一種之稿本、鈔本、刻本並存，亦就其善者擇一本收入，如《晃亭詩話》、《梧門詩話》取定稿本捨鈔本，《養一齋詩話》取刻本捨稿本等，亦不作彙校之工作。然若刻本與稿本差異較大而各著影響，則一併收入。如吴喬之《逃禪詩話》、《與萬季野書》與《圍爐詩話》三種併收，田雯之《山薑詩話》與《古歡堂雜著詩話》兩種併收等。此亦庶幾「全」之謂也。又有原刻本與改訂本形成差異，其異稍大者亦併録，如《西河詩話》之八卷本與一卷本等；改訂轉不如原撰者，則取一捨一，不併録，如順治間葉弘勳《詩法初津》與乾隆間錢思敏《增訂詩法》，錢氏雖云增訂，實僅減損而已，故不復收録。而併録與否，又嚴於乾隆以後，乾隆以前則稍寬。

一、清人詩話稿本、鈔本保存至今者甚夥，自當一一辨析整理而寶重之。然亦頗有率爾抄撮、不成著述者。如上海圖書館藏佚名鈔本《詩話》一卷，乃摘抄袁枚《隨園詩話》若干則而成；南京圖書館藏鈔本《槐堂詩話》一卷，乃摘抄宋長白《柳亭詩話》若干則；復旦大學圖書館藏《涵暉書屋詩話》一卷，乃摘抄《堅瓠志》若干則。諸如此類，略無價值，一般皆予删汰，以免蕪雜。其抄撮成帙、稍有輯旨者，如方起英《古今詩塵》等，則酌予收録。凡條删者擬倣《四庫總目》「存目」之例，容於稍後之《清詩話總目》中著録之。存其目而不録其文，或爲兩宜。此則非《全編》之不「全」也。

一、整理以存舊爲上。書名、序跋題辭、撰人署名款式、卷次、分則等，皆從原版式；引詩、引文文字與今傳本有異者，一般不予校改。蓋求整理本之忠實程度，達於「下影印一等」之水準。其他如古今字、異體字、避諱字等酌情改爲通行字，俗字歸雅，闕字用□標識；少數顯誤之字，或逕改，或據別本及相關文獻校改，並出簡明校記。

一、叢書名「清詩話全編」五字，乃集翁方綱法書。翁先生一代書法大家，又兼詩學大家，足膺此任。

一、各種前弁以提要，略述撰者生平、版本異同、成書始末等。撰人入《清史稿》者則予標明，以示身份。版本述其刊刻流傳有關者，不復一一羅列，以與書目相區别。每種又務求闡明其詩學旨趣及體例特徵，疏通其與前後上下各家之相互發明者，此乃提要之「要」義所在，故雖限於學識，而不能不著力於此也。文字用淺近文言，半文不白，期以銜接古今。此在白話通行百年後之古籍整理場域，勢或不得不然：純用文言不通於今，純用白話不通於古，不古不今，豈稍得「中」之謂乎。

乾隆期目次

第一册

第二册

第三册

第四册

第五册

第六册

第七册

第八冊

第九冊

第十册

第十一册

第十二冊

第一册目次

小石林文外

小石林文外提要

《小石林文外》二卷，據上海圖書館藏乾隆刊本點校。按此書原署葉鑾、葉諫、葉鋆同編，無撰人名。據卷首于東咏序與乾隆元年張雲錦序，知爲葉之溶撰。葉之溶（一六八一—？）字笠亭（一作立亭），浙江平湖人。諸生。與其兄葉之淇俱有詩名。雍正十三年薦試博學鴻詞科，報罷。有《小石林集》。「小石林」者，慕宋人葉石林（夢得）之謂也。編輯者葉鑾、葉諫、葉鋆，俱爲葉之溶子。鑾字筠客，雍正十三年乙卯拔貢生，官於潛教諭。諫字信臣，一字松窗，監生。有《漱潤齋詩鈔》。鋆字天池，餘不詳。兩卷成書略有先後。卷一據于序，約成於雍正十三年前；卷二首有「乾隆元年五月望日」云云，則當成於入乾隆後不久。又卷一題「本朝詩話」，末附「小石林詩話四則」，卷二則逕題「小石林詩話二編」，末附「小石林十則」（實爲七則），與不同題，亦可證非成於一時。「文外」者，即詩話也。全書以記順、康兩朝詩壇之人與事爲主，卷一略以人爲序次，亦與卷二有所不同。内容多抄撮改寫自他人語，如王漁洋諸筆記及詩話等。其不標出處者，或以自信有宗旨、體例在也。曾謁漁洋，所記亦略以漁洋爲宗。中如唐詩四期之分，雖云本於高棅《唐詩品彙》，然此處具列起迄年份，並補出《品彙》原疏略之穆宗長慶至文宗太和十數年，此説遂趨於嚴密。乾隆時詩話頗有轉録者，如邵履嘉《耘硯山房詩話》、冒春榮《葚原詩説》等。

序一

同里小石林，才思英敏而賦性儻蕩，於世間事無一爲其所不能，而又若無一爲其所屑意者。沈浮里中，遇所會意，則劇談大笑。交遊間無不狎而愛之，然終莫測其爲何如人也。歲之乙卯秋，天子詔求博學宏詞之士，監司率其僚屬，集兩浙之應是科者數十人，列坐而面試之。石林掉鞅其間，賦成叉手，文如翻水，一時莫不駭且注目焉。即石林亦自以爲必無有出我右者。已而，石林竟報罷。予疑其不能無芥蒂於中也，以小詩慰解之。閱數日，投我以一編曰：「此我近所撰集本朝詩話也，幸我子爲之序。我將付之剞劂，以貽同好。」予取而卒讀之，則上自《卿雲》八伯之歌，下而至於野夫遊女之作，其片言隻句可喜而可愕者，無不搜羅而薈萃焉。如百戲之雜陳，如五音之繁會，令人動心悦目而不能已已。然後知石林之於一切世間事，皆視以爲游戲玩弄之具，豈世之縈心於得失者所可同日而語哉？然則世之讀是編者，即可以是想見石林之爲人。若徒以其聞見之新，以爲非從來詩話所可及，則猶淺之乎視石林矣。同學弟于東昶拜手序。

序二

（前闕）笠亭先生系出石林，其學問辭章足以繼美，特以數奇，未遇賞音，爲可恨耳。自少即移家鵝湖，築室池東，著書數千言，梓行《小石林詩文集》若干卷，久已膾炙人口。而《文外》則先生之詩話也。詩話本不一體，先生獨揚扢本朝之盛。顧詩話莫工於漁洋、綿津、西河諸前輩。蓋諸君子當君臣遇合之隆，凡輦轂之習聞與嫏嬛之秘載，採輯甚易。而先生以書生鳴盛世之音，較之前輩則居其難。宜其片辭隻語，到處流傳，天雖困其命而使之不遇，安能困其才而使之不傳耶？余於先生交在紀群賡花吟社，倡和有年（下闕）乾隆元年七月朔，藝舫小姪張雲錦鐵珊氏拜題。

本朝詩話

平湖葉之溶撰　同男葉鑾筠客編
諫松窗
鑿天池

聖祖仁皇帝同群臣賦詩聯句，用柏梁體，其序云：「朕於宣政聽覽之餘，講貫經義，歷觀史册，於《書》見元首股肱、賡颺喜起之盛，於《詩》見《鹿鳴》、《天保》諸篇，未嘗不慕古之君臣一德一心、相悦若斯之隆也。今際海内宴安，兵革偃息，首春令序，九陌燈輝，豐穰有徵，吾民咸樂，思與諸臣欣時式燕，爰於乾清宫廣集簪裾，肆筵授几。斯時也，蟾光鰲炬，焜燿堂簾，綵樹瓊葩，雜羅尊俎。許笑言之勿禁，寛儀法之不糾。復令次登文陛，渥以金罍，咸俾有三爵油油之色焉。《易》曰：『上下交而其志同。』《傳》曰：『享以訓恭儉，宴以示慈惠。』則今日之兕觥旨酒，豈徒以飲食燕樂云爾哉？顧瞻諸臣，或居諧弼，或職卿尹，或典文翰，或司獻納，宜共成篇什，以繼《雅》《頌》。朕發端首倡，效《柏梁》體，班聯遞賡，用昭昇平盛事，冀垂不朽云。康熙二十一年正月十四日。」

麗日和風被萬方，御製。卿雲爛熳盈紫閶。勒德洪。一堂喜起歌明良，明珠。止戈化洽民物昌。李霨。蓼蕭燕譽聖恩長，馮溥。天心昭格時雨暘。黄機。豐年有兆祝千箱，梁清標。禮樂文章仰聖皇。吴正治。廟謨指授靖八荒，宋德宜。春回丹詔罷桁楊。魏象樞。河清海晏禹績彰，朱之弼。百度胥飭綱紀張。

徐元文。千官濟濟盈巖廊，張士甄。天工無曠勤贊襄。楊永寧。有年歌協臣所望，李天馥。共祈紅朽答殊常。李仙根。轉漕億萬充天倉，馬汝驥。邦禮叨贊慚趨蹌。楊正中。職司寅清佐垂裳，富鴻基。天吴洗甲通蠻鄉。焦毓瑞。皇威四暢咸來王，陳一炳。祇承欽卹和氣翔。杜臻。刑措不用民壽康，葉方藹。八材庀化師殳斨。趙璟。右平左城開明堂，金鼐。仰窺神策驅天狼。李光地。膏以大澤人胥慶，張玉書。帝用作歌追虞唐。陳廷敬。身依雲漢賡天章，張英。恪秉訓厲敦羔羊。宋文運。奉宣仁風之吴疆，余國柱。九閽詄蕩瞻龍光。王盛唐。斗杓高掩貫索芒，張雲翼。圖列養正親羹牆。沈荃。黄鐘大鏞諧禎祥，崔澄。郊衢擊壤歡豐穰。熊一瀟。大官珍膳羅酒漿，馬世濟。調閑六御騰康莊。張可前。忝預風紀凛清霜，張吉午。出入玉珮聲鏘鏘。崔管。納言惟允尚職詳，吴琠。褒忠勵節感賜觴。陳汝器。圜扉闃寂春草芳，榮國祚。拜手好生頌禹湯。徐旭齡。前星令望欽顒卬，王澤弘。終始念典用斯臧。崔蔚林。言模行範輝縹緗，蔣弘道。猗歟至德日就將。胡簡敬。叨承侍坐恩莫量，朱之佐。靖共夙夜無怠遑。嚴我斯。梧桐生矣於高岡，孫在豐。繹書東觀翰墨香。盧琦。三德六行爲士坊，王士禛。宫官備位滋悚惶。祖文謨。六經義叶如笙簧，朱典。奎文焕若森琳瑯。王封濚。朝朝橐筆侍御牀，董訥。紀載聖治金匱藏。王鴻緒。頻年宣室虚對颺，高士奇。宸編掞藻燭昊蒼。郭棻。承華毓德成圭璋，陳論。青宫琪樹棲鸞凰。朱世熙。金輿導從驂雲驤，田喜篝。罘罳流影耀璧璫。趙士麟。仁波溟渤同瀸汪，趙之鼎。鸞旂乘春零露瀼。張鵬。爰賡《天保》矢勿忘，鄭重。八表同軌來梯航。徐誥武。雲門磬管聲喤喤，吴珂鳴。泰交天闕開春陽。李録予。惟睿作聖金玉相，鄭開極。珥筆何幸日月傍。徐乾學。瑞逾寶鼎兼芝房，鄭之湛。堯樽夜醉星低昂。沈上墉。在廷悦豫和宫商，王尹方。灩典樂正董上庠。劉芳喆。治登三五休聲揚，歸允肅。睿謨典誥同洋洋。王項齡。祀神聖功臣職當，曹禾。琅函瑶板書焜煌。潘耒。石渠高議芟秕穅，嚴純孫。日侍清禁研鉛黄。杜訥。願言直節謹自防，王承祖。帝心勤民重農桑。王日温。具舉細目恢宏綱，李迥。誕敷文德四國匡。劉沛先。嘉禾既殖鋤莠稂，傅感丁。奉琛執玉輸篚筐。姚締虞。屈軼朱草紛兩廂，唐朝彝。封章問夜檢皂囊。任玥。擬將勁操堅蒼筤，李見龍。朝無闕事聯班行。郭維藩。千門燎火宵未央，孫必振。昇平高宴邁柏梁。衛執蒲。

《西河詩話》云：「是日上首倡，以次及勤德洪、明珠，皆拜辭不能。上連代二句曰『卿雲爛熳』云云，且戲曰：『二臣當各罰一觴，以酬朕勞。』二臣捧觴叩首。君臣相悦，千古僅有。」

康熙十七年己未，召試博學鴻詞，最爲盛典。正月二十三日，上諭吏部：「自古一代之興，必有博學鴻儒，振起文運，闡發經史，潤色詞章，以備顧問著作之選。朕萬幾時暇，游心文翰，思得博洽之士，用資典學。我朝定鼎以來，崇儒重道，培養人才。四方之廣，豈無奇才碩彦，學問淵通，文藻瑰麗，可以追踪前哲者？凡有學行兼優、文詞卓越之人，不論已未出仕，著在京三品以上及科道官員，在外督撫布按，各舉所知，朕將親試録用。其餘内外各官，果有真知灼見，在内開送吏部，在外報於督撫，代爲題薦。務令虚公延訪，期得真才，以副朕求賢右文之意。爾部即通行傳諭遵行，特諭。」嗣内外薦舉到京者五十九人，户部給與日用。十八年三月初一日，除老病不能入試外，而應試者百餘人，先行賜宴，後方給卷，頒題「璇璣玉衡賦」、「省耕詩」二十韵，試於體仁閣下。試畢，吏部收卷，翰林院總封進呈。讀卷者高陽李霨、寶坻杜立德、益都馮溥、掌院葉方藹，取中一等二十名，二等三十名。俱令纂修明史，勅部議授職銜。部議：有官者各照原任官銜，其未仕進士、舉人，俱給以中書，其貢監生員、布衣，俱給與翰林院待詔，俱令修史。其未試年老者，均給與經局正字。聖恩高厚，再勅部議。部覆奉旨，邵吴遠授爲侍讀，湯斌、李來泰、施閏章、吴元龍授爲侍講，彭孫遹、張烈、汪霦、喬萊、王頊齡、陸棻、錢中諧、袁佑、汪琬、沈珩、米漢雯、黄與堅、李鎧、沈筠、周慶曾、方象瑛、錢金甫、曹禾授爲編修，倪燦、李因篤、秦松齡、周清原、陳維崧、徐嘉炎、鴻勗、汪楫、朱彝尊、丘象隨、潘耒、徐釚、尤侗、范必英、崔如岳、張鴻烈、李澄中、龐塏、毛奇齡、吴任臣、陳鴻績、曹宜溥、毛升芳、黎騫、高詠、龍燮、嚴繩孫授爲檢討，俱入翰林。其年邁回籍者杜越、傅山、王方轂、朱鍾仁、申維翰、王嗣槐、鄧漢儀、王昊、孫枝蔚，俱授内閣中書舍人。其中人材德業，理學政治，無不悉備，洵足表彰廊廟，矜式後儒。可以無慙鴻博，不負聖明之鑒拔，誠一代盛典也。

康熙丁丑，上親征噶爾丹，殲魁繫孥，大定漠北。還宫而後，在朝者摛藻彰勳，諸體咸備。京江張公、新城王公，各有凱歌。以蒼健稱者，查聲山之賦。而崑山徐果亭倣唐楊巨源獻《聖武成功詩》，尤爲典雅。韓學士元少見而歎曰：「我輩當焚硯矣。」是時上在暢春苑，奏進稱旨者加秩有差。其文書以葉金之箋，韜以文錦之帣，而各鐫姓名職銜於牙籤以束之。一帙之備，所費多金。

錢牧齋謙益，一字受之，常熟人。鼎革後，歲在丁亥三月之晦日，晨興禮佛，忽被徵，銀鐺拖地，命在頃刻。河東夫人沉疴卧蓐，蹶然而起，冒死從行，誓上書代死，否則從死。慷慨首塗，無刺刺可憐之語。獄急時，牧齋次東坡《御史臺寄妻》詩以當决别。獄中歘絶紙筆，臨風闇誦，飲泣而已。後放還，尋繹遺忘，尚存其四。曰：「陰宫窟室晝含淒，風色蕭騷白日低。天上底須論玉兔，人間何物是金雞。肝腸迸裂題襟友，血淚模糊織錦妻。却指恒雲望家室，滹沱河北太行西。」「紂絶陰天鬼亦淒，波吒聲沸柝鈴低。不聞西市曾牽犬，浪説東城再鬬雞。並命何當同石友，呼囚誰與報章妻。可憐長夜歸俄頃，坐待悠悠白日西。」「六月霜凝倍慘淒，骨消皮削首頻低。雲林永絶惟羅雉，砧几相連待割雞。墜落劫塵悲宿業，皈依法喜愧山妻。西方西市原同觀，懸鼓分明落日西。」「梏拲扶將獄氣淒，神魂刺促語言低。心長尚似拖腸鼠，髮短渾如禿幘雞。後事從他攜手客，殘骸付與畫眉妻。可憐三十年來夢，長向山東遼水西。」

國初録用舊臣，牧齋應召，後以吏事譴歸。有人題詩於虎丘上云：「入洛紛紜意太濃，蓴鱸此日又相逢。黑頭早已羞江總，青史何曾借蔡邕。昔去尚寬沉白馬，今來應悔賣盧龍。可憐折盡章臺柳，日暮東風怨阿儂。」

吴梅邨偉業，一字駿公，太倉人。製《圓圓曲》，爲名妓陳圓圓而作。陳年十八，隸籍梨園，每一登場，觀者魂斷。吴三桂以千金爲聘，迎娶之。時艷此奇緣，咸有「咳吐落九天」之羨。

上巳日，朱子葵弟兄招梅邨飲鶴洲。席間有楚雲字慶孃，又有畹生者與慶孃同小字，而楚雲最慧。俱贈以詩：「畫梁雙燕舞衣輕，楚楚腰肢總削成。記得錢塘兩蘇小，不知誰個擅傾城？」「十二峰頭降玉真，楚宫祓禊采蘭辰。陳思枉自誇能賦，不咏湘娥咏洛神。」

辛亥元旦，梅邨夢上帝召爲泰山府君，遂作絶命詞：「忍死偷生廿載餘，而今罪孽怎消除？受恩深處須填補，縱比鴻毛也不如。」

龔芝麓鼎孳，一字孝升。平時酒酣賦詩，輒用杜工部韵，歌行亦然。或問之，曰：「細了好打耳。」歸舟過章江，雪堂先生謝病山居，輕帆出晤，并誦其詩，有「何人當國愁孤掌，有客還山避老拳」之句，芝麓悵然感憶。

《壽白母歌》一百二十韵，自叙云：「友人白仲調以客歲暮春入都，時余正索東方米，閒居無事，日騎款段見過，命酒賦詩，相得甚歡，不異竹窗夜月、中林秋雨時也。既以名空冀北，益感慨發舒，以天下事相屬，而南宫之役文益奇，謂必翱翔金馬門，黼黻大業，以鳴蘭臺、石渠之盛，即二三故人有榮施焉。乃竟以名高被放，裹書束劍，且從柳花飄泊時出鳳城矣。余輩强之少留，自春徂秋，又無日不過從，拍浮歌呼相樂也。余向疎戇，不善俯仰世態，一官浮寄，恒不忘青霞白鷺之盟。每户外風飈起，輒作季鷹繾綣。惟仲調知我，深相慰藉，且以嵇康之性不諧流俗爲規，古道照顔，自非金石交，安能至此？故仲調之不可去長安，即余一人尤甚。然居恒輒念太夫人温凊久違，獨以負米累仲弟孟新，意鬱鬱不樂。秋生薊院，遊子之夢，彌繞白雲，决筴買扁舟，别我輩酒壚而南，且將合諸公卿名士之言爲壽。因稍銓次，附於笙鏞戛擊之末。蓋誼在猶子，不敢以他巵言進也。太夫人方健飯無恙，兩嗣君乘時以奮功名，余得歸而守菟裘，同心之庇，殆未有艾哉。」

宋荔裳琬，一字玉叔，萊陽人。阮亭論當代詩人，目曰「南施北宋」，謂荔裳與愚山也。

《絮鐵行》，爲鐵厓林公而作。林公被逮，惟小吏鄧猷相隨不去，至以絮裹鐵，復以體温絮，奇矣。周元亮爲作《絮鐵行》，因名鄧爲「絮鐵」。公屬余和者屢矣，予曰：「願一見絮鐵，詩乃成。」公期期持不可，聞予履聲，輒令避去，迺至深扃堅鍵，若將藏之複壁中者。噫，又奇矣。遂書此詩，以貽絮鐵：「林君海鶴姿，負謗山中篋。可憐强項成，墮此倏羅劫。蒼頭及廬兒，飽睡未轉睫。婉孌者誰子，問年方佩韘。九死誓相從，慷慨無嚅囁。重繭踰萬里，哀哀淚盈頰。維時方冱寒，河冰不須楫。琅璫九曲盤，縛公於馬鬣。累囚凍欲僵，緹騎仍夜獵。之子解羅襦，纏綿復周浹。弗惜束素身，宵分熨以脅。久之鐵竟温，適體於衷衱。公非繞指柔，七尺等秋葉。佳哉此孺子，智勇超荆聶。何人編稗官，借爾光簡牒。大書復特書，將以告臣妾。」

施愚山閏章，一字尚白，宣城人。《浮萍兔絲篇》，爲部曲嘗掠人妻，既數年，攜之南征，值其故夫，一見慟絶。問其夫，已納新婦，則兵之故妻也。四人皆大哭，各返其妻而去。因以「浮萍兔絲」爲喻，作五言長篇。

《灌瓦硯》詩，李司馬有硯，五瓣如梅花，質如黄玉，間紺碧色，纍纍墳起，云是灌嬰廟瓦，爲作長歌。

愚山分守西湖，製苧帳寄林茂之，題詩其上，名「詩帳」。或作一絶云：「斗帳殷勤白苧裁，使君親自寫詩來。孤山處士朝眠穩，旭日烘門嬾未開。」

愚山赴鴻博之選入都，過劉玉衡賜第。玉衡尊人，愚山公祖也。親至神主前，拜畢痛哭，對主而言曰:「老公祖久别,不復相見矣。治弟本期終老林泉,公曾勸余出山,堅執未從。今一旦再入長安,究竟學何博、詞何鴻,撫心滋愧,不獨無面目對公,兼爲猿鶴所笑耳。謬承聖恩,叨授詞林,實無報稱,行將歸矣。」有《應召》二句云:「黄閣憐知己,青山解笑人。」書於帛焚之,復再拜拱手曰:「令公郎少年,鋭志於學。余敢不以前輩自居,相期有成,此即所以報公之萬一也。」娓娓正容,儼然生人面談,童僕有笑之者。然前輩交情,知己死生,不爲少變,愈見古道焉。

沈繹堂荃曾以紙索阮亭書,爲書放翁二句云:「三疊淒涼渭城曲,數枝黯淡閬中花。」未幾,典蜀試,至閬中驛亭,恍然悟前詩,知數有前定也。

康熙庚戌九月初三,内閣引入宏德殿,問年齒履歷,并命作行楷書,繹堂録唐人《早朝》詩三首。十二月望日再召至殿,即事恭賦詩一首。廿五日録漢、唐賦二卷進呈,命講《論語》二章,書「誠正」二大字,賜乳酪果茶而出。又蒙賜貂裘一襲、錦緞五端,極一時之寵遇。

王西樵士禄,新城人。甲辰之獄,鍛煉半載始白。扁舟南下,阮亭迎於秦郵,相見持之而泣。西樵都不及患難事,直取一巨編擲阮亭曰:「弟視吾詩境地差進否?」人歎其曠達。嘗云龔尚書「流水青山送六朝」,才子語;陳檢討「浪擁前朝去」,英雄語。

《吴道子畫軸歌》注云:「平陽西偏普庵堂水陸社,有吴生畫水陸百二十軸,社之得名以此也。寺僧述畫所由出甚奇。明西河郡王城北有隙地,傳爲廢寺遺址,其地中間方數尺許,雨下不濡,雪甚不積,又中夜常見其光。王心異之,乃掘地以窮其怪。掘深五尺,得巨石函一,以鐵絙二道束之。發之,又得錫函，其最中函以木，木函啓而畫軸見，乃其寶也。王甚珍焉。其後王薨，寺僧恒直得之，因創殿以藏焉。余求觀，得見三十軸，信奇筆已，遂作歌以志之。」

王阮亭一字貽上，與林茂之、孫豹人修禊紅橋，阮亭首倡《冶春詩》二十餘首，一時名士皆和。阮亭既去揚州，遂爲廣陵故事。宗梅岑詩云：「休從白傅歌楊柳，莫向劉郎演竹枝。五日東風十日雨，紅樓齊唱冶春詞。」又孔東塘以濬河至揚州，題詩紅橋云：「阮亭合向揚州住，杜牧風流屬後生。念四橋頭添酒社，十三樓下説詩名。曾維畫舫無閒柳，再到紗窗祇舊鶯。等是竹西歌吹地，烟花好句讓多情。」

御史任葵尊疏請定服色，於是三品以下不許衣貂及舍利猻。一日五鼓入朝，梅少尉有寒色，阮亭口占一絶云：「京堂詹翰兩衙門，盡脱貂裘舍利猻。昨夜五更寒入骨，滿朝誰不怨葵尊。」趙玉峰曰：「公詩大佳，尤難其押韵天然耳。」

「海内談詩王子衡，春風坐遍魯諸生」，鄭繼之爲王肅敏作也。二公初不相識，鄭死，王見此詩，遂入閩經紀其喪。阮亭《論詩》云：「三代而還盡好名，文人自古善相輕。君看少谷山人死，獨有生平王子衡。」

康熙乙亥夏，駕在暢春苑。部務稍暇，與同人作結夏文字之會，一是「賦得五月江深草閣寒」、一「鏡湖五月涼」、一「五月賣松風，人間本無價」。

辛酉春，閩中友人許天玉公車過廣陵，以匱乏告。予適無一錢，妻張宜人解腕上條脱付余贈之。

因賦詩曰：「千里窮交脱贈心，蕪城春雨夜沉沉。一官長物吾何有，却損閨中纏臂金。」《花燭詞》，爲汪鈍翁改官，迎兩夫人，皆不行，而爲别納小姬，因賦。云：「碧玉迴身奈此宵，汝南雞唱夜迢迢。從今倦聽蘭臺鼓，莫更燻衣事早朝。」「嬴女吹簫引鳳雛，莫將縑素怨狂夫。似聞一語分明贈，我見猶憐況老奴。」

官御史日，御賜堂聯云：「烟霞盡入新詩卷，郭邑閒開古畫圖。」又賜「帶經堂」、「信古齋」諸額。順治丁酉作《秋柳》詩，海内和者數百家。陳伯璣曰：「《秋柳》詩如初寫《黄庭》，恰到好處，和者皆不能及。」

嘗論樂府體裁，如「江陵去揚州，三千三百里。已行一千三，所有二千在」，真是愈俚愈妙。因憶使西蜀，時將北歸，次新都夜宿，家人偶語曰：「今日歸家，所餘道路無幾，當酌酒相賀。」一人問所餘幾何？答曰：「已行四十里，所餘不過五千九百九十里耳。」不覺失笑。

王東亭士祐與阮亭、西樵雪夜賦詩，得句云：「日落空山中，但聞發樵響。」兄弟皆爲擱筆。計甫草云：「三王並負盛名，阮亭、西樵早達，故聲譽易起，東亭之才詎肯作籧篨腰哉？」後東亭亦庚戌進士，早没。

年十二歲時，座中有舉焦竑字弱侯爲問者，皆曰「當亦魏相字弱翁之義」，東亭從末坐起曰：「非也，此出《考工記》：輪人竑其輻廣以爲之弱也。」一座驚異。

馮益都溥，京師萬柳堂在崇文門外，朝士遊憩其中，每逢上巳，必率門生輩禊飲。壬戌同遊者三十二人，益都首倡二首，有「水萍風約故沿留」。及閲和詩，每遇是韵，輒沉吟良久，如健庵「盡日行吟步屧留」，尚白「回溪時有斷雲留」，義山「落花香倩蝶鬚留」，渭仁「烟宿寒山翠欲留」，華隱「小雨泥看屐印留」，阮懷「羽觴泛泛去還留」，蛟門「輕陰時爲落花留」，玉岩「拂檻垂楊叫栗留」。最後至潘稼堂「東山身爲草堂留」，益都拍案而起，稱爲第一。是年七月，益都將致政，故先以「留」字探意，及得是語，便覺有當也。

李潛夫確，原名天植，嘗和中峰和尚《梅花百首》，多以自況。卒年八十二。近降乩於王鳳池家，題詩云：「青梅如豆笋如標，芍藥迎風舞太嬌。借得酒籌三百柱，欲留春色到明朝。」後署「立夏前一日龍湫山人」。始知爲潛夫也。

曹秋嶽溶《贈巢端明》結句云：「德鄰珍重相規意，遊戲何妨笑牧豬。」蓋秋嶽好博戲，端明頗見規，故及之。

秋嶽詩諸體雄駿，而尺牘尤佳，長箋短幅，人争寶之。與合肥龔鼎孳齊名，世稱「曹龔」。曹晚年自號鋤菜翁，築室范蠡湖，顔曰「倦圃」，置酒倡和無虚日。愛才若渴，四方之士倚爲雅宗者四十年。

李梅公元鼎風神玉立，望之如神仙中人。又得遠山夫人，伉儷倡酬，可作千秋佳話。令子名裕兒，嘗購小碁與母對弈，自喻云「以馬敵將」。遠山喜而有作，梅公亦和焉。

梅耦長庚《題顧梅生畫蘭》詩，顧係合肥龔公姬，即横波夫人。上有錢宗伯姬人柳如是題句：「半幅雙鈎楚澤春，南朝舊部總傷神。蘼蕪詩句横波墨，都是尚書傳裏人。」蘼蕪，柳小字也。

一靈山人《贈墨西香東二姬》詩，序云：「墨西姓陸，生於高要之布水邨，與端溪密邇。予得之，使朝夕在硯之西司墨，供予揮灑，故曰『墨西』。」詩曰：「少小長齋繡佛前，前身應是散花仙。昆邪一見全無病，居士相依衹爲禪。每乞研金書梵唄，時教潑墨作雲烟。爪痕多在曹娥帖，半染蠻花鳳子鮮。」越數日復得東官石氏，使之司香，故曰「香東」。詩曰：「緑珠自昔生南越，碧玉由來出小家。典却寶書爲玉帛，迎來香室作烟霞。青絲覆額如雲短，翠暈拖眉半月斜。十五有餘絃未下，冰輪一倍吐精華。」

有客常至巫山，言巫山祇有十一峰，千百人數之皆然，不知何故。每一峰相去數里，在絶壁上，亦不甚高，與神女廟相對。爲作《巫山詞》：「相對青螺十二鬟，荒祠烟翠有無間。一峰定化瑶姬去，千載行雲更不還。」

梁藥亭佩蘭有書與沈方舟曰：「予詩自信者，無一英雄欺人之語，非情景當前，不敢亂塗一筆。此可以質知己，并可以質天下萬世耳。」

費滋衡曰：「藥亭、一靈、元孝、蒲衣共作木緜花詩。諸君詩既成，藥亭獨不滿，歸而枕上構思不就，流涕漬枕。明日方就，衆皆折服。余嘗詢藥亭以作詩之法，曰：『拚不得性命，做不得此事。』因口占云：『苦吟堪一死，佳句即長生。』」

陳元孝恭尹嘗序《六瑩堂詩》云：「一靈詩，江海之水也；藥亭詩，瀑布之水也；余詩，幽澗之水也。」三家自信如此。

蜀士以詩一卷質阮亭，阮亭曰：「中有樂府三首最佳。」後晤元孝，則三詩皆陳舊作，曰：「『一一鶴聲飛上天』，賴吾能辯之。」

尤展成侗工樂府，名聞禁院，先帝歎爲才子。後龍馭上賓，尤自北平歸。漁洋寄詩曰：「南苑西風御水流，殿前無復按梁州。飄零法曲人間滿，誰付當年菊部頭？」尤爲泣下。

入翰林，每自傷不由科目，曰漢以策制科，而班、馬、揚雄不遇；唐以詩取士，而李、杜、浩然見遺。故《題鍾進士像》寓意云：「進士也，鬼也；鬼也，進士也。一而已矣。」

乩仙何淡玉，武林妓也，才色雙麗，年十八早卒，有「亡年纔十八，死托杜鵑根」之句。又云：「酒鄉過一世，花苑活三年。」其人放誕風流可見。又有《春風舞歌》云：「春風舞，春風舞。吴姬紫玉飛作烟，越艷西施化爲土。」此首最佳。展成亦作《春風舞》以弔之。

湯卿謀傳楹柬尤西堂云：「近偶過一家，見有以書籍覆酒甕者。取視之，則李青蓮詩集也。急欲易歸，而紙角已濡濕甕間，剥落將盡，僅存方幅，且無他書可易，悵然舍之。因念青蓮一生中酒，今其詩集猶戀戀於此，豈酒債未完耶？抑青蓮實憑之而爲畢吏部故事耶？遂口號一詩曰：『憶昔斗酒成百篇，詩脾渴倒千萬年。陶家之側已無冢，魂魄猶思作酒顛。楮生濡首醉文字，中有仙人抱甕眠。君不見畢公被縛玉缸側，青州從事幾失色。何事青蓮死後文，吸盡床頭不爲賊。』」

汪鈍翁琬，一字苕文。康熙己未詔徵鴻博，苕文與焉。阮亭先之以詩云：「名山書未就，副已滿通都。天子詢年齒，群公愛老儒。抛殘青箬笠，染却白髭鬚。涑煞常彝甫，來傾酒百壺。」苕文答以詩，有「老乏染髭方」句，不怒也。繼與薛大武相謔，贈「山人高價賣青山」句。阮亭又寄詩云：「莫怪山人高價賣，此中佳處本來多。」又云：「今夜堯峰高處望，不知何處少微星。」苕文見而大怒，答云：「太史錯占天上象，歲星原異少微星。」

一日上官行縣，查苕文名姓，究其事，則風馬牛也。苕文戲賦一絶云：「長官飛檄走荒邨，譙沸青山與白雲。謝客棄官堪並案，不妨法吏用深文。」

毛大可奇齡嘗作翻詩，用前人之作，截離翻接，移七作五，已連勿連，已耦勿耦，較詩牌爲妙。翻王龍標《宫詞》曰：「月殿承歌寵，寒袍賜錦新。簾前風舞夜，井外露桃春。」原詞則「昨夜風開露井桃，未央前殿月輪高。平陽歌舞新承寵，簾外春寒賜錦袍」也。

葵子伯《送王彦》詩，彦即大可也。子伯指大可曰：「今既名彦，請字士芳。他日天涯問訊，便呼王士芳。」是以大可詩曰：「東吴舊知名，故呼我王彦。」

大可不喜東坡詩，蛟門曰：「『竹外桃花三兩枝，春江水暖鴨先知。』如此詩亦可道不佳耶？」大可拂然曰：「鵞也先知，寧獨鴨耶？」衆爲捧腹。

朱竹垞彝尊《鴛鴦湖櫂歌》一百首，自序云：「甲寅歲暮，旅食潞河，言歸未遂，爰憶土風，成絶句百首。語無銓次，以其多言舟楫之事，題曰『櫂歌』。聊比《竹枝》、《浪淘沙》之調，祈同里諸君子見而和之云爾。」

毛西河誚竹垞學元詩「如勾闌子弟著砑光襪，摇湘妃竹扇子，簪茉莉花，品殊不佳」。竹垞聞之曰：「虞、楊、范、揭皆勾闌弟子耶？」

西河又贈一孝廉詩云：「錦囊多好句，一半是唐音。」孝廉遜謝。西河歎曰：「可惜那一半爲竹垞所誤。」

高江邨士奇以布衣遘不世出之遇，終日在乘輿左右，有《扈從》、《東巡》、《塞北》、《松亭》諸集，倉卒應制，妙合風雅。年三十二，以詹事府録事入直禁中。一日賦《紀恩》詩，有「空對西風歎二毛」句，上賜覽之餘，天顔似有憫色，未幾遷中書舍人。主眷獨隆，賞賚無算。

内府圖書多貯端凝殿，各有品第，江邨鑒定居多。《題子昂水邨圖》詩云：「端凝品第稱清逸，玉軸牙籤宋刻絲。五十一人題處好，蕭騷半幅畫中詩。」

李武曾良年論詩和婉，多可少否，故人皆樂就之。申涵盼常語人曰：「聞朱十論詩使人心慴，未若李十九之藹然可親也。」

己未鴻博之舉，武曾與焉。被放出都，作口號云：「兒童莫笑詩名賤，也博君王一飯來。」先是，喬舍人語武曾曰：「高陽相公論詩家首推子矣，宜造謝。」武曾曰：「相公知我詩，孰若知我守乎？」聞者以爲誑，及見斥，始信。

黄黄生生《瘖妾詩》言：「友人嚴徵三十無子，納妾二人，姿首並陋。後見一瘖女，憐其不能嫁而更納之。自是三姬皆有子。予高其義，表之以詩曰：昔有貴公子，娶妾得瘖女。女瘖嫁不售，人棄我獨取。多少如花人，巧言似鸚鵡。兄弟本怡怡，一旦生齟齬。瘁彼庭中荆，因兹枕上語。牝雞戒司晨，妖孽固其所。我思嚴仲子，此義足千古。」

僕人張三愛割肝救母，守令皆有旌額。里中建一亭，黄生題其上云：「孝里餘風。」并詩曰：「自少爲人役，何曾讀孝經。禱神通夢寐，剖腹覓參苓。子母皆無恙，天公特賜齡。往來瞻扁額，名姓亦芳馨。」

孫豹人枝蔚《嘲估客》一詞，調寄《采桑子》：「春風古渡行人滿，來自何方？終日奔忙，枉到青山緑水旁。前頭歲月何多在，鬢髮如霜。不肯還鄉，説着妻兒淚萬行。」頗爲傳誦。周冰持曰：「豹人倚聲如擘窠書，非蚊脚蠅頭。余最愛其『小妾不嫌白髮，先生坐對花間』，何等風致。」

豹人鴻博之舉，以老辭。後有旨，凡年高者悉授中書舍人，閣老列其名，又以未老辭。陸嘉淑贈詩云：「增年辭試減辭官。」

彭羨門孫遹，一字駿孫，往在富陽，曾作《錦鞋賦》，至今傳誦。余懷曰：「羨門家於鹽官，出門數武即大海，伯牙之琴臺在焉。西即秦皇所馳道也。銀濤突出，澒洞天地，日夕哦嘯其間，淘汰澄練，詩詞安得不工？」

林西仲雲銘，聶晉人，曰晉安林先生。文章氣節，不減宋兩文忠。偶爲詩餘，名《轂音》。三山之人聞之，必以爲遼東之鶴也。元配蔡孺人，名捷，字羽仙，亦能詩，而好爲忠節之音。尤西堂謂兩人雖蒙大難，百鍊彌剛。

洪暉吉曰：「西仲於理學經濟之大、天人性命之微，靡不窮極源流，發明體用。司理新安。後歸隱建溪，著書等身。而寄情於美人香草，略寫風騷，才老愈工，皆由性情所得。」

宋牧仲犖，一字漫堂，撫江右。一夕，夢阮亭屬賦「瀟湘雁」，立成五絶，覺而憶之，不遺一字。詩曰：「岸闊水無際，月明春雁翔。徘徊念儔侶，清影落瀟湘。」阮亭聞之曰：「此又一鮑孤雁也。」盤山釋拙庵訪中丞於吴門，適竹垞自禾中來，會於滄浪亭，相與賦詩。畫史高簡圖之，名《滄浪高唱》。牧仲詩云：「經行斜日且觀魚，黄鳥綿蠻入耳初。接席金風舊亭長，懷人蠶尾老尚書。謂阮亭。春深玉版容參悟，歲晚花宫待掃除。拂子一揮仍小住，空林明月暮鐘餘。」

聖祖南巡，宋中丞扈從，奏「家有別業在西陂，乞御書二字賜臣，不令范石湖獨有千古」。上笑而書付。因作《紀恩》詩云：「御筆傳來喜再三，西陂寶墨秘龍函。一時盛事流傳速，已入漁洋續偶談。」

查悔餘慎行，一字夏仲。《謝恩》詩有「臣本烟波一釣徒」，詞意稱旨。忽奉内傳「烟波釣徒查翰林」，聖心嘉尚，一時以爲榮。可與「春城無處不飛花」之韓翃同一佳話。

一日隨駕，雪中戴青氈大帽，上顧而笑之，因口占一絶云：「大於煖耳覆雙肩，冰雪騎驢二十年。今日重蒙天子笑，白頭還戀舊青氈。」

白田喬侍讀有家伶六郎，以姿技稱。己巳春，車駕南巡，召至行在，曾蒙天賜，自此益矜寵。庚午余從京師南還，訪侍讀於縱棹園，酒間識之，得「青衫憔悴無如我，酒綠燈紅奈爾何」之句。時東海、西溟在座，相與流連，彌夕而散。去冬北上，重經寶應，則侍讀下世。余哭之盡哀，何暇問六郎蹤迹。及至都，聞有管生者名擅梨園，一時貴公子争求識面。花朝時，翁康貽户部相招爲歌酒之會。忽於諸伶中見之，私語西厓曰：「此子酷似白田家伶。」蓋余向未知六郎之姓也。西厓既爲余道其詳，竟酒爲之不樂。口占絶句云：「鴨桃花外小池臺，瀲灔觥船一棹開。春色滿園人盡妬，君王前歲賜金來。」「一群穠艷領花曹，頭白尚書興最豪。記得送春筵畔立，酒痕紅到鄭櫻桃。」

沈客子季友寓桃花塢，於野圃中得片碣，上題「唐六如墓」。明日見宋漫堂，具述之，因封樹而立碑焉。客子首倡四斷句，人盡和之，有《桃仙遺綴集》，前輩風流可想也。所作《竹枝詞》甚夥，其《天竺詞》云：「天竺名山古道場，春風三月蕩垂楊。紅欄小店開偏早，一路山僧賣佛香。」《蘇州端午詞》云：「桃花爲髻玉爲環，愛看龍舟晚未還。熏煞遊人香十里，閶門直到聖塘灣。」《乍浦詞》云：「盤鴉髻子翠娥愁，裙帶春寒畫石榴。何處最堪行樂地，城灣南下教場頭。」「三層碧殿兩層街，小拜天妃蹴錦鞋。曾向海塘塘上坐，何人拾我鳳頭釵。」

沈竹西天寶，友人韓鶴汀，年已二十，絲蘿未締，太夫人憫其孤清，賜之以婢，作詩嘲之曰：「公子才華最出群，傷春無奈恨斜曛。夜闌莫怪青衣到，也顯紅絲一策勳。」「相如消渴苦相侵，一笑能開作賦心。好向茂陵多聘取，而今未怕白頭吟。」

沈古民崍，平湖弄珠樓額，非董玄宰的筆。玄宰真迹，馮氏家藏頗多。古民作《長水絶句》百首，内一云：「珠樓上下一番新，可惜華亭字失真。不及馮家塵隱宅，粉屏題迹未全湮。」

柯九山宏祚，友人年七十，得其女妻，以詩調之曰：「佳人貯高樓，盈盈異衆嫮。邂逅獨目成，翩然屢迴顧。柔日命蹇脩，簡擇舋情愫。再四前致詞，佳期要歲暮。入門共牢醴，蘭房怯緩步。華衾煖融融，綉帷氤香霧。微笑進温存，好言致傾慕。縴手捉虬鬚，危齒吮酥乳。枕畔誓百年，春風記初度。良辰苦正短，三竿寐無寤。走謁賀新歡，努力高唐賦。」

觀弋陽子弟演戲，戲作一絶云：「十里懸聞金鼓鳴，鴉黄狼藉鬧妝成。無端啼笑渾驚座，都作河東獅子聲。」

邵子湘長蘅，江南操舟多婦人，因作《舟婦詞》二首云：「殘月曉風涼，郎睡儂先起。抛兒就郎懷，天明三十里。」「儂家閶門住，十三學乘舠。上水郎打槳，下水儂擔篙。」

子湘與李百藥相遇於宋牧仲署中，即掀髯大言曰：「百藥以五七言有聲於江淮，盍爲長者壽？」百藥乃擁鼻嗚嗚作聲，燭一寸盡，放筆得數百言，燭光墨汁，翻翻閃爍紙上。呈正牧仲，仲曰：「是可以壽青門矣。」趣小吏連釂子湘，湘大笑，樂飲竟醉。

陳説巖廷敬，一字子端，《午亭集》中應制詩最工，裔皇典雅，非漁洋所能抗行。其《御書福字》一詩，海内傳誦：「維皇錫極遍烝民，天藻親題到老臣。今歲預知明歲喜，一家先占萬家春。仰瞻紅日常如晝，若比驪珠大似輪。億載光華歌復旦，溥將壽域轉洪鈞。」

施仲芳烈以明經授欽州牧，衣敝不完，并日而食，因詩見重李撫軍。一日藩邸張讌，群吏紛集，而王所召者惟施一人。曰：「今日非讌下吏，重詩人也。」有弔明末殉難者凡四十九章，未及細録。

王价人翃家梅里，業染。日坐闤闠間，一手挾古今書以觀，一手數錢，與市販菜傭相應對飲。少而嗜酒，好製時曲。作《紈扇記》，忌者誣以詆毁，里紳訟之官，家計日落。爲詩高自矜許，其《漂母祠》

一絶云：「一飯當年報未遲，王孫今日更何之。平生自歎無知己，千里來尋漂母祠。」

惠硯谿一日飲周青士於寓齋，出吴姬行酒。青士戲之曰：「此是紅豆主人妓，當作《紅豆詞》贈之。」已而不果。後硯溪《送人歸秀州兼寄青士》云：「好在風流周處士，一竿真欲老江湖。懸知詩酒情難忘，紅豆新詞作得無？」

慈仁寺海棠春時最盛，硯谿約同人往看，獨查夏仲赴尚書之招不至。作詩調之曰：「人柳吹綿撲院牆，無多花在贊公房。忍因半日尚書酒，坐失佳期負海棠。」

周青士貧隱於嘉興之市廛，偶遊柯氏園，一夕嘯咏甚適，遂至達旦。鄰有郡丞署時來按部，聞詩聲，亦達旦不成寐。詰朝逮至，將加戮辱，有士夫援之乃免。阮亭曰：「使袁虎不遇謝鎮西，幾不免虎口。」

偶一日閒步，見一農舟，遂乘之遊九峰。以路歧，登岸投一庵，庵僧力拒。徘徊佛燈下，忽睹壁間詩刻，指曰：「此周青士，即余也。」僧素驚其名，乃止宿焉。其作詩時，低頭沉思，行街市中，若無所見。曾在白下禪廬，往來池上。僧疑其赴水，竟夕不寐。又嘗行吟慈雲寺中，誤觸當事，詢爲詩人，乃免。其迂誕類如此。

劉公䛏體仁在京師與諸名流爲詩社，每自詫曰：「吾詩文，片段柴窑耳。」漁洋笑曰：「良然，兄之畫乃兔毛褐也。」公䛏畫不甚工，常蓄捉刀人，故戲之。以兔毛褐真不如假耳。至於詩，每自言七律較五律多二字，其難十倍。譬開硬弩，衹到七分，若到十分滿，古今亦罕矣。

改吏部日，例應關防謝客。一日，計甫草詣之，閽者不爲通。甫草退而獻詩云：「隔墻空望馬纓花。」公戢寓有夜合一株，花時集飲，故云。

「西湖小閣多晴月，好友同舟半是僧。寄語江南老桑柘，秋山紫蕨憶行縢。」漁洋曰：「如此作何以不入大集？」公戢笑曰：「賴兄爲我作行秘書。」

嘗客鳳陽，與友人蘇銘過龍興寺，流連竟日始别。蘇歸邸，夢公戢笑吟曰：「六十年來一夢醒，飄然四大御風輕。與君昨日龍興寺，猶自拖泥帶水行。」覺而異之，忽聞剥啄聲，則公之僕人至，云已坐脱矣。

楊孚九九垓諸生時，遊南都，獨入孝陵慟哭。後歸里中，醉，擲冠於地曰：「楊大一男子，爲爾所誤，投之厠中始快耳！」手録《二十一史類纂》三百餘卷。工書畫，求者必韵人佳士，以餽酒爲詞，則大喜出之。後疾作，高咏二句云：「縱横計不就，慷慨志猶存。」遂没。

孫無言默居廣陵，貧而好客，四方名士至者，必徒步訪之。嘗告阮亭欲渡江往海鹽，詢以有底急，則云：「訪彭羡門，索其新詞，與鄒程邨暨公合刻三家耳。」陳其年贈以詩云：「秦七黄九自佳耳，此事何與卿饑寒？」一生以人事爲己事，共戲之爲「名士牙行」。

蔡狀頭啓僔，初年困頓公車，同年有宰山陽者，蔡偶過其地，投刺謁之。宰批其刺曰：「待查。」次年成進士，廷試第一，寄以詩云：「幾年挾策上長安，當路誰憐范叔寒。寄語山陽賢令尹，查名好向榜頭看。」

張鵠山匀，秀水人，年十二，作《平山冷燕》傳奇，又爲《十眉圖》、《長生樂》，海内梨園争傳播之。臨卒，書一絶云：「赤膊來時赤膊還，放開笑口任顛頑。還時更不依前路，跳過瓊樓海上山。」過涵輝澤充，庭訓之孫。紫髯偉軀，工詩，作擘窠書。請書者必置酒，酒半揮灑，淋漓四壁。偶不當意，狂呼駡座，人皆摇手避之。卒之前一日，題壁上云：「世間煩熱，愛薛少府之神遊；波底清涼，了莊漆園之大夢。五十二年，一脚踢倒，豈不快哉！」

韓元少菼，康熙丙子、丁丑間承平無事，詞林諸公以飲酒賦詩爲課。一日會飲，分曹鬬酒，元少與汪東川居東曹，觴政大勝。韓云：「西曹屢敗，豈無有志之士，雪三北之恥乎？當預飲數百籌以待之。」因朗吟曰：「江東子弟多才俊，捲土重來未可知。」東川亦朗吟曰：「十四萬人齊解甲，更無一個似男兒。」一時哄堂。

元少嗜酒與烟，或問之曰：「二者乃公熊魚之好，必不得已而去，當何先？」元少曰：「去酒。」後爲掌院，命門人賦《淡巴菰歌》。

京師一梨園解文藝，喜誦元少制藝，又金陵一樂部喜誦杜于皇詩。陳説巖曰：「杜詩韓文，固自應爾。」衆爲一笑。

杜于皇濬，中秋廣陵豪家讌集舉令，須各誦唐詩一句，「月」在第二字。坐間有紈褲子，口撰一語曰：「白月照詩人。」衆閧然，問此係誰作，能誦其上句否？紈褲子逡巡未對。于皇遽曰：「是『黑風吹酒鬼』也。」合坐大笑。

世傳于皇題東坡先生之作曰：「堂堂復堂堂，子瞻出峨嵋。早讀范滂傳，晚和淵明詩。」龔宗伯云：「二十字説盡東坡一生，真傑構也。」

如皋冒辟疆修禊水繪園，潛夫、其年、阮亭咸在座，分體賦詩。于皇後至，或問之曰：「阮亭詩何如？」曰：「興酣落筆摇五岳，詩成嘯傲凌滄洲。」又問：「君詩若何？」曰：「但覺高歌有鬼神，誰知餓死填溝壑。」

沈山子進與朱竹垞齊名，鄉人目爲「朱沈」。錢唐陸麗京圻過竹垞書屋，問山子何人，竹垞稱名以對，麗京曰：「得非『梅花高館落，春草斷垣生』之沈山子乎？」遂定交。

柯煒昭炳讀書有深思，語言多風致，年三十二卒。幼時作小詩，有「床前花影好，但恨不能攀」，識者以爲詩讖。

吴東里宗濳，鼎革後隱於醫。有《中秋家讌》詩：「大烹豆腐瓜茄菜，高會荆妻兒女孫。」康熙丙寅冬，忽起坐曰：「我有詩債未償。」呼孫口授《挽沈介軒》詩，纔畢，瞑目而逝，年已八十餘矣。

崔不雕華工詩畫，嘗有句云：「黄葉聲多酒不辭。」共呼爲「崔黄葉」。初，王阮亭有辭云：「郎似桐花，妾似桐花鳳。」公戲呼爲「王桐花」。鄒程邨笑曰：「崔黄葉所以作王桐花門人。」

祁珊洲文友令盧江時，得句云：「昨夜東風吹雨過，滿江春水長魚蝦。」漁洋戲之曰：「古人警句例標大名，呼君作『祁魚蝦』，必不樂受。因憶宋人有呼梅聖俞爲『梅河豚』者，敢援此例？」一座大笑。

吴園次綺湖州太守時，有「把酒祝東風，種出雙紅豆」之句。梁州女子見而説之，四壁皆書此詩，日夕吟諷，因目爲「紅豆詞人」。

翁康貽嵩年歸隱當湖，得沈氏園亭，栽花種竹，舉余爲棋酒之會。生平不甚作詩，忽一日成二句見贈云：「三百枯棋應遜我，十千美酒獨輸君。」蓋先生棋品甚高，不肯自下也。

馬怡齋焆致政後，豪於詩賦，催梅之作，叠韵十餘首。每成一首，至小齋商確，必令和焉。先生執筆尚在推敲，有鹽官僧杲山呈詩五十首，遂止。

李客山果自幼能詩。蘇州守陳彭年見扇頭一作，極爲激賞，延至署中，倡和累月。序其詩集，具見投合。五言如「渴馬奔沙易，饑鷹下食難」，七言如「秋冷神魚棲壑穩，風清木葉下堤疎」，皆肖杜也。

方望子熊老而好學，家貧無書，恒向余兄弟借觀，故有「一瓻難報兩賢心」之句。

胡傅谿爾禧生平爲詩不下萬餘首，黃黃生《詩麈》摘其一聯云：「花飛新葉出，月落曙光來。」言不但咏物諦當，且得盈虚消息之理。

丁葯園澎作《白燕樓》詩百首，流傳吴下，士女争採綴以書衫袖間。婺州吴賜如贈詩曰：「恨無十五雙鬟女，教唱君家白燕樓。」

葯園與弟鴻、濚皆以詩名，世目之曰「三丁」。家有攬雲樓，即三丁讀書處也。嘗與茘裳、愚山、灝亭等稱「燕臺七子」，名滿京師。貢使至以美玉象犀易公詩稿歸國，長安縉紳以爲榮。又公短視，晨入東省，路遇李侍郎，不相問答。後知而趨謝，侍郎曰：「知公短視，何謝爲？」葯園退而喜曰：「吾短視與詩名等。」

梅禹金鼎祚友人林初文有《送别》詩云：「不待東風不待潮，渡江十里九停橈。不知今夜秦淮水，送到揚州第幾橋？」禹金見而激賞，加以丹黄。宣城老儒亦以詩質禹金，但爲分句讀而已。老儒見之大恚，曰：「林詩二十八字正得二十八圈，吾詩不啻倍之，乃不得一圈耶？」聞者大笑。

柏斯民古晚年自放，常揖耕牛曰：「是不素餐者。」或塗脂粉爲婦人裝曰：「非此不諧於俗。」甚而佯死，驗友人之哭與否。鄉人撫掌，呼爲「柏癡」。居一椽於清風涇，黄九烟題曰「柏學士茅屋」，因成一律和杜工部韵云：「涇水洋洋可釣魚，棲遲絶似碧山居。詩交杜甫千秋上，春老陶潛五柳餘。學士清風還拂拂，野人茅屋豈渠渠。年來已辦漁樵事，徒有家傳太史書。」

許鳴一默以詩受知於郡守。婦亡，繼娶馮氏。初入門，情緒慘淡。詰之再三，乃云：「前夫尚存，特鬻身償還耳。」默急令攜歸，不索其金。口占一詩以送，有「好守糟糠到白頭」之句。

方盉山文少多才，晚學樂天。以己是壬子生，作《四壬子圖》，中寫淵明，次杜子美，次白樂天，皆高坐，而己傴僂，呈其詩卷。阮亭笑曰：「陶坦率，白詩老嫗可解，皆不足慮；杜陵老子文峻網密，恐盉山不免吃藤杖耳。」

阮亭嘗問邵郵曰：「君家盉山詩果似樂天否？」邵郵曰：「未敢具結狀，須再行查。」

陳伯璣允衡爲江西名士，嘗論詩曰：「『姑蘇城外寒山寺，夜半鐘聲到客船』，亦詩與地肖，故佳。若曰『南京城外報恩寺』，豈不可笑？」漁洋曰：「固然。即如『流將好夢到杭州』、『白日澹幽州』，使云『白日澹蘇州』、『流將好夢到幽州』，不堪絶倒耶？」

伯璣弱不勝衣，雙瞳剪碧。最工五言詩。嘗撰《國雅》、《詩慰》諸集。

陳緯雲維嶽，宜興人。初入都，手寫詩卷三通置案上。友人問所詣，曰：「吏部劉公、户部汪公、禮部王公。」友人曰：「吾爲子預卜之：汪得卷，必摘其疵而駁之；王得卷，必取其警句而揚之；劉則一覽輒擲去，無所可否。」已而果然。漁洋聞之，笑謂公㦷曰：「吾二人或駁之，或揚之，皆尋常耳；惟兄此一擲，最不易到。」公㦷絶倒。

陳其年維崧，少有文名，數奇落魄。一日過京口，有相士熟視之良久，曰：「君五十後當入詞林，但不由科第耳。」或作詩嘲之曰：「朝來日者橋邊過，見説功名似馬周。」後己未，果以博學鴻詞入選。其年未遇時遊於廣陵，冒巢民愛其才，延至梅花別墅。有童名紫雲，儇麗善歌。生一見，贈以佳句，并圖其像，裝爲卷帙，題曰「雲郎小照」。適墅梅盛開，生偕紫雲徘徊其間。巢民遥望見之，忽佯怒，呼二僕縛紫雲去，將加以杖。生營救無策，乃趨赴巢母門，長跪啓門者曰：「陳某有急，求太夫人一言，非蒙許諾不起也。」因備言其事。頃之，青衣媪出，曰：「巢民遵母命，已不罪紫雲矣。但必得先生咏梅絶句百首，成於今夕，仍送其侍左右。」生回，豪吟濡墨，達旦乃成。巢民讀之，笑遣紫雲。後紫雲將配偶，生惘惘若失，贈《賀新郎》一調，聞者皆笑。

張南士杉，座間有以南士詩比李白者，南士怫然。座客曰：「李杜猶不足比歟？」士曰：「君自誤稱耳，李安足與杜齒？若言杜，則吾豈敢？天下有兩冤，稱詩人曰『李杜』，稱將才曰『瑜亮』，甚有抑瑜而揚亮者，冤哉！」因朗吟曰：「吾生若在開元日，寧許人稱李翰林。」

顧俠君嗣立於午日置酒舟中，招諸名士縱飲觀競渡。歷閶門至聖塘灣，絲竹疊奏，清歌間發。少焉，龍舟數十，盤舞湖心，紅妝掩映，目迷心眩。時張日容短視，有句云：「隔船可許分明見，五尺珠簾烟雨封。」徐大臨遠視，反其語曰：「莫道分明看未得，湘簾如霧不藏花。」俠君解紛曰：「十里城壕鋪鏡面，珠簾浸入也分明。」

俠君著述甚富，三續《元詩選》。嘗於歲除日，將架上自勘諸書羅列秀野堂，清香樺燭，酒脯具陳，再拜而祝之。并邀亦陶、日容、大臨同作《祭書行》，中有數語云：「散帙聊爾爾，縑緗堂几鋪。隻雞爇爐香，三拜進屠蘇。但願身姦黠，與書日日俱。」

姜西溟宸英舉子時，表用「塗抹堯典舜典字，點竄清廟生民詩」，監臨不知出處，摘令改易。西溟曰：「此出李商隱《韓碑》詩，非杜撰也。」監臨怒，借他端斥之。

丁丑狀頭李蟠，偉幹虬鬚，似武人狀。諸生時，以刀筆聞。廷試懷麵餅三十六枚，餐之至盡。是科西溟第二，戲調以詩：「望重彭城郡，名高進士科。儀容如絳勃，刀筆似蕭何。水落還生子，蟲飛更著番。一般難學處，三十六餕餕。」

紅蘭主人，本朝宗室，工詩畫，有《玉池生集》。又鎮國將軍博問亭，號東皋主人，亦刻《白燕樓詩》。天潢多好學，足見本朝文教之盛。

李容齋天馥壬戌典試，得士最盛。子孚青以己未入詞林。一日宴集，史學士夔贈詩云：「郎君館閣稱前輩，弟子門牆半列卿。」時以爲不減唐人「文章舊價留鸞掖，桃李新陰在鯉庭」之句也。

黄九烟周星贈尤西堂詩曰：「今朝喜得見尤侗。」皆直呼其名。此以古道自處，以古道待友，俗人且以爲倨傲無禮矣。

九烟客嘉善，有負擔者過市，吟哦不絶。揖入問之，答曰：「姓崔名金友，適偶得句耳。」徐出其詩，五言云：「水闊天垂遠，花深月到遲。」七言云：「因風去住憐黄蝶，與世浮沉笑白鷗。」遂與定交。

徐元嘆波曾在譚友夏齋，曉起盥漱，見白髮盈梳，曰：「從此而往，計必住山，請擇嘉名，以名其居。」友夏作擘窠書「落木庵」以贈，元嘆晚年居之。錢宗伯寄詩云：「皇天老眼慰蹉跎，七十年華小劫過。天寶貞元詞客盡，江東留得一徐波。」

汪應銓罷官家居，不至公府。適邑有公事，邑人以翰撰爲首進一啓，令不知也，硃其名於粉版。翰撰作一絶遺之曰：「八尺桃笙卧晚風，忽聞名挂縣門東。自從玉殿標名後，又得琴堂一點紅。」令見之，泥首請罪。

徐東癡夜詩學陶、韋，巉刻處似東野，阮亭目之爲「碉松鶴露」。有一絶流布人口：「一層楊柳一層風，五里桃花十里紅。但是出遊皆傍水，逢人多半在城東。」

東癡與新城令李念慈最契，時相倡和。李罷官，繼之者馬令亦知東癡名。然每有詩文之役，輒發硃票，督迫良苦。念慈遣人迎還。

劉玉衡廷璣，京城西門外諸葛莊南，土人名姥姥墳，乃明季葬宫人處也。冢固累累，碑亦林立，皆皇后懿旨諭祭翼聖夫人或贊聖夫人、奉聖夫人之類，文甚典雅，皆出司禮監太監手筆。守墳老嫗尚能言其所以。每於風雨之夜，或現形作聲。玉衡題詩，有云「莫怨當時恩厚薄，十三陵上亦斜陽」，佳句也。

嘗謁阮亭，以《葛莊詩》呈教。先生一見，即許作序相貽。越月往領，閽人辭以未就。適先生奉命秩祀南海，私計王事匆匆，必無暇及此，不知其脱稿已久，而家人輩匿爲奇貨，横索多金。迨祀畢回郡，先生來候，入座即道「前序因行急，殊覺草草」。予謝尚未頒發。先生怒詰家人，并重懲之，隨檢前序見付。

玉衡生平不喜結盟，以朋友爲五倫之一，甚親切，何用兄弟之名。因作《結交行》，有「歎此紛紛假兄弟，五倫忘却真朋友」之句。

林世璧《福建鼓山題寺》詩云：「眼中滄海小，衣上白雲多。」其後徐孝廉和云：「一自題詩人去後，白雲滄海兩茫茫。」膾炙人口。近有一仕宦按部到此，題曰：「烏喙御鼓鎮山門。」又曰：「我來皐比擁雙騶。」其輕薄少年續書曰：「烏喙能鎮寺，皐比可持騶。請毁三尋壁，遮君半面羞。」

張宣綸，年十五以科試第一，赴浙闈，其號舍有詩云：「明遠樓頭漏未終，棘牆官燭照來紅。最憐此夜麻衣客，病卧西場號舍中。」是科中副車，榜未發，病死。詢之前科，徐生中式而死，數之偶合如此。

徐華隱，康熙辛酉，王師收滇、黔，華隱作《鐃歌鼓吹曲》，自《聖人出》至《文德舞》一十四章，因事立名。其中《海波平》一題爲驅海寇鄭錦而作，曰：「金門厦門波不揚，曈曈日出射扶桑。」但及二門而不及臺灣，以其時澎湖尚未破也。今則深入東溟矣。版圖四擴，臣及海外，當作《收澎湖》以補之。

高麗使臣，康熙壬戌元旦侍班，先候午門外，見西河，歷詢朝臣知名者，兼能道徐菊莊詞。西河戲問其國女士多知書否，曰：「豈惟女士，有一妓洗妝漱頰脂於水，水帶紅色，令賦之，妓應聲曰：『疎雨秋兼漏日飛，迴潮晚帶斜陽落。』」甚精。

高念東珩嘗遊山陰道上，詩云：「笻杖古松流水外，蒲團修竹緒風間。」漁洋見而愛之，命禹之鼎寫爲二圖。

公嘗兀坐齋中，一無賴子與公族人相角，走訴於前，且以頭撞公。家人奔赴勸之去。公徐問曰：「此爲誰，所言何事？」蓋公方酣吟一詩，毫不挂念，其胸次爲何等耶！

徐巨源世溥《贈畫者羅飯牛》詩云：「青山已是無常主，更寫青山賣與誰？」又云：「記得扁舟初過訪，草堂門外水齊天。」皆雋句也。又《友評》一卷，友九人合己得十，手書六百八十九字。文既散朗，字復本色。

張養重嘗訪阮亭，揖甫罷，阮亭急問曰：「夙愛足下『南樓楚雨三更遠，春水吴江一夜生』，如此好句，復有幾聯？」張退謂人曰：「夙昔快意之句，不意阮亭一見便能道出。」

蔣虎臣超，順治進士，不樂仕進，自言前生峨嵋老僧也，後竟没於蜀。嘗題金陵舊院云：「錦繡歌殘翠黛塵，樓臺已盡曲池湮。荒園一種瓢兒菜，獨占秦淮舊日春。」

陳子文奕禧以書法名當代，人尤豪雋。補安南太守而卒，蔣仁錫哭之曰：「已亡飛鳥驚蛇迹，又失嶔崎歷落人。」

龍石樓燮作《瓊花夢》傳奇成，招同人觀之。酒闌賦詩，阮亭有「自掐檀痕親顧曲，江東誰似阿龍超」之句。蔣仁錫和云：「玉崐崘碎爲檀超。」共稱曰：「蔣五此押，獨擅場矣。」

沈磵芳蓀嘗與友人泛西湖，未幾雨作，座有乩仙，至則書一絕云：「才散笙歌罷緑幺，冷風疎雨上輕舠。問余名字真消息，曾向王維雪裏描。」後自署云「緑天仙子」。蓋賈秋壑半閒堂後植蕉百本中有得靈氣者，現美人身，侍書於巾峰洞天，樵牧不敢侵。磵芳釀金構精舍其側，自此數降乩，與諸生倡和。

馬雲翎翀詩有奇氣，時時倣李長吉，而未竟其才。後病，依靈岩毅禪師得領悟。一夕索筆書偈曰：「刀砍虛空，於我何有。十里桃花，千溪楊柳。」遂泊然而化。

汪於鼎洪度，當歸花曾入禁院，賜名一品妃，於鼎賦詩云：「敢以三春草，蒙稱一品妃。植根緣湛露，發艷借恩輝。幸自生同蒂，羞將影獨違。未須勞寄遠，念此亦當歸。」

張蘧若瑗請毀魏忠賢墓并二碑在西山碧雲寺，奉旨撲毀剗平。瑗賦五言一章，和者甚衆。

宋子昭係牧仲之弟，冢宰黄公機問曰：「淇園竹自古稱之，余數過其地，絶無一竹，何也？」子昭對曰：「自漢已無之矣。」公曰：「有據乎？」曰：「有。漢武時河決瓠子，令將軍以下皆負薪置決河。時薪少，下淇園竹以爲楗。歌曰：『薪不屬兮衛人罪，燒蕭條兮噫何以禦水，穨竹林兮楗石菑。』蓋明驗也。」公爲歎服。

鄭湛若露衣冠談笑，有晉人風。尤工五言并篆隸各體。爲諸生，有名。一日學使試士，以「恭寬信敏惠」命題。露文成，凡五比，以大小篆隸楷行五體寫之。學使怒其狂，置之五等。露夷然不屑，彈琴賦詩，詩名《嶠雅》。

李百藥必恒有《三十六峰草堂詩集》。嘗爲暖寒之會，肴無他物，惟賤而易辦者。其《腐羹》詩云：「諸君須及熱，是物最驅寒。」《炒豆》詩云：「賭酒枚爭數，聽歌粒暗投。」《火米》詩云：「簡便删匕箸，鏗鏘奏齒牙。」一一曲肖。

計改亭曰：「自捐納之門闢，雖貧如顏子，無不市簞鬻瓢，爭求一命之服；自風雅之道衰，即愚如胡生，亦必捉風捕月，自詡五言之城。但捐納者遵例而行，宜然已。《大清律》無『一人不作詩，便九家連坐』之條，何以效蘇陸者比户，談王李者塞途？」可謂善謔。

黄陶庵淳耀，錢宗伯有幼子，甫成童，欲延師教之，而難其人，程孟陽力薦陶庵，宗伯待以殊禮。居浹月，孟陽出《海棠詞》索和，陶詢倡者爲誰？曰：「宗伯如夫人柳氏作也。」陶變色曰：「忝居師位，可與小君倡和乎？」孟陽曰：「我亦偕諸君和之矣。」陶曰：「先生耆年碩德，與主人爲老友，固可無嫌，諸君亦非下帷於此者。若僕則斷斷不可。」孟陽慙退，亦不敢强。

顧英白偉。元宵張燈，是處皆然，惟吴江獨盛於中秋。作龍艦數十，俱籠燈，爲鱗甲，蜿蜒垂虹、釣雪間，香輿接路，畫舫盈湖，簫鼓管絃之聲，達曙不輟。因作《江城秋燈篇》，婉麗悲宕，而奢儉盛衰之感寓焉。

潘稼堂耒由鴻博科授爲檢討。同里鄭少年善謔，以潘夙有高尚名，口占二句嘲之云：「夷齊陸續到京畿，日向朱門乞蕨薇。」潘聞之，答以絶句云：「蒲東回首思依依，欲向關西心事違。輸却櫻桃紅一點，春風重著繡襦歸。」每句切鄭，而意極謔。

邵爲章。雲南五華山，永曆宫在上。吴逆督師，旁搗其虚，購得永首，以功封平西王，遂據故宫，增修二十餘載，備極華麗。康熙癸丑，吴逆反，僭尊號僞周。洪化，其孫也。賴將軍偏師直入，得洪化斬之。邵爲詩曰：「百萬雄師睥睨間，先朝一脈絶南蠻。擒人即是人擒處，誰道天公不好還。」

李雪木柏、李子德因篤、李中孚顒，爲關中三李。雪木著《槲葉集》。商南令宋某欲禮致之，不可得，因捐二百金，買田一區，屋數楹於杜曲，迎而居之。繼起康乃心字孟謀，諸生中最有名，《題薦福寺》絶句，阮亭見之歎曰：「關中三李，不如一康。」

鄭谷口簠以八分書擅名，竹垞謂古今來第一人。喬侍讀次子得谷口指授，弱冠早夭，其《絶命詞》云：「天下八分鄭谷口，我書似之今亦無。兩人相繼歸黄土，此道將無付子虚。」

李屺瞻《汴梁竹枝詞》云：「紅油車子賣蒸羊，啓蓋風吹一道香。」阮亭見而笑曰：「信陵賓客、東京夢華，古今來應有多少感慨，而顧朵頤紅油車子之蒸羊，此正吕頤浩所云『措大知甚好惡者』耶？」

姚嬾迂瓚冬日畏寒，自製一巾，可以護風。作絶句云：「兜依南海觀音像，巾比襄陽孟浩然。一物兩名均護冷，學詩學佛度餘年。」

陸嬾真競烈居南田烟舍，每招友人讌會，賦「雨中牡丹」詩，倡和成帙。忽一日，有激而逃，薙髮靈隱寺。感時賦物，有句云：「同此花時同此雨，冷虀殘粥過堂僧。」

吴嘉紀家泰州，地濱海，無交遊。周櫟園見其詩，招之來廣陵，遂與四方之士倡和，漸失本色。阮亭笑曰：「一個冰冷底吴野人，被君輩弄得火熱，可惜魏野、楊朴，原不易做也。」

潘孟升高五言學韋、柳，清真古淡。陳其年與友人書云：「潘高貧而工詩，久别無可言者，止此一物，可以奉獻。」

陸次公畧判撫州，重建玉茗堂於故址。落成，大會府僚及士大夫，出家樂演《牡丹亭》。自賦四詩紀事，江以南和者甚衆。

故事，茶綱入京，各衙門獻新茶，今尚循故事。每值清明節，競以小錫缾貯茶數兩，外貼紅印籤曰「馬上新茶」。時尚御皮衣，啜之，曰「江南春色至矣」。友人《燕京》詩云：「春店烹泉開錦棚，日斜宫樹散啼鶯。朝來漫點黄柑露，馬上新茶已入京。」正謂此也。

蕭山屠生題苧蘿邨西施廟壁云：「紅粉溪邊石，年年漾落花。五湖烟水闊，何處浣春紗？」時學使案臨，夢一美婦，自稱西施，生年微薄，不幸入吴，但未有浮五湖事，屠生輒妄言，請黜之。及唱名至生，詢之。生詘服悔過，爲誦前詩。使者咨嗟曰：「詩固佳，顧妄言奈何！」使詣廟謝過。自爲一文，遣官馳祀之，榜其庭曰「溪石比潔」，蓋反《孟子》「蒙不潔」一語也。

山陰徐伯調嘗與牧齋論詩。宗伯謂學秦、漢者每多剽賊，不如學大家之當。伯調曰：「不然，必如韓退之、樊宗師自爲一家，方可却近代剽賊之病。若同一剽賊，剽乞兒米不如剽富家珠也。」時宗伯重聽，主客皆以筆。宗伯執筆向粉版，將下字而踟躕不果。朱長孺笑曰：「先生見山陰人便詘服。」人問其故，曰：「陸放翁、徐文長皆山陰人也。」蓋宗伯素稱宋詩當學放翁，明詩極推文長。衆笑之。

鮑孝儀開豪於酒，與顧俠君角勝負，心頗不甘。一日遇韓學士於廣陵舟次，酒半，戲爲大言。學士題扇，遂有「聞道虎頭三舍避，羨君兩築受降城」之句。後俠君與孝儀復會於心遠堂，三爵未終，頹然大醉而去。俠君作詩戲之云：「羨君兩築受降城，廣武誰成豎子名。幾誤醉鄉韓學士，平吳功例欠分明。」

家元禮美丰姿，少日過流虹橋，有女子在樓上見而慕之，竟至病死。氣方絶，元禮適過其門，女之母以臨終之言告之。元禮入哭，女目始瞑，歸作長歌挽之。

傅青主山，太原高士，亦字公之佗。其子眉字壽髦，能爲古賦。嘗賣藥四方，其子挽車，晚憩逆旅，輒課讀《史》、《漢》、《莊》、《騷》，詰旦成誦，乃行。戴廷栻撰《晉四家詩》，山父子居其二。

孫相國廷銓《題息夫人廟》詩：「無言空有恨，兒女粲成行。」蓋廟中祈嗣者衆，而相國題句竟以詼嘲出之，令人絶倒。

王石谷翬山水，本朝推爲高手，東宮命其畫扇，稱旨，書「山水清暉」四大字賜之。嘗爲李百藥作《魚川書屋圖》，百藥報以絶句云：「前身知是老王維，游戲金門皓首歸。莫怪比來珍筆墨，頭銜管領是清暉。」

天下佛寺之名，惟重慶府有相思寺，青州府有花之寺最奇。「相思」者，以寺産相思竹得名。「花之」二字不可解。周櫟園有「月明蕭寺夢花之」句，其子雪客取二字以名其詞，亦太好奇矣。

胥吏白謙餽上官鮮鯽百尾，而書云「百頭」。上官怪問何典，白謙曰：「小人讀《詩經》，有『魚在在藻，有頒其首』，二章『魚在在藻，有莘其尾』，稱首而不稱尾者，尊上耳。」上官乃大悦。

木工蕭中索係雲間人，能詩。其五言曰「遼海吞邊月，長城鎖亂山」、「水清魚入定，林静鳥忘機」，七言曰「山寺落梅傷别易，天涯芳草寄愁難」，皆絶妙好辭。

衣工李東白，京山人，《登黄鶴樓》詩有「秋在仙人鐵笛中」句。後舟過雲夢，哦詩船頭，一笑赴水死。

柳如是，錢宗伯側室，初名楊愛，爲盛澤名妓徐佛弟子，工詩善書，色美於徐。往往自負曰：「天下惟錢虞山學士始可言才，我非才如學士者不嫁。」適宗伯喪偶，聞之大喜曰：「天下有憐才如此女子者耶？我亦非才如柳者不娶。」庚辰冬，柳始遇宗伯。特爲築我聞室，十日落成，促席圍爐，相與餞歲。柳有《春日我聞室》之作。次年結褵於芙蓉舫。三泖縉紳喧焉騰集，至輕薄子投磚擲礫。而宗伯吮毫濡墨，笑對鏡臺，賦催妝詩，自若也。于歸後，宗伯目爲絳雲仙姥下降。但仙好樓居，又於半野堂後構樓五楹，窮丹碧之麗，顔曰「絳雲」，兼藏牙籤寶軸，與柳日夕晤對，有「風前柳欲窺青眼，雪後山應想白頭」之句。晚年圖史較讐，惟柳是問。臨文有所討論，柳輒上樓繙閲，雖縹緗浮棟，而某書某卷，拈示指纖，百無失一。戲稱爲「柳儒士」，字蘼蕪。

瑶湘，王蒲衣女，能詩。擇婿得故人子李孝先。蒲衣性嗜音律，嘗度曲，孝先和之，瑶吹洞簫以赴節。夜闌時，聲發溹廬，聽者有月笙雲璈之想。未幾，孝先卒。瑶怡然守節，自稱「逍遥居士」。蒲衣爲刻《逍遥樓詩》。

葉小鸞，字瓊章。家工部之室宛君，才華絶世，小鸞其幼女也。方十齡，與母氏夜坐。宛君口占一語曰：「桂寒清露濕。」鸞即應聲曰：「楓冷亂紅飄。」共驚其敏。惜未笄而亡。其詩詞載《午夢堂集》。

顔芳在字柔仙，桐鄉人。有《送春》一聯云：「緑酣鶯語澁，紅瘦蝶魂癡。」其妹宛在亦能詩，所配非偶，抑鬱而亡。遺詩有云：「對鏡自憐非似我，可能描取舊時容？」

黄皆令字媛介，秀水人。與姊氏媛貞俱擅麗才，而介尤有聲香奩。適楊元勳，以家貧遊江湖，爲閨塾師。作歌自序云：「予産自清門，歸於素士。兄姊雅好文墨，自少慕之。乙酉逢亂被劫，轉徙吴閶，羇遊白下，後入金沙，閉迹牆東。雖衣食取資於翰墨，而聲影未出於衡門。將還省母，作歌，題曰『離隱』，歸於家孟。或者無曹妹續史之才，庶幾免蔡琰居身之玷云爾。」吴梅邨賦《鴛湖閨咏》贈之。

王辰若煒，太倉人，陳光緈室。與卞夫人爲師弟交，得其清秀蒼韵之傳，有林下風。以世亂偕隱於婁，顧伊人稱爲笄幃中道學宿儒，不當以香奩目之。如「月光臨水浄，雲氣近山多」，佳句也。

小畹夫人，吴玉川室。吴園次寄《二分明月女子集》、《鵑紅夫人集》乞其婦題跋，小畹夫人題一絶云：「郵筒纔到一函開，明月鵑紅寄集來。閨閣文人應下拜，吴興太守總憐才。」園次係玉川之兄，時爲吴興守。

商婉人，一字嗣音，會稽人。善書，嘗倣吴彩鸞寫唐帖，作廿三先、廿四仙。沈礀芳贈詩云：「簪花妙格自嫣然，顆顆明珠貫作編。始識彩鸞真韵本，廿三廿四是先仙。」嗣音兼能制藝，手評沈文一卷，亦贈詩曰：「細筆猩紅絶妙詞，掃眉窗下拜名師。從來玉秤稱才子，樓上昭容字婉兒。」

湯華嚴，沈無咎室，合刻詩稿，名《笙磬同音》。湯以《鳳仙花》詩得名，其詩曰：「寄迹蒼苔曲逕邊，芳菲已過艷陽天。丹山有侣難生翼，蓬島無名也號仙。籬菊曉風交甚淡，海棠秋月笑爭妍。若教飛上秦娥指，别有清音泛夜絃。」

陸觀蓮，嘉善人，適殳丹生，隱震澤。草屋蕭蕭，燈火時絶。夫婦唱和，比舍聞歡笑聲，則觀蓮詩成，丹生擊節而歌，林間宿鳥皆驚起。女名默道人，亦能詩，母死三日，亦卒。平生好管夫人《墨竹》一幅，并玩好文石子十數枚，悉納之棺。其自序詩卷略云：「三歲飄零，從二親於外郡；十年夢想，欲一返於山鄉。爲父爲兄，尋採藥之赤松，旦暮可遇；曰母曰女，盼傳書之青鳥，闉闍非遥。」

徐昭華，嗣音之女，執弟子禮於毛西河。張錫懌有詩云：「弟子如蘇蕙，先生類馬融。」昭華善畫蝶，西河命題五絶，遂立就云：「蛺蝶翻飛去，翩躚彩筆中。雖然圖畫裏，渾似覓花叢。」衆皆傳和。

張曼殊，西河側室，娶於京師，日以魯酒青豆相對飲。袁編修贈詩云：「薄飲梨花春，微弄蘭香豆。不逢燕趙姿，但誇東南秀。」時陳檢討姬人陶三孃往見之，爲不食數日，曰：「南中無此人也。」時元夕後，曼殊贈詩云：「元夕踰三日，天花傍一枝。二更纔上月，翻恨見來遲。」曼殊死前一日，遍憶諸舊及陶，曰：「陳太史亡後，恐其人不能無恙，吾甚思之。」後果入旗作官奴。

趙璧夫祁六戍塞，璧寄詩有「曼華不落雁書稀」之句。俗以紫茉莉占候云：「曼華因風吹，落雁皆南飛。」

紀阿男，紀伯紫之妹，有「棲鴉流水點秋光」句，後適莒州杜氏，以節聞。伯紫與漁洋書云：「《秦淮雜詩》中『不見題詩紀阿男』，是青燈白髮之嫠婦，與莫愁、桃葉同列，後人其謂之何？」漁洋謝之，後力主覆疏，旌其廬，笑曰：「聊以懺悔少年綺語之過。」

小楊枝。如皋冒辟疆有園亭聲伎之樂，歌者楊枝，態極妍媚。知名之士題贈盈卷，惟陳其年詩最佳。閱二十年，而楊枝老矣，其子亦玉人也，因呼小楊枝。一日讌集，出前卷相示。邵青門題其後曰：「唱出陳髯絶妙詞，燈前認取小楊枝。天工不斷消魂種，又值春風二月時。」

陳若蘭，海鹽人，著《閨詞百首》。内一絶云：「閨中喜作道家妝，雲錦裁成緑羽裳。學戴星冠簪日月，侍兒齊挽髻雙雙。」可以想見其人矣。

安丘女子梁頎，號哀石道人，歸韓生。頗能詩，嘗有句云：「梨花皓月原同色，風竹流泉不辨聲。」共相傳誦。

附小石林詩話四則

集中《九邊》詩，友人朱愷仲攜之入楚。漢陽王孟穀戩見而愛之，寄跋語一則，已載卷首。孟穀，曾有人薦舉，不就。阮亭謂：「楚才自胡君信、顧赤方而外，僅見此人。」與余千里神交，竟成知己。江南朱草衣以「夕陽僧打破樓鐘」句得名，與余亦未識面。寄詩張同知云：「他時若訪張司馬，紆道先尋小石林。」

《十三陵》詩係和沈方舟韵，時戴田有以《南山集》被逮，邑中傖父將此詩呈堂。老友過錫璜叱之曰：「審若是，則《明史》亦不可修矣。」一笑而罷。

康熙己亥春，霖雨兩月，居民無薪舉爨，幾至絶食。邑某醉歸，大言曰：「家有積薪數萬，何不取用？」鄰人欣然從之，頃刻而盡。某於次日酒醒，悔之。小石林戲作一絶云：「積薪散去不論錢，酒後財疎亦偶然。但令癡翁日日醉，滿城冷竈盡生烟。」一時哄傳。

小石林詩話二編

平湖葉之溶撰　同男葉鑾筠客纂
諫松窗
鑿天池

乾隆元年五月望日，上覽舊作誌懷，賦七言律詩一首，交南書房翰林和韵：「芸帷書史昔流連，今日拈毫屬偶然。賸有憂懷批奏牘，那餘逸興賦詩篇。漏聲滴盡銀壺箭，香縷飄殘寶篆烟。猶憶昨年瀟灑甚，緑窗愛月每遲眠。」

是年九月，復開博學鴻詞科，首場題三道：「山雞舞鏡」詩七言十二韵；「五六天地之中合賦」，以「敬授天時聖人所先」爲韵；「黄鐘爲萬事根本論」。次場「十三經解」、「二十一史論」，取一等〔六〕〔五〕人：劉綸、潘安禮、諸錦、于振、杭世駿；二等九人：楊汪度、陳兆侖、程恂、沈廷芳、夏之蓉、汪士鍠、齊召南、周長發、陳士蕃，又補劉玉麟一名。一等授翰林院編修，二等授檢討。其未中舉人者着爲庶吉士。次年續考，取萬松齡、張漢爲檢討，朱荃、洪世澤爲庶吉士。

聖祖時，每御便殿作榜書，召内直翰林賜觀。諭云：「爾等家中各有堂名，不妨自言，當書以賜。」陳元龍跪奏：「臣父年踰八十，欲得『愛日堂』三字。常瞻堯天舜日，臣父藉以延年。」上即揮毫書賜。又嘗賜金扇御書，有「故人好在重攜手」之句，傳旨云：「此扇詩句慎重，不輕賜人，今特賜汝，以舊臣故也。」常呼爲「老翰林」而不名。

千叟宴，於康熙六十一年正月初五日，傳集文武各官年六十至八十以上凡一百六十人，賜宴於乾清宮庭墀。宴畢，聖祖御東煖閣賦《千叟宴》七律一首，與宴諸臣各賦詩一章。

世宗憲皇帝取古今詩文之快意者，彙爲一編，名曰《悦心集》。所載《知足箴》云：「人生儘受福，人苦不知足。思量事累苦，閒着便是福。思量疾厄苦，無病便是福。思量患難苦，平安便是福。思量死來苦，活着便是福。也不必高官厚禄，也不必堆金積玉。看起來一日三餐，有許多自然之福。我勸世間人，不可不知足。」

又《不知足詩》曰：「終日奔波只爲饑，纔方一飽便思衣。衣食兩般皆具足，又想嬌容美貌妻。娶得美妻生下子，恨無田地少根基。買得田園多廣闊，出入無船少馬騎。槽頭結了騾和馬，歎無官職被人欺。縣丞主簿還嫌小，又要朝中掛紫衣。若要世人心裏足，除是南柯一夢回。」

《清言》數則云：「『月到梧桐上，風來楊柳邊』，大丈夫不可無此襟懷。『海闊從魚躍，天空任鳥飛』，大丈夫不可無此度量。『珠藏川自媚，玉韞山含輝』，大丈夫不可無此藴藉。『玄酒味方淡，太音聲正希』，大丈夫不可無此風致。『秋月揚明輝，冬嶺秀孤松』，大丈夫不可無此節操。『兩儀常在手，萬化不關心』，大丈夫不可無此作用。」

孝廉顧某有《咏城頭草》詩，中含譏刺。世宗見而怒之，將治罪，忽見其哭聖祖數詩，悲哀之句，感動宸衷，遂命來京，授以京職。

陳海寧相國兄弟同官於朝者十人，兄則朝伯、陟齋、實齋、勿齋、香泉、原期，弟則廷益、巨高、榮期，或居卿貳，或居詞館，或列臺省，或官郎署，一時極盛。今歘歷中外，各各散去。因成五律曰：「昆弟同朝盛，當年記十人。於今思宦迹，不異數家珍。遠地多懸綬，臨風或憶蓴。從兄惟有我，故里作堯民。」

居大司空日，年已七十餘，有旨許坐肩輿入内東華門直至景運門，又許帶子孫弟姪一人扶掖侍側，異數也。詩云：「詔許肩輿入禁門，扶攜登陛侍兒孫。賜餐授几隆恩禮，薄德高官愧達尊。」

前辛丑夏，朱竹垞寓湖上昭慶僧舍，時錢牧齋、曹秋岳、周元亮、施尚白諸公先後遊杭。人有持《西湖竹枝詞》請錢先生甲乙者，先生曰：「和者雖多，要不如老鐵。」次日群公泛舟於湖，曹先生引杯曰：「鐵崖原倡外，誰爲擅場？各舉一詩，不當者罰。」周先生舉陸仁作云：「山下有湖湖有灣，山上有山郎未還。記得解儂金絡索，繫郎腰下玉連環。」施先生舉張簡作云：「鴛鴦蝴蝶盡雙飛，楊柳青青郎未歸。第六橋邊寒食雨，催郎白苧作春衣。」南昌王猷定于一舉嚴恭作云：「湖中女兒不解愁，三五盪槳百花洲。貪看花間雙蛺蝶，不知飛上玉搔頭。」吴閶袁于令令昭舉强珇作云：「湖上女兒學琵琶，滿頭多插鬧妝花。自從彈得陽關曲，只在湖船不憶家。」武進鄒祇謨訏士舉申屠衡作云：「白苧衫兒雙髻丫，望湖樓子是儂家。紅船撑入柳陰去，買得雙頭茉莉花。」錢塘胡介彦遠舉徐夢吉作云：「雷峰港口晚涼天，相唤相呼出采蓮。莫謂采蓮忘却藕，月明風定好迴船。」蕭山張杉南士舉繆侃作云：「初三月子似彎弓，照見花開月月紅。月裏蟾蜍花上蝶，憐渠不到段橋東。」山陰祁班孫奕禧舉釋道元作云：「湖西日脚欲没山，湖東月出牙梳彎。南北兩峰船上看，恰似阿儂雙髻鬟。」錢塘諸九鼎駿男舉馬琬作云：「湖頭女兒二十多，春山兩點明秋波。自從湖上送郎去，至今不唱江南歌。」竹垞曰：「諸公所舉皆當，不若吴興沈信之作也。」其詞云：「儂住西湖日日愁，郎船只在東江頭。憑誰移得吴山去，湖水江波一處流。」不獨寄托悠遠，且合《竹枝》縹緲之音。曹先生曰：「然。」於是諸公各浮一大白。

宋荔裳罷官遊西湖，與徐鐵崖、曹顧庵、王西樵宴集，演《邯鄲夢》傳奇。荔裳曰：「殆爲吾輩寫照也。」即席賦《滿江紅》云：「古陌邯鄲，輪蹄路、紅塵飛漲。恰半晌、盧生醉矣，龜兹無恙。三島神仙遊戲外，百年卿相蘧廬上。歎人間、難熟是黄粱，誰能餉。　滄海曲，桃花樣；茅店内，黄雞唱。閲今來古往，一杯新釀。蒲類海邊征戍碣，雲陽市上修羅杖。笑吾儕、半本未收場，如斯狀。」詞初成，座客傳觀屬和，爲之慷慨罷酒。

家忠節公映榴字丙霞，由詞館補授郎署，司権西江，衡文關内，轉武昌糧道，掌藩司印。武昌兵變，環撫署索餉。時公在署，力勸升堂。不從，自内署遁去。亂兵遂擁入，公挺身諭之。衆曰：「此廉吏，不可傷。」擁公至山下，公戒以毋得焚掠，三日後當從爾輩之請。遂歸藩署，夜令家人奉太夫人覓小舟潛渡。次早刺血草疏，并封印信，遣人間道詣京師。乃朝服，北望稽首，升大堂公座，引佩刀自裁。迨三日後賊如約登堂，見公猶危坐，及近前方知已死，因羅拜於地。疏至京師，上臨軒震悼，禮臣議恤，贈少司空，廕一子。上親書「忠節」二字爲謚，又書「丹心炳册」以賜。海寧陳相國係其妻弟，作《感舊述懷》六十韵，朝野傳誦。

客有言，頃見一士題詩西湖壁間，朱竹垞即偕吳寶厓往觀之，墨瀋未燥，而其人已去。詩云：「昔年湖上蕩舟頻，風日清和二月新。橫著一枝臨水麗，畫樓看殺捲簾人。」「日日東風第四橋，夭桃故故泥人嬌。春深只戀啼紅樹，不信黃鸝恨不消。」共賞其風調。

查聲山昇殿試日已定一甲第一名，及讀卷至一甲二名查嗣韓，上問爲誰，中堂奏查昇之叔。上以叔不便居姪後，特易置之。與郊、祁事頗相類，當時贈詩有「却喜郊、祁換奏名」句。

王瑁湖項齡。雲間秀甲園，時巡蒞止，嘗一再幸。中有蒸霞榭、嘉樹軒、懶柳齋、清音閣、秋水軒、小桃源、常清浄齋、騁懷閣、花步、釣魚閒處、藕花灣、竹笑亭、九鬟閣、含暉樓、二薇亭、紅藥山房、觀魚檻、竹西草堂，皆繪圖歌詩。

平湖《兩俎雙珉詩》，前輩作者甚衆。「兩俎」者，李潛夫天植、馬和衷嘉禎，皆前明孝廉，共列祀典；「雙珉」者，王柘湖梅以庶常謫滁州州判，李潛夫改名確，二人無嗣，爲之立石。

彭羨門與王阮亭齊名，時號「彭王」。嘗晚步蕭寺，僧方製琉璃長明燈，請賦之。彭許諾，僧退煮茗，未熟而賦已就。羨門於康熙丁丑假歸，九月九日率子姪登秦駐山，賦詩曰：「平生幾緉中郎屐，更不登臨奈老何。」明年此日遂卒。

汪堯峰《家居聞薦舉言志詩》四首，録其一云：「久忘箋傳語云何，蠶譜農書記憶多。腰了一鎌肩一笠，只應赴個力田科。」又家人以病者請禱，答以詩曰：「家有病熱者，往往語多囈。舉室共驚愕，雜延醫巫至。或云鬼求食，或云風爲厲。衆説頗紛紛，未知果誰是。從來本儒素，豈暇崇淫祀。稍習黃農書，湯劑固應議。藥物與牲鬵，二者均一費。神奸何能爲，治之以不治。」

堯峰問龔尚書曰：「古人窮愁著書，今某輩奔走衣食，頓覺詩思荒蕪，都無逸興，如何？」龔曰：「古人直是憂讒畏譏耳，與近世金盡裘敝者不同，故能托物感懷，纏綿悽惻。若使飢寒切膚，恐未暇爾爾。」

計甫草哭子過，時堯峰作詩規之。龔尚書見而歎曰：「甫草情深，鈍翁論正，父子朋友間兩無遺憾矣。」

梁侍御自顏其齋曰「晳次」。堯峰不解其義，每相諮問。梁曰：「願居曾晳之次。」盖以狷者自命也。因與葉子吉同作齋記，并命文與也繪圖，題詩其上。

李侍郎敬善指摘人文字，嘗讀堯峰作，未終篇，輒掩卷不語。問其故，李指所引「菁莪」字樣曰：「經有『菁菁者莪』之什，無『菁莪』之什也。」堯峰一時屈服。余謂李持論太拘，若「菁莪」可以指摘，則廢「蓼莪」亦不成典故矣。

梁玉立著有《蕉林集》。一日高念東欲遊葑臺看菊，有詩嘲朝士，既而不果，亦爲詩嘲之曰：「秋原黄菊漸離披，走馬城南怪底遲。畢竟軟紅塵可戀，淵明不復問東籬。」「借馬尋秋早散衙，逡巡門户日西斜。白衣送酒荒唐甚，寂寞終嫌處士花。」

陸雲士言武林有三勝：西溪之梅花，臯亭之桃花，河渚之蘆花。梅名「香雪」，桃名「絳雪」，蘆名「秋雪」。但此外靈隱之桂花獨不可名「黄雪」乎？擬作《四雪詩》而未就。

金秋谷維寧性喜食黄瓜，北方此物初出能治病，價值最高。在京師時，友人贈以二枚，因厚給來使，重其禮也。及南還家，園隙地俱種，纍纍滿室。賦詩云：「莫謂家居貧太甚，年年瓜價省千金。」

馮定遠班，有餉以美酒者，暇日開尊，司酒人易以濁醪，因作詩云：「連飲杯中物，朱顔未覺酡。應憐鼹腹小，特遣飲黄河。」

吴日千騏《與草木言詩》六首，自序云：「山棲以來，故交都絶，中庭草木，皆知己也。松柏爲師長，桐竹爲昆季，蔓草爲僕隸。彼雖無言，余豈能嘿嘿哉？」《與松言》曰：「松生高山上，晝永風肅肅。閲世三千年，不改堯時緑。秦皇伯益裔，賜爵未爲辱。」次柏，次桐、竹，皆有言。

雲間周某過當湖，賦弄珠樓詩，有「三島」、「十洲」、「千里」、「江心」字樣。沈古民譏之曰：「華亭有客號詩流，三島真能對十洲。一水盈盈千里目，江心飛入弄珠樓。」

近有兄弟二人同賦梅花詩，詩無佳句。陸葯亭譏之曰：「如此梅花如此句，壎篪合是一般吹。」

李期叔延是，杭州法相寺小師贈以方竹杖并詩曰：「枕須圓者杖須方，各有差排本異常。方處不離圓處用，道人别自解行藏。」期叔答之曰：「小師禪窟踏來多，平不安身險奈何。會取方圓全用處，依然笑倒老維摩。」

陸孝山世楷兩任太守，以廉潔自守。有《悵無履》詩寄内曰：「曳履誰憐東郭貧，經年踏遍嶺頭塵。應知浪迹難拘束，文履曾無寄遠人。」弟閣學葇著《雅坪集》，居官亦以廉潔勝，有《着故衣志感》詩，自序云：「昔年製一袍，除中翰後肌體癡肥，不可復御，久藏笥中。去冬病困，羸瘠不堪，今春出而服之，殊覺稱身。」詩曰：「三十多年一錦衣，開箱翻覺有餘輝。似量瘦項先裁領，恰稱羸腰預減圍。篋扇光重披月素，囊琴韵復理星徽。蒙茸更愛狐裘敝，好伴漁樵醉雪磯。」

魏禹平坤仲冬歸里，彭刺史贈以皮袴，遂賦長句云：「先生治瀛歌五袴，口碑至今滿行路。笥中猶剩一良衣，風亂茸毛絲則素。問誰負甕披錦襠，三生舊事真茫茫。劫來海國忽萍聚，旅情宦味同蕭涼。對床一編燈照讀，夜展銀毫鼠鬚禿。蟻爲緣磨長逡巡，蝨因處褌同瑟縮。吾聞婁師德，作督官豐州。皮袴馬上着，來往抒經猷。君才早越綺羅儔，老手便劇推名流。題輿不遠合貯留，恰稱烏帽素羔裘。着新棄舊豈君意，不待有功即全卑。爲憐短褐行衝寒，煖下當思用革利。手提笑擲比刺文，珍重敢忘同澤義。余欣服之登長途，據鞍更足誇武夫。壚邊滌器穿犢鼻，羞學犬子歸成都。」

九月十九日，宋人以是日爲重九。吳冠五有「花寒今十日，酒冷古重陽」句。周櫟園亮工走筆和之云：「白日荒涼甚，卑棲此夜長。兵戈猶故里，風雨更重陽。作意留佳節，遲人説晚香。傳聞災可避，又製紫萸囊。」閩中將樂縣以三月爲小清明，八月爲大清明，乃作《大清明曲》：「孤墳亦識歲時更，短竹齊挑八月籯。赤壤青松雪色紙，鏞州獨作大清明。」

袁韞玉工傳奇，《西樓》盛行於世。年七十餘，往來吳越間，意致飛揚。名優群供飲食，得一盼爲幸。自書曰「走凡」，别有稱「飛仙」者。櫟園贈詩曰：「七十顔能駐，如公勝偓佺。新詞柔老腕，妙舌縱長年。得在身堪鬭，知貧道自堅。走凡真是足，不更羡飛仙。」

張運青鵬翮奉使倭羅斯國，以家書寄其子曰：「『從來思博望，許國不謀身』，固予志也，是以不寄家書。帳中無聊，閱唐人『烽火連三月，家書抵萬金』，又境與之合，因附一字，使爾知我平安，以歸報高堂，釋憂疑也。」

黄遠公鵬揚《讀史吟箄》咏蘇武一絶云：「孤持漢節伴穹廬，嚙雪吞氈北海居。留得丹心能貫日，何曾飛雁解傳書。」蓋蘇武實無繫帛事。元時郝經使宋，被留十六年。汴中射雁金明池，得郝帛書，詰之，始放還。

余澹心懷作《板橋記》，言秦淮燈船之盛，天下所無。兩岸河房，雕欄畫檻，綺窗繡障，十里珠簾。客稱既醉，主曰未也。某名姬在某河房，以得魁首爲勝。須臾燈船畢集，火龍蜿蜒，光耀天地。揚搥擊鼓，蹋頓波心。自聚寶門水關至通濟門，喧闐達旦。桃葉渡口，争渡者喧聲不絶。乃作《秦淮燈船曲》：「遥指中山曙色開，六朝芳草向瓊臺。一園燈火從天降，萬井珊瑚駕海來。」「夢裏春紅十丈長，隔簾偷襲海南香。西霞飛出銅龍館，幾隊蛾眉一樣妝。」

教坊中市肆精潔，香囊雲舄、名酒佳茶、餳糖小菜、簫管琴瑟，並皆上品。外間人買者不惜貴價。女郎贈貽，都無俗物。李仙源《十六樓中》絶句云：「市聲春浩浩，樹色曉蒼蒼。飲伴更相送，歸軒錦繡香。」

曲部中狎客張卯官善笛，張魁官善簫，管五官善管子，吴章甫絃索，盛仲文十番鼓，丁繼之、張燕筑、沈元甫、王公遠、宋維章串戲，柳敬亭説書。時集於眉樓，每集必費百金。張魁官往來名妓家甚熟，籠中鸚鵡見之，叫曰：「張魁官來，阿彌陀佛。」每早起，即到樓館插瓶花，爇爐香，洗岕片，拂拭琴几，位置衣桁，不令主人知也。常自言「我雖賤士，然茶非惠泉水不沾唇，飯非四糙冬舂米不入口，夜非孫春陽家通宵椽燭不開眼。」國變後，於破版橋邊一吹洞簫。屋中一老嫗啓户出曰：「此張魁官簫也。」爲嗚咽久之。後丁繼之演戲扮張驢兒孃，張燕筑扮賓頭盧，朱維章扮武大郎，皆妙絶一世。丁、張二老壽九十餘，錢宗伯《題三老圖》詩末云：「秦淮烟月經遊處，華表歸來白鶴知。」不勝黄公酒壚之嘆。

瓊客言，《板橋記》須用冷金箋畫烏絲欄，寫《洛神賦》小楷，裝以雲鸞縹帶，貯之蛟龍篋中，熏以沉水香，於風清月白、紅豆花間開看。

《筠廊偶筆》云：「適從士人會飲，臨風舉酒。有妓在座，謂諸君曰：『如此雲物高爽，可稱詩天。』只此二語，其妓即日聲名頓起。」

孫可望陽奉永曆，任意誅殺，一時廷臣，皆收爲腹心。主事方于宣諂事尤甚，爲可望撰國史，稱張獻忠爲太祖，比崇禎爲桀紂，制天子鹵簿，定朝儀，言帝星明於井度。後可望敗，投歸本朝，方自知禍及。時錢邦芑守死抗節，人心所歸。方又馳書於錢，欲糾集義旅擒賊以報國。錢大笑，答一絶云：「修史當年筆削餘，帝星井度竟成虚。秦宫火後收圖籍，猶見君家勸進書。」

顧偉南開雝國初亦作《諸將》詩，蓋謂荆國公方磐石國安、威遠侯方晉明元科、寧國公王九如之仁、義興侯鄭履恭遵謙、建威伯趙瑞之天祥、恢疆伯王振陽國斌、永康伯張羽君世鳳、肅虜伯黄虎癡斌卿、開遠伯吴台伯凱也。

康熙年間，每御瀛臺，必在暑月。乘早涼入西苑門，大柳星稀，高槐流露於宫牆。緑岸徐行，菰蒲四面，水禽啁嘈，與江南水鄉無異。既渡長虹，則荷香襲衣，牐流滴耳，宛在夢中聽箏筑聲。然後復循内苑牆入小紅門，豁然大湖，有紅板長橋横跨水面，橋夾朱欄，欄外雜列魚罾。凡朝官渡橋者俱許抽罾捉魚，得即攜歸。李侍講《石臺》詩云：「紅橋循蟻渡，緑綬貫魚歸。」正指此也。

京師宣武門西竹林寺傍有酒家，名頂泉居，其酒名薊酒。張毅文嘗讌客往沽，且爲詩曰：「竹林寺畔頂泉居，井澤香甘新醡餘。豈是三辰酬草制，那能千日夢華胥。野梅欲破偏宜雪，市味難兼幸有魚。縱飲莫隨燈促去，免教元結笑何如。」時京師宴會方小徹，長班即提燈前除以促之，此亦一煞風景事。

虎丘修禊，吴閶宋既庭、章素文主之，江、浙二省及遠赴者幾二千人。先一日，布席山頂。次夕聯巨艦數十，飛觴賦詩，歌舞達旦。翌日各挾一小册，彙書籍貫、姓名而散。真修禊以來盛事也。梅村以詩紀之，云：「楊柳絲絲逼禁烟，筆床書卷五湖船。青溪勝集仍遺老，白袷高談盡少年。箏屐鶯花看士女，羽觴冠蓋會神仙。茂先往事風流在，重過蘭亭意惘然。」

黄雪芳，老儒也，家貧，寓横雲之山寺。一日薄暮，見有客幅巾紵袍坐石上，相與議論古今，吐詞清雅。曰：「聞君善詩，有一絶奉聞。」遂朗吟：「山花不復春，磵霧滴如雨。寂寞青松根，烏啼墓門樹。」忽不見。

董閬石含《蓴鄉筆記》云：「予東墅有小池，植蓮，每歲爲雨所敗。偶閲他書，曰『蓮初透水，爲驟雨所淋，輒中夭』。因出新意，剪荷葉，綫縫之，作兜鍪狀，名『蓮笠』，雨則遍覆之。并戲咏曰：『欲展凌波步，先爲行雨裝。擘羅深覆額，擁髻暗藏香。莫倚傾珠蓋，應同裹玉囊。自憐嬌小甚，脈脈待恩光。』」此事甚韵，當倣而行之，以當護花鈴耳。

熊侍郎文舉見錢虞山作詩贈歌童入燕，纏綿哀艷。時屬國初，文舉和韵以諷曰：「金臺玉峽總滄桑，細雨梨花枉斷腸。惆悵虞山老宗伯，浪垂清淚送王郎。」虞山見之，不懌者數日。

蔣静山仁錫嘗論樂府一道，因聲成曲，寄托深遠。自漢以降，能者蓋寡。建安、黄初間，詞旨一變，音節未失也。宋、齊訖隋，惟尚綺麗。至唐楊、盧、沈、宋，往往就題直咏其事，了無諷諭。惟李白天才雄放，庶幾近古；少陵《兵車行》、《石壕吏》諸詩，皆樂府之遺也。其論古簡當，與東阿于文定之説互相發明。

唐詩初、盛、中、晚，各有界限。自高祖武德元年至玄宗壬子歲，共九十五年，爲初唐；自玄宗開元二年至代宗乙巳歲，共五十三年，爲盛唐；自代宗大曆元年至文宗乙卯歲，共七十年，爲中唐；自文宗開成元年至哀宗末年，共七十一年，爲晚唐。總計二百八十九年。

虞虹升兆隆云：「平調、清調、瑟調，皆周房中之樂。太白之《清平調》，其意以明皇、楊貴妃擬文王、后妃二《南》之盛，而詞中極形容艷冶之態，不亦謬乎！」

蔡可宗隨父仲敷司理衡州，過鄱陽湖，題小姑廟詩有狎嫚語。其夜，岸上無柝聲，詰朝官召巡役詢之，答曰：「昨夜見有冠帔者立船頭，我輩謂是夫人玩月，故不敢出耳。」未幾開船，風陡發，全家幾覆。

沈覃九工詩畫，爲平湖望族。作《東湖曲》云：「東湖舊是我家湖，青柘愔愔儼畫圖。一自孝廉船泊後，酒邊意氣近來無。」自注：「家小山公不事生産，日飲於錦衣宅，以東湖私贈之。」覃九一字黑蝶，沈柘西贈詩曰：「紅藕莊邊看黑蝶，眼前詞客未蕭涼。」曹儀部亦極賞之。

王紫詮烘有《憶雪樓集》，言粤中八熟，稻、豆、麥、橙、橘、甘蔗、龍眼、荔支也。又居人每以糖菓售外來估客，取值以完公賦。故其詩曰：「嶺南八熟易謀生，龍眼離支雜橘橙。留得新絲與新穀，不愁官吏急輸徵。」

喬石林萊嘗典試粤西，《聞杜鵑》一絶云：「萬點青山一抹烟，春帆斜挂白雲邊。歸心已共湘流急，不用枝頭唤杜鵑。」王新城以爲百讀不厭。道經永州，零陵令黄某喜風雅，索贈詩。幕友湯西厓賦一聯云：「地是柳侯曾作記，人如潘令只栽花。」最爲諦當。

唐實君孫華《題磻溪》詩曰：「尚父精神老更遒，一竿唾手取神州。諸侯八百皆貪餌，惟有夷齊不上鈎。」古今絶唱。嘗冬月畏寒，苦無燠室，於堂之東偏遂葺一間，每午餘日照西窗，暄煖可愛。偶憶貧兒無衣，見日則曰：「黄棉襖子出矣。」因顔曰「黄綿室」，并詩云：「往還客斷雀羅門，碧瓦虚明愛曉暾。高卧恰同嵇竈煖，深居常比晏裘温。爐香茗椀宜人静，蠹紙蠅書便眼昏。留待夜來憑几坐，疎櫺先受月華痕。」

田綸霞雯性好山薑，官京師時得之，因寓居其地。有「牆下山薑」句，京師傳誦，謂之「田山薑」。

而公亦自號山薑子，所著述皆名《山薑集》。其《移居》詩曰：「東野家具少於車，學打僧包何爲家。一捆亂書十瓦缽，奚奴負走如奔麏。小巷偪塞通破寺，鄰人指説來官衙。自操箕箒掃土銼，糊窗吹紙西風斜。雨淋屋塌堆瓦礫，牆角殘立山薑花。日暮天寒驗霜信，匝飛頹樹啼老鴉。短檠無油月相照，二更三更城鼓撾。魚目鰥鰥瞠不睡，直從萬古尋羲媧。」詩成，和者甚衆。

近學使幕中有一閲文者，得病辭歸，賦五言歇後詩云：「拋却刑于寡，來看未喪斯。只因三日不，遂得七年之。半折援之以，全昏請問其。過了子游子，棄甲曳兵而。」全首對仗精工，注脚俱用虚字，甚奇。

家星期燮著有《己畦詩集》，一日買舟遊廬山，行裝寄逆旅。去之夕，館人不戒於火，裝委於燼。旁人歸咎山遊，作詩自解云：「開闢有廬山，遊者當不一。遊山非知山，相見不相識。人生知己難，山亦知己急。余胸有廬山，山靈知其實。山靈愛我遊，萬事都不必。兩知相視間，所得雙莫逆。余囊無長物，嶺梅知消息。花神權其衡，請易均得失。祝融奮然興，急將公案畢。廬山發大笑，君無更唧唧。」年七十餘，又欲作太華、峨嵋之遊，諸同人咸以爲駭，且曰：「未聞年邁而遠遊者，獨不爲身計耶？」星期曰：「人之壽夭〔一〕

【校勘記】

〔一〕此下原闕一頁，約四百五十餘字。

杜于皇《初聞鐙船鼓吹歌》：「一聲著人如夢中，雙槌再下耳作聾。三下四下管絃沸，鐙船鼓聲天上至。居然列坐倚船舷，驚指遥看相詫異。鼓聲漸逼船漸近，亦解迴環左右戲。急攢冷點槌猶澀，春雷坎坎初驚蟄。吹彈節鼓鼓倔强，中有閒情闌不入。吁嗟此時聽鼓止聽鳴，誰能打搯聲裏情？誰能眼底求精妙，乍許胸中見太平。太平久遠知者稀，萬曆年間聞而知。九州富庶無旌麾，揚州之域猶稀奇。誰致此者帝軒羲，下有江陵張太師。江陵初年執國政，樂事無多廟廊競。爾時秦淮一條水，伐鼓吹笙猶未盛。江陵死日富强成，聖人宫中奏雲門。後來宰相皆福人，普天物力東南傾。豪奢横溢撒向水，此水不須重過秦。王家謝家侈紈袴，河海遊人鬬詞賦。廣陵女兒絶可憐，新安金帛誰知數。舊都冠蓋例無事，朝與花朝暮酒暮。水嬉不待二月半，袨服新妝桃葉渡。高樓夾水對排窗，捲起珠簾人面素。騰騰便有鼓音來，鐙船到處遊船開。燭龍但恨天難夜，赤鳳曾教晝不回。皇天此時亦可哀，黿年協律生奇材。善和坊接平康街，弄兒狎客多巨魁。船中百甕梁溪酒，膽大心雄選鋒手。蘇州簫管虎丘腔，太倉絃索崑山口。鎮江染紅製瓔珞，四椀珠燈懸一角。當前置鼓大如筐，黄金釘鉸來淮揚。此聲一驪衆聲集，不獨火中聞霹靂。風雨叢中百鳥鳴，旌旗隊裏將軍立。熬波煮火火更燃，積響沉舟舟未濕。可憐如此已快意，未到端陽百分一。記我來遊丑與辰，其時海内久風塵。石榴花發照溪津，友人置酒我作賓。下船稍遲渡口塞，踏人肩背人怒嗔。燈光鼓吹河沙遍，銜尾盤旋成一片。蔽虧果覺星河覆，演弄早使魚龍顫。衆人洶洶我静賞，初奏此時差可辨。須臾光響相糾結，維聞森森沉沉直上翻雲漢。東船西舫更交加，下視何由覩寸瀾。偶然閃倏透水處，如金在鎔風掣電。樓樓堂客船船妓,近不聞聲遠察面。嗚呼此時燈船更難動,但坐飽食揮槌調絲按孔相凌亂。侯家別擕清商部,那得於中聞唱歎。復有劣鼓與劣吹,就中藏拙誰能見。爆竹聲低烟霧濃,暫借香風解沾汗。露淋雨下不能退,樂極生悲真可厭。酒醒忽迷此何地,魂銷略記伊堪戀。直至明朝日亭午,船鬆却退人相羨。歸來沉眠猶竟日,流鶯啼破河陽戰。此後遊人數日稀,秦淮十里桃花片。記得坐中客,能說王穉登。穉登撾鼓湘蘭舞,賞音擊節屠長卿。後來好事潘景升,晚節猶數茅止生。絶藝於今誰作主,李小大歌張卯鼓。當時惆悵説今時,忽見今時又成古。年復年來事可歎,燈船伐鼓鼓不歡。辛壬之際大饑疫,惟見鳳陵烽火照見秦淮白骨横青灘。桃葉何須怨寂寞,天子孤立在長安。吾聞宰相蒯成侯,黄金至厚封疆讎。公卿濟濟咸一德,坐令戰鼓逼龍樓。甲申三月鼓遂破,斷管殘絲誰復和。半閒堂裏起笙歌,平章舟上稱朝賀。試問當時雷海青,階下池頭還幾個?新劇惟傳燕子箋,殺人有暇上游船。行人何必近前聽,荼毒鼓中無性命。同時阿誰伎最强,惟有黄劉高左四侯耳。君不見師延靡靡濮上水,未若玉樹後庭美。賞音何人丞相豗,相對掀髯復切齒。一撥絃中半壁亡,一棒鼓中萬人死。鼓急絃驚曲不長,兩年歇絶隨漁陽。有客徒憐橋下水,無人不斷渡邊腸。及此相看真分外,何許藏舟一舟枉。拂塵捍撥初光輝,奮捶揚袖藍褸衣。不燈漫乘夕照出,無伴知從何處歸?争新誇異各有故,君看西風桃李枝。西風一枝衆稱異,東風萬樹徒爾爲。入耳悲歡難具説,醉裏分明寸心熱。嗚呼漢代金仙唐舞馬,此事千年無有者。興亡不入心手閒,然後音聲如雨下。探湯撾鼓蒺藜刺,應有心肝礙胸次。餘音漠漠攪飛絮,燈船燈船過橋去。過橋去,傷鼓聲,長歌短歌歌當成。隴西李賀抽身死,舉盃相屬樊川

生。此生流落江南久，曾聽當時煞尾聲，又聽今朝第一聲。」此詩海内絶唱，惟熊敬脩和之，頗稱勍敵。〔一〕

【校勘記】

〔一〕此條承前缺頁，所録杜濬詩，據《變雅堂詩集》補足。

翡翠詩殊不多見，近有一燈謎甚佳，曰：「也不是關雲長，也不是楚霸王，也曾戰死在荆襄，也曾自刎在烏江。」

關夫子廟中對句佳者甚衆，余見一聯云：「威震九州，生蒲州，歸豫州，就義荆州；咸孚一德，兄玄德，弟翼德，不臣孟德。」切貼一生，可爲第一對句。

王阮亭言，詩之用藥名者，惟陳白沙詩「恰到溪窮處，山山枳殼花」，楊夢山詩「常記任家亭子上，連翹花發共銜盃」，皆未經人道。因書己作曰：「西風盡日濛濛雨，開遍空山白芨花。」

阮亭同年張某面黔而好傅粉澤。順治庚子與何蕤音同典廣西鄉試，桂林人爲之語曰：「本是個畫眉張敞，倒做了傅粉何郎。」一時捧腹絶倒。

一鄉先達不爲清議所容，常戒子孫勿學作古詩，作古詩恐壞人心術。或聞之笑曰：「沈休文始創四聲，漸變爲近體，想當爲君子第一，但不知何以處陶淵明？」

宋牧仲欲與阮亭選古今二十五家詩，起於曹子建、阮嗣宗、陶淵明、謝康樂、玄暉、陳伯玉、張子壽、王摩詰、孟浩然、杜子美、李太白、韋蘇州、韓退之、柳子厚、蘇子瞻、黄魯直、陸放翁、元遺山、高季迪、何太復、徐昌穀、高蘇門、皇甫子安、子循、鄭繼之，惜未卒業。

順治末社事甚盛，京師往來投刺，無不稱社盟者。楊自西雍建疏言之，遂有厲禁。邇來無不用「年家眷」三字，即醫卜、星相亦然。有無名子戲爲口號云：「也不論醫官道官，也不論兩廣四川，但通名一概年家眷。」

祭酒舊不一二年即遷去，春秋丁祭無過四者。高念東爲祭酒，久不遷。洪承疇戲謂曰：「先生可謂五丁開山矣。」高笑曰：「何妨六丁六甲。」果三年始遷。阮亭在成均四載，口占寄先生曰：「嘉話曾聞役六丁，任教人笑鈍司成。六丁今日還加二，始信前賢畏後生。」

阮亭嘗論唐人詩，王維佛語，孟浩然菩薩語，韋應物、劉慎虚祖師語，李白、常建飛仙語，杜甫聖語，張九齡晉人名士語，李商隱、韓偓兒女語，岑參劍仙語，韓愈英雄語，李賀才鬼語，盧仝巫覡語。至宋大蘇，有菩薩語，有劍仙語，有英雄語。

汪鈍翁小字液仙，程石臞小字佛壯，劉公戭自稱阿戭。漁洋詩曰：「佛壯題詩登秘閣，液仙趨府算錢刀。還思阿戭歸清潁，仕隱無端愧汝曹。」

洞庭丐者能詩，鈍翁常記其所作曰：「不信乾坤大，超然世莫群。口吞三峽水，脚踏萬方雲。」又：「燈火輝煌慶此宵，夜深兒女不相招。破蒲團上三更夢，那管明朝是歲朝。」殆隱于丐者。

康熙御書一詩賜庫勒納云：「滇海奇游萬里餘，天平樓閣化人居。鹿門不獨偕龐隱，彤管猶能續漢書。」群以爲唐人之詩。阮亭云：「此必贈吴郡范長白徐夫人小淑之作。」或問何以知之，曰：「范常官雲南而歸隱吴之天平山。時趙凡夫有才婦陸卿子，與徐齊名。徐有《絡緯吟》，陸有《玄芝考槃集》。以龐公、班大家擬之，無疑也。」彭羡門曰：「御書法董文敏，當即思白作，以爲唐人，誤矣。」

王漁洋奉使祭告南海，次桐城大雪中。陳默公焯初未相識，即過訪。一從者囊書數十册，羅列案上。指示曰：「此我二十年來所輯宋元詩，會聞君奉使過此，請決擇之，然後問世耳。」因縱觀是書竟日，賓主無一言及世事。此種胸襟，誠屬罕有。

昔人謂杜子美《禹廟》詩「空庭垂橘柚」，即厥包橘柚錫貢也；「古屋畫龍蛇」，即驅蛇龍而放之菹也。漁洋童時笑語諸兄曰：「如此則杜公詩何殊今佛寺壁畫觀音救八難、善財五十三參，關侯廟五關斬將、水淹七軍耶？」諸兄爲之軒渠。

《香祖筆記》謂古人詩且未論時代，但開卷看其題目，即可望而知之；今人詩且未論雅俗，亦看其題目，即可辨之。如晉、魏人詩題是一樣，宋、齊、梁、陳人又是一樣；北宋人是一樣，蘇、黄又是一樣；明人詩題泛濫，漸失古意；近則年伯、年兄、公祖、父母，俚鄙盡入矣。

惡詩相傳，流爲里諺，此真風雅之厄也。如「世亂奴欺主，時衰鬼弄人」，杜荀鶴語也。「今朝有酒今朝醉，明日愁來明日當」，羅隱句也。「但知行好事，莫要問前程」，馮道句也。「閉門不管窗前月，分付梅花自主張」，陳隨隱自述其先人藏一警句，爲真劉所激賞者也。

徐健庵贈阮亭以仰氏扇，其謝詩有「舊京扇貴李昭骨」，蓋明季李昭、李贊、蔣誠三人製扇骨最精。

王考功家自高曾祖父以來，各房正廳皆置兩素屏：一書心相三十六善，一書陽宅三十六祥。又一聯云：「紹祖宗一脈真傳，克勤克儉；教子孫兩行正路，惟讀惟耕。」所以垂家訓也。

錢受之言《詩小序》必不可廢。常熟顧大韶欲刊定一書，用《毛傳》爲主。毛必不可通，然後用鄭；毛、鄭必不可通，然後用朱；毛、鄭、朱皆不可通，然後網羅群説，而以己意折衷之。受之以此論爲當。

牧齋曰：「自宋以來，學杜者莫不善於黄魯直，評杜者莫不善於劉辰翁。至弘、正時，學杜則生吞活剥，評杜則鈎深抉異，又魯直、辰翁之不如也。」

寶應朱秀才少時遇牧齋，即投一書，幾數千言，與之論詩，中間頗推重《列朝詩選》。牧齋置之不答，語客曰：「他時指摘吾著述者，必此郎也。」

楊道南《爬癢》詩頗有禪機，曰：「手本無心癢便爬，爬時輕重幾曾差。若還不癢須停手，此際何勞分付他。」焦弱侯和之曰：「學道如同癢處爬，斯言猶是隔塵沙。須知癢處無非道，只要爬時悟法華。」雲谷老衲見之曰：「二公皆非門外漢。」後作四字句云：「上些上些，下些下些。不是不是，正是正是。」周櫟園謂其當下了徹，非二公所及。

阮太沖與張林宗友善，一燈對坐，縱横雅謔。阮常呼張曰：「張仲爾一生爲詩，惟『草細吴門棹，烟深楚澤春』二語耳。」張曰：「跛君欲我稱汝『潮迴遠岫青，日簸驚濤紫』耶？」阮晚年足力欠佳，故以跛戲之。

熊敬脩賜履家多藏書，因作《藏書》詩。劉簡齋曰：「古藏書家姑弗論，近代如胡元瑞、朱鬱儀、焦淡園、錢叔寶、丁菡生諸家俱散，絳雲樓亦燬於火，惟祁氏書種樓四部如故。他如黄氏、方氏、曹氏、李氏，總計不滿六萬卷。先生藏書逾十一萬，而佛道藏不與，此真載籍之一大統宗也。讀此詩，不啻置身芸閣中，令人氣旺。」

胡懷齋第有《借書》詩，簡齋曰：「孫蔚得書七千餘卷，遠近來讀者爲辦衣食。倪若水借書與人，令其先具束脩羊，然後與讀。蔚尚已，即以若水言，猶勝於鬻及廢棄也。余書不過三萬卷，而借讀者踰七萬卷。有書肯借，借書肯讀，自是千秋佳話。披此詩一過，真令人慨當以慷。」

朱師晦元英《石鼓詩》，昔昌黎主宣王説，此獨主成王説，確有證據。典雅絕倫，可稱後來居上。

孫執升琮曾遊大遮山東明寺，寺爲建文遯迹地。客有進牡丹一枝，因插地即活，今猶繁盛。賦詩云：「讀史至建文，太息難終卷。天子披袈裟，亘古亦罕見。吴楚滇蜀間，山川遊歷遍。懷哉大遮山，春日曾依戀。野客獻名花，水餅供清晏。殘枝偶插地，根長知天眷。至今三百年，紅芳猶滿院。我來爲尋花，兼訪無塵殿。殿中遺像存，感慨還欣羡。家國有廢興，香火無更變。回憶壽王亭，老淚花前濺。」

陸麗京，西泠十子之一。時妻江張天如卒，麗京束芻絮酒往會葬，賦五言長律，同人傳誦，以爲傑作。

徐爲章元倬童時詣舅氏張青來所，適高會大幔亭上。張指亭爲題，曰：「汝能賦之否？」徐援筆數千言，舉座嗟賞。張摘其中「賓餞日月，吐納烟霞」二語，榜其柱間。

吴岱觀山濤書畫自成一家，不入蹊徑。當出關日，賦《西塞》詩三十首，因自號塞翁。

陸梯霞堦父運昌，叔鳴時、鳴烇，號「龍門三陸」；而堦兄圻與弟培詩文領袖，亦號「三陸」。浙撫張運青葺書院於萬松嶺，令士子讀書其中，奉堦爲十一郡師。著有《白鳳樓集》。

許時庵汝霖督學江南，考試事竣，置酒君山，大會諸生。布席分題，或詩或賦，各展所長，至今傳爲盛事。

湯西厓右曾，經筵日賦《文官果》詩。御製一首，俯同湯韵，有「葺香葉密待公詩」句，舉朝以爲榮。

周青士遭亂，棄舉業，就市廛賣米。有括故家遺書，連船載鬻。周買得一船，積樓下。每日中交易，箕筥斗斛，權衡滿肆，撥亂書糠粃中，吟咏不輟，遂成一家之言。

張南士少有詩名，與其兄梯、弟椤爲「三張子」。寓蕭山署中，邑宰羅嘗試士，以漢顔子、曾子、仲弓等爲問。南士書其下曰：「顔子，黄憲也；仲弓，陳實也；曾子，張伯饒也；子路，東平旻曾也；子游，張蹇之孫猛也。漢同時有兩子夏，一杜欽、一杜鄴也。」邑宰辟席揖之，問其年，才十九云。

譚舟石吉璁《和竹垞鴛湖百咏》云：「江邨復禮舊名鄉，竹作籬笆石作塘。到處十家三酒店，春波繫纜岸花香。」自注：「『十家三酒店』，禾中諺也。」「碧瓦珠光火一丸，緑楊絲帶彩幡竿。泥孩縱説鄜州好，不及曹王廟上看。」禾中風景，歷歷在目。

《煮粥》詩不知何人所作，曰：「煮飯何如煮粥强，好同兒女熟商量。一升可作二升用，兩日堪爲六日糧。有客只須添水火，無錢不必問羹湯。莫言淡泊少滋味，淡泊之中滋味長。」

康熙乙卯年四月十八日，富陽江口夜墜二星如雷，入地三尺。縣令發掘得二石，各重四觔，儼然金也。同人見者皆賦詩，惟張邇可句云：「紫囊留片石，青眼對兼金。」最爲切實。

姜仲子實節家藏脂粉箱，係宣德時物。大可、滄心、其年各有詩紀之，名《宣德脂粉箱歌》。仲子爲合刻一册，園次爲之跋云：「揮毫三歎，多才子之能名；濡翰敷言，待後賢之論定。」

宗人淡夫其松少年工詩，僑居半塘。星期亟稱之，爲作序。五言如「一水流不盡，千峰緑到今」、「桃花千萬樹，烟火兩三家」，七言如「饑饉一家豐稔歲，流離十載太平時」、「家書家夢都難到，春草春愁一樣生」，俱有韵致。

鄧孝威漢儀言合肥龔芝麓作詩有三異：每與同人酒闌刻燭，一夕可得二十餘首，皆精警語，一異也；華筵雜沓之會，絲竹滿堂，或金鼓震地，而公構思苦吟，寂若面壁，俄頃詩成，二異也；他人次韵，每苦棘手，公運置天然，即逢險韵，愈以偏師勝人，三異也。昔在京師，及過庾嶺，皆執鞭相從，故能識其大略。

慈仁寺古松十餘株，真奇觀也。年來嘯咏感慨，發爲詩歌者不一。如汪雨若、方玉如則有《弔松詩》，鄧孝威則有《賀松詩》，吴玉隨則有《慰松詩》，韓聖秋、吴岱觀、丁野鶴則有《對松詩》，王山長則有《别松詩》，許天玉、嵇叔子、吴錦雯、施尚白、王懷人則有《礪松詩》，今劉次山、靳茶坡則有《看松詩》，劉小石、吴園次、汪石函各有《古松長歌》。

錢少司寇艱於嗣，與夫人往天童祈子。大師集衆，問誰肯同錢居士往，有一飯頭願往。已而，錢果得子，即芳標字葆酚，中康熙丙午順天榜，官中書舍人。一日，方與客坐齋中，有僧至門，持一函書云：「自天童來。」舍人殊不驚訝，但云：「倉猝奈何！」明日晨起，遍召親友與訣，作一詩云：「來從白雲來，去從白雲去。笑指天童山，是我舊遊處。」咏畢即逝。

柯南陔煜年已逾艾，方遇禮闈，旋即見黜。雍正元年癸卯充明史館纂修官，復成進士，知湖廣宜都縣。著有《慈恩集》。錢塘徐中堂見其學杜詩云：「長安卿相多耆英，富貴應須長壽考。」謂用意深厚，與少陵互相發明，詩之必傳無疑。

顧書宣圖河著《雄雉齋集》，有《和東坡歲暮》三詩，悉反其意，不覺耳目一新。《反餽歲》云：「我性寡所干，卒歲豈望佐。交親不我責，知我少泉貨。以此兩無營，寥寥眼光大。市聲競百物，喧囂聒高卧。問我竟何有，千卷圍一座。甂甌幸不虚，奴舂婢供磨。一飽得坐享，邀惠已太過。嘯傲呼坡翁，汝倡予肯和。」《反别歲》云：「歲無戀人意，去去不肯遲。攀之請少留，千駟無由追。去者勿復追，來者未有涯。無爲徂歲傷，及此少壯時。野馬負毛骨，頗著棧豆肥。縱横萬餘里，何遽伏櫪悲。賓朋勸我酒，再拜敢重辭。丈夫屬有念，我非顔鬢衰。」《反守歲》云：「罹憂復遘疾，困如冬蟄蛇。又如墮叢棘，舉足遭周遮。甚欲離災年，斯守將奈何。投牀竟大鼾，兒女勿我譁。號呶覓梨栗，乃公當汝撾。沉眠忽驚噩，夢寐行褒斜。天運有轉移，人豈久蹉跎。晨雞非惡聲，古語寧我誇。」

大梁城西水磨間掘得一石，有古篆字五，云「日月逝酒漿」。周櫟園摹勒以傳，謂非仙人不能道。

施愚山有詩記其實。

順治十七年，富陽典史孫某見高郵湖中夜有光，迹之得玉璽，方四寸六分，盤龍雙紐。辨其篆，則漢帝《大風歌》也。十二月，獻於朝，丁象輝賦《大風玉璽歌》。

程正夫先貞自作一棺，題曰「休息庵」，刻銘其上，酒酣即卧其中。有詩云：「板屋蕭然密四周，愚人息矣聖人休。百年恍惚真是夢，萬事紛紜已到頭。廣柳何時催去駕，猗蘭此夕咏閒愁。相煩雅客來欣賞，莫待遥憐土一丘。」

陳端庵凝爲新城令，性仁慈，每杖人，輒對之泣。有王生宅舍爲人所奪，訟於官。陳不能决，但誦《毛詩》曰：「『惟鵲有巢，惟鳩居之』，王秀才獨不能作鵲耶？」聞者笑之。

周西水于溙幼不能言，年七歲，有僧過門曰：「此郎有夙因。」周即應聲，家人驚喜，延僧至家，授以象緯六壬。僧臨别與詩云：「元夕燈前尋賈子，秋風臺下拜鄒生。」未詳所謂。及謁選得房山令，上元與僚屬燕賈閬仙祠。是年秋調平谷令，出勘田畝，夜寓山村古廟，比晨視其額，則鄒衍祠也。

張石只篤行見郟縣二蘇公墓爲明末劇寇斬伐，松柏無餘，復爲封樹立碑。題詩云：「峨嵋遥望獨傷情，樹盡碑殘野草生。莫道荒村烟火絶，山家今日是清明。」是夜夢一青衣，曰東坡遣來致謝。張問先生何在？曰：「臨汝，公至彼當相見。」及至汝州，有款門遺一卷，乃東坡墨迹《蜀岡送蘇伯固之嶺南》詩也，因摹勒於石。

宋牧仲攜徐巨源新稿見櫟園先生，先生閲不兩三行，歎之再四，謂巨源生氣已盡，恐不久人世。

當時以爲懸擬太過，及歸途得巨源凶信，始知周先生法眼在筆墨外也。

近來才人多夭折。雲間夏完淳，年十七著《大哀賦》，不減子山，乃不數日即死。豫章黎祖功亦以髫年江行，死於水。先是，賦《吁嗟篇》曰：「山何不攢峰爲刃，以絶我脰？天何不降玉爲棺，以封我尸？區區姓氏人不知，面目生塵何所爲。魯連好倜儻，曹公無威儀。肯如小儒舉舉衣裳學仲尼，起囓我筆燔我詩。手中提攜三尺兒，誰博玉兔兩丸泥。荒雞驚起夜亂啼，神鬼駓駓得志天地悲。」

家元禮少負雋才，中進士後嘗注庾子山《哀江南賦》，人共稱之。以宏博薦，至京師而卒。

選本朝詩者數十家，大都以爲結納之具，惟牧齋《吾炙集》、愚山《藏山集》、認庵《獨賞集》、其年《篋衍集》頗佳。陳伯璣《國雅》始甚矜貴，後遂泛濫；其《詩慰》一編足傳。又龔半千《詩遇》皆近體，專宗晚唐。

顧寧人炎武在京師，一日與王阮亭會於邸舍。阮亭曰：「先生博學，能誦古樂府《蛺蝶行》否？」顧即琅琅背誦，不失一字。蓋此篇聲字相雜，無句讀，又無文理，最難上口故也。群服其博。

吴天章雯天才超軼，嘗題雲林畫云：「豈但穠華謝桃李，空林黄葉亦無多。」眼前語，百思不到。昔人詩有「水底右軍方熟眠」，或以「湯燖王羲之」謔之。後送鵞與梅子札云：「湯燖右軍四翼，醋浸曹公一瓶。」傳以爲笑。「曹公」，謂「望梅止渴」意也。

馬提督逢知所爲多不法，然好延致文士。會生辰，賓客雲集。一書生代爲壽詩數百首，僞撰名公卿序數篇，刻成，裝潢百本，是日赴賓筵爲獻。馬大喜，贈之千金。吴人傳爲笑柄。

張元明光啓國初棄諸生，闢一圃曰「省園」，種花爲樂。嘗有句云：「盡日閒看高士傳，一生怕讀早朝詩。」平生之志可知矣。

葉井叔封未第時，酷貧嗜書，家樊口湖中。王宗伯澤弘扁舟訪之，值湖漲，不辨涯涘。日已暮，聞有書聲出蘆荻中，先悲哀而後愉樂，宗伯曰：「此必井叔也。」

上元胡任輿少時夢登山，手摘香櫞二枚，自吟詩云：「手弄雙元小天下。」後果中解、狀兩元。

龐工部霽公塏有《病足絶句》云：「短歌微吟朝復昏，吾患何有有身存。即防美人笑躄者，春來不過平原門。」

周冰持稚廉以《錢塘觀潮賦》知名，少年悠忽，迹類清狂。常除夕署門一聯云：「論家世如閣帖官窑，可稱舊矣；問文章似談牋顧繡，換得錢無？」

唐人《柳枝詞》專咏柳，《竹枝詞》則泛言風土。宋葉水心又倡《橘枝詞》。汪鈍翁擬作云：「郎行時節橘花零，南風吹來香滿庭。今年橘實大如斗，勸郎莫羨楚江萍。」

唐詩「到江吴地盡，隔岸越山多」，則杭州、嘉興皆吴地矣。然《吴越春秋》云：「闔閭五年伐越，破檇李。」《左傳》、《史記》亦然，則嘉興本越之北境，初不隸吴。

德州四牌坊西，居人掘地得古冢，中藏一石枕，其上鋟杜句曰：「百寶裝腰帶，金絲絡臂鞲。笑時花近眼，舞罷錦纏頭。」

乾州武則天陵墓，過客題詩姍笑，必有風雷之異。利州是其生身處，江岸間皆有遺像，乃一比丘尼。漁洋題詩云：「鏡殿春深往事空，嘉陵禍水恨難窮。曾聞奪婿瑶光寺，持較金輪恐未工。」且曰：「爾果有靈，不妨風雷相報。」已而晴江如練，豈老狐獨靈於乾州乎？

殷彦來譽慶作一聯贈漁洋云：「一時賢士，皆從其游；天下文章，莫大乎是。」又汪閣學文漪贈之云：「尚書天北斗，司寇魯東家。」各有氣象。

吴興談九乾字朱庵，與令弟九叔齊名。罷官之日，有《南遊草》。作《貴溪十二不得歌》，諺云：「仙人橋過不得，石鼓敲不得，十二圓孔穿不得，陰潭裝不得，好花插不得，釣魚臺釣不得，九烏飛不得，頭巾戴不得，小孃睡不得，河豚煮不得，金沙用不得，霸王灘喊不得。」因廣其義。

張博山劭著《咏物詩》，與元謝宗可、明瞿佑合刻《三家詩》，可謂好名之士。

檇李南池詩社乃盛宜山遠、徐孚威人鳳首倡，我湖赴者二十餘人，是日賦「舞蛟石」，石在徐冏卿祠後。

張江亭培源見漁滄製韵牌，惜止平韵，因作韵籤，計百有六，凡花晨月夕，主賓倡酬，先拈一韵，亦墨林之雅事也。詩曰：「陸郎平韵作牙籤，百六旋將仄韵添。從此騷壇茶筅賤，且於狎坐酒籌兼。倦來自可呼童檢，興到何妨信手拈。莫笑主人偏好事，詩家紀律務精嚴。」令嗣雲錦少年工詩，尤善咏物，其《紅葉》詩陸太史賞之，稱爲「張紅葉」。嚴陵方婺如又愛其《春草》之什，贈詩曰：「楊春草後張春草，他日應將合傳傳。」

先兄待堂之淇著有《寒碧山齋詩》，陸太史序之。其《黄山遊草》一卷先開雕問世，楓溪孫執升琮見而愛之，遥寄古詩跋語。

古來詩人齊名者甚衆。魏則建安七子：孔融、陳琳、王粲、徐幹、阮瑀、應瑒、劉楨。唐則四傑：王勃、楊炯、盧照鄰、駱賓王。大曆十才子：盧綸、吉中孚、韓翃、錢起、司空曙、苗發、崔峒、耿湋、夏侯審、李端。宋則蘇門六君子：黄庭堅、晁補之、張耒、陳師道、秦觀、李廌。元則四大家：虞集、楊載、范梈、揭傒斯。明則七子：李夢陽、何景明、邊貢、徐禎卿、王廷相、康海、王九思。後七子則李攀龍、王世貞、吴國倫、徐中行、宗臣、謝榛、梁有譽。之數人雖曰齊名，未能踐實。至於曹、劉則曹勝，庾、鮑則鮑勝，燕、許則燕勝，沈、宋則沈勝，王、孟則王勝，李、杜則杜勝，錢、劉則劉勝，元、白則白勝，温、李則李勝，皮、陸則陸勝，知言者自能鑒别。

瞿止庵涵《魯連臺詩》，與一靈山人作結構相同，可以並驅。其詩曰：「東海無涯岸，高臺古木平。數言存趙國，一矢下聊城。眼底無卿相，胸中有甲兵。飄然不受報，所以重儒生。」《詩持三集》載黄石齋先生以廷諍下錦衣，葉潤山以疏白同坐，董漢橋以宿好被逮，皆於西曹倡和，各賦平韵三十首。至三先生賜環，倪鴻寶起少司馬，刊此詩於京師，共相傳誦。

粤東黎美周客揚州鄭氏，賦《黄牡丹》詩，糊名殿最。牧齋拔爲第一，以二金罍贈之。後美周過吴下，人皆稱「牡丹狀元」。其詩有「月華蘸露扶仙掌，粉汗更衣染御香」之句。時鄺湛若賦《赤鸚鵡》云：「舞愛玉環低絳袖，歌憐樊素囀朱唇。」遂有「黎牡丹」、「鄺鸚鵡」之稱。

零丁山人李正甫，丙戌城破，每一剃髪，即以紙錢包裹，具衣冠上山焚送，哭之嗚咽。人問之，則曰：「吾髮欲還之父母，全歸又未能，故傷之耳。」嘗有詩曰：「身當病後哀歌短，家自亡來骨肉輕。」

湛若言「詩貴音律，如聞中宵之笛，不辨其詞，而遶雲流月，自是出塵之音」，王説作則謂「君等少年如新華乍開，光艷動人，然不久當落。必歛華就實，如果熟霜紅，甘美在中，悦目不足，而適口有餘，乃可貴也」。湛若尚華，説作務實，合而一之，斯爲有體有用。

陳中洲有小端硯，銘四語云：「堂似坳而非坳，池既鑿而未鑿。底欲刳而不刳，邊務擴而即擴。」盡硯式之妙。

粤東以七月十四日爲田了節，兒童争吹蘆管以慶之，謂爲「吹田了」，蓋是時早稻始穫也。屈某有詩曰：「蘆管吹田了，中含祝歲詞。初秋纔望日，早稼已收時。」

世之稱壽者率以十爲數，嶺南及江右則以十之一爲祝。魏叔子謂前十之年必加一而成，後十之年必從一而生，此大《易》貞元之義，於禮爲宜。又於元夕放水燈，競拾之，得白者謂爲男兆，得紅者謂爲女兆。詩曰：「元夕浮燈海水南，紅燈女子白燈男。白燈多甚紅燈少，拾取繁星滿竹籃。」

徐健庵乾學與弟彦和、立齋皆同母，門第風雅，冠絶一時。吴下有「玉峰三徐」之目。

健庵於宅後度土築園，偶得鄰家老樹，聳臨池上，顧而樂之，取子美「老樹空庭」句，名其園曰「得樹」。後嗣有名樹本者，髫歲魏科，繼美前哲，嘉名洵非誣矣。

陸履常坦尊人子垂先生，清真士也。好畜古硯，除夕必折梅花、掬清泉以祭之，有《祭硯詩》，傳爲韻事。

周侍郎櫟園見閩人捲紙爲簫，色如黄玉，扣之鏗然。以試善簫者，或題之曰：「外不澤，中不乾，受氣獨全，且音不窒不浮，品在佳竹之上。」後以贈劉公㦷。公㦷爲賦《紙簫詩》。

公㦷棄官入蘇門，依孫徵君鍾元，築堂於側，久而棄去，留一琴於堂上。王儀曹作《留琴堂》詩，起句云：「身是巢由未得閒。」聞者便爲絶倒。

王匡廬興敕爲詩，每遇林皋清曠，襟抱悠然，輒復有作。諸子或請編録，匡廬諭之曰：「吾寫懷送抱，如絃之有音。所懷既往，則絃停音寂，何庸留此枝贅爲耶？」

顧寧人在京師，與客論經學。或舉唐石經誤爲「十經」者，顧厲聲曰：「此與宋版《大明律》何異！」

施尚白官山東，拜李滄溟墓，重爲立碑。夜夢一緋衣人，自稱李攀龍，曰：「以君知我，故來拜謝。」

朱國禎克生作《端敬皇后挽詩》，吐詞典麗，立言有體。曰：「玉容隨碧水，金册重黄綸。謚法傳宗伯，齋詞命宰臣。寶衣鏤翡翠，仗馬飾麒麟。閣外傳封事，無由達紫宸。」

歸玄恭莊結廬於墟墓之間，與孺人相酬對。嘗自題其草堂曰：「兩口寄安樂之窩，妻太聰明夫太怪；四鄰接幽冥之宅，人何寥落鬼何多。」

李伯熙化龍偶以苦吟獨行，入一少婦家，思不屬，遽披其幃臥，鼾聲如雷，少婦爲具蕣以待。比其夫及翁媪還，李尚撫枕推敲，成篇乃起，各無嫌猜。

姚竹友東明四十後頷下生小瘤如盎，因號贅翁。落拓江湖，吟詩染翰，得酒乃益入神。嘗自題醉畫云：「醉中畫樹醒添石，醒筆不如醉墨佳。安得青州六從事，百年同伴作生涯。」

孫商聲傒嘗謂斯文既喪，世無可交之人，故有「一生不得文章力，四海曾無臭味人」句。每就硯席，輒與館主不合而去。所著《海堂緣》傳奇，痛詆傖父，以舒積憤。

苕中吴磐工書博學，國初，中官重修逸老堂，乞其長聯。吴走筆書曰：「山川無恙，歎前輩風流何處，見冷烟衰碣，古道斜陽，儘悲涼人物，止剩寒鴉；臺閣重新，問蒼穹英雄誰似，有補天巨手，迴日琱戈，待整頓乾坤，再來杯酒。」後有怨家潛録其語，以吴陰蓄異謀，首之帥府，禍幾不測。中官力爲回斡，費千餘金乃已。

盛子春林，沈灝謂世人不識子春，往往得之陽山玄墓間，敗冠窄袍，頹嘯自喜。見俗人如鷩猿駭鶴，疾匿林端。早喪偶，攜其兒客友人齋。《辛丑除夕》詩云：「嬌兒猶問有家無？」蕭涼之況，於斯可見。

傒研德泓國初主文壇，以讀書學道相砥礪。陸麗京曰：「予覩研德纖妍白皙如婦人女子，乃聽其語言有王佐之略，讀其詩文，蓋古作者。」

曹彦範爾埴於溪之南闢地一方，種荷栽竹，託興林泉。門上有句云：「讀書期有用，閉户恥無能。」

宋既庭實潁，龔合肥謂「吴門風雅之宗，自梅邨吴祭酒而外，必首推既庭」。蓋其性情敦厚，才思沉鬱，發源於少陵，而酣暢於高、岑、王、孟間。

吾湖本朝耆舊十家，趙文學洄、錢太學士馨、馮徵君洪業、馬文學廣軨、馮文學秉恭、于明經琳、過文學銘簠、陸孝廉上瀾、施司馬洪烈、沈文學晭，皆以詩鳴。邑人沈季友選刻《柘上遺詩》及《檇李詩繫》，廣爲流播。

馮幼茗幾著有《香草樓集》。壬午秋假寐，夢入一古廟，松柏陰森。堂上一人給以素紙，上有「至哉坤元」四字。季冬謁趙城媧皇陵，恍惚夢境，仰觀匾額，則「至哉坤元」也。因賦古詩一首，結語云：「停驂敬再拜，至矣頌坤元。」

友人李密齋年六十又九，謂十盈數也，九陽當盡而數未盈。同人賦詩，願皆以九爲祝。幼茗首倡《祝九歌》以贈：「大衍裁蓍四十九，虛一方能九六剖。易爻百九分陰陽，用九持盈剛非首。先生祝九通易情，陽九留餘謙益受。少小才名播九丘，胸吞雲夢八九藪。咀茹九經擷其華，咳吐九天成繡口。德輝鳳舉蘊九苞，羽儀自足光九有。文章九命偃蹇多，探纂九家著不朽。采藥常圖九子山，九朵芙蓉歷遍否。新開九徑號三三，蔬陳三九剪早韭。人生何必九錫榮，河潤九里模楷久。庚寅初度誕九旻，九歌九辨湘荃友。孫曾蘭蕙九畹滋，九疇叶瑞徵單厚。齊眉同泛九霞觴，九節菖蒲授金母。瓊田九轉駐童顏，香山九老同黄耇。請益大椿期九千，敬賦九如爲君壽。」

邇來言詩者古調不彈，惟錢塘沈方舟有《漢詩説》，吴門沈確士有《古詩源》，吾湖陸坡星有《八代詩揆》。

陸太史奎勳十二歲能詩，《中秋夜述懷》一作曰：「碧天如練夜初涼，金鴨閒熏一炷香。翫月忽驚鴻影度，學詩偏愛鯉庭長。陰晴自昔同千里，兵燹何時靖八荒。祇恐雙親添白髮，宵分重進桂花觴。」令叔陸匡山見之，贈句云：「鵝水才華盛，吾家太守賢。生兒年十二，詞賦已翩翩。」

辛酉八月，太史夜見月華，自序云：「月當正午，輪之西南角忽吐一白光，已而紅黄碧紫，約有二十餘道，下垂至地，摇蕩久之，繞輪三匝，見月并不見天矣。」因口占絶句云：「今宵真見月華圓，織女張機也奪妍。五色流蘇齊著地，三週輪廓欲彌天。」

《傳臚日即事口占》云：「臚唱聲高徹九天，腕中有鬼敢争先。玉堦緩步隨金榜，昔夢依稀證泠仙。」自注曰：「己卯歲乞夢泠仙祠，得兆，至宫闕前白玉街三，余從中街行，石上大書十二支，惟『午』、『未』二字填金，諦視久之。二人先登，余繼登殿中，有大碑，捫讀其文而醒。」乃以子、丑年獲雋。是日從中街趨出，其兆皆顛倒應也。

陸魚滄載崑舉洛如吟社，吾湖能詩者皆集焉。一時擘箋灑翰，名句流傳。所刊《洛如詩鈔》六卷，海内風行。繼起姚敏囷爲賡花會，規條仿髴「洛如」，其詩正在梓行。

徐巨源世溥曰：「閨秀之詩無不傳者，以其婦人也，故不求備焉。孔子删《詩》，定《國風》，婦人之詩十居六七。後世采詩之職廢，自非托於貴族，書於驛，拾於道，失身於娼家，雖有《谷風》之怨、《死麕》之貞，未必傳也。」

龔定山尚書與横波夫人月夜泛舟西湖，作《醜奴兒令》四闋，自序云：「五月十四夜，湖風酣暢，月明如洗，繁星盡斂，天水一碧。偕内人繫艇子於寓樓下，剥菱煮芡，小飲達旦。人聲既絶，樓臺燈火，周視悄然，惟四山蒼翠，時時滴入杯底。千百年西湖，今夕始獨爲我有，徘徊顧戀，不謂人世也。酒語情恬，口占以紀其事。子瞻云『何地無月，但少閒人如我兩人』，予則謂何地無閒人，無事尋事如我兩人者，未易多得耳。」

姚叔祥過明發堂，論近代詞人，戲作絶句十六首。牧齋和詩云：「草衣家住斷橋東，好句清如湖上風。近日西陵誇柳隱，桃花得氣美人中。」自注：「柳隱有《西湖詩》：『垂楊小苑繡簾東，鶯閣殘枝蝶趁風。最是西陵寒食路，桃花得氣美人中。』」

女士楊慧林，號林下風，杭人，工畫山水。李笠翁所編《意中緣》傳奇，蓋爲慧林寫照也。臨殁，張遂辰悼以詩曰：「畫樓猶咫尺，寒食去年同。草憶裙腰緑，花消人面紅。斷橋烟似水，殘夜雨兼風。那得空離恨，埋香佛骨中。」注云：「墓在斷橋智果寺。」

馮定遠友人美丰儀，有潘、衛之姿。出入里巷，逢一麗者，愛其横波，相視未言。忽麗者語同伴曰：「是郎賞我雙目。」馮代作一詩謝之：「二寸娟娟抵萬金，斜光掠處媚霞侵。横波便是秦臺鏡，盡見蕭郎不語心。」

宛丘王氏，櫟園先生之姬也，佳句甚多。如《七夕》云：「一夕綿緜億萬年，猶勝人間白頭死。」《咏侍兒纖指》云：「剔花春影膩，洗硯墨痕纖。」其詩共數百首，不肯梓行，懼他日選詩者列狡獪瞿曇之後。

顧眉生媚通書史，善畫蘭，時人推爲南曲部中第一。家居眉樓，備極精雅。淡心戲之曰：「此非眉樓，乃迷樓也。」人遂以「迷樓」稱之。文酒流連，殆無虚日。有一傖父，使酒罵座，訟之儀司，意在辱媚孃也。淡心作檄討之，云：「某某本非風流佳客，謬稱浪子端莊。以文鴛彩鳳之區，排封豕長蛇之陣；用誘秦誆楚之計，作摧蘭折玉之謀。種夙世之孽冤，煞一時之風景。」時傖父之叔見此檄，斥傖父東歸，訟遂解。媚孃德之，登場演戲作謝。未幾歸龔尚書，號横波夫人。以病死，弔者備極哀榮。改姓徐氏。尚書有《白門傳奇》行世。

名妓李香，身軀短小，膚裏玉色，人名之爲「香扇墜」。淡心贈詩曰：「生小傾城是李香，懷中婀娜袖中藏。何緣十二巫峰女，夢裏偏來見楚王。」魏子中爲書於粉壁，楊龍友佐以崇蘭詭石，人稱三絶。香名由此而振。

順治年間，禁良爲娼。以喪亂後良家子被掠，轉輾流落樂籍，故有是命。官妓連蕙蘭因事繫獄，曾有書干當事云：「含羞羞婦亭前，獨語語兒溪畔。」傳爲佳句。

蕭芷厓八十初度，有妓湘雲，年甫十八，來侑觴。蕭戲贈詩曰：「我年八十卿十八，相隔戊申一花甲。顛之倒之是同庚，漫把紅顔陪白髮。」次年，妓於是日復來，又贈詩曰：「我今九九卿十九，湊合百年成匹偶。天孫含笑對長庚，千古風流一杯酒。」

葉小鸞年十七，未字而亡。後降乩，自言天台泐子智者大師弟子。泐師嘗演説因緣，問小鸞曰：「汝曾犯殺否？」曰：「曾犯。每呼小玉除花蝨，也遣輕紈壞蝶衣。」「曾犯盗否？」曰：「曾犯。不知新緑誰家樹，怪底清簫何處聲。」「曾犯淫否？」曰：「曾犯。曉鏡偷窺眉曲曲，春裙親繡鳥雙雙。」「曾妄言否？」曰：「曾犯。自謂生前歡喜地，詭云今坐辯才天。」「曾綺語否？」曰：「曾犯。團香製就夫人字，鏤雪裝成幼婦詞。」「曾惡口否？」曰：「曾犯。生怕簾開譬燕子，爲憐花謝駡東風。」「曾犯貪否？」曰：「曾犯。經營緗帖成千軸，辛苦鶯花滿一庭。」「曾犯嗔否？」曰：「曾犯。怪他道韞敲枯硯，薄彼崔徽撲玉釵。」「曾犯癡否？」曰：「曾犯。勉棄珠環收漢玉，戲捐粉盒葬花魂。」

徐竹田覽《和薄命詞》三十首。薄命者，乃西臺之妾，夫人甚妬，移配司閽，遂不食死。詩録其一，云：「怪雨盲風入苦吟，花殘零落懶重尋。從容就義真難得，世上誰人諒此心。」原倡云：「不須重賦白頭吟，入骨憂煎死易尋。贏得芳魂歸去好，一丘黄土百年心。」

玉京女道士姓卞，知書，工小楷。年十八，宴居虎丘，畫蘭彈琴，有婢名柔柔者隨之。常著黄衣，作道裝。後數年，渡浙江歸於一縣令，不得意，進柔柔奉之，乞身下髮，依良醫保御氏於吴中，爲置別宫，資給甚厚。縣令死，柔柔別嫁。道人戒律甚嚴，用三年力，刺舌血寫《法華》。既成，自爲文敘之。凡十餘載卒，墓在惠山祗陀庵錦樹林。梅村諸公俱有詩。

于太僕晚娶秦夫人，先有二婢在室，或將「秦」字作詩譏之曰：「二大能將二小容，三人同把小于攻。若把小于攻出去，三人無日不春風。」

玉岑山人病中納姬，令其暫卧別榻，戲作二絶云：「紅顔白髮一軒渠，四角流蘇錦帳虚。却笑茂陵人乍至，對牀秋雨病相如。」「翠幙初熏百和香，釵横鈿落倚新妝。笑呼小婢傳私語，今夜河魁尚值房。」

耿淑人，參議鳴世之配，巡撫庭柏之母也。工詩，常寄其子云：「家内平安報爾知，田園歲入有餘資。絲毫不用南來物，好做清官答聖時。」真賢母也。

閨秀今佑，劉公畝姪女，年二十，詩詞書翰以至金石篆刻，皆臻絶妙。嘗爲阮亭刻二小印，款云「潁川女士」。

張麗人幼能記歌曲，尤好詩詞。每誦唐人「銅雀春深」句，自名「二喬」。或謂二喬雙稱也，不如呼爲小喬。麗人應聲曰：「兼金雙璧，名有相當。」因指鏡中影曰：「此亦一喬也。」

吴冰仙爲許文玉宜人，以詩文名。如《七夕》詩云：「莫謂人間多別恨，便疑天上有離愁。」《咏蝶》云：「餐多芳蕊鬚猶馥，睡穩花枝夢亦香。」佳句也。

楊筠湄締婚劉氏，未娶而劉殀。楊書齋夜讀，忽有女子款户曰：「妾即君之婦劉氏也，良耦未諧，理無幽顯，遠叩書幃，以成宿願。」楊即與之繾綣，踰歲乃絶。將離之夕，女掩泣曰：「君福位遠大，尚期勗之。」因問以科名，遂口占四語云：「中舉中進士，做官做御史。督學在山西，巡撫江南止。」後一一皆驗。

李研齋繼室曰鍾山秀才，每一出遊，則秦淮麗人争相倣效。其婢墨池，性亦明慧。秀才畫蘭竹，墨池輒侍側，宜墨之濃淡，令以口受筆，退其墨汁。李詩云：「別有香在口，莫畏胭脂黑。」此墨池所由名也。

南州生少年遠遊，其閨人鬱鬱以歿。一日托形野鶴，飛入生館。生方沉醉，對鶴訴其愁苦。鶴忽墮淚，生悶絶欷倒。既而爲閨人語曰：「君不如歸去，妾死矣，魂魄渡江，尋君至此。」言絶而蘇，鶴亦飛去。董若雨爲之賦《怨鶴行》一章。

馮幼茗見旅壁題咏多閨秀作，細按之，實烏有先生。戲爲一絶云：「滿壁愁紅怨翠聲，一時那便集群英。世間才子多藏拙，化作朱顔浪得名。」

陸南香培愛姬月鵑亡於東流署中，南香作《傷逝》詩數十首，内有句云：「七字依然共惆悵，他生未卜此生休。」小石林戲謂曰：「明月鵑紅，兼而有之，又欲牽惹太真耶？」

平湖閨秀沈氏《咏鴨》詩云：「水村贏得鴨群看，緩步分行上小灘。不用主人門外唤，自呼名字自歸欄。」遠近傳誦，近已歸潘生某。

釋旅庵本月得法於弘覺禪師，順治年間主大善寺法席。世宗有詩贊之，詩曰：「天上無雙月，人間只一僧。」

釋石雨方明一日書偈云：「平空一躑絶躊躇，轉眼風波徹太虚。會得竿頭舒卷意，放生原是釣來魚。」

僧借山元璟爲《京師百咏》，仿應璩《百一詩》，勸百而諷一也。余鴻客選數十首入《神京紀勝集》。一日語客子曰：「昨夢舟行清江，四山叠翠，千里一碧。松竹深處，有屋數椽，顔曰『明白庵』。杖而入，徘徊久之，案上經卷皆素所習見。」客子曰：「此湘中名勝寂音尊者舊居，公豈其後身耶？」

僧彌壑與金太傅之俊有「無生」問答。太傅舉龐居士云：「有男不婚，有女不嫁。大家團圞頭，共說無生話。」無爲居士云：「男大須婚，女大須嫁。那討閒工夫，來說無生話。」海印禪師云：「我無男婚，亦無女嫁。困來即打盹，說甚無生話。」大周云：「男也曾婚，女也曾嫁。着甚閒忙來，只管無生話。」彌壑續云：「誰是男應婚，誰是女應嫁。男女相俱蠲，好個無生話。」

金陵清涼寺見壁上有詩，題贈一僧名掃葉者，曰：「拈花久礙入林眼，掃葉猶留解脱心。何似無花並無葉，千山明月一空林。」頗於宗門有會。

附小石林十則

世宗時舉博學鴻詞，郡縣謬以小石林之名上於制府。乙卯秋撫署面試，共四十餘人，設席於受祐堂。二鼓文成，共相傳誦。時黄中允之雋在署，極賞予卷，移會學憲，加有評語。及榜發，祇取十人，小石林不與焉。友人于湯谷慰之以詩曰：「老矣宏詞將底用，時時感憤抑何癡。」

康熙辛丑，吴江張弘蘧尚瑗過當湖，余以詩稿就正。先生一見，即欣然作序。聞在西宫寓樓，夜啖參苓，以助文思，又以未刻《石里集》，虚衷下問。回憶生平，真第一知己也。

雍正甲寅雪霽，坡星先生招飲陸堂，席間集字，余詩云：「雪後携笻杖，寒林一逕開。地佳留古桂，先生鄉薦時，庭桂開花六出。人遠寄江梅。以早梅插瓶。户有傳書鳥，庭餘咏絮才。舉觴期漏永，歸去不須催。」

古直廬花會賦「天竹子」詩，余脱稿，衆皆推爲絶唱。其詩曰：「天竺名山自昔聞，依稀小字並呼君。新翻歌串同紅豆，别有相思寄暮雲。鳥竊碎珠簷底啄，星流大火雪中焚。群看粒粒穿如許，老眼迷離總不分。」

吕雨村猶龍曾令平湖，後爲浙江按察。戊子提場，十一日舉子歸號後，正監臨傳諭：「明日是吕提調五十壽辰，今晚未出題目，先賦壽詩。」各録於號牆。余立成一律，内用「擘榴釣玉」事，蒙垂問再三，酌以斗酒。

或問小石林曰：「汝既博雅，亦知本朝賜謚者幾人？」余曰：「未能全記，謹以所知者對：洪承疇謚文襄、范文程謚文肅、葉暎榴謚忠節、沈鯉謚文端、施琅謚襄壯、葉方藹謚文敏、孟喬芳謚忠毅、范承謨謚忠貞、沈荃謚文恪、劉楗謚端敏、黄機謚文僖、郝惟訥謚恭定、王萬祥謚敏壯、劉欽鄰謚忠節、馮琾謚忠勤、靳輔謚文襄、陳啓泰謚忠毅、趙良棟謚襄忠、蘇爾達謚恪僖、徐治都謚襄毅、陳丹赤謚忠毅、王崇簡謚文貞、宋德宜謚文恪、卞三元謚恪敏、李之芳謚武襄、王熙謚文靖、李天馥謚文定、吴正治謚文僖、袁懋功謚清獻、王景祚謚文安、蔣懋勳謚襄僖、杜立德謚文端、陳鼓永謚文安、徐旭齡謚清獻、李霨謚文勤、宋文運謚端慤、孫廷銓謚文定、馮溥謚文毅、魏象樞謚敏果、龔鼎孳謚端毅、張玉書謚文正、趙申喬謚恭毅、湯斌謚文正、陸隴其謚清獻、陳元龍謚文簡。又圖納謚文恪、圖海謚文襄、札木陽謚敏恪、阿爾迪謚勤僖、伊桑阿謚文端、費揚古謚襄壯、凱音布謚肅敏，此數人皆滿洲大臣。」

向有《黄山采藥圖》，劉大山巖題一絶云：「短鑷傾筐大灑然，迴環三十六峰巔。峰峰石上生靈草，一個峰邊住一年。」其詩甚佳，因友人携至京師失去，附志於此。

（吴忱、楊焄、劉奕點校）

野鴻詩的

野鴻詩的提要

《野鴻詩的》一卷，據乾隆間自刊《長吟閣詩集》本點校。撰者黄子雲（一六九一——一七五四），字士龍，號野鴻，江蘇崑山人，後遷居吴縣。布衣。曾隨編修徐葆光出使琉球。有《野鴻詩稿》、《長吟閣詩集》等。《詩的》有乾隆二年自序，即作於此年。野鴻論詩或以樹「的」過切，惟一老杜是尊，李白以下直至陸游，概下一等；唐前則稍增曹植、庾信，一部詩史，遂僅剩三家。此雖云「的」，終覺過甚。又自述讀杜經歷，於五律、七古、五古、七律次第有得，最後「方悟少陵七絶實從《三百篇》來，高駕王、李諸公多矣」，而嫌龍標、供奉「有稟臼」，此則於體亦屬過當矣。觀其自序謂著此「的」，有「爲盛世元音之前導」之用心，似亦屬大言，故雖不爲無見，然欲不「欺己」、「私己」，可乎？此本「一曰詩言志」一則末之「方今聖人御世」一段，《昭代叢書》本及《清詩話》本俱闕，其他文字亦偶有出入。

自叙

無所得於心而妄以告人者，謂之欺己。有所得於心而不以告人者，謂之私己。有所得於心而告於人，而人不我是者，伊誰之過哉？念自成童以迄於今，奔走海内外，罹三十寒暑，未嘗一日風雅離。殫慮研精，上下千百年風人意旨，竊自謂有獲。今老矣，將優游草墅以終焉矣。天下學士名流，援枹鼓於騷壇之上者，重趼而立，卒未聞有高異成一家言者，豈余觀聽之未遠歟？抑風會之未至歟？於戲！惜無有以風雅之的告之也。余既衰謝，不能有用以彰明其説，大懼所的之不傳，以蹈私己戾愆，用是攄其所得，公之同志。噫！是編也，我其爲盛世元音之前導乎哉！乾隆二年閏九月九日，巙邨一老識於郡西寓樓。

野鴻詩的

吴中黄子雲士龍著

導引之術，曰精、氣、神，詩之理亦不外是。能鼓漢魏之氣，擷六朝之精，含咀乎《三百篇》之神者，唯少陵一人。

古文自遷、固、揚、馬至昌黎而結穴，詩自曹、謝、庾、徐至少陵而結穴。不真，不新，不朴，不雅，不渾，不可與言詩。

學古人詩，不在乎字句。字句，魄也，可記誦而得。而在乎臭味。臭味，魂也，不可以言宣。當於吟咏時，先揣知作者當日所處境遇，然後以我之心，求無象於窅冥惚恍之間，或得或喪，若存若亡，始也茫焉無所遇，終焉玄珠垂曜，灼然畢現我目中矣。現而獲之，後雖縱筆揮灑，卻語語有古人面目在。

古人有負才而欺世者三家：曹瞞氣（傑）〔桀〕鶩而以詭異欺，昌黎語瑰奇而以强梗欺，義山韵宕逸而以荒誕欺。

孔子，兼堯、舜、禹、湯、文、武、周公而成聖者也。杜陵，兼《風》、《騷》、漢、魏、六朝而成詩聖者也。外此若沈、宋、高、岑，王、孟、元、白、韋、柳、温、李、太白、次山、昌黎、昌谷輩，猶聖門之四科，要皆具體而微。向有客問曰：「盛、中、晚名家不少，而子必以少陵爲宗者，何也？」余曰：「儒家者流，未聞去聖人而談七十子者也。」

詩有道統，不可不究其所自。姑綜其要而言：《風》、《騷》之外，於漢曰《十九首》，曰蘇、李，於魏曰曹、劉，於晉曰左、阮、淵明，於宋曰鮑、謝，於齊曰玄暉，於梁曰仲言，於陳曰子堅、孝穆，於周曰子山。之數公者，雖各自爲一家言，而正始之緒，截然不紊。

有笑余者曰：「子宗杜陵，善矣。以彼處離亂之朝，詩多悲怨，今子遭盛世而則傚之，毋迺乖於義而違於俗乎？」余曰：「我非優孟衣冠之李崆峒也，我師意也，不師其辭。彼以哀愁，我以歡愉；彼以感憤，我以沖和，我何爲而不可哉？」

又曰：「少陵度越諸子處安在？」笑應之曰：「十七史何處説起？雖然，余豈無説哉？中、晚不足較。子安《滕王閣詩》，膾炙久矣，其『閒雲』一轉，已趨卑下，至末二句，尤落熟調。晚唐許、趙諸人，猶因之爲懷古捷徑，近今心慕而手追者，又何足怪？不觀少陵《秋興》詩結云：『回首可憐歌舞地，秦中自古帝王州。』於此同一歎慨，霄壤縣絶。子安如飢鷹垂翅，少陵則神龍掉尾也。若嘉州與少陵同賦慈恩塔詩，岑有『秋色正西來，蒼然滿關中。五陵北原上，萬古青濛濛』四語，洵稱奇偉，而上下文不稱，末乃逃入釋氏，不脱傖父伎倆。而少陵自首至結一氣橫厲無前，縱越繩墨之外，激昂霄漢之表，其不可同年而語，明矣。」

眼不高，不能越衆。氣不充，不能作勢。膽不大，不能馳騁。心不死，不能入木。此四者，作詩之大旨也。

大抵近代能自好者，五律則冠裳王、孟，五古則皮毛《文選》，然亦不過遊覽宴賞，數韵而已。若夫大章大法，竊恐有待。至於樂府歌行、七言律絶，其所師承，則我不知。

昭明材本平庸，詩亦闇劣。觀其選本，多所未協。如機、雲兄弟，休文、安仁之徒，警策者絶少，而採録幾無遺漏。若文姬《悲憤》、太沖《嬌女》諸篇，反棄而不取。具識力者，自必有定論。故子美云：「熟精《文選》理。」精者，明察之謂，理有是是非非之别，其意蓋教人熟察，而去就其是非也。苟無異同，曷不曰「《文選》句」，而曰「《文選》理」乎？後來者聞子美有是言，不揆其義，盡皆目之爲禁臠，黑白於是乎混淆，而胸臆無所持循矣。

昔以目學，今以耳學。人曰：「《文選》，我師也。」我亦曰：「《文選》，我師也。」人曰：「梁、陳靡麗不足學也。」我亦曰：「梁、陳靡麗不足學也。」而不知《文選》之外，梁、陳之間，經天緯地者，正不乏人。康樂謂：「世間才共一石，子建八斗，我居一斗，餘則散之天下。」今也不然，子建、子山、子美各得三斗，餘以散之大曆已上諸公，下此不得染指。

詩之淺深，有一兩字内見者。如康節手抄少陵《藍田崔氏》詩，至「明年此會知誰健，醉把茱萸仔細看」，「醉」字誤書「好」字，一時咸稱善。不知一字之間，風氣頓殊，妍醜迥别矣。

理明句順，氣斂神藏，是謂平淡。如《十九首》豈非平淡乎？苟非絢爛之極，未易到此。竊見詩家誤以淺近爲平淡，畢世作不經意、不費力皮殼數語，便栩栩自以爲歷陶、韋之奧，可慨也已。

命題何者爲最難？一曰樂府。蓋古人作之者多也，詞意要必由中而發，不拾先進唾餘，寄託有在，方見我之志慮，方成我之文章，且聲調又與古風異。一曰記事。太詳則語冗而勢涣，故香山失之淺。太簡則意闇而氣餒，故昌谷失之促。二者均有過不及之弊，非有才氣溢涌、手眼兼到者不能。一曰咏物。不達物之理，即狀物之情，物理易明，物情難肖。有唐咏物諸什，少陵外無一可者，唯玉谿差得二三，然少全作。大抵才識淺者，不能刻入正面，取其省力易爲，或比擬，或夾寫，如是而已。雖雕文鏤采，曼聲逸韵，惡能切其綮而嚌其胾哉？第正面易於窒礙，窒礙復近乎猜謎。余又曰：非空靈不可也。空靈而後物情得。由此推之，卉木也，飛走也，烟雲也，山川也，狀之無難事矣。

杜之五律、五七言古，三唐諸家，亦各有一二篇可企及，七律則上下千百年無倫比。其意之精密，法之變化，句之沈雄，字之整練，氣之浩汗，神之摇曳，要非一時筆舌所能罄。且願學者先掃去胸中穢惡字調，培養元氣，徐看用力爲何如耳。

七古歌行，别有音節。音節非平仄之謂，又非語言可曉。如撾鼓者，輕重疾徐，得之心而自應之手耳。其法若何，熟讀自明。余有《題鍾馗脱帽騎牛吹笛圖》一篇云：「寒禽多苦音，畫師多苦心。志士坎壈不遇時，能以粉墨鈎其深。西河高堂懸古幛，中有一人偉顔狀。面深墨，肩過項。瞪目作氣，神光惝怳。壁黯黯兮風蕭蕭，魑魅魍魎來相招。烏衣束縛紅錦縧，倒跨牛背吹横簫。脱我帽，與爾曹。丈夫生無所成成皓首，儒冠空戴復何有。名不貴挂童稚口，貌不重肖丹青手。春風春雨長蒼苔，閒隨黄犢去復來，落花飛絮相徘徊。青天茫茫歌一闋，君不知此老胸中未堪説。」

絶句字無多，意縱佳，而讀之易索，當從《三百篇》中化出，便有韵味可思。龍標、供奉，擅場一時，美則美矣，微嫌有窠臼。其餘亦互有甲乙。總之，未能脱調，往往至第三句意欲取新，作一勢喝起，末或順流瀉下，或回波倒捲，初誦時殊覺醒目，三遍後便同嚼蠟。浣花深悉此弊，一掃而新之，既不以句勝，并不以意勝，直以風韵動人，洋洋乎愈歌愈妙。如尋花也，有曰：「詩酒尚堪驅使在，未須料理白頭人。」又曰：「桃花一簇開無主，可愛深紅更淺紅。」余童子時，聞一二老宿嘗云：「少陵五律各體盡善，七絶獨非所長。」及年二十，於少陵五律稍有得。越數年，從海外歸，七古歌行亦有得。迨三十七八時，奔走嶺外，五古、七律始窺堂户。明年於新安道上，方悟少陵七絶實從《三百篇》來，高駕王、李諸公多矣。因作《江行漫興》十截句，中有云：「野燒燃來風作意，沙鷗飛起水無紋。」又：「短鬢寒燈孤照影，江山千里爲誰來？」又：「黄山脱有青精飯，身世商量歸不歸？」及還家後題壁云：「詩句不忘前代體，酒罏無恙舊家風。」頗亦以爲有獲，然僅可與知者道也。

孟子，繼二帝三王之道者也，然私淑者孔子。浣花，繼兩漢六代之詩者也，然私淑者子山。孟子殁千有餘年而退之出，曰：「軻之死不得其傳焉。」明以道爲己任也。浣花殁亦千有餘年矣，而今得其傳者誰歟？

凡詩有不足之病，即以前人對病之法治之。病在怯弱，療之以陳思。病在蒙晦，療之以記室。病在清癯，療之以光禄。病在陳腐，療之以宣城。病在沾滯，療之以參軍。病在魯鈍，療之以簡文。病在淺率，療之以開府。若此者不可悉數，在學者審擇所處而已。

六朝中有不可學者四：不細意貼題，而摸稜成章者，一也。行文涣溢，而漫無結束者，二也。不本性靈，專以典故填砌，而辭旨不能融暢者，三也。對偶如夾道排衙，無本末輕重之别，可存可削者，四也。

少陵早年所作，瑕疵亦不少。即以坊家選本而言，《題張氏隱居》云：「春山無伴獨相求。」既云「無伴」，何又云「獨」？且「伐木丁丁山更幽」句亦弱，「不貪」二語，未免客氣，又不融洽，落下二句，無聊甚矣。《早朝》云：「詩成珠玉在揮毫。」湊泊不堪。「欲知世掌絲綸美，池上於今有鳳毛。」乃酬應套語。《送張翰林南海勒碑》云：「冠冕通南極，文章落上台。詔從三殿去，碑到百蠻開。野館濃花發，春帆細雨來。不知滄海使，天遣幾時回？」「野館」二句，狀景纖細，題與詩俱不稱，又不切南海，思亦未甚出新。若「細推物理須行樂，何用浮名絆此身」，「不須聞此意慘愴，生前相遇且啣杯」，開宋人迂腐氣矣。蓋公於是時學力猶未醇，至入蜀後，方臻聖域。選家乃録其前而棄其後，學者遂口相述而户相誦，其天驚石破之文，反湮滅而不傳，悲夫！

客曰：「詩之最難者何體？」曰：「七律。」曰：「今之名家各體少而七律多，反去易而就難者，何也？」曰：「未知甘苦耳，知其甘苦，則不輕作矣。」曰：「如子之言，知甘苦矣，試吟一律可乎？」余遂出《采石磯題太白樓》詩：「文章睥睨世無敵，湖海飄零氣不侔。六代騷場餘此席，一江春色獨登樓。爲君天特開青嶂，題壁人今亦白頭。猶有浣花祠屋在，懷鉛直欲錦城遊。」客亦茫然而退。

一曰：「詩言志。」又曰：「詩以導情性。」則情志者，詩之根柢也；景物者，詩之枝葉也。根柢，本也；枝葉，末也。于此而有以驗世運之盛衰矣。《三百篇》下迄漢、魏、晉，言情之作居多，雖有鳥獸草木，藉以興比，非僅描摹物象已也。迨元嘉時，鮑、謝二公爲之倡，風氣一變。嗣後倣效者，情景參半，歷梁、陳而專尚月露風雲矣。高、玄朝，沈、宋諸君子出，相與振興元古，崇尚清真，風氣復一變。沿至中、晚，又轉而爲梁、陳矣。宋以後無譏焉。方今聖人御世，正王跡再興之時，挽維風化，當在薦紳先生先有以樹立，而後天下翕然嚮風，不流入于梁、陳、中、晚之弊，則康衢、擊壤之謠不難見之。今日雖曰文章小技，然身際休明，作頌樂以歌詠盛朝功德，亦不無小補云。

遊仙詩本之《離騷》，蓋靈均處穢亂之朝，蹈危疑之際，聊爲烏有之詞，以寄興焉耳。建安以下，競相祖述。景純、太白，亦恣意描摹。至義山，專求有娀、皇英之喻而推廣之，倡爲妖淫靡曼之辭，動以美人香草爲護身符帖。末學無知，又因之而變爲香匳體，世道人心，欲以復古，難矣！夫詩者，心之樂也。濂溪云：「樂聲淡則聽心平，樂詞善則歌者慕。」西昆之音，不唯不能平其心，適足以助欲而長怨耳。」噫！如義山者，謂之爲《三百篇》之罪人可也。

詩固有引類以自喻者，物與我自有相通之義。若「錦瑟無端五十絃，一絃一柱思華年」，物我均無是理。「莊生曉夢」四語，更又不知何所指。必當日獺祭之時，偶因屬對工麗，遂强題之曰「錦瑟」，原其意亦不自解，而反弁之卷首者，欲以欺後世之人，知我之篇章興寄，未易量度也。子瞻亦墮其術中，猶斤斤解之以適、怨、清、和，惑矣！《馬嵬》詩云：「如何四紀爲天子，不及盧家有莫愁？」何擬人不倫乃爾？《蜀中離席》詩，上半酷倣少陵，頸聯云：「座中醉客延醒客，江上晴雲雜雨雲。」此乳臭語耳。雖從「桃花細逐楊花落，黄鳥時兼白鳥飛」二句脱來，薰蕕判然。若「美酒成都堪送老，當罏仍是卓文君」，又入魔鬼道矣。《隋宫》詩：「玉璽不緣歸日角，錦帆應是到天涯。」「日角」非太宗然也，前代之君亦有之。況二字究未能穩貼，明知先有下句，不得已借以强對。然只此一聯，語雖工而作意何在？唯《韓碑》一首乃爲可取，惜「彼乎人哉軒與羲」句，惡劣不堪誦耳。

人皆謂杜陵殁後，義山可爲肖子。吁！何弗思之甚耶？彼之渾厚在作氣，此之渾厚在填事。彼之風喻必指實，此之風喻動涉虚。彼則意無不正，此則思無不邪。風馬之形，大相徑庭，奚待一一量較，而後知其僞也哉？近今俊彦頗好比興，余恐惑於美人香草之説，亦爲侈淫妖冶之詞，而乖夫子「思無邪」之旨，亦有玷於聖朝鼓舞作人之化，于此不得不晰辯而極言耳。

南海賈胡，凡珠香、瑪瑙、木難、珊瑚、象犀之屬，以及質美而飾觀者，靡不寶諸裝橐，馱載以市人。選詩家亦然。代有風氣之升降，人有材質之異同，假令執一己之偏衷，而欲千百人之心思盡有當於我，斷斷不能。好異者强欲自别手眼，胸中先立間架，合者存，不合者去，丹黄成帙，梓而授之於人，明我之識見軼然而不群若此。噫！昔賢所謂兼長集善者何歟？彼獨不觀伶人演劇乎？爲忠良，爲邪佞，爲歌笑，爲戰争，爲榮利，爲單寒，使觀者眉動神移，不覺足高而手舞。如終日而摹肖一端，雖巧如弄丸，捷若舞劍，將掩面而卻走矣。何則？技不兼美而故態同，目無改觀而倦心生也。欲網羅前人之精藴，必若賈胡而後可。某代也取其所尚，某某也取其所長。如無一得有補於大雅者，去之可也。苟可存而稍有字句累於全篇得以删削者，選之可也。如「唐棣之華，偏其反而。豈不爾思？室是遠而」，此《小雅・唐棣》之詩也，夫子篇删其章。「衣錦尚絅」，此《鄘風・君子偕老》之詩也，夫子章删其句。「誰能秉國成，不自爲政，卒勞百姓」，此《大雅・節南山》之詩也，夫子句删其字。

從搖颺而得者，其詩也神。從錘鍊而得者，其詩也精。從鼓盪而得者，其詩也有氣。

身置題内，而意達於外，雖縱横馳騖，不離箇中。身遠題外，總意入於内，雖彌縫補漏，不免捉襟。

凡題贈、送别、賀慶、哀輓之題，無一非詩，人皆目爲酬應，不過捃摭套語以塞責。試問有唐各家集中，此等題十有七八，而偏有拔萃絶群之什者，何也？其法要如昌黎作文，尋題之間隙而入於中，自有至理存焉。近來求詩者雅好鋪張，意必欲首先門閥，次述文章操行，末乃歸之於頌禱，則喜矣。詩家藉博名譽，爲之曲意，而周、孔之風氣遂敗壞而不可收拾。若然，將題贈、送别、賀慶、哀輓之題各擬一篇，不唯可以流轉寰區，一生亦用之不竭矣。

作詩用苦心不待言，造句時尚須用全力以助其氣，庶字字立得起、敲得響。總極平常淺淡語，以力運之而出，便勃然生動。

漢、魏之詩，兩漢之文似；退之之文，子美之詩似；晚唐之詩，六朝之文似。

叶韵毋論險易，總貴推擠不動。易者尚新，險者尚穩。

鍾伯敬評詩，專求片詞隻字之工切，而不知大體。

宋、元後題圖畫者，撇去畫字，只呆狀景物，兩端有天工人工之别，不應茫昧若是。蓋因真景祇摹一面，易於下筆，畫景勢必並寫，難以構詞。故皆相習成風，去難而就易，雖題猶不題也。即或有作者，中間將畫工、丹青等字略帶一語，究未能得畫字神髓。此等題全要作意擒定畫字發揮，方見手眼。浣花題畫詩，古今體不下百篇，無一首脱卻題旨。余向作題畫五排，中有「海月何年有，沙鳧盡日安。

莫江元似練，霜樹不知丹。地借三湘闊，天然九月寒。疏鐘時欲動，零露料應團」數語，雖乏佳致，於題義未相背也。近題畫鷹一首，請質之大雅：「軒軒摩空翮，失卻堂楹內。四壁黯光晶，蕭瑟若野外。委形是何年？畫師稱爾粺元人名。苟非大匠手，筆力何超邁。至今天風入，如聞緌鏇解。金眸左右動，煇燿練光碎。亦知邊秋至，毛骨癢生疥。燕雀聲啾啾，懼其轉睛快。聳身欲著人，座客悄懷退。猛氣莽崢嶸，颯與雲霄會。恭唯丹山鳥，大聖自仁愛。緬邈烟霧際，不乏梟獍輩。何由厲霜飆，搏擊清草昧。顧憐粉墨姿，空餘一心在。但免弋人慕，卷舒在千載。」

浣花詩中，拳拳於武侯，推崇至矣。《綱目》遂因之而反魏爲漢，三峽君臣，得以光昭宇宙，微浣花之力不及此，孰謂文章而無關乎世教耶？稱之爲詩史，信然。

詩不難乎起而難乎氣，不難乎結而難乎神。

趨巧路者材識淺，走拙途者膽力大。

好異者自欺，予聖者無教。

專一可以立基，泛覽可以兼善。

入死而不求生，自能有獲；升堂而復窺奥，始覺前非。

自漢以迄中唐，詩家引用典故，多本之於經、傳、《史》、《漢》，事事灼然易曉。下逮温、李，力不能運清真之氣，又度無以取勝，專搜《漢魏叢書》、《津逮秘書》等帙，括其事之冷寂而罕見者，不論其義之當與否，擒剥填綴於詩中，以誇耀己之學問淵博。俗眼被其衒惑，皆爲之捲舌伸眉，咄咄嗟賞，師承唯恐或後。吁！二人志慮若此，其品操又安用考厥平生，而後知其邪僻哉？

賦詩先須做題，題不古，詩亦不必作。

詩有禪理，不可道破。個中消息，學者當自領悟，一經筆舌，不觸則背。詩可注而不可解者，以此也。

樂府題義，有不必宗者，有不可不宗者。不必宗者，如《行路難》、《獨漉篇》、《梁父吟》、《有所思》、《古別離》等篇是也。不可不宗者，如《陌上桑》、《公無渡河》、《明妃曲》、《祖龍行》、《山中孺子歌》等篇是也。

詩猶一太極也，陰陽萬物於此而生生變化無窮焉。故一題有一義，一章有一格，一句有一法。雖一而至什，什而至千百，毋沿襲，毋雷同。如天之生人億萬，耳目口鼻，方寸間自無有毫髮之相似者，究其故，一本之太極也。太極，誠也，真實無僞也。蓋詩不外乎情事景物，情事景物要不離乎真實無僞。一日有一日之情，有一日之景，作詩者若能隨境興懷，因題著句，則固景無不真，情無不誠矣。不真不誠，下筆安能變易而不窮？是故康樂無聊，慣裁理語；青蓮窘步，便説神仙。近代牧齋，莫年蕭瑟，行文未半，輒談三乘矣。

纖巧乃詩餘、小説之漸，少年不覺，同聲附和，自謂得計，津津向人告語。淪溺頹波，莫有一人援而出之，哀哉！

抱朴子曰：「古詩刺過失，故有益而貴。今詩純虚譽，故有損而賤。」賤者，賤其悦世；貴者，貴其傳世也。

韻有通轉，何也？音相同者謂之通，音不同者謂之轉。如「一東」通「冬」、轉「江」是也。和韻人皆爲難，我獨爲易。就韻構思，先有倚藉，小弄新巧，即可壓衆，然究不能成大器，聊一爲之可也。嚴滄浪云：「和韻最害人詩。」信然。此風盛於元、白、皮、陸，本朝諸賢，乃以此而鬬工，抑又何歟？

初學時，無論古今體詩，一題在手，先安排法局，然後下筆。及工夫粹精，隨事隨物，流出胸臆，自成確當不可易之格，自有獨造未經道之語。

夫盜者，惡名也，然莊子所謂取天地之利者謂之盜，則詞人文客，讀古聖賢書而默師其旨趣者，亦不得不謂之盜。如《詩》之逸也，《書》之整也，《易》之奇也，《禮》之經也，《春秋》之正也，以及《魯論》之義蘊，《孟子》之機利，《左氏》之詞琢，馬遷之窈眇，班史之沈雄，學詩者若盡能盜而有之，奚獨讓浣花一老擅場千古哉？

應制詩不徒避忌諱、取工麗而已也，體裁、題義，不可不講。魏、晉以還，作者未能悉中規矩，至初、盛唐，法律始謹嚴。近觀宏博科「山雞舞鏡」應詔諸詩，均未能領其旨趣。此題吃緊處在一「舞」字，不從「舞」字發揮，則題之真意真神不出。余謹依韻賦擬一篇云：「錦禽毛羽由來美，珍重年年不下山。明鏡忽如珠出蚌，清輝何異月臨關。回翔無那雄心動，表裏遥憐彩翮殷。栩栩有同夢勾引，盈盈曾識水灣環。分明玉殿來飛燕，仿佛雲屏出小鸞。瞥眼華裾飄上下，約身雕珮鬭斕斒。疾如風急花光碎，罷若天清電影還。丹距乍拳齊鵠立，繡翎旋整共鵷班。究誰凌亂空明裏，似我文章掩映間。禁苑肯容烏遶樹，山梁敢忘雀投環。彤廷干羽車書大，阿閣簫韶日月閒。三嗅免教賢者拱，九重長覩聖人顔。」

後之不如少陵七律者，病有多端：起無氣，句有調，字不堅牢，意不排盪，對偶不靈活，情景不真新，當句自解，歸結無致，句中不見作者氣象，使事不免筆端拘滯。此數條所當猛省。

記誦實胸中，何患氣機艱澀；登臨徧宇内，自然心目開張。

晚唐後專尚鏤鐫字句，語雖工，適足彰其小智小慧，終非浩然盛德之君子也。韓、柳之文，陶、杜之詩，無句不琢，卻無纖毫斧鑿痕者，何也？能鍊氣也，氣鍊則句自鍊矣。是故雕句者有跡，鍊氣者無形。

由《三百篇》以來，詩不絶於天下者，曰美君后也，正風化也，宣政教也，陳得失也，規時弊也，著風土之美惡也，稱人之善而謹無良也。故天子聞之則聖敬躋，大夫聞之則訏謨遠，多士聞之則道義明，匹夫匹婦聞之則風節厲而識其所以愧恥矣。若夫月露之詞，勦襲之説，悠謬之談，穠纖之句，諛佞之章，有何裨益於世教人心？而夫子删詩之義謂何？

詩貴乎温柔，亦有不嫌切直，如《十月之交》篇中，歷斥其人而不諱。則杜老《麗人行》「賜名大國虢與秦」、「慎莫近前丞相嗔」，非風人之義歟？因是知温柔者，詩之經，切直者，詩之權也。

凡詩中稱人姓，或以郡名，或以前人之名號代之，最是庸鄙。如《北夢瑣言》稱馮涓爲長樂公，《冷齋夜話》稱陶穀爲五柳公之類。

憶余童子時，先君子命題紙爆，余傚于忠肅《咏石灰》詩體云：「萬叠鸞箋束此生，劃開天地半空聲。粉身碎骨非兒戲，要向人間鎮太平。」先君子愀然不懌，曰：「汝後若榮顯，必罹殃禍。不則名或可傳於世，而福澤涼矣。」稍長，作《述懷》詩，中有云「拚命酒盃消白晝，嘔心文字哭青天」二語，一時爲之傳誦。由今觀之，此皆過於忿激，鋒鍔不斂，而非風人温厚之旨也。夫陽主生，陰主殺，凜冽之氣不能長養，嚴厲之詩烏能華茂？故余今日無聊之況，早在當年先君子之意中矣。少年恃氣清剛者，可爲鑒戒。

古人特創一題，作爲詩歌，蓋由情不自禁，言出乎中，有風動瀾迴之妙。後人動欲摹擬，不闇乎理，即滯於物，雖極意翻新，總不能越其範圍。若傅毅《七激》、張衡《七辨》、崔駰《七依》、馬融《七廣》、曹植《七啓》、王粲《七釋》、張協《七命》、傅玄《七林》，皆規倣枚乘《七發》，猶未能高駕前修。今藝林之士，豈更有度越數公者哉？要之，各言其志，或者不求似而反似之也。

世之學者，動以杜詩爲難解，不肯一過目。所呷哦者，非宋、明，即晚唐。詎知薰染既深，後雖欲進乎杜也可得乎？説者謂學者當登高自卑，不可躐等。此言近是而非，道有不同故也。如上泰山，由梁父而登，此之謂自卑。若歷梟、繹而冀造日觀之巔，跡之愈勞，去之愈遠矣。然則學杜者當何如而可？余曰：檢杜之五律中淺近易明者如《天河》、《螢火》、《初月》、《畫鷹》、《端午賜衣》咏物等篇，反覆尋繹，心目自明，門户不患其不望見也。由此而進，歷階升堂，殆有期矣。余經三十年困苦中研出，故不得不以授人。學者能由我言而循序以進之，始信登高自卑之自有周行在也。若舍杜而不由，如昌黎所云「航斷港絶潢，以望至於海」也，豈不惜哉！

向評三曹詩：孟德雖思深而力厚，然乏中正和平之響，而徒有强梁跋扈之氣，直欲凌轢三代，籠罩後世，務爲詰屈以眩惑人耳目耳。余謂孟德霸則有餘，而子桓王則不足，若子建，駸駸乎有三代之隆焉。

子建《七步詩》，在當時窘迫中構此，果佳矣，大雅則未也。末俗無知，喜其易於入耳，往往家傳而户誦。學者慎勿墮入彀中，墮則淪爲解縉、唐寅矣。

偉長用虛字作骨，彌覺峭勁，七子中另自成一格。

茂先失於氣餒而不健，然其雍和温雅，中規中矩，頗有儒者氣象。《情詩》、《雜詩》等篇，不免康樂千篇一體之譏，餘若《厲志》諸什，斷不可以一概掩之。

平原四言，差强人意，至五言樂府，一味排比敷衍，間多硬句，且踵前人步伐，不能流露性情，均無足觀。當日偶爲茂先一語之褒，故得名馳江左。昭明喜平調，又多採録，後因沿襲而不覺，實晉詩中之下乘也。

清河亦長於四言，而集中「和神當春，清節爲秋。天地則邇，户庭已悠」四語，足以垂後。

安仁情深而語冗繁，唯《内顧詩》「獨悲」云云一首，《悼亡詩》「曜靈」云云一首，抒寫新婉，餘罕佳構。昔人謂之「潘江」，過矣。

太沖祖述漢、魏，而修詞造句，全不沿襲一字，落落寫來，自成大家，視潘、陸諸人，何足數哉？景陽琢辭，實祖太沖，而寫景漸啓康樂，在典午中亦可稱巨擘。

古來稱詩聖者，唯陶、杜二公而已。陶以己之天真，運漢人之風格，詞意又加烹煉，故能度越前人。若杜，兼衆善而有之者也。余以爲靖節如老子，少陵如孔子。

光禄每多盛服矜莊之作，填綴中不乏滯響，然《五君詠》自當高步元嘉。

康樂於漢、魏外别開蹊徑，舒情綴景，暢達理旨，三者兼長，洵堪睥睨一世。

明遠沉雄篤摯，節亮句遒，又善能寫難寫之景，較之康樂，互有專長。

玄暉句多清麗，韵亦悠揚，得於性情獨深，雖去古漸遠，而擺脱前人習弊，永元中誠冠冕也。

簡文纖細不必言，而雕繪處亦人所不及。

休文《八詠》，文通《雜體》，各創新奇，後先争勝。二公歷事三朝，自計行無可採，復恐修名不立，故作此以掩飾後世耳。夫馬融之《西第頌》，陸游之《古泉記》，尚不免取譏於後，而況大節虧損，猶欲藉文詞以盗名，不亦難乎？餘詩亦未見挺拔。

彦昇孤峭蒼異，不墮頽靡，有足多者。

僧孺尖雋，固妨大雅，而慧心語時時錯出，亦足啓人智慮。

仲言屏棄駢辭，天機清引，造語新闢，惜少全作。杜陵所賞，亦只在吉光片羽也。

子堅承齊、梁頽靡之習，而能獨運匠心，扶持正始。浣花近體以及咏物，都從此脱化。

孝穆筆下有奇氣，往往多警拔句，堪與水部伯仲。見賾使事工富，第不由性情，悉皆無爲而作。義山師之，坐此病。總持高於見賾者在流宕，而不足之處，又在逐句作意，有妨義理。飛卿師之，亦坐此病。子山肴核乎六籍之文，探索乎百家之旨，故能摛詞横溢，琢句堅蒼。其《商調》數章，洋洋灑灑，摐金戛玉，堪與謨、誥並傳，光燄寧止萬丈而已耶？設令子建復起，亦當坐公於子思、顏般之間也。凌雲健筆，爲少陵所推許，有以夫。

越公《贈薛播州》數篇，高迴雅逸，纖靡掃盡，大業之朝，足稱首傑。觀者不以人廢言可也。

盧子行一氣清折，音節直逼初唐。

唐初伯玉、雲卿諸公，獨創法局，運雄偉之斤，斲衰靡之習，而使淳風再造，不愧騷雅元勛。所嫌意不加新，而詞稍麤率耳。

高、岑、王三家，均能刻意煉句，又不傷大雅，可謂文質彬彬。

襄陽得天真之趣，器識惜局於狹隘，可小知而不可大受。《洞庭》一首，是其别調。

太白以天資勝，下筆敏速，時有神來之句，而麤劣淺率處亦在此。少陵以學力勝，下筆精詳，無非情摯之詞，晦翁稱其「詩聖」亦在此。學少陵而不成者，不失爲伯高之謹飭；學太白而不成者，不免爲季良之畫虎。當時稱譽，李加乎上者，蓋有説。太白天潢貴胄，加之先達；子美杜陵布衣，矧夫後起。若究二公優劣，李不逮多矣。然其歌行樂府，俊逸絶群，未肯向少陵北面。

昌黎極有古音，惜其不由正道，反爲盤空硬語，以文入詩，欲自成一家言，難矣。然集中《琴操》、《秋懷》、《醉贈張秘書》、《山石》、《雉帶箭》、《謁衡嶽》、《縣齋有懷》數篇，居然大家規範。其「露泫秋樹高，蟲弔寒夜永」、「春風吹園雜花開，朝日照屋百鳥語」、「青天白日花草麗」，此等句亦是不凡。近體中得敦厚雅正之旨者，唯「未報恩波知死所，莫令炎瘴送生涯」二語。若《南山》詩，非賦非文，而反流傳，人之易欺也若此。近作《山莊述懷次昌黎縣齋詩四十韵》附録於後：「山深氣荒森，谷峻聲哀咤。戛戛高雲鴻，離離大田稼。豎儒何慨慷，畧運屢徂謝。往昔涉風騷，名聲媲蘭麝。徐劉或抗行，庾鮑竊方駕。不憚珠頻探，常懷玉待價。酣謡四塞開，奇氣九州射。王迹再中興，詞場一小霸。直思綜舊今，於此考真詐。身賤語不揚，天清淚空下。室罹道藴譏，朋遘仲堅駡。挾策走幽并，回帆踰杜灞。寧辭征路勞，敢戀端居暇？歷塊險摧心，逢人低折髂。鑾雷倒地生，蜃霓連天跨。晞髮扶桑陽，振衣藐姑射。毒噓鬼蜮沙，腥啾蛸蚌炙。艱阻前賢嘗，文章大塊假。時還濡翰毫，颸若凌嵩華。萬里客歸春，孤村犬驚夜。燃燈目妻孥，置酒集鄰婭。衣縫綻霜鞍，指痕壞雲靶。糧資信空罌，瓜蔓獨縣架。存者日呼庚，亡人冬闕蜡。幸同白璧還，絶類金鷄赦。開篋罄其贏，漏卮焉補罅？耕蠶忘夕晨，襦褐混寒夏。醉即漁樵隨，命無富貴借。人情老更疑，俗狀夢猶怕。寒巷煦陽回，新王踐祚乍。鳳麟欻來游，猿鶴互相訝。版宇澤宣敷，野賢詔慰藉。詎知蘿薜阿，獲覩軒羲化。叟稚熙場園，觴絃蔭榆柘。向山開竹扉，沿澗累書榭。袁子肯干人？顔君休問舍。由來風概敦，不受飢寒嚇。空谷白駒維，後車黄鳥迓。衮旒自聖明，齒髮非嬰姹。鈿黛已荒榛，北宮尚誰嫁？」

昌谷之筆，有若鬼斧，然僅能鑿幽而不能抉明，其不永年宜矣。嘔心之句，亦亘古僅見。

次山傚偉長而有獲，應物宗柴桑而未純。

玉川好怪，作《月蝕詩》以嚇鳶雛，寧不慮蒼鷹見之而一擊乎？至「七碗吃不得也」句，又令人流汗發嘔。

香山《琵琶行》，婉折周詳，自有意到筆隨之妙，篇中句亦警拔。音節靡靡，是其一生短處，非獨是詩而已。

閬仙得名，偶爲退之一吹獎耳。考其平生所作，何足流傳。史遷所謂：「非附青雲之士，焉能施於後世？」讀之爲之三歎。

飛卿古詩與義山近體相埒，題既無謂，詩亦荒謬，若不論義理而只取姿態，則可矣。

曹唐《游仙》詩，有「洞裏有天春寂寂，人間無路月茫茫」句。玉谿《無題》詩，千妖百媚，不如此二語縹緲銷魂。

許、趙諸人，專以字句取媚，而氣體日趨卑弱，且少完作。

皮、陸如吃蒙汗藥，瞢騰而作囈語。

務觀於宋，亦可稱正始，惜其流於淺弱，而無高渾磊落之氣。至臨終詩云「王師北定中原日，家祭無忘告乃翁」二語，可謂庸中佼佼者。

子瞻不師古而長於野戰，猶吾吳丹青家，見矗鈎硬皴，嗤爲浙派也。

葉水心言：慶曆、嘉祐以來，天下以杜甫爲師，始絀唐人之學，謂之「江西派」。若七子者，但有金戈鐵騎之聲，而乏韶濩、雲門之響，如東坡云：「今人學杜甫詩，僅得其粗俗而已。」余嘗考其故，患在太粘滯於早年之作。若熟讀其入蜀以後諸詩，味其神理，便無此病。

閻古古《題漢高廟》頸聯有云：「中興十世生文叔，後起三分託武侯。」十四字如鐵鑄。「託」字有《春秋》書法。

近吾師閩中金庶常潮，解組後，過余書堂，見豢鶴，遂賦詩云：「骨鯁原殊衆，何須飾羽毛？直思逼雲漢，猶想歷風濤。飛躍豈無意，升沉會有遭。從今脱羅網，吟嘯九天高。」俗題能雅稱若此，又能流露平生面目，神完氣固，直登老杜之堂矣。梅村《八幻》，寧無慙色？

《詩》三百篇曷貴乎？貴其悲哀歡愉、怨苦思慕之情，悉有婉折抑揚之致，藴蓄深而丰神遠，讀之能令人暢支體、悦心志，可以薦郊廟，可以格鬼神，《詩》之旨大矣哉。

秋窗随笔

秋窗隨筆提要

《秋窗隨筆》一卷，據《昭代叢書》（辛集别編）本點校。撰者馬位，字思山，號石亭，陝西武功人。官刑部員外郎。有《南垞詩稿》。此書乾隆四年自序謂成於是年秋。首數則雜言文史，以下則言詩矣，故雖云筆記，實是詩話。議論頗大方隨意，考訂故實亦有見，如引《楞嚴經》「横陳時味如嚼蠟」解義山「小憐玉體横陳夜」之艷語，謂《漁洋詩話》記宋犖所賞之題壁詩乃文天祥之作等。其中録法華老衲及己作詠衣、衾、棺、槨各四律，益見其豁達，楊復吉劇愛之，因以入《昭代叢書》。

秋窗隨筆序

《禮》注云：「詩者，承也。承著昭晳之能。」《詩緯》云：「詩者，持也。持契無邪之義。」昔者穆叔拜《鹿鳴》之三，楚莊陳《大武》之六，子夏監素絢以起予，衛賜悟琢磨以告往。《呂覽》肇其四音，韓嬰厥有《外傳》，孫毓著《異同》之評，王基駁故訓之失。兹皆比興之支流，風人之别子。激揚雅訓，張設科條，後有能言，準斯爲例。吾友石亭先生，倦游京國，戢影瓜廬，藴義懷文，情靈感發。遂爾扇辨囿之雕談，騁詩衢之逸軌，犂然有當於心，確乎其不得已，《秋窗隨筆》所由作也。夫秋凜淒清之氣，窗表匡居之名，筆者得意疾書，隨則匠心獨運。疏家例逐文以造義，達者每披文而見時。僕少溺篇章，長能論議，博觀約取，厥指數千。以高叟之固，釋《絲衣》爲祭靈星；以匡鼎之解頤，指《關雎》爲刺康后。「楊柳」、「雨雪」四句，謝庭别有會心；「雞鳴」、「風雨」兩言，褚公不無偏解。請爲石亭增長波瀾，發揮理道，略申隅反，暢厥指歸。所以班史爲紀事之書，亦存《樂志》半卷；《雕龍》乃論文之籍，特著《明詩》一篇。鍾嶸持三品以程材，皎然頒十訣而示式。以古方今，比物比志也。斯論不磨，請以僕言爲先馬乎？乾隆四年，歲在屠維協洽辜月朔，堇浦杭世駿書。

古人書言簡味長，皆出於躬行心得之餘。故能明物察倫，苞含義理，使誦法者無以加也。後人僞作紛然，無識以照之，則鄭聲亂雅，生心害政，有不可勝言者，然亦各有所因也。若稗史，若演義，因而甚之，不自知其妄矣。因於《易》者怪，因於《詩》者淫，因於《禮》者窒，因於《書》者亂，因於《春秋》者武斷。於是乎文章爲天下裂，孰從而辨之哉！石亭覽古有識，能摘其妄而是正，非特眼慧，亦其心清。吾知其讀破萬卷，必驅經史而反原也，豈止於此而已！乾隆五年，歲在庚申二月朔日，長洲夏一理書於澄觀草堂。

秋窗隨筆

西安馬位石亭著

今年余從京師歸里門，索居多暇，著隨筆一卷，半是秋窗風雨中所成，聊寫己意，非敢尚論古人也。靄靄停雲，良朋闊絶，誰相知正定耶？時乾隆己未八月初七日。

《家語》大有謬處。如孔子厄於陳、蔡，絶糧七日，從者皆病。子曰：「汝以仁者爲必信也，則伯夷、叔齊不餓死首陽。汝以智者爲必用也，則王子比干不見剖心。汝以忠者爲必報也，則關龍逢不見刑。汝以諫者爲必聽也，則伍子胥不見殺。」據孔子攝相，在靈公三十九年，三月即去魯適陳。在陳主司城貞子家。靈公四十一年至衛，即有絶糧之厄。是年孔子五十八歲，魯哀公之元年，吴夫差之二年。是年吴破楚，子胥未死也。諫死在吴王之十三年，尚隔十一年，孔子何由先知其見殺乎？後人僞作明矣。

《離騷》：「攝提貞于孟陬兮，惟庚寅吾以降。」舊注謂原生於寅年寅月寅日。張伯起云：「以今考之，月雖寅而歲未必寅也。蓋攝提自是星名，即劉向所言『攝提失方，孟陬無紀』，是攝提乃隨斗柄以指十二辰者也。其『攝提貞于孟陬』，乃言斗柄正指寅位之月耳，非謂太歲在寅也，『貞于』字可玩。」愚按：周正建子，楚奉周朔，則寅月乃當時三月也，何得曰孟陬？攝提原謂太歲，依舊注爲是，而孟陬非寅月可知。「攝提貞于孟陬」，猶言寅年之正月，歲雖寅而月未必寅也。蓋屈原或以寅年子月寅日生矣。

《淮南子》：「水清則魚聚。」東方朔云：「水至清則無魚。」

王子淵《聖主得賢臣頌》乃是散文，全非頌體。

柳子厚《謫龍説》可被入《搜神記》。

子厚《始得西山宴遊記》，前段有上高山、入深林、窮迴溪等語，寫景頗極古峭歷落。後又有過湘江、緣染谿一段，與前略複，便不聳目。

《河間婦》一篇，託辭比喻，何苦持論至此，傷忠厚之遺，編之集外宜矣。恐是後來文士僞作。

《羅文傳》不及《毛穎傳》。

蘇老泉《權書》論六國，中有云：「思厥先祖父暴霜露，斬荆棘，以有尺寸之地。子孫視之不甚惜，舉以與人，如棄草芥。」夫六國俱係封建，非開創者，何得云暴霜露、斬荆棘？要是借六國發議，以刺時事。

子瞻《賈誼論》云：「爲賈生者，上得其君，下得其大臣如絳、灌之屬，優游浸漬而深交之，使天子不疑，大臣不忌，然後舉天下而唯吾之所欲爲，不過十年，可以得志。」此乃姦雄作用，非聖賢學問。古之人汲汲行道，不合則去，無深謀機術若此。如舉天下而唯所欲爲，直戰國時蘇秦、張儀、商鞅之徒耳。至於誼之立談痛哭，未免少年剛鋭激烈處，所謂「謀之一不見用，安知終不復用也？不知默默以待其變，而自殘至此」，方合聖人待價以沽之意。「嗚呼！賈生志大而量小，才有餘而識不足」，豈非確論也哉！

《竹坡詩話》：客有誦淵明《閑情賦》者，想其於此亦自不淺。或問座客：淵明有侍兒否？皆不知所對。有一人言「有之」。問其何以知？曰：「所謂『雍端年十三，不識六與七』，此豈非有侍兒耶？」于是座客皆發一笑。按王質《雲韶紹陶録》，録中《栗里年譜》大元九年甲申，君年二十，失妾。《楚調》詩云：「弱冠逢世阻，始室喪其偏。」則淵明有侍兒可知。《閑情賦》或者其少作乎？然亦不可泥也。

《石林詩話》：晉人多言飲酒，有至於沈醉者，此未必意真在於酒，蓋方時艱難，人各懼禍，惟託於醉，可以粗遠世故。此論本之昌黎《送王秀才序》，有託而逃焉之意。

宋玉《九辯》：「當世豈無騏驥兮？誠莫之能善御。見執轡者非其人兮，故跼跳而遠去。」退之《雜説》「千里馬」一篇，即廣此意，而激昂感慨，同一寄託。

黄帝之時，以鳳爲雞，楚人之國，以雞爲鳳。真而不以爲重，假而反重於真，可笑哉！前事見邯鄲淳《笑林》，後事見徐整《通曆》。

《酉陽雜俎》：白鹽崖有鹽如水晶，名君王鹽。青蓮詩「盤中衹有水晶鹽」，蓋用此。

《洛神賦》大似《九歌》。

隋曲有《疏勒鹽》，唐曲有《突厥鹽》、《阿鵲鹽》。或云：關中人謂好爲鹽，故施肩吾詩云：「顛狂楚客歌成雪，媚嫵吴娘笑是鹽。」當時語也。今《杖鼓譜》中尚有鹽杖聲。余秦人也，今關中語無以好爲鹽者，鹽殆唐方言耳，豈今人與千百年前異音耶？又按李肇《唐國史補》，關中人呼稻爲討，今則然。

又按陸璣《毛詩疏》："秦人謂柞爲櫟，謂螗爲蛥蚗。"《爾雅》犍爲舍人注："三輔以西謂螗爲蜩。"《公羊傳》注："踊，豫也，關西言渾。"《儀禮・有司徹》注："秦人謂畝爲桃。"《漢書・序傳》注："三輔説牛蹄處爲躅。"《説文》："弘農謂群爲帔。"《周禮・考工記》注："秦晉之間，子之大者謂之曼胡。"《禮記・内則》注："秦人溲曰滫。"此皆漢時語，攷今秦語，殊不然。

《文心雕龍》云："《召南・行露》，始肇半章；孺子《滄浪》，亦有全曲。《暇豫》優歌，遠見春秋；邪徑童謡，近在成世。閲時取證，則五言久矣。"鍾嶸《詩品》云："夏歌曰：『鬱陶乎予心。』楚謡曰：『名余曰正則。』雖詩體未全，然是五言之濫觴也。"以此而推，聲律雖起於沈約，而以前粗已具之。陸雲相謔之辭，所謂"日下荀鳴鶴"、"雲閒陸士龍"，是五言律聯。江淹《别賦》"春宫閟此青苔色，秋帳含兹明月光"，是七言律聯。此亦近體之發端乎？

嚴滄浪云："押韵不必有出處，用事不必拘來歷。"名手超脱，固自不妨，不可爲訓也。

樂天《白牡丹》詩："折來比顔色，一樹如瑶璘。"二字或可倒用，不然，直湊韵耳。

謝詩"池塘生春草"，李詩"胡蝶忽然滿芳草"，蕭子顯所謂"有來斯應，每不能已"，須其自來，不以力構。

劉昭字字休明，論詩云："五言如四十箇賢人，著一字如屠沽不得。覓句者若掘得玉合子底，必有蓋。但精心求之，必獲其寳。"可盡作詩用字之道。

皮日休《劉棗强碑文》云："與李賀同時有劉棗强焉，名言史。有歌詩千首，美麗恢贍，自賀外，世莫得比。」惜其作不多得。名亦見嚴滄浪《詩話》。

人知陶詩古淡，不言有琢句處。如「微雨洗高林，清飆矯雲翮」，「神淵寫時雨，晨色奏景風」，「青松夾路生，白雲宿簷端」。詩固不於字句求工，即如此等句，後人極意做作不及也，況大體乎？

淵明有《形贈影》、《影答形》及《神釋》詩三首，中句云：「得酒莫苟辭」、「酒云消百憂」。太白《月下獨酌》詩，有「舉杯邀明月，對影成三人」。二公風流孤邁，一種曠世獨立之致，異代同情。

《彥周詩話》：武帝爲李夫人作詩曰：「是耶非耶？立而望之偏。」僕曰：因此則退之「走馬來看立不正」之所祖述也。余有句云：「野曠招遠風，草木緑不定。」

杜詩「萬里戎王子」，《許彥周詩話》作「明玉子」，云：「不曉此詩指何物。張騫慚空到，又《本草》不收，定非葡萄也。」按趙汸注：「絶域之花，久種中國，殆爲明皇寵任禄山託喻之意。」强解摭入，尤可笑。然必須何將軍園林有此，少陵方詠以託興，究未詳何物。

東坡《祭柳子玉文》：「郊寒島瘦，元輕白俗。」彥周謂其論道之語。然東坡詩鎔化樂天語及用樂天事甚多，如「故將别語調佳人，要看梨花枝上雨」、「不似楊枝别樂天」、「海天兜率兩茫然」、「腸斷閨中楊柳枝」之類。雖作此論，終不免踐樂天之迹。

又，古詩「上山采交藤」。交藤，何首烏也，服之令人多慾，生子，有「采采芣苢」之意。《衛風》云：「伊其相謔，贈之以勺藥。」陸師農説勺藥破血，欲其不成子。不知真有此意否？予謂詩人賦物，不過寫一時之情，豈必有深意？如古詩「上山采蘼蕪」，按《本草》：蘼蕪久服通神。與「下山逢故夫」有何關照？又有「涉江采芙蓉」，豈芙蓉爲遺遠道之物乎？彥周此説殊穿鑿。

湯惠休曰：「謝詩如芙蓉出水。」梁武帝評李鎮東書亦云：「臻此境者難矣夫！」

古人詩一樣者頗多。「如何飲酒得長醉，直到太平時節醒」，與邵堯夫「安得中山千日酒，酩然直到太平時」同。許渾「公道世間惟白髮，貴人頭上不曾饒」，與滕倪「白髮不能容相國，也同閒客滿頭生」同。使遇皎然，定入偷語、偷意詩例矣。此不過一時用意相類，非後人鈔襲者比。所謂閉門造車，出門合轍，即自己亦常犯。太白「春風餘幾日」，工部「驊騮開道路」，皆重見集中。

《芥隱筆記》：樂天詩：「去歲暮春上巳，共泛洛水中流。今歲暮春上巳，獨立香山下頭。」子瞻用之爲海外《上元》詩。愚謂此格不專出樂天，唐人中極多。如「去年花裏留連飲，暖日夭桃鶯亂啼。今日江邊容易別，淡烟衰草馬頻嘶」，又「昔年洛陽社，貧賤相提攜。今日長安道，對面隔雲泥」是也。即子瞻猶有「前年家水東，回首夕陽麗。去年家水西，濕面春風雨」；「去年花落在徐州，對酒酣歌美清夜。今年黄州見花發，小院閉門風露下」。嚴滄浪所謂「扇對」是也。

雲溪子曰：「杜舍人牧《楊柳詩》云：『巫娥廟裏低含雨，宋玉堂前斜帶風。』滕郎中邁云：『陶令門前罥接䍦，亞夫營裏拂旌旗。』俱不言『楊柳』二字，最爲妙也。」如此論詩，詩了無神致矣。詩人寫物，在不即不離之閒。「昔我往矣，楊柳依依」，只「依依」兩字，曲盡態度。太白「春風知別苦，不遣柳條青」，何等含蓄，道破「柳」字益妙。若雲溪所論，則是晚唐人詠《蜻蜓》云：「碧玉眼睛雲母翅，輕于粉蝶瘦于蜂。」石曼卿《紅梅詩》：「認桃無緑葉，辨杏有青枝。」亦得謂好詩耶？

范攄云：宋雍初無令譽，及嬰瞽疾，其詩名始彰。盧員外綸作擬僧之詩，僧清江作七夕之詠，劉隨州有眼作無眼之句，宋雍無眼作有眼之詩，詩流以爲「四背」，或云「四倒」，然辭意悉爲佳致。盧公詩云：「願得遠公知姓字，焚香洗鉢過餘生。」清江詩云：「惟愁更漏促，離别在明朝。」劉隨州詩云：「細雨濕衣看不見，閒花落地聽無聲。」雍詩云：「黄鳥不堪愁裏聽，緑楊宜向雨中看。」以類而推，如陶靖節高人隱士之操，而有《閒情》一賦，宋廣平鐵石心腸而賦《梅花》，韓昌黎有「銀燭未銷窗送曙，金釵欲醉座添春」，范文正有「酒入愁腸，化作相思淚」，皆偶然游戲翰墨，不得以常例論也。

《竹坡詩話》：徐陵《玉臺新詠序》云：「南都石黛，最發雙蛾；北地燕支，偏開兩靨。」《古今注》云：「燕支出西方，土人以染，中國謂之紅藍，以染粉爲婦人色。」而俗乃用胭脂或臙脂字，不知其何義也。杜少陵「林花著雨臙脂濕」亦用此字，而白樂天「三千宫女燕支面」卻用此二字，殊不可曉，蓋臙脂、燕支皆可通用。燕支又山名也，所謂「失卻燕支山，使我婦女無顔色」。

虞美人草，古稱虞妃所化，聞行人唱《虞美人》曲，則兩葉摇動，按拍而舞，或唱他辭，則寂然。沈鶱詩：「應恨拔山人不渡，託根芳草到江東。」《益部方物略記》：「蜀中虞美人草，予以『虞』作『娱』，意其草柔纖爲歌氣所動，故其葉至小者或動摇，美人以爲娱樂耳。」「娱」字雖可通，遂失命名之旨矣。

唐詩歌舞中多用「靴」字，張祜：「畫鼓不聞招節拍，錦靴空想挫腰肢。」舒元輿：「湘江舞罷忽成悲，便脱蠻靴出絳帷。」太白詩：「吴姬十五細馬馱，青黛畫眉紅錦靴。」杜牧詩：「舞靴一任傍人看。」按《圖畫見聞志》：「唐代宗朝，令宫人侍左右者穿紅錦靿靴。」想當時妝飾如此。

唐時始有紫薇，宋時始有蠟梅。

洛陽無白蓮花，白樂天自吴中帶種歸，始有之，有《白蓮泛舟》詩及《種白蓮》詩。姑熟有李太白十詠，而明月泉獨遺焉，見《墨客揮犀》。亦猶蜀中海棠無子美詩也。

昌黎《送石處士詩》云：「風雲入壯懷，泉石别幽耳。」包括《北山移文》一篇。

昌黎古詩勝近體，而近體中惟《湘中酬張十一功曹》、《奉酬振武胡十二丈大夫》及《西林寺題蕭二兄郎中舊堂》、《次潼關先寄張十二閣老使君》諸作，矯矯不群，可以頡頏老杜。他如「春風紅樹驚眠處，似妒歌童作艷聲」，「暖風抽宿麥，清雨卷歸旗」，「嗚簽急吹争落日，清歌緩送款行人」，唐諸人莫及也。

退之七古有絶似太白處，讀者自知之。近體中得此，所謂已探驪龍珠，餘皆長物矣。

退之古詩，造語皆根柢經傳，故讀之猶陳列商、周彝鼎，古痕斑然，令人起敬。時而火齊、木難，錯落照眼，應接不暇。非徒作幽澀之語，如牛鬼蛇神也。

「一溪初入千花明，萬壑度盡松風聲」，令我神往，起青鞵布韈之思。

韓翃「星河秋一鴈，砧杵夜千家」，崔峒「清磬度山翠，閒雲來竹房」，常建「松際露明月，清光猶爲君」，楊敬之「碧山相倚暮，歸鴈一行斜」。此等句無點烟火氣，非學力能到，宿慧人遇境即便道出。唐山人球「漸寒沙上路，欲暖水邊村」，亦藴藉有致。

李昌谷詩：「錢塘蘇小小。」白香山詩：「揚州蘇小小。」

長吉善用「白」字，如「雄雞一聲天下白」、「吟詩一夜東方白」、「薊門白于水」、「一夜緑房迎白曉」、「一山唯白曉」，皆奇句。

《秦王飲酒》詩：「羲和敲日玻瓈聲。」不知有出不，抑自鑄偉辭？

《五粒小松歌》，有云當是「五鬣」，「鬣」訛「粒」，非也。《五代史》「鄭遨聞華山有五粒松」，可證不訛。所謂「新香幾粒洪厓飯」，新香可飯，或者松子乎？

少陵：「春去春來洞庭闊，白蘋愁殺白頭人。」太白：「荷花嬌欲語，愁殺蕩舟人。」風神摇漾，一語百情，李、杜洵敵手也。

老杜《夢李白》云：「冠蓋滿京華，斯人獨憔悴。」昌黎《答孟郊》詩：「人皆餘酒肉，子獨不得飽。」同一慨然。而古人交情於此可見。

太白《邯鄲才人嫁爲廝養卒婦》詩，妙在不説目前之苦，只追想宫中樂處，文章於虚裏摹神，所以超凡入聖耳。

樂天「轉軸撥絃三兩聲，未成曲調先有情」，與謫仙「楚歌吴語嬌不成，似能未能最有情」異曲同工。

少陵「浣花溪裏花饒笑」，青蓮「武陵桃花笑殺人」，玉谿「東風爲開了，卻擬笑東風」，李敬芳「不向花前醉，花應解笑人」，岑參「羞被桃花笑，看春獨不言」，各有意致。

最喜王摩詰「看花滿眼淚，不共楚王言」，李太白「但見淚痕濕，不知心恨誰」，及張祜「一聲河滿子，雙淚落君前」。又李嶠「山川滿目淚沾衣」，得言外之旨，諸人用「淚」字，莫及也。義山「湘江竹上痕無限，峴首碑前灑幾多」，反無深意。魚玄機「殷勤不得語，紅淚一雙流」，亦工。

李益詩：「早鴈忽爲雙，驚秋風水凉。夜長人自起，星月滿空江。」所謂不著一字盡得風流者耶。李洞「藥杵聲中擣殘夢，茶鐺影裏煮孤燈」，不及岑參「孤燈燃客夢，寒杵擣鄉愁」。

「君問歸期未有期，巴山夜雨漲秋池。何當共翦西窗燭，卻話巴山夜雨時。」全不似玉谿手筆。「自爾出門去，淚痕長滿衣。家貧爲客早，路遠得書稀。文字何人賞，烟波幾日歸？秋風正摇落，孤鴈又南飛。」亦不類丁卯作。二詩皆妙絶，通人真無所不可也。

柳公權與唐文宗聯句，周少隱云：「責其享殿閣之凉而不知人間之苦，所以譏之深矣，曉人不當如是邪？」此論甚是。東坡嫌其有美無箴而續之，反失詩人諷喻之旨。

鄭雲叟《富貴曲》云：「美人梳洗時，滿頭閒珠翠。豈知兩片雲，戴卻數鄉稅。」李山甫《公子家》：「不知買盡長安笑，活得蒼生幾户貧。」唐人猶有詠蠶詩云：「徧身羅綺者，不是養蠶人。」此等詩讀之令人知衣食艱難，有關風化，得《三百篇》遺意焉。

《彦周詩話》：洪覺範在潭州水西小南臺寺作《冷齋夜話》，有曰：「詩至義山，爲文章一厄。」僕至此蹙額無語。渠再三窮詰，僕不得已曰：「夕陽無限好，只是近黄昏。」覺範云：「我解子意矣。」即時删去。余曰：「玉溪筆墨照千古，豈因覺範一語減色耶？況李詩妙處何止斯二句，如《韓碑》詩直與昌黎《平淮西》文並峙不朽，即《石鼓歌》無以加焉。尚有《詠蟬》『五更疎欲斷，一樹碧無情』，常人能道隻字否？世徒摘其綺辭麗句而雌黄義山，不亦妄乎？謂其深學老杜，信然。」

義山《牡丹》詩用「越鄂君」，「越」字誤用。樂府中有《越人歌》。乃楚王母弟，越人愛鄂君而歌，鄂君以繡被覆之，非越之鄂君也。

温飛卿詩：「私帶男錢壓鬢低。」考《泉志》，男錢徑寸，重四銖，懸針書文曰「布泉」。世人謂佩之生男。

《石林詩話》：「姑蘇城外寒山寺，夜半鐘聲到客船。」歐陽公嘗病其夜半非打鐘時，蓋公未嘗至吴中，今吴中山寺實以夜半打鐘。然亦何必深辯，即不打鐘，不害詩之佳也。如子瞻「應記儂家舊姓西」，夷光姓施，豈非誤用乎？終不失爲好。

用成語最難，須要無痕迹。韋蟾詩：「悲莫悲兮生別離，登山臨水送將歸。」皆《楚辭》也。王荆公詩：「一水護田圍緑去，兩山排闥送青來。」皆漢人語也。嘗云：用漢人語，止可以漢人語對，若參以異代，便不相類。

徐凝《廬山瀑布》詩，子瞻厭其塵陋，有「飛流濺沫知多少，不與徐凝洗惡詩」句。按《全唐詩話》載：張祜與凝同試，祜誦其「樹影中流見，鐘聲兩岸聞」等句，凝曰：「美則美矣，争如老夫『今古長如白練飛，一條界破青山色』。」蓋其得意作也，而不見賞於子瞻。如太白「海風吹不斷，江月照還空」，坡老安得不拜倒？按《芥隱筆記》云：凝用《天台山賦》「瀑布飛流而界道」，子瞻非不知有所自也，用古亦有善否耳。

高仲武論郎士元詩云：可齊衡古人，掩映時輩。如「荒城背流水，遠鴈入寒林」，又「去鳥不知倦，遠帆生暮愁」，又「蕭條夜静邊風吹，獨倚營門望秋月」，又「莫蟬不可聽，落葉豈堪聞」。古人謂謝朓工於發端，比之於今，有慚沮矣。然「大江流日夜，客心悲未央」，君胄豈能到？「長安卿相多少年，富貴應須致身早」，即古詩所謂「何不策高足，先據要路津」。「熟精《文選》理」者，可以讀杜詩。

羅鄴「唯有春風不世情」句，與許渾「公道世間惟白髮」意同，然道破則無含蓄也。山谷詩「窗外青山不世情」即祖此意。

和仲《梅花》詩：「夜寒那得穿花蝶？知是風流楚客魂。」余以爲梅時未有蝶，曾戲詠云：「莊周無冷夢，不解到羅浮。」後偶看梅，見雙白蝶翩翩然尋香於疎枝冷蕊閒，始知蘇詩之工也。古人用事不可輕議，書此以誌吾過。

趙松雪《題秋胡戲妻圖》詩云：「相逢桑下説黄金，料得秋胡用計深。不是别來渾未識，黄金聊試别來心。」雖翻案新奇，失詩人温厚之風，由末世人心不古，用意狙詐，而作此論。在秋胡當日，尚無是意。顔延之詩直敍其事，故妙。

岐王宫有侍兒出家爲比丘尼者，張公稽仲賦詩云：「六尺輕羅染麴塵，金蓮穩步襯湘帬。從今不入襄王夢，翦盡巫山一朵雲。」不及楊郇伯《伎人出家》詩云「貝葉欲翻迷錦字，梵聲初落誤梁塵」二句工妙。

鄭谷「月黑見梨花」，佳句也，不及退之「白花倒燭天夜明」爲雄渾，讀之氣象自別。義山《李花》詩「自明無月夜」，與退之未易軒輊。

太白「白髮三千丈」下即接云「緣愁似箇長」，並非實詠。嚴有翼云：「其句可謂豪矣，奈無此理。」詩正不得如此講也。

《竹坡詩話》：「柳子厚《別弟宗一》詩云：『零落殘紅倍黯然，雙垂別淚越江邊。一身去國六千里，萬死投荒十二年。桂嶺瘴來雲似墨，洞庭春盡水如天。欲知此後相思夢，長在荆門郢樹烟。』『烟』字只當用『邊』字，蓋前有『江邊』，故耳。不然，當改云：『欲知此後相思處，望斷荆門郢樹烟。』如此却似穩當。」予謂非是。既云夢中，則夢境迷離，何所不可到，甚言相思之情耳。一改「邊」字，膚淺無味；若易以「處」字、「望斷」字，又太直，不成詩矣。詩以言情，豈得沾沾以字句求之？宋人論詩，吾所不取。唯嚴儀卿《詩話》是正派。

曾於涿州旅舍見土壁上閨秀題詩，筆法纖媚，有「静鎖春風燕子樓」句，惜不記其全首。

李義山詩「客散酒醒深夜後，更持紅燭賞殘花」，有雅人深致。蘇子瞻「只恐夜深花睡去，故燒高燭照紅妝」，有富貴氣象。二子愛花興復不淺。或謂兩詩孰佳？余曰李勝，蘇微有小疵。既「香霧空濛月轉廊」矣，何必更燒紅燭？此就詩之全體言也。

長吉詩：「龍頭瀉酒邀酒星。」范文正詩：「森然萬象中，焉知無荼星？」

李西厓《麓堂詩話》云：「國初人有九言詩曰：『昨夜西風擺落千林梢，渡頭小舟捲入寒塘坳。』貴在渾成勁健，亦備一體。」予謂此不過敷衍老杜「高者挂罥長林梢，下者飄泊沈塘坳」，何足爲奇？至於九言，則又有「吾廬獨破受凍死亦足」爲妙也。

最愛王摩詰「惟有相思似春色，江南江北送君歸」之句，一往情深。高季迪「願得身如芳草多，相隨千里車前緑」，脱化王意，亦復佳。余擬其意作送人絶句云：「繫馬城邊柳，攀枝淚滿衣。願爲春草緑，一路送君歸。」

《謝氏詩源》：袁瓘《秋日詩》曰：「芳草不復緑，王孫今又歸。」人都不解。施膺見之曰：「王孫，蟋蟀也。」按，《招隱》：「王孫游兮不歸，春草生兮萋萋。」又：「王孫兮歸來，山中兮不可以久留。」詩蓋用此。故唐人《詠蝶》有「今夜若棲芳草裏，爲傳消息到王孫」，温飛卿《楊柳枝》「繫得王孫歸思切，不關春草緑萋萋」者，何不可解？施所據者，揚雄《方言》，然以之解詩，未免穿鑿。

宋人有弔賈似道集芳園詩云：「瑶房錦榭曲相通，能幾番春事已空。惆悵舊時吹篴處，隔窗風雨剥青紅。」「剥」字用得極新，蓋本昌黎「敗壁剥寒月」也。

商丘宋冢宰犖《筠廊偶筆》載：同里太常侯公執蒲秋夜坐村中樹下，忽風吹落葉，由耳邊過，公隨手取一片，就燈視之，乃古錢也。此説殊不解。偶閲令狐澄《大中遺事》，軒轅先生居羅浮山，唐宣宗詔入禁中，以桐竹葉滿手挼成錢。與前説相類。兩事可互證。

余病中偶見法華老衲《詠棺》詩，戲云：「何不補足衣、衾、棺、槨四首？」老衲欣然援筆而成，命之曰《大歸》詩，余亦和作，遂忘其病。時人以死爲諱，讀此得毋大駭？然所謂死者，果駭而可避耶？詩並録於左：「兒女千行淚點污，著來寒煖不關膚。誰能立地明三事，漫説升天重六銖。翠袖明璫長已矣，繡裳命卷得知無？早知一向爲黄土，虚費區分紫與朱。」《衣》「越紵吴綾細翦裁，千條百結裹枯骸。閨中繡滿梵王字，原上飛成鬼伯灰。不許鴛鴦棲並翼，任他胡蝶夢千回。恰如旅客和衣睡，欹枕鰥鰥子夜來。」《衾》「誰信千年永不開，徒教骨肉隔黄埃。收回天上三春艷，蓋盡人間一石才。水土幾番灰卻了，山林又復斧斯來。還愁仙骨埋難盡，碧落殷勤選玉材。」《棺》「女手卷然鬃沐餘，朅來小有洞中居。渾如護惜加窮袴，莫是隄防用檻車。螻蟻一生忙不了，牛羊他日此相於。漆園再向枯髏語，爲問王孫意底如？」《槨》和云：「披來已是四肢僵，誰與身裁較短長？白骨幾根擎作架，桐棺三寸貯爲箱。永辭裘葛春秋换，卻省晨昏著脱忙。重戀人生衣錦樂，熏籠應爇返魂香。」《衣》「一蓋長年仰面人，夜臺從此不知春。葡萄艷覆三生夢，翡翠文遮累劫身。但有漆燈時閃爍，更無玉體共横陳。秋墳雨打歌蒿里，擁鼻骷髏得句新。」《衾》「東園祕器作安居，匠斧經營慘淡初。千古賢愚從論定，兩傍兒女總成虚。崔家尚有黄金盌，唐苑寧無白玉魚。獨是英雄戰場上，裹屍馬革不關渠。」《棺》「皮囊臭腐豈知憐，玉匣蛟龍作套堅。黄土落時先露角，青燐明處不燒邊。狐狸跳嘯重扉外，螻螘奔馳複道連。縱是三生得同穴，四層木板隔癡緣。」《槨》

《漁洋詩話》：宋牧仲嘗於淮北旅舍見二絶句云：「横笛何人夜倚樓？小庭月色近中秋。涼風吹墮雙梧影，滿地碧雲如水流。」「渺渺孤城白水環，舳艫人語夕陽閒。林梢一抹青如畫，知是淮流轉處山。」宋題其後云：「新詩寫向黄泥壁，未許人間識姓名。」余曾見文衡山書一幅字，如碗大，乃前一絶也。當是待詔詩爲後人所録，緐津、漁洋未之考耳。

《漁洋詩話》内載某詩云：「山田高于屋，牛在屋上耕。」即子瞻「木杪見龜趺」也。曾見徐文長畫折枝梅花，題云：「冰破古瓶何大酷，頓教人棄汝州窯。」大是别致，本集卻未載。

商丘宋八名鼎金，冢宰牧仲之孫，方伯穉佳之子。綺歲即有詩名，與余皆裴氏壻。曾記其有「鴻鴈一聲天接水，蒹葭八月露爲霜」之句，大似北宋人語，惜不永年。又吴門亡友陸玉圃詩「烟樹鳥初語，水村人獨行」，風味不減唐人。

吴門程生樹，字玉森，九齡即能背誦《十三經注疏》，口如懸河，博覽子史，有成人風。十一歲補博士弟子員，一時有神童譽。惜年二十竟夭折。與余同庚，曾共筆研，時有倡和之作。偶檢舊篋，得其詩十餘首，墨痕零落，回憶曩昔，如塵如夢，不禁慨然。恐日久漫滅，附記於此：《辛亥春余游吴門將返白下送行》云：「雨餘新漲莫春天，放棹來遊葑水邊。細語不知清漏永，簷花深夜落燈前。」「放鶴亭東古寺前，緑波如縠雨如烟。錦囊詩句留春色，處處青山發杜鵑。」「夜火行船泊古塘，濛濛初月野花香。分攜斟酌橋邊路，烟水蒼茫暗緑楊。」「雲樹迷離一望遥，月明水驛幾停橈。夢魂長逐征帆遠，直到秦淮舊板橋。」又《寄懷》云：「芍藥花開憶舊遊，一庭烟景赴離愁。去年此夜金閶客，風雨春寒水上樓。」「連牀午夜細論詩，正是樓頭月上時。可恨春光催返棹，江南江北自相思。」謝余寄端研云：「曾入山陰陣，縱横掃萬軍。烟華猶可染，松麝尚餘薫。銘勒追王粲，詩成重紫雲。他時奉積潤，停筆想鵝群。」《秋日寄懷》云：「支硎春色映孱顔，共泛春波小棹閒。料得詩人遠相憶，楳花清夢繞吴山。」

「娟娟涼露入寒潭，空碧光開玉鏡函。兩地秋懷消不得，月明夜夜滿江南。」「江上芙蓉映夕暉，蟹黄入饌味初肥。秋光最好重陽後，未得乘風燕子磯。」「燈花幾夜爛雕盤，飛鴈傳情下羽翰。病裏得書心更喜，開緘忘卻五更寒。」《壬子冬江北道中寄懷》云：「暖晴天氣稱江南，春近唯餘夜半寒。知得遠懷偏過慮，翻疑風雪冷征鞍。」「毵毵垂柳拂清池，連騎西風憶往時。此日不堪摇落盡，無由折寄别來絲。」自寄此詩後，越兩月即得凶信，一似詩讖。又記其佳句云：「秋風一夜客先知。」其不永年有以夫。

杜詩「西川有杜鵑，東川無杜鵑，涪萬無杜鵑，雲安有杜鵑」，是古辭「江南可采蓮」調。昌黎《庭楸》詩「朝日出其東，我常坐西偏。夕日在其西，我常坐東邊。當晝日在上，我在中央焉」，亦類此。古人拙處正自不可及。

義山詩：「小憐玉體横陳夜，已報周師入晉陽。」「横陳」二字見宋玉賦，古今以爲艷語。《楞嚴經》有云：「於横陳時，味如嚼蠟。」作此注脚，亦稍寓微意。

長吉詩：「幽蘭露，如啼眼。」子瞻詩：「山下碧桃清似眼。」各有妙處。

《河南邵氏聞見後録》：洛中花甚多，而獨名牡丹曰花園。有天王院花園子，蓋無他亭，獨有牡丹數十萬本。花時張幄幕，列市肆，管絃其中；過花時則復爲丘墟破垣，遺竈相望矣。今江南亳州牡丹甲他處，藝花如菜，千種一畦。按其地本相近，故有洛中遺風。

牡丹開並蒂者，自昔有之。唐高宗宴群臣，賞牡丹賦詩，上官昭容云：「勢如連璧友，心似嗅蘭人。」明皇時沈香亭前木芍藥盛開，一枝兩頭，朝則深碧，暮則深黄，夜則粉白，晝夜之間，香艷各異。

宋天聖四年景靈宫牡丹雙趺共幹，詔詞臣爲賦。蓋養之得其宜則繁茂，花開雙頭，間變異品，理之必然，奚足爲怪。亳州王氏園牡丹，有並蒂一枝，白色，較他種尤鮮潔，咸以爲瑞，予乃述此告之，以破世俗之陋。

《聞見後録》：韓退之與孟東野《鬬雞聯句》有云：「神槌困朱亥。」古本云「袖槌」，用《史記》朱亥袖四十斤鐵槌槌殺晉鄙事也。余謂不必如此附會，此詩原作對偶語，上句「毒手飽李陽」，「毒」字虚用，故以「神」字對。若用「袖」字，則「毒」字亦豈誤耶？蓋二字相類，或古本「神」字缺其垂脚，故疑「袖」字，而爲是説也。

《史記·張儀列傳》：「苴、蜀相攻擊。」徐廣引譙周曰：「益州天苴，讀爲苞黎之苞，音與巴相近，以爲今之巴郡。」《索隱》曰：「譙周，蜀人也，知天苴之音，讀爲芭犂之芭。按：芭犂即織木葺所以爲葦籬也。今江南亦謂葦籬曰芭籬。」據此，則芭字宜從草，後人入詩皆從竹，何也？

施膺以王孫爲蟋蟀，余既辨之矣。《古文苑》載王延壽《王孫賦》注：「王孫，猴類。」則不獨蟋蟀名王孫矣。又羅隱《秋蟲賦序》云：「秋蟲，蜘蛛也。」皆文人偶然託興耳，如執秋蟲曰蜘蛛，便可噴飯。

杜《三川觀水漲》云：「普天無川梁，欲濟願水縮。」河神縮水脈事見《魏書·尒朱兆傳》。

倪雲林詩品清貴，集中所載《送葉道士東歸》云：「憶爾心如旌旆懸，相逢泖渚欲華顛。窮冬風景吾衰矣，落日烟濤思渺然。八詠樓前思舊宅，三高祠下覓歸船。棲幽定洗塵喧耳，剩吸東陽一斛泉。」「君到茅簷雨溜懸，采芝期我碧山顛。掀髯一笑非徒爾，隔世重逢豈偶然？沙渚屐聲歸泖客，晚潮帆影下江船。爲予一話艱危際，雙淚沾衣似迸泉。」曾見其墨迹與此小異，可見古人亦再三易稾，非草草也。詩云：「知爾歸心似旆懸，語離悒悒歎華顛。夕陽墟落鳥飛處，江路烟濤思渺然。八詠樓前尋舊宅，三高祠下踏漁船。入林更洗塵喧耳，好汲青溪一斛泉。」「弭節相過雨溜懸，采芝期我碧山顛。掀髯一笑非徒爾，隔世重逢豈偶然？沙渚魚鹽趁墟客，晚潮檣櫓下江船。向余一話艱虞意，雙淚潺潺似迸泉。」又有《贈孫照》云：「孫郎危苦話難宣，醉舞酣歌似舊顛。語別忽如千載隔，情歡猶復一潸然。山川鴻鵠猶呼侶，奴婢漁樵更轉船。還憶娟娟劍池月，舊時照我酌山泉。」《次韵答謝士英》云：「旅汎沿洄私自憐，詩囊酒榼度年年。夜深風雨孤村夢，波上琴書萬里船。豈謂潔身從避世，未應非智苦憂天。長林幽谷饒芝朮，去餌靈苗飲澗泉。」《中秋夜月明勝常年良夫與景和攜酒至耕雲軒酣飲及二更乃就寢十六日夜陰雲半天宇月光或隱或見十七日夜月已不如中秋月色朗澈十八日暮雨作至十九日不止因賦絶句》：「八月山居秋廓廓，西風逗冷侵疎箔。鳥銜青影暮飛還，細雨空庭桂花落。」《四月二十日過江渚茅屋雜興四絶句》：「百年風雨幾興亡，睡起西山尚夕陽。四月維舟向茅屋，一庭春草獨焚香。」「燕子低迴掠地飛，海鷗來去水侵扉。中流雲度它山影，落日帆從何處歸。」「姑蘇城郭草茫茫，城外腥風舊戰場。花落空垣車馬絶，獨餘梁燕説興亡。」「我自無心何慢勤，愛憎加我亦從人。青山不改如如體，雪後陽生依舊春。」《泖渚人有遺余石酒卮者》：「小卮純古稱窪尊，尚帶荒烟溜雨痕。對飲不妨呼野老，捧持猶得倩山猿。」《留别曹元博》：「開軒清曠俯雲溪，門巷翛然桃李蹊。閒詠歡言襲春服，諂笑彼哉同夏畦。著論空齋聞鼠嚙，望烟歸棹欲雞棲。客行忽忽歲期矣，思子幽情泖渚西。」《趨熱》一首：「忘生趨熱赴燈蛾，眼底紛紛奈爾何。獨有元真無造請，冷烟寒雨一漁蓑。」以上諸詩，集中皆未載，想遺失者政多，不止此也。

余家所藏雲林自畫清閟閣，題云：「家在梁谿寢底之里，以泥水自閉。柴門掩於白日，藜牀穿而未起。棐几似練，甌香若空。傳癖書淫，聊以卒歲云耳。因戲效董體寫其幻而賦之：『草木萋肥蔭草廬，芙蓉山下是儂居。横塘一夜來春漲，高閣蕭然讀我書。』」當與前詩補入集中。

李中「門巷新秋至，高梧一葉驚」，似脱化淵明「櫚庭多落葉，慨然知已秋」，皆有言外之妙。

秋窗隨筆跋

《秋窗隨筆》，鮑丈以文所貽。余劇愛其中衣、衾、棺、槨詩八章，旨趣深遠，因録入叢書。作者爲杭堇浦先生詩友，集中有馬九員外遺命，以宋刻《習學紀言》及大德本《漢書》相贈，屬爲佳傳，事亦足紀也。壬申仲秋，震澤楊復吉識。

鴻爪録

鴻爪録提要

《鴻爪録》六卷首一卷，據會稽徐氏初學堂群書輯録本點校。撰者周大樞（一六九九—一七七〇），字園牧，又作元木、元牧，號存吾，浙江山陰人。乾隆十七年舉人，官平湖教諭。有《存吾春軒集》。此書有乾隆五年自序，即此年所輯。周氏乾隆元年曾試博學鴻詞科，報罷後諸君各奔四方，因思輯與交游往來倡和之作，以誌雪泥鴻爪，而成是録。其例曰詩少備人，詩多備體，又倣詩話以備其事。卷首備録雍正、乾隆二帝諭旨、試題、各省薦舉名録、取中名録等。卷一至卷三按人録詩，胡天游、杭世駿、齊召南、周長發、萬光泰等交游最密者，録詩亦最夥。大樞工七古，故所録不避長篇，至録杭堇浦九言一首，所謂備體也。卷四録諸人聯句，卷五專録杭世駿《方鏡》詩及衆人和作，卷六專録諸人詩餘，亦入己作。科考録之類本非詩話，此作則專録交游唱和之詩，往往有事，故予入録。

序

《鴻爪録》者何？録海内徵士之所作也。諸公得者鴻漸，失者鴻冥，余故録之，爲雪上之指爪矣。歲癸丑，世宗皇帝慨然撫髀，思得卓越淹通之士，以膺著作、備顧問，特詔内外大臣薦舉博學鴻詞，用紹聖祖之休緒。明詔屢下，推轂始多，既合得二百餘人。皇上御極之初，前後廷試，録其十之一，光盛典焉。蓋聖主之愛賢才與當事者之慎名器，固並行不相悖云。嘗考博學鴻詞，其名始於唐世，及第者鄭昉、陶翰。洎宋紹聖後，既罷詞賦，患應用之文遂絶也，復立是科，以收天下文采博異之士。其推恩最優，且其名亦最美。名美則實難副，恩優則與是舉者或爲不與者之所不欲。以昌黎之才尚屢試不得，李商隱名已上而復遭抹去，得之者抑亦有數存其間耶？商隱有言：「所謂博學鴻詞者，天地之災變盡解矣，人事之興廢盡究矣，皇王之道盡識矣，聖賢之文盡知矣，而又下及蟲豸草木、鬼物精魅，一物以上，莫不開會者。」此不然之論也。博學鴻詞特其科目之名耳，但使古昔之興替克舉其要，登高能賦，文采斐然，則已不愧於其名矣。且國家設進士科，豈僅令其工帖括若學究舉哉？二場表判，試其詞也，三場五策，試其學也。自有司但以首場衡士，天下之人盡束他書不觀，而惟副墨之熟誦，萬喙一舌，流傳益訛，法久而弊，不有所更變以震厲之，則才者不出。然則詞科之設於今日，聖主所以鼓進天下讀書者之氣，其爲人材興替，豈細故哉？庚申長夏，旅館無事，偶取交游往來倡和之作，與夫平日見聞所及，録成數卷，以誌一時之才美。仁和杭堇浦太史方纂《詞科掌録》，並載詩文，而予則以詩爲主。有三例焉：詩少則備人，詩多則備體，又略倣詩話以備其事，故工拙有所弗計。蓋諸君自報罷後各歸鄉里，或奔走四方，不能窺其全豹，其列仕籍及滯留京邑者，予又不能盡識也，故隨所得而録之，有卷帙而無次第。乾隆五年夏五月，山陰周大樞書於冠芳園之寓齋。

鴻爪録卷首

雍正十一年四月初八日上諭：國家聲教覃敷，人文蔚起，加恩科目，樂育群才，彬彬乎盛矣。惟博學鴻詞之科，所以待卓越淹通之士，俾之黼黻皇猷，潤色鴻業，膺著作之盛，備碩問之選。聖祖仁皇帝康熙十七年，特詔内外大臣薦舉博學鴻儒，召試授職，一時名儒碩彦，多預其選，得人號爲極盛。迄今數十年，館閣詞林，儲才雖廣，而宏通博雅、淹貫古今者，未嘗廣爲搜羅，以示鼓勵。自古文教休明之日，必有瑰奇大雅之材。況蒙聖祖仁皇帝六十餘年壽考作人之盛，涵濡教澤，薄海從風。朕延攬維殷，闢門籲俊，端崇實學，諭旨屢頒，宜有品行端醇、文材優贍、枕經葄史、殫見洽聞，足稱博學鴻詞之選，所當特脩曠典，嘉與旁求。除現任翰詹官員無庸再膺薦舉外，其他已仕未仕之人，在京着滿漢三品以上各舉所知彙送内閣；在外着督撫會同該學政，悉心體訪，遴選考驗，保題送部轉交内閣。務期虚公詳慎，搜拔真才。朕將臨軒親試，優加録用，廣示興賢之典，茂昭稽古之榮，應行事宜，着大學士九卿會議具奏。特諭。欽此。

雍正十三年二月二十七日上諭：朕令薦舉博學鴻詞以廣育才之典，爲撫督學臣者自應秉公採訪，加意搜羅，以副朕愛惜人才之至意。乃降旨已及兩年，而外省之奏薦者寥寥無幾，以江浙兩省人才衆多之地，至今未見題達，此非人才之不足應選，乃督撫學臣等奉行不力之故也。大凡薦舉之典，臣工得以行其私者，往往踴躍從事，争先恐後；若不能行其私，則觀望遲回，任意延緩，其迹似乎慎重周祥，其實視公事如膜外也。凡督撫學臣之所考取者，不過就耳目見聞之所及，彼伏處巖阿，學問淹雅，素有抱負之士，未必肯以文章筆墨求售於有司，以倖邀一日之遇合。是在督撫學臣留心訪察，加意旁求，屏虚名而崇實學，以佐國家右文之治。如李衛、吴應棻合舉二人，吴應棻又獨舉二人，就中則有宣化進士。夫以宣化北邊一郡，尚有可舉之人，何況内地各省之大？可見李衛、吴應棻乃實心爲國家留意人才者。着再通宣諭：無論已奏未奏之省，俱着再行遴選，倘因朕此旨而遂冒濫以行其私，亦難逃朕之鑒察。若果有才華出衆而與例不符者，着具摺陳奏，候朕降旨。其在京三品以上之大臣，均有薦舉之責，將此一并曉諭知之。特諭。欽此。

雍正十三年十一月初十日上諭：國家久道化成，人文蔚起。皇考樂育群材，特降諭旨，令直省督撫及在朝大臣各保舉博學鴻詞，以備制作之選。乃直省奉詔已及二年，而所舉人數寥寥。朕思天下之大，人才之衆，豈無足膺是舉者？一則各懷慎重觀望之心，一則衡鑒之明，視乎在己之學問，或己實空疏，難以物色流品，此所以遲回而不能決也。然際此盛典，安可久稽？朕用再爲申諭：凡在内大臣及各省督撫，務宜悉心延訪，速行保薦，定於一年之内齊集京師，候旨廷試。倘直省中實無可舉，亦即其本題覆。特諭。欽此。

乾隆元年二月二十四日上諭：内外臣工所舉博學鴻詞，聞已有一百餘人，衹因到京未齊，不便即行考試。其赴考先至者，未免旅食艱難。着從三月爲始，每人月給銀四兩，資其膏火，在户部按名給發，考試後停止。若有現任在京食俸者，即不必支給。並行文外省，令未到之人俱於九月以前到京。若該省無續舉之人，亦即報部知之，免致久待。欽此。

乾隆元年九月，保和殿御試博學鴻詞。二十六日首場：

《五六天地之中合賦以敬授民時聖人所先爲韵》、《山雞舞鏡詩七言排律十二韵得山字》、《黄鐘爲萬事根本論》。

二十六日次場：

經解：儒者之學莫尚於窮經，經籍繁浩，毋煩臚舉。今試撮其綱，（几）〔凡〕通儒所宜共曉者，爲多士詢焉。經之名昉於何時？五經、六經、七經、九經、十一經、十三經之名分於何代？秦燄雖烈，而經不能掩其光者，藏於何人？所藏何書？其後出於何地？獻於何朝？頒於何世？各經授受源流何所依據？章句、注、疏、傳、解、箋、詁之屬有何異同？其施諸學官用以取士者何所因革？又如古有三《易》，夏何以稱《連山》？殷何以稱《歸藏》？周何以稱《周易》？且《連山》不始於夏，《歸藏》不始於殷，《周易》不始於周，其説可得聞與？傳《周易》者自四家，其興廢可得攷與？《書》何以有古文、今文之别？《詩》何以有齊、魯、韓、毛之殊？《春秋》左氏、公、穀而外又何以有鄒氏、夾氏、顔氏、虞氏之類？諸家分門别派，其説可悉數與？《禮》始於高堂生，顯於后蒼，其轉相傳述者誰與？二戴何删？馬氏何補？《冬官》何闕？《儀禮》何逸？群儒議論紛紜，其説可詳陳與？《論語》何以有《齊論》、《魯論》？《大學》、《孝經》何以有古本、今本？《爾雅》或曰周公作，或曰子夏作，其説何居？《孟子》何以或删、或疑、或翌、或尊，何其識之相遠與？惟《中庸》無異説，而《學》、《庸》二篇原皆載於《戴記》，其別爲銓説而列於《四書》者，自何而始與？凡此經傳源委，其能條分縷析，闡其微言，抉其奥義，而銖黍之不爽與？漢唐以經學取士，或專通，或兼通，或帖十通五皆得與選舉之格。多士果能博學該通、條對精詳、斷制明決者，固膺上第；即或就所已知，各抒所見，而言有條理、詞歸雅馴，亦足以備採擇。其悉言毋隱，朕將親覽焉。

史論：儒者學術之要，先經次史。凡具淹通之學，必擅著作之才，然非熟於掌故，周知上下數千載之事理，而剖判其是非者，不足以語此，則史學尚矣。今之稱正史者，豈曰廿一史，豈廿一史之外别無正史歟？又豈正史之外别無他史歟？攷之漢、唐、宋《藝文志》及隋《經籍志》所載諸史，其名類甚多，而稱史學之者，惟以馬、班諸人爲宗，何歟？《史記》、《漢書》成於遷、固，不自遷、固始也。開之者誰？補之者誰？注解之者又誰也？范史一書與馬、班並稱「三史」，而袁宏、荀悦之作獨不可擅美歟？陳壽之《志》帝魏退蜀，正統已紊，孰稱其是，孰正其非，可與三史並傳歟？即三史之書，又果無遺憾歟？《晉》、《唐》創於何人，共有幾家？唐太宗命房、喬等再加譔次，所稱房、喬者何人也？其稱房、喬等者，又共幾人也？觀其文多駢麗，史體固應然歟？《南》、《北史》皆成於李延壽，而考之南朝、北朝，各有專史，乃延壽復爲合之。合者可取則專者宜删，專者既行則合者可删廢，而八《書》二《史》皆得並行，辭多重複，後之作者獨不可彙而修之歟？六朝之後，《隋書》頗善，其所譔諸志，綜覈尤工。近世儒者專稱《五代史》而不及《隋書》，又何説也？《唐書》新、舊二編各有短長，自《新書》出而《舊書》流布無多，不得並載十七史中，其故何歟？梁、唐、晉、漢、周皆有史，薛居正嘗修之，歐陽氏之本誠善矣，而薛氏之本猶可得見歟？宋、遼、金三《史》已不及前代，而《元史》成於倉猝，舛謬尤多，乃後儒罕能删定以成佳史，豈古今人果不相及歟？且史之體有二：曰編年，曰紀傳。紀傳之善自司馬遷《史記》始，而編年之善則自司馬光《通鑑》始。《通鑑》，《春秋》之法，至朱子則綱仿《春秋》，目《左氏》，而前編、續編之作亦皆得其遺意。此外體例甚繁，沿革互異，作史者奚啻數百家，多士有能悉數其姓氏、詳其多目以證其是非者歟？將備舉作者之優劣，以考證諸史之得失，則一代著作之任，殊有厚望焉。毋勦説、毋雷同，毋苟且以干名，毋狥人以自誤，有志進取者，尚慎旃哉。其各矢乃心，獨抒所見，以毋負朕延訪之至意。

乾隆二年七月，大和殿御試博學鴻詞。初十日首場：

制曰：士不通經，不適於用。治經之學，於民生本務、先王體國經野之宜，尤所當考詳而切究者。《周禮》九職，首列三農，所謂三農者，以地别耶？以人别耶？其各見於注疏者，同異若何？《禹貢》之三壤，《周禮》之再易，《爾雅》亦曰三田，又何所稱指耶？上農夫食九人，下至五人，又何差别之殊也？夫通勞逸而人力可均，畫井疆而地利先辨，井田五義見於何書，條目若何？五地、九土、九地、九田、九等、十二土分見於何書，其條目若何？多士剖析言之，無泛無隱，朕將親覽焉。

制曰：稽古碩儒名臣，嘉猷讜論，彪炳方策，略舉數端，聊用咨詢。夫六籍之微言無論已，三本六務、三其四齊，其説維何？《賢良三策》，晁、董不同者焉在？《言世務書》，嚴、徐所行者孰優？仲(良)

〔長〕統之稱《政論》、《申鑒》之詳政體，其言可采者，皆得而敷論歟？嗣是而後，莫切於十思之疏、五規之論，至以十事陳説，唐、宋諸臣不一而足，何人、何事孰爲得失，可得而論述臚列歟？伊川言先務，紫陽言大本，純儒之學異於管、荀諸人者，又何在也？多士數其詞，陳其義，能條對者，朕嘉與之。

十二日次場：

《指佞草賦以生於堯階有佞必指爲韵》、《賦得良玉比君子七言排律十二韵得來字》、《復見天心論》。

薦舉博學鴻詞二百六十七人

滿洲五人

吴　麟　鑲黄旗，戊子舉人，原任中書。

黑　璫　正紅旗，貢生。

西　成　鑲黄旗，庚戌進士。

峻　德　正白旗，户部筆帖式。

長　住　包衣，正白旗，景陵八品茶上人。

漢軍二人

李　鍇　正黄旗，七品頂帶官，奉天府鐵嶺縣籍。

陳景忠　鑲紅旗，候選州同。

直隸三人

邊連寶　河間任丘人，拔貢生。
閻介年　宣化蔚州人，癸丑進士。
劉自潔　深州武堡人，癸巳進士，原任編修。
奉天一人
魏　樞　奉天府承德人，庚戌進士，永平教授。
江蘇七十八人　安徽十九人
沈德潛　蘇州長洲人，廪生。
孫天寅　蘇州常熟人，甲辰舉人。
倪承茂　蘇州吴縣人，監生。
吴龍見　常州武進人，丙辰進士，仕户部主事。
翁　照　常州江陰人，監生。
朱厚章　蘇州長洲人，廪生。
張鳳孫　松江華亭人，壬子副榜。
沈　虹　蘇州長洲人，丙子舉人，句容教諭。
王會汾　常州無錫人，拔貢生，丙辰舉人。
陳黄中　蘇州吴縣人，生員。

張廷槐　常州江陰人，進士。
馬榮祖　揚州宜真人，舉人。
葉榮梓　松江青浦人，廩生。
胡鳴玉　松江青浦人，廩生。
胡二樂　徽州歙縣人，增生。
姚　焜　相城人，舉人，興化教諭。
丘　迥　淮安山陽人，歲貢。
周振采　淮安山陽人，拔貢。
劉　綸　常州武進人，廩生。
劉鳴鶴　常州陽湖人，廩生。
陸桂馨　蘇州震澤人，貢生。
張　元　蘇州吴江人，增生。
任　瑗　淮安山陽人，監生。
許　鏘　江寧上元人，附生。
顧棟高　常州無錫人。
潘遇莘　揚州寶應人，廩生。

郭　束　揚州寶應人，廩生。

劉師翱　揚州寶應人，監生。

陳以剛　滁州天長人，壬辰進士，池州教授。

程廷祚　江寧上元人，廩生。

吴　檠　滁州全椒人，增生。

江其龍　安慶桐城人，增生。

梅兆頤　寧國宣城人，生員。

龔　纓　江寧縣人，原籍江西，廩監生。

余華瑞　廩貢。

吴　鋭　揚州江都人，舉人。

劉大櫆　安慶桐城人，副榜。

于　振　鎮江金壇人，癸卯進士。

周　欽　常州宜興人，甲辰舉人。

徐文靖　太平當塗人，舉人。

奚　源　太平當塗人，丁未進士，任刑部郎中，陞大名知縣。

夏之蓉　揚州高郵人，癸丑進士，鹽城教諭。

楊述曾 常州武進人，乙卯舉人。
韓　曾 蘇州(常州)〔長洲〕人，丙午舉人。
金　鑑 常州江陰人，舉人。
張弘敏 鎮江丹徒人，甲午舉人，原任孝感令。
黄濤楫 江寧人，廪生。
馬樸臣 安慶桐城人，壬午舉人，任中書。
陸榮秬 松江華亭人，廪監生。
汪　祚 揚州江都人，庚午副榜。
劉始興 鎮江金壇人，舉人。
方貞觀 安慶桐城人，貢生。
宋　照 蘇州長洲人，戊戌進士，原任庶吉士。
沈　彤 蘇州吴江人，生員。
周汝舟 蘇州吴江人，附監生。
葉　酉 安慶桐城人，乙卯副榜。
邵　岷 蘇州長洲人，武生。
黄之雋 松江華亭人，辛丑進士，原任中允。

楊度汪　常州無錫人，拔貢。
楊煜曾　常州武進人，監生。
馬曰璐　揚州江都人，監生。
王世樞　蘇州寶山人，舉人。
葉承照　松江奉賢人，附監生。
秦懋紳　常州武進人，舉人。
吴　溶　常州陽湖人，監（人）〔生〕。
葉長楊　蘇州吴縣人，戊戌進士，原任編修。
于　栻　鎮江金壇人，舉人，通州學正。
汪芳藻　徽州休寧人，拔貢，原任興化令。
萬松齡　常州宜興人，丙午舉人。
史鳳輝　常州宜興人，□□舉人，中書。
王　藻　蘇州吴縣人，監生。
華希閔　（松江）〔常州〕金匱人，庚子舉人。
于　梓　鎮江金壇人，原任東莞令。
胡期頤　常州無錫人，原任臨江知府。

杜　詔　揚州江都人，壬辰進士，原任庶吉士。

馮元溥　鎮江金壇人，乙卯舉人。

方辛元　江寧上元人，廩監生。

瞿　駿　蘇州常熟人，庚子副榜。

金門詔　揚州江都人，□□舉人，丙辰進士，庶常。

張　範　松江華亭人，監生。

汪士鍠　徽州休寧人，副榜。

程　恂　徽州休寧人，甲辰進士，原任北河同知。

迮雲龍　蘇州吴縣人，副榜。

陸　枚　蘇州吴縣人，廩生。

方觀承　安慶桐城人。

趙永孝　蘇州常熟人，甲辰舉人。

顧陳垿　太倉州人，乙酉舉人，原任行人。

王祖庚　松江華亭人，丁未進士，原任興縣令。

錢　斌　太倉州人，監生。

李希稷　寧國宣城人，生員。

蔡寅斗　常州江陰人，廩監生。

葉翥鳳　常州荆谿人，監生。

許佩璜　揚州江都人，監生，原任衛輝同知。

吴王坦　松江華亭人，癸卯進士，原任庶吉士，改行人，任永福知府。

張　叙　太倉州鎮洋人，壬午舉人。

何夢篆　江寧人，□□進士，知新安縣。

施念曾　寧國宣城人，貢生，知興寧縣。

李光國　揚州興化人，拔貢。

浙江六十七人

嚴遂成　湖州烏程人，□□進士，原任山西。

厲　鶚　杭州錢塘人，庚子舉人。

周玉章　杭州仁和人，生員。

杭世駿　杭州仁和人，甲辰舉人。

沈炳謙　湖州歸安人。

齊召南　台州天台人，己酉副榜。

張懋建　寧波鎮海人，乙卯舉人。

周長發　紹興會稽人，甲辰進士，庶常，改廣昌令，又改樂清教諭。
汪　沆　杭州錢塘人，附生。
周　琰　紹興蕭山人，附生。
周大樞　紹興山陰人，廩生。
萬光泰　嘉興秀水人，丙辰舉人。
陳士璠　杭州仁和人，增生。
邵昂霄　紹興餘姚人，拔貢生。
孫貽年　湖州歸安人，附生。
程　川　杭州錢塘人，拔貢生。
李宗潮　嘉興秀水人，甲辰副榜。
錢　載　嘉興秀水人，壬子副榜。
金文淳　杭州錢塘人，生員。
沈樹德　湖州歸安人，生員。
申　甫　衢州西安人，本籍揚州，布衣。
朱　荃　嘉興桐鄉人，生員。
周　京　杭州錢塘人，監生。

汪援甲　杭州錢塘人，庚子舉人。
金　虞　錢塘人，庚子舉人，孝感知縣。
桑調元　錢塘人，癸丑欽賜進士，任工部主事。
王延年　錢塘人，丙午舉人。
陳兆崙　錢塘人，庚戌進士，任中書。
金　焜　錢塘人，己卯舉人。
王作人　錢塘人，生員，原任黔田令。
盧存心　錢塘人，廩生。
符　曾　錢塘人，監生，倉監督。
王騰蛟　錢塘人，貢生。
王　煛　仁和人，庚子舉人。
汪　臺　仁和人，廩生。
金德瑛　仁和人，本籍徽州，丙辰進士及第。
趙　昱　仁和人，貢生。
趙　信　仁和人，監生。
沈廷芳　仁和人，監生。

袁　枚　仁和人，廩生。
胡天游　紹興山陰人，己酉副榜。
王　霖　山陰人，己酉舉人。
沈冰壺　山陰人，廩生。
傅王露　會稽人，乙未進士及第，原任編修。
徐廷槐　會稽人，庚戌進士。
胡　浚　會稽人，庚子舉人，原任洧川令。
查　祥　杭州海寧人，戊戌進士，原任編修。
諸　錦　嘉興秀水人，甲辰進士，原任庶吉士，改金華教授。
祝維誥　秀水人，監生。
朱稻孫　秀水人，貢生。
張　庚　秀水人，布衣。
褚菊書　秀水人。
柯　煜　嘉興人，癸卯進士，原任宜都令，改衢州教授。
曹廷樞　嘉善人，癸卯副榜。
聞元晟　嘉善人，癸卯舉人。

俞鴻德　海鹽人，庚子舉人。
陸祖錫　平湖人，拔貢生。
沈炳震　湖州歸安人，貢生。
孫見龍　歸安人，癸巳會元，原任□□，改補山西□□知縣。
王起鵬　歸安人，拔貢，任清澗令。
姚世鉥　歸安人，拔貢。
戴永植　歸安人，壬子舉人。
沈　瀾　烏程人，癸丑進士，任中書。
丁　凝　長興人，癸巳舉人，任國子學正。
萬　經　寧波鄞縣人，癸未進士，原任編修。
陳　撰　鄞縣人，布衣。
全祖望　鄞縣人，丙辰進士，授庶吉士。
方棨如　嚴州淳安人，丙戌進士，原任豐潤令。
江西三十六人
鄧　牧　建昌南豐人，辛丑進士，任撫州教授。
李　灝　建昌南豐人，貢生。

黄永年　建昌廣昌人，丙辰進士，任刑部主事。

張錦傳　撫州臨川人，附生。

黄天策　廪生。

廖　理　建昌南城人，廪生。

梁　機　吉安太和人，辛丑進士，原任庶常，改教授。

鄭長慶　廣信貴溪人，癸卯舉人。

龔　正　南昌人，拔貢。

傅□　撫州臨川人，廪生。

梅　枚　建昌南城人，辛丑進士，陞泰安知府。

饒一辛　建昌廣昌人，癸卯舉人，任新建教諭。

李　紘　撫州臨川人，甲辰進士。

鄧士錦　建昌南城人，廪生，保舉孝廉，瓊州教授。

萬承苓　南昌人，癸卯進士，原任庶吉士，今任盧龍令。

潘安禮　建昌南城人，丁未進士，原任刑部員外，改太常典簿。

張振義　吉安龍泉人，癸卯進士，任寧晉令。

饒允坡　南昌進賢人，拔貢。

黄世成　赣州信豐人，丙辰進士，任禮部主事。
龔元玠　南昌人，生員。
張星景　南昌奉新人，廩生。
趙寧静　建昌南豐人，布衣。
魏允迪　建昌廣昌人，癸卯舉人。
曹秀先　南昌新建人，丙辰進士，任庶吉士。
甘　禾　南昌奉新人，丙午舉人。
尚廷楓　南昌新建人，廕生，任户部主事。
劉斯組　南昌新建人，舉人。
裘曰修　南昌新建人，廩生。
凌之調　南昌新建人，進士，任□□主事。
余騰蛟　南昌武寧人，拔貢。
宋士宗　南康星子人，貢生，原任南豐教諭。
楊廷英　南昌新建人，進士，任□□主事。
夏之瀚　南昌新建人，舉人。
陳洪琰　瑞州高安人，廩生。

盛　樂　南昌武寧人，生員。
劉世基　贛州□□人，拔貢。
湖北六人　湖南十三人
南昌齡　黄州蘄水人，監生。
毛一驄　宜昌東湖人，拔貢。
易宗涒　長沙湘鄉人，監生。
王文清　長沙寧鄉人，甲辰進士，原任岳州教授。
陳世賢　永州祁陽人，生員。
鄧獻璋　永州祁陽人，生員。
段梧生　□□長寧人，監生。
陳世龍　永州祁陽人，拔貢。
許伯政　岳州巴陵人，拔貢。
王元業　岳州華容人，監生。
夏策謙　漢陽孝感人，己卯舉人，任賓應教授。
李春耀　漢陽孝感人，丁酉舉人。
靖道謨　漢陽人，辛丑進士，原任庶吉士，改姚州知州。

易宗瀛　長沙湘鄉人，貢生，任曹娥鹽場大使。
胡期頤　常德武陵人，監生，原任臨江知府。
劉世澍　長沙善化人，庚子舉人。
徐本僊　黄州蘄水人，庚子舉人，今陞永昌知府。
陳長鎮　常德武陵人，貢生。
劉暐澤　長沙人，庚戌進士，任宜賓令。

福建十二人

潘思光　泉州安溪人，生員。
方崔鳴　泉州晉江人，生員。
洪世澤　泉州南安人，生員。
陳　繩　福州閩縣人，生員。
張甄陶　福州閩縣人，廩生。
王元芳　泉州晉江人，生員。
陳大琰　龍岩州人，廩生。
陳一策　泉州晉江人，歲貢。
王士讓　泉州安溪人，壬子副榜。

陳繼美　福州閩縣人，生員。

李光型　泉州安溪人，癸丑欽賜進士，任同知。

李清藻　泉州安溪人，丁酉舉人。

河南五人

張雄圖　河南洛陽人，廪生。

萬邦榮　許州襄城人，□□舉人。

門式鏞　開封祥符人，任孟津教諭。

朱　超　開封祥符人，□□舉人，任濬縣教諭。

車　文　陳州太康人，拔貢。

山東四人

牛運震　兖州滋陽人，癸丑進士。

顔懋倫　兖州曲阜人，復聖六十九代孫，拔貢。

劉玉麟　曹州菏澤人，丙午舉人，任教諭。

耿賢舉　癸卯解元。

山西三人

王　系　太原榆次人，丁未進士，任大同教授。

張廷奏　拔貢。
劉五教　汾州臨縣人，拔貢。
廣東六人
許　遂　廣州番禺人，丙子舉人，原任清河令。
車騰芳　廣州番禺人，庚子舉人。
鍾　獅　廣州番禺人，壬子舉人。
勞孝舉　廣州南海人，拔貢。
曹□　南雄保昌人，癸卯副榜。
蘇　珥　廣州順德人，廩生。
陝西四人
田荃生　西安富平人，廩生。
解含章　同州韓城人，廩生。
秦　涇　同州郃陽人，生員。
屈　復　同州蒲城人，布衣。
四川一人
許儒龍　成都郫縣人，廩監生。

雲南一人

張　漢　臨安石屏州人，癸巳進士，原任檢討，改河南府知府。

丙辰廷試取博學鴻詞十五人

一等五名

劉　綸　字繩庵，號巾客，江南武進人，廩生，授翰林編修。

潘安禮　字立夫，號東山，江西南昌人，丁未進士，原任太常寺典簿，改編修。

諸　錦　字襄七，號孚齋，浙江秀水人，甲辰進士，原任庶吉士，改金華教授，今授編修。

于　振　字雀泉，號秋田，江南金壇人，癸卯進士及第，原任修撰，改行人司副，今授編修。

杭世駿　字大宗，號堇浦，浙江仁和人，甲辰舉人，授編修。

二等十名

楊度汪　字若千，號□□，江南無錫人，貢生，授庶吉士。

陳兆崙　字星齋，號句山，浙江錢塘人，庚戌進士，原任中書，改授檢討。

夏之蓉　字芙裳，號醴谷，江南高郵人，癸丑進士，原任鹽城教諭，改授檢討。

沈廷芳　字畹叔，號椒園，浙江仁和人，監生，授庶吉士。

陳士璠　字魯璋，號魯齋，浙江仁和人，增生，授庶吉士。

劉玉麟　字麟兆，號蘇村，山東菏澤人，丙午舉人，原任觀城教諭，授庶吉士，今改名藻。

汪士鍠　字君宣，號筠川，江南休寧人，貢生，授庶吉士。
齊召南　字次風，號一乾，浙江天台人，己酉副榜，授庶吉士。
周長發　字蘭坡，號朗庵，浙江山陰人，甲辰進士，原任庶吉士，改知縣，又改教諭，今授檢討。
程　恂　字懷也，號燕侯，江南休寧人，甲辰進士，原任庶吉士，改北河同知，今授檢討。

丁巳續試取四人

一等一名

萬松齡　字□□，號星鍾，江南宜興人，丙午舉人，授檢討。

二等三名

朱　荃　字子年，號香南，浙江桐鄉人，附生，授庶吉士。
洪世澤　字叔時，號□□，福建南安人，廪生，授庶吉士。
張　漢　字月槎，號蟄存，雲南石屏州人，癸巳進士，原任檢討，改河南府知府，今授檢討。

鴻爪録卷一

山陰周大樞

胡天游，字稺威，號雲持，浙江山陰人，己酉副榜。宗伯任公蘭枝所薦。天才挺出，詩文揮筆即成，海涵地負，無所不有。初以持服，不與制府之薦。洎舉，後至都，則廷試已過。丁巳續試，忽鼻中血出如注，瞀不自主，納卷而出。蓋造化者之終不欲以稺威副斯舉也。今録其《燕趙多佳人詩》四首：「容華矜絶代，西北有高樓。不盡銷魂地，能令蕩子愁。暗留花蔽膝，争索錦纏頭。別倚東風外，春蛾獨自羞。」「彈琴留碣館，挾瑟上重臺。月倚新妝滿，花將夜笑開。長裙慣留客，芳草竟無媒。獨有雲陽路，神仙去不回。」「窈窕當春艷，河間與觀津。盈盈數錢手，脉脉尚衣軒。細步休回首，遥看已斷魂。竟知誰第一，唯是最承恩。」「燕趙古悲歌，佳人轉自多。可憐稱二八，回影動雲波。未許明珠换，都堪細馬馱。平原雖暫借，終莫事荆軻。」其《太學石鼓歌》一首，能拔奇於韓、蘇二作之外。詩云：「鼓聞禹作鳴獨周，周人有鼓不自留。鼓厖石很字岓噩，荒酲怪夢三千秋。我常聆之未得識，璧宮東序遥相求。重扉深屋固以扃，意嚴濡脱若備偷。耦居二五峙横錯，其側未取高吟謳。審羅旋轡遞捫摸，顯晦歷數皆有由。始時陳倉壓陳寶，剖斵正與封郜儔。失官竄狄夷在野，漢後落度無人收。輪爲坳臼入春穀，塞庫窖辱班幽糾。來燕自汴從陝廟，邠程屢徙事略侔。一朝熿煌發廊殿，明堂西伯勢宅優。物輕代遞更賤貴，豈有造物煩深籌。鼎遷三國或復類，昆吾實命占前繇。荒荒神鬼不可詰，疑昧此柄良難搜。昔惟中興託近監，人叩天毒叢汾流。經營赫造奮剛毅，爲戒照滿由邪柔。大勛特鑠掩姬誦，實任吉甫勤咨諏。司徒卿士盡元老，不見孔聖登番聚。始令常武繼殷武，美詩懸響鏗天球。正宜高截太華掌，指耀後代留鴻鏤。馬駒車攻旛右左，故事誰見無春蒐。尚歌魚獸貫楊柳，鯉鱮鹿豕紛彪彪。我聞令主無拒諫，左儒杜伯胡旋仇。功成意荒或自恣，涇原盡物從禽游。侈陳詩頌自張伐，毋類贏刻驕之罘。何哉汝籀職諷納，技心欣逞忘其猷。章鋪句檢見迫偪，安儷大雅餘綢繆。雖來拂濯辭棄擲，密須輕呂寧堪述。嘉禾朗月潛蟄走，翔鸞翥鳳珊瑚鉤。後賢傳猜迭矜詑，點畫筆迹徒爭褒。共嗟鑱剥少完密，蝦蟆噉月鼂沈州。經天星宿二十八，終始畢昴亡牽牛。餘瘢剩痏到今日，差勝岣嶁翻蝌蚪。開觀形狀驗一一，恍忽數騎奔髦頭。鬥車紛回戈矛撞，檻穴怒伏熊螭囚。目讀手剖半莫測，飛門施箝棘在喉。人言舊文日以少，討拾誰訂功宜遒。腐儒自昔寡通變，豈解今古殊薰蕕。叔孫會許過公旦，況此細事蚓與螻。識之未足欺項籍，於世何用如懸疣。丈夫窮年多事業，許身稷薛非謬羞。誰能磊落不自壯，蟲鳥古譯儕侏優。天終地古干元氣，肯忍日月荒瞳眸。千年無人作堯典，補亡會有詩崇丘。更不待少陵李白歌此鼓，何必使女瑣碎塊聚局促廡下無時休。」其《送侯元經嘉緖丞江南六首》：「玉不爲圭更毁斤，土堪成飯卻增芬。猶聞三十惜散騎，空見千金買舞裙。畫地豈緣名是餅，何人獨解手翻雲。生平管庫無因薦，八百孤寒弔古墳。」「四十青衫走院門，摧頹偏怪氣如雲。座中落筆速袁虎，天下工詩稱竇群。棄置丈夫安足道，近來公論總稀聞。郴州司户長江簿，郡内憑誰作使君。」「鸚鵡才高昨日名，琵琶羞作向時伶。一生射石如射虎，此去問官非問經。未許項强終卻按，豈容人醉獨言醒。督郵直恐嗔迎客，夜半垂腰過御亭。」「浪轉風飄不住萍，箭飛絃激只穿蜓。驢先馬是人言慣，婢勝奴從物慣靈。天入迴谿垂翅路，人懷合浦繫書亭。相如好在衝冠髮，爲嘆新來滿鏡星。」「鶴飛長自別依群，龍卧徒憐久失雲。風漢爾來偏及第，北平從古説將軍。亦知天意將傳廣，卻笑人言不愧貧。簿領一揮如遠謫，吴江南下雪紛紛。」「塞雨邊沙萬古情，春風誰惜嫁娉婷。可憐流落甘趨走，直使沈冥損姓靈。八角磨盤身早具，三叉歧路恨初經。長官多少癡黄祖，慎勿頻誇識一丁。」《送馬力本榮祖歸江都二首》，今録其一：「羿弓勁争白日挽，蛙井樂無東海欿。春秋豈與蟪蛄説，波浪但借鯨鼇黴。物情小大信天授，世論有無非我慘。一生不解錐滄壺，終古何由海藏坎。深岑霧苦豹甘餓，槁壤泉黄蚓能憯。使蛇憐風那許得，以貍當鏡安取覽。出門不見刀割塗，鬭食時聞鼠鳴窞。人驚馬背或且腫，獨憐衣垢思劇澉。乾坤未肯迴清新，雷雨正待驅陰霪。幽篁公子荔女蘿，彼澤美人蒲菡萏。國風比興久寥落，屈原離騷絶幽撼。瑟懸清廟誰一弄，東擲小兒心競攬。可憐豕腹昧形態，詎識兩須羞頰頷。紛紛邪謣驕俗唱，伈伈〔挸〕覎工婦匳。清角何當悦牛聽，齲鼎方笑烹雞淡。蟬知抱葉巧自蔽，鴞工視夜虚雙眈。試將巨細問鳩鵬，何異楚越殊肝膽。寧曾習兵乃矜戰，未嘗學禮敢言禫。鸛鸖從來羞鶩逐，騄駬忍許隨駑嗿。仲尼晞文道有在，莊生論兵志莫憯。不應重傷憐截譀，豈有蹙頞師俎歜。虹蜺作絲霞作絺，斑爛染罽縓染□。玉珉雜糅望相易，金土同價渠肯頷。國中自古吠所怪，賢者唯聞勇於敢。西施定不資玄楊，嫫母何曾卻鬒髧。金刀祇用剖瞿所，包貢焉容厠櫨攬。傖人無事濫覆□，異語徒然歸摘槧。君看抃山海水立，忽爾垂天雲屋黮。金支翠旄争戞觸，斗角星鋥列澄澮。寶啼玉唾一噴咳，銀霧珠塵積蒸醃。有時黃龍輸自蜀，繞谷長蛇拔如槮。雉斟籛鏗御可□，豢呼劉累誠堪啖。百年清風凋雅頌，九逵白日埋荒晻。何人起衰今古間，與物急滌瘢瘡黕。立身夙惟恢節□，事學更勝從昭闇。譬木豐根盛何葉，如物貴首先旒紞。沐當彈冠浴振衣，夏必扇暍冬藉毯。善音不取佅〔㒧〕調，善味詎以腥痼醢。但捐湫隘造堂皇，會見清風出輌輡。黃河渠并千七百，大河帶拂瀟灘瀨。固應雲夢吞不足，況於溝澮誠奚憾。子建休論机上肉，仲文枉拾落盤糝。馬侯新篇重貽別，期君努力毋浪感。須臾秋氣掃蠛蠓，坐見嚴松換霜荄。」《都門上巳元牧循初子才夜集寓齋分賦得中字》：「孤懷不可別，共此春深中。長安十萬家，家家披暖風。值茲上巳好，小桃明露叢。玉驄何處來，不向高城東。胸有千尺霓，吐之度晴空。知心二三子，磊落皆豪雄。魯連稱最狂，亦與李白同。長吟動滄海，拔劍搖崆峒。短燭燒餘晝，奇賞何能窮。仰頭視虛昊，華星耀玲瓏。爾輩細碎人，其趣如蝦蟲。焉知蛟龍姿，儵忽超迷濛。莫將鴛雛猜，有道棲蒿蓬。」《除夕讀元牧詩稿二首》：「枕中駘宕失尻輿，低曲玲瓏唱蜀鴰。鳳淚幾知偷換眼，虵鱗終慎暗生膚。纔輸妙手春俱轉，斷送牢愁歲并除。想得詩成依圓海，群仙冉冉下蓬壺。」「齊州九點不成塵，定得詩人最後身。挑盡瓊絲天借錦，鏤餘水斧月重輪。孤城曉夢憐雲似，隔歲春袍妒草新。擬把一篇輕萬户，可能懸困向蕭辰。」《送循初》：「涼雨幡梧桐，西風蕭條結。因知天下秋，復令感時節。故人況將歸，把手在城闕。千年有人傳，此地與君別。」《送秦幼湜歸郃陽》：「相士常苦衣，相馬常苦肥。古來豈不然，莫謂今更非。秦士焚舟來，超乘争騰希。自許一戰霸，空捩千鈞機。仍將片葉身，獨向灞岸歸。灞陵夜雪深，南山奪光輝。句芒遲遲春，倉庚鳴不違。浮雲浩茫茫，安知所從依。謖謖秋樹林，下有雙石扉。青火閟速竹，亦足忘寒飢。去矣勿嘆吁，各自從風飛。」《胡柳坡》：「胡柳坡中柳十圍，柳綿吹盡柳花開。行人解識周陽五，曾向坡前苦戰來。」《曉行》：「夢闌鶯喚穆陵西，驛吏催時雨拂衣。行客落花心事別，無端俱趁曉風飛。」《北固山》：「江逆西流日，風斜北固山。停杯問公瑾，一去幾時還。」《雪夜二絶》：「歲晚夢滄洲，釣竿應暫歇。不是故人來，安知夜來雪。」「朔雪晚更積，不墮空林聲。凍雲谿上路，忽憶群峰晴。」

杭世駿，字大宗，別號堇浦，浙江仁和人，甲辰孝廉。制府上蔡程公諱元章所薦。博綜經史，詩文宏深耀艷，所著有《松吹堂稿》。既釋褐引見，天子素聞其名，獨加褒賞。今録其《萬編修經將往明州修志過予追訪舊事述長句答之兼以送行》一首：「句章太守儒術吏，欲以文藻輝山川。鄞鄮三縣詢故老，熟克勝任無媿旃。青衿諸生六七輩，群游於校峨其冠。僉曰太史九沙叟，里號碩德稱耆賢。皇輿圖表受詔譔，一統方略奉敕編。自來鴻筆光史院，矧此志乘辭爲難。聞人豈無夫已氏，軼材諷説不足詮，未若叟也譔述卓可傳。叟今七十剛華顛，兩目炯炯精神完。叟机字源洪適釋，擘窠運腕如雲烟。先人傳經角嶽嶽，充宗先生著有《學禮責疑》、《儀禮商》、《周官辨非》、《禮記偶箋》、《學春秋隨筆》。季父讀史腹便便。季野先生著有《南宋六陵遺事》、《庚申君遺事》、《歷代史表》暨《明史》三百卷。著書等身懼放墜，叟也一一謄寫工雕鐫。建元之考瞭指掌，功與史表同精堅。先生所譔《建元》一卷，歷代曆運綜括極清晰。四明文選鬱選首，造廬而請何疑焉。太常譔日具書幣，涉江命使恭且虔。叟承禮命夙當發，高軒過躪蓬蒿園。誘我騰説溯前志，黃綢暖割朝來眠。張津姜嶼之書不可覯，津撰《四明圖經》，見《宋史·藝文志》。嶼撰《寧越風物志》，見《文獻通考》。爲叟略數楊張前。成化時，郡人楊實修《四明郡志》。嘉靖時，鄞人大司馬張時徹修《府志》。寶慶纂曆歲丁亥，廬陵胡榘守慶元。屬其鄉人參軍濬，序稱贛州録事、參軍羅濬。《直齋書録解題》云：胡榘仲方爲守，羅濬其鄉人也。甄括明事縣國門。先以郡志後六邑，刻畫城郭圖廂闕。其書《郡志》十一卷、《鄞志》二卷、《奉化志》三卷、《慈谿志》二卷、《定海志》一卷、《昌國志》一卷、《象山志》一卷，府境縣境各治皆有圖，咸淳年刊。厥後卅載暨開慶，丞相臣濬來旬宣。軍防水則以次定，經制稅賦兼牢盆。嘉禾繪獻民氣樂，老謀憂國何時諼。門生曰錫曰應發，承命執筆校秘文。詩歌自可勒琬琰，例以志體稍殊懸。隆慶改元，吴潛以丞相領郡，復續修《四明志》，民政、兵防、士習、軍食另自爲志，以補前書。又立水則，自撰《平水則記》，刊石。門生慶元府學教授梅應發、沿海制置大使主管機宜文字劉錫編次，末附詩詞四卷。予謂於志體不合也。自宋訖命更延祐，袁桷方領編修官。本之二史著其概，參之七觀究其原。王深寧應麟著《四明七觀》，鈐括郡之掌故，自爲注釋。延祐三年，袁學士桷復修郡志，採其文冠於《藝文考》。誰其續者垂不(利)〔刊〕，猗歟休哉，是惟王侯元恭〔捉翰遒〕如椽。其間首尾稱大備，一代興廢略可言。至正時，郡守王元恭續修延祐以後事，凡十六卷，稱《至正新志》。前明内府不收棄，文淵墜簡紛淪湮。天一閣范碧山全，家有善本頗自專，叟當檄取訶豪頑。宋兩志皆未刊，元兩志亦鈔本，明代《文淵》、《内閣》兩目皆不載，海内藏書家亦無有齒及者。宋志，惟予友全祖望家有之，故予得見。元志則天一閣范氏所藏也。滎陽南山堇山氏，邦有黎獻能摭攟。或鞶繡藻采而有耀，或大雅宏達而不群。滎陽外史鄭真、南山先生黃潤玉、堇山先生李堂，各撰《四明志》，先次其行事，後列著作。其書同異具可核，叟今何不重探論？鄭、黃止載郡人，李則并次名宦。抑吾又聞杲堂李翁鄴嗣於叟爲先友，高文煌煌稱大篇，傳甬耆舊一十卷，能事直欲追古懽。郡人李嗣鄴、胡文學本《四明風雅》書，裒集《甬上耆舊》，自漢暨明末，定爲詩史，鄴嗣爲撰傳。叟今凡例一本此，發幽表微誰謂不然？方今聖主一寰宇，睿算尤重海與邊。三韓直達島倭接，宋時高麗貢道由明州上，見《寶慶志》及《范石湖集》。東南防守籌宜先。舟山負隅歸版籍，時清喜停赤白丸。廟謨議此設重鎮，厥餉幾何兵幾千。叟宜條晰陳要害，宏論亦可銷戈鋋。郡人聘修古有例，書法群守名牽連。其在吾浙，嘉興聞人碩修《嘉禾志》，德清談鑰修《吴興志》，山陰陸游修《會稽志》，天台陳耆卿修《赤城志》，皆宋志之表表者。上奏天子制稱善，撤膳或賜兼珍筵。叟今決去無遷延，雪花席大蔽江水，烏篷船低壓兩肩。行縢轔軺恣捆載，湘東班管膠東箋。阿育王山攷古佛，丹山洞天尋真仙。搜奇直抉圖經祕，采隱不遺聲聞禪。白頭自草丙舍帖，歸告先墓封樹寒。焜煌家乘述祖德，玩鹿亭古澤永綿。玩鹿亭，先生高祖鹿園都督所措，因以名集。寒廳擁堵看秉筆，一筆一削孰敢干。鼠鬚須揮不及凍，墨瀋肯受冰霜憐。走願傳鈔備書吏，微名亦得流丹鉛。不朽盛事會有緣，此意只恐天公慳。嗚呼，此意只恐天公慳！」

《祥符寺》一首：「禮部貢院西更西，古寺矗矗浮雲齊。金碧已剥蝕，猶剩雕榱題。玆寺創始何王時，傳自大同二年邑人鮑侃捨宅爲。見《咸淳臨安志》。衆善龍興屢改額，大中敕賜榜額名。長垂遺址恢恢衍九里，建炎建國乃始改築而小之。鏦錚軍器所，縱横五兵貯。宋軍頭司巷在其地，見《夢粱録》。今俗稱軍毒縣子巷。行都一劫跡銷沈，武庫茫茫在何處。我欲禮覺公塔，宿草陳荄莽迴合。我欲招唐碑蹟，土没龜趺埋四絶。長□活火扇鐵塔，怖鴿晌金銷石泐。歲月鐫鹿苑，苔深少人踐。佛頭塵滿螺髻青，鐘暗鼓啞難爲聽。罡風梭梭穿殿角，鈴語斷續含淒靈。錢王鑿井洩龍湫，厥眼繁至九百九十九。有如觀世音，清淨寶目出千手。又疑國王夫人乳各五百道，城頭滴落千男口。沈吟往事諷新詞，欲爲曾蘇破詩杻。上元燈火何年無，香燒銀葉車咽塗。百年瞥眼管興廢，感此突兀青浮圖。冰花匝地石床冷，一片清〔光〕落峰影。荒廚我無粥飯緣，偶持半偈參四禪。茶烟緩，斜日短。命儔一笑出山門，回首寒雲香刹滿。」《雨過淨慈寺契原山堂聽篆玉上人彈琴次林文原韵》一首：「蕭條桫欏林，一雨轉清絕。穎師〔淨〕名室，孤影澹行跡。〔棱棱木〕葉衣，瘦骭遮不没。餘事出聲聞，結想渺林樾。散作一指禪，觸響動超忽。七條泠泠絃，不與山水隔。晚花散餘香，幽徑艷還滅。天高風露澄，戒縛破枯寂。潭潭木石心，鉤撥尚古拙。老猿躡月聽，遥峰墮空碧。」《古蕩舟中望泠華秦亭諸山》一首：「小雨吹不成，散作溪響急。溪行十八里，初自石橋入。修竹烟濛濛，半隱嵐靄濕。忽然漏晴暉，露出青戢孴。松杉矗其腹，猶峙翠千級。天影隨峰迴，皴法變幽澀。笑指梅花僧，定有草盧葺。」《許上舍出觀家妓絶句》：「香篆縈絲炷夕薰，冰姿消得砑羅裙。看來素壁秋燈影，瘦較黄花更一分。」《南苑大閲恭紀》一首：「武宿開鴻業，文思協睿圖。仲冬仍典禮，大閲簡車徒。夏誓中軍肅，春官芟舍殊。時和徵樂豈，候暖變昭蘇。海水三凌涣，宫雲五色敷。遂移仙仗出，匪奉翠華娱。雉火宵嚴隊，犀渠曉屬塗。軒轅環玉帳，太白守神符。芝蓋依壇迴，龍輈載轡迂。巡師清問遠，耀德聖謨訏。國以威稜震，材思將相俱。有虔昭秉鉞，不黷示王鈇。虹旗招摇起，天戈列缺揄。浪蛟明繞劍，雷獸響援枹。陣月蟾蜍暈，旂風虎豹驅。星辰依壁壘，衝軸演方隅。行列鵝兼鸛，軍容火叶荼。多逾水犀甲，勇陋黑雲都。獲雋真能克，周麾不待呼。勒銘稽獵碣，錫極在中樞。沙軟容盤馬，霜清想祭貙。握奇觀漢乘，戎路戒周虞。霽雪明魚腹，晴曦耀鹿盧。八屯爰昔建，九伐本來無。角動清調管，雕飛捷應弧。犒勤頒白譔，臨享割黃羭。士飽鐃歌壯，功高景鑠鋪。龍蛇歸指顧，熊隼麗闉闍。上略承三后，雄儀晏几區。永垂司馬法，何用洗兵殳。」《秋日答石亭員外馬位西山見懷》：「十日塵中居，幽夢隔泉壑。緬懷雲將遊，有意不得託。西峰渺何許，愛此秋陰薄。精理藴妙房，微言析玄著。斐然二三子，即事欣有作。英詞扇芳林，矯若烟際鶴。倏條不生寒，清風尚可約。天風一以來，巖花拂衣落。」《再用前韻寄石亭》：「君詩多媠嫿，了了見丘壑。暫釋塵中鞅，幽意各有託。危澗履石釃，疏雲映空薄。輒下二百籤，妙諦執無著。紛論善契微，逌爾振衣作。雲中攜盧敖，攘臂押秋鶴。山僧愛跫音，掃徑責前約。爲期春雨佳，來看瀑泉落。」《爲陳岐瞻題半野園册子九言》一首：「東華軟紅塵土吹十丈，堀堁影裏那得開巖扃。陳君卜宅煤市市西鄙，小園五畝清絶侔郊坰。杉皮斫取低縛打頭屋，月華三五宛轉穿空亭。宵炕夜合蠲忿肯放緑，晝眠夕起柳眼初拖青。瘦竹三竿兩竿戛清冷，雜花千朵萬朵施娉婷。丹梯石磴一徑互盤伏，回廊複道直上風泠泠。南樓面面盡日窗四拓，浮嵐淡靄遠撲紅油欞。西山一角朝爽拍襟袖，袖到五溪深處重跉跰。畫簾平捲飛過桄榔雨，玉丫叉好掛向槐花廳。放衙才罷開卷領嫣潤，層巒叠巘濕翠濛濛零。城南尺五儵忽夢可到，匹如縮地此術誰相令。桂林大郡定有三昧手，粵西景物亦可傳圖經。其山嶙峋□嵳儼插笏，其水破碎激邊難揚舲。其産榔漿蒟醬孔翠羽，其户羅羅犵狫猺獞狑。《虞衡》《風土》兩志缺未載，行勝細細寫入毛蜻蛉。身所未到筆意可先到，目所已睹妙繪無逃形。江行彭蠡況有大幅展，天然圖畫瞥眼誰留停。半野之半壹以半粟影，區區紙裹何以酹山靈。書成試質老田老人解，擲筆四顧烟水空冥冥。」雪田工繪山水，岐瞻婦翁也。

齊召南，字次風，號瓊臺，浙江天台人，己酉副榜。總督程公所薦。綜貫諸史，博覽不懈，文采煥發。釋褐後，益肆其力。嘗與家石帆太史長發倡和《移居》之作至數十首，今録其初和之八：「舊有封緘寄海東，卜居今果傍髯公。不妨異宅還聯巷，劇似台山接剡中。當日漢廷隨董相，幾年皋廡賃梁鴻。過談從此通晨夕，真愛高疏氣味同。」「積書床上認餘塵，曾住紛綸井大春。環堵那容旋馬地，息心又值閉關人。但看出入移家具，堪憶招邀作座賓。逆旅乾坤渾一概，相期休負百年身。」「花風未覺信全乖，二月遊人處處皆。近市祗聞奴價賤，寫聯應説讀書佳。樹分天影摇長日，車作雷聲繞小齋。難忘家園清絶地，落英如雪點苔階。」「華居門射日暾暾，墨苑新香蔚芷蓀。翻水詩成誰鬬捷，裁雲衣就不留痕。貧添妻子愁方劇，壽借文章道更尊。正好俸錢初入手，酒杯次第請諸昆。」「忘年原繼范何交，異姓分財亦薛包。種菊公貪三徑曲，賦鷦吾喜一枝巢。何來好事醪頻載，每借奇書手自鈔。韋杜城南看不遠，花時相約過林梢。」「擬效吴中慧曉居，藥畦分稜對澆鋤。垣墻今隔無多地，步屧頻來不棄予。周北張南原共宅，丙籤甲庫並修書。輸公一事真難及，腹笥便便富所儲。」「朝回百匝繞迴廊，宦興何如清興長。驥子才雄開筆陣，山妻纖手熨衣香。含稊樹類靈和殿，入社人趨履道坊。笑我坐禪清到影，卻從蘭室挹餘芳。」「相共高賢拂坐茵，煮茶清話越溪濱。更無長物惟攜硯，不惜錢多爲買鄰。青草論心辭阮籍，丹山調律聽伶倫。祗將片語詢前輩，他日歸耕步後塵。」其《漢宣帝行燈銅盤歌爲鄒學士賦》一首：「斑斑古緑澁金沙，薤窠倒屈臨風斜。玉蟲花落土作花，當時照夜同月華。湄象天河城象斗，甘泉馳道夾槐柳。漢家七葉好曾孫，驂乘將軍畫圖後。紛紛五鳳隨黄龍，太乙帝畤神光中。夜半鯨鳴大駕起，火樹一行誇八水。汾陰雲白秋復秋，露盤東去先人愁。炎鼎灰銷井不飲，未央鴛瓦何人收。行鐙之盤今尚留，學士然藜快冥搜。高吟據几大白浮，滿眼掃翠南山幽。」《松吹書堂歌爲杭堇浦作》：「大松拔地千丈强，怪松偃蹇如人長。老松根幹半化石，喬松鬐鬣蛟虬翔。穉松尚是百年物，千株萬株環草堂。黛雲影翻白日黑，朱夏氣轉高秋涼。刁刁調調天風作，一片靈籟騰穹蒼。崑崙鸞應嶰谷鳳，蟠空流響非笙簧。渢瀜節奏本噫氣，元和鼓盪成文章。太古之雷無礔礰，黄鐘之管含初陽。軒於洞庭張廣樂，牙來海上愁混茫。風琴恍惚變清操，總合大雅殊淫傷。草堂主人天下士，撑胸拄腹經與史。磊砢共笑和長輿，爽健端如李元禮。眼中那有桃李顔，門前洗盡箏琶耳。日就松陰閒徙倚，讀破萬卷讀未已。砍節然膏五夜過，取枝作籌千遍記。著述自足豪古今，況占西湖好山水。每聽謖謖獨欣然，客來驚問何爲爾。與公貞白性所喜，得意忘言堪舉似。三四年來幽興隔，長安僦居囂近市。徒寄夢寐遊故園，夢回又逐雞鳴起。八磚影候花廳趨，萬壑聲開畫圖裏。手持素紙索我歌，爲我研墨拂塵几。我披圖畫幾徘徊，我家老屋傍瓊臺。碧海霞映赤城曉，芙蓉華插青天開。國清十里鎖烟霧，石梁三株淩崔嵬。此皆自昔記仙佛，唐槐漢栢輩行推。鱗甲之而森搏攫，羽毛整頓舞毰毸。畢宏張璪畫不到，色兼紫翠凝錦苔。飽聞咸濩廿餘載，對此還作家山猜。家山瀟洒無塵埃，日日車馬胡爲哉。蟹眼鐺沸茗一杯，君思虎林我天台。」《郃陽馮塚神劍歌》：郃陽人言：昔有古塚，忽陷。土豪某秉炬深入，見石榻上顱骨如箕，旁置一劍，長七尺，鋒鋩射人，若新發於硎者，私竊以歸。是夜即夢金甲神將來索，土豪悸發病死。鄰里以爲劍之祟也，送還塚中。見碑銘，始知爲漢大將軍夏侯陽節侯塚，相率修葺墓道，歲歲禱祀。山陰胡雲持記其事，余作是歌。「大樹將軍七尺劍，氣如長虹光如電。白水真人乘赤龍，手授將軍制方面。即本傳所云玉具劍，長七尺，光武賜征西者也。函谷以西隴坂東，璽書親奬印山功。赤眉百萬血染鍔，洪爐沃雪毛吹風。一指三軍頭盡白，每吼陰雨腥猶紅。五丁莫誇椎鑿健，闢河千里寒芒通。太華作鐔終南柄，磨以仁義拭以忠。將軍没後幾千載，大樹竟缺甘棠愛。蕭蕭抔土荆棘叢，春秋俎豆誰奠酬。天使神物儆愚頑，假手暫出兆域内。隨即雷公勅取還，教人知有精靈在。不然但稱冥漠君，城塚雜記半芒昧。吁嗟野夫何其愚，眼見骨相常人殊。銘篆分明節侯墓，上應星宿夫豈徒。憶從光武感巾車，艱難薊趙載馳驅。起兵主簿辛苦最，捧持豆粥進蕪蔞。銕脛闟頓詎足道，破鮪走岑同摧枯。舊京三輔賴安集，勳超耿賈邁鄧吴。雲臺諸將固磊落，不伐孰與征西俱。生不争功死争劍，是有至理今非迂。終身所仗死即殉，君思未忍離斯須。吁嗟漢陵久荒蕪，珍物多見博古圖。茂陵早出白玉盌，重泉幾泛黄金凫。節陵竹簡亦散落，東生尚恨字模糊。祗有夏陽七尺銕，終古不肯隨凡夫。吁嗟神物憑靈爽，雲霧出没龍惝怳。曾聞武庫飛杳冥，又説延津躍瀁漭。馮塚玉具更奇偉，長伴將軍閟幽壤。試看井絡横天河，夜夜紫氛騰萬丈。」其《次胡雲持韻戲督萬星鍾松齡詩》一首：「會稽内史惜烹鵝，陽羨書生意若何。客邸幾時良會少，詩人從古老饕多。感秋行樂關心事，對月開尊耀眼波。籬畔菊花應笑我，題糕舊約又經過。」《重午次周石帆長發韵》二首：「榴花如火照清尊，細和君詩筆欲髡。洛下一時歌小海，楚江千載感芳蓀。更無他客勞車軸，惟共鄰家酌瓦盆。角黍會中先報我，有人前日餽蒸豚。」「令節翻令几席閒，弟兄對話展愁顔。早知冉子貧如客，未使參軍語學蠻。香藥過時紅滿眼，好山經雨翠垂鬟。蒲艾虎紛兒戲，誰向天中鍊九還。」《答胡雲持見贈移居詩》一首：「寓形天地間，高厚皆吾盧。東西與南北，豈必常厥居。勤謝負耒耕，勇遜荷戈趨。值就抱關禄，敢擇步兵廚。大哉造化功，物質區精粗。大小各分定，有若制方隅。江渚愁礙鯨，盆池樂游魚。拙者閒以逸，賢者多勤劬。我才我自知，學稼同樊須。翻然竊詞苑，文學冒稱呼。清晨裹朝衫，盥面水一盂。命彼長鬚奴，策此蹇足驢。揚揚入史館，横箸飽其餔。報國乏寸長，摳衣隨群儒。展卷疑滿腹，所惑疇爲祛。因思積學人，胸中皦日如。巖居悵寂寞，旅食愁無餘。安得盡貢薦，晨夕相與俱。憶辭家山中，五度寒暑徂。師門留受業，握管但傭書。俸錢稍節縮，遠寄爲親娱。閉户謝朋好，招邀省酒醹。今者自僦屋，擇日問建除。堊土補瓦簷，添繩繫户樞。常恐陰雨至，穿漏在斯臾。又恐垣墻卑，重閉勇夫殊。欠伸頭已礙，倦眠脚未舒。惟有固窮心，耿耿不可渝。抗懷友前哲，静坐視太虚。吾盧亦廣廈，戚戚非丈夫。何時竟翩然，拂衣賦遂初。」

厲鶚，字太鴻，號樊榭，浙江錢塘人，庚子舉人。制府上蔡程公所薦。性恬淡，不樂仕進，鄉舉後，罕與計偕。廷試日，誤寫詩賦前後，不得進呈。其詩文幽古，咀味始得，有《樊榭山房集》十卷。尤工詩餘，初名《秋林雅琴》，後更删存二卷。今録其《丙辰十月十三日接葉序留别諸徵士詩》一首：「醵飲非關醉，浩然吟復吟。客心如落葉，遥業感羈禽。文史耕漁用，春秋保社尋。明朝驢券後，一幅寫寒林。」《秋夜泊滸墅》一首：「歸心淹旅泊，何處近吴宫。夜色一村雨，秋聲兩岸蟲。道存衣食内，人老别離中。坐待嚴關啓，松陵藉順風。」《廣陵城南看花作》：「一灣碧水疏籬護，今人栽花昔人墓。今人又作墓中人，惟有花開客來去。」《臘日同周穆門京汎湖》：「殘年風景得重經，更借湖波倒玉缻。寺鼓漸催沙草動，船窗纔放雪峰青。酒罏泉下無消息，舊曲尊前有典型。舉似梅花知此意，冰澌苔澀上空亭。」《靈隱寺月夜》：「夜寒香界白，澗曲寺門通。月在衆峰頂，泉流亂葉中。一燈群動息，孤磬四天空。歸路畏逢虎，況聞巖下風。」《渡河》：「北來始作汎槎游，晚色蒼蒼望裏收。一綫黄流奔禹甸，兩涯殘雪接徐州。古今沉璧知何限，天地浮萍各有謀。明日輕裝又驢背，風前慚媿白沙鷗。」《秋夜聽潮歌寄吴尺鳧焯》：「城東夜月懸群木，洶洶濤聲欲崩屋。披衣起坐心茫然，秋來此聲年復年。壯心一和小海唱，一毛不覺盈吾顛。胸中雲夢吞八九，要挽天河斟北斗。倏忽晴空風雨來，杳冥水府神靈走。時哉會見滄溟立，自是乾坤有呼吸。軒轅張樂萬耳聾，洞庭天遠魚龍泣。須臾聲從静裏消，一燈獨語星蕭蕭。天明作歌寄吴子，想子中宵亦聽潮。」《初寒著敝羊裘戲作》：「一領尨茸歷十霜，西風重見出空箱。忍寒貰酒無多真，穿袖吟詩定幾章。敗絮何慚擁王霸，險衣今笑裏周郎。漸看不隱山肩瘦，萬丈虚言蓋洛陽。」《和余葭白題唐子畏畫韓熙載夜宴圖》：「韓郎自是江北人，避地去作江南臣。更從江南到江北，便道江南有人憶。歸來笑擁名花叢，疏眉小面居當中。千枝銀燭照舞影，滿堂賓客看驚鴻。門生解事作樂句，燕支拍碎聲穿空。酣嬉跌宕君莫笑，一半桃李無春風。宮中唱念家山破，燒槽哀怨傳何窮。聊將群婢汙名檢，此意未必聞重瞳。六如居士不並時，何由户外三更窺。筆底故有嬙與施，我不見畫但見詩。詩工直疑畫遜之，眼飽鉛黛嘲貧兒。從來裴休説法爲人願，不妨衲衣乞食隨歌姬。」《招隱寺》一首：「戴公遺青山，松門限畦珍。清風入仙梵，雲竇流不泯。空香層構出，密葉長廊引。西窺鹿跑泉，林影寫鏡錦。故人李約輩，籍草共瓢飲。微聆得至音，寒漱有餘凜。荒臺傳蕭梁，亂石如插筍。讀書今已無，耳學予自哂。古事滿禪關，追尋恐難盡。山上有梁昭明太子讀書臺。」《觀吴耕氏藏唐泰山摩崖碑拓本同金繪卣》一首：「羡君少年癖好古，曾臨日觀登天門。穹崖彩翠忽明滅，雞號下見扶桑暾。開元天子勒銘在，苔滑不憚兩手捫。爲尋墨本完好寡，過客求索民胥冤。梯空緣竇歷至險，寔惜鉅費哀經魂。野火燒裂風雨碎，運紙珍似收璵璠。兼金購此得舊拓，座客竦視息衆喧。八分飛動六百字，鸞飄鳳泊神明存。當年東封有本末，燕公爲相開其原。誰與異議獨乾曜，廟堂那念供頓煩。惟侈海宇已殷富，思以大典誇黎元。金泥石礎事非古，萬乘帳殿勞雲屯。天章震耀復嚴謐，御墨揮灑如飛騫。未聞虞舜昔封禪，大書深刻留巖根。況兼本命禮西華，金天位號何雄尊。述聖頌得吕補闕，豐碑雜立蛟龍蹲。岱宗事盛過太華，遺製遠與乾封論。須臾時世易天寶，兩京澒洞風塵昏。青騾蜀道播遷日，百神不效前驅奔。乃知用事睹符瑞，史公載筆皆微言。北里之禾鄗上黍，秦漢故轍徒紛繁。即如此碑亦炯鑒，延秋門外哀王孫。濡紙脱文一感慨，排翮思作摩霄鶡。」《訪金壽門觀顏魯公麻姑山仙壇記米海岳魯公祠堂碑拓本》：「雲沙繞村南，小築如鹿柴。掃地焚香人，相見一瀟灑。論書近攟拾，勿事徵倒薤。側聞麻姑壇，名蹟興先邁。餘髮時垂腰，丹砂亦狡獪。有無海揚塵，故地今神界。堂堂小顏公，頗喜究奇怪。波瀾縮遒麗，接侍記仙話。陶八碧霞丹，入噍若沆瀣。

汝州死大節，竟等蛇蟬解。顛人迷其事，穹碑字如蠆。緬彼天寶季，艷煽金鏡壞。二十四郡中，義士抱耿介。獨抗阿犖山，聲振哥舒敗。晚令使賊庭，讒口足頹齡。即云歸羅浮，乘風固可快。靈均爲水仙，理有説非註。持此語故人，相顧發長喟。落落青瑶鐫，當見百靈拜。坐深地爐火，浩歌共決眥。」《尋龍泓洞》：「淺夏空尋山，幽深最靈鷲。言瞻理公塔，濃緑暗晴晝。行勝已十里，地奥峰轉秀。石牀不暇坐，窈窕入雲竇。乳泉排蜂房，其下若懸霤。絶疑秋雨時，濺撲到襟袖。圓穴居上頭，晃晃天影漏。照見壁間書，亡宋有餘詬。洞有咸淳丁卯賈似道題名。蒼然留後鑒，反似神所守。嫛婗出别洞，冷襲裌衣透。恨不裝輕綿，佛國殊氣候。」《冷泉亭待月》：「望月迎峰庵，已吐鷲嶺背。林間炯積雪，揺影紛瑣碎。出門路漸低，步步入幽靄。過橋松露滴，茅屋一犬吠。層巒凹復凹，月尚隱其内。招邀坐空亭，萬木鬱垂蓋。泉光動深池，翻疑夜當晦。聞聲彌覺静，澗韵雜陰籟。徵於交枝隙，忽見鮮雲挂。此時各無語，翹首翠屏對。颯然古精靈，仿佛妙景會。烟中客兒句，風外寶公唄。欲留凜生寒，將去如有待。今宵單牀夢，猶繞琉璃界。」《題石笥峰上方》：「西山下夕陽，陰翳淒我神。拾級愈斗絶，苔滑除荒榛。澗泉幽修語，回頭又無人。樀樀叩竹户，童子知迎賓。僧房如旋螺，一上一境陳。登樓望東嶺，彩翠相鮮新。林梢斷崖口，杯水浮湖漘。請客觀石笥，樵路隨麏麕。十丈未拆轂，包孕太古春。昔聞祖龍學，結庵此嶙峋。名僧睨幽趣，遺礎今埋湮。太息後來者，何幸爲州民。」《同金壽門游若溪廣惠寺是陳武帝故宅》：「若溪走玉龍，連山抱千層。風來引到寺，老樹青髯鬙。上巢大觜烏，下洛交枝藤。王氣久死灰，陰怪來争凴。陳帝起里中，樵牧猶相矜。擣箐一旅奮，軀賊如秋蠅。悲哉蕭老公，不得顧眇僧。跛奴亦何爲，大命歸吴興。此地即豐沛，精爽依禪燈。長爪攜淑儷，雉山望雲蒸。我來漱井眉，銘詞義崚嶒。傳是洗兒日，寒溜湯泉騰。更著辱井戒，不覺欷歔增。可憐爲上郎，義憤尤足稱。成敗有天定，隙爲英雄乘。煌煌江左業，從此期恢宏。身後那可料，暴骨攄雠膺。古愁起暮色，閑話同詩朋。循廊土花碧，鈴語揺觚稜。」

家朗庵太史長發，字蘭坡，浙江山陰人，籍會稽，予曾大父行也。甲辰進士，由庶常出令廣昌，改樂清教諭。總督程公所薦。所著有《賜書堂集》。文思捷敏，予曾作序，以爲璧合珠流，時標麗藻，若紅萼在林，風日融映。省試《春雪》詩極佳：「令轉青陽萬象輝，履端瑞雪喜霏霏。放鳩韶景花皆出，剪燕芳辰絮正飛。鳷鵲觀前瓊乍合，鳳凰池上璧成圍。彤墀曉色連青嶂，紫極清光滿翠微。鳥曆司權飄畫輦，龍精戒旦上青旂。瑶枝琪樹均霑渥，玉節霓幢任指揮。賦罷苑中堪對酒，朝回天上更侵衣。池冰初解寒澌積，園柳將舒嫩葉肥。蝶粉匀時闋月榭，鶴翎刷處闢雲扉。緣甍冒棟風相送，入户穿簾日未晞。繡甸平畦聞野祝，神皋盈尺應春祈。堆從梨蕊消難辨，迸入梅花認亦稀。北闕禁烟融霽景，南榮官樹轉朝暉。傳柑簪得銀旛退，拾荔攜將珠顆歸。璐朳十重陳貝賧，瑶樞一串散鮫璣。仍思染翰蓬池上，披拂陽和近紫薇。」庚申春，與齊太史次風移寓倡和，共二十四首，今録其初作八首：「共攜家具巷西東，只算蕭閒一寓公。蓬藋小除三徑内，圖書都載五車中。襟期太好如雲鶴，蹤跡何妨寄雪鴻。問字底須頻剥啄，隔鄰燈火許相同。」「欲避元規撲面塵，雙柑斗酒恰中春。聯吟定有城南句，磨墨休爲硯北人。先欲卜鄰徐卜宅，不知誰主復誰賓。濁醪如向墻頭過，且鬥樽前磊落身。」「亦知吾道未全乖，橐筆趨陪日與皆。最苦中年長作別，頗思小住亦爲佳。游春已辦雙芒屩，學静惟棲十笏齋。早識往來幽徑熟，不辭屐齒破苔階。」「一帶晴軒對曉暾，繞除猶剩舊芳蓀。爐烟入户多香篆，新柳窺檐拂翠痕。莫學當時長置驛，若逢伯始試開尊。指稚威。劇憐落落無多子，把臂無如老弟昆。」「十年如水得心交，襆被蕭然學打包。麕鹿性成求舊侣，鳳凰聲近定新巢。臺高玉鏡眉將畫，時次風眷屬將至都。架滿牙籤手自鈔。還喜趨庭承素業，當堦珠樹漸森梢。」「半歲三遷始定居，巷南巷北共經鋤。博聞洽見惟求友，扢雅揚風寔起予。神醉不須百榼酒，腹空容借一車書。天台仙境初相接，玉笈琅函舊所儲。」「薜蘿曾記舊雲廊，霜缺蘆簾夜柝長。照杖青藜初接影，翻堦紅藥漸生香。校書殘月趨清省，鍵户癯身類病坊。若許狂奴頻叩户，莫愁九畹是孤芳。」「裙腰芳草色成茵，修禊如同越水濱。此日鶯花隨世界，幾時雞黍請此鄰。簪裾鎮欲隨齊澣，菘韭還宜就彦倫。相約石梁同采藥，染衣畢竟苦緇塵。」予亦次韵八首，附録於後：「吾道於今盡在東，謝公卜宅近孫公。文章迴出風塵外，門巷蕭然京雒中。官貴幾人騎駛馬，心閒一曲送飛鴻。知君自有安身法，説與他家或不同。」「十日何須理鬢塵，羈棲聊復嬉□春。誰言故我非今我，不信閒人是貴人。差喜雙雙鄰國士，還能一一醉嘉賓。青鞋便擬東西巷，學取堂前賀燕身。」「連居已識道無乖，談笑還看磊落皆。詩到無心纔入妙，人非有僻不能佳。著書使足千春業，索米聊供一月齋。最是東風吹不斷，離離花影淡横階。」「□□□□□□□，□□高松徑翳蓀。寄得新居渾似隱，夢來往事尚餘痕。莫嗟仕宦偏能拙，須□身名幾並尊。稍待涼風吹竹篠，兩頭何異陸家昆。」「盡日論文過石交，高歌萬象覺全包。已看鯤化仍鵬息，且借鳩居作鵲巢。曉鏡宜添中婦照，新書合付小胥鈔。更憐北地黄羊尾，劇比江南緑筍梢。」「悔向菰蘆別舊廬，西疇春及久抛鋤。亦知枯菀全論命，不奈窮愁只泥予。許作平原十日飲，偏看惠子五車書。屋頭金字猶能識，更擬揮毫罄所儲。」「逍遥無事步迴廊，閑户尤憐白日長。紗帽籠頭春煮茗，絲囊隱几夜焚香。氣連干鏌占星斗，名刻苕華向玉坊。縱是凌風饒艾葉，亭亭那得掩真芳。」「飛花片片厠兼裯，懸磬雙看出泗濱。自識宫商諧古律，空憐十萬買芳鄰。齊名未肯輸元相，把臂何當著伯倫。笑我飄飖無住泊，征衣久已厭街塵。」《關山月》一首：「明月清秋夜，關山奈别何。桂輪光未滿，草露濕仍多。團扇憐齋素，單衫冷越羅。林霜凝曉色，池鏡委圓波。夢斷宵砧徹，心驚旅雁過。因風臨玉塞，流影渡金河。拭淚銷紅粉，含顰損翠蛾。白狼猶轉戰，朱鷺未徵歌。苜蓿驕邊馬，烽烟散槖駝。深閨長闃寂，芳歲易蹉跎。爲問征西將，何時議止戈。」《次韻雲持即日有作》一首：「何妨屈蠖暫蟠泥，如此頭顱肯暫低。李廣一生空射虎，劉琨五夜忽聞雞。墨從硯北能磨子，車到天南爲指迷。果識安心成大藥，一腔清淨比留犁。」《月夜看花歌同鄒學士旮齋升恒胡徵君雲持天游張編修南華鵬翀席上作得掃字》：「嬾眠深巷足寄傲，接葉亭邊晨夕到。南華主人最風流，花開酒釃招同調。無多心跡喜雙清，相對芳枝供一笑。婉嫿丁香紫袖垂，佳人絶代真娟妙。少焉明月上闌干，玉鏡奩開紛四照。或高螺髻映濃妝，或斂蛾眉矜淡掃。風翻縹緲曳仙裳，露洗空明呈玉貌。看月看花送此生，開襟祇合長吟嘯。」《神樂觀古松歌用老杜古柏行韵》：「古觀盤虬松間柏，琥珀潛生身化石。翠鬣蒼髯不計年，倚天拔地何論尺。鱗甲衙衙紛攫拏，根林磊磊争培惜。曲奏仙璈鸞鳥青，聲翻夜月秋濤白。我來訪友圜丘東，華鯨鼉鼓懸珠宫。雄姿直駕徂徠遠，黛色能令新甫空。銕幹輪囷飽冰雪，銅柯勁挺凌霜風。不凋惟爾堅晚節，乾坤獨賴匡扶功。托體孤高近雲棟，色正芒寒骨更重。勢切高霞互離立，坐馳白日勞迎送。獨峙郊壇照絳芝，聽鳴琴柷看儀鳳。

須知諛諛奏清音，樂職中和大可用。」《古意》：「結髮充下陳，侍君金幄前。女蘿附高枝，兩意相纏綿。燕婉未畢席，恩幸忽中遷。玉澤揚雙眸，夙昔君所歡。翠羽横雙蛾，夙昔君所憐。婉婉亦自憮，胡爲蒙棄捐。妾豈有新故，君自多媸妍。末光不我燭，顔色空嬋娟。」《感懷》二首：「邅迴遵廣陌，游日曠無垠。晷運變金素，凜烈寒中人。枯林激勁響，崇岡翳玄雲。霜露散平楚，狐兔跳荒榛。所次鮮故物，幽陰積宵燐。行邁以延佇，戚戚交悲辛。」「慶者朝在閭，吊者暮在門。慶弔相倚伏，死生迭朝昏。往者解其弢，來者罹於樊。白雲出滄海，黄鵠離哉翻。有身無羽翜，安能去卑喧。憂來其如何，且復陶一尊。」

黄石牧先生，諱之雋，一字𢈢堂，江南華亭人，辛丑進士，原官左中允。大學士徐公本所薦，年六十九矣。試日得賦一詩一，入夜不能作書，遂納卷出。有《試博學鴻詞不成自紀七十韵》：「繼述逢明聖，初元設制科。大廷勤汲引，廣宇極搜羅。翽翽來岡鳳，菁菁集沚莪。都人千軌沓，國士九霄摩。鉅典光繩武，新儀燦保和。五題涵學海，兩試滙文河。奥賾胸吞籀，纖毫指旋螺。群英咸賈馬，佳句必陰何。烹煉金融洽，雕鎪玉切磋。日華紅灎灎，天影碧瑳瑳。軍校森而肅，王公藹不苛。茶傳中使椀，饌出大官鍋。地迴精神眩，秋深晷刻矬。雄姿方蹀躞，朽質已婆娑。昔夢醒何在，頹齡出則那。溯懷良用緬，縷悉不勝覼。少壯書成癖，浮沉命作魔。偶圖燕市駿，乃鼓辟雍鼉。擢第衰遲及，流光瞬息俄。兩朝棲玉署，七載玷鑾坡。磚影曾追李，亭陰尚憶柯。凌雲邀特眷，染翰□纖訛。日講絲綸接，坊僚組綬拖。衡文閩嶠去，陪祭景陵過。史局闕三管，朝班厠五紽。淵冰慚齷齪，澡雪戒媕婀。

拙宦頑如梗，飛章巧中⿱者石。含沙多疻痏，碎璧罕摩挲。削籍歸尋菊，爲農學藝禾。鳧鷗盟雨瀨，麋鹿伴烟蘿。廢將荒調馬，衰姬罷掃蛾。鴻冥奚慕弋，雉耿未罹囮。帶只紉蘭蕙，衣惟製芰荷。峰環貧士堵，谷繞碩人薖。以日如增線，而年似擲梭。餌無徐市藥，揮少魯陽戈。剩有丹心炯，徒添白髮皤。重華新日月，肥遁舊巖阿。草莽聞皆起，塗泥分久蹉。忽膺東海薦，猶恐北山訶。文豈成翻水，書難作擘窠。痴乾偏嗜好，灰冷欲噓呵。良友紛攀柳，清時勸發軻。檄因如火急，冠遂與纓峩。遠聞身同鳥，長征力仗騾。據鞍猶馬援，遺矢未廉頗。願接雝喈跡，來賡糺縵歌。龍飛真浩盪，蚊負忘么磨。隨例趨丹戺，連名謁玉珂。曲乘朝氣鋭，何減壯顔酡。粉滑牋雙摺，油濃墨一渦。羽陵書穴蠹，孔壁字盤蝌。芹曝傾心獻，松雲逐韵哦。賦成斯足矣，詩就不違他。薄暮當窗牖，輕寒到帢鞾。風高頻扇蠟，月暗未升娥。便恐眸生翳，還疑軀抱疴。江花才欲盡，祖雪意無多。詎望金蓮撤，空勞鐵硯磨。戴星辭梐枑，橐筆走陂陀。息影寒山子，驚心春夢婆。且淹霜後柏，待長路旁莎。裘趁蒙戎煖，裝仍款段馱。好歸江上櫂，重理牧時蓑。貰酒從焦革，栽花問郭駝。隴頭聽擊壤，水面看飛堶。鏡對衰容笑，書逢老眼搓。餘年隨磨蟻，幻景住籠鵝。穩坐耆英社，高吟安樂窩。太平堯舜日，耕鑿飫恩波。」

鴻爪録卷二

山陰周大樞

方貞觀，字貞觀，號南堂，江南桐城人，諸生。左都御史孫公嘉淦所薦，辭不就徵，蓋南堂年已六十矣。常山李可淳序其集，以爲其詩凡數變，初學張籍、王建，既又學孟東野，三十以後沈淫於貞元、大曆之間，獨標孤詣，務極雅正。後以事隸旗籍，宛轉沈痛，言短意長，至此始達其極。十年復歸江南，所爲詩益造乎淡近自然，所刻有《南堂詩鈔》。今録《耕織詩》一首：「貧女不上機，宮中皆草衣。農夫罷耕耔，侯王都餓死。雞鳴向田間，採桑朝露新。望望紅日高，照見晏眠人。」《登郡城樓懷焦一壑》：「高樓拭秋目，江色曉來深。風定孤烟直，天遥獨鳥沈。王孫昔遠别，此地一登臨。杳杳水雲隔，扁舟何處吟。」《送胡襲參》一首：「行李莫匆匆，試看亭畔楓。當杯須滿酌，前路已秋風。至業詎可恃，人情未易終。明朝新月下，何處繫孤篷。」《夜行山中》：「行行漸欲迷，幾折亂山蹊。夜静有清籟，鴉寒無定棲。悲風憐古塚，荒月弔深溪。何處投安止，人家野水西。」《慶興寺》一首：「百年老寺環流水，新漲危橋岸欲崩。幾處春回燒後草，千峰嵐遶定中僧。陰巖□日留殘雪，奇樹臨風掛古藤。側首下方城郭遠，山腰擁霧白騰騰。」《宿畏吾村》：「白榆褪莢柳依依，五載辭家尺素稀。時食及春思馬鬣，餘寒侵夜夢牛衣。不名一藝心良苦，擬老爲農願亦遠。輸與雞豚有廬舍，夕陽分路認村歸。」《寄懷故人》：「乳齒追歡惜暫分，飢軀中路各風塵。百年草草半離别，四海茫茫有故人。撫髀肉生傷漸老，何門恩重願酬身。尋常弧矢男兒事，此際臨風一愴神。」《送力嘉春之官》：「每當風雨憶長安，幾許艱辛博一官。甚勿貪吟忘讀律，但能節飲勝加餐。百年忽忽別離過，萬里茫茫問訊難。好去從容行所學，綈袍休念故人寒。」《程松岑諸舅饋蒸肉》：「阿舅餉我花豬肉，玉糝調蒸五味足。坐對長松手捫腹，食之不甘眉轉蹙。肥夷爲虐螟□生，早禾如髡曉禾禿。千錢糴穀不盈斛，日西始飽沙鍋粥。飢腸欲絶細如線，逼仄那容對豕突。老妻大笑乃公癡，飢死何如飽死福。十日不雨井亦涸，貴賤同看在溝瀆。典衣且覓杯中醁，流亡知向何天宿。救荒普惠本聖明，肉糜何食君何不。」《秋杪寄懷周孝叔》：「霜天草枯木葉脱，城頭老鴉聲閣閣。歲既暮兮日復落，攬鏡鬢眉不如昨。清明送爾東門道，山桃花開梅子小。兩回除目無姓名，又是蹉跎一年老。居常自比管與樂，有田不肯事耕鑿。老大不沾升斗糈，婦女號飢兒赤脚。西鄰小兒學回易，居奇守贏計涓滴。十年家富累萬金，鄉閭出入生顔色。四民由來商賈賤，一日金多争艷羡。平生讀書破萬卷，失錯偏遺貨殖傳。」《少年行》：「良家少年朝應募，走馬彎弓日西去。男兒將相寧有種，事幾莫使遲疑誤。行盡關山五千里，大隊賀蘭南首駐。四野茫茫天蒼蒼，欲尋虎穴知何處。卷地沙翻一夜風，全軍僵卧大雪中。凌晨虜馬雲屯集，指麾誰能更執弓。此時江南初落木，深閨搗熨邊庭服。消息微傳半疑信，未便分明放聲哭。吁嗟乎！幾人封侯幾廟食，白骨累累葬沙磧。故鬼含冤新鬼泣，天心酷烈常如新，休怨河南房次律。」《送遠曲》：「君當騎馬去，路有馬行跡。思君尋去蹤，千里會相及。漠漠大江春水渾，看君發棹無棹痕。思君覓向送君處，惟有烟波空斷魂。」《大食刀歌》：「大食刀，千金價，秋虹一碧光四射。魑魅潛行老蛟泣，精魄已死神威下。剸犀洞鐵若行空，風雨時聞吼中夜。西度流沙逾萬里，求得此刀獻天子。紫瓊飾鞘朱絲纓，佩之九有胥懷柔。天閽高遠不可達，進御空悲路壅閼。卷懷歸去還自思，吴鉤雷劍出有時。爾生不辰徒爾爲，鉛刀一割用已足，豈識君能理亂絲。」《社集詠古分得指佞草》：「虞廷有草名屈軼，但見佞人能指識。東西隨在指不移，豈容庭有僉壬跡。可知此時佞人少，如污點白看了了。舉眼無非讒諛人，欲指何從見分曉。幸爾生當上古時，遂令指佞稱神奇。不然掘去無根蒂，佞人謂爾爲妖異。」《泊沙漫洲》：「家在長風沙，枕席濤聲起。此地古真州，相望距千里。駐楫看中流，是我門前水。鄉心觸處愁無涯，年年作客苦思家。無恙柴門江水上，空有中庭山桂花。」《郡城偶作》：「遠遊老至興闌删，百里羈□亦覺難。水國雨多人病濕，江城潮長夜生寒。井蛙得氣聲偏壯，靡草非時葉自乾。惟有鰣魚新上市，等閒愁絶一加餐。」《東馬相如》：「回思紫陌花飛雨，何以横塘落葉波。未必重陽寒食卷，中秋詠春比春多。」《送別》：「銀燭焰短金罍寒，欲歌不歌舌如結。悄悄無聲一夜霜，明朝馬上看黄葉。」

邵岷，字百峰，號毅齋，江南元和人，武學生。太僕蔣公漣所薦。誤武爲附，後投牒自訴，部議以爲武人不過諧競病而已，不足副斯舉，斥不得與，追還所給月銀。然百峰文賦予未克見也。今録其《黄牛峽》一首：「三峽天下奇，黄牛險尤絶。奔騰萬里流，蹴踏兩崖裂。舟從隘巷行，身在古石穴。驚濤殷怒雷，駭浪歕晴雪。帆輕進每遲，橈急退偏捷。山花嫣更萎，嵐翠明復滅。艱難歷暮朝，觳觳仍自睫。哀猿數聲叫，客子雙袖血。生涯抵投荒，作計何太拙。載詠小草詩，撫心愧前哲。」《舟抵重慶陸行》一首：「雪霽辭漢皋，花落及渝州。川路行百舍，風濤積千憂。摩肩越重闉，側身登飛樓。仰通參井氣，俯矚岷峨流。天傾石可塞，江動城若浮。微陽下危堞，攬轡遵前丘。碧草被丹巘，蒼烟靄青疇。芳林紛綠縟，好鳥鳴軥輈。動植群自媚，景光逝不留。觀化愧形役，會心忘外求。勞生亮有極，萬事從悠悠。」《游草堂寺》一首：「羈棲苦無歡，遺憤思有適。出郭緣清溪，訪古得遺跡。草堂佛日輝，茅屋禪燈寂。燕語非新巢，烏啼仍舊宅。慨彼浣花翁，老病殊方客。生常賴友朋，身自期禹稷。遭逢干戈會，賫志歸窀穸。住遊溯芳蹤，論世堪啜泣。光芒照千載，一飽艱夙昔。白骨不復知，令名果何益。」《牛頭山》：「侵晨出劍門，薄暮上牛頭。力窮巖巒峻，目盡林壑幽。仄磴有停躒，傾崖無迴眸。翳翳西日迫，漫漫渫雲浮。風驚雕虎嘯，戍晚飢烏愁。左眄眇秦隴，右顧隘巴陬。艱難思漢將，百戰存炎劉。誰歟義自昧，妄謂國與讎。事往憤猶結，悟來悲亦休。前登戒徒御，逝矣無淹留。」《褒城縣過漢相國何追淮陰侯信處》：「松柏生景山，梗楠產豫章。不蒙匠石顧，誰爲任棟梁。英英韓王孫，抱策干漢王。奇才鬱不用，甘之草澤藏。元輔急國士，輕身自追亡。力薦爲大將，東向摧楚疆。群雄既電掃，帝業遂光昌。炎炎四百紀，此實篤其慶。嗚呼古大臣，謀國一何臧。我經褒中路，片石瞻青蒼。陵谷久變易，休石永不忘。」《潼關》：「巨靈擘喬嶽，河伯馳急流。川嶽相迴斡，雄關俯八州。雞鳴警行客，躍馬出城陬。戍火暗高壘，角聲殷飛樓。列嶂拒來轂，懸洪斷西舟。雲雷憶初載，王師逐蚩尤。蜂屯百萬衆，據險操長矛。疾風掃秋蘀，一戰關隴收。大兵追闖賊至陝，僞巫山伯馬世耀以六十萬衆拒潼關，一戰而敗，賊遂棄陝走。殘黎出水火，累洽弘喚咻。危途化衽席，遠徹胥懷柔。大哉廓清烈，萬□

蒙皇休。」《井陘關》：「并門下太行，山勢奔脩虵。絶陘綻井底，隘道容單車。壁色凝古鐵，硤形遶旋蝸。雲端列百雉，谷口開雙闔。戍火動蒼莽，人烟聚峪岈。巖巒自合沓，燕趙徒紛拏。勇氣矜鬭鼠，殺聲喧怒蛙。重關昔争距，六合今一家。獵獵風中旆，悠悠樓上笳。成敗雖冥數，尚德庶無差。」《夷陵州》：「砰訇荆門西，萬壑争東奔。嗚橈泝峽口，擊汰盤山根。嚴城控楚塞，壁壘風雲屯。嵐深晝多霧，雪消波更喧。人家聚虎落，夷界通禽言。往路正無極，畏途安足論。冥冥催歸鳥，嗷嗷引子猨。攬物意自惻，慨古心重煩。山從夏后鑿，地經秦將燔。時清忽形勝，運泰疏樊垣。招攜洵有略，設險寧無諼。」《廣元道中》：「汎舟陵廣淵，整轡造脩阪。晴沙映緑疇，春草相與遠。野鳥傍水啼，林花逐風散。川原杳何極，時節忽已晚。烟生城郭青，雲起波浪卷。剩壘紀葭萌，高江戴燒棧。形勢矜雄奇，客遊悵淹蹇。縮地歎無方，御風故誰善。愧彼十畝詩，芳生信蓬轉。」《晤張浦山庚處士有感卻贈》：浦山少孤，鬻書養母，以孝聞。能爲唐以前古詩。乙卯春，余過於湖地學使蔣鑄堂署中。「宋客得燕石，愛之勝璠璵。草野有此寶，恐爲廊廟須。定策聚宗族，嚴駕辟井閭。風塵容鬢悴，悃欵宵晝俱。行行適荆土，停驂憩山隅。彼璧者誰子，血淚盈衣裾。懷中徑尺璧，光照十乘餘。□眙前借問，欲語還欷歔。家世荆山下，獲此連城瑜。兩度獻明主，衆口嗤碔夫。再辱豈不慮，一心尚區區。全身有棄寶，抱義無完趺。美玉不能言，涕泣將何如。」《武昌銅劍歌和蘇玉局原韵》：「驚濤中夜崩江沙，天門赤焰衝膰蛇。紫髯健兒墮弓矢，追視雙瞳矐鱗尾。摩挲三尺銅花腥，横膝寒鋩射秋水。試淬鋒稜堪截鐵，山精亡魂妖裂膽。百鍊曾勞大冶工，千年莫洗英雄血。我今持爾將何爲，慷慨高吟出塞詩。丈夫會當格闘死，安能彈鋏長垂頤。」《黄金臺》：「尺土埋荒草，空名艷至今。報仇夷萬乘，吹律轉窮陰。盛事千秋渺，羈情一往深。絶憐天下士，奔走爲黄金。」《過趙州》：「好客人何處，遺封此尚存。寒烟迷堞影，遠水没沙痕。老去羞稱佼，途窮肯受恩。臨風懷往蹟，意氣更休論。」《介休道中值寒食》：「芳草緑芊芊，春城值禁烟。行來偕隱地，莫記從亡年。風物催人代，龍蛇聚墓田。綿山青在望，懷古一淒然。」《湯陰謁宋岳忠武王廟十六韵》：「河嶽英靈會，乾坤俊傑生。力優迴日馭，志憤動星精。恢復憑籌策，妖氛掃旆旌。身存無半壁，運厄壞長城。涕淚中原滿，滄桑殺氣平。怒流漳水咽，冤鳥蕩陰鳴。故里尊遺廟，忠魂赫舊京。靈風秋樹肅，閟殿夕暉清。毛髮來酣戰，燕雲儼力争。周垣新聖代，曠世重威名。讀史當時恨，停驂此日情。淒涼瞻劍佩，浩蕩倚簷楹。論定張韓失，功收管葛輕。千春心獨許，四海目空營。歲晚重投筆，時和敢論兵。年華委塵土，仗策更孤征。」《古昆陽謁漢光武帝廟》：「高壘旗摩古戰場，漢皇遺廟冷斜陽。客星抗禮仍疇昔，廟列嚴子陵像，與世祖並南向。列宿分行應上方。寂寞風雷過屋瓦，淋漓圖畫□宮墻。荒除徙倚懷前烈，凍雪無聲折野棠。」

萬光泰，字循初，號柘坡，浙江嘉興秀水人，丙辰舉人。制府上蔡程公所薦。詩文秀逸，與予最相善友。常在武林遊紫陽山，竟日吟詠倡和不倦。入都後，聯句之作甚多。詩思敏捷，擊鉢可待，尤工詩餘，予爲作序。其所著詩曰《樂於集》，稚威序之。今録其《雨後獨坐聞漁閣》：「淡風霽晨雲，林日猶未朗。階塵静不飛，庭草暗已長。清吟倚微寒，閒夢發振往。晨雞屋後啼，時鳥檐際響。觀空厭有形，斯言古非妄。」《鎮江郡齋别商寶意得涼字》：「故人官就古朱方，紫槿紅薇滿後堂。繞屋江聲當畫靜，支頤山色入秋涼。人如落蒂吹還聚，別未經年夢已長。明日柁樓南望遠，傷心重唱小秦王。」《鐵簫歌贈惲丞源濬》：「鐵簫仙人如古鐵，舊有鐵簫凜冰雪。平生愛簫無書寒，寶如三尺青瑯玕。竹聲泠泠滿天地，脆質纖條少深致。亦有健者起蒿萊，仙人視之皆凡材。天遺陰陽置爐炭，飛廉鼓鞴明星爛。逸氣初含雲霧深，元聲乍出蜺虹散。自言夙昔有三簫，一簫騰趠歸烟霄。一簫嘽唌宋時物，古聲不合今歌謠。惟有此簫海上鑄，虛中猶載蛟宮霧。龍伯徬徨聽不眠，夜深擊斷珊瑚樹。峭帆亭前月色多，酒酣耳熱春婆娑。函宮未休清角動，正襟而坐冠峩峩。林禽宛轉鯈魚躍，坐有東吳顧文學。拔劍能爲斫地歌，曼聲一起梁塵落。仙人仙人戢爾孤吟之鳳凰，莫能叫嘯驚天閶。賣餳已過清明節，吴市西南夢正長。」《橋亭卜卦研歌贈周四焯》：橋亭卜卦硯，宋謝侍郎枋得物也。周上舍焯於天津叢祠中得之，長尺有三，廣減三之一焉。有程文海題識，又有行草諸書環繞硯之左右，漶漫不可辨。上舍特以卜硯名其齋，非甚篤好，何以至此。余作詩識之。「寶峰山下兵如蟻，赤羽無光鼓聲死。天塹長江渡若飛，何況弋陽半溪水。疊山先生飲聲泣，麻衣草履空山市。賣卜聊從季主謀，食薇不索長安米。一代冰霜兩鉅公，信州信國東西峙。風塵澒洞乾坤改，蛟躍鼉翻幾終始。片石模糊留世間，貞魂崛栗呼難起。周侯愛古搜奇僻，野廟荒涼駐遊屐。手拾支牀一片甎，中含南宋千年碧。隱隱龍蛇行押書，楚公題識生光澤。聞道蒲輪下辟初，剡章實是楚公迫。舉善無成竟殺賢，珠沈玉碎昭忠赤。周侯愛硯動藏弆，不寫烟雲寫經籍。草屋三楹接大河，題名卜硯稱安宅。成都嚴遵肆已散，江潭詹尹無留跡。他日山中訪故亭，亭邊幾處殘蓍積。」《金吾橋釣魚不得贈余楙檣》：「楓溪先生釣魚客，一生嗜好惟鉤綸。潛心學釣五十載，以竿爲政魚爲民。窮推淄澠辨涇渭，細別早晚分冬春。疾徐高下間在髮，口不能喻身能臻。昔年薄游浦陽地，仙華左右多絲緡。支離一叟坐兀傲，絶技通國傾儕群。先生從旁奏薄技，抱竿亦向清溪濱。斜陽未移潮未退，大魚已滿雙虚綸。道旁觀者如堵壁，老叟再拜蒼顔騂。一從北來走塵土，兩竿如玉常隨身。北方荒傖不知釣，度關每受封人嗔。今年技癢思水樂，搜帆鼓枻來三津。三津多魚亦多釣，鱠飛如雪堆如銀。重陽初過風日美，城東水闊無疆垠。主人聞風促治具，錘鍼削竹昏連晨。金吾橋邊汊港曲，垂綸終日無纖鱗。滿船賓客咸大噱，謂今何拙前何神。予知先生固合道，事有偶屈非常伸。利劍恒因攝履廢，駿馬亦爲鹽車呻。區區垂釣猶小者，□寒地瘠空勞辛。浙河東西予故里，任公遺跡無時湮。他年相逢賦涣具，定結甫里爲芳鄰。」《宿桃源夜聞巫歌》：「非歌非謳作神語，夜向河滣相爾汝。嗚嗚神絃坎坎鼓，儵魚出游龍起舞，涼風洗人若秋雨。桂宫之神居潛淵，椒爲屋兮蘭爲櫋。陰户融融罨朝烟，靈旗之來朱霞翩。我亦不眠醒達曙，老烏叫悲白楊樹，老巫簪花載膰去。」《南陽舟中》：「瓦屋家家並，蒲帆岸岸移。順風不用楫，小市有吹篪。水漲漁蠻樂，秋深浣女知。夕陽何太急，滿艇送鸕鷀。」《西園試舟分韵》：「麥寒時節緑陰圓，荷葉初開已過錢。繞岸草痕容易密，一番來似一華年。」「三板清船二寸波，濟攀難似吕梁河。從他雨打風吹急，夾路垂楊見短蓑。」「藤花架底閣雙橈，改度移尊對畫橋。幾樹栗留歌未畢，小池又上酉時潮。」

王會汾，字蓀服，號晉川，江南無錫人，諸生，丙辰孝廉。蘇撫高公其倬所薦。後中丁丑進士，官編修。性沈静，終日讀書不輟，其詩文秀麗。與次風、稚威同館溧陽宗伯家，倡和甚多，蓀服輒收己稿去，以是流傳者少。今録其《正月長安花》一首：「江南淥水春，薊北玄雲凍。陰陽慘乖割，一氣誰搏控。□□怯句芒，力盡餘寒從。杈牙鐵色死，黲澹冰花霿。明窗澀夜蟾，綺翌禁朝哢。劇憐枝上春，灩灩光浮動。暄妍小人態，諂効先時貢。温房石炭燒，密穽新泥壅。物情競鮮美，肯顧菖蒲供。屏風龜甲開，匜座螺盃送。上客炫金貂，佳人唱么鳳。燭釦染浮烟，温香雜宵夢。所悲艷陽節，生意鄰枯葑。蟲聲草芽出，膹抵薪芻用。争先能幾何，過時轉餘痛。幽貞莫怨嗟，秋橘行堪頌。」《題剡溪秋泛圖》二首：「剡山參差開碧叢，剡水上下磨青銅。沿崖宛轉向何處，寂寞溪山少戴公。」「天姥峰頭月向低，蒼崖束練走晴霓。從君稿本分烟水，清夢連宵落剡溪。」

夏之蓉，字芙裳，號醴谷，江南高郵人，癸丑進士，原任鹽城教諭。工部尚書涂公天相所薦。醴谷兄之芳，癸卯進士，弟廷芝，癸丑進士，皆工詩，入翰苑。醴谷復廷試，入二等，改檢討，稱盛事云。今録其《紀恩詩四十韵》：「繼述重光日，文明復旦辰。大科宏祖烈，曠典賁王綸。自康熙己未試博學鴻詞，距今垂六十載。躔極騰奎壁，天衢集鳳麟。于于膺辟召，濟濟列冠紳。稷下英髦萃，東都俎豆莘。兼金頒内府，湛露逮嘉賓。歲月歸涵泳，文章重雅馴。寵殊梁授簡，盛際漢歌邠。朔雪縈長樂，春喧到紫宸。故事，給札體仁閣下，上以雪後，特命保和殿考試。傳餐中使切，命膳大官頻。宫錦裁題麗，藤箋製策新。詔從丹陛出，書借紫泥匀。題皆御筆硃書。有璞皆思獻，無才不共掄。藻思連碧海，綵筆動秋旻。風雅鄒枚贍，賢良賈董醇。拔茅占彙吉，漸陸待鴻振。斷自宸衷獨，材由上相甄。九重懸玉尺，多士仰冰輪。試卷進呈，欽定甲乙等十有五人。晝漏依稀静，堂簾咫尺親。鵷班齊近日，天語藹生春。十月五日養心殿引見，天顔温霽，獎勵有加。職以詞曹重，恩憑巽命申。西崑資講討，東觀備咨詢。是日同授翰林有差。睿藻雲霞燦，鴻裁典誥純。特頒昭寵渥，廣牖遍臣鄰。御賜《日知薈説》各一本。弱植同蒲柳，疏才詎席珍。談經遜管輅，博物謝崔駰。昔奉先皇詔，曾爲一命臣。皋比環座冷，苜蓿滿盤辛。偕計來京闕，觀光入帝閽。叨沾綾餅宴，慚負玉堂人。雁塔空題字，龍門尚偃鱗。三冬憑雪案，五載滯風塵。快覩金臺築，欣逢鐵網陳。蒐羅宜楚璧，拂試愧燕珉。報國心原摯，傳家澤未湮。銅池聯棣萼，〔粉署接花茵。兄之芳、弟廷芝先後授職詞館。〕視草香侵席，然藜燭似銀。蓬山瞻靉靆，璧府望嶙峋。永沐需雲寵，同勤晉畫身。涓埃何以報，長此荷陶鈞。」《積雨遣悶次周朗庵韵》：「長夏苦陰霾，連朝雨不歇。迫迮蟻徙穴，彳亍蜈出淈。豕浴漲彭亨，羊群走勃窣。銀練四簷垂，頷珠兩階浡。細或奏琴筑，猛如擊鼗鞨。匪晴何颺絲，不梳奚覆髮。九河倒空霄，百觚傾帝闕。羲和閉重環，阿香撼（銜橛）〔御□〕。（「銜橛」原作「御□」，據《半舫齋編年詩》改。）亭午勢乍緩，入晚威彌勃。靉靆癡常屯，跛扈狂猶揭。淅瀝灑危欞，浸淫黯枯杌。翻階悸見蛇，傾壁畏多蠍。破釜噪鳴蛙，迴廊隱栖鶻。古礎侵露霧，平地阻巉崪。長晝盼冥冥，空庭坐兀兀。拘臥僵等蠶，狂呼喙類猲。盈矚盡沮洳，駭勢成澥渤。飢驢尻爲拱，羸僕足不韈。廚漂絕炊烟，床濕等澮窟。淋漓怕書籍，濺沐塞門閥。伏枕語無歡，倚簷書只咄。知交隔比鄰，咫尺同楚越。安得陰旌捲，頓使淫淋闕。霽色啓峰巒，晴光映林樾。青露苔半痕，乾餘地十笏。相將過草堂，取醉窗前月。」《感遇》三首：「水質本漣漪，石德抱磊落。剛柔雖異倫，清輝争映薄。濯纓自爲通，巖棲自爲樂。誰能仁知情，山水交所託。」「美人日以遠，孤琴日以深。徘徊感幽意，因之勞寸心。夢寐理不隔，精魂詎銷沈。空視潺湲水，悠悠豁吾襟。」「靈溪繞紫蘭，幽獨媚清暉。春泉沃其根，餘流亦芳菲。余欲乘輕舠，采采澹忘歸。爭如桃李陰，衆慕胥不違。雖由空谷杳，正貴知音稀。」

沈廷芳，字畹叔，號椒園，浙江仁和人，監生。兵部侍郎楊公汝穀所薦。廷試入二等，官庶常，丁巳散館，得檢討。椒園詩文秀逸，幼受詩於外祖查初白先生，所著有《隱拙齋集》。今録其《山居讀書》二首：「山居澹無事，宛似生民初。讀書日閉户，書聲遏雲衢。襟期一以開，塵壒一以祛。窗間有鳴鳥，池中多潛魚。魚鳥亦解聽，吾心樂何如。」「春山浮遠烟，秋樹疏長林。終歲抱幽獨，端居忘升沈。一室天下寬，圖書横古今。聖哲貴遐尚，閑静夙所欽。時詠先王風，亦撫丘中琴。泠泠五絃響，飛泉激清音。餘情有至樂，可以助微吟。華膴非可慕，逍遥披吾襟。」《花朝後三日同厲太鴻杭大宗飲臯園梅花下分賦》：「谿水抱城隈，溪邊舊種梅。名卿留别業，佳日此銜盃。清語竹林外，夕陽山鳥來。春風三百樹，對客一齊開。」《龍岡淺阻風》：「首夏似窮秋，北風吹不休。川原無静物，烟靄有孤舟。誰唱公無渡，真令我欲愁。客行途未半，中酒更淹留。」《新秋偕朱藥岑問友人小疾即飲寓齋》：「未歸湖畔補叢書，人海茫茫且卜居。舊雨共尋塵跡外，清尊恰泛夜涼初。永懷鷗鷺盟秋水，又見星河澹碧虚。醉詠藥闌幽興極，維摩一笑病何如。」《雪晴野望》：「莽莽郊原外，天寒鳥影稀。斷雲低復合，積雪凍還飛。至日長爲客，懷鄉未得歸。黄金臺畔立，極目送斜暉。」《送春》：「乍回鄉國夢，撫景獨傷神。酌酒向斜照，流光如故人。嵐薰山翠重，花落樹陰新。倦客不歸去，年年卻送春。」《豐臺看芍藥同李玉洲重華家歸愚德潛四首》：「春事未闌珊，清和客思閒。花間攜小榼，林際見遥山。野徑喧蛙部，方塘護鴨闌。何須訪巖岫，即此離塵寰。擬往渾柘看牡丹，不果。」「城南有花塢，亭在萬山中。婪尾三杯酒，香光四面風。老槐延瀞緑，野卉雜輕紅。莫問平泉業，翻階止舊叢。本宛平王相國別墅，今已易主矣。」「金帶園仍發，紅綃艷若何。此花芳氣靄，自古勝情多。上客出青瑣，聯吟摇玉珂。品元並姚魏，開曉豈蹉跎。」「一帶水田碧，橋邊境更幽。笛聲芳草路，人影夕陽樓。景物懷江國，風光屬薊丘。思添舊圖譜，應較廣陵優。」《裂帛湖》二首：「一路青過金海橋，倚風拂柳不勝嬌。何人横笛深秋夜，摇落重湖柳萬條。」「崔白徐熙畫不成，敗荷魚戲野鷗輕。縱無白板浮歌舫，已有吴鄉洲渚情。」《觀荷》：「風欹露濯總亭亭，點綴汀洲儼畫屏。城外山光添寸碧，蓮趺遥對佛頭青。」《飲杭大宗丁香花下》：「墊枝花又垂垂發，走馬來看笑退之。綺席乍鋪賓不速，瓊英相對酒嫌遲。香生斜日温風候，開占春深夏淺時。爲報流鶯傳好語，玉堂景色勝前期。」《積水潭荷花和李玉湘》：「禁垣直北水接連，花開傳是玉井蓮。綺日初出露猶泫，一碧上印玻璃天。涼風忽從蘋末起，颯颯浮動凌波仙。中央無舟不得泛，令我悵望徒洄沿。南屏東鳴渺江國，湖山歸夢尋鷗邊。芙蓉作裳碧筩酒，醉倒且就陂塘眠。」《丙辰五月一日隨應制科諸臣謝恩頒月給餐錢恭紀排律一首》：「運啓文明晝，茹茅盡彙征。聖朝隆盛典，多士荷殊榮。既稟時還給，匪頒月有程。端居充腹笥，飽食抱經籯。未仕先叨禄，知書足代耕。依棲雙闕近，感激衆懽并。仙仗初辰列，彤庭旭日明。門開金馬舊，閣紀石渠名。拜舞隨鵷序，雝喈效鳳鳴。群公本才俊，儒服愧鯫生。憶在先皇日，曾隨老父行。聖祖時，先臣蒙詔入武英書局纂修，屢荷恩賚。殿廷珍膳撤，羅葛賜衣輕。世受便蕃澤，難抒報稱情。三年佐書局，廷芳自庚戌至癸丑，曾爲《一統志》館校勘。重刻滯瓊京。被薦尤滋愧，承恩轉自驚。匪材真過分，獻賦負虛聲。遠道遺慈母，封題報兩兄。寸忱多奮勵，壯氣益崢嶸。忠孝心長切，涓埃志獨萌。謝恩還念舊，感涕欲縱横。」《西山碧雲寺》：「西山金銀五百寺，烟霞列峙齊崢嶸。碧雲之寺特輪奂，土人猶以中涓名。俗稱魏公寺。在昔明季亂天紀，君王深拱居九閟。坐令逆閹竊國枋，九千歲欲臣公卿。高陽周左一網盡，清流黨禍悲縱横。當年突兀構此寺，寺後此輩爲墳塋。鑿山剷石築幽室，巧匠雕鏤光晶瑩。老奸誅死骨不瘞，翁仲華表空恢宏。表忠述祖誰作記，穹碑並立深鐫銘。途人憤結思掊剥，神怒欲將雷斧轟。聖皇在宇作正氣，宵小絶跡巖廊清。峩峩張公瑗列臺諫，巡視郊外感慨生。皂囊疏入制曰可，旋發其穴夷其坑。三丈之碑百尺繩，磨治踴躍趨村甿。吁嗟乎！汝曹遺臭安足數，德昏轉益悲亡明。作歌俯仰浩惆悵，空山雲暝陰風鳴。」

金焜，字以甯，號赤泉，浙江錢塘人，乙卯舉人。工部侍郎王公鈞所薦，後以薦官國子典籍，與弟質夫齊名。是科以兄弟舉者，浙則兩金、兩沈秉震、秉謙，兩趙昱、信，楚則兩易宗涒、宗瀛，而吴之兩楊煜曾、述曾亦群從也。赤泉詩文秀麗，今録其《題陳州倅岐瞻半野園圖詩》一首：「仙人愛樓居，達士喜清曠。陳君脱凡俗，别自具標尚。爲園號半野，拓地幽且暢。西山横遠秀，升閣常在望。一燈開晴嵐，千峰各殊狀。蓑蓑列檜樹，緑影細分張。春風庭外至，花氣泊衣桁。軒窗散書帙，吟弄見豪宕。笑予居長安，日與闤市傍。遵衢滿塵土，拂拂高十丈。蓬顆打面來，俯首不敢仰。有時趨訪君，入户神爲王。林亭偶憩息，好友共酧唱。疏狂汰苛禮，雜坐混下上。名香爇古鼎，苦茗敵佳釀。於兹忻聚首，快比躋瀛閬。君才擬圭璧，豈久棲閒放。昨宵傳佐幕，行李載車兩。遥遥瞻翼軫，百粤提封壯。洮陽尤奧區，形勝諸郡讓。州半山水户，版蝨傜獞□。屹屹蓮花臺，浩浩湘灘漲。踏歌狨女淫，帶刀蠻俗强。鉤輈叫溪雨，芳竹摇秋瘴。虞衡志風土，記述非荒妄。公餘事探討，所獲無弗創。去去同驂鸞，此樂實天貺。真堪學元子，頭銜署漫浪。舊雨倘相憶，乞寄江山樣。」

金文淳，字質夫，浙江錢塘廪生。浙督大學士嵇公曾筠所薦。後中丙辰鄉榜，己未成進士，官庶常。質夫淹博，詩文秀贍，有《垤進齋集》。今録其《夜飲友人齋頭》一首：「東風吹艷入晴釭，天末萍蹤列座雙。檻外春聲來遠市，酒邊人影聞深釭。唐花笑容齊呈萼，新月欺燈忽到窗。不有主人能好事，鄉心那得一年降。」《車縴》一首：「沙路千塍遠，桃繩一道修。不將牽鴨嘴，偏用絡羊頭。獨輪車前有兩角，謂之羊頭車。倚幅條條直，穿衡縷縷柔。遵途隨曲折，利用協抒佯。束縛人工巧，彎環足力道。曳將恭似鈞，背取宛從流。草色疑波迴，天光象水浮。綆長堪倚馬，轂轉勝行舟。亦解遲牽日，時看起白鷗。參差移樹底，界畫斷山陬。陸海衝塵度，風濤向日收。一推兼一挽，常擁隻輪游。」《同人西荷苑看荷四絶》：「屋外青山鏡裏泉，柳陰涼覆碧池蓮。分明一片江南景，多少紅窗載酒船。」「十丈花頭高出墻，苑東苑西流水香。石橋過雨游人少，白塔紅亭半夕陽。」「吾州六月西湖畔，繞郭常開一萬枝。不是諸公攜酒榼，真成辜負看花時。」「花香恰與衣香值，花氣渾如雨氣涼。千點蜻蜓雙白鷺，五龍亭外藕絲鄉。」《棉簾》：「朔地寒威劇，裝棉到伎衣。煖留爐火活，暗隔曉光微。月細侵難入，風狂卷不飛。玲瓏湘竹子，遜爾護雙扉。」《煖炕》：「巧疊花磚淨，頻添獸炭紅。錦衾鋪熨帖，活火度玲瓏。夢破疑春透，身慵甚酒中。朝來人懶起，餘煖尚烘烘。」《石炭》：「五石憑誰鍊，三冬煖客房。如礐車載滿，和土印同方。漫糝晶鹽細，旋焚冰麝香。薪傳真浪説，團坐話更長。」《太平鼓》：「團扇形同巧，連環響更兼。一聲鳴盛世，亂點隱重簾。擊罷花含笑，擎來月照奩。春風吹入耳，想殺手摻摻。」《奉題馬思山員外西山紀游詩集》：「西山環帝居，巀嶪富巖壑。客居近西城，遥望得幽託。日見如故人，欲往怪緣薄。自問平生屐，當得幾兩着。獨有高懷人，寄意斐然作。梯空發天籟，一一孤飛鶴。何當策枯藤，隨君踐宿約。化作千億身，峰峰看日落。」《前輩鄭筠谷經先丈以足疾乞假南歸奉送五百十八字》：「西湖烟水秋泠泠，波光巒翠開新屏。湖山管領舊誰是，神仙家住横河汀。先生居處也。自從置身列霄漢，雲裳霞帶朝天庭。真人上界足宫府，舊游一别三千齡。有時鄉思夢棖觸，輕簑圓笠浮烟舲。雨隄花柳歷未遍，曉日已射晴窗欞。龍門虎觀紛制作，猿吟鶴唳空郊坰。維摩斗室忽示疾，是病是我誰使令。想當精神有感召，故鄉促迫還山靈。通明箋奏暫得請，潞河買棹霜初零。風高好掛帆十幅，篷窗不斷西山青。是時登高初罷會，茱萸插鬢開征□。到家勝事及相賞，小春梅放孤山亭。横斜竹外暗香冷，把酒坐惜千娉婷。嶺頭更看落紅雨，船脣又見移青萍。興來情往互酬答，豪吟朗嘯無留停。有如故人久離闊，一朝把晤遺骸形。沈疴對此應盡豁，舉足下足忘畦町。瓜皮□可代步履，短笻那用扶跉竮。一花一樹有舊值，某丘某水留前型。矮籬三徑未蕪落，玉川正足窮遺經。先生方注《春秋》。昔者無趾有尊足，德全尚可忘天刑。先生偶爾抱微恙，使其形者原常惺。世人沈溺往不返，三日新婦帷軒軿。此時有足不得騁，何異健翮芟修翎。先生超然便高舉，騰空汗漫疇拘囹。船頭載書船尾酒，藥爐□竈秋花瓶。玉堂回首去未遠，卧餘猶聽風中鈴。門前問字集徒侶，湖邊□酒攜單丁。山齋昔時盛文教，後進往往傳餘馨。文章山斗重當代，誰知已作鴻飛冥。史才正需霹靂手，是非判别渭與涇。同官拱手推獨造，聖人虚己弘兼聽。辭嚴斧袞待著述，遂初肯聽虚槐廳。仙人隱遁有白日，石地行獨愛棲閑。上清列職難久厭，洞户那得長相扃。蓬萊他日遲君駕，離庭把琖重丁嚀。」《張南華西溪烟樹圖爲作九言長句》：「西溪西去烟景何空濛，山光水色掩映無終窮。梅花錯錯粲列萬玉女，九十日春日日浮烏篷。徐牽兩纜步步入烟樹，細卷風幔寸寸延晴峰。一重一掩但見山俯仰，十里五里莫辨村西東。花光歷亂斜陽忽飛雪，望眼不到處處疑雲封。幾年軟紅塵土插雙脚，妙境一别夢想無由通。兹圖誰寫景物乃逼肖，展觀不啻置我篷窗中。南華山人十指負仙骨，浮嵐煖翠下筆無王蒙。孤亭突兀枕流出倒景，小橋屈曲跨水凌長空。竹籬草舍人家各聚族，朝鐘晚唄僧寺皆分宗。扁舟若更寫我汎其下，藥鑪茶竈酒琖兼詩筒。山靈聞之應亦當首肯，勝游詎負屈指成三冬。還君此圖鄉思增撥觸，庭前雪樹又見乘春風。」《十一月七日汪西顥申及甫兩徵士寓齋小集步山字韵》：「終歲清齋抵八關，荒廚留客發春顔。酒杯到手同君盡，庭樹經冬似我閒。移榻暮寒侵短袖，卷簾新月吐西山。一燈鄉語聽無倦，歸夢何勞着意删。」

袁枚，字子才，號簡齋，浙江仁和人，廩生。廣西巡撫金公鉷所薦。金於簡齋有國士之目，厚資至都，時年二十一，於同歲中最少。詩文奇麗，午、未連捷入翰苑，始歸娶，諸公各賦詩贈行。張南華鵬翀有「兩美應空越，雙飛佇入燕」之句。今録其《月夜泊武昌》一首：「萬里青天月，三更黄鶴樓。錢塘年少客，獨自泊孤舟。碧海從空落，寒星散水浮。湘琴□不得，帝子泣中流。」《過洞庭》一首：「蒼莽流秋水，迷茫入太空。荒天行白日，大地動西風。匹馬瀟湘渡，巴船雲夢中。十年湖海氣，慷慨弔龍宮。」《江行》一首：「劍閣西溪下，輕帆泊水濱。山雲猶辨樹，江雨暗移春。挈榼題青壁，攘襟采緑蘋。渡頭詢野老，幾日到龍津。」《夜坐》一首：「露重群花醉，風微萬籟幽。鐘殘千里夢，月點半天秋。碧落銀河轉，蒼烟玉兔愁。寒蛩無賴甚，啼到最高樓。」《賈誼祠》一首：「白石蒼烟野廟荒，少年我亦到瀟湘。浮雲天地空蕭瑟，春雨文章恨渺茫。七國終堪流涕淚，百年誰敢議明堂。漢朝人物傷心地，愁下南陽更洛陽。」《行役雜詠》四首：「男兒年二十，漸衰珠玉顔。況乃遠行役，風霜悴其間。飲酒未及醉，坐看白日還。所著一尺高，不供史家刪。勉旃崇節業，銀管長班班。否亦練玉液，金骨列仙寰。生人皆山水，且共耐清閒。」「看山有所得，日暮聊爲文。厭聽舟人子，村語徒紛紛。醞釀非素樂，典墳情所欣。萬謀窘一字，迫如臨三軍。」「無心推篷看，不意與月見。欣然臥以觀，星盡惟斗柄。始之肌膚寒，久乃心肝映。白雲如覆被，人面漸貼鏡。萬里湛清華，九天涵緑淨。狂癡不能還，吾亦見吾性。」「南游過楚江，西征臨越甸。當塗想分割，龍津憶征戰。或營酸棗臺，或起明光殿。平畛開歌舞，危巘收組練。亡何歲似流，悲哉日似電。白骨埋中原，朱扃罷華宴。史册尚流播，山川滅聞見。秦宮無遺瓦，漢苑少殘箭。荒烟廢冢傾，衰草流螢遍。黄雲自南飛，白日但西瞑。闃寂窘游志，衰颯窮遐睠。慨然至於今，嘆者凡幾遍。平生豪横心，雖晤不得遣。」《登香鑪峰》一首：「暮矣客舟泊，欣然游山巔。野草扶我手，白雲堆我肩。山根削十里，石上鑄坤乾。一望何寥廓，四顧心茫然。忽逢羽衣客，珊然金闕仙。飲以瑤圃酒，彈以松下絃。爲我語其景，記之或有緣。秀水森古廟，構造自唐年。

西臨瀟湘渡，東瞰雲夢田。流水環左右，怪石當其前。池邊野鶴立，松下白鹿眠。野藤盤敗壁，遠帆落空天。語畢忽不見，仰首看星躔。明月自山下，征夫自山還。」《旅次遣懷寄示諸同社》：「曩者氣不羈，束之恒怏怏。頗欲扶大雅，聲律日跌踼。摛文憎清衰，逸情耽豪宕。琴藥殺鞠通，書字摘脈望。鄒陽逼歲景，睨日引惆悵。史遷窺崆峒，屈平叩元閬。風雨入其腸，所就多雄放。大江既失派，百川誰導漾。慨然投吾筆，飛劍凌逆浪。碧海函未破，泰山泥可量。狼石黃雲浮，龍津黑水漲。華英采岣嶁，元氣抱芒碭。風曳舟如顛，雲樹同揖攘。偉哉山川勞，奸巧鬬新樣。朽木鬼魅形，野花兒女狀。怪石插天屏，巉然自鬬創。被髮列水陣，唐突與舟抗。拗怒怯雨工，經營想天匠。乃入瑯環尋，乃至玉洞訪。藉檉作茵幄，折竹爲山杖。秦瓦竄蒼鼠，漢碑没古壙。野兒踞土語，老僧持茶餉。吸井取咄泉，抱甕沽春釀。露冷碧鳥啼，日落魚曲唱。卧月如貼玉，背花勝挾纊。夜横青山枕，曉揭白雲帳。精神交烟水，晷刻相淫盪。歷歷奇怪景，證之詩書上。魂夢入大荒，清氣頗來往。日月有根柢，乾坤空倚傍。異哉黑風至，巨波遂相妨。雷硠噴銀屋，訇澎欺五兩。舟子躅以驚，而我恬且曠。浩詠吞魚龍，咸怯歌者妄。望空志多闊，歷險氣愈壯。祇恨久織路，三月未入廣。時子才之粤西。喜近入巨河，吝價登小舫。已經蛟涎滑，兼之盛陽亢。屈曲柔腸骨，逼迫窮俯仰。團而囚大幽，焉能伸骯髒。陰雨昏旦迷，寢食寡所當。環柳生蠐螬，潛苞隱霧障。金霾長濛濛，刀水日瀁瀁。健兒不慘戚，路岐亦惆悵。豈爲魯連書，射之解燕將。豈爲昌黎書，投之唐宰相。心事填蒼生，浮雲非所尚。悠悠世相嗤，區區天或諒。先憂而後樂，古人豈余誑。聊復自經歷，豈緊在得喪。遊子自憔悴，古人應無恙。筆鳳下肺騰，墨蕊抽心長。胡床諒思伊，南樓自憶亮。寶唾猶淋漓，冽唱何倜儻。已爲黄鵠遠，或免鷽鳩謗。當歸苦相寄，璣珵鬱無睨。手勞縹緗句，目極天涯嶂。生平越鳥心，舉坐猶南向。」《駿馬行》一首：「雲霧晦冥閶闔開，神馬嘶風西極來。背負河圖身負甲，太平應仗文武才。憶自黄池未噴玉，神血清奇産天骨。此時萬怪盡藏形，慘淡但見房星落。十年裁剪羽毛成，日月同驅九陌行。渡海不懼風雨惡，人山或與虎豹争。管公慷慨抱神識，花絡珠鞭加拂拭。死生心力未全窺，眉目文章已驚絶。獻之天閑誇物寶，王侯惜其才未老。十萬黄金買未成，五千毛色同嘶章。天子停驂處閟宫，將軍解劍去崆峒。黄沙漂泊粟三斗，主人終日待英雄。躑躅邯鄲未忍去，淚流多在施恩處。皓月西風鳴不禁，蕭蕭群厩不聞音。馳驅早識山河勢，重遠終知天地心。戰場已絶旌旗影，廟堂卓立關山静。鸞輦原需五彩身，麒麟豈入三軍境。長城之水百尺消，崑崙之墟千里遥。君王萬壽瑶池返，仍作龍形逐海潮。」《鏡石》一首：「青天何處飛霹靂，三尺寒光一鏡石。我來攬照至岐陽，雲樹鬟眉共鬱蒼。相傳竊者獻天子，徑寸靈明忽半死。夫豈不欲識人才，都中沃面無清水。至今日月多閲歷，星花雨淚龍虵血。其如零落山之阿，縱能鑒别欲如何。」

張甄陶，字希周，福建閩縣廩生。總督郝公玉麟所薦。後中乙丑進士，入詞館。詩文秀朗，其省試《恩沾垂露餘》詩一首：「聖澤深無極，覃敷似露瀼。金莖凝雙氣，寶甕挹餘芳。姑射非荒誕，崑崙豈渺茫。和堪調酒醴，樂作譜笙簧。霡沐從天上，沾濡自帝鄉。宫花胥仰潤，禁柳亦生涼。霑霽蕭斯日，滂流杞棘章。御筵分桂醑，君爵散瓊漿。飲去歡群辟，飛來灑八方。雲霄叨寵賜，日月幸依光。

燕寢超周主，承盤陋漢王。太平思獻瑞，齊上萬年觴。」其《在都秋懷》八首：「非關游子好言愁，萬里孤蹤易感秋。折柳一番傷老大，汎槎八月又沈浮。山陽日落驚聞笛，故國霜前獨倚樓。此景爭教人遣得，歸心況復大刀頭。」「玉繩低轉夜沈沈，往事無根盡到心。身是魯儒三黜慣，思同楚客九悲深。明河有恨懸雙杵，涼露無聲透夾襟。寂寂應令終賈笑，壯夫事業但行吟。」「翹首庭闈萬里餘，白雲何處望吾廬。不才庢日成投筆，善病經年累倚閭。隨計再拋藝稷黍，過江一見問葫蘆。撫琴彈出梁山操，四壁蟲聲亦助予。」「壎篪越國復京華，兩地相思總憶家。詩思那從驢背得，秋懷偏感雁行斜。西風動地思班馬，夕照連天閃晚鴉。擬典鸘鸘拚一醉，莫教獨醒更聞笳。」「驛路書來問遠游，鰲峰峰樹正含秋。誰歟益者成三友，欲往從之付四愁。芋栗山中懷舊雨，蒹葭水際鎖寒流。夜來記得還家夢，蛙鼓池塘共泛舟。」「層樓迢遞俯清郊，每見秋瓜嘆繫匏。司馬昔惟餘四壁，杜公今更卷重茆。行無定着思尋卜，客作寬詞當解嘲。一事邇來聊自慰，玩心吞下《易》三爻。」「羞將縫掖對華簪，舊刺思投意轉慚。病骨那堪空冀北，羈心祇是望江南。侵寒遠樹皆凋緑，向晚西山轉滴藍。燕市不愁知己少，舊人處處過何戡。」「獨客支離滯異鄉，新豐逆旅此曾嘗。聽凰莫待青梧老，持蟹須乘紫菊芳。落拓草玄今尚白，蹉跎照鬢易成蒼。儒冠辜負雞聲願，一劍寒宵自吐芒。」

汪沆，字師李，號西顥，浙江錢塘人，諸生。制府程公所薦。西顥爲厲樊榭高弟，詩文秀贍。報罷後，客居天津查氏，循初繼往，主賓倡和，極一時之盛。其《集香雨居送田廣文還德州》一首：「殊方欣會面，雙鬢未成翁。官冷蘇夫子，經傳鄭小同。送梅衣上雨，□棹驛前風。西囿歸無恙，新篁拓百弓。」《渡江》一首：「對此茫茫喚奈何，揚帆一霎剪江過。蕪城樹□含青薺，瓜步潮回卷白波。年少敢辭行路險，家貧常苦别離多。何緣乞作西湖長，學取漁師舞短蓑。」《蘇州懷古》一首：「金閶門外喚停舟，蘆荻蒼茫八月秋。鶴去碧天留舊市，虎歸青嶂剩荒丘。至今猶抱黄池恨，往事終輸鳥喙謀。我欲梧宫酹杯酒，冷烟殘月使人愁。」《雨中過横塘擬訪友不果》：「之子三旬别，尋幽趁短橈。雨連山氣白，風挾樹聲驕。雲重忽輕夜，溪喧似上潮。經過不相見，一賦小山招。」《方花玉瓶歌爲吴丈歌》：「吴公嗜古天下殊，摩挲日愛雙璠璠。郢人已去不可見，嚄唶往往忘朝餔。杭州四月櫻筍好，緘書走召開行厨。入門一粲上牀卧，忽驚光怪騰蓬廬。攬衣逼視目錯愕，非敦非鼎非盤盂。誰歟作者號美手，花花葉葉相紛敷。上有雙螭蟠屈曲，下有卍字斜撑扶。玲瓏旁更綴兩耳，一髮不斷如連珠。寸莖幻作丈六相，雕蚶鏤蛤言非誣。我聞尤物世所競，巧偷豪奪無時無。雲烟過眼倏滅没，每令後死生欷歔。此物琢削疑鬼斧，玩物喪志非吾徒。吴公自昔多作達，什襲顧笑徒區區。詩成閣筆杯在手，雨聲颯颯來高梧。」《雪中查儉堂學禮出滄州陳醞會飲分賦得求字》：「酒經列品逾千種，我來遍嚼徒冥搜。邇來酒國第甲乙，南數越州北滄州。譬之嵇詞阮旨各有致，二者妙理當於象外求。直沽地接清風樓，鯉魚灣水緑似油，紅砂大甕家家篘。昨朝雙鴟遠自五壘城邊寄，恰值雪花門外吹瀌瀌。手如瘇瘃毛蝟縮，霜稜勁折銀貂裘。故人興發恣拍浮，開尊盎盎春意柔。不速之客周南張北中央劉，爲言漉藏剛一紀，二十三務無此清而幽。趙瑒熙寧酒課滄州二十三務。杯傳到手不復留，泥飲争效巢鶴囚。醉鄉自昔矜上頓，麴部便可營糟丘。人生何必萬户侯，釀王亦足傳千秋。坐聞枯樹鳴寥飀，羲和叱馭無停輈。

仰屋著書非良謀，何當移傍甑河古驛住，日夕茗艼卧看青天鷗。」《小除夕會飲香雨山房和儉堂祀竈元韵》：「爆竹連甍喧，夜火冷茶竈。攢眉擁深舍，頗愁詩吻燥。誰與醉司命，餘瀝招客嚼。滴粉薦牢丸，辛勤鼎娥造。擁鑪嚼復嚼，風土覶縷告。掃徑潔籩鉶，祝嘏冀神勞。禮本五祀崇，時亞八蜡報。我輩恥因熱，遑肯説媚奥。徵事及刲羊，撫掌更絶倒。黄金詎易成，誕語濫真誥。何如擄觚嬉，濁醪契手妙。門外鼓紞如，齋心默自禱。」《雪後送周朗庵還山陰即用留别元韵》：「軟語離堂燭影殘，酒痕猶涴舊朝衫。飲如坡老剛三爵，才似劉公可百函。去路雪消秦望嶺，到家風卸剡溪帆。明年不負東游約，峋嶁同探上翠巖。」《游佛日淨慧寺》：「黄鶴高摩天，雪霽峰轉碧。入林歷幽寒，瘦藤一枝策。孤亭俯空澗，梅影淡將夕。半榻乞僧樓，聞鐘話曩昔。廊虚湛佛燈，筧接漱泉脉。宵分境逾清，春月靄微白。流聞長帽翁，詩板記陳蹟。我欲十旬留，誰能無物役。」《池上》：「又看池上柳吹綿，曲徑重來一惘然。花外倚樓人不見，苔痕緑到畫廊前。」

周京，字穆門，號辛老，錢塘諸生，援例入監。閣學姚公三辰所薦，時年六十。詩文古健，一掃繁縟。己未歲，與予同館果毅公林亭者五月，已而别去。曾和予《海棠詩》二首：「韋杜風光隔苑墻，緑陰多半是垂楊。已知春盡憐幽草，忽見花開在海棠。碧瑣窗前遲艷影，赤闌干外倚年芳。臣今老矣無心賦，鵻鳩聲中問采桑。」「高閣詞人賦大篇，毫端侔揣稱新妍。紛紅欲與花争麗，晚艷獨知春可憐。微雨未須窺色相，好風不爲妒嬋娟。碧雞坊裏誰相問，要是留詩且放顛。」《楊花篇》一首：「春當三月春風織，吹落繁紅復吹白。悤悤折緑上林梢，又送楊花滿簾額。卷簾坐看風中春，無情有情來向人。

十年客路淄塵滿，一夕春歸白髮新。楊花知是可憐生，無人愛惜隨飄零。有時欲捉捉不住，飛作池塘水上萍。浮萍浪跡鵑啼血，留得墻東一堆雪。忽然滚出打毬場，繚亂輕狂没分別。陌上人歌楊白華，飛來飛去落誰家。畫樓大半垂楊樹，費盡春風隔絳紗。」《經行上苑雜詠》十二首：「西直門通御路長，草芳沙軟落花香。平原十里青天影，看見斜飛鷺一行。」「暎街高柳逼天青，露出西山展畫屏。放眼春風一萬樹，緑烟和霧到金庭。」「行盡園林荒沼存，任人垂釣坐松根。問渠指是朱門徑，三十年前絶屐痕。」「碧檻朱欄賣餅家，閒來消渴一甌茶。清甘即是門前水，椀底沈沈散緑芽。」「天衢漸廠數名園，戚里王家各一村。最好幔亭清似水，緑陰深處樹當門。」「節近朱明入夏時，陰涼樹底步來遲。怪他柳絮真輕薄，只向閒人面上吹。」「遥望宫門欲到難，花開不敢近前看。隔籬上界無多地，金碧光中扇影寒。」「東西列屋是朝廊，絶少行人近日光。禁蘗周廻紅鹿角，立多時節在仙鄉。」「忽見猩紅小鈿車，出簷宫柳半陰遮。風光三月當春晚，滿路青青碾落花。」「橋西浴馬過橋東，潑剌金鱗入網中。水磨村看退朝客，華家屯樂上皇風。」「絲綸奏對集蓬萊，此日蕭閒我獨來。聞説至尊親策士，昨移天仗上平臺。」「一水淪漪繞鏡長，近依清禁有山莊。太平人在仙源住，擪笛聲輕過短墻。」

申甫，字及甫，號笏山，浙江西安人，本籍江都。浙江總督大學士嵇公曾筠所薦。是科以布衣舉者五人：秀水張庚、鄞縣陳撰、南豐趙寧静、蒲城屈復，笏山其最也，詩文秀勁。後援例入監。今録其《送張育齋果之官長林》一首：「標格風流滿座傾，十年場屋舊知名。折腰爾亦憐初志，捧檄吾能諒此情。宦稿定傳《鹽鐵論》，郵籤兼記水山程。風塵不隔雲霄路，且自斜飛取勢行。」《詞科報罷送厲太鴻南歸》一首：「户外紅塵插脚難，爲誰牽率踏長安。壯夫自悔雕蟲技，名士人多畫餅香。我輩不妨還作達，先生何必定爲官。南歸正有千秋業，莫戀樵斤與釣竿。」又《送汪師李沆》一首：「草草離襟悵不舒，尊前聊復弟兄呼。城邊西日上寒樹，門外北風吹蹇驢。客路蕭條多聚散，詩人流落滿江湖。不應更觸鄉心動，花塢何年穩卜居。師李以《花塢卜居圖》索題。」《庚申立春後三日同人集周舍人西擎景柱寓齋》一首：「旅食京華人一春，青衫落魄酒痕新。春風簾外纔三日，舊雨尊前恰十人。我輩交情原耐冷，昔賢遺跡恐非真。是日西擎出示彩畫卷子，中有蘇黄諸公評跋。只須更約花時醉，聊與蘇黄作後塵。」和予《春初》四絶句：「客裏歌場冷似冰，春愁如酒力難勝。黄塵十丈東華路，舉扇何能障茂弘。」「不成空過早春天，柳勒餘寒未吐烟。賴有知音共陶寫，廢琴重理十三絃。」「彩毫休憶夢中春，輸卻瀛洲九斛塵。博得神仙須懵懂，故應與爾各知津。」「一官東野忒酸寒，憶侯元經。不信詩人遇最難。今日花前定相憶，三年曾共住長安。」其《送侯元經》詩：「侯生得官去，顔色慘不懌。臨歧爲我言，此行類遷謫。向來□場屋，雲霄期奮翼。讀書四十年，豈料擲今日。窮猿奔山林，得木不暇擇。念此平生心，耿耿未能釋。我笑謂侯生，君固非失策。家貧有老母，那得長作客。及親三釜養，樂與萬鍾匹。不聞古毛義，捧檄生喜色。一第何重輕，乃足爲君惜。君少負異才，一目十行疾。下筆不自休，詞瀾浩莫測。百川歸江海，萬怪恣惶惑。紛紛小儒輩，驚顧舌欲出。謂宜騁絶轡，千里事奔逸。十上竟徒勞，霜蹄嗟屢蹶。坐看駑駘姿，争先誇足力。況今數年來，風氣變已極。文章亂真僞，學術判南北。所以科目中，拔十纔得一。置君於其間，遇合杳難必。君今官雖卑，簿書亦有職。苟存心利民，百姓將被德。

對竹與哦松，餘事寄詩筆。俸錢甘旨外，足以供酒食。醉飽到妻孥，安坐謝耕織。豈不勝前時，騎驢滯京國。去去且加餐，長途多跋涉。士生不逢時，低心莫稱屈。」又《次韵和舒雲亭瞻即事詩》：「春風吹得帽簷斜，半日郊行興最賒。花片有情能逐馬，柳絲作態未藏鴉。青山近郭尋詩路，紅袖當罏賣酒家。不信閒愁卻無限，也如孤客到天涯。舒詩有『無限春愁』之句。」《送施竹廷鈞以，明經，候選縣令歸山陽次留别韵》四首：「聚散知難免，驚心客裏身。塵埃吾輩老，風土異鄉親。場屋聲名在，家庭樂事真。清淮平似席，安穩羨歸人。」「預報行期近，緘書破遠愁。漫誇官職好，曾費别離求。明月白千里，梅花香一樓。到時春釀熟，免脱鷫鸘裘。」「墨綬行當綰，能寬捧檄情。如何臨别語，更作不平鳴。歲月供來往，雲山管送迎。後期應勿負，柳色暗春城。」「也自知予懶，催成贈别詩。未須嘲小草，且復詠將離。林際霜痕淺，鴉邊日影遲。好摹横幅景，留用慰相思。竹虚工畫。」《查氏午晴樓小集和東坡韵》：「春烟漠漠午晴烘，半醉登樓一望中。微暖漸消堆砌雪，輕寒猶送押簾風。一時裙屐推斯地，千古文章重此翁。唱和便須排日去，可能重放緑樽空。」《試燈日水西莊雅集得來字》：「松門真似畫中開，恰好園林傍水隈。小閣獨憑殘雪外，春帆遥背夕陽來。柳烟漸欲籠書幌，竹月徐看到酒杯。商略歸途不嫌晚，唱歌聲裏踏燈回。」

姚世鈺，字念慈，號玫之，浙江歸安人，乙卯副榜，今改名汝金。兵部侍郎吴公應棻所薦。廷試卷已擬呈，因字多塗改，復落。今薦纂修《三禮》。詩文秀雋，尤工絶律及駢四儷六之文。其《詞科報罷留别》四首云：「一寸心香冷復温，縱非惜别也消魂。無才曾飽侏儒粟，有夢重排金馬門。世上敢言青眼少，山中猶覺白衣尊。文章報國談何易，身在終須答主恩。」「并刀剪斷繭絲棼，茵溷原來命早分。三試人憐韓吏部，數奇我類李將軍。幾番戀闕瞻紅日，是處回頭見白雲。細算生涯歸早得，免教猿鶴悵離群。」「鑾坡載筆氣飛揚，自喜雕蟲有寸長。紙上忽疑蠅點壁，天邊愁煞鼠拖腸。不堪弱體同王粲，最是浮名誤孝章。一賦《子虛》成底用，漫勞知己費評量。」「不用天邊指少微，緑簑青笠占漁磯。平生未敢求温飽，吾道還堪驗瘦肥。汾水西風留鶴夢，王孫舊館剩荷衣。隱居我意殊种放，未必名山計便非。」《古劍四絶》云：「齊金楚鐵擅名高，碧血模糊舊戰袍。不躍不鳴兼不化，問渠何處異鉛刀。」「光閃芙蓉鍔冷秋，摧剛到底不能柔。最憐土暈銅花後，生氣猶然貫斗牛。」「短匣埋藏可奈何，酒酣聊復一摩挲。瘢痕如畫英雄老，爲爾重添血淚多。」「食魚客舍富盤餐，長鋏無勞一再彈。看到匣中三尺水，九龍夜吼萬星攢。」《舊鏡次沈編修篙師韵》二首：「無遮光裏見如來，銀水飛精寶月開。一自□□□玉井，更誰浣露認珠胎。揩磨合待五輪指，位置依然七尺臺。爲是觀河知面皺，任他奩篋滿堆埃。」「兔華如水燭如銀，杜鬢潘毛取次新。冰雪肝腸吾自見，風沙面目爾曾親。誰教塵土埋藏久，知否英雄涕淚真。相對兩非皮相者，寒銅瘦影並須珍。」

鴻爪録卷三

山陰周大樞

劉玉麟，字麟兆，一字蘇村，山東菏澤縣人，丙午孝廉，任觀城教諭。巡撫岳公濬所薦。廷試入二等，官翰林，改名藻。杭堇浦作《方鏡》詩，和者皆次韵，蘇村獨賦五言排律五十韵，今録其詩曰：「玉匣開丹地，空明一鏡方。似圭能照物，如水復盈塘。掩映千秋色，縱横十字張。四規裁月暈，三尺露星芒。稍别軒轅鑄，應殊尹壽藏。生花當雪案，寫卦倚冰牀。皎皎雙成勢，稜稜百鍊剛。雲屏粗仿佛，金剪細裁量。恰印仙瞳子，還分半面妝。增輝仁壽殿，影麗鬱金堂。傾國傾城處，欲顰欲笑旁。菱華明藻井，粉絮溼釵梁。半暈眉間碧，全塗額上黄。依依來綽約，眇眇出清揚。許近彈棋局，還隨織履箱。曉眠迷蛺蝶，閒筆畫鴛鴦。小院春如此，深閨夜未央。渾難分子細，急不得端詳。慘淡徐孺子，蕭條聶隱娘。紅顔同寫照，白髮兩披猖。今日苕溪製，群推薛氏良。磨礱分正仄，矩矱辨微茫。滑比初攻玉，瑩如乍截肪。窺形無轉動，入手不低昂。屉似珊瑚柙，奩兼翡翠裝。雖無銘在背，亦有繡爲囊。洞穴符清潤，容成許頡頏。美人家堇浦，望姓接餘杭。出入承明殿，飛騰翰墨場。濡毫窮八法，論史擅三長。飲是蘭調露，衣將蕙作纕。使才工爛漫，舞袖善郎當。韵疊凌江總，疏成奄魏皇。連篇皆錦字，屬和悉瓊章。笑我頑成鐵，披來望若洋。步趨難急就，辛苦識凡將。最恨清光破，誰能夢寐忘。銀箏空索寞，錦瑟倍淒凉。檻下芙蓉隱，臺邊鈕鎖亡。擲當迷魯婦，傍去泣温郎。竟使辭徐淑，何緣見樂昌。哀絃操《别鶴》，離怨寫《求凰》。漫賦山雞舞，相隨海鳥翔。春池頻點筆，曉漏試含香。圭角難諧俗，清疏未是狂。移來朱雀巷，頗近碧雞坊。繞户三秋漲，當庭一檻凉。清輝浸白璧，銀漢接紅墻。鳳舞翻新稿，龍盤擷衆芳。不須尋負局，虚室自生光。」又《次韵答周石帆》一首：「好山無數畫樓西，夏木陰陰雨脚低。花放半巖紅靺鞨，池鋪千頃碧玻瓈。深憐夜榻高人話，每誦蠻牋小字題。杜曲同人相别久，何能没馬踏青泥。」

王祖庚，字孫同，號南汀，江南華亭人，丁未進士，任興縣令，遷主事。山西巡撫石公麟所薦。今録其《納凉聞笛》云：「碧空如水淨無雲，斗轉參横夜欲分。長笛不知何處起，好風偏送此間聞。江梅片片傷春暮，岸柳絲絲怨夕曛。曲罷無端倍惆悵，階前凉露□紛紛。」《泛泖即事》云：「扁舟泛泛水雲通，露白葭蒼我欲東。暮氣乍分濃淡處，烟光不盡有無中。雁飛影落遥山月，帆轉聲隨隔浦風。爲問篙師宿何所，荻花洲里傍漁翁。」

邱迥，一字拙村，江南山陽人，貢生，年六十五。巡撫顔公琮所薦，廷試被黜。曾有《翼堂詠物詩》數十首，頗著麗句。其《白燕》二首：「于飛雙剪一齊開，學舞新將白紵裁。不着紅襟誇麗質，尚嫌紫頷是粗材。遊絲飄絮春同夢，簾額簷牙雪共迴。二月輕寒風不定，玉堂容易去還來。」「禁烟時節百勞分，涎涎花陰一片雲。小字風流趙皇后，淡妝新寡卓文君。側身甘讓寒鴉色，顧影難調野雀群。巷口當年丰韵别，呢喃猶認舊聲聞。」《牡丹》一首：「飄來湘水裙邊緑，奪得仙桃頰上紅。金屋貯將猶未愜，玉臺歌盡豈云工。群英但覺開無益，造物懸知力也窮。一盞香醪從東燭，人生才不負春風。」《白茶花》一首：「臘月開花春未殘，嶺南名卉擅奇觀。攢柯那待春風緑，流彩都忘夜月寒。不睡幾銷銀蠟燭，無言長倚石闌干。昨來别識東皇巧，承露新鐫小玉盤。」《竹夫人》一首：「玉骨冰肌暑夜中，炎氛潛向枕函空。長於錦瑟横陳夜，涼共桃笙一覺同。那避疏帷鑒明月，乍和團扇怨秋風。閒來向壁無渾語，惟帶湘妃淚點紅。」

吴檠，字青然，號半園，江南全椒人，諸生。巡撫王公紘所薦。半園詩文秀美，有《咫聞齋詩鈔》一卷，兼工詩餘。今録其《桑根三隱詩》一首：「鬱鬱桑根山，林壑何迤邐。中有巢許倫，高蹤傳鼎峙。南隱卧閒雲，北隱耽清泚。中隱嘯鸞鶴，遺響□空裏。不知何代賢，無乃循蜚紀。石室閉深巖，時有青霞起。千緬冥鴻埋，照欽遐□□。多事笑三高，猶自留名氏。」《丁姑祠》一首：「社鼓村巫息日稀，丁姑祠畔野花飛。前津牛渚無風浪，昨夜縹衣青蓋歸。」《紅梅》一首：「高樓玉笛莫清歌，腸斷闌邊血色羅。大庾嶺頭朝日麗，含章殿裏晚霞多。潮生杏靨愁如許，淚點榴裙奈若何。絶艷年來芳信負，夢回紅燭影婆娑。」《江行大風》一首：「遠漲秋無極，晴空走怒雷。烟收千岫去，濤挾萬山來。吴楚中流合，江淮天塹開。乾坤飛動意，矯首重徘徊。」《中秋泛舟秦淮有懷同學》：「飛蟾下石頭，清漏傍孤舟。露氣三山夜，江聲六代秋。天空低象緯，波静隱沙洲。叢桂淮南發，王孫起暮愁。」《曉次舒城》：「龍舒開北峽，平野入蘄黄。梅尉仙蹤渺，周郎故宅荒。山城飛宿雨，土銼帶殘陽。日暮停車處，春愁菜莢香。」《子夜歌》二首：「儂願爲珊管，掌握郎纖手。欲寫定情詩，含毫時在口。」「儂願爲珠鞭，共策青驄馬。隨郎去天涯，不指章臺下。」其餘若「春回三輔地，酒對武陵人」、「鳥歸山外影，人語樹中聲」、

「孤僧影入溪雲亂，清梵聲移落照斜」、「秋聲懸落木，夜色入深戹」、「月濃疑積霰，燈細不成花」，皆佳句也。

胡期頤，字永叔，號樂全，湖廣武陵人，監生，原任臨江知府。江蘇巡撫顧公所薦，年五十八。永叔精於奇門六壬之學，曾爲之賦，詩文秀麗。丁巳秋，曾見其稿，不及録也。今得其《題杭太史松吹書屋》詩一首：「鬱鬱兩高松，盤空作□雨。下有淡宕人，倚松聊結宇。清吟和幽韵，嫋嫋音如縷。有時發長嘯，九天鸞鳳舉。有琴不泛彈，有瑟不泛鼓。祇此松籟鳴，希聲追太古。歲寒君子交，舍此更誰伍。」

程廷祚，字啓生，江南上元人，廩生。巡撫高公其倬所薦。有《廣陵懷古》四首：「名都形勝豈徒然，獨眺寒蕪立暝烟。百二關山通紫塞，三千江路入青天。佛貍風卷驚沙際，龍馬春歸野渡邊。羽扇何人揮正好，緑楊隄上月初圓。」「將離開罷客揚州，芳草迷藏舊□樓。《水調》歌殘空灑淚，中原鼎沸不關愁。秋風弔古無螢火，夜月思君剩玉鉤。猶有墓田斜照外，飛花片片送行舟。」「畫舫笙歌醉緑汀，隔江山色向人青。二分明月腸堪斷，一覺芳春夢不醒。梅影瘦殘官閣冷，齋鐘冷落四門扃。竹西漫説當年路，曾記樊川載酒行。」「吹笙何處怨夫君，帝子樓空甲乙勤。繁露寺前猶舊德，甘棠埭畔有清芬。瓜洲高擁江間浪，北固晴飛海上雲。賦罷蕪城風雨過，教人重憶鮑參軍。」

錢載，字坤一，號根苑，浙江秀水人，壬子副榜。制府上蔡程公所薦。根苑詩文清麗，刻意吟詠。其省試《練時日》樂府極佳：「練時日，從上辛。皇仁孝，賓百神。霄烟熅，靈之游。横八極，眷皇州。

靈之車，雲龍雷。孔翠〔一〕，聲以飛。靈之下，赫婀娜。祥雲瀏，涷雨灑。靈之來，驅嶽瀆。紫焰熛，雨風肅。靈之至，青靄亭。協氣媾，牡粢馨。靈已坐，浩歌舞。嚴壇熙，備得所。金支樹，織阿通。樂廣樂，陰陽筩。靈安留，憺融融。四序序，匹乃宗。丹之帷，春靉靆。童男女，綽華采。申桂椒，侑歆飫。僾明靈，惟緼豫。景星煉，甘露瀼。萬國光，永未央。」

【校勘記】

〔一〕按，本句有脱字。

杜詔，字紫綸，一字雲川，江南無錫人，壬辰進士，原任庶吉士。大學士嵇公曾筠所薦，時年七十三，辭不就試。今録其《花朝集王氏清聽軒爲郭于宮賦》一首：「蓬萊無仙休笑人，翡翠共戲蘭苕春。暖云摇緑相鮮新，珍珠船激波鱗鱗。蕩漾春心動春酌，絲肉横飛歌間作。拍手擊碎珊瑚聲，玉山甸線呼狂生。香霧迷漫隔簾看，細數春星夜將半。前度劉郎歸不歸，樓角風燈日淩亂。」此詩雜飛卿集中，殆不復辨别。

汪祚，字惇士，一字菊田，江南江都人，庚子副榜，候選縣令。左副都御史陳公世倌所薦。丙辰秋試，菊田與予相遇於號舍，時予瘧作，擬納卷出，菊田勸予隱几少卧，適炊熟，又飯予，備極悃款。時年六十二，矍鑠如少壯也。嘗見其書家信後《寄子》四首，今録其一：「辭家歲月疾於馳，又值春深夏淺時。座上有花兼有酒，客來能畫亦能詩。雲霄騰趕開新路，風雨漂摇失舊枝。予家賃屋而居，時爲人贖去。

寄語兒童添近課，每朝攬鏡鑷霜髭。」又曰：「似燕營巢常處處，送人作郡是年年。」「景物喜隨新節改，姓名羞向故人通。」皆佳句也。

朱厚章，字以載，號藥庭，江南崑山人，廩生。開府高公其倬所薦，未及廷試而卒。所著名《多師集》。藥庭少與嘉定張南華太史齊名，南華鵬翀有《題故友朱徵士集後詩》一首：「中年哀樂長多感，況復懷人心慘慘。夜臺寂寞閟玄文，開篋漼漼淚難掩。憶君弱冠定交初，萬丈虹霓欲爭攬。崑山良玉發光華，練水微波映涵澹。愛君折節重多師，事事精能心若欿。步屧東軒酒初灑，放棹北田花發菼。聯吟痛飲知幾何，十載寒魚同聚糝。壯年書劍事薄游，千里山川供歷覽。詩筒贈寄不辭勞，雲樹江東情暗黲。我酬一第傷晚暮，子負高名憐軻轗。回頭已覺聚時稀，鬢髮□髟霜似糝。把臂話清游，池閣半餘紅繡毯。年前聖主開詞科，聞子見徵來抱槧。我時歡喜告同僚，孤關寒燈舒玉菡。峩冠闕下曰于于，幾度望君來不蹇。徵書那省訃音隨，愁緒劇憐兵氣憯。一編遺草字半漫，萬丈爇天光詎晻。才名略比《封禪書》，會待填金高石礉。黃門寡婦賦酸辛，紅淚提孤兩髦髧。欲歸唁問怕傷神，宿草墳荒久終禫。酒闌燈灺讀殘篇，時有奇光發黯黮。把君詩句配《離騷》，名士由來多壈坎。細探格律妙毫顛，融液精華銷糝䊮。直同崖蜜味中邊，豈待微甘回苦欖。五言況復擅長城，山嶽森嚴誰得撼。如何我能謬見推，平生嗜好同芰歜。傳抄什襲籍西窗，戴君范雲每手抄予兩家倡和詩。手澤尚留餘墨黕。門生獨恃侯芭賢，金氏昆仲將爲校刊。遺胤幸殊韓昶闇。京華舊好共題評，玉洲、確士諸君。編校更無毫髮憾。縣購千金合有時，減增一字知誰敢。酹酒無緣愁痛腹，論文自昔傾狂膽。每將我畫儷君書，處處欂蒲裝錦瞟。衹今塵壁賸題辭，初日尚含新菡萏。手隨鍾子絶危絃，口愧易牙齊衆喊。夢中天篆久同呑，世上浮名何足啖。直令萬古長光價，足爲生平消顑頷。衹恐修文骨尚寒，青袍地下還如茨。」

劉綸，字繩庵，江南武進人，廩生。學使張公廷璐薦之，年二十六歲。廷試入一等一名，官編修。其《山雞舞鏡》詩云：「山禽自是饒珍致，舞入銀華意更閒。乍啓雕籠驚的爍，旋開寶匣訝璘斒。空明彷佛寒潭上，來往依稀夕照間。顧影未〔須〕憐刷羽，窺奩何計憶棲山。風翻錦翼纔飄袂，日映花冠卻整鬟。赴節婆娑矜獨立，回身綽約喜雙攀。空花蹴處簷枝亞，虛翠交時蘚砌斑。似擬投林齊戢戢，可能對語便關關。雲迴雉尾還呈態，月轉螭頭尚照顔。如許攬輝依鳳闕，定教接翅起鵷班。山梁從説棲遲好，畫檻寧辭飲啄慳。冰鑑尚容長耀采，微翎雖倦豈知還。」《同年公讌》二首：「雪圃光風蕙草舒，盍簪來及好春初。重開縹碧迎年酒，罷校丹青隔歲書。入座明燈餘暖照，羅盤細菜尚生疏。經旬散直耽清夜，不趁官街司鑰魚。」「鵝笙象板坐分曹，高會春明亦足豪。寂寞吾徒成異曲，殷勤前輩許同袍。閒來燕市呼連騎，夢到江鄉看戴鼇。一事笑人仍結習，劈將矮紙促揮毫。」

汪士鍠，字鈞宣，江南休寧人，副榜。直隸總督李公衛所薦。廷試入二等，授庶吉士。有《筠川書屋集》，今録其《短歌行》一首：「昆吾之劍，切玉如泥。將來補履，不敵一錐。裹糧策馬，氣凌青霄。有志未就，馬鳴蕭蕭。雖有河廣，不滿漏卮。雖有雨潤，不活枯枝。君子舒徐，小人局趣。君子馳驅，小人彳亍。燕棲於梁，鴻集於渚。自得所宜，各求其侶。春鳴倉庚，秋吟蟋蟀。坎坎擊鼓，且以永日。」《捉搦》四首：「欲得酒嘗須栽稻，欲得馬肥莫惜草。壯士多金意氣好，小姑早嫁有孫抱。」「嵌空玉轡黄金絡，武陵年少來彈鵲。緑楊影裏遮簾幕，何不通媒求一諾。」「楚楚庭中一樹杏，花開千葉照園井。墻外誰家游騎騁，當頭驀見鞦韆影。」「衫子稱身兩袖短，全體雖温手不暖。阿娘許嫁佳期緩，外面强笑中腸斷。」《怨歌行》一首：「青陽不可挽，朱明來已昨。荷錢浮緑波，叢篁解新籜。榮華各自得，揚光浮六幕。美人嚬青蛾，下階采紅藥。芳馨滿懷袖，青雲不可託。枝間鶗鴂鳴，年華坐零落。日邊憂思盈，對酒不能酌。無情天邊月，皎皎照珠箔。」《前溪歌》二首：「堤畔垂楊樹，百尺映清流。可憐溪上水，只解送行舟。」「溪東一片雲，溪西白日明。相隔無多遠，已作兩般晴。」

趙昱，字功千，號古林，浙江仁和人，貢生。户部侍郎李公紱所薦。有《高麗用山谷韻同杭堇浦厲樊榭作》[一]一首：「雞林之墨堅畫紙，擣試藥圭審疑似。《重修政和本草》：高麗墨貢入中國，不知用何物合和，不宜入藥。海天需伴筆札來，紫服羅巾給房子。《高麗圖經》：房子，使館之給役也，其服文羅頭巾、紫衣，又善筆札。兩丸分遺松聲寒，麝香月墮青峭山。從金謝卻李公擇，鈔取略盡相知間。」杭作云：「玄光炯炯漆滿紙，兩笏松烟堅鐵似。遠函珍重貢雞林，贈貽我愛唐夫子。見東坡《孫莘老寄墨》詩。黯點尚帶鴨緑寒，卻與寶晉伴研山。象胥乞寫海東歷，位置白豬黄豪間。」厲作云：「樂浪松肪薄於紙，一挺崑崙耳形似。若教持伴館中人，風鬟應寫嬋娟子。金蔡松年使高麗，爲館伎賦《石州慢》詞，有「雲海蓬萊，風霧鬢鬟」之句。見劉祁《歸潛志》。知君憐我凡格寒，遣送海雲生硯山。野人不草外國傳，但吟小句菰蘆間。」《丁敬身用山谷韻乞高麗墨僕無以應也遺之流求扇以償之復叠前韻》：「硯光點漆可鏡紙，烏玉玦形毋乃似。松烟恨不貯三丸，二墨一贈尺鳧，一贈太鴻。□餉鸞牋寫丁子。科斗一名丁子，敬身善篆書。幾日舶趠風吹寒，摺扇宛轉來中山。珠宮冷氣壓三伏，合置先生懷袖間。」太鴻和之云：「排日詩筒遞連紙，扇痕一握苞苴似。也知摺疊出鯷人，卻勝織濃掃螺子。往往詩臞六月寒，船回落漈來閩山。動摇更想梅花手，可資談柄於林間。流求女子多以墨劄手背成梅花。」

【校勘記】

〔一〕「高麗」後疑奪一「墨」字。

程川，字鄘渠，號春雲，浙江仁和人，貢生。制府上蔡程公所薦。所著有《春雲文集》。曾作《五鳳樓賦》，予最賞其「萬里平臨，萬家春樹；九州下視，九點蒼烟」之句。今録其《富春江行曉雪》：「白雪黄沙岸，春城曉見花。樓明天外月，簾卷雨中沙。桂楫乘空擊，江波泛影斜。飄飄何所似，身世一浮槎。」《送人歸湘潭》：「君豈江湖客，今違廊廟心。長安春正好，湘水去何深。壯氣虚燕市，高歌發楚音。三年欣聚首，惜别顧分陰。」《登華石山》：「鬼斧分西華，天生一削餘。懸崖初拔地，流水自成渠。拏石松鱗老，留雲秋壑虚。何當幽興發，卜此數椽居。」《送吴工部之盛京》：「張釋爲郎自有名，一鞭奉使佐陪京。東西遼合三春水，山海關過萬里城。注就《考工》書一卷，人歸粉署月雙清。要看尺度除淫巧，留取冰心映玉衡。」其《詠菊》云：「開時宜對酒，淡處亦如人。」《贈僧》云：「禪心粘絮老，詩思入雲多。」《詠梅》云：「一心直領萬花開。」皆可吟詠。

劉鳴鶴，字皋聞，江南陽湖人，廪生。學使張公廷璐所薦。丁巳秋，訪予於石頭寓館，往來最熟。嘗有《送洛陽張雄圖歸里》詩：「中州碩士人倫師，古心古貌世所希。我來京華見恨晚，時時過從心相依。君家百忍傳同居，先生醇行舉國推。更兼詩才似張籍，凌雲健筆何紛披。得失浮雲幻蒼狗，萬鍾於我真何有。知己盟心道不孤，雲夢胸中吞八九。忽來告我欲歸去，我心先到君歸處。漫作長歌當贈行，珍重來期慰情愫。」又《送秦涇歸却陽》：「同心半雲散，寂寞京華路。子行我獨留，何以慰衷愫。延州倜儻人，謂吴檠。清河膠漆固。謂張雄圖。相繼辭金臺，掉頭不肯顧。秋氣漸侵衣，風振蕭蕭樹。易水將欲寒，公乎急須渡。令子相追隨，無憂途窘步。告我駕驪駒，我云君少住。永此朝夕間，三杯論酒數。愧我無兼金，贈言慰遲暮。」又《和秦涇梅花一絶》：「一枝春破隴頭寒，莫厭調羹氣味酸。已唱陽關折楊柳，更吹玉笛倚闌干。」

曹秀先，字芝田，號冰持，江西新建人，壬子舉人，任中書。丙辰成進士，改庶吉士，故不與。廷試嘗見其《聖主躬耕藉田》詩六首，今録其二：「農事祥開萬井春，繪成《無逸》上楓宸。周詩千耦邦家慶，月令三推典禮遵。肇祀卜年長卜世，吉蠲元日擇元辰。齋宫漏轉排天仗，片刻龍城雨露新。」「耕織嘉禾各繪圖，我皇繼述啓苞符。星明五穀開銀甕，露浥三危浸玉壺。太史簪毫書大有，老人鼓腹向康衢。薦馨明德昭全盛，《清廟》《生民》播遠謨。」

王煚，字晉三，號雪子，浙江仁和人，庚子舉人。内閣學士姚公三辰所薦，時年六十二。今録其《朱鹿田工部席上用楊孝廉韵》一首：「竹林二阮奏清風，妙手從無虚發弓。迭見新裁撩群雅，不聞變體感邛烘。旗亭聲徹雙鬟女，雒綺家傳長鬣童。每過玄亭思載酒，愧無奇問但雕蟲。」

祝維誥，字宣臣，號豫堂，浙江秀水增監生。奉天府丞王公河所薦，以不合例不與試，後中戊午鄉試。兼工詩餘。有《次韵棗花》一首：「纂纂歌聲尚未諱，東鄰幾樹緑陰賒。小材也自能懷赤，佳果須知不在花。清馥微聞真淡漠，弱枝細綴異穠華。比來饒有成材處，吹遍南風野老家。」

南昌齡，字念貽，號蘭田，湖廣蘄水人，監生。兵部侍郎吴公應棻所薦。今録其省試《賦得新秋歸遠樹》一首：「秋樹横江遠樹微，登山臨水送將歸。青林楓色疑含雨，蒼洞松陰欲帶暉。望去如添千種碧，看來消卻一絲肥。不知當日王摩詰，曾寫秋村寄竹扉。」其《江漢澄清賦》不具録。

王起鵬，字翩如，號谿堂，浙江歸安人，拔貢生，山西清澗令。巡撫碩公色所薦。今録其《送杭大宗孝廉南歸和全謝山韵》二首：「燕市悲歌憶漸離，客愁無賴又臨歧。黑貂雖敝猶存舌，青雀將歸已放眉。晚色郵亭籠短帽，秋風江店冷殘巵。憑君别著新詩卷，好去窺園當下帷。」「西子湖邊舊主人，荷香柳影總比鄰。潮聲夜雜窗前雨，木葉秋添澗底薪。寸草且將娱白髮，三年姑去避風塵。畫船蠟屐閑來往，更着陶家漉酒巾。」

黄世成，字培山，號平庵，江西信豐人，丙辰進士，任禮部主事。兵部尚書甘公汝來所薦。今録其《題芍藥圖》一首：「維揚瓊花不復開，過客猶繞瓊花臺。當時好事傳遺韵，績出春光如發醅。燕都四月開紅藥，園丁嗜利捆載來。帶葉披枝市恐晚，酤遭剪刈猶蕁蕁。豐臺道上車馬填，樊圃槐根曾一飯。此會於今已六年，眼中仿佛空千畹。羡君命駕出郊關，獨背紅塵向青巘。新詩逸興豁余胸，恍並乘風歷仙苑。何能種植伴漁樵，臂鞲解帶圍織條。珍護相憐風致饒，丹青一藉神手描。天涯詞客早同趣，捉筆寫倣成風謡。嫣然索笑如在目，一幅清芬放晴淑。思從借覩嘆無由，折贈空吟訏且樂。不識瓊花如更生，貌來孰勝應相角。」

馬曰璐，字佩兮，號半查，江南甘泉人，監生，候選知州。通政趙公之垣所薦。杭堇浦云：「半查藏弆之富，甲於海内，體若不勝衣，而神氣清遠。」其詩深自韜晦，流傳絶少，所見者《遊冷泉亭》一首：「鐘韵一星星，幽尋獨此亭。山從入寺好，泉欲過時聽。冷氣怯春服，清輝隱翠屏。我來巖下坐，刻石記曾經。」

趙信，字辰垣，一字意林，谷林弟也。仁和附監生。通政使趙公之垣所薦。今録其《夏五雨後同樊榭登隱几山樓望江湖諸峰寄古林五兄客茸城》一首：「高樓雨初歇，微風散林溽。夕氣生四簷，積翠撲雙目。杳靄翳湖雲，無心自相逐。南睇江外峰，峰峰立青玉。新水流潺湲，下視合苔緑。昔遊跡半達，流光如轉轂。言念吴淞間，烟波泛晴渌。好山各自看，歸來話簾燭。」

梅兆頤，字□□，號恕漪，江南宣城人，諸生。安撫趙公國麟所薦。梅爲都官後裔，重梓其祖詩集，工八分書。時年六十四。今録其《胡舍人泰舒曁比部令弟海查招同高際雲集飲詩四兄象虚適至京賦此志喜》：「卅載同心友，皇都喜盍簪。君尤荆樹合，我共酒杯深。仕宦讓年少，閒游愧鬢星。僦居惟隔巷，秉燭路堪尋。」

汪臺，字抱樸，號□□，浙江仁和人，廪貢生。内閣學士姚公三辰所薦。今録其《題東河旅壁》一首：「水沙清淺馬徐過，刺眼桃花可奈何。蕩漾春風吹月上，一宵鄉夢在東阿。」《丙辰應詔北上復於旅壁見魏功夏和作因於景州店舍和功夏題壁一絶》云：「小住聊嘗竹葉春，旗亭畫壁兩詩人。枕邊屬和清無寐，窗罅横分月漸新。」

陸枚，字實君，號耨亭，江南吴縣人，諸生。詹事王公奕清所薦。嘗見《題吴禮部覲揚煒夢遊黄山圖》詩一首：「靈境忽以遘，谺然巖壑開。言尋廣成子，落日軒轅臺。浩浩雲如海，垂垂花復苔。天雞曾未唱，三十六峰迴。」

方觀承，字問亭，號宜田，江南桐城人，諸生，以薦官中書。詹事王公奕清所薦。有《西園上巳和胡舍人泰舒韵》二首：「曲水依芳淀，高吟朗玉宸。新晴元巳日，舊事永和人。岸草遊痕淺，宫花晝漏匀。良辰在休沐，祓濯亦閒身。」「故國幾千里，韶光暮復晨。京花遲閏身，江柳暗深春。蠶女衣相浣，漁舟水正新。青溪與三泖，歸路兩無塵。」

張敘，字冰璜，號鳳岡，江南鎮洋人，壬子舉人。湖南巡撫鍾公保所薦。今録其《臨雍詩一百韵》：「一畫開天後，尼山集大成。百王循軌轍，萬祀儼墻羹。日月光重旦，乾坤元起貞。太和景運合，當代聖人生。出震符先握，乘離繼照明。道將時並泰，福與德俱亨。直契時中秘，還深好古情。生知天所從，博學藝難名。併作經綸展，俄看教化行。巽風翔蔀屋，解澤被庠黌。優禮申蒲帛，敷文偃甲兵。已欽皇極建，早覩泰階平。訪落懸金鏡，修常産玉瑛。歲陽三改律，春仲載鳴鶊。紫禁烟花繞，青郊芽甲萌。上丁初詣奠，下浣復親耕。加獻崇明德，增推軼舊程。經筵中特御，華蓋迴高撐。

咨範歌雝鷺，陳書得渭璜。名賢師善卷，舊學式阿衡。淑氣回三輔，儒風溥八紘。臨雍遵鉅典，法駕備晨征。霽靆祥雲覆，曈曨旭景晴。句陳森羽衛，格澤建千旌。拂露花迎佩，籠烟柳囀鶯。三英飄翠蓋，九曲颺朱纓。鳳輦徐徐動，春雷隱隱鳴。槐街風綽約，璧沼水澄泓。釋典威容肅，升階步趾輕。隆儀物莫逮，精享意彌誠。薦幣殷圭璧，搴芳雜芷蘅。更張九奏樂，何假五侯鯖。雅曲聞《韶濩》，清音掃笛箏。逢逢鼉鼓吼，噦噦管聲喤。幬舞疑翻鷺，華鐘正發鯨。天顏深有喜，神格静無争。闔廟儀方畢，升堂經此横。虎闈重素席，龍幄啓朱閎。精一宣天則，中和醒世酲。遺編迎刃解，彝訓軋霄崢。十丈紅塵去，千函寶鏡呈。質疑容弟子，問難及公卿。同異追渠閣，敷陳比邇英。壁書兼鄭禮，孔葩傳敷培。要義畫程朱，合麟編趙并。禮家煩聚訟，纂疏砉開盲。大義昭如豁，微言善若令。金臺紛載縱，石鼓響懸珩。夾道聲無雜，圜橋塵轉清。絳雲扶繡幕，麗日焕雕甍。奉几尊三老，鋪筵介五更。散金光有爍，酌醴色微頳。東草春暉煦，秋霖夏屋帡。生徒增百輩，校舍廣千楹。玉液恩波泛，金莖仙露盈。芹芳應普掇，桂榜更添擎。在昔膠庠地，常多絃誦聲。養賢儲國器，造士作周楨。棫樸騈靈囿，葭蓬茁鎬京。思皇瞻濟濟，求友聽嚶嚶。西美音誰嗣，東周夢忽驚。辟廱長寂寞，闕里獨崢嶸。繡紱披麟角，祥光降水晶。杏壇滋雨潤，木鐸發□聲。六籍資删定，三千遠擔簦。師門標祖範，學的樹侯正。洎漢知崇祀，由來盡奉盛。褒從列代益，典自本朝宏。聖聖燈傳燦，心心月印瑩。生民俱未有，道脉自相賡。累葉仁漸士，純熙澤偏氓。盈疇蕃黍稷，滿沚育莪菁。甘雨時時澍，薰風户户迎。兹逢新令甲，益復慎先庚。崇聖居黄□，興賢錫大烹。靈宗旨與祭，末裔盡稱觥。況荷宸心眷，重煩睿藻評。兩聯分嶽峙，四字矗天晶。鸞鳳章騰聳，蛟龍勢攫勍。文明敷外炳，和粹釀中弸。草偃環遐壤，風行自近城。探書來禹穴，覽史坐皇宬。士脱迷方困，人知積古榮。昭回賁草木，揖讓革笞搒。不歛田間穧，無分庭内荆。民心歸沕穆，帝眷倍紆縈。瑞麥抽青穗，嘉禾冒緑莖。慶雲輝爛錦，湛露味流瓊。率土騰三祝，鈞天振六韺。河清堪作□，鳳翽葉吹笙。身幸勳華覯，衷惟精白盟。戴游□蕩蕩，匪石矢硜硜。水性原宗海，蘭香僅滿阬。乘除上下舍，呫嗶短長檠。濫厠呦鳴鹿，思扳彩翼鵬。承風已解愠，望闕若登瀛。日表苕陵漢，天光晃奪睛。摐金始奏奮，戛玉飭歸琤。大德何從繪，俚言恐逐傖。葵心惟抱赤，長向太陽傾。」

魏允迪，字功夏，號懋堂，江西廣昌人，癸卯舉人。兵部尚書甘公汝來所薦。其《題景州旅壁》詩云：「驛路欣逢臘盡春，太平風景總宜人。早回萬里陽春脚，又是三年雨露新。」

王文清，字廷鑑，號九溪，湖南寧鄉人，甲辰進士，官岳州教授，後充三禮館纂修。巡撫鍾公保所薦。今録其《贈君山如一上人》一首：「不與神仙共岳陽，一龕獨在水中央。偶因菊綻知秋老，曾爲蓮開覺性香。衲破只裁雲葉補，廚空聊煮石花嘗。黄金擲與東流去，笑問東流底事忙。如一曾拾遺金不受。」

予以弇鄙，謬爲制府上蔡公所薦，時命乖違，入都數月，即爲痁疾所苦。廷試果落，有負所知之汲引。聊録舊作數首，綴於諸君子之末，質有道焉。《桂花》一首：「仙人夜控月中鸞，移取芳株世共看。應爲花多翻得瘦，自緣香重不成寒。天分金色連雲布，海借珠胎帶露攢。占斷清秋誰最賞，淹留唯是憶劉安。」《題花塢卜居圖送汪師李南歸》一首：「廣莫不借力，戢翼歸深林。達人齊得喪，蘿薜遺簪纓。小塢花冥冥，虬松倒危岑。山風鏗石瀨，併作窗中琴。落落濟世策，浩浩江湖吟。退則南山弱，進則高岡禽。」《燕趙多佳人一首同稚威循初作》：「佳人生北方，窈窕競紅妝。河間數錢女，邯鄲挾瑟唱。繡陌停車出，輕衫走馬長。春來相借問，何處不花香。」《踏春詞》四首：「白塔寺前紅杏花，株株深亞曲欄斜。尋常不許遊人到，盡日朝鶯接暮鴉。」「青幔紅輪金犢車，細腰束斷袋魚斜。嬉春歸去春如海，争説城南韋杜家。」「太液波澄繞未央，横天雙飲玉虹長。游蜂戲蝶争春暖，只有輕鷗片影涼。」「御河楊柳緑條條，客路三千惹恨遥。不及永豐坊裏樹，風前枉是最纖腰。」《峋嶁碑歌同稚威》：「昔在紫微趙公宅，肅拜衣冠神禹碑。雲霞滃起鳳螭攫，七十七字横穹陲。公言此碑豎嶽麓，風摧雨剥今垂垂。摹勒流傳自宋代，真者嚴閟無由窺。偶游長沙訪古躅，手搨是本珍敦彝。小儒舌撟疑荒誕，或云立石頌德非聖規。予時總角神膽怯，瞪目兀兀貌若癡。迄今星周更二紀，往往夢繞衡山崥。胡子博古爲怪魁，謂我試作峋嶁詞。夏后明德炳謨典，時時他説搜神奇。金函玉檢受蒼水，千尋鐵鎖巫支祈。元圭錫成四隩宅，登封祭告古誌之。衡山之高萬有八千丈，深林晝夜嗥熊羆。赤文緑字大若斗，負以九疇洛水之神龜。天文嚴重神鬼護，韓公搜索空漣洏。神物之興有時代，樵夫一指賢良迷。宋時何賢良致遇樵者，指示碑處，乃别刻嶽麓之頂，碑始流傳。別摹真體劚蒼玉，字字蹙浪流婆娑。潏如江漢過瀲冽，淋若淮泗行逶迤。流水伏見作清濟，□□一線横河馳。大哉聖人秉水德，同文一一垂型儀。還疑鑄鼎象物手，别作釱鬲鬻鼎鼐。雲紘雷回間異獸，侁侁駓駓頭鬐鬐。復如塗山玉帛集，萬國衣冠肅穆趨龍夔。何期四千餘載後，得見上古渾樸之鬚眉。信知此非贋作，俗筆軟媚何能爲。楊公沈公有譯義，峋嶁嶽麓滋群疑。明時楊慎、沈時喬皆有譯字，但碑云「峋嶁」，而譯者俱有「宿岳麓之庭」句，岳麓在潭州，去衡山甚遠，人以是疑其僞造。古文漢後傳久絶，黽龍雲穗誰其知。胡乃斧鑿混沌質，坐令遷鄙生瑕疵。我欲赤脚踏五嶽，遍訪殷盤周量秦漢金石遺。向平自非婚嫁畢，霞蹤矯矯何由追。不知還借趙氏本，盥手臨搨張堂基。飽餐古味吸沆瀣，一洗腥腐肝與脾。陽冰妙筆我安有，此志耿耿還空賫。尚仗胡君大作手，爲我繪出日月之髓乾坤倪。」《和朱助教博庵諱永濤，長安人千葉石榴》：「天風倒吹鶉火墜，細緑團紅密相綴。鑿空重迴博望槎，一枝種得扶桑蕊。青軒織竹光於刀，蟠花濃□香葡萄。千里欲吐不得吐，臯臯青天掛涼雨。先生大坐白晝間，晝幕綽綽圍妖鬟。石家蠟燭爛不剪，一曲高催玉輪轉。」《怪石詩》：玉河之濱産怪石焉，大者如拳，細者如彈丸，如果核，如蠃蜂、魚蟹之屬，千彩萬色。暇日偕魯孝廉劉如沿流選拾，得大小數十餘枚，貯以磁盤，置几案間，日夕玩賞。悲其文彩如是，而棄擲没埋於塵沙糞土之中，京華貴人驊騮踏路，未有過而問者，田夫芻竪又不知，天地閒曠，嗜奇如予等輩，孰能同趣。詩以歌之，兼慶此石之遭也。「先生愛文采，吞石記宵夢。四載落京華，碌碌笑勿用。寄跡上苑旁，西嶺供吟諷。舒舒玉泉水，漱齒甘如湩。其沙産嘉石，晶潤去磨礱。一一妙象形，天星夜芒凍。五色粲奇毛，觜瓜集幺鳳。或如韓嫣丸，或若汨羅粽。如栗復如漆，紅緑分蝃蝀。白者如仙人，剥芋棄餘饔。其紋亂烟霞，其細如鑷綜。草樹何披敷，叢生巧如種。疑是補天餘，媧皇戲摶弄。又疑墜地碎，五石書訛宋。獨步臨長堤，對此意彌動。俯取偕同心，不惜腰脚痛。聊學玉局公，攜歸作盤供。讚歎盡叉手，嗤點亦聚訟。此棄彼或取，品題各矜重。譬之好色情，獨賞不從衆。一出滿橐歸，計日若受俸。旁人笑我癡，打鼓騎屋棟。長安冠蓋客，沓沓喧騶哄。瓦礫視不殊，見與漁樵共。遇合適有時，我輩劇清空。風塵嘆沈埋，歲作荆山慟。三沐登齊累，鉛松擬同貢。貯以白玉盤，珪璋見伯仲。爛爛開文章，金門抵侍從。爲君發浩歌，竊比王褒頌。」《和劉如再次前韵》：「翩翩五色鳥，飛入羅含夢。精華天所私，文章終適用。昔人重聲價，樵豎争傳諷。譬彼適口腴，烝豚得人湩。束髮受經史，志業勤琢礱。時命巧相乖，□解媒飢凍。誰能争雞鶩，且欲希鸞鳳。何當弘成行，益智似餐粽。寒水澄御溝，垂飲雙橋蝀。有志欣索求，終朝或忘饔。若現宰官身，人物信甄綜。美者儷瓊瑶，得非雍伯種。披揀良知難，有託非好弄。詎令璞混周，聊許玉藏宋。他時亦復然，撫几神飛動。拔十庶得五，蔽才心所痛。古者歲舉士，珠玉同羅供。有司詎得私，上書或相訟。茲石幸無言，誰復惜輕重。安之泥沙間，光氣自殊衆。豈無三品封，高躋似食俸。吾聞構大廈，所貴得隆棟。嘉樹生深山，挽致千夫哄。高翔焕丹青，大庇歡顔共。又聞作衣裳，染績無餘空。素韠何所施，喪言但悲慟。豹以文占爻，翟以文入貢。熊熊日月光，賓餞紀叔仲。觸石興雲霞，草木賁相從。卿雲黼黻高，文明追雅頌。」《白馬篇》：「白馬渥洼種，千里來京師。長鳴噴玉沫，迴立愁群雌。烏頭㲋尾安足論，但覺深穩生權奇。朝游扶桑東，夕踏流沙西。過都歷塊亦何有，純用精神非四蹄。蹄良挾策天河側，爲我咨嗟更太息。相馬伏波但鑄式，誰復天機觀卹失。風塵漠漠嘶路隅，遥望閶闔無由趨。拳毛横匹練，飼秣□青芻。廄馬千匹苜蓿肥，春風踏路黄金羈。顧盼矜騄耳，見我目笑之。目笑豈足恤，但若飢無食。君不見美人窈窕稱第一，只是君王賜顔色。」

鴻爪録卷四

山陰周大樞

《辛亥春二月雲持過予於後村同宿家朗庵太史齋聯句得四十韵寄懷吴尺凫焯厲樊榭杭堇浦三君》：「赤土暉金劍雲持，青絲引玉繩。葭浮陽管細朗庵，鐘吼洛霜凝。嘹唳晴皋鶴園牧，扶揺北冥鵬。尚須投芥珀雲持，端欲辨淄澠。沈范聲名久朗庵，廬王藻繪仍。剪霄千日錦園牧，鏤雪一河冰。秋水芙蓉出雲持，春苕翡翠乘。天廚雕鳳卯朗庵，王會貢蛟繒。閬圃麒麟籥園牧，玄珠象罔澄。多奇思潁汝雲持，獨步許延陵。郎抱真通脱朗庵，瓌文恣踔騰。佩刀王覽贈園牧，蠟屐阮孚登。繡谷將軍畫雲持，書籤祕監稱。紅牙歌柳岸朗庵，白鼻繞花塍。握手無雙士園牧，傾懷耐久朋。計車勞再上雲持，宣室遲初徵。瓠落都如此朗庵，風流得未曾。雲濃鴝眼石園牧，花艷鵠頭綾。軼事間徵宋樊榭有《南宋軼事詩》。雲持，名圖妙詠滕。定知穿七札朗庵，不待折三肱。玕璧縱横樹園牧，珊瑚麗□罾。堅城方暫倣雲持，摩壘竟誰凴。鸑鷟聲齊噪朗庵，璠璵價倍增。禮賢知僕射園牧，下士中丞□。時制李公聘三君修省志。鉅筆資常璩雲持，諸公識李膺。鷲峰翔矯矯朗庵，葑水漾層層。緑草香裙皺園牧，夭桃艷火蒸。紅橋蘭槳出雲持，畫檻玉顔凴。細拂催詩雨朗庵，遥明夾路燈。墊巾看有道園牧，團扇寫吴興。嘯傲神何暇雲持，登臨力最勝。閒鷗飛浩蕩朗庵，矯鶴照鬅鬙。遠致吴均集時尺凫以所刻《廉影調》見贈。園牧，争鈔剡曲藤。一端珍贈綺雲持，百里愧行滕。識面何由半朗庵，同聲自早膺。絡芝抽石蜜園牧，玄麝碾香稜。坐嘯雄風楚雲持，趁塵小國鄙。斑窺知霧豹朗庵，韝脱快飢鷹。西笑馳雲轡園牧，東來眩海甃。何時將一鏃朗庵，從賭射熊堋雲持。」

《銀酒聯句》：「長安四月時，緑陰垂瓔珞。素心一以聚，傾此消愁藥。既嫌越酒醉，復憎魯酒薄。唯此膏□燒，舉杯堪一酌商編修寶意。想當初釀時，空簷滴雨脚。大小盛鴟夷，得液棄糟粕。車載出盧龍，聲聲響牛鐸園牧。迤邐至大都，列肆喧杯酌。隸卒相争𠩺，販夫亦酬酢。嚴寒得數觚，一笑衣狐貉柘坡。色厲倏猙獰，中熱欲銷鑠。狂走豈中風，譫語如病瘧寶意。我非高陽徒，生計等落魄。敝裘穿燕市，禿翅類□鶴。得酒聊復歡，陶然詎有託。冒雨過故人，悲歌雜嘲謔園牧。醵錢各相命，主唯衆賓諾。黄昏叩酒家，稚子走芒屩。缾瀉玉琮琤，色映銀鑿落柘坡。外若凜冰清，内實含啖虐。攢眉縱不辭，摩腹亦何樂。未能養天和，止解助温醵寶意。一琖已酕陶，詩腸出芒角。乾坤轉鴻濛，風俗還渾噩。廷臣惜耗食，議禁争紛錯。習俗誠荒耽，失業即民瘼。有具嘲簡雍，徒恐飽胥索園牧。此事何關傾，人生且行樂。碧香與翠波，天涯悵渺若。安得玉蓮花，低斟送婉嫿。不妨荷鍤埋，何慮比鄰縛柘坡。蠟淚漬銅臺，星光入蘆箔。雖無監史箴，飲已過三爵。明日莫言歸，餘樽足歌咢寶意。」

《燭剪聯句》：「短燭摇長檠施竹田安，膏燼蔽園案。流珠青熒熒堇浦，冷穗輝漫漫。蒠臺抽修莖竹田，蠟蒂賸微燦。密遮烟不凝堇浦，頻送寒欲换。物也有必需竹田，鉗制利用斷。其質金在鎔堇浦，其象尾初判。勇不畏焦艴竹田，芒乃截細鍛。黝痕熾錦纈堇浦，清影眩銀鑭。俄延還九光竹田，裀爍耀獨旦。堆槃淚初冰堇浦，障壁漏未半。乍剔情愈熱竹田，屢試暈仍散。翳如刮金鎞堇浦，割似屑玉炭。掇除紫鳳纈竹田，勾惹紅蟹攢。巧奪并州製菫浦，佽助聖燈厂。烏箸煩夾持竹田，擅莢費炙燉。風前瘦腕疲菫浦，花炮摘無筭竹田。」

《烟草聯句》：「烟草古所無，事由後聖作。托體冒稻粱劉雪柯文煊，起佳占圻塄。稔纔三百逾汪槐堂沆，根已九州著。萼濡露豈敷萬柘坡光泰，葉隕霜不落。驕驕出畦塍査儉堂學禮，鱗鱗卧林薄。余塘千箱載雪柯，浦城交楇縛。細疑金縷纈槐塘，片訝木柹削。油兼麻□糝柘坡，采雜丹黄錯。精觕選質殊儉堂，生熟儲材各。製器比佩觿雪柯，懷鉛儼垂槖。湘筠直幹標槐塘，越冶良金躍。初看呼吸通柘坡，旋覺混沌鑿。升烟陶安駭儉堂，吐火偃師怍。□□雲盪胸雪柯，雰雰霧噴齶。焰騰驚燃頭槐塘，霏開倏刮膜。銜枚詎有征柘坡，齧箭幾無鍔。焚心任鬱攸儉堂，炙手方焦爍。摩兜口緘似雪柯，懿戒舌捫莫。俗士學含毫槐塘，群兒戲秉籥。熱中異皇皇柘坡，苦口肖諤諤。既勝咀檳榔儉堂，寧須席糟粕。名窮郭璞注雪柯，物窘張華博。雷公乏炮方槐塘，炎帝空鞭藥。作俑自何人柘坡，傳云自沙漠。或幟樹交衢儉堂，或價騰遼郭。或少長争趨雪柯，或主賓酬酢。入門先茗荈槐塘，終筵後羹臛。皆同易牙調柘坡，亦受丁娘索。即次旅可巢儉堂，覓句思可絡。熇蒸暑可逭雪柯，噤癢寒可卻。猶稱飽食賢槐塘，那慮獨處廓。誠哉習俗移柘坡，殊嗜失渾噩。我思先王世儉堂，九穀濟民瘼。疆因稼穡啓雪柯，土爲耕耘拓。非種薙氏鋤槐塘，亂苗田畯斫。此物獨奚爲柘坡，竟同螯賊虐。腴壤一旦棄儉堂，瘦地終年惡。況聞燎原勢雪柯，每始一星爝。噀酒拯已遲槐塘，徙薪計徒愕。作詩等虞箴，敢云資嘔噱柘坡。」

査儉堂、汪槐塘有《雲葉餅聯句》、《序》云：「家有鼎娥，工製環餅，薄而不綻，可擬雯華。出嗽槐塘，以『雲葉』名之。爰仿新城尚書説餅體，聯吟四十韵，留爲餅餌閒談故實云。」「梅夏風日佳槐塘，維斗杓建午。接唼叢樾伍儉堂，鉤簾雛燕去。閒居勘塵事槐塘，幽賞集素侶。畫展玉叉寒儉堂，香騰銅鬲古。俄頃羅釘盤槐塘，紛綸薦粔敉。清供配苦莽儉堂，膏飫屏肥羜。巧製本廚孃槐塘，嘉芬溢庭宇。釋名徵未詳儉堂，方法細可數。糖霜來蔗畝槐塘，麥屑傾竹蔞。交錯篩重羅儉堂，縈回拂輕羽。溲水汲井華槐塘，起酵淘臘醑。揎袖筋疾捲儉堂，拭几輪並舉。薄評觸石興槐塘，輕疑出岫吐。瓊肌妬吴綃儉堂，冰彩奪越紵。風挹宛轉消槐塘，字映玲瓏覩。朗若鏡躍奩儉堂，皎如月窺□。或香糝椒花槐塘，亦細芼薑縷。虚中梵夾封儉堂，叠雙朋戕貯。團團肖裁剪槐塘，薄薄宜㕮咀。詎容臛雞侔儉堂，聊許東綾伍。籠燕敵槐芽槐塘，銚坎壓酪乳。急裹乙字抽儉堂，肯遲亥日煮。各各嚙崿峰槐塘，銀泥落如雨。舐唇奴子饞儉堂，裂緣主人怒。牢丸口徒哆槐塘，餺飥指空僂。恣噉繞廊行儉堂，宴袖寒盡拒。儉嗔破片四槐塘，福笑餡分五。易珠固區區儉堂，貸錢亦詡詡。鈔胥懷最宜槐塘，畫地名焉取。一枚已難翻儉堂，半晌欣共飫。縱工程季説槐塘，莫續束皙賦。人生重口體儉堂，水陸窮鼎俎。何如飽清閒槐塘，唱和聯子女。飄飄蝶上堦儉堂，晥晚日趖樹。離坐欲隱囊槐塘，高譚捉揮麈。合并寄襟期儉堂，因依勝驢駏。卷舒即席明槐塘，盈闕當餐寤。物情聊可觀儉堂，詎止鬭硬語槐塘。」

己未二月五日，柘坡自津門入都，旅於北蘆草園，予過訪之，因留宿。柘坡自矜思敏，謂予曰：「古稱腰〈裹〉以迅驟爲功，子能與我聯句，使筆下不停綴乎？」予曰：「諺云：『疾行無好步。』枚皋雖捷足，豈能比相如哉？然試爲之，亦復可耳。」於是剪燭揮翰，共得五言古三首，皆數十韵，城頭纔二鼓爾。既罷，柘坡笑曰：「子速乃更勝遲。」蓋其意終不肯爲予屈也。二首已失其稿，其《會合》一首用少陵《舟中苦熱遣懷二十二韵》云：「昔昔憶故人，中心絲歷亂平水樞。異書多紛綸，疑義待點竄柘坡泰。擊鉢得和歌，擲麈時送難平水。投漆雖綢繆，摶沙或分散柘坡。丈夫南北雲，大造陰陽炭平水。冶鑄有方員，去求無畔岸柘坡。二月河冰開，百川春水灌平水。柳長風初調，雁鳴日始旦柘坡。好友忽觀止，懽懷難抑按平水。荆璧欣無雙，驪珠誇各半柘坡。古樂淡而平，偏師剽且悍平水。容與登鳳庭，飄瞥入瑶館柘坡。城爲佳人傾，獄經老吏斷平水。終是同苔岑，寧憂異河漢柘坡。迢遞青雲閶，嵯峨白虎觀平水。籲俊材俱翹，魚游寵宜貫柘坡。旅滯宜歲華，窮愁足悽惋平水。草木經春榮，雲霞應時焕柘坡。人謀縱復工，天道故難算平水。落寞我所甘，崎嶇君莫憚柘坡。桃李輸早花，松栢資老幹平水。蹷駏苟長依，蹉跎安足嘆柘坡。」

庚申五月，家朗庵太史過予於冠芳園旅館，偕魯孝廉劉如嗣珙，會稽人，即事聯句，用《東坡集》中《東湖》韵一首：「時雨晚更霽，天光迴澄藍。出郭訪魯賜朗庵，校書來周堪。會合足可樂劉如，襟懷浩無慚。青芻既辦秣平水，白采仍洮泔。名園環緑柳朗庵，別館臨清潭。渾忘身滯北劉如，時有風來南。仲夏晝方永平水，晚涼氣已涵。怪石撫欲語朗庵，清泉酌非貪。但覺胸次豁劉如，劇于山水甘。青霄極西嶺平水，黄鵠思廬耽。野曠快遐眺朗庵，林深恣窮探。松枝動談麈劉如，蒲葦抽摇簪。渚淺宜射鴨平水，萍開欲撈蚶。人生等化蝶朗庵，底事同眠蠶。會須採仙藥劉如，相約攜筠籃。鍊丹希葛令平水，泛艇追徐戡。故鄉別嵒壑朗庵，異地窺烟嵐。朱英破的爍劉如，緑蔓羅藍鬖。梗柟鬱柯幹平水，年壽齊佺聃。連畦見蕎麥朗庵，密樹瘖黃鶺。臺榭傲可寄劉如，禽魚性元犹。勝地即帶杜平水，同人況僑郯。浮雲詎足慕朗庵，淡水惟長含。古心君更固劉如，世味予差諳。濁醪有妙理平水，霏屑多清談。昨秋憶叩户朗庵，此日欣停驂。高興倏以發劉如，好句交相參。湘簾映晝燭平水，祕閣抽華函。未知履幾兩朗庵，且喜人成三。麗譙動鯨響，遥聽何韽韽平水。」

《乙卯閏四月二十日雨中集竹溪積照堂聯句用顏魯公石尊韵》：「閏夏集嘉客，風起羅清尊歸安沈樹本輪翁。一郡山水古，百年耆舊存厲太鴻。蘆深刺船影，竹密捎橋痕杭大宗。乾鵲噪老屋，長蛟垂前軒沈東甫。跫然笠履到，宛爾昆友敦沈炳巽繹旃。棄捐薄俗禮，往復同心言沈幼牧。茵溷各安遇，蘭艾紛殊根輪翁。文纖藉貞玉，白水搴芳蓀太鴻。戀三宿桑下，留十日平原大宗。浪浪與鳴瓦，滚滚雪出門東甫。林滋梅急擬括羽似，細並飛絲論繹旃。陰機斡溟涬，神化合混元幼牧。烟駕不肯駐，日車豈愁翻輪翁。林滋梅磊落，溪暖荓温暾太鴻。積靄歛萬象，大聲廢群喧大宗。摐金協至聽，漱玉清營魂東甫。連蹝蕉心展，羃歷桐花繁繹旃。衣黴那可攬，琴潤誰能援幼牧。飄摇狎鷗鷺，滂沱沐乾坤輪翁。譚豪袂時奮，坐久燭屢捫太鴻。筆陣儼魚頡，酒兵猶蜂屯大宗。韵艱困師服，辭騁追文園東甫。天骨森蕣苯，健格超籬樊繹旃。詩鵠設三乏，義途馳兩幡幼牧。上下騷雅際，溯沿清濁源輪翁。寂愬蛤吹野，倦久雞號邨太鴻。翳岑俟景霽，吐雷蒙霾昏大宗。渴畏茗奩盡，夢欣香鉦温東甫。吾儕義氣含，繾綣非懷思繹旃。」

《井欄聯句》：「海波通地脉，十仞鬱瀲灩。綆短苦汲深陳星齋兆崙，泉清貪味釅。謂宜覆銀床戚渭亭岐言，白石毋乃忝。何年煩巧匠星齋，寸步設天塹。縋鑿隳嵯峨渭亭，刮磨出霍閃。周遭圍三奇星齋，空洞憑一劍。團團磨驢旋渭亭，郎朗通眉歛。對面解引光星齋，一泓静獨占。無當古玉巵渭亭，有蔽深帷幨。仰噉雨無休星齋，俯吸川何厭。倒景迷高低渭亭，防維杜昏墊。只許落疏星星齋，還堪澄一念。安置平不頗渭亭，往來均足贍。詩翁眼未花星齋，河魚病無驗。無仁宰我嘿渭亭，有李陳仲餍。歲久苔痕深星齋，人疑銅緑染。爲憐世坎坷渭亭，翻教身缺欠。胡不爲雕闌星齋，長護數枝艷。胡不爲蜀鏡渭亭，照盡壓與蠆。胡不爲豐碑星齋，實録免僭濫。胡不爲砥礪渭亭，攻錯去垢玷。嗟此用非宜星齋，我欲下之砭。蛙噪似能言渭亭，鮒游時吐噞。既居卑溼地星齋，復惹淤泥沾。悽涼抱寒流渭亭，欲則依茅店。摸稜瓶尚觸星齋，滿腹藻空掞。鎮壓嗔虬龍渭亭，踔騰輪驕獫。忍令憑欄人，蹣跚增愧歉星齋。」

《秋夜聯句》：「暗蛩訴石罅沈幼牧秉謙，清露凝莎庭。桐風拂爽籟柯南陔煜，鶴影軒疏翎。月華稍澄穆沈繹旃炳巽，詩思搜杳冥。窮採發遐想沈寅御秉震，深抉無藏形。捷厸船下埭幼牧，高若屋建瓴。静逾縛禪寂南陔，動欲翔仙靈。逞奇呈海市繹旃，汲古窺《山經》。雄詞吐光怪寅御，硬語絶娉婷。狂逃詠懷阮幼牧，醉托荷鍤伶。授簡灑急雨南陔，疾書走迅霆。發矢駭壺子繹旃，游刃恢庖丁。興激瘧鬼避寅御，喧多旁舍醒。瓶笙響中律幼牧，盆沼光涵星。僕愛穎士博南陔，室漸夢得馨。竹戛宛叩户繹旃，燈微類囊螢。茶烟迷短砌寅御，漁唱傳遥汀。荷翻珠的爍幼牧，苕綴花玲瓏。高旻耿斜漢南陔，叢桂遲寒廳。蝶化漆園適繹旃，龍蟠華山扃。願言就高枕寅御，永夕心神寧。」

《重九後一日凝香齋夜集聯句》：「秋夜一何永仁和畹叔廷芳，弦月生蕭涼。相與發浩歌震澤張玉川蝀，激楚含清商。籬菊綻夕秀吴江李泰運開地，囊萸過重陽。鳳蠟紅乍膩吴江李光運傳天，螘尊旨且香。疏矜仙籟入晼叔，逸興鳴琴張。一笑天地寬玉川，滿紙蛟龍翔。寒□已入户開地，衰草猶附墻。感彼候虫候傳天，戀茲良朋良。雄談豁靈藴晼叔，顧盼流輝光。劍氣干重霄玉川，角聲催嚴霜。慷慨易水暮開地，憑弔燕臺荒。共披千載心傳天，不覺今夕狂。蠅營逐蚊負晼叔，蕭焚掩椒芳。還藏照乘珠玉川，亂卧堆書牀。自娱歲寒節開地，翻傲春風場。夢飄江楓青傳天，目斷山雲黄。幽情落岩岫晼叔，高躅追滄浪。夙具鸞鶴性玉川，肯列駑駘行。西嶺鬱岧嶤開地，仙游好相羊。明朝急攜屐傳天，振衣凌崇岡晼叔。」

《湯媪聯句》：「湯媪範錫成戴廷熺鸝亭，利用異鼎鑊。質符坤詠貞汪沆師李，名媲巽初索。皤然腹膨脝金文淳質甫，宛爾肩戌削。竅上犀口緘翟灝大川，砥下夔足斫。旁無獸環垂戴，頂有螺髻著。混沌失眉蛾汪，光澤謝面藥。居下適陰義金，爲燠協時若。外礪金性堅翟，中涵水德弱。朔氣戒頑冬戴，霜信入重幕。獨客寡所依汪，單棲每不樂。悽劇號寒虫金，凍憐警露鶴。□長鷺足拳翟，夢短蝶羽卻。皸瘃忽到踵戴，蹠盭漸如斮。朴朔煖莫邀汪，辟邪香易鑠。受茲廓能容金，昵汝重可託。飲以百沸□翟，裹以千絲橐。熨體同衾裯戴，横陳附履屩。負暄何温暾汪，鄉火免焦灼。微陽欲透藟金，奇温匪隔膜。美睡勝蒙頭翟，沈酣抵軟脚。客遠昵枕嫌戴，兒防踏被惡。轉仄便醉鄉汪，挹注授僮約。温柔難并兼金，冷煖各領略。鉛淚置不流翟，金銘擬無怍。老忘燕玉需戴，禪隨法喜縛。歙傾患器盈汪，漏洩慮質薄。紈扇悲棄捐金，青奴漸冷落。策勳戒床床翟，怙寵戒莫莫。三沐三熏繞戴，一觴一詠各。蟄户快合并汪，炙硯供笑噱。聯吟維前脩金，涪翁斐然作翟。」

鴻爪録卷五

山陰周大樞

戊午秋杭堇浦太史詠《方鏡》，作和者數百人，而詞科中居其半。諸君詩稿予未及見者，得此窺其一斑，但卷帙狹不能盡載，故各録其一二或摘佳句别爲一卷，兼以志倡和之盛云爾。

胡穉威八首録二：「玉水流時到處方，雕成火齊欲森芒。迴旋箕斗從横地，奪變蟾蜍窅幻光。造化故知餘妙手，波瀾無事對寒塘。土花蝕後如傳寶，鑄劍寧論舊姓張。」「爲珪才見巧因方，孕匣潛驚冷抱芒。四面平分秋百鍊，長天遥合曙通光。借懸方響涼侵户，試裂春冰影在塘。終恐鉛脂汙圭角，莫容仍付畫眉張。」摘句：「絳暈含規空瑑月，秋花成隊不依塘。」「孤懸曉峽天留線，倒入春山畫滿塘。」「封書併作文鰩寄，近帳齊添寶蛤光。」

齊次風十六首録二：「不學規圓學矩方，容成新樣炯精芒。秋天過雨當牕曉，明月籠雲滿院光。静對花枝眠斗帳，行看人影度横塘。從教炤徧相如室，壁立剛餘緑綺張。」「石精名欲問東方，幾見稜稜帶紫芒。合是明星垂太華，未須高閣羨元光。影翻瑶圃雙鸞翮，波剪澄湖十錦塘。背後盤龍渾欲舞，點睛何用畫師張。」

家俶大玉章二首録一：「信是摸稜讓直方，四隅作作透星芒。畫屏正嵌當心影，窗月剛分一格光。破去不愁懸半璧，開來渾擬照方塘。隨時妝點堪籠袖，底用高臺瑑玉張。」摘句：「仍有眉痕生桂魄，別看花樣剪菱塘。」

曹古謙廷樞二首録一：「是誰剪月忽成方，星渡銀河啓曙芒。寶匣長留端正影，碧瞳雙映刮磨光。遠山掩映疑開畫，玉水瀠洄忽滿塘。應悔摸稜少圭角，別教爐冶試更張。」摘句：「映去珪形飛絳氣，透來欞隙聚精光。」

金以寧焜四首録三：「一鑑全開稱面方，个中静對見豪芒。形模矩地新呈樣，匠巧鎔金別有光。簾額捲時剛映户，雪波消盡乍盈塘。請看四□真奇絶，收拾蟠龍不用張。」「界得中庭月一方，流輝滿眼耀寒芒。直教四際無逃影，卻愛孤屏有異光。雨洗霜砧餘匹練，風偕秋水淨□塘。攜來空室生虚白，拂試靈臺相對張。」「一片虚明澈四方，照人烱烱有餘芒。影分金版原同彩，面對晶簾竟合光。玉札乍開離寶匣，銀雲不動映空塘。趁圓兒女紛從俗，可愛稜稜圭角張。」摘句：「乍剪冰綃懸素壁，新舒粉練散秋塘。」

家白民振采四首録一：「用自圓通體自方，稜稜精爽見毫芒。□將整肅含霜氣，不假雕脩附月光。空洞寫來無障翳，流形止處儼陂塘。刓方世好如成習，多恐塵埋未肯張。」摘句：「廉角成珪裁片玉，折旋流水畫空塘。」「自是丰標存矩度，肯教脂粉汙神光。」

申及甫四首録一：「一片空明映四方，揩磨几席静含芒。數稜清氣開詩境，幾折寒波潑硯光。琢月有才輝玉宇，鏤冰無跡出金塘。不嫌太自呈圭角，好醜分明要主張。」摘句：「肝膽稜稜增壯氣，鬚眉歷歷有餘光。」「盡掃塵埃空宿障，別開户牖發天光。」

沈碻士四首録二：「觚忽圓時鑑轉方，寶奩乍啓露晶芒。執來略似全圭影，懸處還殊滿月光。四角菱花開淺沼，一灣玉水折迴塘。畫眉也可添妝閣，不異風流内史張。」「別製青銅出尚方，白旃拭後辨毫芒。詎同修月難留角，不比磨甎竟少光。開柙廉隅寒几席，卷簾端正見林塘。紅閨任爾閒相照，那似秦宫怯膽張。」

諸襄七錦一首：「竟體虚中不易方，纖毫更遠徹微芒。□分明□司陽燧，象異團圞燭夜光。倒影花磚成縮地，臨流止水在方塘。軒裳垂處坤維定，曾共姮娥照九張。」

汪師李四首録二：「吉金四角範周方，縱欠團圞也吐芒。撲地任猜博作偶，開奩還與璧爭光。珠翹低映棋盈局，黼帳斜侵花滿塘。祇惜梳頭看未足，好圍六曲短屏張。」「豈因龍繞巧規方，丈室空明遍耀芒。想像江心呈大冶，依稀碑背發奇光。修眉纔畫山横障，噓氣旋消冰滿塘。自嘆秦嘉偕計吏，負他三載不曾張。」

萬循初八首録四：「形影全歸矩一方，旋觀作作有森芒。不因幽昧消稜角，卻爲圓靈補缺光。磨處定如出露璞，鑄時應似水迴塘。年來自媿偏隅見，笑對春風未敢張。」「宛轉圓機忽就方，無邪那慮背生芒。九年曾面塵中壁，三尺新抽水上光。有漏諸天都在宥，無波古井亦成塘。陳宫從此常完好，不向星河怨角張。」「蒼霄不種水晶田，方丈常留自在天。呵手一窗雲氣滿，開奩半屋月華穿。龍蟠白水當門邃，雉合紅屏照影全。正是安心多定城，閨人休恨未團圞。」「春冰犖确散春渠，難得零星一片如。表裏已教長正直，中邊究竟各空虚。面墻我恨盈盈水，題壁群嗤咄咄書。斜日妝臺人被酒，牡丹横幅憶當初。」摘句:「素屏直可依毛玠,紙閣還宜對孟光。」

金質甫四首録一:「菱銅巧製象坤方,淨掃纖埃溢紫芒。照樹分明懸畫册,對花離今現神光。春冰一片初凝露,秋水三分欲滿塘。擬似團圞新月樣,也堪高向玉臺張。」摘句:「寶柙乍開秋有影,玉舫初截月無光。」

桑伊佐八首選三:「巧呈新樣製青銅,玉匣清光四際空。鑄出洪爐垂楷範,含將精氣動昭融。孤標卓立摹稜外,萬象同歸整幅中。蟾兔何須疑處所,此間别置廣寒宫。」「不學東溟一片冰,高名許以壽光稱。良工信手能爲範,朗鑑何心亦有稜。金殿晨曦光四映,碧盂秋水影同澄。玉臺縱使將觚破,欲遺爲圓卻未能。」「舞鳳蟠龍各有光,典型獨汝跨尋常。鎔來貢物金三品,割取懷人水一方。清影駢羅瑶册寫,寒輝飛動玉屏張。争傳四角盤中句,銘背誰鐫字幾行。」摘句:「永覩清輝明丈室,即論高格壓千秋。」「從心鑄就都成矩,四面看來不是墻。」

陳魯齋一首:「波瀾到眼便成方,端正菱花競吐芒。日射窗櫺頻鬥影,月移簾楇巧分光。秋塍晝罫中區井,野水懷冰曲抱塘。不向妝臺工彷復,畫屏深處伴琴張。」

于鶴泉八首録一:「彼美遥憐天一方,自將眉黛析毫芒。慣從空際描春色,應有圓時待月光。雲外寄書開疊勝,日邊研露瀉寒塘。最憐玉體横陳夜,穩稱流蘇四面張。」摘句:「天邊飛去三分月,雲影裁開半畝塘。」「懸處正當十笏地,乞來真是四明塘。」

符幼魯八首録一:「巧學盤龍背作方,細尋銘字辨毫芒。客驚月户誰修出,我覺睡神另有光。長想雨餘澄翠靄，直疑潦淨露寒塘。當年合德因何事，攜入昭陽殿裏張。」摘句：「只移江上紅爐手，別試苕溪薛鏡光。」「世間萬事翻新樣，不獨菱花有改張。」

查星南祥二首録一：「鎔鑄宜圓亦可方，儘經百鍊發寒芒。映階滿瀉中庭彩，懸壁半添斗室光。四照清輝橫遠界，一泓秋水折迴塘。磨稜恐負堅剛性，分付容成自主張。」摘句：「破窗有格剛舒影，闕竇成圭恰漏光。」

張少儀鳳孫十首録四：「玉檢誰傳鍊影方，金精尺幅鑄星芒。展屏曉瀉銀河水，映壁宵分寶炬光。倦舞□曾窺□檻，蟄蟠龍豈困迴塘。千年稜角磨難盡，照着英雄膽更張。」「神劍新裁玉一方，青袍拂試動寒芒。硯田併煥連城采，竹簡齊添古漆光。坐見方壺臨淺水，枉思尺素寄橫塘。侵晨卻照金烏影，五色分明畫鵠張。」「不藉金鎞刮日光，共看斗室有神芒。千年古碣金生字，一局仙碁玉鑑光。曉雪漫天封劍閣，春濤如幛壓錢塘。卧遊日日探名勝，圖畫無煩四壁張。」「入世誰能更毀方，鑑形真會析毫芒。幅巾照去偏容傲，團扇攜來不掩光。雪影成圭閒賦筆，月華浮檻憶山塘。江南江北生春水，羡煞歸帆似弩張。」

袁子才枚四首録一：「凝質稜稜本自方，白旃拭後更精芒。文章不作葫蘆樣，徑寸常爭日月光。龍鳳千年蟠古篆，雲山一幅畫橫塘。明年及第芙蓉鏡，看取天門銀榜張。」

朱子年荃八首録一：「按來辰宿各依方，煜煜星精正耀芒。欵列雷雲周四角，文成龍虎向三光。開奩乍認金花硯，倚檻如臨玉水塘。不用千秋陳寶籙，居然風度曲江張。」摘句：「眼亂空花盈丈室，心依止水湛迴塘。」「一夜霜花凝玉砌，幾家秋思落銀塘。」

魏允迪功夏一首：「圜轉何因忽改方，儼如壁立露寒芒。矩歸大匠寧無象，玉在深淵自有光。不着片塵宜文室，請從一鑑到横塘。平生未省磨稜角，相對鬚眉盡日張。」

沈椒園二首録一：「漢時金鑑冶成方，懸向高齋乍吐芒。静對銀屏頻射影，寒侵珠斗每争光。銘詞翠蝕千年字，秋水微開半畝塘。可有神魚爲持護，元家詩句舊誇張。」

楊吾三煜曾八首録二：「廿年磨洗只持方，怪爾寒生作作芒。五嶽圭稜森四照，三秋鳳露暈孤光。氣干奎斗連銀漢，地接蓬壺繞玉塘。憎絶鬖絲攢尺幅，卻來禪榻共鋪張。」「何意衰顔到上方，玉階冷耀星芒。叢叢花勝呈新樣，幅幅香牋現寶光。斗室曉雲封户牖，畝宫秋影入陂塘。巾箱故物難拋棄，攜向書帷日夕張。」

楊二斯述曾十二首録一：「案側渾成左畫方，幾經掃卻月毫芒。裝成玳瑁青箱影，貯向琉璃紫硯光。向曉玉繩低藻井，清宵珠斗映銀塘。要知退盡重重膜，便得廉隅自主張。」

瞿雲墀一首：「寶柙初開面面方，四隅澄徹見毫芒。菩提明鏡原無翳，丈室維摩自有光。深映清泉停碧沼，平分秋月印迴塘。江心鑄就誇新樣，又是龍盤勢欲張。」

萬星鍾四首録一：「爲圓底事卻爲方，面面争翻列宿芒。界破周圍青黛色，剪裁三寸夜珠光。鵲臨秋水閒窺沼，鳳倚菱花倒映塘。好把輕灰常拂拭，玲瓏合向玉臺張。」

祝宣臣四首録一：「鍊得金精象矩方，不須拂拭自含芒。往來無住觀空相，尺寸分明肖物光。截斷陽冰離碧海，劃分秋水出寒塘。平生心地從渠照，肝膽逢人便欲張。」摘句：「本是□圓亦無破，任他鸞鳳惜分張。」

張月槎二首録一：「方寸無心踰矩方，執規底用問句芒。別開生面非圓象，肖寫仙瞳有異光。楸子全收閑玉局，菱花引照破冰塘。向人黑白分明甚，坐使覘形衆膽張。」

程鄘渠四首録一：「不學圓融只守方，精神四面起寒芒。縱横但見冰霜色，旋折龍迴日月光。誰引鄰燈穿素壁，乍疑止水滿横塘。莫嫌稜角非前樣，正好瑶臺對月張。」

梅恕漪兆頤八首録一：「洪爐鑄出獨成方，四角稜稜最有芒。心滌空明仍表正，形循矩度自含光。誰能詠入《香奩集》，未許懸依脂粉塘。只入千秋同寶鑑，凴君問取曲江張。」

張希周八首録一：「結體洪爐骨相方，一經拂拭便生芒。衆形攝入皆端影，四際迴環漾冷光。若把補窗應中格，不曾臨水也成塘。山雞欲待矜奇服，凴伏蒼舒故故張。」

趙谷林四首録一：「不似臨□團扇飄，鑑心止水淨纖毫。破觚恐失卿壺義，兆朗還同秋月高。漢殿一籢珍可並，秦臺四尺影難逃。祥金範出如圭樣，獨看銀翻素壁濤。」

王翲如起鵬四首録一：「重來京國晤同方，館閣新詩發鏡芒。好事傳流群寫照，故人珍重偶韜光。裝書玳瑁輝金鑑，及第夫容映玉塘。我亦低徊頻顧影，孤鳴海鳥異空張。」

易宗涒公申二首録一：「不圓已自識寧方，稜角分明各吐芒。仁壽殿前能暗照，咸陽宮裏有奇光。明疑賞可中庭月，清擬新開半畝塘。家近儛溪渾見慣，菱花四照影高張。」

張介石懋建四首録一：「裁剪菱花别樣方，紫霄表裏射精芒。石間水寫瓊□□，□□□□□光。□□□□□□，□□□□□塘。□□□井舒金片，飛鵲猶疑羅衫張。」

家朗庵八首録二：「人從軫蓋辨員方，半尺青銅發古芒。早白何須長把鑷，無臺底用更磨光。秋潭曲折鋪菱葉，皓魄周遭滿荻塘。爲聽空中人語答，屏風相對恰初張。」「元精養得眼初方，正色稜稜角有芒。城北自知慙彼美，壁東偏欲借餘光。玉榮皎徹摇文罫，金翠迷離照柳塘。衮衮諸公成絶調，卻憐博物獨輸張。」

張冰璜叙四首録一：「鑄出洪爐别有方，隨形賦象判毫芒。如田恰印封侯面，對案疑分鑿壁光。花照四圍開錦障，冰攜一片鑑寒塘。燭天寶氣人争覩，不待豐城博物張。」摘句：「攜來丈室難藏影，貯向巾箱欲透光。」

屈金粟復八首録二：「人倫如水擅清方，傳道瀛洲□眇芒。□菓持來元自暗，花磚磨去豈無光。偶然宛轉懸金殿，安得芙蓉徧玉塘。背有卦圖曾進獻，多時塵匣乍開張。」「如錢素魄忽驚方，十五同爐始煉芒。格外輕明開地角，空中依舊媚天光。仙山下見皆蓬島，秋水分流溢野塘。能照英雄肝膽未，宛然棋局半高張。」摘句：「影照山河同一點，屏開日月動連光。」

堇浦《方鏡》詩三十二首，今録其八：「徑尺青銅出尚方，開奩秋影動星芒。鎔錢就範剛爲孔，過雪成珪便映光。巧製薛家籠玳柙，新磨苕水汲銀塘。自從刓落菱花角，長趁霜天曉日張。」「銀華鉛水耀難方，膚寸稜稜露彩芒。海上仙壺歸一照，地中陰澤有輝光。金輪春老還開殿，碧瀑秋空正瀉塘。

珠袚着來知穩稱，迴身應向玉臺張。」「修月吴剛別有方，巧裁雲匣洩寒芒。瑶臺對影當窗直，粉碓磨稜著手光。十幅遠山開畫册，二分明月隔雷塘。背銘不用循環讀，斷取銀屏四堵張。」「塵海何人不毁方，苦心良見治鋒芒。寫行只見珪呈範，體物難將目比光。緑槳揚輝凝小苑，翠屏流影入春塘。月蟾桂樹都無賴，端正華堂試一張。」「金精汰質巧因方，鬱有□裁未試芒。冷艷欲移丹嶂影，空明疑割夜珠光。窺窗素女雲封户，晞髮青娥露滿塘。相望不愁銀漢迴，秋河依舊一星張。」「規不爲員矩學方，煖融陰火冷含芒。偶然偷得秦宫樣，何處分來晉殿光。皓魄有時凝玉局，清顔無事照金塘。還愁四角輕塵點，分付蟬紗絲意張。」「昆吾切後玉成方，細截輕冰未頓芒。對劍看移三尺水，隔簾仍透四分光。長疑虚白能通曙，不信空青竟溢塘。銅樹寂寥珠網閉，花開曾作畫□張。」「嶽嶽丰裁峻抱方，寒空作□漸生芒。清容不改冰霜性，丈室恒依日月光。萬頃銀濤歸尺幅，一天青氣吸横塘。題詩好繼千秋鑑，橐筆家聲未數張。」

又《和桑水部調元韵復成八首》：「萬象齊歸赤堇銅，鎮隅真覺透虚空。方塘細浪吹才白，厚地層冰積漸融。綺閣春深雲滿牖，玉階更定月當中。闌干珠斗秋河裏，四鋪清熒衛紫宫。」「朝朝立向玉臺前，裁翦清光不放圓。扇影卻隨珠箔轉，波流折傍錦闌旋。琳窗際曉方迎日，雪竇看雲忽滿天。但得帳中常四照，何須寶蛤夜來懸。」「畫奩開出四無塵，風骨珊珊迴絶倫。藏去祇宜冰作柙，鑄時羞要月爲輪。澄江練影融成片，石窟霜華散滿身。多少妍媸借方幅，卻教收取入陶鈞。」「朗鑑空教説畫冰，曉珠依舊浪相稱。蛟綃不織千絲淚，菱蕊長留四出稜。華嶽雲歸霄路霽，楚江風定雪波澄。明明攝盡山河影，寫作圖經尚可能。」「清容不肯逐圓光，更覺丰神更倍常。巧掛已忘銅樹直，乍看還認玉流方。袖中錦匣隨時改，檻外冰帷□樣張。拂水曉巖飛瀑急，驚風吹斷一千行。」「銀華在冶細分流，忽轉金風界四周。蓋篋巧收關塞月，布帆清瀉蜀山秋。珠宫透影常移曉，玉沼無波不浣愁。愛爾最誇標格好，春來不肯上青樓。」「寒輝四溢耀無方，照骨真成百鍊剛。借得珠繩經月地，本來銀漢隔紅墻。秋沈石壁牽蘿帶，影劃金塘浸芰裳。圭角自知難鏇鑿，周圍不放十分光。」「樸制猶存未破觚，靈光侵曉爛銀鋪。年年依樣留春色，幅幅翻空變畫圖。較骨相應輸我朗，不圓融更比人迂。短屏風外輕塵暗，每到秋來顧影癯。」

戊午秋日，索居無事，堇浦太史以所作《方鏡》詩索和，得十六首，今録其八：「可是華陽眼更方，通明遥映人纖芒。依屏卻憶山雞影，横帶應分玉銙光。春色千年留蜀峽，秋濤百折到錢塘。銀花金鵲知誰並，合伴瑶琴日夕張。」「博識由來屬大方，偶拈寶鑑拭晶芒。美人妝翠臨池出，學士花磚映日光。雲過玉臺閒月户，風牽銀帶繞湖塘。越藤吴繭多新樣，題遍清吟定幾張。」「冰輪底事轉成方，四角稜稜自吐芒。應爲菱花須變樣，不論荷葉本無光。精含曙旭通珠網，影劃春波對玉塘。誰拂流塵最相賞，懸知只讓桂宫張。」「物盡趨圓獨守方，折旋耿耿見清芒。端宜作鑑傳風度，始合佳名錫壽光。匝地幽烟迷古井，横天無雁起横塘。晉家夷則多泥滓，莫怪朦朧向市張。」「圓鑿何能入枘方，漫誇清澈鑒毫芒。銘餘幼婦苔碑緑，愁絶佳人玉案光。旅鬢三秋經北地，歸心昨夜到南塘。迴風巧掛朝來望，疑是輕帆一片張。」「灩瀲瑶流折作方，纖塵無翳静含芒。晶屏不隔春風影，圭竇曾延曉日光。渺渺吴閶迷匹練，盈盈星漢限横塘。憐他蟾兔誇才思，只解天邊依樣張。」「從教模範守拘方，抛擲終看不掩芒。煉石有時成五色，磨磚何處著晶光。山紳遥掛如分峽，地影平鋪欲漲塘。若把周侯還北欒，青天雲霧共開張。」「祇羸面目照還方，鬒戟森森併似芒。禪室一泓成水觀，仙人四座涌身光。頻年紅藥翻當砌，盡日青蘋詠向塘。看取陽春争屬和，花魂柳影各分張。」

鴻爪録卷六

山陰周大樞

循初最工詩餘，予戲謂其勝於詩，而循初於予亦云。予少作《落花詩》三十首，循初見而賞之，爲題《洞仙歌》二闋：「春愁如此，問春風何在，但有蒼烟與青靄。更文鴛獨宿，彩鳳單飛，多少怨，都入遠山眉黛。名花容易落，落了還開，不管頻頻歲華改。多事倚新吟，低徊甚緩，盡東陽衣帶。便喚取東君再吹迴，也不是西園那時冠蓋。」「唾壺未缺，且從容看盡，明月浮雲夜深恨。笑笛聲江上，畫鼓城頭，誰能似，一曲山香初進。春江晨送別，碧草清波，最憶春風那時信。燕馬一鞭輕，豐臺路此日，那堪重問。但買得歸帆鏡湖瀕，甚曲水紅蕖不叫人進。」其《柳初新・詠隔墻藤花》云：「斷簾曾記南樓月。浸一院，藤蘿葉。錦雉初斑，頳魚未躍，屈盡梅根蒼銕。正玉笛聲聲徹。掃珊瑚，半床冰雪。又是繁華時節。甚吹香，欲迷還歇。春畦草細，秋瓜架短，不度窗間蝴蝶。更暮雨，膩支溼剪。春風阿誰飛得。」《聞憫忠寺海棠盛開不得往觀花時寄調南浦》：「風雨畫屏深，春山路，幾處紅飛緑庵。曉日紺園長，花如纈，不信禁城春淺。春雷百面，山禽欲渡溪烟煖。聞道鬱金裙，最早常在，謝家庭院。孤懷何事消沉，但書空咄咄，暗嗟春晚。辜負海棠巢，清陰重，誤了雙棲鶯燕。輕寒剪剪，夜深明月花枝轉。清影垂垂，誰料理夢到，故山都遠。」《高陽臺・題范次岳手寫洗春詞後》：「卷夢爲波，團愁作絮，無多錦姹紅嫣。小字烏絲，銀鉤還自親填。年時最愛琴絲句，翠玲瓏，寫入冰絃。

甚當前，十斛驪珠，一色清圓。　吟情此日知何處，但雲埋斷壠，草没荒阡。鴻指無蹤，知他成佛升天。相思若傍花翁墓，定魂歸，寶積山邊。更誰憐。有客天涯，吟徹蒼烟。」《念奴嬌・詠月季花》：「長條纖刺，記年年織徧，貧家籬落。東繞西縈開不斷，日日春留城郭。薔露晨晞，蘼霜夜積，别有重重萼。黄蜂無賴，晝長吟過羅幕。　尤愛快雪初晴，深紅一點，孤映闌干角。試寫裝堂花樣本，束絹千絲初拓。小襯雛貓，平鋪單葉，殘菊還堪握。而今惟見，月痕圓處如昨。」《齊天樂・詠絡緯》：「牽牛架小升高蔓，秋聲便來凉葉。脆續新柔，□添剩縷，院院飛梭相接。空堦翠摺。正鄰笛聲沉，□岸蟬歇。兩部清商，四圍岑寂度黄月。　知他亂愁幾許，暗懷抽不斷，還更騷屑。露下金塘，星移碧漢，卻是支機時節。深閨聽徹。想紈扇交停，紡車齊設。滯我天涯，叫姑聽正切。」《水龍吟・詠漳蘭》：「冷香深貯炎天，緑陰庭院渾無暑。凉蟾未至，疏簾高捲，微風吹午。葉剪難齊，根疏欲蜕，數枝堪數。更離離新筍，叢叢嫩箭，頻穿透，蓬鬆土。　卻憶山中無伴，屢抛他，同心蘅杜。幽林采後，空崖賦罷，蒼苔迷路。久伏新涯，曾經臘雪，他鄉頻住。看參差素節，惺忪細眼，有盈盈露。」《摸魚兒・詠芡》：「掩平波，墜雲無數，鱗鱗排到湖口。襳褷向日無多蕊，旋有雁雛成鷇。青未透，聚短刺，蒙茸已擬傷纖手。臨流坐久。聽踏藕新歌，採菱舊曲，猶隔數株柳。　重綈裹，萬顆花團錦輳，深藏還倩誰剖。便自飽漁樵腹，浪説夜珠量斗。圓欲溜，更比似，臨行暗落春衫袖。而今是否。怕袖影寬多，衫痕溼遍，也作芡盤皺。」《高陽臺・寒夜聽鄰墻吹笙》：「迢夜沉沉，陰寒惻惻，崚嶒積雪墻腰。誰度新歌，依稀别鶴離宵。西風剪盡梧桐葉，遞清音，不隔疏寮。最無聊，籌換三更，壺盡三蕉。　氍毹帳底蓉笙暖，想茱萸試火，銀葉初燒。熟炙笙簧，不知門外冰膠。賦情擬托檀奴筆，笑閒情，都向愁銷。問今宵，同伴雙成，何處琅璈。」《憶秦娥・自題折枝梅花》：「空山寒，野雲無跡西風顛。西風顛，三花兩蕊，吹墮檐端。　重衾如鐵愁孤眠，硯凹凍凸金琅玕。金琅玕，依然映出，村北村南。」《浣溪沙・春雪》：「碎玉無聲散屋牙，曉寒窗背一痕斜，柳梢光糝暮春花。　松頂曲時微擁蓋，蘭根堆處欲抽芽，好風吹過又誰家。」《木蘭花慢・西園看山桃花》：「駕中流白舫，正春水，嫩於荑。望野屋參差，短墻深杳，江柳初齊。籠堤，翠烟未滿，又誰人先滯玉驄蹄。共説初開竹徑，何妨並坐桃蹊。偏提，同倒凍玻璃，淺草漸萋迷。笑殘紅未定，閒雲欲散，野客如泥。黄鶴怪人去早，小銀簧空絮夕陽低。莫問重來舟楫，隨波我是鳧鷖。」《寒食》：「聽聲聲小燕，道陌上，草初薰。問蘭渚清觴，洛濱游轂，幾度芳辰。河湑吹臺未坼，繞歌梁還是昨宵雲。底事餳簫試暖，重催榆火分新。　嬉春，曾共踏青。群花底，叠重茵。記廉纖細雨，紆迴淺水，打槳雙輪。南村近水夢否，想樓前短柳又如人。蘋葉韶光荏苒，蓴絲歸意逡巡。」

稚威詩餘亦極工，曾詠春草二首，一寄《踏莎行》：「翠欲牽波，嬌應嚥雨，芳痕一片薰南浦。好知裙釵拂來多，争先醉得春如許。　繞岸盈盈，含烟楚楚，粘天礙斷相思處。一寸心抽一寸愁，行人莫傍斜陽路。」一寄調《賀新郎》：「歷亂圍天末。甚千秋，茫茫不斷，冤抽恨結。多少楚歌紅粉殉，多少萇弘碧血。又多少，琵琶明月。沈徧吹臺金谷影，占秦城漢殿隋宮闕。土花碧，共幽咽。　年年搃被温風獵。更宵行，洞房羅幕，照人離别。才趁東皇消息到，千里春心又熱。换幾處，麒麟白骨。

兒女英雄都盡了，恨啼鵑不做長啼鴂。甚時看，盡消歇。」又《潤州懷古》：「夢趁秋風緑。到南徐，似曾游處，江山故國。無忌仲謀兒大小，人物當時似玉。正一笑，從容相屬。坐念真如昨日耳，事茫茫乍轉風中燭。恨空對，沙沉鏃。　今朝重泫登臨目。杳難呼，小喬吹笛，周郎顧曲。惟有雲峰霾不盡，似掛征帆數幅。與天際，歸舟競矗。京口兼無酒可飲，喚盧耽欲借雙飛鵠。去西極，種瑶粟。」《琵琶》：「鳳尾春冰裂。是誰將，畫眉嬌語，嘈嘈細説。羅袖香風吹未了，吹起秦時明月。忽千里，驚沙振雪。夜雨茂陵嘶石馬，更烏孫帳下歌聲咽。藍田路，陣如鐵。　開元賀老音塵絶。但遥傳，性靈弟子，轟絃未歇。似向潯陽江頭去，天老涼州一抹。賺山鬼，吹燈欲滅。壯士蕭蕭衝冠恨，奈小憐心與絃俱絶。倩爲我，更彈徹。」《摸魚兒·詠風箏》：「片時間，颯琅琅地，高箏空翠誰倚。嗚嗚啞啞旋成陣，塞遠雁歸無際。悠颺意，渾不似，浮萍落絮無根蒂。忽然變徵。有一隊軍聲，兩行畫角，四面楚聲起。　回頭望，夜影孤城迢遞，春天窅如沉水。游絲百尺心千里，欲去還留情味。難料理，卻生被，春風軟過纖纖指。輕排急比。儘彈出天涯，落花寒食，人訴碧窗裏。」《浣溪沙·題撲蝶圖》：「風剪羅裙漾影微，輕紗小扇撲花歸，草香烟煖日痕遲。　暗惹粉塵侵窄袖，將彩繡上水紅衣，一生心事在雙飛。」《題邊頤公畫荷花帳寄調水調歌頭》：「今日漢邊讓，落魄卧淮南。詩中酒裏，情味聊作畫中僊。墨影淋浪明處，一枕紙香秋淡，涼翠繞紅烟。盡日北窗下，波浪不驚眠。　人間事，問何物，足流連。惟有睡方清美，應向華山傳。夢拜蓮花博士，無數緑衣持節，環珮各珊然。湘女未歸去，胡蝶兩嬋娟。」《哨遍·賦解平水》：「憭慓悲哉，哀草咸陽，風雨空山至。嘆水深河大，客思歸。霜蕭蕭，無梁無厲。問秋士，端然春女情思，睢陽歷亂絲難治。嗟狐不能南，豹無以北，此時歌怨空微。聽擊磬之聲一何哀，又中座持杯獨欷歔。長夜漫漫，失職不平，多少難計。　噫，物貴知時，向來歌哭總全非。我卒當樂死，此言良復知幾。甚忼慨淒涼，泣數行下，似他越舄窮情味。看壯士飄零，古來尚有，李陵絶塞椎髻。但試思莊周齊萬事，喜帶忘腰，適吾忘己。論成虧，我何知此。陊臺華殿俄易，琴裏雍門意。任君三彈未終亦獨，安能令文悲耳。釋憂願子且歡忻。洗澄懷，一片秋水。」《滿江紅・溧陽公座中賦》：「如此良宵，問不樂，復胡爲者。況相對，彭宣堂後，灌天門下。世事誰將腰鼓枚，古來幾殺摴蒲馬。但人生，對酒且當歌，須陶寫。　金管切，銀箏灑。宜便串，齊高下。正清江裂石，行雲一罅。絲竹解傷名士少，關山可長英雄價。任舊人，不是米嘉榮，詩情惹。」又《賀新郎》一首：「懷古青山郭。插閒愁，都堪付與，南飛烏雀。絲竹何爲不如肉，我覺竹聲清鑠。才引得，洞庭雨脚。更是絲聲渾忼慨，聽中年未覺傷哀樂。總休論，功名薄。　捋鬚座上人非昨。是誰言，古今運者，潸然聞樂。畜伎正令君自解，莫惜兒曹驚覺。又祇怕，絃繁管弱。意氣那教雄始得，好臨江盤馬兼横槊。勸洗琖，爲公酌。」《高陽臺・和鄒學士茉莉》：「玉艷含清，冰肌無汗，瓏瓏向晚風前。萬里攜來，相看一倍堪憐。畫屏羅扇人初悄，看天河，織女無眠。韵悠然，麝重香濃，暗滿珠鈿。　銀絲纖指頻穿摘，問風流好是，蕤枕函邊。偷映瓊肌，入幃明月流天。素馨添取涼宵味，夢回時，炎暑忘煎。蕊娟娟，侵曉微開，試灑瑶泉。」《賀新郎・和商寶意盤聞笛原韵》：「桂影摇銀燭。是誰家，飛來天外，一聲横玉。折盡金城無數柳，千里關山滿目。更清繞，瑶池黄竹。占斷楚江秋夜雨，棖半枝最倚湘妃哭。渾傳得，別離曲。蘭臺賦罷何堪讀。黯銷魂，平陽塢裏，魚鱗雲屋。道是幽情休寄與，奈可羊腸路複。早門損，兩眉長蹙。須倩玉奴偷弄取，看數番吹破瑶天緑。時喚起，領猿宿。」

樊榭詞名《秋林雅琴》，曾有《論詞十二絶句》，其意以玉田、白石爲宗，於近時獨推竹垞、蓀友、居卿，與尺鳬、意林、幼魯相倡和，惟堇浦獨不喜詞。今録其《錢塘觀潮次曾覯韵寄調滿江紅》：「何處神鼈，忽翻動千尋銀闕。乍龕赭中間怒吼，一痕如髮。倒卷青天吹海立，横驅白雨連山發。被此聲日日洗勾吴，淘於越。　奇險勝，瞿塘雪。傾城看，中秋月。儘秦皇强魄，至今驚絶。隔岸迴波揺未定，西興漁笛吹還歇。想錢塘破陣萬靈歸，紛幢節。」《臺城路・上虞百官江口舜廟》：「重華不見蒼梧遠，西風忽吹人世。苦竹荒濱，冷蔡眢井，那有窮蟬苗裔。翠峰相倚。恍二女明妝，含顰長是。日暮神歸，村簫聲歇陣鴉起。　江東客心悽絶，渺餘情飄入，湘月鳳琯。雲迷籠裳，雨懷□□，後五百年何事。欲行且止。漫拂拭殘碑，古香難洗。紅染楓天，灑空千載淚。」《霓裳中序第一・宋德壽宫芙蓉在南榷署》：「墻陰擁翠浪。搔首繁華成俯仰，藤絡苔皴竹長。是親見光堯，蓬萊無恙。香銷玉葬。怕夜深，山鬼來往。凄涼處，奉華舊閣，記否捲簾賞。　惆悵。秋蛩藏響。雨洗出，嶙峋十丈。芙蓉孤倚月幌。覓點額宫梅，已歸天上。冷衙蜂乍放。不照到，銅溝膩漲。青蕪裏，宣和金字，也是此情況。」《祝英臺近・詠黄薔薇》：「軟屏深，香霧重，春已欲歸去。短刺鉤春，更剪柘羅舞。幾回惹卻斜陽，蒙將初月，但吹送，麝塵侵户。　水邊路，柳花裙罥柔條，相看色如許。點染齊紈，添了小鶯語。故人昨有新詞，殷勤盥手。曉傾下，金盤仙露。」《雪獅兒・詠貓》：「花毛褐染，炎天尚記，荷塘爭浴。

鼠卜問時，《埤雅》貓亦如虎，晝地卜食，俗謂之鼠卜。晝損砌苔幽緑。闌干幾曲。任側輥，横眠初熟。恰又斂，倏倏金尾，蝶衣偷蹴。忽起驚跳風竹。聽蠅鳴茶鼎，何曾轉觸。唐盧延遜詩：「貓跳觸鼎翻。」暮眼纔圓，香綺叢邊看足。雨簷聲續。休喫盡，草芽盈匊。《田家雜占》：貓吃青草，主雨。娱幽獨，勝丁狻猊鏤玉。」《皂羅特髻・詠包頭》：「膠鬟攏罷，稱滑笏吴綃，摺成如水。淺緬素額，更斜遮蟬翅。熏窺鏡，非關怕冷，上頭初、愛道隨時世。最宜淡淨，恁略施珠翠。還抱一痕綿擘，襯微微紅起。春愁困，莫教半卸，到殘妝、端正分明是。碧烟抹斷，看兩蛾尤細。」《戀繡衾》：「羅屏低隔塵繞街，冷香茸，初卸小釵。見説道，分攜近，悄無言，愁黛費猜。雁燈花共珠蹄墜。寫烏絲，剛捲又開。始信有，銷魂賦，最銷魂，蘭槳未催。」《解語花・見閨人撾鼓》：「簾遮晝影，釵剪春痕，香度深深院。玉嬉鶯婉，無愁處，小坐釘花床畔。飛空碎遠，看一朵，翠翹難顫。驚夢回，聲落高唐，白雨隨酥腕。長記柑筵飲散，遇紅蘭潮靨，青柳垂眼。唾霏休濺，飄鸞袖，應是細敲腸斷。徵音弄釧，料無此，漁陽嬌怨。生晚寒，燈暈妝樓，欹被池人倦。」

柯南陔，少以詩餘見賞於朱翰林竹垞彝尊，常云：「吾詞學玉田，得一脆字；南陔亦學玉田，得一鬆字。」嘗有《齊天樂》寄竹垞云：「宦情十載昭臺駐，茶烟鬢絲如許。月滿罘罳，花叢複道，回首舊曾游處。鄉心無據。只依戀君思，渾忘羈旅。黛色西山，紅鴛小馬幾來軀。吴江又飛涼雨。赤闌橋外路，冷風低舞。佞佛周顒青士，論詩高適槎客，午夜蘭燈深語。横山修阻。算問字亭前，霜花遥吐。淒絶吟箋，當催歸杜宇。」《菩薩蠻》：「月中花影玲瓏步，曲廊深徑雕闌護。悄立玉窗前，有人窗裏眠。

紅蕤輕著夢，翠幕微風動。願作九枝鐙，照伊終夜情。」《霜天曉角》：「翠鐙如晝，綽約飄雙袖。借問兒家舞態，大垂手，小垂手。　知否雙眼逗，把杯將進酒。除了歌筵一簇，那邊走，者邊走。」《菩薩蠻》：「昭陽殿裏笙歌歇，萬年枝上烏啼絶。不待景陽鐘，畫眉先已濃。　芙蓉攢小騎，夾道香塵起。繫馬緑楊枝，彎弓射鴨兒。」「轆轤金井秋聲曉，霜華零落芙蓉老。數盡雁南飛，征人歸不歸。　淺妝常草草，雙鬢緣誰好。憔悴向西風，黄花瘦學儂。」

吴青然有《陽局詞》一卷，其《水調歌頭・白門感興》云：「霸業千年盡，龍虎舊縱横。寄奴猘子安在，日夜大江聲。一片東吴廢寢，四百南朝烟寺，斜抹蔣山青。花落瓦官閣，潮打石頭城。　無限感，興亡事，古今情。東風吹偏弱柳，天氣作新晴。朱雀桁前明月，紅板橋邊歌管，小部唱旗亭。白髮何戡在，把酒説生平。」《漁家傲》：「滿院海棠堆艷雪，新來夜色凄清絶。乍煖又過寒食節。初更歇，紙鳶何處絃聲咽。　絮語燈前閒坐説，細添鳳腦煎銀葉。一陣落花風獵獵。燈兒滅，連環槅子玲瓏月。」《疏影・味蠟梅》：「幽芳暗襲。見短墻萬顆，金彈誰擲。夕照初沉，昏月微籠，團酥掩映窗側。蠟丸書内檀心細，早漏洩，東皇消息。想壽陽，睡起新妝，别樣嫩黄嬌額。　何事蜂衙未放，露房已釀就，枝上香蜜。忽憶年時，曙影烘簾，凍蕊春纖親摘。縹瓷插向風前嗅，似燭淚，銅槃殘滴。悄撚花，和入松醪，一色玉船明珀。」《百字令・元夕》：「去年明月，記好天，良夜剛逢三五。　今夕又道巷陌，祇愛清輝滿路。遠樹如烟，長堤似水，燈火闌珊處。華奴同坐，娭光閒訂簫譜。　懶遂問蛾，穿傳柑，姮娥避客陰，靄籠庭户。吟寫蠻箋，呵凍管，隱隱東街戲鼓。香穗輕飄，燭光低暈，隻影和誰語。

三更盡也，濛濛簾外春雨。」《長相思·晚眺》：「傍河干，鎖柴關。樓外高低立翠鬟，清秋雨後山。暮雲殘，晚風寒。幾點歸鴉落照間，漁歌楊柳灣。」《十六字令》：「秋，十幅蒲帆去不收。人如夢，風雨滿紅樓。」

申及甫有《念奴嬌》詞贈歌者，并寄卓履齋允基：「衙齋瀟灑，記相逢正是，落花時候。醉按紅牙聽度曲，宛轉歌喉圓溜。白髮多情，黄羅題句，刻燭聯吟就。歸來人散，娟娟月色如晝。　一尊重會天涯，故交寥落，酒點離腸緺。況是匆匆還別去，小艇一帆風驟。蓼渚蘋汀，蘆花楓葉，老去詩人瘦。他時相見，飄零怪我依舊。」又《憶舊遊·次韵答履齋》：「想淵明歸去，流水柴門，景況依前。對榮籬，黄菊秋英，艷艷獨傲，霜寒百錢。何處沽酒，青旆出茅簷。好笑倚蠻童，閒尋鈞侶，同上漁船。　堪憐古梅下，記送抱推襟，醉裏吟邊。算如今點檢，只生香舊句，猶未飄殘。只怕離愁牽惹，嬾更擘紅箋。但憑仗東風，爲將此意寄詩仙。」

祝宣臣客於蘭陽，賦《淡黄柳》，次姜白石韵：「幾年芳草，走馬殘春陌。四月餘寒猶惻惻。眼看接天塞柳行盡，江南邊城問誰識，更蕭寂。　山深未朝食。正烟淡，數家宅。念花風過後無顔色。細雨初晴，客窗孤坐，愁對亂峰横碧。」

程鄘渠素不爲詞，庚申秋，予過問其病，見示所作詩餘一帙，因録數首。其《滿江紅·得家信》云：「細讀家書，勸羈客、歸装宜速。問久滯，軟紅塵土，終何結局。世事大都了可見，人生不用多求足。況書生，落拓戴儒冠，非爲辱。　豈不羨，三公福。豈不願，千鍾粟。念高官厚糈，常愁覆餗。

婦拙尚能中夜績，兒癡頗肯連朝讀。更三間，老屋傍西湖，無須卜。」《蝶戀花·夏日卧病》：「五載長安仍似許。病掩蓬扉，僅有容身處。幾片危墻支老樹，淒涼盡日聽風雨。　鄉思不隨春共去。羞澁空囊，進退渾無據。向午黄粱將次煮，枕邊癡憶邯鄲路。」

符藥林有《半春倡和詩》一卷，趙意林以《百字令》題其後曰：「九春花事，忽吹殘一半，落英無數。最是愁人容易過，況又客中空度。湖柳垂濃，林鶯喚熱，漸恐春歸去。及時相惜，小樓排日分賦。　偏我入夏來遲，風光銷歇，欲探知何處。未共吟牋成獨悵，辜負者番佳趣。舊夢難逢，多情自在，一卷留春住。緑深紅淺，年年染入詩句。」

予年十三四，即喜爲詩餘，自檢得二百首。丁酉以後，不復更作，稿亦焚如。後交雲持、柘坡，頗有倡和，聊録一二於此。《鄉思寄調揚州慢》：「水鏡浮涼，山屏畫緑，陰陰碧樹籠隄。有漁磯繫艇，對隔岸柴扉。向疏雨，浮萍破處，釣絲連下，撥剌鱗肥。便呼兒，烹取一樽，遥酬晴霓。　自吟别句，爲風塵，緇盡征衣。嘆懷禄難懽，歸耕不遂，種種都非。三十六陂烟水，蓮歌峭，宕漾晴暉。問何時歸去，故人同寫詩題。」《南浦·和柘坡韵憶憫忠寺海棠》：「時鳥弄春聲，青天迴，幾度雲舒霞卷。次第海棠開，和風細，漸覺夜來寒淺。嫣然笑面，輕衫餤透紅膚暖。莫是當年天女散，卻在蕭疏僧院。　羈懷翻似高僧，任花飛釧動，幾忘晨晚。不是浣花翁，如何併，負卻嬉花鶯燕。封姨亂剪，更添夜雨催春轉。屐齒生塵還一笑，何況相思人透。」《寒夜憶故園梅花寄調水龍吟同雲持柘坡作》：「一枝竹外横斜，池塘倒影輕飈弄。疏簾月耿，曲闌寒淺，暗香微送。縞袂撩人，翠禽喚曉，芳樽如夢。記垂垂欲發，關情無那，早還被，霜華擁。　生怕笛聲吹落，向黃昏，清愁對詠。無端征騎，折來楊柳，茫茫萬種。索笑無多，相思太瘦，月明誰共。想佳人有恨，無言昔昔，粉寒酥凍。」《青玉案・詠梅雨同雲持》：「戎戎一片清愁迴，誰畫瀟湘景。簾幕千重闌干憑。跳珠亂擲，懸絲細映，五雨春衫冷。　綠萍翻處開瑶鏡，蓮葉蓮花風不定。雲濕烟低天易暝。畫樓夢覺，空牀酒醒，一點殘燈影。」《西江月・詠柳同雲持》：「腰素暗銷楚國，眉烟淺暈章臺。茫茫飛絮幾吹迴，挽斷輕衫軟帶。　無力含風婀娜，有情照水徘徊。曉鶯啼去夕鴉來，一笛横吹出塞。」《踏莎行・詠燕和柘坡》：「翠尾雲分，紅襟花綖，謝家池館春成片。珠簾深下鬱金堂，當年公子時相見。　上掌身輕，投懷語軟，微風吹向釵茸顫。一看淇水送歸娥，銷魂淚雨年年濺。」《醉蓬萊・題柘坡詞草》：「似江南三月，雜樹飛鶯，落花依草。嫩雨霏微，過綠萍池沼。措玉董神，將春博骨，鞸雨鬢嬌小。何處嬉游，深月銅隄，鬱霞瓊島。　想得銀毫，蘸紅暈粉，曲曲填來，自然風恭。夢斷青溪，對白榆煩惱。鬧杏尚書，抹雲女壻，更月殘風曉。不讓情懷，遥峰疊疊，暗汀渺渺。」《踏莎行・題陸香南白蕉詞稿》：「遠澗搓絃，晴雲結綺，蕭蕭風味差相似。驚飈嘯雨過秋欞，夜深貪凴烏皮几。　一片羈情，十分愁思，飄飄隔去塵千里。聲聲合付雪兒歌，游絲飛絮春無倚。」

陸亦次韻題予詞卷云：「□繭抽絲，餘霞散綺，君家曲妙堪形似。他時拭日鳳棲梧，眼前快意盡盈几。　攬鏡秋情，停雲客思，故鄉迢遞三千里。天涯同是可憐身，相逢一笑新聲倚。」

香南，名培，丁未進士，官貴池令，罷職。浙江平湖人，所著有《白蕉詞》四卷。《夜合花・和雲持題邊頤公畫倚花帳子》：「白紵裁雲，青綾染草，夢回一枕芙蓉。邊鸞妙手，瀟瀟寫溪動風。香暗度，粉輕融。似瑶英，環珮行空。鳳翎飛處，娉婷無數，卷緑舒紅。　門前熱客休通。我倦欲眠烟水，清暈疏櫳。湖安屋裏，飄然似棹孤蓬。絳雲重，碧霞濃。醉酣酣，象鼻千筩。儘清涼甚，怪他摩腹，只愛生松。」《高陽臺・和鄒學士泰和先生詠茉莉》：「色借酴醾，薰分薝蔔，晚來庭宇初涼。團扇輕衫，科頭坐對胡牀。泠泠何處風輪轉，漸吹流，素月如肪。送濃香，九里花田，恍到南鄉。　踏歌珠女多情甚，看絲穿朵朵，助取新妝。瘴雨迷離，荔枝紅映桄榔。尚書春杏風流在，更新吟，抹倒群芳。任瀼瀼，露滴朱葩，別種風光。」《真珠簾》：庭中有樹，不知其名。其葉似榆而尖細，其蕊如綴珠，其花五出如梅，枝條稠密。以五六月中開，予名之曰「真珠梅」，爲賦此調。「五年憶得梅標格。春風渺，寂寂江南芳信。亭館又榴花，聽鳴禽争趁。悄見一枝寒積雪，愛細蕊累累珠噴。郤認，似妝罷風前，花釵低鬢。　開處五出玲瓏，較梅花、但覺十分肌損。莫怪不知名，抱飄零芳恨。待把清吟同索笑，有幾個揚州何遜。争忍，任空庭盡日，愁香瘦粉。」《臨江仙・詠蓼花》：「水蓼花開屏上畫，亭亭細拂清秋。相看冷淡似高流。露垂紅粟粟，風曳影修修。　回首鄉關當此際，千叢蕩漾烟洲。何時散髮棹扁舟。獨來眠細雨，深處舞輕漚。」

蓮坡詩話

蓮坡詩話提要

《蓮坡詩話》三卷，據乾隆八年刊《蔗塘外集》本點校。撰者查爲仁（一六九三——一七四九），一名成甦，字心穀，號蓮坡居士，直隸宛平人。康熙五十年舉鄉試第一，以科場情弊，鈎致入罪，繫獄八年。出獄後屏居天津水西莊，讀書習静，一時名士俱與之交。有《蔗塘未定稿》、《蔗塘外集》。此書乾隆六年自序謂成於是年，以記録同時交遊爲主。蓮坡乃查慎行族侄，少即從學詩，濡染既深，故録詩寫話，極是當行。所録康熙前後詩人詩作詩事，遍及名家，俱飽含情韵。又宅心純厚，故詩格亦寬，多見人長處，頗不以趙執信「朱貪多，王愛好」之類嘲諷爲然。然亦同情其聽曲遭斥事，録秋谷事後贈初白詩及初白答詩，又記康熙四十九年重演《長生殿》事以爲後話，録初白等人新詩，歎息「聽歌人散盡」，教坊亦無李龜年矣。其善録詩叙事每如此。卷上録初白「詩之厚在意不在辭，詩之雄在氣不在直，詩之靈在空不在巧，詩之淡在脱不在易，須辨毫髮於疑似之間」諸語，稍後袁枚《隨園詩話》有「作詩不可不辨者，澹之與枯也，新之與纖也，樸之與拙也，健之與粗也，華之與浮也，清之與薄也，厚重之與笨滯也，縱横之與雜亂也」，或即奪胎於此。此書有三卷與不分卷之别，内容要無不同。又《續修四庫全書》所採乾隆刻《蔗塘外集》本，較諸本少末二則，餘則同。

蓮坡詩話序

詩話之作，其肇於大小《序》乎？作詩之旨，非序不彰；説詩之道，廢序則鑿。後世衍其流者有二：清能靈解，標舉雋異，《主客圖》是也，是謂傳其詩。歡場醉地，感均頑艷，《本事詩》是也，是謂傳其人。吾友查君蓮坡，少遭憂患，壹意聲詩，推衿送抱，倡酬日衍，耳擩目染，聞見日拓。出子墨之緒餘，溢爲詩話，是殆能兼張爲、孟啓之長者。余反覆觀之，歎君之用意厚也。昔嚴有翼以《雌黄》著號，葛立方以《陽秋》立名，持律嚴矣，然嫌其專以掎摭疵病爲能，失温柔敦厚之旨。君獨宏奬陳人，激揚氣類，如人天集會，有讚歎而無撝訶，不既善乎！嗟乎！大江南北，詩人如草蔡，不擇地而生，而名章秀句，曾不掛於通貴者之口。不謂匿跡菰蘆者，甄綜遺事，轉能囊括一代之騷雅。試瞻海寓，苟非横目四足，以靈性相喣噞者，其孰不願暱就焉？余才薄，不足以開設壇坫，而緇衣之好，自謂不後於蓮坡，讀是編已，自憙乎，抑自慙也。乾隆辛酉年春三月堇浦弟杭世駿。

僕少遭憂患，放棄以後，酷嗜聲詩。凡從遊先輩以及石交襟契，所有贈答倡酬之作，必加甄録，用備遺忘。今年春二月，人事少暇，搜諸篋衍，共得若干條，稍加詮次，釐成三卷，題曰「蓮坡詩話」。若方外、閨秀、雜流之句，亦附入焉。回憶三十年來，酒邊燭外，論議所及，足以資暇啓顔者，正復不少，并爲述其顛末，以助談柄。蓋是書得於見者七八，得于聞者二三也。嗟乎，僕無名世之心，兼少傳後之志，硯枯筆秃，猶復孜孜不已者，詎結習之難忘，寔敦交之竊取。若云翕張風雅，軒輊人才，則非僕之所敢出也。乾隆六年二月，蓮坡居士查爲仁自題。

蓮坡詩話上

周宮詹起渭有西湖詩云：「天邊明月光難並，人世西湖景不同。若把西湖比明月，湖心亭似廣寒宮。」較東坡更進一格。

宗室紅蘭主人岳端嘗自製《揚州夢傳奇》，遍招日下諸名流賞之。會者百餘人，内有少年王生，善集唐，即席詩成，結句云：「十年一覺揚州夢，唱出君王自製詞。」主人大喜，以黄金十四鋌、白玉巵三奉酒爲壽，曰一字一金也。生飲酒受金，即以金分給梨園十四人，曰：「同沾君惠。」是日主賓歡洽，轟飲而散。主人又號玉池生，善畫，嘗有句云：「萋萋滿地王孫草，漠漠一天神女雲。」又號東風居士，因「有東風無力不飛花」句，爲輔國將軍博問亭爾都所賞也。

楊無補年纔弱冠，爲人題扇，有句云：「閒魚食葉如遊樹，高柳眠陰半在池。」錢牧齋宗伯見之，酷愛其語，吟賞不置，遂與定交。

錢振芝尚濠有詠馬嵬詩云：「長生殿上祝姻緣，馬首紅羅不暫憐。自是薄情渾説謊，不因無策庇嬋娟。」與李義山「君王若道能傾國，玉輦何由過馬嵬」之句各臻其妙。

王阮亭司寇寄懷其兄西樵兼答冒巢民感舊之作云：「風景蕪城畫扇時，輕陰漠漠柳絲絲。三年京雒無消息，五日鄉關有夢思。空對魚龍懷楚俗，誰將蘅芷薦湘纍。故人不見東皋子，騷些吟成但益悲。」此詩深得義山神味，正不妨與九日詩格調稍同也。

雪嶠大師圓信又號雪獅子，結茅徑山中，獨居一庵，自書聯曰：「孤雲卧此中，萬山拜其下。」嘗有句云：「千林萬林楓葉乾，七灣八灣秋水老。山猿簸石下危巖，惡虎啣柴入荒草。」又有句云：「殘雪枝頭午未消，熟眠老虎始伸腰。」又有句云：「簾捲春風啼曉鴉，閒情無過是吾家。青山箇箇伸頭看，看我庵中吃苦茶。」出筆奇峭，絶無蔬筍氣。師於順治丁亥八月廿六日書訣衆偈曰：「小兒曹，生死路上好逍遥。皎月冰霜曉，喫杯茶，坐脱去了。」命侍者進茶，飲畢而逝。

沛縣閻古古爾梅號白耷山人，赴史道鄰閣部聘。時值興平伯高傑新爲許定國所殺，古古勸閣部往鎮撫之，閣部勿聽，且退保維揚，古古遂以書投之而去。後於廬州見傳奇，有史閣部勤王一闋，感而志之云：「元戎親帥五諸侯，不肯西征據上遊。今夜廬州燈下見，還疑公未死揚州。」又：「繡鎧金鞍妃子粧，興平一旅下河陽。猿公劍術無人曉，驚道筵前舞大娘。」此指高傑之婦，即李自成妻。

合肥龔芝麓尚書與閻古古極善。古古繫西曹，賴尚書左右之得脱。古古上尚書詩有句云：「君相從來能造命，湖山此去好容身。」深感之也。

黄九烟周星，前進士也，上元人，流寓湖州。年七十，忽感愴於懷，自撰墓志，作《解脱吟》十二章，縱飲盡一斗，大醉，沉南潯河而死，時五月五日也。生平與尤悔庵侗極善，嘗遊冒巢民春暉園，詩云：「夢老吴山五十年，今朝始得卧蒼烟。三峰已叩生公石，一水還浮米芾船。海國衣裳名士會，醉鄉花月美人天。豪情勝事真千古，那羡蘭亭共輞川。」又登劍閣句云：「壁異黄州安用赤，壺非蓬島却同方。」

冒巢民司理襄居如皋，堂名「得全」，園名「水繪」，往來名士之盛，不啻玉山諸勝。有《同人倡和集》，如陳其年維崧「十隊寶刀春結客，三更銀甲夜開樽」，戴介眉洵「詞壇宿將君何忝，酒國長城某在斯」，毛亦史師柱「寄書那及論心曲，握手翻憐會面難」，曹文虎繡「倦遊滄海真無岸，愁覺瀟湘尚有涯」，吴薗次綺「狂横白袷春無賴，醉瀉紅珠夜奈何」，龔芝麓鼎孳「時窮竟合謀歡老，情至終如善怨何」，徐方虎倬「人憐滄海遺民少，話聽開元逸事多」，又「房中煖老珠三艷，堦下承歡玉二柯」，于象明梅「襟期劇孟田疇後，風味盧仝陸羽間」，皆名句也。

錢虞山之於柳如是，龔合肥之於顧横波，同類燕人之惑易，惜無蘭湯以洗之。宣城梅耦長庚有題顧梅生畫蘭云：「半幅雙鈎楚澤春，南朝舊部總傷神。蘼蕪詩句横波墨，都是尚書傳裏人。」原注：「上有錢宗伯姬人柳如是題句。蘼蕪，柳小字也。」托諷遥深，亦屬寔録。耦長刻有《漫興集》。

吴梅村祭酒《病中》詩云：「忍死偷生廿載餘，而今罪孽怎消除。受恩欠債須填補，縱比鴻毛也不如。」又：「我本淮王舊鷄犬，不隨仙去落人間。」其言亦哀矣。梅村最工歌行，若《永和宫詞》、《蕭史青門曲》、《圓圓曲》、《聽女道士卞玉京彈琴歌》等篇，皆可方駕元白也。圓圓者，吴下女伶，陳姓，轉入田皇親家，吴三桂見而悦之。及破闖賊，取之去，吴之舉兵，爲圓也。既爲平西王夫人，寵貴無比。後爲正妃所妬，辭宫入道。吴逆敗，不知所終。梅村詩云：「全家白骨成灰土，一代紅顔照汗青。」又云：「取兵遼海哥舒翰，得婦江南謝阿蠻。」譏諷甚當。

寶坻王子銓瑛任惠州太守時，與僧靈源輩飲於官署。署後遍山木棉，因以「朝霞一片木棉花」爲題。詩未竟，座客有索西瓜者，忽見一人擔瓜數十在傍。詳視其貌，虬髯碧瞳，迥異凡相。王心異之，遂盡買其瓜而去。歷三十年，王官浙江温處巡道，解組寓姑蘇，患痢頗劇，扶乩請方。有降乩詩云：「朝霞一片木棉花，太守筵前曾賣瓜。屈指於今三十載，勸君依舊服胡蔴。」蓋王少年患痢，曾服胡蔴丸而愈。因再服之，果瘥。擔瓜之人，已成乩仙，異矣。

冒巢民晚築一室，曰匿峰廬。西泠女史周瓊題句云：「滄海鍊身猶竦骨，鹿蕉覺夢更清狂。」周繼高有句云：「秋月湧波飜屋影，西風隔岸碎人言。」龔芝麓尚書有《匿峰廬七月十六夜即事》句云：「露華滿地竹風低，起坐閒吟到曉雞。絡緯亦知秋月好，五更枝上盡情啼。」巢民讌集名流，必出歌童演劇，有楊枝、秦簫、徐郎諸人。徐郎名紫雲，色藝冠絶流輩。瞿有仲詩云：「秦簫爲歌楊枝舞，就中紫雲尤媚嫵。」又云：「黯然把酒顧紫雲，爲我重賡《將進酒》。」其風致可見。後爲宜興陳其年所昵，巢民遂贈之。其年畫其小影，携之出入，同人題咏甚多。王阮亭句云：「黄金屈膝玉交杯，坐盡銀荷葉上灰。法曲自從天上得，人間那識紫雲迴。」武進陳賡明云：「憶脱春衫花底眠，新聲愛煞李延年。只今展卷人猶在，何處相看不可憐。」尤悔庵云：「西園公子綺筵開，璧月瓊枝夜夜來。小部音聲誰第一，玉簫先奏紫雲迴。」揚州宗定九云：「一曲新歌水繪閒，冒家阿紫似雙鬟。因思昔日彭陽事，錦瑟曾令侍義山。」好事者多傳之。其年亦有句云：「余本王謝兒，鄙性惡拘繫。作人喜聲樂，獨宿語多囈。先生寔知余，體恤無不逮。感激在心脾，料理到微細。」又鈕玉樵《觚賸》云：「如皋冒辟疆，家有園亭聲伎之勝。歌者楊枝，態極妍媚，知名之士，題贈盈卷，惟陳其年擅長。閲二十年而楊枝老矣，其子亦玉人也，因呼小楊枝。一日讌集，辟疆出前卷相示，虞山邵青門題其後曰：『唱出陳髯絶妙詞，燈前認取小楊枝。天公不斷消魂種，又值春風二月時。』」

陳其年往來得全堂最久，及官翰林，寄書巢民云：「昔遊歷歷，舊事明明。水繪朝烟，鉢池夜雨，都縈懷抱，難問音塵。屬在深情，定均斯慨。」其年贈巢民詩云：「乾坤《高士傳》，花月《輞川圖》。」又云：「此生原是誤，何計不言愁。」又《小秦淮曲》數首最佳，今録其二：「廣陵城外小樓多，秋水盈盈剪越羅。記得昨宵樓上女，斷無人處注横波。」又：「老去心情不自持，板橋細柳一枝枝。誰將碎雨零烟恨，説與風流小庾知。」

「衣尋老母親縫線，篋剩先人手勘書」，戴介眉句。「夢疑曾見情原洽，别在方逢意更辛」，瞿有仲句。

虞山徐芬若蘭，詩格雄健，極爲漁洋所稱賞。有《出居庸關》詩云：「將軍此去必封侯，士卒何心肯逗留。馬後桃花馬前雪，出關争得不回頭。」此尤膾炙人口者也。芬若又有《蒙古》、《象棋》、《打鬼》等六歌，皆集前人句爲之。組織天然，滅盡鍼線之迹，刻《出塞詩鈔》内。芬若號芝仙。

朱子常中丞綱詩最佳，而不多見。嘗有句云：「畏暑鋪長簟，思風去短屏。」「去」字極自然。

會稽令昝原彦茹芝與弟茹穎齊名，而原彦詞翰詩文更優。有《出塞》詩云：「馬頭東去雁門關，回首三城指顧間。怪煞雙雕最無賴，凌風飛上塔兒山。」又：「一曲琵琶酒一行，高樓夜半朔風鳴。今朝始識《伊》《凉》調，盡是關山草木聲。」原彥又號抱雪，世居桐城杏花村。

海寧陳香泉太守奕禧，書法名天下，詩格更高。有《滁縣阻風》句云：「風傳冷樹飛霜葉，雁宿秋江老白蘋。」風味不讓唐人。漁洋謂邢太僕「徐庾文章建安體，悔教書法掩詩名」，可以移贈。

朝勿齋方伯琦博學强記，詩文豪邁雄拔。以事與余同繫西曹，上元夜分詠云：「門第於今冷似冰，若憂得失我何曾。呼盧百萬心猶在，好客三千事未能。賞物微傾尊内酒，隨時聊看廟前燈。年來更覺歡情減，風味蕭條一野僧。」

童筠山陰人，遊毛大可檢討奇齡之門，工詩文。幼聘姑女田玉娥，未婚，而童以事北上。田送之詩曰：「錢塘相送遠，過此是杭州。月杵春鄉夢，霜砧搗客愁。渡頭千樹老，江上一帆秋。無限臨岐意，東西水自流。」後童竟不歸，而田以夭亡。

陳恪勤公鵬年文章事業爲一代偉人，詩更灑落。有絶句云：「隔簾幽韵上焦桐，一曲湘靈奏未終。略記年時春雨夜，海南新試小薰籠。」清華秀贍，未嘗不奪風雅之幟也。

歸安陸巢雲師卧病寓齋，偶咏云：「悠然木榻寄僧寮，静裏聞鐘轉寂寥。暖律倦吹寒谷熱，朔風偏助病魔驕。醫多變症非方誤，酒剩空囊亦興消。只有短檠憐客苦，半明半滅伴深宵。」風調酷肖龜堂老子。

雄縣王少司寇企靖嘗夢月夜至一湖，四岸皆似琉璃築成，中亘獨木橋，橋上立一少年，朗吟一律云：「若要西歸亦不難，何須抵死夢邯鄲。休誇肘後黄金印，試認囊中白雪丹。五嶺風烟迷去就，三吴羽檄報平安。波濤轉眼琉璃界，只許今宵月下看。」時康熙丁酉九月朔也。次日爲余言之，究不解詩中意義。

桐城方復齋雲旅，弟皛宗登嶧、苞羽正玉，子薪傳世樵，姪屋源式濟、星岩莊、述邵世康、文止世熙，父子叔姪同余羈北寺者兩年。倡予和汝，無間昕夕。復齋《水仙》句云：「胎本清虚心自皎，貌雖柔弱骨原堅。」皛宗句云：「幾行翠羽浮秋水，一掬瓊瑶産玉田。」星岩句云：「胎從柔細沙中得，根傍玲瓏石罅堅。」薪傳《對雪》句云：「積於板屋愁難架，肥了梅花笑莫分。」皛宗先生又號屏垢，詩更冲和。嘗有句云：「獨卧芸窗篆影遲，偶然剥啄亦隨時。貧常醉客貪賒酒，嬾不敲枰好設棋。一逕落花春後雨，五更殘月夢中詩。置身直上蒼茫裏，罔象鴻蒙未破思。」又屏垢更精八法，嘗書二絶句於壁間，詩甚雋永，不知誰何所作。一云：「坐愛春泉響翠微，玉花吹濕薜蘿衣。何人爲劈冰壺破，共看青天白練飛。」一云：「四簷春雨夜浪浪，記得吹笙近竹房。三十五年江海夢，又隨歸雁過瀟湘。」

昝省雪茹穎美鬚髯，善談笑。書畫潤筆有所得，輒分贈貧者。與兄抱雪縱遊長安，户外屨滿，有句云：「鳴秋殘葉大，破石老根强。」

華亭王瑁湖相國頊齡過仙霞嶺，有句云：「傳車行木杪，候吏謁雲端。」《新秋》句云：「醉思湘簟滑，涼愛竹窗虚。」薛澱副相九齡送人句云：「夢中有路終難别，《肘後》何方可療貧。」儼齋司空鴻緒贈人句云：「投轄客同官閣卧，賣文錢向酒家留。」《冬日》句云：「溪雲曉宿巖前寺，霜日晴懸江上村。」可稱江左諸王，人人有集矣。

大覺國師玉林通琇，磬山天隱修禪師之都講也。詩不多見，然少少許過於多多許。有《見山》詩云：「望見青山眼便花，也知此處未吾家。吾家更在青山外，不剪荆榛不種瓜。」師一號天目老人。

靈隱和尚碩揆原志《偶成》云：「我亦年年澗谷師，孤雲相引下茅茨。人間只競春光好，五月松風賣與誰？」《訪石壁主人不值》云：「乞米江城僧未歸，孤雲斜日冷柴扉。欲書庭葉留名字，恐逐西風下嶺飛。」二詩可入《弘秀集》中。

江都宗定九元鼎自號梅西居士，詩格華贍。有《題鄧尉山圖》云：「鄧尉梅花四十里，具區三萬六千陂。山中正對漁洋景，令我尋思歷下詩。」徐電發檢討釚云：定九一號小香居士，晚隱廣陵之東原，自著《賣花老人傳》，蕭靈曦晨爲之繪圖。王西樵考功士禄題以詩曰：「飲香浴露詞人筆，小白長紅野圃春。時賞一枝博新咏，幽情兩屬灌園人。」又：「何來筆墨關卿事，不惜畦邊千錦叢。多少清詞飽蟲蠹，風流輸與賣花翁。」自是廣陵春遊者過紅橋一帶，多説賣花老人逸事矣。

索果亭克詩多清刻有味。如「春歸空草色，鳥語各花枝」、「白雲深古寺，緑水悦騷人」、「白餘樵徑雪，青滿鶴巢松」等句，皆可誦也。果亭，素庵之弟。

談半村汝龍字敬業，吴下人，工詩賦。修書内殿，因事維縶，鬱塞不得志，往往發之詩歌。間以酒自娱，不修邊幅。有和人送春詩云：「送春詩到識春非，我獨端居荆棘圍。杜宇亦知人意苦，隔墻高叫不如歸。」

半村與余交最善，相依圜土中，晦明風雨，刻意苦吟。半村嘗有句云：「狂飇無影摧花散，夢雨成陰障月昏。」又：「五夜料難成好夢，兩年應未定驚魂。」又：「塞翁得馬機先伏，楚國亡猿禍且隨。」又：「詩惟寫意隨唐宋，酒借陶情任聖賢。」蓋不衫不履，多自得之趣。及與余無題倡和諸作：「不緣人似梅花淡，肯繫情如春水濃」、「夜月樓臺楊柳笛，春風簾幙鳳凰裙」，則又清麗芊綿矣。半村嘗爲余言：山陰女子薛小英，詩詞兼擅，以所適非偶，抑鬱而死。小英有《無題》詩云：「昨夜懷人緑瑣窗，燈枝如粟吐銀缸。風聲入樹驚棲鵲，月影移花閃睡尨。撫枕應知腸斷九，窺簾猶憶目成雙。玉奴不省當年約，枉乞春絲繡佛幢。」

閻古古在濟南有詩云：「四圍松竹山當面，一望樓臺水半城。」雖本白太傅「燈火萬家樓四面，星河一道水中央」，而所寫境地不同。如鄧孝威漢儀《過大庾嶺》「人馬盤空細，烟嵐返照濃」，亦本「村遠行人小，荒城落照偏」之意，句在伯仲，難分軒輊。古古繫刑部獄時，自署其門曰：「闖天下無根禍，坐人間第一牢。」談半村以事羈西曹，亦有句云：「大地未能容我輩，此間翻可著閒人。」

家伯初白老人嘗教余詩律。謂詩之厚，在意不在辭；詩之雄，在氣不在直；詩之靈，在空不在巧；詩之淡，在脱不在易。須辨毫髮於疑似之間。餘可類推。所著《敬業堂集》中分小集多至十餘種。宋人惟楊誠齋有之。老人歸田以及患難，又有《餘生》、《詔獄》、《生還》三集，家七倫弟刻於嘉善。老人有句云：「座中放論歸長悔，醉裏題詩醒自嫌。」又：「人來絶域原拚命，事到傷心每怕真。」予每喜誦之。又有《花朝晴示僧道楷》詩云：「初日烘雲碎作霞，討春人競出江涯。老來不喜閒桃李，別約山僧看菜花。」此與宋魏野所作「城裏争看城外花，獨來城裏訪僧家。殷勤覓得新鑽火，爲我旋烹岳麓茶」意相似。

錢振芝「天上有星臨薄命，人間無藥治相思」之句，爲世傳誦。而半村「無藥可消衰鬢白，有絲難貫淚珠紅」，其感時傷遇，凄楚倍之。

嘉定孫松坪致彌髫齔之歲即以詩名。掉鞅詞場，致身禁近者四十年。其《題秦淮小榭四絶》最佳：「赤欄橋外柳千條，一曲青溪漲晚潮。鵝管偷聲催月上，不知何計不魂消。」「南部烟花失舊聞，都無歌笑有愁雲。才人潦倒佳人老，腸斷當年白練裙。」「艷曲空傳燕子箋，如雷羯鼓鬧燈船。可憐三五花梢月，曾向臨春閣外圓。」「欸乃聲中酒半消，水天閒話總無憀。不須重數華胥夢，衰柳秋風見六朝。」又松坪《未申集》載《歸舟口號》一絶云：「有淚何曾灑路窮，小船欹側逆流中。科頭白眼傾尊酒，飽看人家使順風。」具見磊落胸襟。

秀水徐壽謀天穡號南皋子，神思風骨，清挺超妙，與余在朝勿齋方伯離相齋倡和最久。一夕三人共坐，方伯口占一律云：「門前休問有何人，舊雨惟君意更親。博覽群書推甲子，高燒銀燭守庚申。披裘捫虱論今古，捉筆塗鴉數夕晨。元定設耆逢遯日，只應焚稿莫逡巡。」南皋刻有小集一册，德州孫莪山勷爲之序。有《春遊曲》云：「狹路香車捲細塵，如花一隊出城闉。春風無賴垂楊柳，故把狂絲罥畫輪。」

朝方伯熟精内典，顔其齋曰「離相」。有詩云：「幾年心苦坐蒲團，見道非難證道難。本性豈容隨物轉，初心何必要人安。工夫恰似銷金鑛，滋味還同啖鐵丸。如此修持爲正覺，若它觀者即邪觀。」

家伯查浦老人，平生遊迹遍天下。所至覽眺留題往往膾炙人口，而《燕京雜詠》百四十首，尤騰譽都下。康熙庚辰、辛巳間，來遊天津，居吾家于斯堂，前後幾及兩載。時與趙秋谷執信、姜西溟宸英、昝元彥茹芝、朱字緑書、劉大山巖肇牋飛斝殆無虚日，至今猶想見前輩風致也。一日飲遂閒堂，留别主人云：「歲晏論交地，淹留得此堂。月沉詩酒海，花照管絃場。客位新咨目，書叢舊墨莊。東州推逸黨，曠達爾何妨。」「樂事隨時換，朝昏景不窮。徑移新窅窕，人占好房櫳。泥酒更更醉，分燈院院紅。豈知簾幙外，昨夜有霜風。」「石勢侵廊斷，池光拂檻流。路迴亭似鵠，簾捲屋如舟。徑竹蕭蕭暮，盆花艷艷秋。客愁渾減盡，遮莫少年遊。」「才子今張率，名園比謝亭。門無辭客例，家有益齋銘。顧我頭將白，逢君眼共青。茫茫人海内，此跡豈浮萍。」予弟基、學、開三人，咸克世其學。學有《研北詩抄》，開有《吾匏亭稿》，皆長洲沈編修德潛爲之序行。

先祖少尹公舊藏陳章侯《蓮鷺圖》，絶去筆墨町畦，一掃凡近。海寧陳相國元龍題云：「墨花吹得緑差差，小景分來太液池。白鷺不飛蓮不謝，摇烟立雨已多時。」初白老人題云：「蓮吾愛其潔，鷺吾愛其白。持將不染心，配此一拳石。」

初白句：「雪飄燈事闌珊後，春到梅花淺深間。」查浦句：「庭烏得食每雙下，鄰犬驚人時一喧。」皆可以參禪意。

惲南田格字正叔，又曰壽平，善没骨設色花卉，昭代稱爲第一。虞山王石谷翬亦以山水名家。凡二君片紙尺幅，海内皆爲争購。壽平有《寄石谷》詩云：「收得江山在錦囊，霜天乘月下滄浪。尚留琥珀蘭陵酒，襆被同君話草堂。」二君襟期灑落，當不獨以丹青爲能事也。

高雲和尚元弘號石庭，高風逸品，卓越一時。所著詩文，如蒼松翠竹，老而愈秀。有《溪泛》詩云：「溪喧如虎歇翻雷，臨水人家酒店開。雨脚雲頭還不散，畫眉聲裏竹船來。」《題徐芝仙水村圖》云：「小橋流水幾人家，點點浮鷗水上斜。釣艇魚罾疎柳外，半江晴雪覆蘆花。」寄人詩云：「北窗松樹盡成龍，塵外高眠鶴夢空。一徑飛花春雪白，半簾疏雨夕陽紅。」向受紅蘭主人供養，後住平陽寺，有《高雲詩集》、《紅雪秋聲詞》。康熙丁酉來都，過余西廟，刹那接話，覺有夙契，因授余偈。其詳載《花影庵雜記》。

桐城方南堂貞觀「生兒莫漫懸弧矢，識字惟當記姓名」之句，海内傳誦，蓋哀其遭也。與同邑馬相如樸臣齊名。貞觀有《答相如書問》云：「故人書至問何爲，落拓心情老更痴。自入秋來常中酒，一從君去斷吟詩。橘奴傷澇成驕僕，瘧鬼公行如故知。惟有龍眠山口月，清暉夜夜照相思。」兩人風雅交好之情，於此可見。

康熙丙申重九，余作賞菊二律，同人和韵成帙。天壇道士董守素白善扶鸞術，有水仙杜麗春降乩，和二律而去。又有降壇詩云：「風凄月苦夜泠泠，幾點霜華上鶴翎。猶有茶烟飄颺處，何人窗下讀《黄庭》。」至丁酉七月，江西杜道周葉湑邀守素於盤山張青城道士光璧之栩栩亭，麗春復降，備書家世始末，且録《海天詞》十首。今記其一云：「每因封事到瑶池，池上桃花開幾枝。俯瞰江河流影細，何人劈下兩莖絲。」《青城方外載筆》記其前後靈跡甚詳，詩不備録。

余居北寺九年，二三朋好時時慰問，或投以吟筒，互相倡和，由是紙墨日多。其中名作，如沈麟州元滄「青雲早達原非幸，白首論交未是遲」，又「豈有生涯成畫地，任他好夢到鈞天」，談半村汝龍「身經一劫觀殘局，心有千頭理亂絲」，沈艮思青崖「吟到梅花連月冷，話深爐火入灰微」，程廷儀可式「春回小院先啼鳥，香吐寒梅欲染衣」，方高度元禮「白草地積霜，黃雲天欲雪」，姚次耕陶「幾莖病骨西風裏，千里愁顏落日黃」，劉雪珂文煊「事雖千局變，心共一燈明」，又「此心早覺功名淡，近日尤加禮法疏」，高素臣曰時「拙匠長饑仍刻鵠，壯夫今老尚雕蟲」，又「去留躑躅争枝鳥，行止飛揚繞苑蟲」，雪齋上人超祚「地限未空不作佛，天宫已滿莫藏身」，錢脩亭陳群「美人悲未嫁，多坐良媒誤。由來情好鍾，愛極翻成妬」，陳蘭雪儀「怒士學山争突兀，激流如箭亂崩奔」，胡象三捷「即遭放逐安天命，不入矜疑亦聖恩」，鮑集軒鳳翔「草蘭香馥尋南鎮，毛笋生鮮買破塘」，許子遜廷鑅「楊柳亂烟春店曉，海棠疏雨小樓寒」，又「紙閣茶濃烟篆晚，板橋花拂酒旗香」，又「風梳翠草晨抽帶，魚唼華星夜吐珠」，又「深林葉落堪容月，北牖簾疏慣引風」，丁芝田鶴「腸惟嗜酒時偏潤，鬢爲吟詩半已斑」，又「蒲團佛笑拈花影，板屋人融凍雪痕」，王雨楓霖「半生噩夢《霓裳曲》，此夕王郎斫地歌」，又「銜碑石闕將誰訴，落溷花枝一任風」，皆一時酬倡之作，堪入《主客圖》也。

宗室香嬰居士文昭字子晉，從漁洋學詩。一日與從祖紅蘭主人分韵，有句云：「花香高閣近，書味小樓深。」主人極爲激賞。後益肆力爲詩，有絶句云：「小徑深沉繡緑苔，曲闌干外儘徘徊。似疏半密三更雨，墻角碧桃無數開。」子晉居右安門外趙村，有《紫幢軒集》。

長洲許子遜孝廉，善學少陵。嘗於都下送同里陸寔君枚往楚中，得句云：「北上同爲客，南還不到家。三年留冀北，十月下長沙。」一時爲人傳誦。寔君饒美才，賦《花影庵寒菊》詩最佳。

山陰宋西洲祖昱才思敏捷，一日可得數千言，名滿長安。其弟西椒祖晟亦鋭志苦吟。而西洲頗倚才自放，記其《送高雲老人南還》詩云：「高雲大士好消閑，六十年來非等閒。生既逃名歸白社，死應埋骨在青山。」父長白先生爲越中名宿，著有《柳亭詩話》，考據精博。其徵引近事，可備掌故。

尤展成侗《艮齋雜記》所載毛大可檢討姬人曼殊遇老尼一事，令人有天涯淪落之感。曼殊養病墳園，當晚春時，比鄰刺梅園老尼過之，讀壁間所懸詩軸二絶云：「河外人家郭外村，金鞭玉勒走王孫。墅橋東畔迢迢路，芳草斜陽晝閉門。」「畫樓高處故侯家，誰種青門五色瓜。春滿園林人不見，東風吹落海棠花。」相與吟嘆良久。尼曰：「讀此詩倍覺此地凄涼，此何人詩耶？」姬曰：「舊懸此庭，不知誰作。」因流涕久之。甚矣詩之感人若此。後於摩訶庵中道之，有識者曰：「此《蕉林集》詩也。蕉林爲真定梁相國所居，故名其集。其詩乃《春郊》十首之二。」老尼遂從相國乞歸一冊。尼係明季宫婢，當時稱菜户者。

朱竹垞檢討彝尊與漁洋齊名海内。趙秋谷宫贊執信作《談龍録》嘲之曰：「朱貪多，王愛好。」余嘗讀竹垞翁《瞿谿》詩云：「鳥鷩山月落，樹静谿風緩。法鼓響空林，已有山僧飯。」似又非貪多矣。秋谷詩法二馮，格律甚細，刻者有《蠡海》、《葑溪》二集。

余舊與朝勿齋、談半村、吴寶崖陳琰同作《小遊仙》詩，寶崖一絶最佳：「自整花冠向鏡臺，天衣稱體不須裁。呼童特地除松徑，曾訂雲英早晚來。」

康熙己亥除夕，余居北寺，與高雲老人煨榾柮而坐。忽報客至，視之，則王孝廉雨楓也。因邀半村，呼酒縱飲，是夕即留榻焉。時雨楓僑居傅閬林編修王露家，至晚不歸，家人遍索不可得，共相詫異。姚次耕太守陶曰：「必往西曹伴蓮坡度歲也。」次日元旦，次耕、閬林與聞人鏡曉、劉雪珂聯轡過訪，一見，相與大笑，賦詩而去。舍華堂而集圜土，亦一佳話也。雨楓《守歲》詩云：「斗室天空復海寬，圍爐促膝共盤桓。何人解道此間樂，一笑都無行路難。賈島祭詩終寂寞，昌黎罵鬼大寒酸。酒酣拔劍歌聲動，起視蒼龍已向闌。」《庚子元旦》詩云：「板屋油窗歲事幽，曉寒剪剪襲輕裘。拈盃不怕嘗藍尾，對鏡何妨見白頭。無著天親成骨肉，茶烟香篆共綢繆。龍鍾雙袖憑閒却，懶向朱門謁五侯。」余亦有《除夕》詩七首，和者頗衆，丁芝田爲之序。

諸城丁野鶴耀亢官椒丘廣文，忽念京師舊遊，策長耳驢，冒風雪，日馳三四百里，至華嚴寺陸舫中，召諸貴遊、山人、琴師、劍客，雜坐酣飲，笑謔怒罵，淋漓興盡，策驢而返。又漁洋載：徐東癡夜逆旅見一客，袴褶急裝，據案大嚼，旁若無人。見徐少年，呼就語曰：「吾東武丁野鶴也。頃有詩數百篇，苦無人知，子爲我定之。」因擲一巨編示徐。尚記其一律云：「陶令兒郎諸葛妻，妻能吹黍子蒸藜。一家清福皆耽隱，十載勞形合静栖。野徑看雲雙屐蠟，石田耕雨半犁泥。誰須更洗臨流耳，戞戞幽禽盡日啼。」

《敬業堂集》載《客有稱高唐州爲緜駒里者因戲成絶句》云：「野語齊東最易訛，緜駒遺俗近如何。

自從一變崑山調，不是吴兒不善歌。」

空谷山人佟蔗村鋐家世貴顯，不樂仕進，僑居天津尹兒灣，以詩酒自娱。有妾亦能詩，蔗村築樓居之，名曰艷雪。蔗村詩各體擅場，而尤精五言。一日，傅閬林王露請假南旋，路由津門。余邀張眉洲坦及蔗村同遊王氏依緑園。蔗村詩云：「折簡呼溪叟，携童上野航。閒情抛筆硯，老興逐杯觴。短棹辭塵境，名園問醉鄉。到門秋正好，花竹滿軒廊。」「許傍文星座，雄談酒共傳。柳摇秋水浪，花醉夕陽天。脩竹寒高館，殘荷對綺筵。丹青圖雅集，人似飲中仙。」「新月初浮水，潮平影似鈎。溪邊猶鬥酒，燭下未登舟。風露吹衣冷，星河入夜流。小留鷗鳥狎，詎是戀糟丘。」

毗陵董玉蒼妻吴文璧永和以貞節聞，所著《苔窗集》着語清新。有《語諸女伴》句云：「莫訝隨行步每遲，難將愁緒訴心知。比來欲識儂懷抱，試看芭蕉未展時。」吴江潘稼堂爲作傳。

華亭船子和尚紺池宗渭作詩洗盡鉛華，獨標雋逸。陳其年記其一事云：有僧以詩名，遊陽羨，投詩一卷，乞序。覽之，皆出吾友紺公所著，不覺失笑。調《偷聲木蘭花》一闋以戲之。後同史子雲臣過吴門，訪公梅隱，述其故，一座鬨然。公曰：「是毋足異。曾有僧假余詩謁王阮亭先生，中有『亂松殘雪寺，孤磬夕陽山』句。先生見之，嘆賞不已，贈詩曰：『愛公殘雪句，何減碧雲篇。』列《漁洋集》中，又載之《池北偶談》。此亦何異『一一鶴聲飛上天』耶？」

平樂太守佟鋏妻趙恭人早寡，依兄公鋐僑居天津，鞠子濬成進士。生平作詩最富，不輕示人，而絶無脂粉之態。其《祭竈》詩云：「再拜東厨司命神，聊將清水餞行尊。年年破屋多塵土，須恕夫亡子幼人。」又《題邊塞圖》云：「黄沙漠漠迴無垠，萬古關河不度春。今見畫圖腸欲斷，可知當日戍邊人。」二絶爲世傳誦。所居曰殘夢樓，因號殘夢主人。

海光寺湘南上人成衡，饒有鄭虔三絶。幼爲高雲老人書記。老人來津，掛瓢海光之蒲陶草屋，湘南執弟子禮甚謹。一日老人病後，以皋粱爲杖。余曾有「心虚雖遜竹，質脆不同蒲」，又「病餘聊作伴，竹外又逢君」之句，湘南見之贊不絶口，親爲老人鐫前句于皋粱杖上。次日，湘南請老人上堂，爲皋粱杖説法，士夫來會者數百人。載《高雲語録》。

薥秫米飯，前人無詠之者。德州謝方山郎中重輝有句云：「浮椀真如琥珀光，豐年人每號粗糧。相如渴後曾逢否，方朔飢時那易嘗。真味惟堪同紫莧，補中詎止勝黄粱。大官精膳無由見，一飽何妨此下腸。」録之以識田家風味。

蓮坡詩話中

許子遜《送春》八絶，風流淡蕩，一洗陳辭。録其最佳者：「吴兒日莫蹋歌回，紈扇痕新袖底開。燕子一雙斜掠地，不隨春去却飛來。」「逐隊障泥南陌頭，畫船蘭櫂鬧蘇州。送春不送歸天上，兩兩三三到虎丘。」「橋連芳草酒旗青，醉眠當壚倒玉瓶。十里好風吹不住，亂紅飛雨過長亭。」竹垞翁見之，劇加咨賞，謂燕子一雙，好風十里，令人對此黯然。

辛丑仲春，余遭炊臼之痛，同人和悼亡詩甚多。中有佟蔗村姬人艷雪七絶更佳，其結句云：「美人自古如名將，不許人間見白頭。」用意新異。

燕京韉花之巧，其功可奪造化。如牡丹、碧桃、玉蘭、迎春、探春之類，於三冬皆可計日而得。查浦老人曾有詩云：「出窨花枝作態寒，密房烘火煖催看。年年天上春先到，十月中旬進牡丹。」談半村亦有句云：「始知北地花兒匠，巧勝唐宫剪綵人。」

方賓村觀察願瑛《蘆花被》句：「半江烟月壓歸夢，一榻霜華伴老禪。」可配元吴景奎《咏蘆花褥》一聯云：「瓊臺積雪和烟凝，銀浦流雲入夢涼。」又元人《咏蘆花被》一聯云：「西風吹夢秋無迹，夜月留香雪滿身。」措語甚佳，惜忘其姓氏。

湘南應天童之請，余以詩送之，湘南次韵見答云：「入秋纔幾日，塞雁已成行。掛席催歸去，編茅愜退藏。君閒仍閉户,我老倦開堂。它日如相問,山前見石羊。」湘南有《一笠吟》等集數十卷,俱未開雕。

乙巳秋日,脩亭南歸,過津門,值余續娶尚未逾月。以詩見投云:「片帆南下日,正爾畫眉初。人澹當秋月,詩清出水蕖。由來傳八采,別後托雙魚。爲寄春明舊,今成博議書。」

荆州守袁籜庵韞玉爲吴郡佳公子,風流才調,詞曲擅名。遭亂北都,佐藩西楚,尋以失職,空囊僑寓白下,扁舟歸里,惆悵無家。吴梅村以詩贈之曰:「詞客開元擅盛名,蕭條白髮可憐生。劉郎浦口潮初長,伍相祠邊月正明。擊筑悲歌燕市恨,彈絲法曲楚江情。袁所製《西樓樂府》,中有《楚江情》一齣。善才已死秋娘老,濕盡青衫調不成。」又籜庵一日出飲歸,月下肩輿過大姓門,其家方燕客,演《霸王夜宴》。輿人云:「如此良夜,何不唱『繡户傳嬌語』,乃演《千金記》耶?」籜庵狂喜,幾墮輿。

梅村將至京師,寄當事諸老云:「平生蹤跡儘由天,世事浮名總棄捐。不召豈能逃聖代,無官敢即傲高眠。匹夫志在何能奪,君相恩深自見憐。記送鐵崖詩句好,白衣宣至白衣還。」反復吟咏,不勝悽楚。嘗記雪庵和尚一絶云:「看了青燈夢不成,東風滚雪落寒聲。半生客裏無窮恨,告訴梅花説到明。」可以贈之。

越僧索畫於沈石田,寄一詩云:「寄將一幅剡溪藤,江面青山畫幾層。筆到斷崖泉落處,石邊添箇看雲僧。」石田欣然畫其詩意答之。崑山顧俠君嗣立題鐵夫上人《甜杖雲根圖》云:「棕鞋箬笠水邊行,魚鳥知君拄杖聲。莫占前山一片石,添余同坐看雲生。」不減前詩風致。

俠君與查田、查浦二老人極善。一日在山東道上壁間見二公詩句，因題其後云：「兄弟賡酬各鬭奇，模糊墨跡二查詩。屋梁依舊三分月，曾照聯吟擁被時。」因查浦詩有「可憐半世爲兄弟，姜被翻憐逆旅中」之句也。

乙巳重九，家松晴奕楠種菊顧顧齋，招同魯亮儕之裕、徐芝仙蘭、張眉洲坦、符葯林曾讌賞。亮儕和余韵云：「坐擁花城賦好詩，詩成呼酒一酬之。花神解撥詩人興，細細寒香出衆枝。」後十日，眉洲作展重陽詩，芝仙和之云：「落英何待展秋光，三逕風流未盡荒。佳會即今爲上九，吾徒終古在高陽。賞心香泛山杯冷，照眼花迎夜雨芳。想見開成當此節，六宫稱慶道勝常。」十月初，余又邀諸公賞於澹宜書屋。眉洲句云：「恍疑身入衆香國，共訝秋存小雪時。」葯林句云：「疎花抱短日，寒緑洗幽媚。」

雪嶠大師有句云：「三間茅屋傍溪住，兩扇竹窗關月眠。」又：「林下自聞秋葉雨，燈前亦有草蟲飛。」皆瀟灑有致。又「菜飯獨稱天上福」，七字爲前人所未道。

錢唐符葯林曾著有《春鳧小稿》及《賞雨茅屋》、《雪泥鴻爪》等詩集，流傳南北。其《歲晚》詩云：「横陳棐几儼窗前，看裊茶烟落鬢邊。撥置故書閒竟日，不妨叉手過殘年。」又《歸自横塘》云：「浮石還溪水半篙，緑鱗鱗動散魚苗。歸來滿地夕陽影，知了一聲鳴柳梢。」其神韵不減姜堯章。

陳恪勤賦《冬日感懷》十首，手書贈予。叙述生平，悲歌感慨。今録其二：「平生夢落五湖邊，竹馬重來事黯然。蠲賜歡聲方動地，滯淫秋水又浮天。東南財賦無籌策，士女嬉遊有歲年。春樹萬家烟霧裏，白公堤上每流連。」又：「塵中空羨大丹還，虎豹何須扼九關。日對道書眠石室，時聞仙客下蓬山。金蕉自足容鷗没，海嶽猶能伴鶴閒。墨瀋酒痕猶在眼，舊題應滿翠微間。」

余乙巳初度，徐芬若贈詩云：「雪中門爲次都開，相約扶筇百尺臺。踏凍不辭非獵酒，仁人曾煖曲身來。」又：「膝前風颭一陽巾，饒有閒情慰老親。幾見壽筵開綺歲，稱觴多是白頭人。」又：「鼓聲坎坎鷺于飛，筵捲重簾客減衣。笑口滿堂生淑氣，辟寒原不在珠璣。」又：「五色線添長命縷，消寒枝當九如圖。圖中春色知多少，一片梅花酒一壺。」擺脱凡近，豈可以嘏詞目之耶？

湘潭張湘門少廷尉璨有齋名學量，因自稱學量老人。爲護使時，居予澹宜書屋前後約三年。晨夕倡酬，縱談上下。嘗爲余言，有詩二句甚佳，忘其姓名，因代作前二句以成之。「南軒北牖復東扉，取次園亭待我歸。當路莫栽荆棘樹，他時免掛子孫衣。」用意深厚，仁人之言也。

牧齋多遊戲筆墨，有《反東坡洗兒詩》云：「坡公養子怕聰明，我被癡獃誤一生。還願生兒獃且巧，鑽天驀地到公卿。」觀此詩，可以知其趣向矣。昔宋鄭清之罷相後，登塔詩云：「今日方知高處險，不如歸卧舊林丘。」而王介甫未遇時，登塔詩云：「不爲浮雲遮望眼，只因身在最高峰。」洵乎人之出處行誼，皆可於筆墨流露中驗之。

胡象三捷幼有神童名，十歲能詩文。與余同硯席者三十年。其詩清潤和婉，時出性靈。有和余元旦詩云：「百歲渾消幾首詩，醉吟愁咏費相思。破正清興還無著，飛上梅花三兩枝。」又有「高下歸鴻影，紅黃老樹村。愛閒身少累，媚俗骨無能」，及「山擁白雲西塞雨，霜吹紅樹秣陵秋」、「貧入愁腸偏曲折，秋來詩骨倍嶙峋」等句。象三爲梅宫詹之珩所拔士，與泉亭老人魏燕公尚賓爲忘年交。

毛西河選浙江閨秀詩，獨遺山陰王氏。王氏有女名端淑，寄西河詩，結句云：「王嬙非不無顏色，怎奈毛君筆下何。」引用二姓恰合。

徐芬若從軍沙漠，路經青塚，徘徊竟日，囑虞山黄遵古鼎繪其圖以歸。都下名士以爲奇觀，競賦詩咏之。竟陵唐赤子建中詩曰：「咄哉徐君真好奇，勸客一飲連十卮。酒酣手持青塚圖，邀客爲作青塚詩。自言邊地盡飛狐，青塚猶在邊西陲。世人但聞圖經説，我昔從軍親見之。前臨黑河後祁連，黄沙千里胡馬迷。其地萬古無春風，但見白草常離離。一抔獨戴中華土，青青之色長不萎。我時往拜值寒食，繫馬塚前古柳枝。此柳亦疑漢宫物，枝枝葉葉皆南垂。下有無名之石獸，上有無主之荒祠。獸腹依稀青塚字，刻畫認是唐人爲。祠中絡繹獻挏酪，碧眼倒地呼閼氏。至今牧兒不敢上，飛鳥絶聲馬不嘶。却爲奇跡人罕見，擅場畫手黄生宜。請看慘澹經營處，山川粉墨無參差。按圖一一爲指點，百口稱快含嗟咨。有客引滿前致問，先生圖斯焉取斯？嗚呼噫嘻！先生之意客豈知。男子有才女有色，往往自愛如山鷄。王嬙本是良家子，對鏡顧影常矜持。一朝選入深宫裏，風流不數西家施。誰知承恩亦在貌，君王莫辨妍與媸。但願君王辨妍媸，妾辭遠嫁呼韓邪音移。所以喟然越席起，仰天不復揮涕洟。五鼎生烹主父肉，馬革死裹伏波屍。古之烈士多如此，高山河水當怨誰。此意天地爲感動，墳草四時迴春姿。徐君之才滿一石，白首著書十指胝。新詩句句在人口，清如珊瑚敲玻璃。可憐三載飢臣朔，文章酷召數命奇。雖從王門掌書記，時平不須投毛錐。非無要路與捷徑，丈夫致身羞以貲。正如明妃恃其貌，倔强不肯賂畫師。人生遭遇有不一，侘傺豈即非良時。假使明妃宫中死，安得香名流天涯。披圖知君心獨苦，別有塊壘非蛾眉。君不見杜陵咏懷生長明妃村，乃與庾信宋玉蜀主諸葛同傷悲。」

余有《坐夏》詩二句：「夢回春樹外，花落午晴初。」胡象三贈余詩云：「對酒挑燈三十年，半生心跡寄詩篇。誦君花落午晴句，楓落吴江擬並傳。」象三并以此句手鐫牙章贈余。

阿雲舉學士金罷官後，來于斯堂與家大人劇譚縱論。文采葩流，枝葉横生，聽之忘倦。偶記論李義山「昨夜星辰昨夜風」與「聞道閶門萼緑華」二詩，謂耑指王茂元家妓而言。蓋義山爲茂元之婿，又爲其書記。「隔座送鬮」、「分曹射覆」，非家妓而何？想時適有事奉命而去，是以有「聽鼓應官」、「走馬蘭臺」之句。至「豈知一夜秦樓客，偷看吴王苑内花」，更其明證也。舉座爲之一笑。又有《惆悵》詩云：「惆悵西湟白髮知，舊遊歷歷入新詩。追思醉帽吟鞍日，尚記華燈縱博時。花暖聯鑣春騎射，雨涼留客夜圍棋。而今腰劍從軍後，贏得傍人笑我癡。」昔學士與陳香泉太守友善，囑香泉臨《玉枕蘭亭》，臨畢，即以原本畀之。香泉喜曰：「以魚目换明珠，鉛刀易寶劍，老姬博美女，能無快乎？」

天津由衛陞州，河南宋冰鑑晶以進士來牧此土。磊落不羈，後以倔强罷官。留津數年，與余晨夕過從。有詩云：「連朝細雨未曾收，小院凄涼似早秋。自捲疎簾通燕子，却憐峭壁賺蝸牛。歸來欲賦陶元亮，欵段難忘馬少游。多病經年常閉户，等閒望斷舊羊求。」

唐赤子《雲間端午竹枝詞》内一首云：「無端鐃鼓出空舟，賺得珠簾盡上鈎。小玉低言嬌女避，郎君倚扇在船頭。」其風流不減杜司勛吴興水嬉也。

橫塘居士文欽明思，其先高麗人，國初入京師，兩傳而富峙陶、頓。居士賦性脱略，任意揮霍。凡人間服食、居處、子女、玩好、狗馬之奉，無不窮極其願。往往于歡場樂地發露清機，視同脱屣，殆具宿根也。與余爲群紀交，往來大江南北，取道津門，必盤桓旬日而去。一夕招予，出歌姬百餘人佐酒。粉圍香陣，心目眩蕩，而諸姬色藝，互相角勝，絲竹迭陳，竟至達曙。中有雙鬟歌一絶云：「含烟挹露一枝枝，半拂闌干半映池。最恨年年飄作絮，不知何處繫相思。」詢之，即雙鬟自作《柳枝詞》也，爲之擊節不置。居士即以此女贈余，固辭乃已。後此女不數月而卒。

商蒼雨編脩盤號寶意，精音律，升庵琵琶，對山腰鼓，兼其風致。乙卯秋入都，路經水西莊，余出歌者演劇。蒼雨留詩曰：「記得東華甲夜長，九枝絳蠟膩歡場。誰知碎雨零烟後，又聽朝來翠袖涼。」「重簾消息隔傾城，相見翻疑面目生。不用掩羞裁月魄，當年着眼已分明。」又：「錦屏銀燭夜闌時，細細風懷脉脉知。結習猶煩大迦葉，麗情都付小楊枝。司空相見何曾慣，學士休言不合宜。禪榻茶烟惆悵在，頓教雙鬢忽成絲。」又：「妙高臺上好風光，值得東坡醉一場。解唱幾時明月有，元郎本是舊袁郎。」「水西秋景未凋殘，送客留情坐夜闌。惱亂好花紅著眼，不教攀折只教看。」後二首指元郎也。昔東坡命袁綯歌「明月幾時有，把酒問青天」之句，是日元郎度曲，毛郎叠奏，寶意自吹紫簫和之。

唐時僧景雲題松云：「畫松一似真松樹，且待尋思記得無。曾在天台山上見，石橋南畔第三株。」王漁洋題折枝牡丹云：「三尺霜縑寫鼠姑，檀心倒暈貌來殊。如今疑夢還非夢，曾向南泉見一株。」二詩風神、意調皆妙。

客有《夏日》詩云：「伏日茅簷暑不堪，舍東西北有深潭。也知三面涼風好，奈我柴門只向南。」近時劉伴石觀察垓亦有《夏日》詩云：「竹譜茶經信筆裁，疎簾半捲小窗開。雙槐影動長廊下，覺有微風自北來。」二詩意旨迥殊，所處境地各異耶。

毗陵僧朝宗通忍一詩，頗通禪味：「不慕王侯不學仙，一瓢一衲度餘年。世間多少茫茫者，道我曾參佛祖禪。」

有爲人祝壽者，一絶最新：「祝翁不效華封祝，富壽多男翁已全。但願有花兼有酒，長將花酒傲神僊。」

張少廷尉瑑任長蘆運使時，余至其小齋，見廷尉手書單幅粘壁間云：「書畫琴棊詩酒花，當年件件不離他。而今七事都更變，柴米油鹽醬醋茶。」嘗爲余言古人歌謡出於天然，故妙。近日楚中小兒求雨謡頗好：「青龍頭，白龍尾，小兒求雨天歡喜。大雨落在田隴中，小雨落在花園裏。」未嘗不可播之樂府也。

龍眠方復齋先生爲江南望族，行七。余年二十，復齋已六十九矣。方氏諸名宿往來水繪園最久，故復齋談冒氏掌故最詳。所言同人贈答詩文，多有本集他書所不載者。辟疆有姬人董白字小宛，金陵人，善書畫，兼通詩史。早卒，辟疆作《影梅庵憶語》悼之。一時名士吴薗次綺以下，無不賦詩以贈。温陵黄俞邵虞稷二絶更佳，冒見之，哀感流涕。其詩曰：「珊瑚枕薄透嫣紅，桂冷霜清夜色空。自是愁人多不寐，不關天末有哀鴻。」「半床明月殘書伴，一室昏燈霧閣槭。最是夜深凄絶處，薄寒吹動茜紅衫。」

黄岡杜于皇濬《五月坐雨湘中閣和巢民》云：「何處動鄉情？湘中閣前雨。極望猶嫌雨點稀，天涯雙淚潸然補。此中端不異湘中，湘水湘烟事事同。烟裏一枝疑晚霽，却看乃是榴花紅。榴花自燃竹自濕，高竿盡作湘妃泣。更洗新桐葉斬齊，陰森只許黄鸝入。可憐楚客澹無言，窗外又聞急雨喧。此際鄉思但求似，安得一箇啼哀猿？」又云：「吾鄉絶境，以瀟湘爲最；而瀟湘之勝，尤在雨中。此閣命名已見真賞，乃以屬和于去國三十年之楚人，讀之泣數行下，此真瀟湘雨也。」

雍正甲寅秋夜，夢至舊遊地，得句云：「貪將葉葉花花地，趁取風風雨雨天。高館人歸餘積蘚，空堦日暮起寒烟。」醒後續成一律。家選佛羲和云：「卧遊愛續醒時句，蔗境難忘夢裏天。繡佛齋頭花似雨，真珠亭外柳如烟。」家松晴奕楠和云：「半偈心香人去夜，一床雲影雁來天。想中因果三生石，句裏光芒五色烟。」選佛從家初白、查浦學詩二十年，詩筆老成。松晴字貢木，先宫詹聲山兄之孫。

晉江施南堂世綸先生歷官漕督，清名著天下。《南堂詩鈔》二十卷，如璞玉輝春，蠙珠浴月，琅然可誦。尤工五言，詩中有「愛山移舫對，隔水問花多」、「岸火潛魚躍，沙更宿鳥飛」、「看雲生硐户，聽雨過經樓」、「孤城侵海角，銅柱出天涯」、「飛花懸隙網，行雀上空堦」、「風塵雖近市，心跡喜多閒」、「海氣連吴越，秋聲入鼓鼙」、「水氣涼疑雨，松聲瀉似濤」等警句。擬之姚少監、鄭都官，當不媿也。子廷龍，官禮部郎中，余僚壻也，曾舉《南堂全集》見贈。

開封司馬許渭符佩璜學有淵源，少禀母訓，所著詩文，具見根底。贈余詩云：「庇人孫北海，置驛鄭南陽。」又：「胸能貯丘壑，性本嗜林泉。」後奉太夫人來游水西莊，太夫人有句云：「旅思摇風鐸，歸心縱壑魚。」又：「竹籜含新粉，藤花落細香。」又：「潮來初拍岸，雲起忽遮樓。」太夫人錢塘徐清獻公旭齡女，名德音，熟精《文選》，流覽滿家，至今老年，猶日閱書一寸。

海寧陳文貞公元龍與家大人爲總角交。康熙癸丑秋，予告歸里，過水西莊，登覽之餘，重叙疇昔。置酒徵歌，流連竟日。有留贈詩云：「停舟話舊暫淹留，把臂相看兩白頭。湖海寓公成大隱，冰霜勞客遂三休。徵歌曲罷聞吴咏，投轄情殷滯衛流。共倚軒窗還惜别，鳳城不遠有丹丘。」詩載《愛日堂集》。

新城高宗山孝廉，予友素臣廣文之子，才華宏麗。贈余有「東山麗句諧絲竹，北海名賢共酒尊」，及「甲部攤經丁部史，紅兒記拍雪兒歌」等句。

余童丱時受業山陰王梅澗先生撰。先生豪放不羈，遊跡遍天下，終以不遇而死。常記其一詩云：「計歷程途十二萬，今又經行八九千。身是勞勞南北雁，數聲長唳欲呼天。」

澹宜書屋雜蒔漳蘭，一莖忽呈十瓣，驚爲創見，各賦以詩。吴東壁司馬廷華句云：「重樓交結同心佩，一箭連抽十相花。」汪西顥徵君沆句云：「膏綴重臺情暗結，香縈擁背畫難成。」趙谷林徵君昱句云：「幽處探香憐二妙，秋來紉佩字雙成。」西顥又謂：「同心十瓣蘭，可以卜燕姞之兆。」填《滿宮花》一闋，有句云：「一花一葉有餘香，況爾十成多麗。又知應繡閫兆雙璋，看取夢徵羅袂。」西顥一稱槐塘街人。

余年十四，曾遊上谷。後三十年始重過之，感舊懷人，作絶句十三首。内一絶云：「天邊歲月留難住，人世滄桑感更多。幾度沉吟思往事，風華情思總消磨。」西顥曰：「是日已過，命亦隨滅。雙丸跳擲，不特如駒隙之捷也。人海茫茫中，蠅營狗苟者，亦復何謂？讀此詩，令我有如許頭顱之嘆，亦復有悠然出塵之想。」因調《邁坡塘》一闋題之，舊雨新鷗相繼題贈者頗衆。舍弟魯存，并自鐫一章，曰「愛讀吾兄上谷詩」。其題詞云：「輕雲一艇滌秋襟，卅載離情入夢深。披讀阿兄遊覽句，蓼花菱葉總關心。」

高自垢捷常言長白樂静岩進士山絶世高蹈，隱居盤山平谷之間，故自垢有「何時訪支遁，茅屋住盤阿」之句。静岩詩古文上追晉魏，兼精黄白之術。乾隆戊午春，予至平谷，造廬訪之，以病劇不能對客，逾年遂殁。至今緬想，悵惘久之。

天津城南，地勢窪下，夏潦秋霖，汪洋彌望。冬則冰膠如鏡，居民以凌床往來，其行如飛。魯存弟邀同人作冰泛之遊。魯存得長歌一篇，内有句云：「晶瑩倒射天影白，七十二沽無水聲。」極爲儕輩推許。西顥有句云：「到處回頭都是岸，從今托足不隨波。」頗具禪味。昔年姜西溟編脩遊天津時，曾有《冰車》詩云：「大氣有屈伸，長河白皛皛。千里共積素，篙工失慓獝。此物遂桅行，連繩在纏繳。平行枕席上，凌厲樹木杪。水居仍非舟，空鶩疾于鳥。頓失波濤寬，坐哂艅艎小。利涉有所須，取濟本易了。東風俄司令，萬物變枯槁。流澌一朝盡，百川競奔繞。之時爾何爲，棄置亦以渺。刳木昔王典，出坎理則肇。江湖豈終極，萬古流浩浩。」

半山詩：「道人北山來，問松我東岡。舉手指屋脊，云今如許長。」極平淡中而意味無窮。漁洋聽琴詩云：「曲罷孤月明，溪光散清泚。主客無一言，露坐攬衣起。」二詩皆可細參。

「長貧知米價，老健識山名」，二句造語甚佳，忘其姓氏，方復齋時誦之。

吳東壁司馬有《于斯堂踏燈詞》十二首，風調絶倫。記二絶云：「大庾花開冷不勝，松風亭子及時登。放香最好黄昏後，縞袂仙人看試燈。」「怪他鮑老太郎當，三五優童聚廣場。舞罷《霓裳》妃子笑，虹橋原有李三郎。」時演《長生殿》，故云。

余于己未元旦有句云：「春色淺深簾幙外，梅花消息酒盃間。」槐塘和云：「節交歲尾年頭候，花放梅兄礬弟間。」萬柘坡孝廉和云：「綺歲盡歸推轉裏，春光猶在有無間。」柘坡，秀水人，年二十舉宏博，驚才絶艷，落筆如神。

杭堇浦編修世駿首唱《方鏡詩》二十四首，傳誦輦下。和者自王侯以逮公卿、士夫、方外、閨秀，無不有作，幾及數千家，誠輦下僅事也。記其一律云：「雲葉裁量片片方，水仙晴漾日生芒。兩邊透照成三影，四角迴中稱五光。宛似寫形歸畫幛，不妨偷樣學青塘。劇憐空艷無人會，輸與璇圖織錦張。」

德州田在田助教同之，山薑司農孫。幼即以詩名，司農呼曰小山薑。己未五月來天津，歡宴彌月。將去，集魯存弟香雨庫，有留别句云：「不奈唱驪歌，匆匆今又過。將陵從此去，風雨憶君多。」

吳天章徵君雯居浦州永樂村，爲新城入室弟子。有「門前九曲黄河水，千點桃花尺半魚」之句，余極愛之，特恨不得窺其全豹。己未秋，友人自山右來，篋中携其鈔本詩一帙，即假歸手録。而「門前九曲」一首，惜已佚去，不勝遺珠之憾。其他五言如「潮來全楚白，雲上半江陰」、「一燈殘夜後，百感壯年來」、「鐘鳴少林寺，月上轘轅關」、「階前雙樹老，户外一峰閒」、「泉遶漢祠外，雪明秦樹根」，七言如「倦馬争投盤豆館，飢烏空噪赫連臺」、「時驚橘緑橙黄候，路入秦頭虢尾間」、「當年情事悲鴻爪，近日文章愛馬蹄」、「河聲卧聽崑崙遠，嶽色晴瞻太華高」、「寒瓜引蔓垂茅屋，野水生波入稻田」，皆得唐賢之神髓者也。天章墓誌，新城撰。《蓮洋集》，新城親爲評騭。

天章《桃花夫人》詩云：「桃花夫人好顔色，月中飛出雲中得。新感恩仍舊感恩〔一〕，一傾城矣再傾國。」漁洋曰：「王右丞『看花滿眼淚，不共楚王言』，太藴藉矣。孫文定沚亭云『無言空有恨，兒女粲成行』，與此皆妙于調笑。」

【校勘記】

〔一〕按「新感恩仍舊感恩」，底本存作「舊感思」，今依《蓮洋詩鈔》校改。

錢塘陳對漚皋爲余言：錢塘吴繡谷焯作詩别出機杼，令人可想。有《鄧尉看梅花》詩云：「十年不到香雪海，只當十年不見春。堪笑林逋太寒儉，無多幾樹老湖濱。」繡谷著有《葯園詩稿》、《渚陸鴻飛》等集。尤工倚聲，有《玲瓏簾詞》。其儲書之富，與小山趙氏相埒。

丁巳閏重九，魯存弟于香雨庫庭除前後植菊花數千本，開樽讌賞，與者十五人。墨瀋淋漓，酒光瀲灩，達五鼓始罷。余以小户亦爲洪醉，數年來僅事也。嗣後諸君子相繼散去。己未秋，槐塘歸舟至滄州，有見黃菊詩云：「前年香雨庫中住，萬朶金英青幔張。三五酒人容易散，一番棖觸閏重陽。」

閩清林古度孝廉之父林初文章有送人詩云：「不待東風不待潮，渡江十里九停橈。不知今夜秦淮水，送到揚州第幾橋。」槐塘南歸，以舟行阻滯聊城，見遠山，有作云：「買得吴江七尺船，南來十日九停橈。青山似解憐岑寂，特露雙鬟爲我招。」皆爲一時激賞。

詩以淡而彌永。陳對漚《歲暮即事》云：「羃緒宵來頗未降，空階獨繞影成雙。一堆老雪明如月，賸供詩人牢落窗。」此深得淡中之味者也。

濟南王斗南觀察元樞《過宛平相國怡園》有句云：「如何喬木裏，只是冷雲多。」十字中感愴深矣。奉天李鉄君鍇隱居盤山，有句云：「鬥禽雙墮地，交蔓各升籬。」余荆帆嘗爲予誦之。鍇號廌青山人，有《睫巢集》六卷。古體刻意追摹漢魏，近詩則取裁郊、島間。

湘潭張少廷尉璨《題湘帆圖》二句最佳：「凄迷山鬼啼春竹，憔悴漁郎折岸花。」廷尉爲諸生時，一日赴太倉王相國掞之招，座客滿堂，廷尉議論横生，旁若無人。席間一羊脂玉卮不覺爲衣袖所拂，墮而碎。四座驚愕，廷尉掀髯而笑曰：「久不聞此碎玉聲矣。」飲酒縱談如故。

李旦初旭，無爲州人。作詩務盡刻苦，不留餘力；書法奇崛。不得志於場屋，分修《古今圖書集成》。後從事河工，補薊州通判。盤山爲薊州所屬，遂日夜縱遊，以致降調，旦初恬如也。曾有句云：「路從石罅盤旋去，人自松梢向背來。」二語於遊盤詩，可謂得驪龍頷下珠矣。

崑山徐果亭秉義博極群書，歷官侍郎，退處山林，片言必合經史，一飯不忘友朋，清風高節，朝野共聞。有《培林堂詩稿》。其爲詩高雅幽潔，纖塵不著。如《湖心亭》句云：「山霞飄綺席，水月盪珠宫。」《耘圃》句云：「拙宜安隴畝，愁即散登臨。飲啄從飛鳥，榮枯看落花。」又《贈吴伯成》云：「與君爲别正三秋，席帽霜天感舊遊。尺木軒深重刻燭，九峰雲起並登樓。中朝將相勤推轂，邊塞安危在運籌。願得借君旄鉞地，祭遵羊祜共風流。」

姜西溟編脩久遊沽水，吟咏頗多。有《宜亭》詩云：「不知秋遠近，水色漲平蕪。晒岸多魚網，浮舟半竹廬。橋欹眠折葦，檻倒坐閒凫。落日宜亭上，寥寥我輩俱。」著有《湛園未定稿》。

予家水西莊種有紅菱，己未夏，長洲葛信天正笏、張少儀鳳孫同客陳榕門觀察署中，魯存弟以五十枚餉之。信天有詩云：「紅菱正美喜分甘，采采新從碧玉潭。莫訝鄉心又撩亂，果然風味是江南。」「藕香亭外晚風過，暑退涼生試薄羅。秋月明空秋水碧，倚闌還聽采菱歌。」少儀詩云：「江南六月看采菱，荷衣雪椀輕橈凴。錦帆涇裏櫂烟入，滿身風露寒凌兢。曼歌一聲蟾魄上，紫莖緑葉牽朱繩。十年書劍去鄉國，鴛鳧舊夢空飛騰。直沽旅食又長夏，消渴不耐炎熇蒸。水西主人辱存問，側生五十新荷承。清香撲人光照眼，奚奴觸手愁霜稜。鶴留丹頂鸜爪細，一彎茜影湘波凌。玫瑰輕擘水仙佩，玉膚映徹冰壺冰。吴濃得此乃狂喜，傳箋遍集諸賓朋。古瓷擎出佐芳讌，涼颸淨掃窺盤蠅。滄州法釀瀉百斛，靈池故寔還同徵。都忘蹤跡滯燕土，但覺塵翳消胸膺。哀梨縹李世艷稱，蔗漿櫻寔瓊筵登。獨遺此品在烟水，邈如釣瀨逃嚴陵。天涯相賞有知己，不辭千里扁舟乘。孤根近託藕香榭，白蘋掩映溪流澄。芳鮮只供騷客嗜，聲價豈要皇都增。尊前一笑宛舊識，領略風味當年曾。願携巾拂坐風檻，嬌紅婉翠圍千層。吴歈渺縣吴語軟，卜夜更命張華燈。酒酣潑墨進吴諺，春蚓十丈書枯藤。」

吴江顧爾立卓、無錫朱贊皇襄，二人從紅蘭主人遊最久。主人有集曰《玉池生稿》，因附鍥顧詩曰《雲笥集》、朱詩曰《織字軒集》行世，主人自爲之序。顧畫花鳥名于時。主人自塞外歸，途中寄贊皇詩云：「大漠歸來至半途，聞君先我入京都。此宵我有逢君夢，夢裏君曾見我無？」時贊皇亦自江南重至都門也。爾立有《山行即事》詩云：「愛聽松聲入翠微，寺門不掩任雲飛。老僧見客渾無語，笑向巖前自晒衣。」贊皇有《邯鄲吕仙祠》詩云：「遺像居然見吕翁，衣冠疑帶海天風。我今結願相隨去，只恐神仙亦枕中。」

紅蘭主人有《西洋四鏡詩》最妙。《千里鏡》云：「數片玻璃珍重裁，携來放眼雲烟開。遠山逼近近山來，近山遠山何嵬嵬。州言九點亦不止，海豈一泓而已哉？君不見昔日壺公與市吏，壺中邂逅相嬉戲。自從神術一相傳，而後市吏能縮地。斯言是真非是僞，今設此鏡蓋此意，君若不信從中視。」《顯微鏡》云：「一卷即是山，一勺即是水。大鵬鷦鷯同羽翰，二禽各具生生理。小至鷦鷯亦不止，更有蟭螟來巢蚊莫知。人雖有目何能視，何況目力不同科，離婁師曠二子是。安得空青千萬斛，均分世人令醫其目來觀此。嗚呼聖人之言曰莫顯乎微，豈徒然而已？」《火鏡》云：「鷄聲絶，明星滅。火輪飛，海猶熱。羲和射光穿玻瓈，不學燧人鑽木穴，一團龍腦爐中爇。」《多寶鏡》云：「有客携鏡來，命我持鏡視。一人當我前，更見二三四十人當我前，其數不勝記。濟濟皆衣冠，竟無絲毫異。如蟻復如蜂，揚眉而吐氣。去鏡更一窺，餘不知所逝。眸子蔽一層，即莫辨真僞。今始覺其詐，此鏡從此棄。

將此棄鏡心，可以推而及萬事。」崑山徐原一司寇乾學亦有《西洋鏡箱》詩六首，摹形酷肖，附録於後：「移將仙境入玻瓈，萬叠雲山一笥携。若説靈踪探未得，武陵烟靄正迷離。」「横簫本自出璿璣，一隙斜規貫蝨微。髣髴洞天微有徑，翠屏雲綻啓雙扉。」「交光上下兩青銅，丹碧微茫望若空。遮莫海樓雲際結，珊瑚枝上現蛟宫。」「玉軸雙旋動綺紋，斷紅霏翠轉氤氲。分明香草蘅湘路，百折帆迴九面雲。」「隙駒中有大羅天，光影交時態倍妍。鶴正梳翎松奮鬣，美人翹袖忽翩躚。」「乾坤萬古一冰壺，水影天光總畫圖。今夜休疑雙鏡裏，從來春色在虚無。」按眼鏡之製，不知所自。《梁四公紀》載扶南大舶從西天竺國來，賣碧玻瓈鏡。然非施於眼也。惟《方輿勝覽》稱滿剌加國出靉靆鏡，老人不辨細書，掩目則明。或當權輿於此。然前賢題咏闕如。明吴寬《家藏集》始有《謝屠公送眼鏡》詩。意者流傳中國，在有明中葉耶？今則製作益精，稱名益多矣。

徐原一司寇《次宿遷》詩云：「幸有張平子，還同馬少游。不辭桑落酒，共醉木蘭舟。虹捲荒城暮，鷄鳴古廟秋。餘生老湖海，摇落復何憂。」柏鄉魏石生相國裔介極愛「虹捲」一聯，吟不去口。立齋相國元文詩更華贍矜貴，有《閲武》句云：「龍驤萬騎軍麾轉，鵠立千官舞拜同。」又《送人之官瓊州》句云：「鮫宫風定揚舲過，海嶼花開攬轡行。」司寇、相國及果亭侍郎皆有專集行世，棣萼聯珠，不能專美於前矣。

蓮坡詩話下

柏鄉魏相國五絶最佳。有《慧香廊》詩云：「春在葳蕤中，衆芳噴不歇。心幽得妙聞，皎皎花間月。」又《夜雪》詩云：「夜雪打空廊，不知花落處。只在風雪中，風亦吹不去。」文安陳蘭雪僉都儀極愛其詩，誦之甚詳。

魯啓人庶常魯煜過津門，停舟見訪，贈余詩云：「我未江干擬卜居，君猶憔悴似三間。新交却得蒼涼後，舊事重提涕淚餘。善舞寧憂客試鶴，出遊惟有子知魚。短檠何日能相對，風雨西窗夜讀書。」

金君桑洲爲白河令，舟行漢水濱，得一石，如半月狀，色縹碧。面微凸，形似龜背，有螺文如雲錦，周匝旋繞；底如龜板，有文，緑質黑章，斜竪相間；其旁微凹，左右各露黄紋一道。上下二面皆可作硯，發墨足比端溪之佳者。置滴水其上，雖盛夏，經夕不涸。浸水盂中，照日，遍身皆作金色。陳滄洲先生見而異之，金君遂舉以爲贈。先生意其爲千歲緑龜所化，因名以緑龜硯，序而銘之，更繫以長歌曰：「白河寶石光陸離，千歲緑龜能化之。靈文欲變不盡變，想像腹背形模奇。天然受墨可作硯，緑淨波光眼中見。螺文旋繞爛雲霞，金色微芒走雷電。況饒潤澤中涵濡，滴水永多無乾枯。一噓漸濛香霧點，萬斛欲湧清泉珠。砥平不滑兼不膩，磨蕩能令墨花細。閒窗寂静如小年，往往毫端灑奇字。桑洲金君吾故人，拾此遠自漢水濱。見之朵頤露顔色，欣然解贈如珣璘。玩好於我豈貪黷，此石不得欲痛哭。終朝晤對良友朋，硯北真堪慰幽獨。嗚呼世間萬物變化何其多，慎勿返故歸洪波，坐使墨乾筆穎秃〔一〕。我亦欲化爲頑石，龜乎龜乎當奈何！」

【校勘記】

〔一〕「筆穎秃」，底本原脱「穎」字，今據《昭代叢書》本補入。

高文恪士奇有題人小像詩云：「密林陡壑四明山，聞有幽人自往還。一卷奇書琴一曲，儘堪消受此中閒。」又寄懷友人句有：「君向水雲開竹塢，我從圖畫認江邨。」如奏緑水，吐白雲，當極盛時，已有悠然物外之想。狄向濤、蔣京少刻其《苑西集》。

江南徐巖叟太守起霖咏脇生兒詩最奇，有「生愁沉下土，得竅即先天」之句。兒父王華，陝西三原人。

江南僧麗杲行昱來天津，訪大悲庵詩僧世高，不值而去，留詩云：「渡水尋幽勝，池荷香滿衣。竹深藏宿鳥，雲薄冷漁磯。出寺鐘聲遠，當窗花影稀。惠休何處去，悵悵竟空歸。」出語有書卷氣。

唐六如墓在桃花庵，日久廢傾。商丘宋漫堂中丞犖重爲脩葺，一時名士吟咏甚多，有《重表唐解元遺墓詩》一卷。內韓慕廬宗伯菼一聯極妙，云：「誰昔唐衢惟解哭，祇今宋玉與招魂。」并有序曰：「唐解元以曠世逸才，屢飛觴而醉月，桃花塢爲芳年勝地，曾聚德而占星。當時行樂之場，盡是言愁之日。人非漁父，如入武陵之溪；地接梵宫，不異玄都之觀。衲衣持鉢，晚懺青雲少年；蓮花供僧，早證白骨公案。何人不旅，即此言歸。風悲一丘，夜長萬古。嗟乎！飛霜不擊，冤獄誰明？落桂無枝，孤墳入恨。況復中郎有女，憔悴誰邊；鄧攸無兒，冥茫天道。亡何木拱而伐，封斧而平。居民數家，流水一曲。何丘收骨，迷若蒼梧九疑；有石點頭，語以韓陵一片。蘚苔剥蝕，幾欲生金；高下變遷，斯堪墮淚。傳之好事，達我中丞。發教而愾子房，下馬來瞻董相。垣其幽隧，覆以孤亭。柳子岡前，棗强之碑故在；鳳林山畔，襄陽之墓重完。感我公之意氣千秋，矧吾屬之蕭條異代。五湖共放，亦是當世畸人；一燈自憐，須吊下場才子。隻鷄絮酒，補往日之衣冠；語燕啼鶯，續多情之弦索。猶幸曩者跏趺之地，丈室依然；故人針露之題，墨痕特妙。文人慧業，靈運已夙生天；再世因緣，浪仙自堪鑄佛。寧止一盂之薦，行修兩禊之遊。栽去後之桃花，待現來之優鉢。於戲！草木氣味，何必同時；文字生涯，不勝遥契。春風小隊，公既爲掛劍之人；細雨僧房，走願作鳴驢之客。敬先長句，供下掃之糠粃；用起諸賢，綴上頭之珠玉。」錢塘洪昉思昇曰：「予落拓浮名，雖不及六如萬一，然後先境地，亦頗相似。不覺感慨係之，率成四詩，以寫我心，殊不計工拙也。」今記其二：「吴興僻性解憐才，踏雪唐家墓上來。豚栅雞棲無覓處，獨尋殘碣洗荒苔。」原注：「宋中丞從沈客子所請也。」「頗學吴趨年少狂，逃禪垂老悔詞場。不知他日西陵路，誰吊春風柳七郎。」誦之使人心惻。

徐芬若嘗誦一絶句甚佳，忘作者之姓氏，詩曰：「十年多病沈休文，瘦比湘天一抹雲。看盡前溪歌舞地，癡心只愛鳳凰裙。」

家二瞻伯書畫兩絶，名重天下。初白老人贈以詩云：「詩文價定人争購，書畫船輕客待邀。」與先祖有竹林之好，留贈書畫極多，數十年來，盡爲人携去，僅存所書《萬石亭記》十二幅、畫數幀而已。

洪昉思以詩名長安，交遊讌集，每白眼踞坐，指古摘今，無不心折。作《長生殿傳奇》，盡删太真穢事，深得風人之旨。一時朱門綺席，酒社歌樓，非此曲不奏，纏頭爲之增價。乃好事者借事生風，旁加指斥，以致秋谷、初白諸君子皆挂吏議，此康熙己巳秋事也。秋谷贈初白詩有「與君南北馬牛風，一笑同逃世網中」之句。初白答以「欲逃世網無多語，莫遣詩名萬口傳」。又云：「竿木逢場一笑成，酒徒作計太憨生。荆高市上重相見，摇手休呼舊姓名。」後庚寅九日，郭于宫於花密居招同人社集，演《長生殿傳奇》，初白老人不及赴，以二絶句答之云：「曾從崔九堂前見，法曲依稀餤段傳。不獨聽歌人散盡，教坊可有李龜年？」「上客紅筵興自酣，風光重説後三三。老夫别有燒香曲，憑向聲聞斷處參。」感慨係之矣。洪有集名《稗畦》。竹垞有贈洪句云「梧桐夜雨詞凄絶，薏苡明珠謗偶然」，亦寔録也。

汪苕文編脩琬贈人句云「家臨緑水長洲苑，人在青山短簿祠」，與沐景顒《滄海遺珠集》所載日本使臣天祥《題虎丘寺》「樓臺半落長洲苑，簫鼓時來短簿祠」之句似暗合，細味之，用意各别，詩格亦自不同。崑山葛翼甫《夢航雜説》云：「鈍翁作詩，規模舊句，間出新意。如『裝池故院無名畫，傳寫前賢未刻書』，本方夔『屏張前代無聲畫，架插今生未見書』；『須扶醉日移來竹，亟護分前接過華』，本范成大『開嘗臘尾蒸來酒，點數春頭接過華』；『呼我不妨頻應馬，逢人何敢遽稱貓』，本陸游『偶爾作官羞問馬，頽然對客但稱貓』；『酴醿過了吾何恨，笋老蓴殘最惱人』，本陸游『荷花折盡渾閒事，老却蓴絲最惱人』；『深山交舊俱無恙，惟欠樽前麴秀才』，本白居易『樽前百事皆依舊，檢點惟無薛秀才』；『玉輦不來花落盡，掠鷹臺上鳥空啼』，本段成式『鳳輦不來春欲盡，空留鶯語到黄昏』。如此甚多，不能悉數也。」

孔東塘學博尚任號雲亭山人，用侯方域、李香君事作《桃花扇傳奇》。其間朝政得失，文人聚散，皆確考時地，全無假借，與《長生殿》盛行於時。德州田山薑司農雯題詞云：「一例降旗出石頭，烏啼楓落秣陵秋。南朝賸有傷心淚，更向胭脂井畔流。」鐵嶺陳于王云：「玉樹歌殘迹已陳，南朝宮殿柳條新。福王少小風流慣，不愛江山愛美人。」宋牧仲中丞云：「血作桃花寄怨孤，天涯把扇幾長吁。不知壯悔高堂下，入骨相思悔得無？」「陳定生吳次尾名士鎮周旋，狎客追歡向酒邊。柳敬亭、蘇崑生。何意塵揚東海日，江南留得李龜年。」

高雲老人《重上長安秋日懷舊詩》三十首，鉛華掃盡，獨出性靈。今記其數首云：「病老無聊客況難，死生情重憶紅蘭。夢中猶喜分明見，淡寫黄花帶雨看。」指紅蘭主人也。又：「江南留得顧梅花，老去詩篇興倍加。猶作梁園舊賓客，西風殘照送昏鴉。」指顧爾立也。又：「古香西席憶徐陵，天上麟兒拜老僧。十七年前曾授記，寸心今托玉壺冰。」指徐芝仙也。又：「水南莊上有髯公，與我同年話始終。留寫《楞嚴》了了義，雁王共禮白雲中。」指宗室拙齋公呑珠也。水南莊在東便門外，二閘河邊。又：「最愛紅椒晚更香，碧蘿翠竹映虛堂。胸中别有真高節，獨對秋山書夕陽。」指借山上人也。又：「一卷清詩冰雪寒，馬驌第一説貞觀。而今問盡江南客，滿眼風塵見亦難。」指桐城方貞觀也。又：「海内都將詩句誇，盡從狐媚托嬌花。長沙獨立人偏遠，望斷汀洲雁影斜。」指陳恪勤公也。

徐芬若倩輦下名家三十餘人合作《芝仙書屋圖》，一時詩家分題吟咏者又六十人，觀之令人目炫。如博問亭分得《苔》云：「雨後隔簾應漠漠，風前映户自閒閒。石衣水髪渾難辨，且對生綃一解顔。」孔東塘學博分得《竹》云：「舊卧芳齋竹滿欄，今年新笋又成竿。相思烟水三千里，倩寫墨君紙上看。」松江周寒溪編脩彝分得《沙上細草》云：「細如石髪千絲罥，密似秧針一抹齊。若憶虞山好風景，無邊春色染青溪。」華亭王雲岡編修時鴻分得《岩上小松》云：「纔經霜雪幾春秋，點染青山分外幽。却笑丈人峰下樹，千年封爵爲秦留。」宗室拙齋公分得《水閣》云：「曲曲溪流草閣虚，主人高隱是南徐。却疑五月江深候，滿塢松篁讀道書。」代州馮欽南内史歷分得《小柏林》云：「叢叢小柏儼千章，翠影扶疎日月長。種近仙山樓閣地，好凝珠露待鸞凰。」大興曹渭符待詔曰瑛分得《草亭》云：「小結芳亭草覆檐，周遭花藥鬥濃纖。此中好著吟詩客，敢請徐熙筆自添。」芬若後舉此圖贈余。

吴江徐電發釚中博學宏詞科，授翰林。早歲韶令，天姿英敏。年十二，和《無題》詩，有「殘月無情入小樓」之句，長老咸嗟異之。朱長孺鶴齡最爲稱賞，語顧茂倫有孝曰：「此今之郭功甫也。世有王荆公，定當激賞其才，邀致爲上客耳。」又過皖江作《雜感》詩云：「亂落揚花攪白綿，皖江江水渌於烟。南朝狎客無人見，腸斷聲聲《燕子箋》。」

吴人袁駿三歲而孤，母苦節垂六十年。駿日走四方，乞當世賢士大夫詩文以頌母。每歸莊誦母傍，聲出金石。歲葺一卷裝褫之，積五十餘軸，題其幀曰《霜哺篇》。牧齋宗伯爲作《識字行》一章，其詞曰：「母能識節字，兒能識孝字。人生識字只兩箇，何用三倉四部盈箱笥。」世之人遂無不知有袁孝子者。

祥符周櫟園司農亮工材器揮霍，善經濟，喜議論，當大疑難，神氣安閒，無不迎刃而解。性嚴岸，居官不肖假借官裏人，而好嘉與後進。嘗置一簿坐上，與客言海内人才某某，輒疏記之，宦轍所至，必枉車騎過之。又令進其所知，使耳目間不遺一士然後快。著述多至數十種。嘗有贈空隱和尚俗臘詩云：「生天良不易，選佛亦難成。但説慈悲力，能銷戰伐聲。病猶甘敗寺，老益賤虚名。一笑桃花發，春風第幾庚？」即與衲子往還，亦不作隨聲附和語也。

蔚州魏環極尚書象樞性至孝，詩甚清挺。告終養時，不復通書朝士。偶以著述寓汪鈍翁，惟用方幅楮題姓名其上而已。其耿介如此。作《循吏行》送人之官云：「古人愛身今愛官，此身一失官何補？」可稱名句。聞喜孫君寧開經爲余誦之。

王西樵考功士禄著有《表餘堂》、《十笏草堂》、《辛甲》、《上浮》等集，海内耆宿如杜于皇、孫豹人、汪苕文、尤展成諸公，論之詳矣。西樵嘗題襄陽詩曰：「魚鳥雲沙見楚天，清詩句句果堪傳。一從時世驚高唱，誰識襄陽孟浩然？」其瓣香微旨所寄可知。阮亭選擇西樵詩，什去二三，次爲四卷行世，亦從其宗仰也。

徐東癡工爲詩，隱居系水之東，茅屋數椽，葭墻艾席，凝塵滿座，晏如也。與同里王西樵、阮亭兄弟極善。阮亭爲刻其集二百餘篇，余最愛之。《清明》詩云：「今年春冷候常賒，野曠烏啼日又斜。寒食清明都已過，墓田撩亂野棠花。」《轉城》詩云：「來看東風剪柳條，土膏新軟雪全消。轉城三面無相識，黄葉隨人過板橋。」又《雪晴》句「春來荒墅無供給，雪斷柴門少送迎」，又《午醒》句「布穀鳥鳴過麥後，採桑人去在花前」，又《秋柳》句「爲計使人西去日，不堪流涕北征年」，皆警策可諷也。

高念東少宰珩，山東蒙陰人。骨清神佚，氣静情疎。每風日晴和，自跨一驢出，遇嘉石濃陰，即繫驢而卧，見者不知其爲貴人也。有送人歸海陵句：「紅香塵裏休回首，黄葉村中欲卜居。」出入中外三十餘年，不以富貴貧賤動其心，士大夫高之。

睢州湯潛庵司空斌性至孝，潛心性命之學，作詩雄渾俊逸，讀之如坐開元、天寶間。贈人云：「千里風塵驚短髮，十年供奉憶同官。」送友云：「關河落照鄉山迥，驛路鳴蟬野樹深。」又題畫云：「秋林不厭静，高士自能閒。盡日茅亭下，開窗對遠山。」出語圓潤温厚，不矜才使氣，宜其理學文章爲昭代一人也。李天生以車笠之雅，刻其遺稿八卷。

吴江計甫草孝廉東，忍辱好奇計，負經世才，不得志。與尤展成、王阮亭交最善。將至京師，有作先寄所知云：「帝城隱隱接雲霄，又見梯航萬國遥。遂有黄金能市駿，不妨青海看横雕。乘風摇曳三千里，感舊凄凉十四朝。多少菰蘆遺老在，敢將詞賦問漁樵。」後客鄴城，徧詢謝茂秦葬地，得之南門外二十里。見小塚頽墮荒草中，賦詩吊之。求其子孫，不可得，因固請鄴中當事爲封土三尺餘，禁里人樵牧，其上立碣誌之，曰「明詩人謝茂秦墓」。

宛陵施愚山侍講閏章操履孤遠，學有本原，力以名教爲己任。作詩直追漢唐，尤善五言。有「披拂散心顔，榮落皆愉悦」，又「眷言采芝人，毋使春芳歇」之句。漁洋謂當代詩人目曰南施北宋，宋即荔裳也。

計甫草自海陵歸，渡江，會大風雨雪，舟不得發。同行者垂首歎惋，計坐舵樓下，手阮亭詩讀之。至論鄭少谷絶句，哭失聲。既乃大喜，拭涕起，坐雪中，觀江濤澎湃，吟嘯自樂。阮亭論少谷詩云：「三代而還盡好名，文人從古善相輕。君看少谷山人死，獨有平生王子衡。」王廷相子衡鋭意詩文，見善如不及。少谷山人鄭繼之與王未謀面，乃有詩云：「海内談詩王子衡，春風坐遍魯諸生。」王見之，有知己之感，於鄭死後，數千里入閩，經紀其喪。甫草生平奇事最多，余友朱導江岷久居江左，備述其顛末。

鄭谷口有二人。一鄭簠，字汝器，江寧人，善八分書，兼工吟咏。一鄭餘慶，字芷茝，歸安人，嫻經濟學，著《行水金鑑》、《石柱記箋釋》二書行世。鄭簠有《遊山》五古，曾於書册中見之。詩云：「虛閣倚木末，石竇流潺湲。禽鳥得所適，嚶鳴相往還。人胡獨無情，不樂真愚頑。況此衡門下，逍遥有餘閒。肯從二仲遊，何羨三神山。」

海鹽陳若蘭端麟，著《閨詞》一百首，中有句云：「垂柳依依緑影生，芰荷亭館設楸枰。局中彈出縱横勢，笑問檀郎若箇贏？」吟咏之佳，可以並美花蘂矣。有集一帙，名《緑窗閒咏》。

滹沱河之南，柏棠村在焉。中有梁蒼巖相國清標別墅。相國《秋憶》詩云：「城東別業輞川圖，手種垂楊一萬株。大麓經秋霜幹冷，緑烟猶似昔時無。」

余有別業在曲周，庭前海棠忽於十月間雪中盛開。大尹張若巖，桐城耆宿也。賦七律一首甚佳，和者雖多，津門閨秀許雪棠爲最。許過時不嫁，工詩文，閟不示人，傳播人間者，惟此詩而已。詩曰：「移從香國種無雙，幾見凌寒意不降。日映輕紅嬌帶淚，風扶弱質笑迎窗。朱門舊許宜春睡，冷院新看伴玉缸。却恨杜公無好句，空教十月渡寒江。」汪西顥《津門雜事詩》有云：「不櫛書生不畫眉，傳來艷絶海棠詩。若教玉秤稱才子，壓倒樓頭舊婉兒。」正指雪棠也。

東坡有《題安平泉》七律一首，集中失載。初白老人注蘇詩，采入補遺卷中。尋碑未得，作詩紀事。仁和沈椒園侍御廷芳，執友麟洲子也。後過臨平，於山麓得碑，手拓以貽老人，并系以詩云：「安隱寺外安平泉，殘碑撫罷懷坡仙。遺篇收拾隨刊得，辛苦詩翁作鄭箋。」以所注蘇詩未及開雕，故落句及之也。

顧梁汾舍人貞觀風神俊朗，大似過江人物。無錫嚴蓀友中允繩孫贈詩曰：「曈曈曉日鳳城開，纔是仙郎下直回。絳蠟未消封詔罷，滿身清露落宫槐。」其標格如許。

徐電發屬謝彬畫《楓江漁父圖》，漁洋題句云：「十載吴江狎釣絲，筆床茶具似天隨。朝來宣賜蓬池鱠，卻憶鱸鄉亭畔時。」愚山詩：「秋來漠漠水漫漫，一色芙蓉十里寬。不向長安飢索米，那知回首憶漁竿。」海鹽彭羨門少宰孫遹詩：「手結夫須上釣舟，霜黄初落潦初收。憑誰剪取吴江水，併作楓林一派愁。」嚴蓀友詩：「瑟瑟波中一棹回，鳧雛相趁小鷩猜。等閒莫道持竿手，消得珊瑚筆架來。」益都馮文毅相國溥詩：「楓江一棹五湖灣，秋月蘆花亦等閒。誰使白頭飢索米，更牽魂夢到吴山。」皆能極道江湖之樂者也。

揚州紅橋之名，自新城司寇爲司理時，與諸名士觴詠而著。陳其年詩云：「輕紅橋上立逡巡，緑水微波漸作鱗。手把柳絲無一語，十年春恨細如塵。」又：「一帶蕪城緑野烟，三春板渚亂寒田。傷心錯到平山路，不獨江南事可憐。」又：「雨餘垂柳鴨頭緑，日落吴天卵色紅。絶似儂家罨畫裏，幾層春水幾層風。」人多誦之。

余舊有弘覺禪師道忞手書絶句一首，甚佳，初不知其爲何人所作，及閲古法語，乃雲峰濬師之偈也。「瘦竹長松滴翠香，流風踈月度微涼。不知誰住原西寺，每日鐘聲送夕陽。」余遊盤山，至萬松寺，亦有句云：「寺前青翠萬株松，寺後巉巖百叠峰。坐久不知天過午，數聲聽打飯時鐘。」

周櫟園司農移家白下，駐節青溪，桃葉烟波，莫愁佳麗，閒訪殆遍。嘗于舟中與胡元潤談秦淮盛事云：「紅兒家近古青溪，作意相尋路已迷。渡口桃花新燕語，門前楊柳舊烏啼。畫船人過湘簾緩，翠幔歌輕紈扇低。明月欲隨流水去，簫聲只在板橋西。」讀之幾欲作《望江南》也。

香林苑道士王野鶴理聰能詩善琴，有「當門飛瀑布，横澗幾長松」，及「神仙固使人難及，貪賤誰云世不憎」之句。宗室博問亭來天津，深相契合。問亭返都，寄以詩曰：「舟過津門三月闌，碧桃花底訪仙壇。别來幾許常相憶，白帝西歸黄菊殘。」紅蘭主人呼曰「采真先生」。

秀水僧靈淵成濬，雲林諦暉之門人也。住諸暨之叠石寺，能詩善飲，曾有句云：「梅花三竺雪，楊柳六橋烟。」頗清婉可諷。與予友余荆帆懋檣極善。一日偕荆帆渡錢唐江，荆帆有詩云：「十載軟塵爲客久，一江小雨共僧還。」大有畫意。

新城有《記得》詩二十首，今記其四云：「班班車又到河閒，越燕辭巢幾歲還。記得繡堂紅燭下，有人和淚唱《陽關》。」「風迴曲陌漾遊絲，新作浮萍緑漲池。記得去年今日見，石欄西畔牡丹時。」「瑯琊怊悵爲情多，記得臨歧喚奈何。千媚中央隨處好，最難忘處是横波。」「菖蒲花好乍聞名，花底從教過一生。記得迴廊人語寂，釵頭纔罷月微明。」一云此詩罷官後贈妓月僊者。

錢塘厲太鴻徵君鶚，以詩名海内者三十年，著有《樊榭山房集》十卷，清微孤峭，於新城、長水外自樹一幟，承學之士，奉爲圭臬。今年落燈日，以手書詩箑見貽，内有《紅橋春游曲》，風調直逼元相。其詞曰：「客愁當春亂如絲，挂在紅橋新柳枝。主人官小肯愛客，載酒呼船浪泊泊。孟婆跋扈作餘寒，玉簫吹過曲闌干。東陵飛下三青鳥，女兒破顔鈿窩小。繁華瞥眼徒紛紜，羊牛踏穿阿麼墳。隔江山暎殘梅晚，招之不來殊偃蹇。主人勸客爲樂方，陳郎叩舷發老狂。高子哦詩妙五字，遊魚出聽燈在水。風花上巳連清明，有約更賦《麗人行》。」原注：「此詩在祝荔山席上作。」

澤州陳説巖相國廷敬，詩情超越，筆無纖塵。有《聞笛》詩云：「一片長安秋月明，誰吹玉笛夜多情。關山萬古無消息，腸斷風前入破聲。」

聖廟幸海子，捕魚賜群臣，命賦詩。初白老人時爲編修，供奉内庭，詩云：「笠簷簑袂平生夢，臣本烟波一釣徒。」稱旨。内侍傳「烟波釣徒查翰林」，蓋同時有澹遠學士也。劉廷璣云：可與「春城無處不飛花韓翃」同一佳話。

趙秋谷贊善被放後，縱情詩酒。客津門時，著有《海漚小譜》。朱竹垞有句云：「閒教花底安棋局，笑比紅兒狎酒人。」時竹垞亦居林下，築室曰「娱老軒」。趙贈句云：「老爲鶯脰漁翁長，間上鴟夷估客船。」具見兩人之高致。

宋牧仲中丞家居，嘗命作蘇子瞻像，輒貌己侍其側。後筮仕竟得黄州通守，詩名振天下。其論咏物詩一段甚佳，略曰：「邵青門長蘅以詠物詩最難，即少陵咏物，亦非至處。余云：咏物有二種。一種刻畫，如畫家小李將軍，則李義山、鄭谷、曹唐是也。一種寫意，工者頗多，要以少陵爲正宗。必如青門言，咏物非少陵至處，豈《房兵曹馬》、《蕃劍》、《螢火》諸什，猶有所不足乎？青門又云：《畫鷹》一首，句句是畫鷹，杜之佳處不在此，所謂詩不必太貼切也。予於此下一轉語：當在切與不切之間。」又錢塘顧啓姬者，鄂幼輿室人也，能詩。在京師，有「花憐昨夜雨，茶憶故山泉」之句。一日幼輿遠道訪牧仲，牧仲贈以詩曰：「閨中有高咏，茶憶故山泉。似此驚人句，難爲贈婦篇。畫眉君暫輟，下榻我相延。賦就滕王閣，靈風促轉船。」

作詩好用經語，亦是一病。老杜詩「致遠思恐泥」，東坡寫此詩到此句，云：「此詩不足爲法。」家初白老人有《秋花》詩云：「雨後秋花到眼明，閒中扶杖繞階行。畫工那識天然趣，傅粉調朱事寫生。」此詩可與前意參看。再宋時或有言今人作詩多要有出處者，朱子曰：「關關雎鳩，出在何處？」又程子亦云：「古之學者惟務養情性，若今之爲文者，專務章句悦人耳目，既務悦人，非俳優而何？」知此可以言性靈。

周櫟園曰：「朱竹初但求之楮潁間。頃過劍津西山，數頃琅玕，丹如火齊，乃知此君亦戲着緋。」

爲賦二詩云：「高情直與晚楓鄰，傞舞安知醉有辰。舊族傳爲絳縣老，孫枝近作赤城人。瀟湘淚盡終餘血，淇澳花繁不是春。曾在龍門河畔立，支離更見爨中身。」「亂擗桃花映客酡，斜批鶴頂間青蘿。翻新競比紅兒曲，截笛留吹赤帝歌。酒醞宜城交未定，冠裁薛縣色全訛。遥看巖下斕斒處，或是秋深柏葉多。」櫟園在閩，著有《閩小紀》，極爲該博。并論閩中詩派：明初林子羽、高廷禮以聲律圓穩爲宗，厥後風流沿襲，遂成閩派。謝在杭以爲國初有十才子，弘、正有鄭善夫，而嘉、隆之後，則鄧副使汝高爲之冠。在杭蓋服膺王、李，已而醉心於王百穀。風諧調合，不染叫囂之習者也。

宋牧仲以《江西詩派論》課士豫章，率昧於題旨。新建張扶長吏部泰來致政家居，耄年好學，撰《江西詩派圖録》。首述吕居仁所定宗派，次總論，次小傳，次與客問答，甚盛舉也。江西派共二十五人，其次第則首山谷。漁洋《論詩絶句》：「一代高名孰主賓，中天坡谷兩璘峋。瓣香只下涪翁拜，宗派江西第幾人？」

寧都魏叔子徵君禧，辛亥六月客揚州，病熱。下邳張天樞九度挾一客過魏，丰儀甚美，不通名次。坐定，天樞揮扇不已。魏竊視扇上有登焦山詩：「滄江如此急，亂石自中流。」魏驚賞，謂：「此何人作？」天樞手指客曰：「是程山公詩也。」魏取扇卒讀，而揖山公曰：「吾固聞君，不謂遂至此耶！」於是恨相見晚，并爲作《一石山房詩序》。

長沙朱氏，遇吴逆之亂，爲營兵所掠。氏志堅，衆莫敢犯。舟至小孤山，投江死。其屍逆流三日，浮至故居水濱。夢訴於父母，驚起，跡之，獲其屍。得懷間絶句十首，有云：「少小伶俜畫閣時，詩書曾奉母爲師。濤聲向夜悲何急，猶記燈前讀楚詞。」又曰：「狂帆慘説遇雙孤，掩袖潸潸淚欲枯。葬入江魚浮海去，不留羞塚在姑蘇。」陶式南《筆獵》所載十首，與此小異。

烟草前人無詠之者。韓慕廬宗伯掌翰林院事時，曾命門人賦淡巴菰。淡巴菰，烟草名，見姚旅《露書》。詩多不傳，惟慈谿鄭太守梁爲庶常時所作，存《玉堂集》中。海寧陳文貞公有五律四首，備録之。「神農不及見，博物幾曾聞。似吐仙翁火，初疑異草薰。充腸無滓濁，出口有氤氳。妙趣偏相憶，縈喉一朶雲。」又：「異種來西域，流傳入漢家。醉人無藉酒，欵客未輸茶。莖合名承露，囊應號辟邪。閒來頻吐納，攝衛比餐霞。」又：「細管通呼吸，微噓一縷烟。味從無味得，情豈有情牽。益氣驅朝霧，清心却晝眠。誰知飲食外，別有意中緣。」又：「清氣滌昏憨，精華任咀含。吸虛能化寔，嘗苦有餘甘。爝火寒能却，長吁意似酣。良宵人寂寞，藉爾助高談。」

長洲沈碻士編脩德潛，著有《説詩晬語》二卷，推論歷代風雅源流，一一抒其心得，不襲《詩藪》、《巵言》之弊。其自爲詩，有《竹嘯軒》、《歸愚》等集，專宗三唐，文質相麗。五言及樂府尤爲壇場，有《明妃詞》云：「毳帳琵琶曲，休彈怨恨聲。無金酬畫手，妾自誤平生。」嘗鼎一臠，未爲不知味也。

《秋聲館吟稿》一卷，仁和符聖幾之恒遺詩也。聖幾爲予友蘗林從姪，學詩於厲徵士樊榭，具有宗旨。年三十三夭卒。樊榭序其詩曰：「澄汰衆慮，清思眑冥。松寒水潔，不可近晛。」誦之，信然。尤工五言，如「燭光來樹背，人語到堂襟」、「草長橋西路，茭枯水上田」、「花寒斜更斂，香潤斷微生」、「鷗寒依葦立，山静見烟生」、「小橋連野水，虛室貯秋寒」、「寒烟棲木末，活水匯城根」等句，絶似咸平處士。

天不永年，未見其止，惜哉。

錢塘龔繼武之鏐有《過岳墓》句云：「丞相只憑三字獄，將軍頓廢十年功。」又有《渡金陵》句云：「潮回大江白，日落萬山青。」西顥嘗爲予誦之。尋聞轉客高淳時，有順義趙文之璋令其地，余戲謂之曰：「縣有邢孟貞其人，君曷物色之？」逾年得書，而已報物故矣。告之西顥，相與惋嘆竟日。

周月東焯，天津人。賦詩務極研鍊，不肯苟爲雷同。著有《卜硯山房詩》一卷。嘗作詠物詩，推敲一字未就，語人曰：「吾爲此損眠兩夜矣。」其苦吟如此。又嘗待渡河干，時日已昏暮，孤艇獨横傍厓，絶無人影。因得句云：「唤船人不譍，水譍兩三聲。」且行且誦。後有同渡者見之匿笑，月東傲兀自喜，夷然不顧。里中人争傳述之。

王瞿曾祥工書，以詩古文鳴東南。中年棄舉子業，絶意仕進。有寄西顥詩云：「洛下誰營安樂窩，家江風景更無過。强禁白髮惟閒可，欲附青雲奈拙何。小醉花村兼草市，大歡社舞及田歌。緘詩爲報同門友，勝事狂夫占已多。」跌宕自喜，可以想見襟抱。

染香子陸宗蔡，吴縣人。年二十，未學，從余讀書，不數月即解吟詠。《月下觀弈》詩云：「夜色澄泓一局成，中庭地白絳河傾。手停方麴渾無暑，坐隱文楸静有聲。敲處不愁燈燼落，看來頗稱簟紋清。更闌莫便推枰去，月爲閒人分外明。」和余《人日》詩云：「夢破琴聲春意融，海門晴色上樓中。誰家挑菜臨河渚，幾處停鍼話土風。芳草漸侵牆角緑，梅花低映酒鱗紅。年年歸計輸鴻雁，目斷南雲望碧空。」皆婉約可誦。又冬日至東岸道中，有「風動疏林葉，橋危怯馬蹄」之句，頗得煉字法。

王正國一名舜國，號桂宮居士，金陵人，爲朝天宫道士。善畫，有吴小仙筆意。好飲，求畫者多以酒飲之，醉輒作畫，立盡數十紙。嘗於鄰屋白板上，就木節作睛畫一龍。一夕大風雨，板上龍失所在，木節空洞如鑿。凡所繪龍，一時俱成素幅。後患痢死。遺矢治痢如神，人謂其仙去矣。吴東壁作《王道士畫龍歌》：「朝天宫裏老居士，曾走方壺探弱水。收拾靈怪入筆端，先學小仙後道子。等閒不肯輕揮毫，不稱神畫稱酒豪。求畫定載一石酒，一斟一酌心陶陶。酒酣興發重引滿，左執酒杯右執管。千紙萬紙頃刻成，牛鬼蛇神恣怪誕。落筆好寫蛟龍圖，騰身時作龍躍躍。神來拂紙一揮霍，筆勢早已凌雲衢。東鄰老翁冬作屋，四壁白板新斬木。板間雙節點漆圓，炯炯有光若張目。居士就目作龍形，攫拏夭矯龍如生。草屋時時作雲氣，爪牙麟角生光明。一朝風雨晚大作，雷轟電掣火欲灼。雨止已失龍所在，眼眶空洞如椎鑿。一時畫龍俱無存，素幅不見筆墨痕。當是乘雲各飛去，成群引隊翔天門。自古畫龍誇神助，葉公泯没僧繇著。葉公畫龍龍飛來，僧繇畫龍龍飛去。畫龍龍來龍笑人，畫龍龍去龍乃真。真龍即在三寸管，取多用宏推通神。居士畫不恃烘染，妙技肯爲古人掩？精神凝聚生色相，睛自能飛何待點。居士本是神仙宗，畫圖偶爾留遺蹤。仙蹤渺渺不可即，吾知居士其猶龍。」詩載東壁《金鰲集》。

松桂讀書堂詩話

松桂讀書堂詩話提要

《松桂讀書堂詩話》一卷，據乾隆間刊《松桂讀書堂集》本點校。撰者姚培謙（一六九三—一七六六），字平山，號鱸香居士。江蘇華亭人。有《松桂讀書堂集》。《松桂讀書堂集》有乾隆八年癸亥自序，此篇載於卷六。篇幅無多，然自《詩》、《騷》論至唐末，詩體、作法、詩人名篇既具，論復有新見而細緻入微。如謂七言乃合四言兩句而成，非從五言之擴兩字來，即未聞人道，可增七言身價至與五言齊。又如謂義山《錦瑟》、《馬嵬》二詩，前一首從禪悟得之，後一首但就貴妃心中摹寫，識亦較深入一層。其論每善從前後諸詩比較言之，大抵首重性情，思致次之，事類最下，頗能得其正而不拘泥。

松桂讀書堂詩話

華亭　姚培謙　平山

《國風》好色而不淫，讀「南有喬木」一章，方悟風人之妙。三章詩未嘗着字，而江山清空、人物閒靚光景，恍然可想。屈子《九歌》中二《湘》頗得其意。宋玉《高唐》、《神女》殊愧師門矣。此詩首四句自應以「休」字、「求」字作韵，「息」字實「思」字之誤。《大招》、《招魂》句末用「只」字、「些」字，祖此。此詩作于江、漢之間，自是楚《騷》之祖，即謂之楚風可也。或謂江漢之間，周初豈即楚地耶？夫服屬有時而移，土風千載不易，雖導民者之邪正不同，要其得於江山之氣者深矣。

楚《騷》自是詩人別派，《周南》「南有喬木」一章便是《騷》之濫觴，至屈子而大暢，宋玉繼之，猶爲肖子。以漢後詩人論之，樂府、古詩又分二派，樂府時有《騷》意，古詩從《騷》出者寡矣。

《詩》和平，《騷》艷逸。

《房中曲》原於《雅》、《頌》，其音和平。《鐃歌》諸曲原於楚《騷》，其音沉鬱。

每歎古人託興之妙。古詩如：「空桑知天風，海水知天寒。入門各自媚，誰肯相爲言。」真是泣鬼神語。又越人扣舷歌：「山有木兮木有枝，心悦君兮君不知。」今人只粗心讀過，不知其用意之精，雖若探喉而出，正後人千錘百鍊所不能到也。

古辭《烏生》一篇中，如：「白鹿乃在上林西苑中，射工尚得白鹿脯。黄鵠摩天極高飛，後宮尚得烹煮之。鯉魚乃在洛水深淵中，釣鈎尚得鯉魚口。唶我人民各有壽命，死生何須復道前後。」可謂撞萬石之鐘，擊靈鼉之鼓，聽者不但三日耳聾也。

《三百篇》詩皆四言，間逗五言句。七言雖始于《柏梁》，實則四言二語合之。如「枹鼓不鳴董少平」、「解經不窮戴侍中」，一切歌謡止一句者，必用兩韵相協可見。若八言、九言，則不復可用之吟咏也。至歌行長短句，出自樂府，長句間有至十餘字以上者。要之，長句中實包短句，不過其用韵有疎密耳。

《木蘭辭》自是漢魏人語，或以爲唐人作，攷郭茂倩所載，原有兩篇，其「木蘭抱杼嗟」一篇，則唐人作耳。或以「朔氣傳金柝，寒光照鐵衣」等語，疑爲唐調，此耳食之見也。《木蘭詞》只「問女何所思，問女何所憶，女亦無所思，女亦無所憶」四語，古朴有風人之致，便非唐人所能爲。結處愈俚愈妙，真足調笑千古，而渾然不露。其後一篇，「世有臣子心，能如木蘭節。忠孝兩不渝，千古之名焉可滅」，則唐人之下乘矣。

平子《四愁》，固是奇格創調，亦是《三百篇》叠章體。每咏《衛詩》「投桃」之章，每章只换一字，而言愈簡，意愈長，少一章不得，多一章不得，後人便覺詞盡意竭。

古人詩浩浩落落，字字從胸臆中流出，亦有與前人神似處，不是從前人脱胎，緣其靈臺丹府中無所不有，自然若合符契也。如老杜《玉華宫》詩凌跨百代，然《選》詩繆襲《挽歌詩》一章云：「生時遊國都，死没棄中野。朝發高堂上，暮宿黄泉下。白日入虞淵，懸車息駟馬。造化雖神明，安能復存我。

形容稍歇滅，齒髮行當墮。自古皆有然，誰能離此者。」氣格雄放，已開其先。至宋人擬之，則蹊徑宛然矣。

大抵古人語，後人祖述不少。子建《當來日大難》篇結云：「今日同堂，出門異鄉。別易會難，各盡杯觴。」太白以一語括之云：「欲行不行各盡觴。」彌覺雋妙。

杜詩「人生能幾何，常在羈旅中」，自是驚魂動魄語，乃從古詩「憂傷以終老」五字出。鮑明遠《東門行》「食梅常苦酸，衣葛常苦寒。絲竹徒滿座，憂人不解顔」，似從古詩《飲馬長城窟》脱胎，而俊爽之與渾厚，自爾懸絶。

陸士衡《吴趨行》：「楚妃且勿歎，齊娥且莫謳。四坐並清聽，聽我歌吴趨。吴趨自有始，請從閶門起。閶門何峨峨，飛閣跨通波。」康樂擬之，作《會吟行》云：「六引緩清唱，三調佇繁音。列筵皆靜寂，咸共聆會吟。會吟自有初，請從文命敷。」全襲其調，而謝之雕飾，不及陸之自然遠矣。大抵有意效前人，必不能與前人並也。

六朝人詩至鮑、謝二公，已登絶品。謝如威鳳在霄，風日輝映。鮑如天馬縱轡，掣電追雲。學者急宜從此濬發心源。

太白詩風力似明遠，神韵似玄暉，特其天姿豪放，有揮斥八極之概，遂能超越前人。正如東坡之學劉夢得，才氣誠十倍於劉，然往往有微露藍本處，亦禪家所謂熟處難忘者歟！

朱子稱太白詩非無法，乃「聖于法者」，此語真是詩文三昧。蓋所謂法者，文成而法自寓，非先有法而文從之也。

嚴滄浪稱太白發端句，謂之開門見山。東坡謂文字最難得起句，意正如此。但文字猶可以理解，求詩則聲到界破，全在神運。

太白詩云：「百年落半塗，前期浩漫漫。中宵不成寐，天明起長歎。」柳州《南澗》詩：「索莫竟何事，徘徊祇自知。誰爲後來者，當與此心期。」文人到絶頂地位，見解不過如此，求個轉身處，了不可得。兩公如此，下焉者可知。

「別來幾春未還家，玉窗五見櫻桃花。況有錦字書，開緘使人嗟。此腸斷，彼心絶。雲鬟緑鬢罷梳結，愁如回飈亂白雪。去年寄書報陽臺，今年寄書重相催。東風兮東風，爲我吹行雲使西來。待來竟不來，落花寂寂委青苔。」太白樂府《久別離》曲也。怨而不怒，其《離騷》美人之旨乎？余覽盧仝《有所思》一篇云：「當時我醉美人家，美人顔色嬌如花。今日美人棄我去，翠樓珠箔天之涯。娟娟嫦娥月，三五二八圓又缺。翠眉雲鬢生別離，不忍見之心斷絶。心斷絶，幾千里。夢中醉卧巫山雲，覺來淚滴湘江水。湘江兩岸花木深，美人不見愁人心。含愁更奏緑綺琴，調高絃絶無知音。美人兮美人，不知爲暮雨兮爲朝雲。相思一夜梅花發，忽到窗前疑是君。」亦復宛轉流利，但其意調全從太白詩脱出，而一則深而婉，一則淺而竭，不啻仙凡之別矣。

太白《古風》：「羽檄如流星，虎符合專城。喧呼救邊急，群鳥皆夜鳴。白日曜紫微，三公運權衡。天地皆得一，澹然四海清。借問此何爲，答言楚徵兵。渡瀘及五月，將赴雲南征。怯卒非戰士，炎方難遠行。長號别嚴親，日月慘光晶。泣盡繼以血，心摧兩無聲。困獸當猛虎，窮魚餌奔鯨。千去不一回，投軀豈全生。如何舞干戚，一使有苗平。」此詩與杜《兵車行》極相似。「白日」四句，責重廟謨，詞不迫切，此等處見太白真本領。

古人詩中妙句，必親歷方知。「細動迎風燕，輕隨逐浪鷗」，杜句也。余嘗以荒秋八月中，泊舟浦上，忽風起雨來，此境現前，方知「細」字、「動」字、「輕」字、「隨」字，不但爲鷗燕傳神，而四方上下，迷離蕭瑟之况俱現，豈非神手？

友人舉老杜「掉頭紗帽側，曝背竹書光」二語，問何解。余謂：詩意起二語已道盡，三四承首句，「掉頭紗帽側」見髮稀，「曝背竹書光」見眼暗，髮秃眼暗，豈做得禮樂中人？所謂「攻吾短」也。五六承次句，風落則有松子可收，天寒則有蜜房可割，山林樂事如此，所謂「引興長」也。結句又言，不但爾爾，即遇些些紅翠，亦且駐屐徘徊，即「醉把茱萸仔細看」之意。友人以此解爲然。

每愛古人形容雨勢語。老杜云：「行雲遞崇高，飛雨藹而至。」十字中字字有意，却如探喉而出，雖神工妙手，圖畫不來。若許渾「溪雲初起日沉閣，山雨欲來風滿樓」，下句亦有神助。又老杜「風吹滄江去，雨灑石壁來」，凡大雨必風過而雨隨之，雨至則風歇矣，呼應全在「去」字、「來」字，妄人欲改「去」字作「樹」字，豈非謬乎？東坡「亂雲欲霾山，勢與飄風南」，語亦絶妙。原其鼻祖，總在《三百篇》「有渰凄凄，興雨祁祁」八字也。

摩詰「居庸城外」一篇，弇州謂其若非兩「馬」字重複，此詩應爲衆唐人七律壓卷。余謂兩「馬」字重見何害，但此詩妙處，解者實未甚了了。竊謂此詩定當爲當日寵任禄山而作。上半首見蕃軍驕横，已有不可羈束之勢；五六見明皇貪功外夷；落句見明皇之寵賜優渥，終已不悟也。史稱禄山歸范陽後，奏所部將士討奚、契丹等勳功甚多，乞超資加賞，除將軍者五百餘人，中郎將者二千餘人，所謂「護軍校尉朝乘障，破虜將軍夜度遼」也。禄山辭歸范陽，上解御衣賜之。十四載，禄山請以番將代漢將，從之，更遣中使輔璆琳賜以珍果，所謂「玉靶寶弓珠勒馬，漢家將賜霍驃姚」也。杜詩亦云：「借問大將誰，恐是霍驃姚。」驃姚，漢倖臣，故二公皆以之比禄山。凝碧池頭事，摩詰蓋早已料之矣。

杜詩《三絶句》：「楸樹馨香倚釣磯，斬新花蘂未應飛。不如醉裏風吹去，可忍醒時雨打稀。」「門外鸕鷀久不來，沙頭忽見眼相猜。從今以後知人意，一日須來一百迴。」「無數春笋滿林生，柴門密掩斷人行。會須上番看成竹，客至從嗔不出迎。」三詩大抵感交游，不一類而發。第一首言君子不易遇，遇亦易散。第二首是庸人。第三首則惡客也。《詩林廣記》極言解詩穿鑿之弊，要之，古人必無漫寫景物之詩，但寄託之旨，須以自然爲宗耳。

昌黎詩「喚起窗全曙，催歸日未西」，山谷爲兒時，每哦此詩，不解其意。自出峽來，年五十八矣，時春晚，方知「喚起」、「催歸」乃二鳥名，古人小詩，用意精妙如此。余謂，凡詩中用典實作巧對，須藏意外意爲佳。若唐人「芳春平仲緑，清夜子規啼」，盧延遜詩「樹上咨諏批頰鳥，窗間壁剥叩頭蟲」等，意味便淺，後人效顰，易成惡道。

元次山胸次高闊，遠出衆詩人外。其詩筆斬絶，如高峰出雲，如飛泉赴壑，若竟其用，應是張乖崖一輩人。

玉川子《月蝕詩》橫絶千古，真是天地間有一無二之作。昌黎想亦極愛此詩，爲之删節，要之便是昌黎詩，不是玉川子詩也。

古人説詩，各有心得，不隨人脚根轉，然亦有穿鑿無意味者。如劉夢得《生公講堂》詩云：「生公説法鬼神聽，身後空堂夜不扃。高坐寂寥塵漠漠，一方明月可中庭。」此是夢得作禪語，蓋生公在時，法不曾增，生公死後，法不曾減，第四句正用禪家指月話頭。謝疊山詩話謂此是笑生公身後略無神通，唯有一方明月可以周遍中庭。夫身後神通，豈是高禪所屑？且此「可」字本活用，今作死煞字解，有何意味？此亦是宋儒斥佛見解，或假託謝公，未可知也。義山《韓碑》一篇，置之昌黎集中，幾無以辨，有此筆力，亦只是偶一爲之，不改却自己本色也。

事有不可解者。義山九日題令狐綯廳事詩，其中聯云：「不學漢臣栽苜蓿，空教楚客咏江蘺。」苕溪漁隱但疑其不避令狐家諱。余謂，即以詩意論之，上句本謂屢參戎幕，不能自致功名，下句用《騷》語，若據《騷》本意，直是以上官子蘭輩刺綯矣。時綯已當國，義山方歸窮望援，何至輕率如是？緘閉此廳，終身不處，安得獨怪綯之忌刻耶？

昌黎云：「惟陳言之務去。」此語便是千古文人秘訣。即以詩論，若只是人人道過的言語，便不消道得。偶舉義山集中《杜工部蜀中離席》一首，其中聯云：「坐中醉客兼醒客，江上晴雲雜雨雲。」二語若順文看去，不過就席中寫事寫景，有何奇特，不知奇處正在「兼醒客」、「雜雨雲」六字。蓋通篇是惜別留賓語，夫客醉則可以別，然「兼醒客」則未可別也；雲晴則又可以別，然「雜雨雲」則又未可別也。何等沉着痛快，然讀者初若不覺。又如昌黎《答張十一功曹》頷聯云：「筼簹競長纖纖笋，躑躅閒開艷艷花。」驟看之，亦只是寫湘湖間景物，乃其奇處，全在「競長」、「閒開」四字。蓋此二句是反興五六句，夫筼簹猶競長纖纖之笋，今「未報恩波知死所」，是忙既無可忙；躑躅則閒開艷艷之花，今且於炎瘴送生涯，是閒又閒不過也。眼前景致口頭語，豈容郗夫子藉口？

唐人律體中有似複而非複者，正當細玩其格力之妙。右丞：「獨坐悲霜鬢，空堂欲二更。雨中山菓落，燈下草蟲鳴。白髮終難變，黄金不可成。欲知除老病，惟有學無生。」驟觀之，第五句似複首句，不知第五句正是其全力轉接處，蓋煞上半首、開下半首也。太白：「白玉一杯酒，緑楊三月時。春風餘幾日，兩鬢各成絲。秉燭惟須飲，投竿也未遲。如逢渭川獵，猶可帝王師。」即此法。

義山《錦瑟》詩本係悼亡之作，以錦瑟起興，非賦錦瑟也。通首着眼在「無端」二字，大意謂世間姻緣，無非幻合，只如既有錦瑟，便有五十絃，既有五十絃，便鼓出許多哀怨來，夫婦之道亦如是矣。至於事過景遷，蝴蝶夢覺，杜宇魂歸，無端而聚者，亦無端而散，此聯内已具結聯「惘然」之意。中聯却是追憶從前緣起，極得意時事。月滿珠圓，日融玉暖，本屬自無，而有利根人，當此晌眼穠華，早知有水流花謝，何待今日而始惘然哉。義山多艷體詩，世幾以浪子目之，不知其人極深於禪，如此篇實從禪悟中得力，注家紛紛，總屬無謂。

張、王樂府，不可謂不精工，然就張、王學樂府，便入下俚惡道，此不可不知。

義山《深宫》詩爲仕不得志比。「銷香」、「傳點」正深宫寂寞之時，「狂飈」以喻謡诼，「清露」聊伴幽芬。中聯上句喻遠臣之不得近者也，下句喻才臣之欲有爲者也。爲雨爲雲荒主心而移主眷者，何人乎，殆知其無可奈何而安之若命矣。

劉舍人云：「富於萬篇，貧於一字。」凡一字難下處，不但如老杜「身輕一鳥過」「過」字、「瘦鶴病頸閣」「閣」字之類，人不能道，即本分當用字，偶有遺忘，便足困人。如曾茶山《和曾宏父餉柑》詩：「莫餉君家樊素口，瓠犀微齴遠山顰。」齴字更無别字可以代得，今俗下韵書多不收。

詩不可以强作，强作必多鋪排，鋪排便是陳腐。

詩文妙處，總在一箇轉字。然轉處之妙，全由起處得來，起處不得力，便無轉法。東坡云：「文章難得在起句。」起句得力，以下便直掃將去。作詩若先得項聯、中聯者，便是亂道。

詩主言情，文主言道，固也。其實情到極真處即是道，六經言道，無一語涉腐爛者，後人依樣葫蘆説來，遂成腐爛耳。要之，文自文，詩自詩，非可一律論也。

性情不足而後求之思致，思致不足而後求之事類，所以愈趍愈遠。

作詩以氣貫爲主，氣貫則無論長篇短什，自然句句字字相照應。作字作畫皆然。否則，右軍所謂「形如算子」，東坡所謂「節節而爲之，葉葉而累之」者也。

李、杜二公詩篇，皆原本忠愛，若以温柔敦厚論之，則李不及杜。即如明皇幸蜀一事，二公皆反覆致意，李之《遠别離》、杜之《哀江頭》，無可議矣。其有詞意皆同而神理迥别者，太白《上皇西巡南京歌》其七章曰：「誰道君王行路難，六龍西幸萬人歡。地轉錦江成渭水，天迴玉壘作長安。」子美則云：「錦江春色來天地，玉壘浮雲變古今。」同一錦江、玉壘也，而李之意揚而竭，杜之意渾而厚矣。要之，自其骨性中帶來，不可强也。

五爲中數，故音止於五，加以變宫、變徵而有七，皆自然之數也。詩始於四言，優柔平和，涵蘊無盡，然時露五言。漢魏承之，遂爲百代繩尺。五言之外，豈復有詩乎？至七言之興，雖創自《柏梁》，實胚胎于《楚辭》中《大招》、《小招》，蓋鎔四言兩句之意而出之，非取五言而益以二字也。顧聲長字縱，雖曰易以成文，而渾樸之氣已散。詩之止於七言，其義正與七音等。故詩家不工五言，必無獨工七言之理。漢魏尚矣，六朝諸名家，七言雖間作，其致精全在五言。至唐而七言始盛，七律尤擅長，然大家如《太白集》、《蘇州集》，七律亦僅見。中晚人始以此體爲酬應之先資耳。余謂攻詩者，必以五言爲宗，或不致悖於古人也。

言在此而意却在彼，最是詩家妙境。如老杜《夏日李公見訪》一章云：「遠林暑氣薄，公子過我遊。貧居類村塢，僻近城南樓。傍舍頗淳朴，所願亦易求。隔屋喚西家，借問有酒不。墻頭過濁醪，展席俯長流。清風左右至，客意已驚秋。巢多衆鳥鬭，葉密鳴蟬稠。苦遭此物聒，孰謂吾廬幽。水花晚色静，庶足充淹留。預恐尊中盡，更起爲君謀。」通篇順文讀去，不過寫新涼留客，借酒不足，更復謀添之耳，不知其寫暑氣薄、寫近郫塢、寫長流、寫清風、寫水花，總不是寫眼前景物，只寫好客到來，無酒飲客，又惟恐客去一段情事。夫貧居無可遊，而公子肯來，想因地僻暑薄故耶？顧既來矣，客見四壁蕭然，竟匆匆告别，如何？則慰之曰：鄰居淳朴，西家之酒易借也。酒既借矣，客知所借有限，略飲幾杯，又將告别，如何？則又欵之曰：鳥鬬蟬鳴，水花到晚更佳也。客既肯留矣，便好起身再去覓酒。若使早露窘色，客既不安，那肯久住耶？公之以朋友爲性命如此，讀者往往不覺。

《三百篇》皆四言，字不多而有含蘊。或叠至三四章，皆反覆咏歎，無取煩言也。漢人增至五言，則語放而易駛，開長篇之端矣。若七言，則合二句爲一句，仍本四言，非從五言擴之也。

唐人咏馬嵬詩極多，或叙事，或議論，皆非無爲而作。獨玉溪生一篇，則但就貴妃心中摹寫，譏其至死猶不悟也。據鴻都道士言，海外仙山，貴妃所託，然此恐非貴妃所樂，蓋其意在生生世世爲夫婦耳。中聯上句結上生下，下句極言當日蠱惑情事，直至宛轉就絶于尺組之下，應猶恨九重天子不能庇一婦人。女色之禍人如此，而上皇之不早覺悟，隱然恨在言外。此用意之最深者。或謂落句失本朝臣子之體，甚不知詩也。

詩話盛於宋代，余所及見者，有百數十家，然自歐、蘇、山谷外，不過就所窺見，敷衍成帙，非能于六詩源流心解神會也。國朝詩話，我浙如毛西河、朱竹垞兩太史，徵事既博，持論極工，而新城王司寇則取材尤富，觀者蔑不心醉焉。鱸香居士讀詩之餘，心有悟入，隨筆詮次，直能于漢魏六朝、三唐、宋、元諸家窮微闡奥，諸詩老不得雄踞於前矣。陸奎勳跋。

紅蕉詩話

紅蕉詩話提要

《紅蕉詩話》四卷，據乾隆十五年潭上草堂刻本點校。撰者蔡顯（一六九七—一七六七），字立甫（一作笠父），又字景真，號閑漁，江蘇華亭人。雍正舉人。乾隆間爲郡人訐告，誣其《閑閑録》中「奪朱非正色，異種盡稱王」之句狂悖，遂遭棄市，門弟子譴戍者二十餘人。有《笠父雜録》等。此書有乾隆十五年庚午自序及王善樠序。據王序「乙丑出《紅蕉詩話》一編示余」及書中記事之最晚者，應即作於乾隆十年乙丑。書中評古甚細，説今亦詳，識頗平達。如嫌學詩如參禪、如學仙，應「數生修」之類太過「險峻」；評李義山《錦瑟詩》乃「自況」，黄山谷句法精鍊，不以蘇東坡「發風動氣」之譏爲然，諸如此類，皆甚有見。又表出無名氏詠老杜「心存唐社稷，詩續魯春秋」一聯，以爲「函蓋一切」，此實可與《漁洋詩話》標舉杜茶村詠東坡「堂堂復堂堂」四句一事相埒。又謂松江當時學詩者率宗李義山，亦可補詩史。

序

詩話滋多於宋，而惟滄浪、器之彙舉大全，蓋與休文、彦和、子云、表聖諸品式同體。若温公、荆公數十家，大都即事舉隅，而好惡取舍、異同之趣，悠然露焉。顧石林摘《詩品》之陋，而六一且薄杜，砦溪且劣李，意見其難齊哉！吾友蔡立甫先生，風流駘宕，爲雲間詩伯。每有倡和，人争推玄圃積玉，無非夜光，平原復起也。然十年前嘗語余曰：「美觀易而足存難，吾詩數千，當存數百耳。」其自嚴如此。乙丑，出《紅蕉詩話》一編示余，余受而讀之，宛見作者之指。其論古也創獲而不偏，矯時賢則揚美如不及，而各肖其天。昔許彦周之自叙也，曰：「詩話者，辯句法、備古今、紀盛德、録異事、正訛誤也。」余於斯編尋條挹艷，如酣賞桂海奇芳，請戲咏白傅「紅蕉當美人」句，可乎？含山同學弟王善檣序。

紅蕉詩話卷一

五茸城蔡立甫纂

宋石門《雪景小幅》題云：「太清庵養痾，雪夜寒甚，忽夢與故人周萊峰先生話舊，因以責友生負義不情者。短檠孤榻思依依，抱病那禁雪霰飛。藥餌無緣難奏效，梅花有約未成歸。空林永夜雞偏早，故國先春雁亦稀。忽夢笑談追往事，鸊鵜果腹背鷗磯。萬曆丁酉初春四日，石門山人宋旭并圖。」周晚山跋云：「石門與先貞靖年既相若，學畫亦相後先。貞靖欲留久住吾松，乃與孫漢陽先生、又一士夫皆同社也，共謀爲置田以老焉。其田即寄此士夫官册，每年以餘租與宋。後貞靖棄世既早，漢陽又不喜涉世，故此士夫者竟渝盟，匿田不復還。故前詩末句怨及之。石門夢之明日，以一壺一盒至寒家，索遺像懸之堂中哭奠，予輩俱陪羅拜，叙舊竟日而别。真有古人之風焉。」晚山，今甲辰進士、刑部郎中吉士之高祖也。

詩人多用王昌事，崔顥「十五嫁王昌」、喬知之「自矜夫婿勝王昌」、上官儀「東家復是憶王昌」、王維「王昌是東舍」、武元衡「王昌家直住城東」、李商隱「王昌只在牆東住」、元稹「莫愁私語愛王昌」、劉禹錫「鄰里近王昌」、韓偓「王昌只在此牆東」、唐彦謙「也知情願嫁王昌」、陸龜蒙「自有王昌在」，意其風流人物也，惜無所考。

古詩《相逢行》、《雞鳴》兩篇，句同意異。《相逢》，《白紵歌》所自出也。《雞鳴》意本「角弓」，「桃生」一接，力量極大。

袁海叟於楊提舉座見時大本《白燕詩》，不以爲佳，歸作詩，翼日呈之。鐵崖擊節歎賞，連書數紙散坐客，一時號爲「袁白燕」。時詩不即不離，最得咏物三昧；袁詩三四不切，五六有藍本。宋武衍《睡覺》云：「青草池塘詩夢裏，梨花庭院酒尊前。」

《漁洋詩話》：「七言歌行，杜子美似《史記》，李太白、蘇子瞻似《莊子》，黄魯直似《維摩詰經》。」《此木軒詩話》：「王右丞是正赤色，杜子美是正黄色，李太白是帝青色，李義山是紫色，黄魯直是沉香色。」二公議論獨闢。

黄翰林《瀛山筆記》：「東坡《赤壁賦》中吹洞簫者爲道士楊世昌，成都人。吴文定有詩及此，云：『數行石刻舊曾藏。』謂長公自注也。然詩殊乏情致。予題畫《赤壁圖》絶句云：『山月江風引興長，匏尊桂櫂泝流光。應知入夢翩躚羽，猶是吹簫楊世昌。』」瀛山諱士塤，徽州人，康熙癸丑進士，入史館，著《弘雅堂詩》一卷。

工部《彭衙行》合真、文、元、寒、删、先六韵，《北征》合質、物、月、曷、黠、屑六韵，乃用古韵，非好用外韵也。惟昌黎《此日足可惜》篇雜用東、冬、江、陽、庚、青六韵，竊有未安。宋大中間改《切韵》爲《廣韵》，景祐中又造爲《集韵》，上、去同音通轉，便於撏撦。王元之、蘇子美古詩不免雜亂，甚可怪也。

金粟字枚拜，詩句有法，曾問途於吴綬眉。庚子夏，避暑延陵氏，枚拜自吕巷到城，對榻談詩。越歲，哭子過悲而卒。惠寄《紅葉村莊近咏》三十餘首，《和黄渟仙水中雁字》四首尤佳：「羽檄横空映碧虛，疑將尺素寄雙魚。衍波箋上留鴻迹，洗墨池邊搨影書。錯落衹緣風易斷，廓填翻恐濕難舒。莫言鳥篆無人識，烟水微茫辨有餘。」「秋高健翮展空虛，倒景將毋混魯魚。月姊戲裁鵠白紙，波臣錯喜鶴頭書。霜毫點染迷真贋，水墨淋漓任展舒。漫道昆明池有劫，尚傳史籀是秦餘。」「萬頃琉璃望若虛，依稀洗硯賺游魚。風前掠去雙鈎體，波上浮來一筆書。相逐影形斜復整，不分枯潤卷還舒。銜蘆大有臨池興，數點中流劃荻餘。」「家鷄野鶩擬來虛，逝影渾同縱壑魚。流水行雲□斷簡，乘風破浪遞飛書。屈伸隨意波瀾闊，揮灑何心結撰舒。欲待臨摹留樣本，湘江一抹已無餘。」

讀《孔雀東南飛》結數語，便知放翁《沈園》諸詩情不能已。

賀黃公云生平不喜集句詩，以佳則僅一斑斕衣，不且百補破衲也。荆公暮年乃好爲此體。「高歌懷地肺，遠賦憶天台」、「清秋方落帽，子夏正離群」、「卷簾黄葉落，鎖印子規啼」、「佇瞻雙闕鳳，思見柏臺烏」、「臘雪新晴柏子殿，春風欲上萬年枝」、「莫怕三年持漢詔，猶勝遷客卧商山」、「秋千庭院人初下，春半園林酒正中」，借對甚巧。

長洲四皇甫削華造淡，刻意唐音。子循嘗有言曰：「關中之詩犻，燕趙之詩厲，齊魯之詩侈，河内之詩矯，楚之詩薄，蜀之詩澀，晉之詩鄙，江西之詩質，浙之詩嘽，吴下之詩靡。」而不及閩，豈以鄧汝高、謝在杭諸人閩派盛行，王、李亦爲傾心，不敢置一議與？

婦人纏足，起始莫考。《道山新聞》：「李後主宫嬪窅娘纖麗善舞，後主作金蓮，高六尺，飾以寶物，細帶纓絡，蓮中作品色瑞雲，令窅娘以帛繞脚，令纖小屈上，作新月狀，素韈舞雲中，迴旋有凌雲之態。齊鎬詩曰：『蓮中花更好，雲裏月常新。』因窅娘作也。」《説略》：「理宗朝宫妃束足纖直，名『快上馬』，不以屈上爲貴。」《丹鉛録》援樂府《雙行纏》，謂起於六朝。《瀛山筆記》：「先秦文『學邯鄲之步，匍匐而歸』，此古人弓足一證。邯鄲，晉地，今山右尚甲天下。宋人帥太原者有『喫冷茶』之謔。」按詞人之咏，「可憐誰家婦，渌水洗素足」、「東陽素足女，會稽素舸郎」，則婦人不纏足也；「新羅繡行纏，足趺如春妍」、「足躡承雲履，豐趺皜春綿」，則但裹而不纏扎也；「鈿尺裁量減四分，六寸膚圓光緻緻」，則以尺寸計也；「好好題詩咏玉鈎，緩移弓底繡羅鞵」，則形其弓小也。唐以後競以纖弓爲妙矣。

嘉靖七子詩，謝茂秦高於王、李，以才高論刻，取忌同社。于鱗遺書絶交，元美輩右之，争爲擯斥。器識如此，斗筲之人也。「周公吐哺，天下歸心」，王、李未誦斯語耶？

松雪云：「作詩用虚字殊不佳，中兩聯填滿方好。」《和姚子敬秋懷》五首，沉鬱頓挫，足稱詩豪。雖沿襲少陵，不害其爲佳也。

五律後四句不對，初、盛唐間有之。七律用偷春格，如樂天《聞微之卧病江陵》、劉兼《再看光福寺牡丹》是也。變化不可端倪，如義山《贈司勳杜十三員外》、韓偓《傷亂》是也。至如陸魯望四聲詩、權載之諸體詩，一時游戲，不爲亦可。

南宫訓導趙東籬，紹興人，不能吟，遇名輩，輒折腰求「東籬」詩。改華亭主簿，彙刻贈詩一册，如王漁洋、朱竹垞、孫莪山、劉大山、宋山言、毛初晴、徐蝶園、繆湘芷、康乃心、阿立恒諸公外，指不勝屈。予所最愛者，宋漫堂詩云：「好句當時説倚樓，餐英人淡一籬秋。樽前不少豪華事，醉擁無聲鞠部頭。」王方若詩云：「平生自號東籬子，長憶秋英裛露華。宛委山光若耶水，好尋小圃遍栽花。」「君不吟詩苦愛詩，篇章懷袖幾人知。和陶亦有坡公癖，不爲君題更爲誰。」吴懸水詩云：「塞近風高易作秋，菊枯蝶冷總堪愁。不知此地東籬客，何處尋花插滿頭。」「雲白天青樹葉丹，酒人花社足盤桓。好山只在疏籬外，歸去江南著意看。」「一年京洛總無詩，好事常嫌作答遲。昨夜燈花寒欲笑，斜行淡墨咏東籬。」

陳後山云：「後世無高學，舉俗愛許渾。」丁卯句法雖平，較之後山，力量勇怯遠矣。「舉俗愛許渾」猶可療也，舉俗愛師道，其能瘳乎？如「殘雲歸太華，疏雨過中條」、「月高花有露，烟合水無風」、「遠帆春水闊，高寺夕陽多」、「雲識瀟湘雨，風知鄠杜秋」、「江雲帶日秋偏熱，海雨隨風夏亦寒」、「山簇暮雲千野雨，江分秋水九條烟」、「井轉轆轤千樹曉，鏁開閶闔萬山秋」、「城帶夕陽聞鼓角，寺臨秋水見樓臺」、「溪雲初起日沉閣，山雨欲來風滿樓」，端己歎賞爲「字字清新句句奇」也，後山詩味清淡，佳處丁卯唾餘耳。方虚谷嗜痂之癖，其誰信從？

沈佺期《遥同杜員外審言過嶺》「洛浦風光何所似」、「南浮漲海人何處」、「何時重謁聖明君」，潭用之《感懷呈所知》「十年流落賦歸鴻」、「千年别恨調琴懶」、「一片年光攬鏡慵」，杜牧之《登池州九華峰寄張祐》「芳草何年恨始休」、「道非身外更何求」、「何人得似張公子」，複字失檢。

子山《春賦》：「宜春苑中春已歸，披香殿裏作春衣。新年鳥聲千種囀，二月楊花滿路飛。」截作四句詩，佳絶。

《駒陰冗記》：「薩天錫《送濬天淵入朝》有云：『地濕厭聞天竺雨，月明來聽景陽鐘。』山東一叟曰：『「聞」、「聽」字合，當易「看天竺雨」，唐人有「林下老僧來看雨」。』」按集作《送訢上人笑隱住龍翔寺》，改「聞」爲「看」，乃虞文靖公，蜀郡人也。「聽」、「聞」對舉，唐人有之，郎士元詩云：「暮蟬不可聽，落葉豈堪聞。」

「詩王本在陳芳國，九夜捫之麟篆熟，聲振扶桑享天福」，天錫杜甫雲誥也。後因佩入葱市，歸而飛火入室，有聲曰：「邂逅穢我，令女文而不貴。」予疑焉。膏粱文繡，世之所謂貴也，孰與忠孝廉節？杜公自許稷契，流離奔走，一飯不忘君，殆能保天爵者。若許敬宗、李義府、宋之問一輩有文無行，雖貴不足多也。以此示罰，天道烏乎知之？

虎丘山塘賣水仙者，以淺盎盛勺水浸其根，花開不絶，乃知「借水開花自一奇，水沉爲骨玉爲肌」，本無語病，胡苕溪譏之，非是。

古歌謡諺，三、四、五、六、七言佳處，一字耐人十回吟。

姚弘啓字藥巖，性和介，好吟詩。年近九十，工蠅頭楷。庭中古梅，蟉蚪繽紛，主人布袍赤舄，雜坐莓苔，落英滿肩。華亭廣文俞楷，泰州人，負軼才。一日主人指「飛鴻粉署」四字請賦長歌，援毫立就，意愜飛動，觀者歎絶。騷人韵士時集飛鴻堂賦詩，楊閣學贈句云：「緑鬢朱顔開九袠，梅花明月共三人。」殁後，堂再易主，仍署「飛鴻」。予《感舊絶句》云：「酒壚五載斷春風，一半詞人鬼録中。珍重梅花還好在，招來舊雨是飛鴻。」近清河張氏購得，丹楹叠石，擴成別墅，徵刻飛鴻堂詩。予題其後云：「終卷新詩忽涕零，廿年酒伴歎晨星。草堂亦化飛鴻跡，鶴髮徒然教一經。」「又銜杯酒又題詩，小小滄桑眼見之。卻怪游蜂强解事，也隨閒客繞花枝。」

《列女傳》載蔡文姬感傷亂離，追懷悲憤，作詩二章，一五言，一七言。「嗟薄祜兮遭世患」以下三十句，《胡笳》一拍至十拍意也；「家既迎兮當歸寧」以下八句，《胡笳》十一拍至十八拍意也。十拍云：「城頭烽火不曾滅，疆場征戰何時歇。殺氣朝朝衝塞門，胡風夜夜吹邊月。」宛是初唐人格調。

予授徒河間氏，於亂帙中得一條云：「甲申之變，趙西普黄冠武當山，平西詗知，遣使迫之作詩。復云：『季陵心事久風塵，二十年來豈卧薪。復楚未能先覆楚，帝秦何必更亡秦。丹心已負紅顔改，青史重翻白髮新。永夜角聲知不寐，那堪思子更思親。』」平西乃吴逆，西普不知何名。

「人閒桂花落，夜静春山空。月出驚山鳥，時鳴春澗中」，或擬改「秋山」以應「桂花」，不知桂有四季花、逐月花者，閩中常以春月盛開。下二句擬改「山」爲「栖」，「春」爲「深」，以避複字，真於摩詰頂上著糞也。「栖」字泛，「深」字礙。「月出」句原本根「春山」説下，自佳。

曹松《己亥歲詩》云：「澤國江山入戰圖，生民何計樂樵蘇。憑君莫話封侯事，一將功成萬骨枯。」明肅靖王《塞上曲》云：「遠出漁洋北擊胡，將軍談笑挽雕弧。千金底購單于首，贖得沙場戰骨無。」工於偷勢。

昔人題《村學堂圖》云：「此老方捫虱，衆雛争附火。想當訓誨間，都都平丈我。」語雖調笑，而曲盡其狀。沈石田《題竹贈塾師》云：「一别清風三十載，重來三徑未全荒。此君已覺垂垂老，稚子今看稍稍長。書簡漫消新歲月，漁竿不厭老滄浪。試呼濁酒歌淇(澳)〔奥〕，昨夜疏簾雨正涼。」予《贈鄭塾師》有云：「小子叿堂平丈我，先生摇首者之乎。」亦堪發噱，不如石田之藴藉風流也。

《古杭雜記》：「驛路有白塔橋印賣《轉京裏里程圖》，士大夫往臨安，必買以披閲。有人題壁曰：『白塔橋邊賣地經，長亭短驛甚分明。如何衹説臨安路，不較中原有幾程？』」李空同詩：「金繒社稷和戎日，花石君臣棄國秋。」南渡前晏安鴆毒，懷之久矣。

嵇康意涉矜持，語近憤激，不堪流俗，非薄湯武，縱無讒口，難免於禍。《秋胡行》云：「富貴憂患多」、「忠信可久安」、「酒色令人枯」，真名言也。「授我神藥，自生羽翼。呼吸太和，鍊形易色」，此琴聲尸解之説所由託始與？

東坡《荆州十首》渾成清老，似倣工部。《發潭州》以下數詩、《傅堯俞濟源草堂》一首，篇活、句活、字活，可藥平實之病。

《緑雪雜言》：新淦鄧伯言，宋濳溪見其游玉笥山一聯云「洞天明月一雙鶴，澗水碧桃千樹花」，乃以詩人薦。廷試「鍾山曉寒」，高廟愛其「鰲足立四極，鍾山盤一龍」，拍案誦之。伯言疑天怒，驚死，扶出東華門始蘇。次日，授翰林清秩，以疾辭，放歸山。《列朝詩傳》不載其名。

詩才敏捷，予得交二人：一爲懷寧李勉，字嘯村，院試「春江」詩，嘯村依上下平韵成七言律三十首，渾脱清亮，顧孝廉序之。一爲天台侯嘉繙，字樵客，由選貢署我松主簿事，自方温八叉，古風排律，伸紙疾書，不加點竄，所至倒屣迎之。

「即從巴峽穿巫峽，便下襄陽向洛陽」、「桃花細逐楊花落，黄鳥時兼白鳥飛」，此工部連珠句法。「一山門作兩山門，兩寺原從一寺分」、「東澗水流西澗水，南山雲起北山雲」、「前臺花發後臺見，上界鐘聲下界聞」，此樂天連珠篇法。

都元敬學詩沈啓南之門，誦其《節婦》詩曰：「白髮貞心在，青燈泪眼枯。」沈以寡婦夜不哭，易「燈」爲「春」，不知「燈」字本佳，有泪無聲曰泣，有聲無泪曰號，哭則聲泣俱至。夜不哭，避嫌也，以避嫌而不敢失聲，情益悲苦，泪之所以枯也。

朱霞字初晴，詩才絶似蘇長公，古文書畫，各有家法，高談雄辨，四筵皆驚。嘗語予曰：「作詩從第一句起，節節相生，渾然成篇，方爲大家。曾見周冰持、范武功輩，皆先得中聯，衍成八句。」善哉，初晴之談詩也。古人興會飈舉，一筆卷舒，或起或結，恒有神來之句。若先得中聯，傅會首尾，才大者架屋叠床，才窘者捉衿露肘，脈理不屬，了無生氣矣。

土豪沈某、姚某互相吞噬，一日會於陸孝廉梅園，各樹齒頰，戈矛森向。孝廉片言解之。適坐客出便面求畫，即吮毫寫螳蜋一、蜂一。客少之，添草數莖。客又少之，孝廉援筆題三句云：「螳蜋有斧蜂有螫，兩賢相遇豈相厄，作者有會人莫識。」詼諧絶倒。孝廉字圃玉，詩筆小巧，風流跌蕩人也。

建德徐紫芝字鳳木，同肄業鍾山書院。予歸應院試，鳳木袖詩追送於聚寶門外。原稿失去，記其《望湖亭》一絶云：「吴城名勝望湖亭，水色嵐光展畫屏。明日片帆彭蠡去，大孤山倚夕陽青。」佳句如「竹傾連夜雨，水漫一池秋」、「湖外人家黄葉裏，山邊僧寺碧烟中」。吴學士所謂思清音和，翛然塵埃之表也。

樂府音節久失其傳，漢《郊祀歌》十九章，或稱其刻酷神奇，或謂其幽深峻絶。予不曉其義，或不可讀；其協於鐘律否，更不得而知也。《鐃歌》十八曲殘缺更甚，後來何苦擬之。少陵以時事創新題，從不剽竊古樂府唾餘。詩至少陵，集大成矣。强作解事，古人不爲。漁洋山人句云：「元白張王皆古意，不曾辛苦學妃豨。」

俞翰林送黄翰林唐堂先生歸里，畫水墨芙蕖，題一絶於上云：「玲瓏雪藕慣沾泥，怕共浮萍浸一池。翠蓋紅衣今出水，秋風桂櫂正相思。」俞爨，官少司農。子鴻圖校士河南，賄敗正法，牽連繫獄。羨同官之出水，聽伊子之沾泥，何也？黄撰《中元祭聖祖仁皇帝文》，受憲皇帝知，以庶吉士加日講官，除福建學政，旋以袒護士子罷官。丁未秋，余遊其門論詩。

《青丘集・梅花詩》九首，又《咏梅次衍師韵》五首。其《次韵西園公》二首尤佳。但「春後春前曾獨采，江南江北每相思」，見《詠梅》第三首。「微雲淡月迷千樹，流水空山見一枝」與二首中少異。「擬折贈君供寂寞，東風無那欲殘時」，見第三首結；「春愁寂寞天應老，夜色朦朧月亦香」，見《梅花》第八首；「此地一樽聊自戀，揚州回首已淒涼」，見《詠梅》第二首結。不可解也。

朱静廬負儁才，近聲氣，作《白牡丹詩》刺一鉅公云：「天生富貴無瑕少，地占清華得氣難。」一時傳誦。

摩詰《山居即事》首句「寂寞掩柴扉」，四句「人訪蓽門稀」，或云「蓽門」是「薜蘿」之誤。

雍正甲辰六月，在金陵同溧陽毛閱千飲錢博士仁山署中。仁山問朱初晴近著，予誦其《張睢陽》兩句云：「一城雀鼠皆忠義，百戰雲雷共肺肝。」仁山拍案叫絶，酒翻污袖，不知也。既而曰：「王芳若『名先李郭傳青簡，血並南雷染碧莎』，亦蘊藉否？」

初、盛唐句法如「夕烟楊柳岸，春水木蘭橈」、「劍寒花不落，弓曉月逾明」、「海日生殘夜，江春入舊年」、「霧掩臨妝鏡，風驚入鬢蟬」、「別婦留丹訣，驅鷄入白雲」、「竹院龍吟笛，梧宮鳳繞林」，尋常意思，錯綜入妙。工部「石泉流暗壁，草露滴秋根」，或謂抽換可得四聯。

梅里倡和《秋日漫興》：徐皆山「謀婦偏多怯，添孫更著忙」、「旅雁横孤影，寒蛩併一聲」，程天行「小砌蟲如織，微風竹似吟」，周青士「纈眼菁華盛，霜頭意氣平」、「稻深微徑没，雲斷一鴻孤」，沈雲奇「風翻黄葉亂，雨過碧溪澄」，王越千「晚食煨新栗，晨炊剪老松」，王來素「野水一灣碧，籬花幾處黄」、「菜甲開園得，秋花著雨濃」，吴存初「浮雲迷野樹，細雨掩柴扉」、「無山原可隱，有酒不知貧」、「溪痕侵古岸，月色上圓沙」、「寒落霜浮白，秋香菊正黄」，陸端縠「閣迥分秋色，湖空帶夕陰」，王貽孫「一聲漁笛曉，數點遠峰青」，徐兼六「充饑飽紫芋，汲水亂晨星」，沈孫謀「詩思吟方懶，愁根剪復生」、「溪寒雲不落，林静鳥俱還」，金雋民「竹多無問主，雲亂不知根」，張静庵「虚亭銜落照，石路净秋烟」、「蟲響蕭疏雨，村寒四五家」、「小庭飛翠羽，疏竹亂清暉」，李人表「市轉寒村外，帘翻獨樹西」、「竹分溪影翠，山帶夕陽紅」，時尚志「竹鬬秋陰淡，松篩日影殘」、「對酒愁根盡，看山眼界空」，釋超源「月來疑有客，樹老便爲峰」，清雅之句，不易得也。

癸丑春，同學偕遊怡園，賦詩有「林泉從所好，花木卻無私」句。過椿樹衚衕，同門華介巖留飲，曰：「行藏兩無策，究竟果何如？」予曰：「北闕休上書，南山歸敝廬。」華曰：「此間樂也。」踰年歿於京邸，予爲文哭之。泉下有知，當詠「流水生涯盡，浮雲世事空」矣。

廣化寺僧亦樵，董蒼水門人也，兀寡苦吟。吴進士與同人咏觀音柳，亦樵唾之，賦一首云：「江亭烟鎖萬千枝，未是慈雲手内持。花放小紅渾似蓼，緑抽新葉恰如絲。即看嬝娜風摇處，便解淋漓雨至時。才士紛紛多麗什，何曾爲賦赤檉詞。」稿百篇不存，記其「磬聲清鶴夢，月色淡梅魂」、「共嗟别久形容改，獨奈愁多眼力頹」兩聯。超果講寺雨花殿撞鐘和尚，毘陵人也，能詩。《過釣臺》頷聯云：「空餘烟水千秋想，賸有荒臺五夜寒。」予和其韵。又「江流神禹跡，海見魯連心」，亦佳。郁蔗村偕徐東軒、李亦吾諸人訪之，限韵賦「僧寮晚秋」，有「不雨秋偏爽，凌霜菊自佳」句，未幾圓寂。東軒叩其遺稿，已爲同伴竊去。亦吾挽一絶云：「毘陵行脚解吟詩，百八聲中撞破時。識得九州青九點，無瓶無鉢任君之。」亦吾又言客建寧時，有逡山和尚能詩，如「細雨不成點，白雲忽上衣」、「西施何處子，南渡幾朝君」、「萬山青映竹，一水碧當門」，皆清灑可誦。

唐翁不喜蘇詩，余偶誦「浥浥爐香初泛夜，離離花影欲摇春」，曰：「終似詞中語。」

阮籍「一身不自保，何況戀妻子」，裴説作一句云：「避亂一身多。」工部「五日畫一水，十日畫一石」，山谷作一句云：「五日十日一水石。」僧處默「到江吴地盡，隔岸越山多」，後山縮爲五字云：「吴越到江分。」許用晦「溪雲初起」一聯，放翁鍊作七字云：「一片溪雲雨欲來。」妙絶。

漢王滎陽之困，紀信誑楚得脱。後論功行賞，信無一爵之贈，何也？松雪《詠史》云：「酒酣斫劍氣如雲，屠狗吹簫盡策勳。漢室功高誰第一，黄金合鑄紀將軍。」足爲吐氣。

乙卯小春，超果講寺西來堂牡丹忽放一花，予題數絶於僧房，和者坌集。高待詔小湖三絶最佳：「方丈前頭富貴花，開當小雪眩晴霞。維摩天女兩相笑，賸把奇祥散梵家。」「霜林便起落花風，如夢瑶臺色即空。不比亂翻争舞地，那堪迅掃一枝紅。」「勿嫌脂粉染花容，東絹常留瑞氣濃。憶得仁皇全盛日，荷香紅白乃分冬。」高諱不騫，翰林承祚曾孫，太常層雲子也。幼穎異，與朱太史竹垞聯句。聖祖南巡，以張提帥薦，召試稱旨，扈從入都，欽賜翰林院待詔。假歸葬母，不復出，年八十七卒。自云其詩上接袁凱。

玉蘭、木蘭、辛夷相似，玉蘭色白微碧，木蘭内白外紫，辛夷輕紅膩粉，一名木筆。樂天「紫粉筆尖含火焰，紅胭脂染小蓮花」，紅辛夷也；皮、陸《揚州看辛夷倡和詩》，乃見辛夷本色。

方正學《過嚴陵釣臺》詩云：「敬賢當遠色，治國須齊家。如何廢郭后，寵此陰麗華。糟糠之妻尚如此，貧賤之交安足倚。羊裘老子早見幾，卻向桐江釣烟水。」意思高妙，下「早見幾」三字，便泯用事不合之病。嚴方坦「不有雲臺諸將力，釣壇亦在戰争中」，亦善於翻。劉誠意「不是雲臺興帝業，桐江無用一絲風」，偷其意也。

《焦仲卿妻詩》凡一千七百八十五言，體格獨創，重韻非古人所忌也。盧仝《月蝕詩》凡一千六百七十七字，昌黎倣之不逮。徐仲車作，河海之於行潦矣。

徐是倣字今吾，古文學歸震川，書畫摹董華亭，詩宗白太傅。五言排律百韵，妥帖圓秀，有極似者。嘗語予曰：「少時句法未變化，近除夕吟得『月窮更點參差裏，雨歇梅花黯淡邊』，可詣古人。」唐翁曰：「今吾詩十首删七，便足傳矣。」

「家在江南黄葉村」，東坡題畫句也。尤西堂以「家在江南楊柳村」爲起句，名士俱屬和。王司寇詩云：「家在江南楊柳村，蘆碕沙步水邊軒。玉堂看畫翻怊悵，短葉長條似故園。」「家在江南楊柳村，圖中風物黯銷魂。滄浪亭下春風起，一夜魚苗水到門。」陳檢討詩云：「家在江南楊柳村，笑君只憶水哉軒。野夫原住荆溪上，也有蒲萄漲滿園。」「家在江南楊柳村，此時村景最消魂。疏梅未坼香生樹，野鴨群飛響過門。」風致俱不減大蘇也。

破鏡道人每於黄昏時出，一擊一吟，不丐錢米。旃蒙小除，同金秀才伺於西街傾耳審之，皆太白、東坡絶句也。如「矗疏毛骨洗三遍，浪蕩乾坤走一遭」、「家住蓬萊弱水外，萬年枝上轉乾坤」，豈其自作與？

皮日休「無情有恨何人見，月曉風清欲墮時」，或謂可移詠白牡丹。夫蓮花得趣於水，曉風殘月，清香襲衣，不似牡丹日炙乃香也。若作詠白牡丹，便抹殺風流，襲美地下叫冤矣。「疏影横斜水清淺，暗香浮動月黄昏」，和靖詠梅句也，或云近野薔薇。薔薇葳蕤郁烈，横斜浮動之致安在？甚矣，可與言詩者之難其人也！

用支干作對，温飛卿「風捲蓬根屯戊己，月移松影守庚申」，不觀題引，不知其佳。不如許用晦「年長每勞推甲子，夜深誰共守庚申」也。東坡「豈意日斜庚子後，忽驚歲在巳辰年」，石湖「一飽但蘄庚癸諾，百年無問甲辰雌」，放翁「處處喜晴過甲子，家家築室趁庚申」，俱極自然。

蕭穎士赴東府，門人送者十二人。劉太真爲之序，賦五言古四韵，賈邕得「路」字，劉舟得「適」字，長孫鑄得「離」字，房白得「還」字，元晟得「引」字，劉太沖得「淺」字，姚發得「草」字，鄭愕得「往」字，殷少野得「散」字，鄔載得「君」字，獨賦十韵紀事。以鄔載不與會，僅得九人之詩，所闕者相里造及劉太真詩，其一人并姓名亦逸之矣。予考之劉太真自有傳，賈邕見蕭傳中，其餘若滅若沒，藉送蕭一首以傳。而數人之詩平鈍無可采者，附驥名彰，不信然乎！

柳柳州《酬韶州裴曹長使君寄道州吕八大使因以見示二十韵》，凡爲韶州所用者置不取，其聲律之數如之。删韵本窄，好勝之私，文人不免。但學博才雄，押得險韵倒耳。

紅蕉詩話卷二

五茸城蔡立甫纂

劉維謙字讓宗，精於《切韵》，著《詩經叶音辯訛》行世。穀雨前七日，作燒笋會。予戲謂曰：「奈明日雨何？」劉曰：「日霽風和，安得有此？即雨，幸勿阻。」明日果雨，偕同社衝泥赴約。主人候門揖客曰：「諸君知立甫利市準乎？」李西枝曰：「『祇應與朋好，風雨亦來過』，少陵正爲今日咏也。」相與嗢噱。是日賦「雙虹小圃」，予詩云：「細雨霏霏濕半襟，雙虹小圃愜幽尋。别花韋曲青春晚，换骨劉郎紺髮深。藥鑱漁竿遊物外，柳絲桃片入潭心。見攜鴉觜鋤鶱管，更設松醪向竹林。」李詩云：「東風吹不散春陰，南郭相招著屐尋。隨路淡烟芳草亂，到門細雨落花深。丘園貞識幽人履，魚鳥閒窺静者心。林笋正香家釀熟，醒時勸客醉時吟。」劉詩云：「鵲窺笠屐遞佳音，好景偏從小圃尋。新笋過畦穿菜甲，交柯分影逗池心。壯懷未覺春光老，衰鬢應慙草色深。知己相逢須盡醉，西南咫尺隔雲林。」

甲寅秋，寓漱芳軒，與吴江俞冰田戲集《秋聲賦》字，得五章。道園、亦吾、友萍諸人皆集和，獨陳徵君崿，字慧香，分風、雨、濤、葉、蟲、書六聲，因難見巧，莫謂集字詩不足存也。「亦有悲秋者，商音驟欲驚。動人何奮烈，感物忽淒清。皎皎星皆出，飄飄雲自行。夜來常不睡，觸發爲風聲。」「肅時宜有象，斂月亦何情。方至百川渥，既零萬木榮。垂天聞淅淅，落地聽錚錚。其奈行人恨，秋陰夜雨聲。」「當此中秋月，風波不可行。疾聞百令悚，忽觸四山驚。奔馬能摧敵，鏦金欲赴兵。枚生思七發，靈異是濤聲。」「山中常寂寂，秋至忽悲鳴。樹色初摇落，天容乃潔清。既傷當令肅，又念及時榮。此木有何意，脱然飄葉聲。」「秋老無佳況，壁間勞汝鳴。智靈宜自息，氣力與誰争。欲助童心悦，如聞樂律清。風人能狀物，也及草蟲聲。」「歐賦人皆讀，金天氣象清。星河如不夜，烟草有餘情。百事春風過，一心秋月明。嗟予何所感，垂老聽書聲。」

楊誠齋疏解東坡《煎茶》詩，覺句句字字皆奇，始悟作詩之難與讀詩之難。蘇詩如此，杜詩可知。歐陽修、楊大年何以不服杜詩哉？

「結交莫羞貧，羞貧友不成」，此不以貨財爲禮意也；「愛敬古梅如宿士，護持新笋似嬰兒」，此以仁存心、以禮存心意也。何等質雅。

秀水朱養淳《天台》詩：「人言天台高，四萬八千丈。中有瀑布泉，飛流衆山響。多少采藥人，石梁不得上。我思斸壽藤，削作過頭杖。拄上最高峰，雲中一拊掌。」番禺屈翁山《自白下至檇李與諸子約遊山陰》詩：「最恨秦淮柳，長條復短條。秋風吹落葉，一夜别南朝。范蠡湖邊客，相將蕩畫橈。言尋大禹穴，直渡浙江潮。」長洲汪鈍翁《送吴園次守吴興》詩：「猶憶南齊守，詩名滿霅溪。祇今溪水緑，蘋葉尚淒淒。之子行春去，風流千載齊。汀洲烟月外，留待使君題。」三詩一筆寫去，純乎化工，其源出孟襄陽。

高小湖《玉鉢行》：「真武廟庭觀玉鉢，冰雪炎天薄孤枯。白章隱見黑暈間，苦霧侵凌怒濤末。黄支犀競駒皎皎，蒼耳龍隨魚鱍鱍。至元特勅水殿陳，巨璞從知瀆山捪。琢就容酒三千升，大玉海名史見稱。御床珠翠延懽藉，列席貂蟬霑醉能。恍惚玉甕宗儀載，摩挲玉缸國敉曾。鬼神守護連青砥，宦豎更番指緑冰。西上南門微逕共，倚風雙目吾初縱。重器咨嗟滿百鈞，生材貴賤殊三統。正逢聖代停斟酌，且許良工滿甄綜。擬結朱欄海左亭，爲鄰相保於無用。」注：「《元史・世祖紀》：『至元二年十二月，瀆山大玉海成，勅置廣寒殿。』陶宗儀《輟耕録》：『萬歲山在太液池之陽，廣寒殿在山頂中，有小玉殿，内設金嵌玉龍御榻，左右列從臣坐床，前架黑玉酒甕，隨其形刻爲魚獸出没於波濤之狀，其大可貯酒三十餘石。』孫國敉《燕都游覽志》：『御用監院中有小亭，亭内一玉缸，色青碧，間以黑暈白章，體質頗潤，第鏤刻有痕，未經細琢，即元時廣寒殿中物也。』劉若愚《蕪史》：『過西上南門，則御用監也，今以御用監爲油漆作坊。真武祠在西南隅，里人呼玉鉢廟。廟僧道珍之言曰：「當時巨璫，每於風雨晦冥時，見海上龍馬諸物，尾鬣活動，慮其遂飛去，命工加斧鑿微損之，承以花石砥，徙置祠前老柏下，稱爲玉鉢焉。」』不騫新得賜居，適當廟東五十步，爰以『玉鄰』名軒，而添築一亭於屋角，顔曰『海左』云。」

「心存唐社稷，詩續魯春秋」，無名氏咏工部句，函蓋一切。

或題宜夏軒壁云：「雨後池塘聒亂蛙，東風落盡槿籬花。《孝經》一卷須童習，勝讀《千文》與《百家》。」予謂廖生曰：「詩本薛逢《鄰相反行》，不可不猛省也。」

皎然《和邢端公登臺春望擬長安春詞》，句句用「春」字起。唐翁用獨木橋詞體作「花」字一韵詩，凡六十押，前此未有也。

退之詩文及浮屠者不一而足，取其善書、彈琴、好文章、愛山水，無一語及坐禪作佛事也。如《送靈師》云：「逸志不拘教，軒騰斷牽攣。圍棋鬭白黑，生死隨機緣。六博在一擲，梟盧叱回旋。戰詩誰與敵，浩汗横戈鋋。飲酒盡百琖，嘲諧思逾鮮。有時醉花月，高唱清且緜」云云，俗所訶破戒僧也。寫得豪邁不羈，神采生動。起云：「佛法入中國，爾來六百年。齊民逃賦役，高士著幽禪。官吏不之制，紛紛聽其然。」後云：「方將歛之道，且欲冠其顛。」正其闢佛之苦心妙用也夫？

葉襄《感舊》云：「洛蜀分争日，君王宵旰時。内朝私鬭急，河北捷書遲。近輔連群盜，臨郊誓六師。傷心殷浩輩，一蹶竟難支。」沈歸愚云：「思陵時朝局及天下大勢，已盡四十字中，如讀少陵『洛下』、『天中』諸作。」

陸榮秬字香林，詩極清麗。《和程中丞梅花十首》如「雲塢無聲喧翡翠，月溪有影浸玻璃」、「數瓣漸開春色面，一枝常抱歲寒心」、「忍笑似憐經歲别，褪寒如免積年逋」、「十霜參破千場夢，一笑能生四海春」、「青巘忽開群玉圃，碧霄飄墮蕊珠仙」、「數點疏星明小院，一聲横玉斷高樓」、「此去年華誰獨擅，小來風月早能勝」、「雲深竊恐成龍去，風軟還宜伴鶴來」、「半林艷發瓊田煖，萬樹光揺珠斗寒」，骨重神寒，能開生面，視「彎彎竹徑霏霏雪，小小溪橋淡淡雲」，風調爲老成矣。贈予句云：「知己空懷孔文舉，故交頻憶蔡興宗。」後隱細林山，以博學宏詞徵，不出。

薛瑄《題紅白梅花落》排律六韵，李于鱗截前後二韵作二絶句云：「簷外雙梅樹，樓頭一昔風。新英兼舊蕊，墜粉間飄紅。」「雨重臙脂濕，泥香瑞雪融。不知何處笛，併起一聲中。」劉基《薤露歌》轉韵三十二句,于鱗删湊四句云:「人生無百歲,百歲復如何。古來英雄士,俱已歸山阿。」讀之酸鼻。偷用聶夷中《勸酒》不覺也。

某學士掌教鍾山,龍鍾不堪,猶納姬外舍,賦「陰陰夏木囀黄鸝」,落句用「鳳皇」爲韵,殊不類。泗州一友戲和云:「莫道絲桐塵滿薦,老來猶按鳳求皇。」傳者失笑。

「玉窗青青下落花」,太白句也;「無邊落木蕭蕭下」、「葉落無情下水濱」,工部句也。曰「落」、又曰「下」,或議其重,不知「落」字實用,「下」字活用,易一字不得。細思見其奇妙。

建安三曹風雅天牖,而尚詐急功,語帶淒憤。如「對酒當歌,人生幾何。譬如朝露,去日苦多」、「人生如寄,多憂何爲。今我不樂,歲月如馳」、「歲時不可再,百年忽我遒。生存華屋處,零落歸山丘」,音節悲涼,讀之不歡。

孟浩然詩云「江清月近人」,杜少陵云「江月去人只數尺」,羅大經謂:「孟句渾涵,杜句精工。」陳慧香曰:「孟工杜拙。」

王荆公居鍾山,每飯已,必跨驢一至山中,或舍驢遍過野人家,所云「獨尋寒水渡,欲趁夕陽還」、「細數落花因坐久,緩尋芳草得歸遲」也。蘇子瞻謫黄州,布衣芒屨,出入阡陌,每數日必一泛舟江上,聽其所往。晚貶嶺外,無一日不遊山。故其胸次灑落,興會飛舞,妙詣入神,豈可爲閉門覓句者道?

義山《韓碑》另是一格,筆力直駕盛唐諸公。

近聞考選庶常,賦「野含梅雨潤」,有「牛行拔脚遲」句。放翁云:「荒村經雨多,牛跡便雅然。狗觸店門開，猫跳觸鼎翻。」前人亦有極俚者。

謝靈運「揚帆采石華，挂席拾海月」，沈約「朋來握石髓，賓至駕輕鴻」，江淹「停橈望極浦，弭櫂阻風雪」。「揚帆」、「挂席」，「朋來」、「賓至」，「停橈」、「弭櫂」，其義一也。

唐翁見予集《春夜宴桃李園序》，謂曰：「此技吾擅長，少年與徐學博集東坡《前》、《後赤壁賦》字成帙，靡體不具。」因援毫立成五律，如「燭光如夜月，花事已陽春」、「人生如醉夢，天數幾陰陽」、「烟過園花秀，月高觴酒清」、「羽客飛何地，瓊人坐我筵」，渾然天成，真才子也。

或問蘇詩何以不及唐，予曰：東坡遊白鶴觀，聞棋聲於古松流泉之間，欣然喜之，爲詩曰：「五老峰前，白鶴遺址。長松蔭庭，風日清美。我時獨遊，不逢一士。誰爲棋者，户外屨止。不聞人聲，時聞落子。」云云。司空表聖《至道宫》云：「棋聲花院閉，幡影石壇高。」十字可包多許。《乘舟過賈收水閣》云：「愛酒陶元亮，能詩張志和。青山來水檻，白雨滿漁簑。」太白《贈徵君盧鴻》云：「陶令辭彭澤，梁鴻入會稽。我尋高士傳，君與古人齊。」同一用事，而太白接得神妙，起二句皆活。

辛丑秋，在徐令吾古春堂，張翰林釣灘來訪，口吟李咸用句云：「出門無至友，動即到君家。」令吾起迎，攜手入坐，縱論古今。予敬聽之。物换星移，太史堂構化爲瓦礫，求如所云「獨殘新碧樹，猶擁舊朱門」，亦不可得矣。近壬午，孝廉張封翁售其地爲壽域。

《鶴林玉露》：「《五代史》：漢王章爲三司使，緡錢出入，元以八十爲伯。章每出錢，伯必減其三。至今七十七，爲官省錢者自章始。」然今官府於七十七之中又除頭子錢五文有奇，則愈削於章矣。乾隆初，錢價昂貴，交易率得七十，甚有減至六十四文爲一陌者。亦吾《己未除夕口號》「不知若個河間女，工數街坊六四錢」，蓋紀實也。

慧香和予《飛鴻堂看梅》絶句第四首云：「不記飛鴻幾陣來，不知化鶴幾時回。重吟坡老蒼涼句，堂在人非花自開。」注：「昔與軒三、周二兒花下誦蘇詩『樹從何代有，人與此堂高』，軒三欣然書聯以贈藥翁。今日重過，又嘗誦『園荒喬木老，堂在昔人非』矣。」

工部五言律、東坡七言律，出奇無窮，足盡變境。如「驛邊沙舊白，湖外草常青」、「飄飄搏擊便，容易往來遊」、「賞應歌杕杜，歸及薦櫻桃」、「青錢買野竹，白幘岸江皐」、「江山有巴蜀，棟宇自齊梁」、「日兼春有暮，愁與醉無醒」、「近接西南境，常懷十九泉」、「有客過茅宇，呼兒正葛巾」、「寒天留遠客，碧海挂新圖」、「梅花萬里外，雪片一冬深」、「悲君隨燕雀，薄宦走風塵」，東坡倣之，不能至也。如「蜀客曾遊明月峽，秦人今在武陵溪」、「自言官長如靈運，能使江山似永嘉」、「雙幹一先神物化，九朝三見太平年」、「人未放歸江北路，天教看盡浙西山」、「酒如人面天然白，山向吾曹分外青」、「但覺衾裯如潑水，不知庭院已堆鹽」、「隻鷄敢忘橋公語，下馬來尋董相墳」、「蠹魚自曬閒箱篋，科蚪兼收古鼎鐘」，雖工部復起，不能有加。

秀水周布衣青士工詩好客，隱於米肆，與朱太史倡和。晚游京師，至宿遷墮水死。後張博山泊舟，夢青士僧衣相顧，云：「生因見道晚，死恨出家遲。」天明問之，即其死處。

早朝詩寒陋不得，賈至、岑參、杜甫、王維諸詩，裔皇典麗，應制極則。耿湋五言云：「冒寒人語少，乘月燭來稀。」便覺小氣。鍾伯敬「殘雪在簾如落月，輕烟半樹信柔風」，漁洋謂措大寒乞相，信然。《衛皇后歌》云：「生男無喜，生女無怒。獨不見衛子夫霸天下。」《飲馬長城窟》云：「生男慎莫舉，生女哺用脯。君獨不見長城下，死人骸骨相撑拄。」哀樂之情迥別，《長恨歌》「不重生男重生女」本此。

《本事詩》載顧況與三詩友游於苑中，坐流水上，得大梧葉，上有詩云云。況明日於上游亦題葉放於波中云云。後十餘日，有人於苑中尋春，又於葉上得詩以示況云云。又載盧渥應舉之歲，偶臨御溝，見一紅葉，葉上有絶句，置於巾箱，或呈於同志。及宣宗放宫人，初下詔，許從百官司吏，獨不許貢舉人。盧一任范陽，獲一宫人，即題紅葉者也。《太平廣記》：僖宗時于祐於御溝拾一紅葉題詩，祐亦題一葉置溝上流。宫女韓夫人拾之。後帝放宫女三千人，祐娶韓成禮，各於笥中取紅葉相示，乃開宴曰：「予二人可謝媒人。」韓氏曰：「一聯佳句隨流水，十載幽思滿素懷。今日卻成鸞鳳友，方知紅葉是良媒。」《流紅記》亦載于祐，《北夢瑣言》又載進士李茵。唐時《關雎》之化，無聞宫人懷春，失之流蕩。好事者因宫人題詩，傅會其説。細核之，逋翁乃天寶時人，前宣宗百年。僖宗又後宣宗廿餘年。顧、盧、于、李，傳聞異辭。顧況題紅詩不必定置上流也。天寶宫人題紅葉，不必後來宫人又題紅葉獲配也。紛紛譌説，恐非實事。

明癸酉孝廉李天植，甲申聞變後，改名確，字潛初，遯跡於龍湫山中。糧絶，好事者載酒米給之，非其人不受也。爲孝廉三十九年，每歲必賦三月十九日詩。年八十二，壬子三月卒。和中峰大師

「神」字韵，咏梅花百首，自叙云：「中峰詩，以禪悟出之者也；余之詩，以窮愁出之者也。」如「天亦有時回殺運，君能無恙是完人」、「看來古骨老於石，肯以冰心熱趁人」、「仁者壽無如此種，聖之清未見其人」、「傲俗祇成孤癖性，遭時同是亂離人」、「開日豈知王氏臘，飄來應葬漢家塵」、「寧添白版扉前影，肯羨東華道上塵」、「似有所思方遠道，豈能無恨逐征塵」，滿肚牢騷，可悲可涕。

戴有祺字丙章，康熙戊辰進士，辛未狀元，遭放歸里，日事觴咏，自號「慵齋野老」。刻有《尋樂齋詩稿》，前後自爲序傳。五言如「有徑皆芳草，無人自落花」、「忽經一夜雪，不辨對門山」、「遇雨溪添水，新晴雲吐山」、「不辭鄰舍酒，懶答故人書」、「聽雨堪清暑，看書當養疴」，七言如「烟消碧落林疑染，天入澄波影倒開」、「人生任意無過懶，世上妨閒獨有官」、「浮白向人真有味，拖青於我本無緣」、「平橋白水侵籬脚，隔塢紅霞罨樹梢」、「花因急雨争先落，蝶爲飄風不敢狂」、「遠嶺入雲全没寺，歸鴉籠柏似經霜」、「但作閒人何必隱，不耽佳句易成詩」，刻意擬和靖、石湖兩家。

虞美人蓮，絳朵千葉中起樓臺。陳徵君謂：「蓮花佛界，虞兮擬失其倫。」乃以「寶燈」易之。佛有「寶燈」之號。是花紅酣圓滿，亦宛肖燈輪也。賦詩云：「瓊英常現佛光中，詎有人間色相同。持比虞兮恐未稱，恰宜號作寶燈紅。」又：「弄珠傾蓋盎池邊，絳萼催開朵朵圓。太乙恍分天上燄，九枝頻訝雨中然。水沉香重心逾潔，日落紅酣影倍妍。一自寶燈歸佛界，美人誰不解參禪？」

唐閨秀《八至》詩，怨而怒矣，若「易求無價寶，難得有心郎」，好色而淫。李、魚皆失行婦，詩何足録？

道君時，御史李彦章建議何執中定律令。以詩賦爲元祐學術，習詩賦者杖一百，並劾及前代陶淵明、杜子美、李太白，皆貶之，真千古怪事。後村「謗詩遂至劾陶潛」，指其事也。

唐彦謙《鄧艾廟》詩云：「昭烈遺黎死尚羞，揮刀斫石恨譙周。如何千載留遺廟，血食巴山伴武侯。」王新城使蜀過之，語州守改祀姜維，賦一絶云：「申屠曾毁曹瞞廟，常侍還焚董卓祠。劍閣至今思伯約，蜀巫翻賽棘陽兒。」警勝前人。

吴高士騏，字日千，隱望湖涇，取與不苟，留客一飯，即與其妻食粥一日補之。釋元璟《感舊絶句》云：「狂歌忍餓老蒿萊，高節萬牛挽不回。地下若逢兩死友，陳卧子、王玠右。固應含笑上西臺。」或題任丘旅壁云：「小艇漁郎不可招，烟波人影去迢迢。柳絲摇動斜陽外，又送東風過板橋。」風韵殊佳。

鮑明遠「君平獨寂寞，身世兩相棄」，太白衍爲一篇。謝靈運「來人忘新術，去子惑故蹊」，工部「過客竟須愁出入，居人不自解東西」所本。

順治初年，錢受之過雲間訪徐武静。舟次白龍潭，金蓬山投一絶云：「畫舫滄江載酒行，山川滿目不勝情。朝元一閉千官散，無復尚書舊履聲。」即解維去。陳大樽題詩虎丘刺之，有「黑頭早已羞江總，青史何曾借蔡邕」句。

黄子久論畫云：「樹要偃仰疏密相間。」作詩者亦宜領會此意。吴融云：「良工善得丹青理。」工部云：「精熟文選理。」理透，則詩畫無不工。

王褒《關山篇》平仄各三韵，首句一本在「關山恒掩藹」句下，則「藹」、「外」、「帶」叶。孫綽《三月三日詩》「縹萍灑流，緑柳蔭阪。羽從風飄，鱗隨浪轉」，或「阪」叶平聲，即引首二句爲證。臆説也。王之渙《涼州詞》本是「一片孤城萬仞山」起句，後人以音節不諧，易置之，神味減半矣。

貫休《公子行》勝於顏氏《勉學》一則。昌谷《嘲少年》，雨寮批云：「此詩太率易了。」然此曹正須有此一番奚落，吾欲以長箋大書此詩，榜之通衢，使諸郎君過之面熱也。

范德機「雨止修竹間，流螢夜深至」，十字幽静；昌谷「漆炬迎新人，幽壙螢擾擾」，乃是鬼詩。

周秀才於車太史麓上處抄歸《南陽》詩數首，《飲遥連草堂和黄俞邰》云：「虎視諸君當數州，吾衰抱膝本無求。鶯花有恨詩猶壯，烏兔無情鬢已秋。蔓草王風千載闕，雲烟金石幾家收。何當醉卧書巢裏，一任乾坤日夜浮。」又《和周雪客》云：「莽莽蒼烟認九州，蕭蕭白髮更何求。靈旗不轉魚龍夜，華表空歸鸛鶴秋。南渡風流燈下出，六朝香艷雨中收。酒行誰執朱虚法，但話傷心大白浮。」又斷句「消磨戰壘歸蒲劍，束縛雄心到艾人」、「夜臺沽酒誰知己，驛壁抄詩我愛才」、「劍術未精金自躍，鼎烹有法玉同餐」、「早無高論驚前席，老不中書謝免官」。或云南陽吕留侯也。

查翰林悔餘《雨中入直東借山》詩云：「泥深路滑强肩輿，童僕何由借蹇驢。輸與城南詩老衲，一爐香坐雨安居。」注：「律門以坐夏爲安居，印度生徒於五月十六後坐雨安居，謂此時多雨也。」

甄后《塘上行》起句云：「蒲生我池中。」曹植以「浮萍篇」當其「塘上」，題云「蒲生行浮萍篇」，上三字疑衍。

徐今吾《咏盆梅》云：「夏初如豆滿枝生，逾月青黄色漸更。誰料根株才尺許，居然結實佐和羹。」注：「大學士傅湘鄰常以霖雨蒼生爲己任，今有愧多矣。」《咏螢》云：「微光著雨不消磨，向夕紛紛出草多。堪笑隋時曾下詔，爾曹也得被蒐羅。」此刺丁未選舉之失實也。

《毛詩》三百，四言之祖。《古詩十九首》，五言之祖。《離騷》五卷，詞賦之祖。

工部詩集大成，無所不有，然須善學。學不精純，則輕俗、寒瘦、鬼魔之病百出。吴日千云：「須先取王右丞、李東川法之，得其雅潔，乃可學杜。」

《十九首》：「凜凜歲云暮，螻蛄夕鳴悲。」《古今注》：「螻蛄，一名天螻。」《本草》：「短翼四足，雄者善鳴而飛。」《楚辭》：「蟪蛄鳴兮啾啾，歲暮兮不自聊。」《莊子》：「蟪蛄不知春秋。」玩詩意，「螻」恐「蟪」字之譌。「著以長相思」注：「著，充之以絮也。」謂以絲縷絡綿交互，綢之使不斷，長相思之義也。「緣以結不解」注：「緣，飾邊也，以絹切。《説文》：『結而可解曰紐，不解曰締。』」謂以針縷交鎖連結，混合其縫，如古人結綢繆、結同心，製取「結不解」之義也。

僧舊著緇衣，則天朝僧法朗譯經言法，賜紫袈裟。鄭谷詩：「逐勝偷閒向杜陵，愛僧不愛紫衣僧。」元文宗寵僧笑隱，賜以黄衣，其徒後皆衣黄。歐陽玄云：「苾芻原是黑衣郎，當代深仁始賜黄。」僧戴紅兜帽，見楊廉夫《宋故宫》詩，錢牧齋《西湖雜感》云：「苦恨嬉春楊鐵史，故宫詩句咏紅兜。」

韓文公《酒中》詩云：「銀燭未消窗送曙，金釵欲醉座添春。」邵康節《睡蓮詩》云：「漢室嬋娟雙姊妹，天台縹緲兩神仙。」寓言綺麗，何損其道學人也。

山谷老人獨闢門户，爲江西詩派之祖。如「桃李春風一杯酒，江湖夜雨十年燈」、「人間化鶴三千歲，海上看羊十九年」，句法精鍊。發風動氣之云，吾未敢信。

義山《錦瑟》，蓋借以自況也。五十之年，忽焉已至，夢迷蝴蝶，心託杜鵑，生涯落魄可知。珠有泪，玉生烟，即卷内《寄王十二兄》「嵇氏幼男猶可閔，左家嬌女竟難忘」意也。兒女牽情，伉儷永别，曷勝悵然。

「薄雲巖際出，初月波中上」，何遜詩也，杜云「薄雲巖際宿，孤月浪中翻」；「人如天上坐，魚似鏡中懸」，沈佺期詩也，杜云「春水船如天上坐，老年花似霧中看」；「鬢髮俄成素，丹心已作灰」，宋之問詩也，杜云「白髮千莖雪，丹心一寸灰」；「洞房懸月影，高枕聽江流」，張説詩也，杜云「疏簾殘月影，高枕遠江聲」。鍾鑪之妙，不爲蹈襲。

李端《聞吉道士還俗贈詩》云：「聞有華陽客，儒裳謁紫微。舊山連藥賣，孤鶴帶雲歸。柳市名猶在，桃源夢已稀。還鄉見鷗鳥，應愧背船飛。」《北山移文》意也。朱初晴云：「入今人手，定有『霖雨蒼生』等語媚之。」後拜官歸業，送以詩云：「南入華陽洞，無人古樹寒。吟詩開舊帙，帶綬上荒壇。因病求歸易，霑恩更隱難。孟宗應獻鮓，家近守漁官。」知往者之出，爲親屈也。

謝朓「澄江浄如練」，或改「澄」爲「秋」；謝貞「風定花猶舞」，或改「舞」爲「落」；太白「人烟寒橘柚」，或改「烟」爲「家」；右丞「山中一夜雨」，或改「夜」爲「丈」；少陵「白鷗没浩蕩」，或改「没」爲「波」；「無邊落木蕭蕭下，不盡長江滚滚來」，或嫌「落」、「下」二字犯重，欲以「木葉」、「江流」作對。俱點金成鐵。

杜牧之「南朝四百八十寺」、「故鄉七十五長亭」、「漢宫一百四十五」、「二十四橋明月夜」、「三十六宫秋夜深」，數目的確。如少陵「霜皮溜雨四十圍，黛色參天二千尺」、樂天「繞郭荷花三十里，拂城松樹一千株」，須善會之，不以文害辭也。

《韵府名談》：「方諤贈邑令云：『彈琴永日得古意，鎖印經秋生蘚痕。』句雖佳，但印上不是生蘚處。」柳柳州《寄丈人周韶州》云：「印文生緑經旬合。」即「生蘚」意也。「蘚」字微重，不必吹毛。

吴日千云：李集中極多僞作，如《笑歌行》、《悲歌行》、《姑熟十詠》之類，昔人已辨之矣。至《僧伽歌》，辭既卑俗，而僧伽化去之時距李入都時三四十年，何由得與論「三車」耶？又有《勤將軍歌》，詞大鄙倍，序言天后時大臣館陶郭公、燕國張公與勤將軍結爲十友。不知天后時元振方作縣尉，改鎧曹充使吐蕃，遂爲邊將，終武后、中宗世，未嘗入都；其爲館陶男，則睿宗時也。張説在武后時配流嶺南，至玄宗時始封燕公。且二公頗自好，何至與此輩結友耶？

義山《汴上送李郢之蘇州》末二句云：「蘇小小墳今在否，紫蘭香徑與招魂。」《吴地記》：「嘉興府縣前有晉妓蘇小小墓。」唐時嘉興、華亭俱隸蘇州，錢起有《送陸贄歸華亭》詩，因贄用嘉興舊籍登第，後人誤爲浙産耳。

牧齋《反東坡洗兒詩》云：「東坡養子怕聰明，我爲癡獃誤一生。還願生兒獃且巧，鑽天驀地到公卿。」東坡安分，牧齋鮮恥，宜其末路附和馬、阮，名節掃地。

「杯酒有時有，亂離無處無」，羅江東創調。張喬則云：「叠浪有時有，閒雲無日無。」周朴則云：

「客泪有時有，猿聲無處無。」

《水南藁》云：「國初，高太史季迪嘗題一《宮女圖》，後聞於朝，觸上怒，竟得罪。」高爲蘇守魏觀作《上梁文》，坐腰斬，不以詩也。王涯《宮詞》云：「白雪猧兒拂地行，慣眠紅毯不曾驚。深宮更有何人到，只曉金堦吠晚螢。」高詩云：「女奴扶醉踏蒼苔，明月西園侍宴回。小犬隔花空吠影，夜深宮禁有誰來。」脱胎唐人，更有風趣。

「青樓十二珠爲箔，紅粉三千夜有香」，《抹麗》句也，友萍賞之；「喽萍魚響晴疑雨，臨水衣單夏亦秋」，集顧秀才《醉白池》句也，庴翁賞之。

陳慧香云：「梅嶺因梅鋗而名，本無梅樹。後人栽種，憔悴不茂，蓋土性失宜也。」明人樓鑰曰：『「青惜峰巒過，黄知橘柚來」，杜詩佳句也。予親到蒼溪縣，順流而下，兩岸照耀，直似橘柚，其實皆柹也。問之土人，云工部既誤，好事者曾於此處大種橘柚，終非土性，無一活者。』此與庾嶺梅花相若。

楊烔「昔時南浦别，鶴怨寶琴絃。今日東方至，鸞銷珠鏡前」，少陵「得罪台州去，時危棄碩儒。移官蓬閣後，穀貴殁潛夫」，太白「吾憐宛溪好，百尺照心明。可謝新安水，千尋見底清」，樂天「縹緲巫山女，歸來七八年。殷勤湘水曲，留在十三絃」，昌黎「去年秋露下，羈旅逐東征。今歲春光動，馳驅别上京」，皆隔句對法也。

吴思道云：「學詩渾似學參禪，竹榻蒲團不計年。」陳季常云：「學詩如學仙，時至骨自换。」杜彦之謂：「非關從小學，應是數生修。」太説得險峻矣。

紅蕉詩話卷三

五茸城蔡立甫纂

平湖僧借山住虎丘紫柏院，時汪翰林堯峰築室丘南，榜於門曰：「胸有數卷，門無雜賓。」借山呈《咏竹衫》句云：「裁成半臂寒霜影，著上渾身秋水紋。」汪曰：「渾身不典。」取陳壽《三國志》示之，改「渾」爲「全」，借山拜爲一字師。復馳書令贄於漁洋山人門下，宜其詩之潔清高妙也。來雲間，寓西來堂，予頻過從。每謂人曰：「孺子可教也。」風雅源流，前輩緒論，聞所未聞。吾師乎？當鑄金事之。

鄂大學士諱爾泰，滿洲鑲藍旗人，爲江蘇方伯時《初度日謝客咏懷》云：「百年行過半，兀坐對紅扉。白髮無拘束，黄金有是非。吏人隨鳥散，奴子汲泉歸。嗤笑從渠會，余心終不違。」「二月逢初度，春蔬薦午餐。自憐同病鶴，人道是窮官。江水流空碧，梅花骨尚寒。故園兄弟滿，此日定誰歡。」「徙倚戀春暉，吟詩感式微。中原垂老別，南土幾人肥。稷契身將比，龔黄術亦稀。功勞眠食得，未便負荷衣。」大有唐音。莅吴三年，政平民乂。課試七郡之士，拔其尤者，檄至吴，授館春風亭上，豐其委積，觴咏匝月。已，復延入藩署慎時哉軒中，言：「某自之官以來，未嘗宴一客，今含桃竹芽，與諸君共嘗清味，殆不忘做秀才時咬菜根故態也。」又言：「世俗幾以『書生』二字作謾人語，然二字意味，外人如何知得，今又何須脱卻耶？」相與分韵賦詩，既醉而出。餘姚鄔希文《紀事》一首云：「千金買駿自骨始，千金禮士自隗始。去秋尺寸曾借前，奏賦郇膏塹小技。雨雪楊柳我往來，執鞭復從諸君子。假之舍館授之粲，坐之一月春風裏。公曰來尋櫻笋緣，趣入慎時蒙倒屣。相從降階序主賓，恂恂猶是書生耳。旨酒三行暢詠談，不將風月廢書史。公昔珥貂持玉衡，介節高風華嶽峙。棨戟臨吴三載間，門清於水心豈市。市交屏絶燕私稀，官厨蕭索逼寒士。轉爲寒士設大烹，傾倒一時賡燕喜。下走從中一載過，蚤沐春風先桃李。即今桃李既成蹊，燦燦江南復浙水。」

劉屏山云：「輦轂繁華事可傷，師師垂老過湖湘。縷衣檀板無顔色，一曲當年動帝王。」錢受之云：「可似湖湘流落身，一聲紅豆也沾巾。休將天寶淒涼曲，唱與長安筵上人。」音節蒼涼，不減小杜《杜秋娘》詩。

吴日千宗盛唐，人以詩就正者，丐單圈不得，因呼「吴八點」。一日作《㡊水歌》成，金蓬山見之曰：「何至作張、王體？」日千曰：「張、王亦一代才士，何可廢也！」

金維寧字德藩，康熙丙午孝廉，善飲酒，喜吟詩、畫竹石。詩文好集古體字，讀者舌撟不下。官壽州學正，與州將争學宫地界，罷歸。薙髪爲僧，著《垂世芳型》、《秋谷集》行世，年八十六卒。嘗語予一事：「甲辰杪春，過老友飛鴻堂。輕陰閣雨，梅緑梢簾，索主人斸笋沽酒，得《水南雜咏》三十餘絶。酣卧東厢，夢一人峩冠曳杖，入顧予言曰：『聞梅花幽奇，間關來訪，今遇趙師雄，可無詩乎？』即口占『雲淡風輕』一絶。予嫌其襲舊。既曰『煩審定之』，予奮筆改後二句云：『提壺日日催人醉，一去不回惟少年。』又改『輕』爲『和』。其人拱手别去，曰：『予鄠縣主簿也。』遂竦然覺。主人方以繭紙臨《樂志論》未竟，因語之。藥嵒戲曰：『大儒請教過當，放子出一頭地矣。』相與撫掌。」

《初學集·玉蕊軒記》云：「瑒花之更名山礬，始於黄魯直。以瑒花爲唐昌之玉蕊者，段謙叔、曾端伯、洪景盧也。其辨證而以爲非者，周子充也。夫瑒花之即玉蕊耶？非耶？誠無可援據。以唐人之詩觀之，則劉夢得之『雪蕊瓊絲』，王仲初之『瓏鬆玉刻』，非此花誠不足以當之。」近讀薛季宣《浪語集》，題云：「樒花，唐玉蕊花，介甫謂之瑒花，魯直謂之山礬。武昌山中多有之，其葉可供染事，土人用之釀酒。詩云：『樒緑吐瑶琨，泠然郭外村。仙人來玉蕊，文士立山礬。芳澤留絲素，風流付酒樽。莫言瑒酷似，香處不勝繁。』」

「勃姑鴉舅叫樓西，春色陰晴景不齊。濃墨四垂收未起，明邊一片夕陽低。」「庭槐風静緑陰多，睡起茶餘日影過。自笑老來無復夢，閒看行蟻上南柯。」二詩情景交融，非静者不會。

吴日千謂《孔雀東南飛》是漢人彈詞，錢武子謂「唧唧復唧唧」是六朝彈詞。

沈歸愚云：錢牧齋左袒吴下而排斥北地，王阮亭以「文章江左」、「烟月揚州」二語爲吴體之卑卑者，彼此皆屬偏見。北地自有異人，吴體非必卑卑也。

侯主簿和予寄友韵云：「兩樵相角莫欺吾，西枝號玉屏山樵，予來雲間，亦號樵客。火急新詩理積逋。一笑今年恃官票，要徵字字串成珠。余奉憲檄徵租，年豐，投牒者絶少。」倡和數月，謝簿事，詣蘇別補。予在毘陵寄詩云：「詩人豈是厭卑官，難熱華亭一尉氈。妻子載將愁鶴俸，賈胡留滯盼鶯遷。長洲烟月供（乂）〔叉〕手，短簿風流好拍肩。安得雯時同旅榜，微吟小飲早春天。」高小湖穀日送其轉餉入都云：「條風早泛木蘭香，催五湖船赴計堂。籌餉不須煩税畝，度支寧許怠征商。修程善任由行省，知爾才兼轉運長。」

《柏梁詩》「齧妃女脣甘如飴」，郭舍人句近褻；「迫窘詰屈幾窮哉」，方朔句近戲。君臣賡歌和樂之中，須存莊敬。

漳浦詩人趙炎，字雙白，僑谷陽門西笏溪上，矮屋數椽，上漏下濕。選刻詩藏，傾動遐方，太倉吴祭酒扁舟來訪，二篚用享，題其齋曰「西枝」。予就傅時及見趙老，今西枝屬周比部漁山矣。予和漁山《漫興》云：「誅茅思趙老，卜宅繼風流。總以詩爲業，懸成罄不愁。新移高士竹，舊狎小溪鷗。未厭閒漁笠，時陪物外遊。」

仲長統《述志》云：「寄愁天上，埋憂地下。叛散五經，滅棄風雅。百家雜碎，請用從火。」祖龍炬熄四百年，百家已雜碎如此，崆峒諸公謂文非秦、漢不讀，雖非通論，善用其短。

咏西施者，每以翻空見奇。皮襲美云：「半夜娃宫作戰場，血腥猶帶宴時香。西施不及燒殘燭，猶爲君王泣數行。」崔道融云：「苧蘿山下如花女，占得姑蘇臺上春。一笑不能忘敵國，五湖何處有功臣。」羅江東云：「家國興亡自有時，吴人何苦怨西施。西施若解傾吴國，越國亡來又是誰？」鄭毅夫云：「千重越甲夜成圍，戰罷君王醉不知。若論破吴功第一，黄金只合鑄西施。」《拾遺記》云：「越謀滅吴，有美女二人，一名夷光，一名修明，以貢於吴。吴王妖惑，怠於國政。及越兵入國，乃抱二女以逃吴苑。越兵亂入，見二女在樹下，皆言神女，望而不敢侵。」此意卻無人道及。

杜牧之云：「西子下姑蘇，一舸逐鴟夷。」似范蠡攜西子去也。宋之問云：「一朝還舊都，靚妝尋若耶。」似西子復還會稽也。李義山云：「腸斷吴王宫外水，濁泥猶得葬西施。」似勾踐將西施沉之於江也。迄無定説。

借山云：「秀水朱竹垞是詞名家，非詩名家也。番禺一靈道人詩如天馬行空，不可覊勒，吾所不及。」

施是式字道園，淹博工詩，書畫入能品。中年得心疾，慵齋戴太史剪拂之，與初晴輩創立吟社，借以齒芬，破其抑塞。甲午五月，諸詞人集金粟草堂賦詩，題曰《風萍閒興》，道園自爲小序。彈指廿年，今惟道園在矣。鶴髮龍鍾，貧不自存，徙居紅橋之東，對岸湛然蘭若，老樹蒼然，顔曰「溪光林影書堂」。屬予序其丙辰以來近詩。摘録《風萍》二詩，以留佳話。慵齋詩云：「白頭山野一遺民，才子偏生許卜鄰。逸興未妨鳴雨過，高齋争讀異書新。兩三人坐航堪受，十六朋來世莫嗔。聞道九重方側席，明年此會隔松筠。」初晴詩云：「田水聲中五月寒，丹鷄舊約此盤桓。葵榴的的争時艶，風雨蕭蕭憶古歡。散地未妨詩句好，醉鄉聊共酒杯寬。石渠天禄成何事，輸與齊諧冷眼看。慵齋太史在坐，同閲《説鈴》。」

孝宗問周必大曰：「今詩人亦有如唐李白者乎？」必大以陸游對，人因呼爲「小太白」。林景熙《題務觀詩卷後》云：「天寶詩人詩有史，杜鵑再拜泪如水。龜堂一老旗鼓雄，勁氣往往摩其壘。」真知言也。後村謂放翁學力也似杜，誠齋天分也似李。此就南宋言耳。東坡，宋之太白也；放翁，宋之少陵也。

「月明滄海鯨鯢静，花滿江南壁壘新」，劉旉來《贈趙額駙軍門》句也，讓宗爲予誦之。《從亡隨筆》載建文帝詩，「唯我行至東」一篇最佳。牧齋力辨其僞，《有學集・建文年譜序》則云：「以文皇帝之神聖，明知孺子之不焚也，明知亡人之在外也，明知其朝於黔而夕於楚也」云云。出亡事確，有《從亡記》，豈盡僞哉？

荆公「含風鴨緑鱗鱗起，弄日鵝黄嫋嫋垂」，白石「山林貞白三層迥，湖海元龍百尺高」，放翁「小斫海沉非弄水，旋聞山麝取當門」，誠齋「柳梢一般茲淄滓，屋角雙斑谷古孤」，歇後迷藏，不可訓也。誠齋體如「半世三江五湖棹，十年四泊百花洲」、「才一兩遭晴炫野，又三四陣雨鳴廊」、「露含有蕊蒼茫外，梅與山礬伯仲間」、「春回雨點溪聲裏，人醉梅花竹影中」，此絶佳者。然律詩五六用流水，又好用「渠」、「儂」、「麼」、「諸」俚字，是其所短也。不師唐人，晚而知悔，思更上一層，豈可得哉？

沈研存自號桂香道人，陳慧香删定其詩集。後徙吴門，不知所終。五言如「悠然溪上月，忽已照雙扉」、「白髮將何適，浮雲少定蹤」、「鳥鳴高樹樂，人静草堂幽」、「風高秋欲盡，露冷月偏明」、「陰陽隨轉燭，天地本浮萍」、「山光還復古，旅況不逢年」、「風月宜清夜，江山易落暉」、「細水茫無際，遥山洗更明」，七言如「孩提失怙李令伯，三十讀書蘇老泉」、「數聲清磬日卓午，一朵烏雲雨欲來」、「蟾魄有情陪窘坐，酒兵無力破愁城」、「身如斷梗隨潮轉，心比游絲盡日牽」、「賃廡皋橋希舉案，浮家吴市免吹簫」、「隔岸人家船當屋，近窪烟樹水成村」，皆余所愛誦也。

齊已：「萬里八九月，一身西北風。自從相示後，長記在吟中。見説南遊遠，堪懷我姓同。江邊忽得信，迴到岳門東。」東坡：「峨眉山月半輪秋，影入平羌江水流。謫仙此語誰解道，請君見月時登樓。」遺山：「淮右城池幾處存，宋州新事不堪論。輔車漫欲通吴會，突騎誰當擣薊門。細水漾花歸別澗，斷雲含雨入孤村。空餘韓偓傷時泪，留與纍臣一斷魂。」王新城：「成都跛道士，萬里下峩岷。虎口身曾拔，蠶叢句有神。大江流漢水，孤艇接殘春。十字須千古，何爲失此人。」直用詩聯於第三句、第七句標出，自成一體。

朱初晴云：有舉「燈如宿鳥枝相亞，人似游魚影互加」質吴日千者，吴曰：「不佳。」曰：「此錢虞山先生句也。」吴曰：「虞山便佳，何必問？」

李德裕置平泉別墅於伊闕南，三十年官於外，不得游居。題憶諸詩，苦無靈氣，殆所云杼柚得之，淡而無味耶？

李益《聽曉角》云：「無限塞鴻飛不度，秋風吹入小單于。」《小單于》，角調也。馬定國「新月高城三百雉，角聲吹徹小單于」，蕭貢「月轉譙樓天未曉，角聲吹出小單于」，風調都佳，以視君虞，爲不侔矣。

乙卯九月，恭賦《大行皇帝輓歌詞》云：「難抑攀髯慟，襟裾漬泪痕。小臣猶草莽，濊澤浹乾坤。瀚海干戈息，黔苗癬疥存。憂勤十三載，不共守成論。」

右丞識《按樂圖》，新、舊二《唐書》載其事。仁和趙松谷駁正云：「此好奇者爲之，凡畫奏樂，止能畫一聲，不過金石管絃同用一字耳，何曲無此聲，豈獨《霓裳》第三疊第一拍也？《霓裳曲》凡十三疊，前六疊無拍，至第七疊方謂之疊遍，自此始有拍而舞作。故白樂天詩中云：『中序擘騞初入拍。』『中序』，即第七疊也。第三疊安得有拍？但言第三疊第一拍，即其妄也。」

乾隆丙辰小除，寓劉光禄師南軒，夜與含山王令梴、信豐黄一峰憶梅聯句，限九佳三十韵，漏下四鼓乃就。詰朝，南昌龔松丈來，一揮和之，同人慴伏。丁巳夏，與松丈成《京門消夏倡和》一卷，松丈爲序。

王新城司理揚州，入吴，過寒山寺，夜已曛黑，風雨雜遝。新城攝衣著屐，列炬登岸，題詩寺門云：「日暮東塘正落潮，孤篷泊處雨瀟瀟。疏鐘夜出寒山寺，記過吴楓第幾橋？」殊有暮烟疏雨之致。名家多翻詩意入詞，翻詞入詩者蓋鮮。楊孟載《春繡絶句》云：「風送揚花滿繡床，飛來紫燕亦雙雙。閒情正在停針處，笑嚼紅絨唾碧窗。」後二句本後主《一斛珠》也。

唐翁評《峽哀》云：「十首中百怪翔集，群神奔赴，忽而鬼唱魑啼，忽而鯨呿鰲擲。造物之奇，於三峽觀止；文字之奇，亦於《峽哀》觀止矣。」就《東野集》文字言耳。

紅豆主人惠研谿「桐子細沾紅葉雨，蘆烟輕颺白蘋風」、「十日清尊和客醉，一天涼月與秋分」、「吹火不然寒有力，驅愁還至酒無功」、「只緣貧賤輕千里，且爲文章愛一身」、「涼入酒尊人半醉，烟銷湖寺鶴初飛」、「黍色滿坡微雨歇，槐花一逕夕陽明」、「已分揶揄從路鬼，何堪屈曲事錢神」、「四海人誰憐裋褐，三更我自卧牛衣」、「判他貧賤將終老，借得風情尚少年」，天牧「孤篷今夜月，獨卧海陵秋」、「憑欄蕉葉雨，吹帽荔枝風」、「開渠傳史禄，鑿空待唐蒙」、「一行新雁影，萬里故園情」、「見説雙峰寺，猶傳六祖衣」、「楚色分樵徑，秋聲入棹歌」、「諸蕃修貢職，朝請自春秋」，俱卓卓可傳。

純字峴陽，二玨之父也。二玨抄示《詠史》一卷，今録其二。《巨毋霸》云：「巨鼠偷入赤帝宫，銜蒿上樹巢宫中。爪牙養就毛羽豐，疑蛇非蛇龍非龍。遊緣飛走技不窮，攝身而上乘袄風。乘風直欲凌蒼穹，日色瘦黑無光融。散作黄霧如塵蒙。黄氣盛，赤氣衰。三七之際火爲災。赤氣生，黄氣死。四七之際火爲主。巨毋霸，九月必殺汝。」《鸜鵒子》云：「青雀子，飛來鄴城中。鸜鵒啄雀死，啄雀死，入鄴栖。河邊羖䍽上天飛。上天飛，下地走。横行不怕焦梨狗。一朝歷盡三千六，又見白羊頭﨟秃。中興寺裏聞鐘聲，雍雍獨有鼂翁鳴。牽羊頭，打羊腦。不許羊羊喫野草。好將猛獸鐵籠盛，漫説金雞白楊杪。誰知月照長安中，潛被風吹槲樹倒。鸜鵒鸜鵒休回顧，大蝟來攻鄴城破。」典奥不讓古人。

太白《峨眉山月歌》四句，入地名者五；工部《舍弟觀到江陵》第一首八句，而用六地名；東坡《朝雲》詩四句，而用八人名。都不見使事之跡，由才高而氣雄也。無其才氣，切勿傚顰。

太白云：「但歌大風雲飛揚，安用猛士守四方。」杜牧云：「江東子弟多才俊，卷土重來未可知。」李覯云：「試問莽新誰佐命，最應飛燕是元勳。」薛能：「當年諸葛成何事，只合終身作卧龍。」翻案背理。

義山《登樂游原》詩云：「夕陽無限好，只是近黄昏。」氣象衰颯，不如樂天「莫道桑榆晚，爲霞尚滿天」、夢得「在人雖晚達，於樹比冬青」也。工部「落日心猶壯，秋風病欲蘇」，化不可爲矣。

王灣《擣衣》云：「月華照杵空隨妾，風響傳砧不到君。」工部則云：「用盡閨中力，君聽空外音。」

各極其妙。

海棠柔媚，詩家難狀。少陵所以不題，或有其詩而後自汰去也。俞琬綸「一段妖嬈描不就，非關子美不能詩」，似爲得之，餘皆皮相。王元之之説更鄙陋。《騷》經無梅，杜詩無海棠，何必鑿哉？

「海風吹不斷，江月照還空」，太白咏瀑布也。或謂氣象雄傑，而疑是銀河之句。不知銀河當云「海風吹不波，江月照還淡」。

江西詩派，吕居仁結社，壇墠所及，遂有二十五人，爰作圖以記之。自黄山谷外，無可取者。遺山云：「論詩寧下涪翁拜，不作江西社裏人。」真豪傑之士。

胡炳文，元信州道一書院山長也。《拜鄂王墓》詩云：「有公無此日，再拜泪交頤。大義君臣重，孤忠天地知。鴆毛何太毒，龍渡只如斯。墳畔休留檜，行人欲斧之。」開口可泣鬼神。

姚副使培和，字鈞風，延予删校其尊公聽巖太史《松風餘韵》五十一卷，暇則偕其兄孝廉所廬、弟孝廉坳堂、主事勉芸集昭兹堂拈韵賦詩。已勉芸北上補官，所廬病軟脚，鈞風、坳堂相繼卒。予挽句云：「鴻雪剛三載，鴒原哭兩君。」所廬曰「一字一泪」也。迴思花月，步名。流連竹深，亭名。雜坐爛醉狂歌，渾如一夢。鈞風囑予定其詩稿，惜其子幼，未能及此。

李麓堂云：「詩太拙則近於文，太巧則近於詞。宋之拙者，皆文也；元之巧者，皆詞也。」吴日千云：「前宋詩多宗温、李，後宋詩多宗蘇、黄。」成容若云：「韓昌黎獨出横空硬語，白太傅能採摭里俗之言，此有宋諸家詩人之門户也。」論其大概，勿泥著也。

黄山釋大涵西湖詩至多，記其佳者：「十年重見兩高峰，依舊湖光落短筇。手把緑楊思往事，愁心觸着浄慈鐘。」「溪山尺寸杖頭分，游子光陰戀夕曛。雅俗一湖人共賞，白鷗如雪女如雲。」「船船不礙柳條條，尾尾相銜過斷橋。花影玲瓏香滿袖，三潭明月夜吹簫。」「殘角孤烟弔遠汀，烏啼懊惱舊冬青。可憐南渡無抔土，處士猶存放鶴亭。」

唐狄歸昌詩云：「馬嵬烟柳正依依，重見鑾輿幸蜀歸。泉下阿蠻應有語，這回休更罪楊妃。」此詠代宗廣德元年十月，吐蕃入寇，駕幸陜州事也。韋莊詩云：「九重天子去蒙塵，御柳無情依舊春。今日不關妃妾事，始知辜負馬嵬人。」此詠廣明元年十一月，黄巢入潼關，上西幸事也。

東柯《鼓離草·題燕》：「社至銜泥入，交交築壘忙。平生少冷暖，此物最炎涼。養子謀新舍，成家反故鄉。呼奴亟灑掃，還我舊雕梁。」此從工部「雙燕」翻出，似有爲而云。

陳慧香云：李公垂《題天衣寺》句云「殿湧全身塔，池開半月泉」殊佳。紹興初，僧某鑿開嶺上，易名爲滿月泉，此與「規圓方竹杖，漆没斷紋琴」同一殺風景事。

我松學詩者，率宗義山。周冰持濃圈堆垛處，借山見之曰：「玉溪生好獺祭，如《隋宫》、《楚宫》、《馬嵬》、《宋玉》等篇乃佳。毛西河訶其質本庸下，復襞積故事以鏝補之，覺綿膩無意趣，深中其病。」

「犬吠孤村月，蛩吟兩岸秋」，劉友萍句也。偏坐鷁首，吟酣墮水，好事者爲《塘栖夜舟圖》乞詩，予未及題，而友萍卒。亦吾録其詩稿藏之，系以句云：「誄文作自先生婦，遺稿歸於後死朋。」李卒，稿爲劉門人吴琛索去。予挽詩云：「無禄無兒或大年，如何奄忽赴重泉。竟將音韵傳千古，剖入毫芒勒一編。空盻鶴歸游釣處，共傷棺蓋落花前。城南向後增寥落，泪灑西州意惘然。」《猶憶》云：「猶憶城南文酒會，牡丹花發到芙蓉。雙虹圃廢春無主，半個人閒天不容。友萍自號雙虹半士。揎出麒麟誇瑞美，賦成鸚鵡欠遭逢。莊生齊物齊難得，蝴蝶翻飛芳草叢。」友萍門人宋世焯、張瞻淇、王永祺、姚繹修等請於張孝廉實甫定議，遂私謚曰「端文先生」。

顧成天字小厓，丁酉孝廉，鍵户著書。己酉七月，憲皇帝搜宗人府蔡嵩家，得小厓《皇城草》一章，疑含譏刺，將加罪，又於《金管集》中得《聖祖仁皇帝輓詞》，第四首云：「何人不解君臣義，罕喻君臣一綫情。深淺豈真關貴賤，冷窗摇筆泪縱横。」睿覽大慟，旋召來京，欽賜庚戌進士，入史館，官終侍講，年八十一卒。或云《輓詞》後接《六賢贊》，吕留良與焉。石門父子戮尸，株連查嗣庭、汪景祺，顧恐得罪，入京時刊易他名，原本今尚有存者。

解縉云：「宋人以議論爲詩，元人粗豪，不脱氈裘湩酪之氣，雖欲近唐邁宋，去詩益遠矣。」論不中肯，宜其詩之輕率不堪讀也。

「妻喜栽花活，童誇鬬草贏」，仲先佳句也。然「婢閒猶畫卦，兒戲亦投壺」、「妻識琴材料，童諳鶴性靈」，句法數見，賣弄家私。

遺山《論詩》云：「暈碧裁紅點綴勾，一回拈出一回新。鴛鴦繡了從教看，莫把金針度與人。」非靳之也。借山云：「苦心人少不談詩。」

劉房師諱吴龍，字紹聞，癸卯進士，江西南昌人，官至大司寇。壬戌主會試，後得痞疾不起，年五十二，謚清慤公。廉幹平直，楊御史纘緒深惜之，曰：「劉公亡，朝廷少一正經人矣。」顯家居聞訃，爲位哭之，餘哀抒以詩云：「山木頹壞哭所私，立朝節概我能窺。屢裁白簡肝如雪，五奉皇華鬢有絲。强項大違權貴意，（公在文選司，請託不行。）鞠躬幸死太平時。暮金未激天神怒，清白弘農凜四知。」「常棣風前争隕萚，芳蘭雪後復枯榮。糊塗心豈營私窟，（師有西河之痛，對唁者輒云：糊塗過去。）廉静公真少宦情。（辦公事暇，即注《參同契》。）面似閻羅難一笑，（在選司號劉閻羅。）人云廷尉得其平。劇憐注就參同契，紫府真人絳節迎。」「柱石憑誰殿廟堂，星分翼軫頓無光。繐帷併斷翟公雀，蕊榜空存陸氏莊。優渥黄金資送死，淒涼丹旐返維桑。菰蘆尺素胡然阻，（書寄諸孝廉，有某御史扼之，不得達。）夢向南昌泣數行。」

良鄉旅夜，忽有人出《京師百絶》求序，叩其里姓，則商丘高氏蒼頭王敦又也，隨同少年高孝廉來候。孝廉指敦又曰：「寒家六義皆此人指授。」予訝之，立拈「楊花」爲題，限青、紅二韵，試以七律，斐然可觀。途中倡和者九日，臨别，黯然出涕，賦三詩見贈，有「擔囊未得從公去，著屐重登九點山」之句，蓋雲間産也。惜稿置車箱中失去。

《瀛山筆記》：「子陵，新野人，避亂江南，娶梅福女，因居會稽。《漢書》以爲餘姚人，誤也。」程奕先《釣臺》一聯云：「功名一代鄧馮外，俎豆千年耕釣身。」殊有别致。

趙布衣源，字閬峰，喜爲詩。《丹鳳樓晚眺次陸景房韵》云：「巍樓斜倚滬城巔，倦客登臨欲暮天。但見白雲翻夕照，不知丹鳳駐何年。遥峰蒼翠連三島，大海汪洋納百川。遺世未能悲獨立，一聲長嘯破寒烟。」摘句如「江湖敢怨人情薄，兒女空憐我鬢皤」、「痛飲不爲明日計，白頭較勝少年狂」、「饑能玩世懷方朔，醉不忘軀笑伯倫」，似可望南宋後塵也。

陳慧香云：胡仲方《落梅》云：「自孤花底三更月，卻怨樓頭一笛風。」代梅解嘲亦可，但語氣尚欠和平。放翁云：「梅花自避新桃李，不爲高樓一笛風。」更覺超脱。

東坡《樓觀》云：「道人應怪游人衆，汲盡堦前井水渾。」《遊祖塔院》云：「道人不惜堦前水，借與匏尊自在嘗。」《游廬山》云：「莫笑吟詩淡生活，當令阿買爲君書。」《送李供備》云：「不用更貪窮事業，風騷分付與沉湘。」縱横自如，而其人雅俗如繪。

「安得廣厦千萬間，大庇天下寒士俱歡顔」，少陵詩也；樂天云「安得大裘長萬丈，與君都蓋洛陽人」，似直。「柳偏東面受風多」，微之句也；楊孟載《新柳》云「風來東面知春淺」，便拙。

辛亥重陽後四日，黄中允招同徐今吾、王延之、沈學子信宿横雲諸山，各賦古體數章，陳徵君爲序。丁巳臘盡日，顧侍講招同厓翁游張司寇西廬，封翁遠惠酒肴，飲宿青來閣，各賦近體三首。予夢得「僧踏嶺雲迎」句，厓翁遂用之。李秀才爲跋。

嘉定李長蘅畫入神品，其詩過於單薄；新安程孟陽近體略優，頗有率處。虞山盛推二人，何以服鍾、譚之心？

丁巳六月，將南歸，偶閲杜彦之集，題其後云：「可歎才如杜彦之，科名草秀已衰遲。唐朝公道於今在，忍負風簷一首詩。」

崑山遂園，徐氏别業也。司寇健庵、中允果亭與同邑盛侍御誠齋家居，倣香山洛社故事，招集老者，於三月上巳之辰觴咏園中，佐以絲竹。與斯會者，爲常熟錢别駕湘靈、孫孝廉赤厓，長洲尤檢討悔庵、何提學涵齋，太倉黄贊善忍庵，華亭王司農卻非、許觀察鶴沙，上海周洗馬礪岩，無錫秦諭德對巖，三郡共十二人。耆耋參半，繪爲圖，各系詩二首，韵限「蘭亭」二字，標其籤曰「遂園修禊詩卷」。今四十餘年矣。李待詔購得，屬余用原韵題二首云：「散髮林阿戴籜冠，玉峰高並奉珠槃。香山耆老唯詩酒，上巳風光泛蕙蘭。序齒渾忘車笠異，繪圖欲與子孫看。三吴舊事誰能説，絲竹壺觴憶謝安。」「爲愛名園帶翠屏，優游杖屨聚修齡。行歌林下俱頭白，爛醉花前各眼青。大老主盟推孺子，百年陳跡視蘭亭。卷中丘壑風流在，憑藉詩篇溯典型。」

蔣明經招同胡象虚、徐醒齋飲，適崑山王某至，醒齋約以「人日遇雨」賦詩。予有「馬牛常例壓斯人」句。詰旦，有某某謂駡世語，當四面直之。唐翁曰：「此出東方朔占書。」衆始箝口。

借山以詩名江、浙間，癸未二月，聖祖南巡，召對吴門行在，賦詩稱旨，膺命入都。洪昉思送以詩曰：「心欲東林住，身爲北闕游。自承清問切，難任白雲留。竹笠衝梅雨，蒲衣换麥秋。定知飛錫到，新院闞紅樓。」公《留别》有「徘徊碧溪步，澹蕩白雲心。偶爾應明詔，故人知我心」之句，傳爲美談。

陳慧香云：詩被唐人翻盡，後來名句不能脱其窠臼，坐人看不到耳。

弘治中，李夢陽、何景明、康海、王九思、徐禎卿、王廷相、邊貢爲七子。余所愛者，何大復也。嘉靖中，謝榛、李攀龍、王世貞、徐中行、宗臣、梁有譽、吴國倫、俞曰德、張佳胤，或稱五子，或稱七子、八子。予所愛者，謝茂秦也。何之秀朗，謝之流暢，同時無與敵者。茂秦曰：「近體誦之行雲流水，聽之金聲玉振，觀之明霞散綺，講之獨繭抽絲。」四語真把金針度與人也。

道園近鬻藏書以餬口，取工部「盡捻書籍賣，來問爾東家」爲韻，賦十詩解嘲。予謂之曰：「『難割爲丹鉛，傷心反減錢』，譚友夏《賣書》句也。今之識貨者或寡矣。」

工部《江漢》，吴綬眉云：「雲月日風，亦此詩一病。」予以「落日」借喻暮齒，不必爲嫌。唯中四句法雷同，乃爲病耳。

徐凝《望廬山瀑布》詩「萬古長如白練飛，一條界破青山色」，自是絶奇語，坡老以爲塵陋，至稱爲惡詩，何也？

王元美云：「太白《鳳皇臺》一篇效顰《黄鶴樓》，可厭。『吴宫』、『晉代』二句，亦非作手。」予讀《鸚鵡》一律，真刻意倣《黄鶴》，崔雄渾，李秀勁，無不逮也。

「漠漠水田飛白鷺」，「萬頃江田一鷺飛」，同一筆法，而神不逮。米元章「千里江山白鷺飛」，鈍於偷句。工部「江天漠漠鳥雙去」，老健過於王。讀者可於此下參。

徐仲車《大河》詩，可當長沙之痛哭。

張穌字衢尊。聞有弘農貴公子索飲，設黄虀一大盤，問有鼎肉否？作色曰：「予能爲太白，不能爲工部。」公子竦然，叩其所以，曰：「工部『盤飧市遠無兼味，樽酒家貧只舊醅』，尚有下筯處；太白云『客到但知留一醉，盤中只有水晶鹽』，則貧更甚矣。」相與噱飲數觥而罷。

樂天《長恨歌》艷褻，非其至者；《游悟真寺》詩空前絶後，無從鑽仰矣。滄浪七古靡靡不振，如云

「行人遥指置寺處，正在白雲之中央」，不及「如擘山腹開，置寺於其間」之老。「畫擕壯士斫堅陣，夜接詞人賦華屋」，語意警妙，予每誦之。杜荀鶴「雙美總輸張太守，二《南》章句六鈞弓」，亦甚風雅。

滄浪以禪論詩，見禪貴悟，詩亦貴悟也。李卓吾謂：「談詩即是談佛，若悟談詩即是談佛，人則雖終日談詩何妨。彼以禿子説偈，將《傳燈録》改頭换面，爲談詩乎？抑談佛乎？」卓吾之詩，其高於禿子説偈幾何？

壬子後日課一詩，積至多。甲子九月，檢存什一，餘付一炬。賦三絶云：「翰林風月謂唐翁。借山禪，謂璟公。辟咡曾將三昧傳。卻笑鈍根無活句，鑽籬捫壁十餘年。」「選舉科場得失同，時文頭白賺英雄。憑渠李杜騷壇手，先課之乎者也功。」「舉業餘閒作小詩，千金敝帚享何爲。宋元門户猶難闖，項背唐人那得知？」門人葉元勳又存數絶，今附於左：「秋糧冬底縣開徵，額外從無溢斗升。故事兩鍾輸一斛，勒碑除弊尹中丞。名繼善，滿洲人，癸卯進士。」「五篋留賓徐撫軍，諱士林，河南人，癸巳進士。黜奢身教共知聞。吴姬不吝羊羔息，猶著團花簇蝶裙。」「瘦羊博士九重知，道食兼謀兩失之。滿屋珍珠炊藟散，更無幽興一哦詩。我郡學田近始歸儒學徵租。」「日用非錢果不行，通神使鬼漫相争。沙堤新築清如許，與爾猶存瓜葛情。天水弔許喪事，詳見邸抄。」「鳳池鷄鶩還争立，辛苦一官不到頭。也似王和錢馬癖，撏蒲齒上破除休。有舍人負輿夫博錢被窘，候補某者訐其事於桐城，勒令告休。」

紅蕉詩話卷四

五茸城蔡立甫纂

菊有名秋裙帶者，慧薌戲咏二絶云：「誰是閑情作賦身，誰爲籬下散花人。好將一縷秋裙帶，絆住先生漉酒巾。」「衣領鞋絲總願爲，如何束帶便攢眉。歸來若見秋裙影，賺得先生罄折時。」遠勝前人。

全椒吴檠，字青然，寄示《客邢州使院》四首云：「二月燕南道，邢州鎖寂寥。輕陰生草際，細雨度花朝。鴛水冰初泮，龍岡雪未消。此鄉多慷慨，吟望日無聊。」「襄國仍留滯，春深感物華。空梁無社燕，古柏有昏鴉。遠夢銷官燭，羈愁逐使車。故山花事好，漂泊尚天涯。」「寓目荒城霽，微暄破窈冥。烟浮湡水白，雲擁太行青。駐節依卿月，銜杯聚客星。郡樓吟嘯處，常憶李滄溟。」「一誤柴車出，三年敝客衣。侵尋雙鬢改，惆悵寸心違。刻楮工何益，飄萍計轉非。拚歸愁亦好，莫更説雄飛。」工於烹鍊。予寄詩云：「全椒千里外，雙鯉五年疏。搔首秋風際，思君饑渴如。美名登小録，衝雪上公車。莫似漁人懶，寒燈守敝廬。」

少陵七絶别是一種，有古《竹枝詞》意。後來楊鐵崖、李空同刻意摹之，不免俚澀，而風格矯然，古趣盎然，嗜奇者不能舍也。

「多好竟無成，不精安用夥」，東坡二語，真愛博者良箴。

鄞縣全祖望，字謝山，工爲古文。壬子北闈，題詩號壁，有「鬱輪袍曲雖然好，争似元郎于蔿于」句，旋獲雋。予在上谷寄絶句云：「五鳳樓前樂部俱，時人争笑魯山迂。饒他奏盡新翻曲，獨賞伶工于蔿于。」

張虬字幼青，山東觀成人，康熙辛卯孝廉。年八十二，應乙丑禮部試，予口占四句贈云：「窄號相逢張幼青，長身已作老松形。後生誰授尚書義，天遣長山教一經。」四月南歸，復遇幼青於任丘，以高年召入都，欽賜内閣中書銜。

乙丑春，欲游西山不果。盧月川和予《病起》，有「未是西山迴俗駕，年年只作畫圖游」句。報以二絶云：「一墮風塵難振刷，況無伴侣共躋攀。幾回夢化松林鶴，童子驚呼道士還。曾夢前身爲檀柘寺道士。」「塵骨何如鸞鶴形，仙人未許叩雲扃。卧游眼力猶寥廓，抹殺盧山一角青。丙辰夏，有《送月川歸盧山小閣歌》。」

「不辨風雲色，安知天地心」，睢陽《聞笛》句也。文相國「滿天風雪得梅心」，凜乎後彫。《指南録・爲或人賦》云：「悠悠成敗百年中，笑有柯山局未終。金馬勝游成舊雨，銅駝遺恨付西風。黑頭爾自誇江總，冷齒人能説褚公。龍首黄扉真一夢，夢回何面見江東。」殆指留夢炎、吴堅一輩與？

楊璉發掘諸陵，理宗之屍如生。或云含珠有夜明者，乃倒懸其屍樹間，瀝取水銀，如此三日夜，竟失其首。后謝氏，諱道清，丞相深甫孫女。德祐二年三月，伯顔入臨安，趣帝及太后入覲，汪水雲詩所云「六宫宫女泪漣漣，事主誰知不盡年。太后傳宣許降國，伯顔丞相到簾前」，「亂點連聲殺六更，熒熒庭燎待天明。侍臣已寫歸降表，臣妾僉名謝道清」也。謝后始以病免，留臨安。元人舁其床以出，侍衛七十餘人，同赴燕降，封壽春郡夫人，七年而終。汪詩所云「客中忽忽又重陽，滿酌蒲萄當菊觴。謝后已叨新聖旨，謝家田土免輸糧」也。

「吟成幾個字，撚斷數莖髭」，盧延讓句也。賈島云：「二句三年得，一吟雙泪流。」翁靈舒云：「傳來五字好，吟了半年餘。」吟咏若斯之難，可率爾操觚耶？

《癸亥二月上弦詩》云：「霓裳一曲廣寒仙，玉宇澄澄孤月懸。天眼何時明似鏡，人心空仰直如弦。」王鱸民見之曰：非苟作者。

陳燭翁令魏塘，新納小姬，《咏秋海棠》云：「一番秋雨一番風，才放牆陰四五叢。卻似麗娟年十四，不勝羅綺壓嬌紅。」予適進謁，援筆和云：「那愁秋雨又秋風，燕寢凝香蝶夢中。不似尋春狂杜牧，葉成陰處悵深紅。」陳大喜。

右丞《出塞》第三句「暮雲空磧時驅馬」、七句「玉靶角弓珠勒馬」，兩「馬」字在下；工部《送田四弟》起句云「離筵罷多酒」，七句「定醉山翁酒」，兩「酒」字在下。不可改，亦不必改。

許棠《洞庭湖》三四云：「青草浪高三月渡，緑楊花撲一溪烟。」或云尚不是洞庭湖。不知渠分承「空江浩蕩景蕭然，盡日菰蒲泊釣船」説下也。泊船必於小溪，「緑楊」句妙不可言。

羅隱與從弟鄴、虬號「三羅」，隱爲最，鄴次之，虬之《比紅詩》近俗劣，而盛傳於時，不可解也。朱温召隱爲諫議，不行，賦《小松》云：「陵遷谷變須高節，莫向人間作大夫。」志節可見。名上金榜者，不免奴事朱温，科名其足重乎？「我脚夾筆亦可敵得數輩」，宜江東生之傲睨朝官也。

張澤忻繼室宋玉音，詩人宋尚木孫也，著《紅餘稿》。摘録三絶，以俟采風者。《寄姊》云：「久别誰能不憶家，斷腸羞對合歡花。樓前柳色依然處，幾度憑闌數晚鴉。」《遣懷》云：「一簾微雨一簾風，透入雲屏十二重。和泪出門相送處，斷人腸處畫橋東。」《村居》云：「緑楊流水一溪寒，畫舫輕橈歇小灣。燕子乍來如舊識，簾前飛去又飛還。」《斜川》句云：「秋增野鶴三分瘦，老比孤松一片苔。」亦佳。

王逢原《夢蝗》詩憑空結撰，怪怪奇奇，駡盡一班馬頭卿相、劊子守令、畜類倡優。擬玉川子，筆力稍遜耳。

放翁「聖主不忘初政美，小儒唯有泪縱横」，晉武、唐明初政，何嘗不美？惜不繼其始，遂至荒淫。「不忘」二字，下得含蓄。

馮晚吾曰：汪無己「寶刀不飲尋常血」句警。旋以侮聖言殺身，殆其讖與？

義興詩人謝香祖流寓燕京，忘年下交。予贈詩云：「素衣未化此重游，落葉長安又過秋。一卷詩庸冰雪似，偶然咳吐亦風流。」「漁洋傾倒共知聞，垂老詩壇冠一軍。古錦奚囊吟不盡，嘯莊風月謝溪雲。」香祖激賞，持示李穆堂、任釣臺、沈歸愚諸公獎借之。

司空表聖《馮燕歌》有「爲感詞人沈下賢，長歌更與分明説」句，《麗情集》誤會詩意，以此歌爲沈下賢作。下賢有傳，未嘗作歌也。

《同聲歌》，或解云：「『列圖陳枕張』，列秘戲圖也；『儀態盈萬方』，言變態多也。」古人筆力必寫到真處，方足與《秘辛》、《飛燕外傳》並工，言不雅馴，薦紳勿道。東坡《石鼓》合退之詩看，便識此老善走虛路。及讀韋應物歌，高簡不可及矣。義山「誰與王昌報消息，盡知三十六鴛鴦」，本《相逢行》「鴛鴦七十二，羅列自成行」也。純舉雌者，言之以寄意耳。

唐方外《對菊》詩云：「蝶醉風狂半折時，冷烟清露壓離披。欲傾琥珀杯浮爾，好把茱萸朵配伊。孔雀毛衣應者是，鳳皇金翠更無之。何因栽向僧園裏，門外重陽過不知。」入之《誠齋集》中不復辨。

于謙《鄂忠武王祠》云：「中興諸將誰降敵，負國奸臣主議和。」當土木之難，人心洶洶，社稷杌棿，公上疏有「若許以和，萬萬不可」之語。任患以來，常懸宋丞相文山畫像於卧所。其操履忠貞，秉於天性，兩少保前後一轍也。

僧稱道人，見昌黎《送僧澄觀詩》，及和靖《送錢塘講師遵式》、蘇長公《臘日訪惠思》詩。

滄浪以盛唐爲法，而云：「玉川之怪、長吉之瑰詭，天地間自欠此體不得。」日千謂「元輕白俗、郊寒島瘦、長吉奇鬼、盧仝惡魔，不可涉一字」，近於褊矣。

三甲店壁間見吴縣張庶常題句，愴然久之，因和：「席帽南歸第二程，店門夏木蔭餘清。卧聞梁上新雛語，瞥見吴中亡友名。壯志果隨博望去，落句：『星槎若得乘潮便，不隔銀河一水盈。』傳臚何似蕣華榮。金臺舊雨如雲散，零落茶槍與酒兵。謂君與謝香祖、趙芝庭、全謝山、吴恒叔、周白民、葉子異、范瀛三、張少儀、龔松丈諸人。」

閨秀徐紛吾《春詞集曲牌名》二絶云：「手折紅英上小樓，小樓連苑曉春幽。真珠簾外風光好，滿路花香憶舊遊。」「驀驀山溪刮地風，雨中花落小桃紅。淡黄柳底雙雙燕，似訴園林好景空。」與良人袁時食貧倡和。又《咏雪》一絶云：「坡陀曳白耀銀沙，耐得清寒是我家。不信天孫也紡織，竹弓彈下木棉花。」時侄女寒篁亦工詞。

華孝廉曰：有名士諂年羹堯云：「秩晉上公周太保，位隆司馬漢將軍。」摩詰年十九作《桃源行》，容與整齊，意味深永。夢得娟秀、昌黎奇峭，不出王範圍，真夙世詞客也。

張衢尊課《易》自給，俯視一世。見乘軒，即吟「詩書遂墻壁，奴僕且旌旄」，過朱門，即吟「生存華屋處，零落歸山丘」。窮老著書，散佚無傳。

杏花，閔爲輪「芳草路迷寒食雨，夕陽簾捲畫樓人」，得言外意；李元度「弄晴粉薄偏羞月，帶露紅輕欲濕雲」，刻畫亦妙。水畔牆頭，不得專美於前矣。

吴日千云：「詩原本《三百篇》，當以善善惡惡爲第一義。若懲戒種豆種桃之禍，正當禁絶吟詠耳。如反以諛窮奇、頌檮杌，愈工愈下，背經絶根，詩之罪人也。」

楊誠齋云：「不借雙高挂，毋追一任欹。」唐子西云：「兒餒嗔郎罷，妻寒怨藁砧。」宇文虚中云：「散步雙扶老，栖身一養和。」洪駒父云：「引睡直須黄嬭，曲肱正要青奴。」王抑之云：「偶許撥寒傾服匿，不堪和雨看將離。」洪夢梨云：「妝罷桃笙尋獨見，夢回茉莉入通中。」用字殊新。

康節詩一味頭巾氣，唐荆川乃謂三代以下之詩，未有如康節者，何也？又謂沈約苦卻一生精力，綑縛齷齪，竟不能道出一兩句好話。

張文敏横山西廬亞於王司農山莊，歸省，計留山中五日，題壁云：「壺中長日静中緣，我亦曾經四小年。不及蒼髯牆外叟，梅花看到菊花天。」踰年奔父喪南歸，薨於途。

荆公云：「世間好語言已被老杜道盡，世間俗言語已被樂天道盡。」後村云：「古人好對偶被放翁用盡，今人不能道語被誠齋道盡。」

《少室山房筆叢》云：「《天魔舞》，唐時樂。王建《宫詞》云：『十六天魔舞袖長。』不始元末也。」予檢百首中並無此句。元薩都剌《雁門集・上京雜咏》第三首云：「涼殿參差翡翠光，朱衣花帽宴親王。紅簾高卷香風起，十六天魔舞袖長。」

劉青田《有感》云：「浪動江淮戰血紅，羽書應不達宸聰。紫微門下逢宣使，新向湖州召畫工。」元政不綱可知矣。

趙虎文《見蝶》云：「簾外雙飛蝶，翩翩實可嘉。自傷身有累，翻羨子無家。寄跡隨芳草，生涯問落花。晚來何所向，飄忽入南華。」張空明、王鱸民稱之。五古自擬靖節，奚翅失之毫釐。

《彈雅》云：「詩人之詩，字句不苟，王維諸人是也；才子之詩，句字章法，若罔聞知，李白諸人是也；困學之詩，格調詞意，匠心措置，杜甫諸人是也；閒適之詩，并詩俱忘，陶潛諸人是也。」意以陶、李不可學而至，當從王、杜入手，乃可名家，非於古人有所軒輊也。

吴日千云：「典實之説勝，而比興之道微；諂媚之詞工，而箴儆之意絶；應酬之途廣，而性靈之竅湮。欲求佳詩，無有是處。」

葉舍人恒園手札云：「天氣驟熱，布被不得睡，夜起裸坐，盡和來詩，直至四鼓方寢。家人以爲顛，顛亦得也。」戲東一絶云：「我愛梅花樹下僧，五字舍人自號。東華無復夢䰐纓。不眠贏得姬人笑，發興哦詩到五更。」

盧月川《謁于忠肅祠》云：「尚書墓上最淒涼，松柏森森拱道旁。孤注但知疑寇準，中興無復念汾陽。丹心永照南屏月，碧血曾飛西市霜。千古英雄同一哭，怒濤終日打錢塘。」年甫四十九，卒，以稚侄某嗣。

武三思用事，其子崇訓尚安樂公主，令宰臣李嶠、蘇味道，詞人沈佺期、宋之問等賦《花燭行》以美之。李巨山《武三思輓歌》落句云：「忠賢良可惜，圖畫入丹青。」日千所訶「反以諛窮奇、頌檮杌」也。

姜翰林《無題詩》三十首，或云郁宣夏作，或云吴日千作。如「妝匣盤蛇朝鹿鹿，篝燈煮麝夜熊熊」、「風聲入樹驚棲鶻，月影移花閃睡尨」、「瓊窗聽雨呼鳩婦，紈扇翻風撲蝶兒」、「鳳屧廣場春蹴踘，羊燈小閣夜樗蒱」、「君之出矣狼河北，我所思兮雁塞西」、「鶯因衣艷呼公子，蕉爲心多唤美人」、「偶折絳桃憐著雨，更拈紅豆憶停雲」、「調得鸚哥偏反舌，養成蓮子竟空房」、「連理樹前思解佩，合歡花下憶藏鉤」、「三眠暈碧愁方劇，一捻潮紅酒半酣」，對仗精麗。和者十餘人，如張德純「水添夢後迷離碧，花落愁時慘淡紅」、「蝶過繡床和露撲，燕歸珠箔待風掀」、「纏頭隊裏無紅綫，跣脚行中有絳仙」，孫宸九

「半生誤妾能描鳳,到死思君爲泣魚」、「帶不同心休更結,樹非連理豈成枝」,范同叔「鬟因愛好嘗偷掠,箔爲羞郎只半掀」、「心有未灰同樺燭,絲終難斷似春蠶」,王西園「千囀臨風鶯失谷,三飛繞月鵲求枝」、「桐涼直映眉間翠,榴艷横分口上朱」、「一世柔情依獨樹,半生密語託孤燈」,蔣西青「紅螺進酒長浮皚,青鳥銜箋忽墜魚」、「青衫泪漬新愁叠,玉枕潮生舊恨闌」、「畏聽燕語長移枕,倦對蟾光久下簾」,潘文起「曲中雉有朝飛樂,城上烏無子夜啼」、「璧人未見難通語,鏡女無言空似花」、「媚添眼底長涵碧,恨壓眉尖不放青」、「無限鶯花留二月,不堪風雨暗孤燈」,林鶴招「石碑能語難歸鶴,寢簟虚占不夢熊」、「鏡刻鸞栖摧隻影,冢聞鴛語長連枝」、「絶代風流輸趙北,故宫粉黛擅吴西」、「春煖樓高扶月到,夜寒簾静受風掀」、「澧浦無人搴蕙帳,漢庭有曲頌芝房」,綺思雲湧,騷壇勍敵。

劉魯風江西投謁所知,爲典客所阻,賦詩云:「萬卷書生劉魯風,烟波萬里謁文翁。無錢乞與韓知客,名紙生毛不肯通。」又歐陽彬斷句爲「樊知客」。

馮古浦入滇南鄂制府幕,賦牡丹有「詩到清平能動主,花雖富貴不驕人」句。西林公大喜,厚遺以歸。或云此楊閣學句也。古浦《並蒂蓮》詩云:「異種堪矜並蒂傳,前身共命化嘉蓮。佩遺江漢思仙偶,名刻茗華記儷緣。皎潔同心争自喻,穠纖合體鎮交妍。紅蕖緑水多輝映,别有風流羡比肩。」

正統間陸氏名娟有求其父作送行詩者,父不在,因代作云:「津亭楊柳碧毿毿,人立東風酒半酣。萬點落花舟一葉,載將春色過江南。」父歸,切責之,自是吟咏不及門外事。後歸馬龍,姑亡,托以二女,乃置别室,與之同寢處者十年。爲夫買妾,生一子。臨卒,以所作稿悉焚之,曰:「此非婦人事也。」見周晚山《筆記》。晚山《夏存古大哀賦》三千七百餘言，讀之鼻酸眥裂。唐鄭仲賢詩云：「亭亭畫舸繫春潭，只待行人酒半酣。不管烟波與風雨，載將離恨過江南。」娟詩從此出也。

飄過海雲，丐僧也，聲音似安慶人，善章草，日以揮毫博一醉。來寓興聖寺塔，作《塔燈偈》云：「一面檀那三面佛，者邊墨黑者邊紅。四十門通七寶月，金波萬古大瀛東。」

《得天居士集》有《生》、《老》、《病》、《死》四首，又有《大歸四事》詩，前未之見也，録二首，以當棒喝：「轂穿瓶破雀兒翔，樂否枯髏南面王。到此方云辭逆旅，有魂仍復泊他鄉。大羅雲錦虛皇署，小像黃金越國裝。富貴神仙從爾說，土饅頭上草茫茫。」《死》。「誰信千年永不開，徒教骨肉隔黃埃。收回天上三春艷，蓋盡人間一石才。水土幾番灰卻了，山林又復斧斯來。還愁仙骨銷難得，碧落殷勤選玉材。」《棺》。

「日上黑甜眠始覺，巷深白版晝常關。爭如不設門尤好，容得潭雲自往還。」趙布衣和予《題門扉》句也。旋以愁死，賦四韵挽之：「屢見瓊瑤寄，經年和答遲。忽傳蒿里曲，空憶倚樓詩。破硯耕難恃，沉憂藥不治。祇應張仲蔚，老泪寢門滋。張斜川與君交契，倡和成帙。」

初晴《題黃日林兩馬滾塵圖歌》：「黃日林，畫馬價與真馬同，兩馬滾塵如兩龍。一作紫叱撥，一作玉花驄。老柳垂陰春蕩漾，莎平地煖來微風。一馬翻身四蹄仰，摩抄背癢搖領鬉。一馬轉側勢欲起，青絲擺脫神從容。意氣誰能別瑜亮，駕馭幾時來英雄。君不見蘄王老卒花園卧，蹴醒自言無事做。一朝委托千黃金，萬里風濤若平步。黃君亦是可憐人，落拓江鄉不得路。畫馬千秋遠擅場，雄姿直奪曹韓坐。遥想解衣盤礴時，神骨逍遥馬同趣。不知是馬是黄君，二馬旁應添一個。」闔闢頓挫，純乎大蘇。

孟醫云：「丁酉金陵，同虞山王丈千里閒步淮清橋古廟，見壁間三絶云：『紫髯碧眼昔時雄，禾黍秋風霸業空。一帶紅牆圍菜圃，行人猶説舊王宮。』『鬱鬱臺城入望遥，齊梁風景黯然消。無情只有鷄鳴寺，鐘鼓年年送六朝。』『長干高塔逼天門，萬乘經營奉世尊。骨肉當年屠戮盡，黄金佈地報誰恩。』」

樂天《哭金鑾子》云：「病來才十日，養得已三年。慈泪隨聲迸，悲腸遇物牽。」《雲仙散録》乃云：「金鑾十歲，忽書《北山移文》示家人。樂天方買終南紫石，欲開《文士傳》，遂輟以勒之。」不足信也。

姚近庭偕其諸弟從余遊，勤學喜吟，弱冠與調圩倡和。題友《蒹葭書屋圖》云：「東湖秋老氣蕭森，碧水連空極望深。接棟書城横荻渚，沉烟漁網晾楓林。含風聲起飛疏雨，沿岸叢長噪晚禽。依約此中高士在，江寒花雪擬相尋。」憤甲子北闈額滿見擯，破産捐職訓導，僑京師卒。予挽詩云：「泣玉猶思獻，才通命苦辛。又逢大比歲，竟作不歸人。空艷廣文席，翻令懸罄貧。那堪老鳳泪，揮灑浦西濱。時比部勉芸在籍。」

休寧吴非熊客金陵，倣初唐體作《秦淮鬭草篇》，閩中曹能始見而異之，遂廣爲延譽。一時名士如李本寧、屠緯真、馮開之、鍾伯敬、林茂之、趙凡夫、徐興公，皆折節與交，而能始尤相契重。竟以好遊，客死於蜀。如《俠客行》：「家因結客破，命爲感恩輕。」《遊石蓮山》：「嵐重春衣薄，松深梵語寒。」《燕子磯登高》：「浦口雲深帆影暮，石頭風急雁聲寒。」《初到虔州》：「維舟登岸先尋寺，入境逢人即問山。」俊逸迥出流輩。

徐今吾云：「初晴得力於禪，偶爾寫生，靈機跌宕。」嘗題《墨梅》贈予，有「寫得一枝如拗鐵，珊瑚十丈也低頭」之句。又爲予畫一虎，題云：「不患虎不成，所患者似狗。我今寫示君，狗中有此否？」詼諧入妙。

《瀛山筆記》：宋人咏雪云：「看來天地不知夜，飛入園林總是春。」妙矣，然自是宋人佳句。予詩云：「山川同氣象，天地轉高寒。」吴日千極爲擊節。吴亦有句云：「萬家同髣髴，入夜轉光輝。」詩境超絶。日千有《徐侍中篇》，絶類《焦仲卿古詩》，近代長篇第一作也。又有句云：「白業遲回首，青山一汗顔。」絶似老杜。桐城錢飲光「潮上溪流轉，江明水面高」、「帖天鷹漸没，困雨鴨知歸」、「報霜新雁過，警露草蟲譁」、「蛛網閒終日，蚊雷鬧一時」、「日斜川上收虹飲，雷過城頭挾雨飛」、「白酒儘拚秋晚醉，黄花肯負歲寒交」、「野草花鋪紅毯闊，新秧風熨碧濤平」，用事寫景，善學少陵。

《蓮坡詩話》摘録我郡王中堂、總憲、司農三公詩句，比於江左諸王。人人有集，而不及侍御與少宗伯，何也？侍御《冬至》句云：「東堂宦興消殘雪，南國鄉心散早梅。」《春寒》句云：「新緑市橋楊葉短，亂紅山店杏花殘。」少宗伯《渡江》詩云：「雲自孤飛月自明，蒲帆十幅剪江行。君聽濁浪金焦外，淘盡英雄是此聲。」「燕子磯前早趁潮，佛貍祠下暮停橈。老僧竹院渾相識，如夢如塵話六朝。」

《本事詩》云：「白尚書姬人樊素善歌，小蠻善舞，嘗爲詩云：『櫻桃樊素口，楊柳小蠻腰。』」《香山詩集》並無此二句。《小庭亦有月》云：「菱角執笙簧，谷兒抹琵琶。紅綃信手舞，紫綃隨意歌。」《對酒開懷寄十九郎中》云：「往年江外抛桃葉，結之也。去歲樓中別柳枝。樊蠻也。」《不能忘情吟序》云：「妓有樊素者，年二十餘，綽綽有歌舞態，善唱《楊枝》，人多以曲名名之。」詩云：「鬻駱馬兮放楊柳枝。」知楊枝即柳枝，樊蠻即樊素也。「十年貧健是樊蠻」、「春隨樊子一時歸」、「猶有樊家舊典型」，不見有小蠻名也。東坡「我甚似樂天，但無素與蠻」，沿《本事》之誤。

高待詔晚年詩出，另裁説帖，人怪之。其實奥博，非淺學人所能鑽仰也。唐翁云：「小湖《商搉集》篇篇可傳。」今録五首，見其嗣音海叟也。《雨渡斜塘》：「南浦西連泖，相看劃此塍。落潮三面入，設險一隅稱。風掃虹皆斷，雨飛魚可罾。輕舟常穩渡，忠信好還憑。」《阻風泖橋因上澄鑒寺》：「到此石尤急，愁人日夕聽。江濤喧六派，舟楫斷雙涇。寺隱竹陰緑，山延泖上青。殺風須密雨，孤坐想冥冥。」《入松江》：「禹跡由來遠，平川下急湍。力排滄海入，痕減太湖寬。蘆荻摇秋影，鸕鷀泛曉寒。小舟傳范蠡，並載出江干。」《崇鞅墩觀海》：「瞰海臨殘壘，滄溟望不窮。卷濤轟萬馬，撼石斷長虹。版築工難固，田廬勢可通。預防須上策，無路達宸聰。」《雨餘渡澄照塔院》：「湖雨過前汀，舟行出杳冥。山含九朵白，塔聳一痕青。風幔蒼茫卷，晴鐘次第聽。城隅歸路遠，不上水心亭。」

「未放九峰舟，先登一覽樓。天清鶴孤唳，地盡海東流。佛土由來浄，神仙不可求。松風和梵籟，滌蕩客中愁。」借山《一覽樓》詩也。謂予曰：「『天清鶴唳』一聯，無錫杜翰林擊節賞之。」後人修郡縣誌，不能遺也。

朱婁教諭俞焯，辛卯孝廉，以新生匿喪事罷官。予詩有「聖朝養士恩如海，廉及寒氈凛四知」句。

廣文曰：「誦此，同寮宜深内省，下石者何意耶？」蕭寺過從，時稱其同里田輪長工詩，未之見也。球兒彌月，俞枉詩云：「一篇晚桂慰予詩，前月和《晚桂》拙咏，有「不彫還結子」之句，意爲客寫照，而旋慶弄璋。恰是麒麟欲降時。英物已占新骨氣，前程應展素襟期。燈毬會飲群仙籍，湯餅筵先老友巵。我亦一經堪遺後，漫將豚犬例孫兒。」予用韻答云：「近艾生兒敢恨遲，紀年甲子杪秋時。養同豘犢非奇貨，珍過瓊瑶拜賀詩。豈有籯金愁智損，祇應竹馬得肩隨。餘齋子才八齡。通家一事交相祝，還看桐孫長幾枝。」後事白，歸泰州，同人賦詩贈行。黄宫允二首力爲昭雪，今刻《唐堂集》中。

曲阜孔信夫寄示《夢見王進之》詩二首，已絶陳根。忽追昔歎，再賦絶句：「枯榮同是百年身，泪盡連絲宿草根。有客重論夢裏事，感予久失眼中人。」進之負異稟，成童，能爲有韵之學。下帷攻苦，得羸疾，出贅新塲葉氏，合巹之夕，氣息支綴，不三月卒，年甫二十。葉舍人哭婿，和予《感懷》韵云：「去年寒食痛琴亡，今日逢春倍感傷。謝氏争禁彫玉樹，郗家空羨袒東床。輸他樗櫟千年壽，何異優曇一現香。猶記病中論結友，軼才傾倒蔡中郎。」

人知温飛卿「雞聲茅店月，人跡板橋霜」，不知劉郇伯《早行》「一星深戍火，殘月半橋霜」更佳；知少陵「鳥下竹根行，龜開萍葉過」，不知許渾《南亭》「鳥驚山果落，龜泛緑萍開」並妙也。顧況「風塵海内憐雙鬢，涕泪天涯慘一身」，顛倒杜句，自佳。

董榕城《三岡識略》始於甲申，終於丁丑五十四年，皆本朝事，簡嚴有法，史筆也。沈天庸題詞云：「輟耕録自南村叟，桯史傳於岳倦翁。身閲滄桑文獻在，三岡識略並稱雄。」「從他紀事饒銀管，自有藏書儷玉杯。誰識江都真史筆，漫誇梁苑有鄒枚。」天庸諱白，工擘窠，甲申除夕，列明代十六世木主設祭，大慟，既而焚之，人以爲狂。不肯薙髮，其子懼禍，一夕醉而髡之，比醒，號咷不已。

許用晦「一尊酒盡青山暮，千里書回碧樹秋」三見，《送元晝上人歸蘇州》、《郊原秋日寄洛中友人》俱在頷聯，《京口閒居寄兩都親友》在頸聯。「湘潭雲盡暮山出，巴蜀雪消春水來」兩見，其《淩歊臺》姑從徐翰林注作「江潭」，《春日思舊寄南徐從事》，臺應是湘潭無疑也。

楊去疾字豫中，葉忠節之僕，博學嗜古，著詩詞四千餘篇、《圃餘雜説》數卷。黄中允贈詩云：「奇人最被天埋没，耕目何須太劇貪。詩四千篇書數卷，不知誰與作桓譚？」海寧陳文簡相公贈詩云：「五十年來事未忘，巋然一老是靈光。忠魂天上無書笥，遺稿人間有壁藏。不壓牛腰胸自富，久馴鶴性自能長。江湖遠涉重相見，酒惡難逢舊醉狂。」

薛尚書詩如「全家上南嶽，一尉事諸侯」、「黄河淹華嶽，白日照潼關」、「薙草因逢藥，移花便得鶯」、「遠江橋外色，繁杏竹邊花」、「前路應相憶，離亭更少留」、「三秋木落半年客，滿地月明何處砧」、「冰霜谷口晨樵遠，星火爐邊夜坐寒」、「晴村透日桑榆影，曉露濕秋禾黍香」、「遶郭烟波浮泗水，一船絲竹感涼州」，誠爲警妙，較之太白，仙凡迥别。乃其《論詩》云：「李白終無取。」試問太拙道得太白《古風》一句否？

嫣蜼子詆楊廉夫爲文妖，《題李太白像》力摹鐵體，何也？

崑山爲第九峰，圓秀而潤，陸氏之先葬此。梅聖俞《二陸故居》詩：「晴雲唳鶴幾千隻，隔水野梅三四株。欲問陸機當日宅，而今何地不荒蕪。」元至正間，邑人曹慶孫請於行省，建二俊祠於山上，後廢。明陳眉公於其地置乞花場，祀二陸，所云「一派紅菱渡，三間斑竹堂」也。本朝諸進士乾一建七君子堂，祀二陸，配以三高士及前代陳眉公、陸伯生焉。堂圮，寺僧以其地爲鄉人墓道，遺址不全。乾隆初年，僧某募修殿宇，而不及二陸祠堂，君子譏之。茂才王孚若、陳穎賢諸人慨然呈請當事，公送二陸神主入寺，亦快舉也。予《二俊祠》詩云：「二俊祠何在，崑陰香火留。旅魂依唳鶴，山影壓眠鷗。支許神相契，林泉蹟漸收。謂白駒泉、雜花林諸勝。經過泖上者，得不繫扁舟？」蘇州崑山城西北隅有馬鞍山，高七十丈，亦呼崑山。其實不然，縣名崑山，山名馬鞍，何可混也？前朝陳、陸二公無學識，遽以小崑自名，相沿至今。近見《馬鞍山志》頗詳，而注以我松之第八峰天馬爲崑山，誤矣。陳志云：「三聖閣下，瞰大泖在几席間，梵燈漁火，隱現於蒼烟杳渺中。」玆山兼以水勝也。

乾隆十有五年八月既望鐫于潭上草堂

跋

余年十七，得咯血疾，間時疾作，書卷都廢，甘貧肆志，筆耕垂三紀於兹。又受性呰窳，不思拾一第、試一邑，與聖朝之登進驅使，虚生區宙間，不如死之久矣。向輯《紅蕉詩話》，經全椒吴比部刪，含山王孝廉序，門人輩憫予窮老，鳌四卷授之梓，甚盛心也。所愧索居寡陋，掇拾蕪穢。大雅君子哂其不足，覆醬瓿矣。或謂甘貧近高，肆志近傲。好事者從詩話毛舉而瘢索之，安所逃其譽乎？予有戰戰兢兢，謹佩斯言勿諼爾。乾隆庚午季秋立甫跋。

（吴忱、楊君、劉奕點校）

月山詩話

月山詩話提要

《月山詩話》一卷，據《藝海珠塵》（木集）本點校。撰者恒仁（一七一三—一七四七），字育萬，一字月山。清宗室，襲封輔國公。後失爵位，早卒。有《月山詩集》。此書僅四十三則，多考辨前人之誤，頗能探微。其人思精識正，每能於具體而微中觸及大關捩，如力持杜、白、蘇、黄、陸七言之詩體大趨向等，可謂有識。其駁議每就楊升庵、王漁洋等名家廣説著墨，不僅語較升庵精確，氣亦較漁洋爲温潤，蓋其人宗室中之佼佼者也。

月山詩話

宗室恒仁纂

先公爲議政大臣，屢蒙御書之賜。雍正二年七月，上賜詩扇一柄，書劉楨《贈從弟》「亭亭山上松」一首，蓋欲隆以家人之禮，兼勉以大臣之節。雖一時染翰，而用意宏遠如此，前代帝王所未有也。

本朝宗室詩人，當以文昭子晉爲第一。紅蘭格卑，問亭體澁，皆不及也。子晉詩凡數變，余尤愛其少壯時作，清新俊逸，具體古人。晚年詩流於率易。蓋自古詩人通病，免此者鮮矣。

唐人詩無過二千首者。白樂天詩較諸家獨富，凡二千八百餘首，猶有集中遺漏者。鄭谷《題太白集》云：「何事文星與酒星，一時鍾在李先生。高吟大醉三千首，留著人間伴月明。」余欲易一「白」字移贈樂天，豈不更切耶！太白詩凡千首有奇。

楊升庵曰：「太白、浩然、韋、儲集中，七言律不過數首，惟少陵獨多至二百首。按：少陵七律止一百五十一首，今云二百，非也。其雄壯鏗鏘，過於一時，而古意亦少衰矣。譬之後世舉業時文盛而古文衰廢，自然之理。」愚按：杜陵詩集較諸公獨富，而七律較諸體爲少，非若子瞻輩專以此見長者。太白、浩然自是不工此體，烏得謂多者反不如少者乎？如謂律多則古意衰，則王、孟五言恐亦不免舉業之誚矣。

唐人七言絶句，李于鱗推「秦時明月」爲壓卷，其見解獨出王氏二美之上。王阮亭猶以爲未允，別取「渭城」、「白帝」、「奉帚平明」、「黄河遠上」四首。按：「黄河遠上」，王敬美已舉之矣，其「渭城」三詩，細味之，實不如「秦時明月」之用意深遠也。

唐人七律壓卷，嚴滄浪取《黄鶴樓》，何仲默取「盧家少婦」。王元美謂沈詩末句是齊梁樂府語，崔詩起法是盛唐歌行語。如織宫錦，間一尺繡，錦則錦矣，如全幅何？其論甚確。愚謂王維之《敕賜百官櫻桃》、岑參之《早朝大明宫》、李白《登金陵鳳凰臺》，不獨可爲唐律壓卷，即在本集此體中，亦無第二首也。至元美所取老杜「風急天高」、「玉露凋傷」、「老去悲秋」、「昆明池水」四首，杜律可壓卷者正不止此。

李白有《蜀道難》詩，陸暢反其意，作《蜀道易》，其詩不傳。本朝紅蘭主人送陸榮登視學西川，曾擬作一篇，不知視暢何如，去謫仙人遠矣。紅蘭又有《行路易》詩，亦鄙俚無謂。

太白《宫中行樂詞》八首，歌舞花鳥，句頗重複，想見倚馬之才，不暇持擇。王逢《宫中行樂詞》本擬太白，清新綺麗，反覺後來居上。

太白詩：「自從建安來，綺麗不足珍。」太白五言未必突過建安，此特一時誇詡之言耳。韓昌黎云：「齊梁及陳隋，衆作等蟬噪。」此語稍可，亦非定論。太白又云：「蓬萊文章建安骨，中間小謝又清發。」此語得之。

《遯齋閒覽》云：「李、杜二公，名既相逼，不能無相忌。」嚴滄浪力辯其非。余按：少陵傾倒於太白至矣，而不免「太瘦生」之譏，是李之於杜不能無相忌也。二公之優劣正在此。升庵乃以少陵之拳拳於太白者，爲杜不如李之證，何其謬哉！或曰「飯顆山頭」之語，疑是後人僞撰。

自昔好駁杜詩者，宋楊億，明王慎中、鄭繼之、郭子章、楊慎、譚元春，而祝允明之論尤爲狂詩。王阮亭亦不喜杜詩。今記數條於此。《漁洋詩話》云：「杜甫《八哀詩》最冗雜不成章，亦多啽囈語。」《居易録》云：「杜甫《八哀詩》鈍滯冗長，絶少翦裁，而前輩多推之。崔鶠至謂可表裏《雅》《頌》，過矣。試摘其累句，如《汝陽王》云云，率不可曉。披沙揀金，在慧眼自能辨之，未可爲群瞽語白黑也。」又云：「何遜詩『薄雲巖際出，初月波中上』，佳句也。杜甫偷其語，止改四字，云『薄雲巖際宿，孤月浪中翻』，便有傖氣。論者乃謂青出于藍，瞽人道黑白，聾者辨宫徵，可笑也。」又云：「杜詩『舉家聞若駭，爲寄小如拳』，結云：『許求聰慧者，童稚捧應顛。』殊不貫。宋劉昌詩《蘆浦筆記》云：『合移「童稚」句作第四句，移「爲寄小如拳」作結，則一篇意義渾全，亦成對偶。』甚有理，而錢牧齋不采其説，想未見此書耶？然此詩殊不成語。」《蠶尾續文・跋朱悔人花木六詠》云：「少陵《江頭五詠》，語多可笑，亦不成章。二蘇記園中草木，差强人意耳，下此則李衛公詠平泉草木，鏃鏃能新，非洪丞相盤洲《草木雜詠》所及。悔人六詩晚出，欲與衛公、二蘇亢行，又非杜、洪所及也。」《池北偶談》云：「《筆墨閒録》云：『退之《石鼓歌》全學子美《李潮八分小篆歌》。』此論非是。杜此歌尚有敗筆，韓《石鼓詩》雄奇怪偉，不啻倍蓰過之，豈可謂後人不及前人也。後子瞻作《鳳翔八觀》詩，《石鼓》一篇别自出奇，乃是韓公勍敵。」余謂《八哀詩》固多敗筆，然大段自見崚嶒，不必過貶。「薄雲」句自是偶同，豈必竊古？何以韵勝，杜以警勝，不須輊軒。朱悔人《花木六詠》絶無新色，蘇子瞻《石鼓詩》實不及韓。阮亭之言，非確論也。

《夷白齋詩話》載元釋溥光二絶句，稱其奇拔，恨不多見。其詩即樂天「蟭螟殺敵蚊巢上」、「豆苗鹿嚼解烏毒」二首也。此公未讀《長慶集》，必平日不喜白體者。因知東坡誺友之語，貽害後人不淺。又嘗聞諸定齋叔父，近時柏嶽和尚嘗對客誦其友人詩，曰：「閉户著書多歲月，種松皆作老龍鱗。」謂是佳句，與此絶類，可發一笑。

古人之誤，有不妨仍之者。杜詩：「不聞夏殷衰，中自誅褒妲。」此如孟子以紂爲兄之子，且以爲君，而有微子啓、王子比干。其非傳寫之誤無疑。後人改「夏殷」爲「殷周」，則改「褒妲」爲「妹妲」，亦無不可矣。顧寧人謂孟子舉此以該彼，此古人文章之善。其説亦恐未然。

《漫叟詩話》云：「子建《七步詩》，世傳『煮豆燃豆萁，豆在釜中泣』，一本云『萁向釜中燃，豆在釜中泣』，其工拙淺深，必有能辨之者。」其意蓋以「煮豆燃萁」句爲淺且拙也。不知「萁」乃豆莖，非釜中之物，釜中豈燃萁之地？且「煮豆燃萁」，語甚簡老；「萁向釜燃」，不可作發端語。按子建集不載此詩。《世説新語》云：文帝嘗令東阿王七步中作詩，不成者行大法，應聲云：「煮豆持作羹，漉豉以爲汁。萁在釜中燃，豆在釜中泣。本是同根生，相煎何太急。」首多二句，語始不突然。「萁在釜中燃」，「中」字當是「下」字之誤。

謝宣遠詩：「巢幕無留燕，遵渚有來鴻。」杜詩：「震雷翻幕燕，驟雨落河魚。」宋嚴有翼曰：「燕巢幕上，語本季札，蓋言至危也。後人因此言燕事多使巢幕，似乎無謂。」其言韙矣。以余觀之，謝、杜之句特即景語耳，不必用季札事也。後余見人家燕巢幕上者甚多，益信此語不謬。

東坡云：「柳公權與文宗聯句，有美而無箴。」周少隱乃云：「公權蓋譏文宗享殿閣之涼，而不知人間之苦。」豈故欲翻其案耶？其説恐未必然。

《譚苑醍醐》，楊升庵所著。補《説郛》者編入前集，不考之過也。稽留山樵輯《古今詩話》，亦仍其誤。

子昂在宋，嘗以父蔭補官，及宋亡仕元，爲顯宦，故後人題其詩畫者類多微詞。江進之乃謂孟頫生於元而仕於元，亦勢之無奈者。殆未之考耶？

朱子《次敬夫韵賦羅漢果》云：「從遺山僧煮羅漢，未妨分我一杯湯。」「煮羅漢」亦「傾白墮」、「薦琴高」之類，然二語似近於輕薄。

朱竹垞云：「網巾之制，相傳明太祖見之於神樂觀，遂取其式頒行天下，三百年未之改。然題詠者寡，獨藍静之有三詩。」余觀謝宗可《詠物詩》有《賦網巾》云：「篩影細分雲縷滑，棋文斜界雪絲乾。」蓋元時已有之矣。

元吴師道集句，「勸君更進一杯酒」對以「與爾同消萬古愁」，極工。明安公石集句，亦以二語爲對，當是偶同耳。

樂天《江樓夜吟元九律詩成三十韵》，中有云：「每歎陳夫子，常嗟李謫仙。名高折人爵，思苦減天年。」自注云：「陳竟無官，李亦早夭。」按：子昂由正字遷拾遺，聖曆初始解官歸，不得謂無官；太白享年六十有二，豈反爲夭乎？「名高折人爵」，二公皆然；「思苦減天年」，則於二公無涉矣。

杜少陵《小至》詩：「刺繡五紋添弱綫。」《小寒食》詩：「佳辰强飯食猶寒。」舊嘗疑「添綫」字不切冬至前一日，「猶寒」字反似寒食後一日。每以問人，輒遭譏議，余亦不敢自信也。近見浦氏《讀杜心解》直斷爲後一日，余之疑始解。若浦氏者，真老杜之功臣矣。又按《歲時記》，京師士庶多於重九後一日再會，謂之「小重陽」，亦一確佐也。

《池北偶談》一條云：「霍亮雅，曲周人，喜酒，好摴蒱之戲。卒後，申和孟涵光爲作傳，其邑人劉津逮逢源哭以詩云：『門前債客雁行立，屋内酒人魚貫眠。』或曰：十四字敗家子弟小影耳。」余按：二句乃唐李播《見志詩》，豈古人詩句又犯師兄耶？

元遺山詩喜用古人成語，陶、杜句尤多。《論詩絶句》云：「鴛鴦繡了從教看，莫把金針度與人。」亦是古句。朱子云：子静説話常是兩頭明中間暗，其所以不説破，便是禪所謂「鴛鴦繡出從君看，莫把金針度與人」。他禪家自愛如此。然遺山大家，此固無害。今人無前輩筆力學問，動輒以古句爲不時之需，豈能免剽竊之譏耶？宋漫堂《題尤悔庵萬峰探梅圖》，有「香山句子取相贈，從此無多二十場」之句，猶云偶一爲之可耳。余澹心此題六絶句，每首末句皆用古人成語，如「少陵有句猶能記，詩卷長留天地間」，「昌黎有句猶能記，看吐高花萬萬層」，既非自爲，又非集古，名爲創體，實墮惡道。然所引之詩猶不失題旨也。近見石城方鳴夏《詠水仙花》有云：「我拈杜句笑相贈，淡掃蛾眉朝至尊。」七字全無著落，不知爾時如何下筆。

明劉定之《雜誌》引王介甫詩云：「周公恐懼流言日，王莽謙恭下士時。假使當年身便死，終身真僞有誰知？」且曰「其意謂己嘗辭館職，出于真；異己者若司馬君實辭樞副、范景仁辭翰長，出于僞，爲莽之徒」云云。愚按：此四句乃樂天《放言詩》，非介甫詩也。當是介甫嘗引此詩以譏君實、景仁，而定之因誤以爲介甫自作。

《池北偶談》云：「『眉山暗淡向殘燈，一半雲鬟墜枕稜。四體著人嬌欲泣，自家揉碎砑繚綾』，楊廉夫《香奩》詩也，見集中。今訛作韓偓，非是。」余按：顧俠君《元詩選》載揭曼碩一絕句云：「步出城南門，悵望江南路。前日風雪中，故人從此去。」此本古詩，曼碩嘗書以寄太虛，後人因誤刻入《秋宜集》中。楊廉夫集中此首，亦其類也。「南」字，古詩作「東」，曼碩改之，取其切合順承門耳。曼碩集中，此詩題作《曉出順承門有懷太虛》，此題亦後人所爲。今《唐音統籤》、《全唐詩》等書，並作韓偓，阮亭以爲非是，豈別有據耶？

「畢竟西湖六月中，風光不與四時同。接天蓮葉無窮碧，映日荷花別樣紅。」此楊誠齋《晚出浄慈送林子方》詩，亦猶東坡《贈劉景文》「一年好景君須記，正是橙黄橘緑時」之意。坊刻《千家詩》誤以爲東坡作，《二如亭群芳譜》亦沿其謬，《廣群芳譜》亦未改正。又按：《月令輯要》亦載此首，題曰「蘇軾《湖上》詩」。

太白《鳳凰臺》詩，王元美謂其效顰《黄鶴》，可厭，「吴宮」、「晉代」二句亦非作手。王敬美謂此詩不逮《黄鶴》，無論中二聯，即結語亦大有辨。愚謂此詩雖效崔體，實爲青出於藍，如《早朝》詩必推岑參，《賜櫻桃》詩必推王維，正使後人極力擬作，斷不能過。

《竹坡詩話》：「詩中用雙叠字，如『水田飛白鷺，夏木囀黄鸝』，李嘉祐詩也，摩詰乃云『漠漠水田飛白鷺，陰陰夏木囀黄鸝』，四字下得最穩切。」《石林詩話》云：「詩下雙字最難，唐人記『水田飛白鷺，夏木囀黄鸝』爲李嘉祐詩，王摩詰竊取之，非也。此兩句好處正在添此四字，此乃摩詰爲嘉祐點化，以自見其妙。」愚按：李肇稱嘉祐有此句，王維取以爲七言。今考嘉祐集中無此二句。又考維爲開元九年辛酉進士，後二十七年天寶七載戊子嘉祐始及第。上元初維卒，年六十一；至大曆中嘉祐爲袁州刺史，距維卒又十年餘矣。其年輩相去甚遠，且摩詰非竊句者，李肇所云，恐未足據也。

楊升庵云：「張子容詩：『海氣朝成雨，江天晚作霞。』李嘉祐詩：『朝霞晴作雨，濕氣晚生寒。』二詩語極相似，然盛唐、中唐分焉。試辨之。」

杜工部《贈花卿》絶句，楊用修謂刺敬定僭用天子禮樂，胡元瑞謂贈歌妓。唐仲言是用修而非元瑞，謂杜集有《花卿歌》，則花卿爲敬定無疑。愚按：僭禮樂事無考，史稱敬定恃勇，既誅子璋，大掠東蜀，天子怒光遠即崔大夫不能戢軍，乃罷止之。公戲作《花卿歌》，「卿」之者，以其恃功驕横，故輕之也。至「錦城絲管」之作，詳玩語意，即「重聞天樂不勝情」之意。天下同姓名者何限，況歌妓稱卿，尤爲允協。與其爲用修所欺，而以莫須有事冤古人，不如從元瑞説爲愈也。近見浦氏《心解》云：「僭禮樂事雖無考，但其人驕恣，必多非分之奢淫。若作贈妓詩，反覺膚淺無味。」此論甚癡且腐，愚所不取。

《藝苑卮言》云：「古樂府『悲歌可以當泣，遠望可以當歸』，老杜『雲山已發興，玉珮仍當歌』，『當』字出此。用修引孟德『對酒當歌』，云：『子美一闡明之，不然，讀者以爲「該當」之「當」矣。』大瞶瞶可笑。孟德正謂遇酒即當歌也，下云『人生幾何』，可見矣。若以『對酒當歌』作去聲，有何趣味？」余按：鮑照詩「臨歌不知調，發興誰與歡」，「臨」即「當」也。杜詩實用鮑語，以「當」易「臨」，兼本魏武樂府。楊用修曰此是「對當」之「當」，非「合當」之「當」。楊亦未嘗作去聲讀也。「悲歌當泣」宜從去聲，「玉珮當歌」、「對酒當歌」並平聲，作「臨」字解。李太白詩：「唯願當歌對酒時，月光長照金尊裏。」李、杜讀魏武樂府，皆未嘗以爲「該當」之「當」。

林和靖梅詩「雪後園林纔半樹，水邊籬落忽横枝」，實不如「疎影横斜水清淺，暗香浮動月黄昏」。高季迪梅詩「雪滿山中高士卧，月明林下美人來」，實不如「薄暝山家松樹下，嫩寒江店杏花前」。

王阮亭論雪詩不取東坡説，論梅詩獨取山谷説，亦一偏之見。然柳州《江雪》詩實不能免俗也。

明太祖《早行》詩曰：「忙著征衣快著鞭，轉頭月掛柳梢邊。兩三點露不爲雨，七八個星尚在天。茅店雞鳴人過語，竹籬犬吠客驚眠。等閒擁出扶桑日，社稷山河在眼前。」按：此篇乃元文宗自集慶路入正大統途中所作，不知何以載入明祖集中，且竄易十數字，便似點金成鐵。文宗詩末二句云：「須臾捧出扶桑日，七十二峰都在前。」視「社稷山河」云云，雅俗相去霄壤矣。又明祖《賜都督僉事楊文廣征南》一詩，《千家詩》作世宗《賜毛伯温》作，改末二句云：「太平待詔歸來日，朕與先生解戰袍。」前六句亦改數字，其不及原詩，與《早行》一首正相似。又按：《居易録》云「兩三條電欲爲雨，四五個星猶在天」，乃五代盧延遜《山寺》詩，文宗勦取之。

《池北偶談》「記觀前輩墨蹟」一條云：「李西涯詩：『秋來霜露滿東園，蘆菔生兒芥有孫。我與何曾同一飽，不知何苦食雞豚。』」又《居易録》一條云：「近京師筵席多尚異味，予酒次戲占絶句云：『欒鯽黄羊滿玉盤，萊雞紫蟹等閒看。不如隨分閒茶飯，春韭秋菘未是難。』嘗憶前輩有詩云『秋來霜露滿東園』云云，每喜諷之，此仁人所當念也。」按：「秋來霜露」之篇乃東坡詩，載集中，人人耳而目之者。阮亭先生嘗譏李君實不知「山石犖确行徑微」、「獨憐幽草澗邊生」爲韓、韋詩，王百穀不知「南山之下，汧渭之間，想見開元天寶年」爲蘇詩，乃亦不免有此誤。信乎博覽强記之難也。

《香祖筆記》一條云：「歐陽文忠詩：『雒陽相君忠孝家，可憐亦進姚黄花。』考《澠水燕談》，雒陽進花始於李文定迪，非始思公。」按：此二句乃東坡《荔枝歎》結句也。

黄山谷詩喜以「身」「心」、「如」「似」作對，如《弈棋呈任公漸》云：「心似蛛絲遊碧落，身如蜩甲化枯枝。」《次韵王稚川客舍》云：「身如病鶴翅翎短，心似亂絲頭緒多。」《贈石敏若》云：「才似謫仙唯欠酒，情如宋玉更逢秋。」《道中寄景珍兼簡庾元鎮》云：「心在青雲故人處，身行紅雨亂花間。」陸放翁七律句法，其源蓋出於此。

按謝朓詩「首夏猶清和，餘春滿郊甸」，又「麥候始清和，涼雨消炎燠」，錢起詩「花萼敗春多寂寞，葉陰迎夏已清和」，白居易聯句「記得謝家詩，清和是此時」，以「清和」屬四月，自六朝、唐人已然矣。

杜詩「非關使者徵求急」句，解者多近於鑿。愚謂嚴公所攜，止酒殽耳，至於釜鬵、薪水、七箸、杯斝、几席之屬，豈能盡攜？故使者不能無所徵求。而此老家中一時應酬紛然，指揮無禮，皆可於此句想見。故下即接云「自識將軍禮數寬」也。

余幼時塾師殷尊一先生出對，云「木筆蕉箋，畫不成雲山障子」，余對以「秧針柳線，穿不住露水珠兒」，先生擊節賞之。又「日隱雲中白似月，地藏水底碧如天」，六伯父星亦公命對。「芍藥花開菩薩面，檳榔子結壽星頭」。九叔父定庵公命對。又寒夕作《菩薩蠻》迴文：「宿簷歸鳥飛庭竹，竹庭飛鳥歸簷宿。涼月浩如霜，霜如浩月涼。景幽貪夜永，永夜貪幽景。卮進輒成詩，詩成輒進卮。」又用前調贈薰之兄云：「弟兄難是兼同志，志同兼是難兄弟。酬唱日吟謳，謳吟日唱酬。苦心勤學古，古學勤心苦。新作妙驚人，人驚妙作新。」又詠梅作《一七令》云：「梅。臘破，春回。役鳥使，絶蜂媒。竹君獨映，鶴子朋來。幽香生玉骨，疎影護冰胎。不怨大夫少句，長依處士多才。一杯有興還須醉，萬樹含羞不敢開。」皆一時戲劇，聊記於此。

婦翁福公諱恒，嘗有《閨怨》曰：「初三初四月如鈎，鈎起人間萬種愁。塞北征人音信杳，空教明月浸樓頭。」頗近唐音也。

（吴忱、楊君、劉奕點校）

說詩菅蒯

説詩菅蒯提要

《説詩菅蒯》一卷，據《昭代叢書》(丁集新編)本點校。撰者吴雷發，字起蛟，一字夜鐘，江蘇吴縣人。諸生。書名取自《左傳》「雖有絲麻，無棄菅蒯」之意，蓋自謙瑣語耳。然其説實甚自負，既云「不肯拾人牙慧」，又云「從來至當不易之論，則雖人云亦云有所不辭」。後一語大抵可概此篇内容，即無多新見而皆允當。楊復吉跋謂另有《寒塘詩話》一種，然未見著録，似誤指蔣鴻翮同名之作；又謂此篇「非復老生常談」，亦不確。此篇未明寫作時間，《蘇州府志》卷一〇六有李重華評其詩數語，姑置於此。

說詩菅蒯

震澤吴雷發起蛟著

作詩固宜搜索枯腸，然着不得勉强。故有意作詩，不若詩來尋我，方覺下筆有神。詩固以興之所至爲妙。唐人云：「幾處覓不得，有時還自來。」進乎技矣。

詩格不拘時代，惟當以立品爲歸，誠能自成一家，何用寄人籬下。但古來詩人衆矣，安必我之詩格不偶有所肖乎？今人執一首、一句，以爲此似前人某某，殊爲膠柱之見。夫一人之詩，平奇濃淡，未必每首、每句俱限一格，何得執一斑以定全豹耶？

詩以道性情，人各有性情，則亦人各有詩耳。俗人黨同伐異，是欲使人之性情無一不同而後可也。東坡云：「王氏之文，患在于好使人同己。」若今人之才，遠不及王氏，而必欲使人同己，尤爲不知量矣。昌黎以沉雄博大之才發之于詩，而遇郊、島之寒瘦者，亦從而津津歎賞之。蓋古之具異才者，未有不愛才者也。

嘗見論人詩者，謂賦體多而興比少。此世俗之責人無已也。詩豈以興比爲高而賦爲下乎？如詩果佳，可論興比賦。設令不佳，而謬學興比，徒增醜態耳。況詩在觸景生情，何必先横興比賦三字于胸，今必以備體爲工，無乃陋甚。

詩須鑱入，尤貴自然。但講鑱入而不求自然，恐雕琢易于傷氣。但講自然而不求鑱入，恐流入于空腔熟調，且便于枵腹者流。宜先從事于鑱入，然後求其自然，則得矣。

詩之屬對，固在工確。然間有自然成對處，雖字句稍借，正不害其爲佳。今人于一二字輒多嗤點，縱非忌刻，亦是識見不廣。試觀老杜句，如：「晚涼看洗馬，森木亂鳴蟬。」「紫鱗衝岸躍，蒼隼護巢歸。」「且食雙魚美，誰看異味重。」「華館春風起，高城烟霧開。」「漢使徒空到，神農竟不知。」「霧樹行相引，蓮峰望或開。」「城郭終何事，風塵豈駐顔。」「天上多鴻雁，人間足鯉魚。」「蛟龍得雲雨，鵰鶚在秋天。」「已知出郭少塵事，更有澄江銷客愁。」「慣看賓客兒童喜，得食堦除鳥雀馴。」「扁舟繫纜沙邊久，南國浮雲水上多。」「老去詩篇渾漫興，春來花鳥莫深愁。」「宛馬總肥秦苜蓿，將軍只數漢嫖姚。」「林花着雨胭脂濕，水荇牽風翠帶長。」「碁局動隨幽澗竹，袈裟憶上泛湖船。」「籬邊老卻陶潛菊，江上徒逢袁紹杯。」「正憐日破浪花出，更復春從沙際歸。」以今人論之，必以爲欠工確矣。然于老杜則忽之，于後人則必刻求。如謂老杜則可，後人則不可，將厚責後人耶？是薄待老杜矣；抑姑置老杜耶？是薄待後人矣。第在作詩者，不可藉口以自恕耳。

一首一句，未必便能定人高下。人皆惑于虚聲之士，以名士自命，閲人一首一句，即侈然評論，并欲概其生平，于是隨聲附和，茫無定見矣。不知古人以詩名者，集中儘有平庸之處，亦有畢世吟哦，僅得一二名句者，何可以槩論。

詩須得言外意，其中含藴無窮，乃合風人之旨。故意餘于詞，雖淺而深；辭餘于意，雖工亦拙。詞盡而意亦盡，皆無當于風人者也。

一首貴一氣貫注。凡詩之精鍊者，或少排宕流利，若能兼之，斯爲上乘。

落想時必與衆人有雲泥之隔，及寫出卻仍是眼前道理。文辭能千古常新者，恃有此耳。

古風貴朴老，長篇尤要曲折如意，觸處生波。近體務以工鍊爲先。詩之妙處，非可言罄，大要在潔、厚、新、超四字。試觀前人勝處，都不出此。然不得以寂寞爲潔，麄莽爲厚，尖纖爲新，詭僻爲超。蓋得其近似，未有不背馳者。

筆墨之事，俱尚有才，而詩爲甚。然無識不能有才，才與識實相表裏。作詩須多讀書，書所以長我才識也。然必有才識者，方善讀書，不然，萬卷之書，都化塵壒矣。詩須多做，做多則漸生才識也。然必有才識者，方許多做，不然，如不識路者，愈走愈遠矣。詩須多講究，講究多所以遠其識、高其才也。然必有才識者，方能講究，不然，齊語楚咻，茫然莫辨故也。故知才識尚居三者之先。

小才易，大才難。雄才易，仙才難。雕冰鏤石，小才也。拔山扛鼎，大才也。尺水可以興瀾，搏兔亦用全力，翻空則樓臺層疊，徵實則金貝輻輳，雄才也。是非不難，而以較仙才，瞠乎後矣。仙才者，納須彌于芥子，藏日月于壺中，如遊桃源，如登華山，如聞九霄鶴唳，如覩空山花開。此則詩人苦吟一生，竟有不得一句者。蓋雄才以富麗勝，仙才以縹緲閒曠勝。富麗者，人之所能爲也，若縹緲閒曠，則非人之所能爲也。

或于詩句之易解者，輒呰爲平庸。因謂之曰：詩之爲道，恐非易言。即以子説論之，詩莫工于杜，試隨摘其句，曰「新詩句句好」、「美名人不及」、「却怕有人知」、「河魚不論錢」、「二月已破三月來」、

「無處告訴只顛狂」、「耶孃妻子走相送」、「但願殘年飽喫飯」、「只願無事長相見」等句，若非出自少陵集中，爾輩見之，豈不欲噴飯耶？總之，文辭一道，唯其是而已矣。是則生澀亦佳，爽直處亦佳。否則爽直者易粗率，生澁者欲自掩其陋劣，而醜狀愈不可耐矣。吾謂善用者，雖鄙語恒言，俱臻妙境；不善用者，雖經史所載，但覺塵腐而已。

有强解詩中字句者。或述前人可解、不可解、不必解之説曉之，終未之信。余曰：古來名句如「楓落吴江冷」，就子言之，必曰楓自然落，吴江自然冷，楓落則隨處皆冷，何必獨曰吴江？況吴江冷亦是常事，有何喫緊處？即「空梁落燕泥」，必曰梁必有燕，燕泥落下，亦何足取？不幾使千秋佳句，興趣索然哉？且唐人詩中，鐘聲曰「濕」，柳花曰「香」，必來君輩指摘。不知此等皆宜細參，不得强解。甚矣，可爲知者道也。

論詩者往往以時之前後爲優劣，甚而曰宋詩斷不可學。彼蓋拾人唾餘，鈍者以之自欺，黠者以之欺人。且詩學之源，固宜溯諸古。至于成功，則無論其爲漢、魏、六朝，爲唐，爲宋、元、明，爲本朝也。一代之中，未必人人同調。豈唐詩中無宋，宋詩中無唐乎？一人之詩，或有似漢、魏、六朝處，或有似唐、宋、元、明處。必執其似漢、魏、六朝者，而曰此大異唐、宋、元、明；執其似唐、宋、元、明，而曰此大異漢、魏、六朝，何其見之左也？使宋詩果不可學，則元、明尤屬糞壤矣，元、明以後，又何必更作詩哉？但恐不善學者，或得其皮毛，或得其疵纇，則不可耳。然前古之詩，豈獨無皮毛疵纇乎？在善學者不論何代，皆能採其菁華，惟能運一己之性靈，便覺我自爲我。夫效顰者非即謂之西子，然不得謂西子之外無美人也；戴折角巾者非即謂之林宗，然不得謂林宗之外無良士也。黄九烟云：「唐、宋、元、明不如漢、魏、六朝，漢、魏、六朝宜不如《三百篇》，《三百篇》終不如上古，何不返諸盤古之前、混沌之始乎？」茲言大破俗論。東坡云：「終日説龍肉，不如喫猪肉。」今人日食惡草具而尚不知味，乃必執人人而喫龍肉，且曰爾斷不可偶嘗猪肉。我不知其肺腸何似？

詩境貴幽，意貴閒冷，辭貴刻削。閒冷便雋永，刻削便古峭。若此者，皆善于避俗、善于避熟者也。且不但避俗與熟而已，即登峰造極，豈有加于此乎？

以食物比詩，則人大率愛餳而惡橄欖。夫橄欖固不及荔枝，然其回味則可以補荔枝所不逮。故不能爲荔枝，亦當爲橄欖，斷不可以愛餳者衆，而學爲餳也。

咏物詩要不即不離，工細中須具縹緲之致。若今人所謂必不可不寓意者，無論其爲老生常談，試問古人以咏物見稱者，如鄭鷓鴣、謝蝴蝶、高梅花、袁白燕諸人，彼其詩中寓意何處，君輩能一一言之否？夫詩豈不貴寓意乎？但以爲偶然寄託則可，如必以此意强入詩中，詩豈肯爲俗子所驅遣哉？總之，詩須論其工拙，若寓意與否，不必屑屑計較也。大塊中景物何限，會心之際，偶爾觸目成吟，自有靈機異趣。倘必拘以寓意之説，是錮人聰明矣。此其説在今一唱百和，遂奉爲科律。吾謂巧者用之，則有益無害，拙者守之，愈甚其拙而已。近見咏物詩，時時欲以自命不凡之意寓乎其中。且無論其詩之工拙，即其爲人，腥穢之氣，已使人難近。縱詩中作大話，誰則信之？又其甚者，必以己之境遇强入詩中，塵容俗狀，令人欲嘔。論詩者，或以二者皆能寓意而取之耶？古人咏物詩，體物工細，摹其形容，兼能寫其性情，而未嘗旁及他意，將以其不寓意而棄之耶？彼其以此繩人者，蓋爲見人有好句，以此抹煞之耳。即不然，亦自欺以欺人耳。試取咏物數題，令彼成詩，方求肖乎是物之不暇，尚敢言寓意否？

從古詩人，大約憤世疾邪者居多。今人作詩，切戒罵人，勢必爭妍取憐，學爲妾婦之道。宜乎詩稿中無非祝頌之詞，諂諛之態，而氣骨全不見也。但刺譏之中，須隱而彰，始爲得體耳。至於深可憎惡者，原自不妨痛快。即《三百篇》中，何嘗無痛駡不留餘地處，以後又不必論矣。夫强越人以文冕，猶可也，養鴛雛以死鼠，可乎哉？

從事于詩者，其要有三：曰高、曰細、曰熟。所謂熟者，乃漸老漸熟之謂，非衆人習徑也。

學古須有獨見，不然，則易得其短，難助其長。世人貴遠賤近，謂古人有美無惡。至問其所以爲美，則終不能言，宜其賤玉貴砥，去取皆左矣。夫刻求古人之短，正能識其長處，古人有知，必不以浮慕者爲知己。以此論之，則牝牡驪黄之外，自有真賞，人奈何不以目爲用，而以耳爲用乎？

詩以山林氣爲上。若臺閣氣者，務使清新拔俗，不然，則格便低。前人早朝、應制諸詩，其拔俗者不過十之一二。大抵此等題極易入俗，雖有能者，無所施其技也。余幼時侍先君子，猶記論詩一節云：「畫山水者宜竹籬茅舍，不宜朱閣華堂；宜布袍藜杖之老翁，不宜垂紳縉笏之朝貴；宜抱琴負囊之童子，披簑撥棹之野人，不宜輕裘駿馬之公子，及旗旄導前、騎卒擁後之從人。雖有好俗之人，不能使畫家頓易其轍。蓋山水有真趣，俗自不能勝雅。以此推之，于詩則山林氣者爲貴矣。」先君子所訓，洵是不易之言。

詩貴寓意之説，人多不得其解。其爲庸鈍人無論已，即名士論古人詩，往往考其爲何年之作，居何地而作，遂搜索其年、其地之事，穿鑿附會，謂某句指某人，某句指某事。是束縛古人，苟非爲其人其事而作，便不得成一句矣。且在是年祇許説是年話，居此地祇許説此地話，亦幸而爲古人，世遠事湮，但能以意度之耳。若今人所處之時與地，昭然在目，必欲執其詩而一一皆合，其尚可逃耶？難乎免矣！

詩要字字有來歷，人所知也。然機杼又要絶不猶人。夫才者猶面目也，彼强人同己者固不可，即以我肖人，亦屬無識。試以我之面目而求肖乎人，豈不醜惡可憎乎？然面目難肖，而世俗之態極易漸染。務須高自位置，竇我天真，鍊我骨格，使世俗之態不能入，自有一種不可磨滅之氣，傲兀而超凡耳。

古人宫閨詩固多寄託，然即事言情，亦無不可。惟命意要得風人之旨，辭須矜貴。其襲舊者固不可，求新而類詩餘，尤不可也。

詩亦有淺深次第，然須在有意無意之間。向見注唐詩者，每首從始至末，必欲强爲聯絡，遂至妄生枝節，而詩之主腦反無由見，詩之生氣亦索然矣。

有極平淡而難及者，人或以爲警鍊少，不知其駕警鍊而上之也。但學者未造警鍊，不可先學平淡，且亦斷學不來。

詩要移步换形，而尤宜於排律。詩要議論奇恣，而尤宜於古風。前所謂縹緲閒曠，可以無所不宜，而於絶句尤不可少。

或謂奇醜之文，可以竊科第，而明珠白璧，竟有不售者，是科第固有命也。若詩之傳與不傳，庶足憑乎？余曰是亦不盡然。即以易見者論之，唐人任華之詩，僅傳其寄李、杜二篇，如無此二篇，則竟湮没矣。人蓋不知任華，但知李、杜也。白香山稱鄧魴詩，比于陶靖節，而鄧魴之詩不傳。藉非香山稱之，尚知有鄧魴乎？且古來所傳之詩，仍有庸俗不堪，人人能爲之者，甚而選家雖于極窄之編，亦必列之，何也？愚謂詩之傳與不傳，亦若有命焉。幾百年來，孰敢以必傳之詩而輕議之者？竊不自量，以爲此乃千古一大疑案，無人能剖，不得已而以命爲説。若區區科第之失，宜又不足論者也。至所論不足傳而傳者，固實有所指，有下問者始進芻蕘，世人耳食，未敢槩以狂言貽誚。

或又曰：「有爵位者，稍知文學，即易成名，是猶順風而呼也。其他則捐金結納，曳裾侯門，交遊衆而標榜興，亦足以致聲譽。若閉門卻掃，貧窶自甘，復不工于奔走伺候，其寂寂也固宜。雖其傳與否，非盡關乎此，然市中可以有虎，曾參可以殺人，人之易惑者豈少乎？則傳否之不稱其實，亦或人事爲之，未必皆由于命也。」余曰：「然。」

山谷謂俗不可醫。余謂好詩乃是俗人之藥。

余凡諸立論，斷不肯拾人牙慧，寧爲人所訕笑，而人云亦云，終有所不能爲也。惟從來至當不易之論，則雖人云亦云，有所不辭。苟其説似正，而其中有弊，便掊擊不遺餘力，無論其爲古人之言及今人之言也。如詩要寄託遠大，老杜詩中，時時以君國爲念，故爾不同。此説是矣，然以鄙見論之，有不盡然者。高人隱士之詩，以世外之人，而爲世外之語，寂静之中，具有妙理。今謂其不以君國爲念而吐棄之乎？如謂詩之志在君國者，其人立朝，必有可觀。是重其人而兼重其詩也。吾謂詩自詩而人自人，若以人求詩，則古來當惟皐、夔、伊、吕諸人爲能詩，後世當惟房、杜、韓、富諸人爲能詩矣。且范希文自做秀才時便以天下爲己任，王介甫以新法害天下，兩人之行如是懸絶，而詩名獨不能不讓拗相公者，又何説也？陶靖節《閒情》一賦，歐陽文忠《江南柳》一詞，豈能爲兩公累耶？今人執古人緒言以繩天下，輒欲優劣詩人。在卓越者固有定見，卑陋者不得其解，遂謂題目大則詩亦大，舍其一身一家現在之位，及一切良辰美景，而務夸大其詞，甚且多方詭遇，以求合乎時人。夫詩之所争者，果僅在此否？

詩本性情，固不可强，亦不必强。近見論詩者或以悲愁過甚爲非，且謂喜怒哀樂，俱宜中節。不知此乃講道學，不是論詩。詩人萬種苦心，不得已而寓之於詩，詩中之所謂悲愁，尚不敵其胸中所有也。《三百篇》中豈無哀怨動人者？乃謂忠臣孝子貞夫節婦之反過甚乎？金罍兕觥，固是能節情處，然惟懷人則然。若乃處悲愁之境，何嘗不可一往情深？

真中有幻，動中有静，寂處有音，冷處有神，句中有句，味外有味，詩之絶類離群者也。

入手時須講一「清」字，成功則不外一「老」字，詩之初終略盡矣。即古文辭何獨不然？

問：詩之所宜，已見其槩矣。問詩之所忌云何？曰：當忌者不少，而其尤甚者則曰「凡」。

羅大經《鶴林玉露》云：杜陵詩「桑麻深雨露，燕雀半生成」，后山詩「輟耕扶日月，起廢極吹噓」，或謂虛實不類。殊不知生爲造，成爲化，吹爲陰，噓爲陽，氣勢力量與雨露、日月正相配也。愚按此論是爲古人曲護，而其説頗鑿。古人用此，亦是偶然，在兩公或未必見及此。且即無此解，虛實未嘗不可活對。古人有知，甚無取後人之曲護也。試即類推之，如「氣色皇居近，金銀佛寺開」，得無曰氣爲陽、色爲陰乎？又「竟日淹留佳客至，百年粗糲腐儒餐」，淹留二字，又當何解？

文要養氣，詩要洗心。子由推司馬子長之文有奇氣，而歸功於遊覽，是亦氣之一助也。至於詩，則必洗滌俗腸，而後可以作。向謂詩自詩而人自人者，固別有説，不得以荆公藉口也。夫詩可以醫俗，而所以醫詩之俗者，亦必有道。蓋其俗在心，未有不俗於詩，故欲治其詩，先治其心。心最難於不俗，無已，則于山水間求之。

胸明眼高，每覺前無古人，後無來者，則筆端自然磊落而雄放。虛心下氣，每覺街談巷議，助我見聞，牧豎耕夫，益我神智，則筆端自然深細而温和。

説詩菅蒯跋

夜鐘先生雜著不下十餘種，而《寒塘詩話》爲最鉅，其徵引甚博，且中多瑰異可喜。乃生前自刻數十條，則皆擇其不足存者，浮夸鄙倍，供人姍笑，良不可解。客歲家君子曾手爲删定，彙成四帙，而終恨多此一番梨棗，或有片帙流傳，適足爲先生之累也。兹《説詩菅蒯》，疑屬未竟之業，而持論中正和平，無少偏畸，洵可稱詩家津筏，非復老生常談。蓋先生數奇不遇，喜衒己長，苟能淘洗胸中結習，則廬山面目，自見其真。九原可作，應不以規爲瑱已。甲午夏日，同邑楊復吉識。

貞一齋詩說

貞一齋詩説提要

《貞一齋詩説》（一名《玉洲詩話》）一卷，據乾隆十一年刊《貞一齋集》本點校。撰者李重華（一六八二—一七五五）字實君，號玉洲，江蘇吴江人。雍正二年進士，授翰林院編修。有《貞一齋集》。此書有二小目：「論詩答問」爲總説，「詩談雜録」爲泛言，非作於同時，故沈德潛《國朝詩别裁集》視爲二卷。重華善持論，每能不背舊則而出新義，如重格調而先論音，以「神氣」包含「風骨」，以「巧」廢「拙」而爲標新立異存一空間，讀書隸事歸於六義之「比」，諸論皆似舊若新而合度。「雜録」部分亦非無次第，大抵先言體制及歷代，而後再泛談種種，論多持平。其中如五排百韵以香山爲法，七排不如古體而不足存，拗體律詩亦分古近，杜之《諸將》、《秋興》等聯章律詩與古詩同揆而不可分取，皆屬格調論家數。故其論多駁漁洋，併漁洋神韵説所從出之鍾嶸《詩品》、司空圖《詩品》、嚴羽《滄浪詩話》亦重貶之矣。又記少時即見趙秋谷，與言王、趙齟齬事，與《談龍録》稍不同，可參看。重華師從張匠門（大受），然其見已顯過其師，所記數事，略無諱言。

貞一齋詩說

吴江李重華玉洲著

論詩答問三則

詩有三要。曰：發竅於音，徵色於象，運神於意。何謂音？曰：詩本空中出音，即莊生所云「天籟」是已。籟有大有細，總各有其自然之節，故作詩曰吟、曰哦，貴在叩寂寞而求之也。求之果得，則此中或悲或喜，或激或平，一一隨其音以出焉。如洞簫、長笛各有竅，一一按律調之，其淒鏘要眇，莫不感人之深。今不悟其音而惟吾所爲，猶斷竹而妄吹之也。如是以爲文字且不可，奚當於詩？何謂象與意？曰：物有聲即有色，象者，摹色以稱音也。如舞曲者動容而歌，則意愜悉關飛動，無論興比與賦，皆有恍然心目者。故詩家寫景，是大半工夫。今讀古人詩，望而知爲誰氏作，象固然矣，斯不獨徵聲，又當選色也。意之運神，難以言傳，其能者常在有意無意間。何者？詩緣情而生，而不欲直致其情，其蘊含祇在言中，其妙會更在言外。《易》曰：「鼓之舞之以盡神。」善寫意者，意動而其神躍然欲來，意盡而其神渺然無際，此默而成之，存乎其人矣。曰：是三者孰爲先？曰：意立而象與音隨之，余所以先論音，緣人不知韵語由來，則綴輯牽合舉謂之詩，即千古自然之節胥泯焉，若悟其空中之音，則取象命意，自可由淺入深。故指示初學，音特居首也。

詩有五長，曰以神運者一，以氣運者二，以巧運者三，以詞運者四，以事運者五。曰：神與氣互相爲用，曷以離而二之也？曰：善乎汝所問也。《詩品》云：「行神如空，行氣如虹。」夫神妙物於不知，氣入物於無間，固各有當也。詩之宗莫若李、杜。杜生氣遠出，而總以神行其間；李神彩飛動，而皆以浩氣舉之。是兩人得之於天，各擅其長矣。惟夫杜之妙，神行而氣亦行；李之妙，氣到而神亦到，此其所以未易優劣爾。若歷代名家，或凝神以發英，或振氣以舒秀，尤了然可指者。詩之尤貴神也，惟其意在言外也；若氣，則凡爲文無不貴之，寧獨詩然乎哉？我之微分其等者此也。曰：孔子謂詩可以言，是能言莫若詩，巧何列於三也？曰：孔子所謂能言，盡乎詩之道矣。凡詩無拙言之者也，吾所謂巧，爲好奇立異言之，非古人所謂巧也。好奇而不詭於正，立異而不入於邪，是亦用意以自樹者，若東野、長吉、義山是也。今或尚巧而流於誕，則失之矣，此六義所不入也。曰：絶妙好詞，古人尚焉，詞何以居四？曰：詩之妙，神氣備而詞從之也。若神氣索而剪詞求工，特貌似而實非其真。故古人命意以遣詞，非因詞以造意也。吾不謂詞工者顧失之，恐人徒取乎詞焉爾。曰：沈博絶麗，揚雄所善，況律體非隸事無以措詞，事果居末歟？曰：《詩》三百篇，其故實或未盡知之。然即元公、吉甫所作，奥博雅馴，或取材《典》《墳》《丘》《索》有之耳。後世駢體興而律作焉，不隸事無以供駢偶之資，揆諸六義中，歸於比焉，斯得矣；而比固不止隸事也。況詩道興居多而賦兼之，何居其專以隸事比也？倘隸事無當於比，毋乃并其義失之耶？凡多讀書爲詩家最要事，而胸有萬卷，徒欲助我神與氣耳，其隸事不隸事，詩人不自知，讀詩者亦不知，夫乃謂之真詩，若有心自眩其多，安得不居末乘哉？曰：詩以風骨爲要，何以不論？曰：風含於神，骨備於氣，知神氣即風骨在其中。況吾所言古人未及言之也，若風骨，言之數數矣。

問：《風》、《騷》而後，古詩嗣興，自漢氏迄六朝，《選》體果正宗歟？曰：尼父删詩，録《國風》、《二雅》、《三頌》，其體井然別矣。三體各具興比賦，其旨瞭然備矣。今觀漢氏詩，若《十九首》、蘇李贈答諸什，《風》之遺也。若班掾《東京》五篇及平子《四愁》、韋孟《諷諫》等作，《雅》之亞也。其《郊祀》、《天馬》、《房中》等章，《頌》之流也。凡皆真意流露，氣厚詞樸，使尼父删正，各取其體無疑矣。魏以後，若曹、劉、左、陸、阮、陶、顔、謝諸公，各競所長，要三體尚有合者，何者？風骨遒逸，自具情性，尼父諒猶取焉。今《文選》不衷六義，而因事分類裁別，固已陋矣。又樂府郊廟，不取漢取宋，子建樂府最優，而佳者顧闕之。淵明高古特出，取其近於謝者。漢五言，詩之權輿，反列卷末。其他繁靡既多，遺逸不少，謬戾未可殫述，以備文翰一斑可耳，奚以言正宗耶？曰：或言唐無五言古詩而有其古詩，且近體莫盛於唐，而論者有「初」「盛」「中」「晚」之分。宋、元以來，並有作者，而尊唐者劣宋，祖宋者祧唐，其折衷可得聞與？曰：漢、魏以來未知律，自然流出，所謂空中天籟是已。陳、隋欲爲律而未悟其法，非古非律，詞多淫哇，不足效也。自唐沈、宋創律，其法漸精，又別作古詩，是有意爲之，不使稍涉於律，即古、近迥然二途，猶度曲者，南、北兩調矣。究之，朝華夕秀，善之者自詣其極，何嘗無五古耶？且七言成於鮑照，而李、杜才力廓而大之，終爲正宗，厥後韓愈、蘇軾稍變之。然論七古，無逾此四家者矣。「初」「盛」「中」「晚」，特評者約略之詞，以觀風氣大概可耳，未足定才力高下，猶唐、宋時代之異，未可一概優劣也。何則？唐以聲律取士，宜其工者固多於宋。然公道論之，唐之中，拙者什四三，宋之中，工者亦什四三，原不可時代限矣。金、元詩法，宗唐者衆，而氣力總弱，亦風會使然。明之能詩者，孰不追唐？然得其貌似頗多，取其精華特鮮，蓋唐法不傳久矣。要而論之，非漢氏無以學古，非唐代無以學律，人知之也。豈知天地真才所發，日出日新，欲自爲一家，非直如此而已。必卓然爲本朝誰氏之詩，必昭然爲若人某時某地之詩，使人望其氣色，聆其音響，知非他人可僞託者，此爲嚌其胾、入其奥耳。曰：作詩先從五古入，信歟？曰：由古生律，未聞律變爲古也。由三、四言得五言，由五言得七言，未聞七變爲五也。今不探其原，但事其流，材力何以深厚？凡唐人之有律無古者，淺深可具見也。曰：讀《三百》、《楚詞》及漢、魏詩，未盡其妙，何也？曰：如食味然，須由薄以得厚焉。試取唐賢古詩熟復之，逆觀於魏、晉，有餘味矣。又逆至漢代，覺其味浸厚。如是再誦《楚詞》、《三百篇》，將有踴躍舞蹈，歎其彌旨者，覺後人一字句未許道也。准此可以得讀詩之法矣。

詩談雜録

余舊有論詩三則，質諸歸愚子，謂其允協。此數十條，又平時泛言所及。玆復記憶存録，以俟明者取裁。

凡古詩有一定音節，先要分別出體製高下來。

五古自漢、魏至晉、宋俱可學，齊、梁以下不必學。唐代五古，則自陳伯玉、張曲江至韋、柳俱可學，自後亦不必學。所謂取法乎上，僅得乎中也。

五古從選體入手，不致雜村野氣，以有規矩準繩，且漢、魏以來源流具在也。

七古自晉世樂府以後，成於鮑參軍，盛於李、杜，暢於韓、蘇，凡此俱屬正鋒。唐初王、楊、盧、駱體，爲元、白所宗，可間一爲之，不得專意取法，恐落卑靡一派。何仲默《明月篇序》，未可奉爲確論。李長吉從《楚詞》發源，天才獨出，後人何得效顰？如温、李七古，步步規橅長吉，其弊俱失之俗，與元、白得失正相等，緣未折衷於六義故也。至初學入手，求其筆勢穩稱，則王摩詰、高達夫二家，乃正善學唐初者。少陵如《洗兵馬》、《古柏行》亦然，但更加雄渾耳。

五言律杜老固屬聖境，而王、孟確是正鋒。向後諸名家，竭盡心力，不能外此三家。前此則陳子昂、李太白亦佳。餘俱旁門小竅爾。

七言律古今所尚，李滄溟專取王摩詰、李東川，宗其説，豈能窮極變態？余謂七律法至於子美而備，筆力亦至子美而極。後此如楊巨源、劉夢得甚有工夫，義山學杜最佳，法亦至細，善學人可借作梯級。末後陸魯望自出變態，覺蒼翠逼人。至宋代，獨蘇子瞻雄邁絶倫，惜次韵過多，去其濫觴可耳。

五言絶發源《子夜歌》，别無謬巧，取其天然，二十字如彈丸脱手爲妙。李白、王維、崔國輔各擅其勝，工者俱脗合乎此。

七絶乃唐人樂章，工者最多。余往聞竹垞先生云：七絶至境，須要詩中有魂，入神二字，未足形容其妙。李白、王昌齡後，當以劉夢得爲最，緣落筆朦朧縹緲，其來無端，其去無際故也。杜老七絶欲與諸家分道揚鑣，故爾别開異徑，獨其情懷，最得詩人雅趣。黄山谷專學此種，遂獨成一家，此正得杜之一體。西江人取配杜老，亦僻見迺爾也。

五言排律，至杜集觀止。若多至百韵，杜老止存一首，末亦未免鋪綴完局，緣險韵留剩後幅故也。白香山窺破此法，將險韵參錯前後，略無痕跡，遂得綽有餘裕。故百韵敘事，當以香山爲法。但此亦不必多作，恐涉誇多鬬靡之習。

七言排律，唐人斷不多作，杜集止三四首。緣七字詩得四韵，於律法更無遺憾，增至幾十韵，勢須流走和軟，方成片段。似此最易流入唱本腔調，縱復精工，有乖風雅。杜老云：「何劉沈謝力未工，才兼鮑照愁絶倒。」足知七字長篇，專尚沈雄排宕。所以古人見長，都在古調，若律體，非不能工，不屑爲耳。

《十九首》中二漢都有，乃後人類聚録成者。蘇、李贈答，或亦漢代擬作，觀「俯觀江漢」等句，兩人離别，何由却到此處？

魏詩以陳思作主，餘子輔之。五言自漢迄魏，得思王始稱大成。

西晉詩當以阮籍作主，潘、左輩輔之。若陶公高骨，不可以時代論，即照時代序列，斷屬東晉。今人以陶、謝並稱，俯列宋代，不得以知言目之。

宋以後只當以老謝作主，其餘若江、鮑，若何、范，若小謝，皆其羽翼。觀昭明選録體裁，便自如此。

唐初人當以陳伯玉、張子壽爲最。開元大家，人知爲李、杜、王、孟，而王龍標之幽，常盱眙之雋，亦詣極能事，高、岑雖正，苦心未之或逮也。大曆名手，錢不如劉。元和、長慶以後，孟不如韓，元不如白，温不如李，皮不如陸。至昌谷七言，須另置一格存之。自有韵語，此種不可無一，亦不可有二也。

趙宋詩家，歐、梅始變西崑舊習，然亦未詣其盛。至坡公始以其才涵蓋今古，觀其命意，殆欲兼擅李、杜、韓、白之長，各體中七古尤闊視横行，雄邁無敵，此亦不可時代限者。黄山谷雖同時並稱，才調迥不相及，至謂西江詩祖，追配杜陵者，妄也。南宋陸放翁堪與香山踵武，益開淺直路徑，其才氣固自沛乎有餘。人以范石湖配之，不知石湖較放翁，則更滑薄少味。同時求偶對，惟紫陽朱子可以當之。蓋紫陽雅正明潔，斷推南宋一大家。故知范、陸並稱，猶之温、李，元、白，優劣自較然也。

金、元詩體略同，最著者爲元遺山、虞伯生、薩天錫、趙子昂諸家。遺山自是傑出，其祖述子美未及蘇長公者，尚巧處略多故也。要之，宋人惟無意學唐，故法疏而天趣間出；金、元人專意學唐，故有法而氣體反弱。後先升降，豈風會使然歟？

明代作者，當以國初爲勝。劉青田不以詩人自命，由其本領雄傑，故才氣軼群，當爲一代之冠。高青丘骨性秀出，最近唐風，惜其中路摧折，未入於室。此兩家地位不同，詩筆不妨並舉。前後七子中，余止取李崆峒、何仲默二家，外則楊升庵天才亦屬清麗。總之明人弊病，喜學唐人狀貌，苟能遺形得神，便足垂世。今人宗仰濟南而時得優孟之誚者，正爲此也。

《文選》所録四言，多膚廓板滯之作，此是昭明淺見處，索性不録可也。余嘗謂《三百篇》後，不應輕擬四言，必欲擬者，陶公庶得近之。屈、宋《楚詞》而後，不應輕擬《騷》體，必欲擬者，曹植庶得近之。

樂府體裁，歷代不同。唐以前每借舊題發揮己意，太白亦復如是，其短長篇什，各自成調，原非一定音節。杜老知其然，乃竟自創名目，更不借徑前人。如《洗兵馬》、《新婚别》等皆是也。其合律與否，無從得知，取其筆力過人可矣。伯傅《秦中吟》等篇，立意與杜無異。但古稱元、白詩都入樂章者，不係此種，蓋唐時入樂，專用七言絶句，詩家亦往往由此得名。

樂府題有吟，有歌，有行，有詞，有謡，有引，有曲，分類既多，其餘就事命題，如《巫山高》、《折楊柳》者，不可枚舉。總之不離歌謡體制，遂得指名樂府。余謂今人作詩，何必另列樂府？緣未曾譜入樂章，縱有歌吟等篇，第指作五言、七言、長短雜言可矣。

人學漢樂府，喜作詭怪不可解之詞，不知此種係樂人汎聲如此，魏世曹氏父子，早已不曾摹仿。樂府「妃呼豨」等句，正是《尚書》「弔由靈」之類，假如作古文雅意學之，豈不供人大噱？○「妃呼豨」是摹寫風聲。

古人於古近諸體，各有所長。如太白七律至少，昌谷七律全無，其餘名集缺一二體者，不可勝數。此皆遺其所短，善用所長，得失舉在寸心中也。然有專攻律體，竟不見古詩者，如許渾、方干一流，此則不應慕效。蓋止見古體，仍然無愧高手，若止存律調，即古詩從未窺見，其爲薄殖無疑矣。

詩有數章聯合一篇者，如陳思《贈白馬王》、顔延之《秋胡》詩等類是已。此皆大、小《雅》體裁，一氣注成，不宜割裂。近見竟陵、濟南選本，時復不見首尾，摘取一二，無論自形其短，兼亦詒誤後學。至如唐人律體，有每題數首，或一二十首者，各自成篇，似可分別採擇。然杜老《諸將》、《秋興》等篇，亦統共合成，與古詩同揆，斷不得意爲去取。總之，杜集中幾章聯絡，即律體亦與古無異耳。

七律章法，大曆諸公最純熟，然無能出杜老範圍。相其用筆，大概三四須跟一二，五六須起七八。更有上半引入下半，頓然翻轉，有中四句次第相承，而首尾緊相照應，有上六句寫本題而末後飀開作結。其法變化不拘，若止覓得中四好對聯，另行裝卻頭脚，斷無其事。

趙子昂論七律不可多用虛字，專爲句易軟弱，然亦看筆意若何。

阮亭選《三昧集》，謂五言有入禪妙境，七言則句法要健，不得以禪求之。余謂王摩詰七言何嘗無入禪處，此係性所近耳。況五言至境，亦不得專以入禪爲妙。

凡拗體律詩，亦有古近之別。如杜老「玉山草堂」一派，黄山谷純用此體，竟是古體音節，但式樣仍是律耳。如義山「二月一日」等類，許丁卯最善此種，每首有一定章法，每句有一定字法，乃拗體中另自成律，不許淩亂下筆。余謂學詩與學書同揆，到得真、行、草法規矩一一精能，爾後任意下筆，縱使欹斜牽掣，粗服亂頭，各有神妙。若臨習尚未成家，妄意造爲拙筆，未有不見笑大方。

唐人試帖，六韵爲率，皆兢兢守定繩尺，絶少排奡生動者。其八韵律賦亦然。可知古人應試，無不斂才就法，不如此，亦不能入彀。

次韵一道，唐代極盛時，殊未及之。至元、白、皮、陸，始因難見巧，雖亦多勉强湊合處。宋則眉山最擅其能，至有七古長篇押至數十韵者，特以示才氣過人可耳。若李、杜二公當此，縱才氣綽能爲之，亦不屑以百萬鋭師，置之無用之地。蓋次韵隨人起倒，其遺詞運意，終非一一自然，較平時自出機軸者，工拙正自判然也。近世胸中元未有詩，藉以藏拙，故離卻次韵，不復能爲倡和。

聯句之什，《柏梁》爲之造端，但《柏梁》各有成章，非必一一聯屬。至何、范有作，始合成篇法。李、杜間亦有之，不過數韵止耳。韓、孟二公，製爲大篇，誇示奇麗。余意韓、孟固自敵手，似出兩人所爲，他如《石鼎聯句》，應是昌黎一人所構。向見吴中聯句長篇，俱竹垞老人製成，因而分屬諸子者。必欲衆人合作，斷不能章法渾成，首尾一綫矣。

興之爲義，是詩家大半得力處。無端説一件鳥獸草木，不明指天時而天時恍在其中；不顯言地境而地境宛在其中；且不實説人事而人事已隱約流露其中。故有興而詩之神理全具也。

比，不但物理，凡引一古人，用一故事，俱是比，故比在律體尤得力。

賦之爲言敷，陳其事而直言之者，尚是淺淺解説。須知化工妙處，全在隨物賦形。故自屈、宋以來，體物作文，名之曰賦，即隨物賦形之義也。相如論作賦之法，是何等能事。

太白謂「《大雅》久不作」，則《頌》更斷然無之，惟《小雅》、《國風》時或間有合耳。韓、柳二公，共爲《雅》詩，氣味視古略近。子美則《風》、《雅》兼備，但正少而變居多耳。

今人身當其任，不得不作《頌》體。若平常吟詠，看局面大小，正須斟酌「風」、「雅」二字。

詠物詩有兩法：一是將自身放頓在裏面，一是將自身站立在旁邊。

詠物一體，就題言之，則賦也；就所以作詩言之，即興也、比也。

詠史詩不必鑿鑿指事實，看古人名作可見。

詠史記實事者，即史中贊論體。

酬贈往復詩須辨别儕類。至親不得用文飾語，尊者不得用評論語，亦不得輕易用誇獎語。反此者並失之。

詩有情有景，且以律詩淺言之：四句兩聯，必須情景互換，方不複沓。更要識景中情，情中景，二者循環相生，即變化不窮。

寫景是詩家大半工夫，非直即眼生心，詩中有畫，實比興不踰乎此。

天地間情莫深於男女，以故君臣朋友，不容直致者，多半借男女言之。《風》與《騷》，其大較已。義山如《聖女祠》等作，顯然是寄寓言情。若致堯《香奩》，别無解説，知《香奩》決非致堯所作。

虞帝謂：「詩言志。」又曰：「勸之以九歌。」至孔子存録，正則歌詠盛德，變則諷諭末流，立教蓋如此其大也。杜子美云：「陶冶性靈存底物？新詩改罷復長吟。」是就言志中專指一端爲言。須知古人誦詩以治性情，將致諸實用，原非欲能自作詩。今既藉風雅一道，自附立言，則美刺二端，斷不得輕易著手。大致陶冶性靈爲先，果得性靈和粹，即間有美刺，定能敦厚温柔，不謬古人宗指。否則於己既導慾增悲，於世必指斥招尤，或諛人求悦，取戾自不小也。

詩道最忌輕薄，凡浮艷體皆是，加以淫媟，更是末俗穢詞，六義所當棄絶也。余每謂元微之、温飛卿不應取法者，蓋爲此。

或謂詩既忌艷體，何以《三百篇》卻多淫奔？余謂《三百篇》所存淫奔，都屬詩人刺譏，代爲口吻。朱子從正面説詩，始云男女自言之。究竟此等人安得有此筆墨？孔子謂「思無邪」者，正爲穢跡昭章，使人猛省也。今既自言己志，必欲以淫媟見長，自何等面目？

詩有性情，有學問。性情須静功涵養，學問須原本六經。不如此，恐浮薄才華，無關六義。

詩家奥衍一派，開自昌黎，然昌黎全本經學。次則屈、宋、揚、馬，亦雅意取裁，故得字字典雅。後此陸魯望頗造其境。今或滿眼陸離，全然客氣，問所從，則曰我韓體也。且謂四庫書俱尋常聞見，於是專取説部，摭拾新奇，以誇繁富。不知説部之學，眉山時復用之者，不過借作波瀾，初非靠爲本領。今所尚止在於斯，乃正韓、蘇大家吐棄不屑者，安得以奥衍目之？

人謂詩有别才，非關學力者，只就天分一邊論之，究竟有天分者，非學力斷不成家。孔子云：「鏃而礪之，筈而羽之，其爲入也，不亦深乎？」孟子云：「或相倍蓰而無算者，不能盡其才者也。」豈非全重學力？特患天分先已限之，即此事終懸隔耳。

問：西崑、江西二派，優劣若何？余曰：才説西崑、江西，便屬流弊。詩之正宗，生氣遠出，不流堅澀，神彩旁射，不落纖穠。今舍其妙處不學，而必從偏勝處著脚，勢必至流弊中流弊也。

學韓、蘇失之者，其弊傷於駁雜。學王、孟失之者，其弊傷於闃寂。學温、李最易入於淫哇。學元、白最易流於輕薄。

吟詠先須擇題，運用先須選料。不擇題則俗物先能穢目，不選料則粗才安足動人？

凡對屬運用，或史對經，或子對史，不得大段懸絶。此亦銖兩輕重法，舉隅可以類推。

裁翦書籍成詩，黄山谷最欲以此見長，後賢緣此宗仰。然錘鍊固多，痕跡亦復不少。若古大家，未有不融化而出。譬彼百花釀蜜，豈容渣滓入口？

匠門先生云：「詩中用實字要融艷，用虚字要健練。」此最詩家秘訣，於七律尤須喫緊記著。

詩之難，難在籠罩沈著。故有絶大題目，今人幾首寫不盡者，古人只一首了之，即此可以覘手法高下。乃有些小題詠，或偶爾贈答，今人故意多作幾章，不過欲欺罔庸俗人耳。

或謂絶大題一首了卻，固是高手，些小題偏作得長篇大幅，尤屬才人手法奇變。余曰：獅子搏兔用全力，終屬獅子之愚。

詩求文理能通者，爲初學言之也。詩貴修飾能工者，爲未成家言之也。其實詩到高妙處，何止於通？到神化處，何嘗求工？

論山水奇妙曰：「徑路絶而風雲通。」徑路絶者，人之所不能通也。如是而風雲又通，其爲通也至矣。古文亦必如此，何況於詩？

作詩從形跡處求工，便是巧匠鐫雕，美人梳掠，決非一塊生氣浩然從肝腑流出。

有以可解不可解爲詩中妙境者，此皆影響惑人之談。夫詩言情不言理者，情愜則理在其中，乃正藏體於用耳。故詩至入妙，有言下未嘗畢露，其情則已躍然者。使善説者代爲指點，無不亹亹動人，即匡鼎解頤是已。如果一味模糊，有何妙境？抑亦何取於詩？

詩學欲根柢深厚，莫若先將《詩經注疏》合宋、元儒説細參之，使説詩具有條貫，本領便自不同。

詩至淳古境地，必自讀破萬卷後含藴出來，若襲取之，終成淺薄家數。

多讀書非爲搬弄家私，震川謂善讀書者，養氣即在其内。故胸多卷軸，藴成真氣，偶有所作，自然臭味不同。

本無書籍，反欲以富麗惑人，如貧兒請客，湊集無數器物，具眼者徒增其醜。

作詩專尚隸事，看詩專重出典，慎勿以知詩許之。

凡詩情要軟，詩筆要健，即手柔弓燥意也。

律詩止論平仄，終身不得入門。既講律調，同一仄聲，須細分上去入，應用上聲者，不得誤用去入，反此亦然。就平聲中，又須審量陰陽清濁，仄聲亦復如是。至古體雖不限定平仄，逐句各有自然之音，成熟後纖毫畢知。或將古體看作失拈詩，大誤矣。

古、近二體，初學者欲悟澈音節，他無巧妙，只須將古人名作，分别兩般吟法：吟古詩如唱北曲；吟律詩如唱崑曲。蓋古體須頓挫瀏灕，近體須鏗鏘宛轉，二者絶不相蒙，始能各盡其妙。余嘗論欲識詩篇工拙，先聽吟詠合離，此最是捷徑法。今無論古、近，俱付一樣口角吟之，神理全失，何由闖入門庭？

詩之音節，不外哀樂二端。樂者定出和平，哀者定多感激。更辨所關巨細，分其高下洪纖，使興會胥合，自然神理，胥歸一致。即樂者使人起舞，哀者使人泣下，所謂「意愜關飛動」也。

凡格局洪纖，最要與題相稱，其音律即各從其類。纖細題用不著黄鍾大吕，閎偉題用不著密管繁絲。

莊生所云「天籟」者，言爲心聲，人心中亦各具竅穴，借韵語發之。其能者自然五音六律，與樂相和，此即「吹萬不同」之謂也。

同一著述，文曰作文，詩曰吟詩。龍鳴曰吟，彈琴者絃指齟齬成音亦曰吟，蓋從空裏求音，與詞妙會，陸士衡所謂「扣寂」是已。彼湊合爲句，毋乃彈之不成聲乎？

匠門業師問余：唐人作詩，何取於雙聲叠韵，能指出妙處否？余曰：以某所見，叠韵如兩玉相扣，取其鏗鏘；雙聲如貫珠相聯，取其宛轉。業師歎賞久之。

業師又云：假如一首中，七句壯士聲情，著一句美人音節，便氣體全乖。又如杜老大半鍾吕之音，義山大半筝琵之響，須索間雜不得。

或謂唐人音律，于鱗始得其傳，至阮亭尤極精細。余謂就唐人言之，音律元非一種。大家名家，各自爲調。且如李、杜篇什，甫聞謦欬，便易分别誰某。其餘淒鏘磊落者，細玩之，都具本來面目。于鱗所得，祇是官樣殼子耳。阮翁骨性既佳，摹擬漸熟，因於王、孟、錢、劉諸家，有宛然恰肖處。若持此卓自樹立，迥然獨出頭地，何難駕元、明作者而上之，惜其亦步亦趨而止也。

音節一道，難以言傳，有略可淺爲指示者，亦得因類悟入。如杜律「群山萬壑赴荆門」，使用「千山萬壑」，便不入調，此輕重清濁法也。又如龍標絶句「不斬樓蘭更不還」，俗本作「終不還」，便屬鈍句，此平仄一定法也。又如杜五言「曲留明怨惜，夢盡失懽娱」，「怨惜」换作「怨恨」，不穩叶，此仄聲中分辨法也。

陸士衡擬古詩，名重當世，余每病其呆板。

沈隱侯最講聲病，昭明選録至多。余意沈詩生氣索然，并不逮何、范二家。

五言古以陶靖節爲詣極，但後人輕易摹仿不得。王、孟、韋、柳雖與陶爲近，亦各具本色。韋公天骨最秀，然亦參學謝康樂。至坡老和陶，好在不學狀貌。陳伯玉是阮嗣宗的派。

太白妙處全在逸氣横出，其五言古從曹、阮二家變出，並不規橅小謝，亦非踵武伯玉。

謝康樂放情山水，李太白飲酒遊仙，拘泥者必曰流連光景，通識者亦曰陶冶性靈。蓋此屬精神所聚，與少陵眷戀朝廷同一轍耳。若曹、阮及陶，則又寄託情深，不容皮相。

作詩善用賦筆，惟杜老爲然。其間微婉頓挫，總非平直，須善學始得。其他名手，未有不比、興兼之。

子美家學相傳，自謂「熟精文選理」。由唐以詩賦取士，得力《文選》，便典雅宏麗，猶今日習八股業，先須熟復《五經》耳。昭明雖詞章之學，識力不甚高，所選卻自一律，無俗下文字。子美天才既雄，學力又破萬卷，所得豈直《文選》？持以教兒子，自是應舉捷徑也。

孟東野、賈浪仙卓犖偏才，俱以苦心孤詣得之。若盧玉川則更頽然自放，疏野特甚矣。

杜樊川才甚豪俊，法未完密。羅江東筆甚爽傑，功稍粗疏。許丁卯格甚凝練，氣未深厚。

唐賢詩集惟白香山最多。宋則放翁尤甚，大約伸紙便得數首或更至數十首，以故流滑淺易居多，筆力去少陵輩絶遠。可知詩必有爲而作，作必凝重出之，不爾，不如輟筆。

文章有臺閣體，當於古文大家外另列一品，不可偏廢。唐詩如杜審言、蘇味道、李嶠、張説，亦屬臺閣體裁，翰院清華者宜宗之。

或謂唐人選唐詩今存數種，體製各不相侔，何者爲善？余謂唐人雖各有真傳，就數種論之，俱屬偏僻好尚。竹垞先生謂《才調集》便於初學，取其清俊不涉陳腐耳。究竟《才調集》便是崑體，陳腐氣悉除，妖艶氣亦復不少。

《鼓吹集》不似遺山選本，云出弟子郝天挺者，實非無據。就中名作固多，統類諦觀，不免作家習氣，開後人酬應法門。

李于鱗天分極好，但學力未至，所選唐詩數百首，俱冠冕整齊，聲響宏亮者，未盡各家精髓。至所定五言古，尤蠡測管窺。

鍾、譚矯七子之弊，《詩歸》一選，專取寒瘦生澀，遂至零星不成章法，甚者以誤字爲奇妙。如張曲江《詠梅》詩：「馨香今尚爾，飄蕩復誰知？」「馨香」誤作「聲香」，乃云生得妙，豈不可笑？

鍾嶸所論，是强别源流，表聖所評，亦麤排品類。能者須於言外領略，原未辨入門階級。

嚴滄浪以禪悟論詩，王阮亭因而選《唐賢三昧集》。試思詩教自尼父論定，何緣墮入佛事？

《才調集》乃西崑門户,《瀛奎律髓》則西江皮毛。較其短長,《才調集》未至誤人,《瀛奎律髓》無論其他,只此四字名目,已足貽笑無窮。

竹垞先生云:「詩至義山始稱才子。」此亦是前輩中心好尚處。夫所謂才子者,必胸中牢籠萬象,筆下鎔鑄百家。故就唐代論之,李白、杜甫、韓愈真其人也,亞焉者尚有其人,義山特其一耳。

少時見趙秋谷先生,爲述吴修齡語云:「意思猶五穀也,文則炊而爲飯,詩則釀而爲酒。飯不變米形,酒形質變盡。喫飯而飽,可以養生,可以盡年;飲酒而醉,憂者以樂,喜者以悲,有不知其所以然者。」斯言可謂善喻。余謂以酒喻詩,善矣。第今人釀酒,最要分别醇醨,與其魯酒千鍾,不若雲安一盞。先生拊掌大笑。

秋谷向余云:少時作詩,請政阮亭,阮亭粗爲點閲,其竅妙處吝不一示。因發憤三四月,始於古、近二體,每體又各分爲二。蓋古體有古中之古、古中之近,近體有近中之古、近中之近,截然判析明白,自此勢如破竹,詩家竅妙,具得了然於心矣。余意此是體裁中一大格子,至精微要眇處,更在神而明之,默而成之,未易以言傳也。

吾鄉顧茂倫先生有《英華選本》,名噪當時。聞其教人作詩云:凡意境平淡,須用奇險字樣;命意奇傑,須用平近語言。余幼即懷疑久之,及後徧閲古人詩,知斷無是理,想其徒妄託師説。夫詩以運意爲先,意定而徵聲選色,相附成章。必其章、其聲、其色融洽,各從其類,方得神彩飛動,所謂「言語通眷屬」是也。今必意詞相背,譬猶傲長風寫作静水,烘澹月繪作頽雲,無怪守其言者,終身不得佳作也。

匠門業師謂：平生所抱歉者，仙、釋二氏書，篇中罕能運用。余曰：以某管見，詩以《風》、《雅》爲宗，二氏原不入局，以故少陵引用特鮮，義山始參半攔入，坡公則隨手掇拾，不以爲嫌。究其實，與删詩之旨顯然縣隔。且如昌黎專闢二氏，今其詩卓然爲一代宗師。是則運用闕如，正屬好處，安得自以爲歉？業師聞此爽然。

近見阮亭批抹杜集，知今人去古，分量大是縣絶，有多少矮人觀場處，乃正昌黎所稱不自量也。余並聞近世名家云：少陵如四大天王，至白香山方是正殿觀音。彼蓋從文理光順起見也，不值一笑。

跋

向讀《漢書・揚雄傳》，見其所作《反離騷》，雜湊奇字，堆垛成文，與屈、宋全然不類。又讀《晉書・隱逸傳》，知陶公高致，獨絶千古，魯褒、戴逵，雖與同卷，弗如也。及見王阮亭《精華録》，凡脱胎唐人處，并其句調亦生吞活剥，心竊訝之。李玉洲先生，松陵詩人之巨擘也。謂作詩在陶冶性靈，而必以六經爲本。《貞一齋詩説》，於古今作者無不窺見底裏，而余尤服膺者，謂彭澤令不當與康樂公並稱陶、謝，《楚詞》非陳思王不應輕擬，是皆確然公論。其於漁洋山人則曰恰肖王、孟、錢、劉，而隱諷以亦步亦趨，又何其言之藴藉耶？辛丑冬日，同邑沈楙悳識。

憶舊遊詩話

憶舊遊詩話提要

《憶舊遊詩話》二卷，據乾隆間刊本點校。撰者馮一鵬（約一六七八—？），字止園，浙江錢塘人。有乾隆十五年沈廷芳序、乾隆十三年戊辰馬璞序及張若靄序。詩記游踪署年有康熙五十九年、雍正元年等，最晚爲乾隆八年癸亥在遵化。全篇表現清前期西域、蒙古及東北之遠山廣漠、民族宗教、軍事行政、風俗博物，雖有百餘首之多，然以七言絶句之體，未能盡其記述之功，故每首下又加話説明相關人物事跡，解釋方言土語，題曰「詩話」，即此意，而非一般所謂之詩話也，録此聊備一格。

序

馮止園先生出其《憶舊遊詩話》，而問序於余。余惟古之好遊者必皆文人佳士，其胸中有得之趣與山川景物□浹□，故雖極之荒陬絶域人跡罕□之區，而樂亦莫不在焉。然或一時流連感觸，非有繫於天命國計之大，逭逭題詩畫壁，不數時而滅没者有之。先生自西陲以暨北徼，其游履爲最遠。當其短衣匹馬，莽莽行沙漠間，所至城郭關塞，及山水之雄傑，風俗之怪變，皆以廣其見聞而徵其得失，可謂壯矣。然猶以爲先生之所得，賈人逐客皆得共而有之。至於過通天河，則識上流横鎖之異；尋甎井，則説山泉忽湧之奇；瞻長白山、三江源及十二屏風，則知皇朝發祥之大且遠；志鄂爾多斯、丁查拉史及蒙古諸國，則知屬國内附之多且誠。況夫歷河西四郡，而感西番不可不防；經船廠要區，而謂刑徒日繁，宜約束之必嚴，而教督之有道。然後知先生遠覽絶識，其胸次磅礴鬱積，微露其緒於《舊遊》一編之中，不獨遮鱸、鱘魚、雪蓮、蕃瓜，標舉瑣屑，争一時博物之名已也。卷分上下，共斷句百餘首，風雅可誦。爲序而歸之，俾世之好遊者知所則焉。乾隆十五年五月朔日，年姻侍生同里沈廷芳撰。

序

夫人聞見於一鄉，則知囿於一鄉；聞見於一國，則知囿於一國；聞見於天下，則知極於天下。故心極天地，則知周萬物；道通無外，則目營古今。史遷之於文，亦徧歷名山大川，以發揮其藴蓄。然則茫然于道路而昧其東西，失群之孺子耳。彼馳驅燕趙，翱翔宛洛，炫車馬，曳紈羅，競自豪以相徵逐，無所懷於前，無所望于後，無慷慨渹弔之思，而侈然以矜壯遊者，亦何爲也哉？顧其所見之廣狹，則視其所挾。世有挾鏡以資遐矚者，其所見自數十百里以至于尋丈，視其鏡，則雖尋丈也，不猶愈于無所挾者耶？而茫昧者且或竊笑之，不知茫昧之所以爲茫昧，又何足怪乎？吾友錢塘馮止園，挾所有而行天下，涉瘴海，越流沙，以意氣重於交遊，往還京師久。乾隆丁卯，緣嗣君以河官晉階，復便道北上。年七十矣，逡巡逾歲，感物懷人，乃作《憶舊遊》百絶句。江由鴨緑、松花，山自大青、長白，以及河西四郡、嘉峪關、西玉門、青海二三萬里，其間人物怪幻，異俗殊風，一切可驚可愕之奇，皆叙述其事，制題而詠之，具文見意，以寄其慷慨憑弔之懷，而非徒矜壯遊者也。蓋禮樂同文，彝倫同叙，軌物彰而罔敢或渝者。聖人之政自古不偏於要荒，而況秦漢以還要荒之外者乎？且九垓八埏不可殫窮，何有於沙磧之一隅？然行潦之汪洋，固亦滄海之類觀也，則是編之作，夫豈囿于一隅之聞見也哉？止園蓋自此遠矣。乾隆戊辰二月望日，長洲戹園馬璞序。

序

止園先生以《舊遊詩話》百篇見示，息心莊讀，諷詠數番，覺殊方異俗、勝跡名區，造化別有一種毓秀鍾靈之處。試以目之所親睹，足之所親歷，實紀其事，以壯遊觀。遊已奇冠平生，詩亦各臻奥境。山青石紫，筆有風雲；鬼伯蠻君，天資藻繢。真洋洋大觀，可補《搜神》、《搜異》及《山海經》諸書之所不逮云。捧讀之下，盪胸剔臆，縮舌聳肩，不勝叫奇稱異，耳目爲之一廣，心境爲之一開。不知遊歷時具何許胸襟，作詩時非何許氣概，令今日人讀是詩時復作何許飛躍也。聞先生嗜奇好古，汲汲不足之心，更不恥於下愚之問。辱承明示，於集中之最賞心者，及間有一二湊卒處，俱不揣荒陋，妄將管見別具小籤，惟鑒納焉。龍眠張若霽拜題。

止園憶舊遊詩話目録

卷上

卷下

短桃花　望鄉臺　李陵碑　花園　洗妝樓　山海關　拉泊　鴨緑江
松花江　小石屋　石頭店　洗北　阿磯　使犬　使鹿　人入蟄
五國城　趙家哈郎　寧古塔　採參　船廠　長白山　三江源　十二屏風
三江水利　負義侯　黄龍府　紅旗街　鹿肚石　護拉　千丁　天燈
一片石　三屯營　朝鮮使臣　蒙古諸王子　俄洛斯　纏頭回子
準噶爾使臣　西洋人　喇嘛　哈石馬　江珧柱　大蟹
小蟹　遮鱸　鱘魚　梅花田

編者按：本目較正文所及篇名或有省略，于文義無礙者仍之；用字亦有不同，今改與正文一致。

憶舊遊詩話卷上

錢唐馮一鵬止園著

《日月山》：「唐家公主嫁烏孫，刻石山前拜至尊。我昔從軍經此地，依稀日月影猶存。」山在木爾烏蘇東，乃唐公主遠嫁烏孫王經此，刻日月於山前，以望父母，並以分中外之界也。

《晾經臺》：「佛子西遊萬里回，通天河畔晾經臺。風翻剩有《心經》卷，後起紛拏逞別裁。」臺在通天河岸，傳是唐時三藏法師入西藏，取佛經回，晒經於此石上，狂風忽作，諸經漂没無存，惟剩《心經》一卷耳。

《通天河》：「王師五月渡天河，十萬崑崙載鎧戈。忽見浪消清淺出，驚濤屼立似嵯峨。」星宿海之下流爲通天河，再下則金沙江矣。康熙庚子夏，大兵進藏，過此河，巨浪翻騰，既無舟楫，並無竹木。緣以牛皮吹氣，名曰昆侖，入水不沉，牽連如筏，乘風掛帆而渡。然人馬驚惶，十渡之中，保全僅半。一夜忽然水乾，淺出見底，佇而望之，上游横鎖，水積如山。三軍乘馬前進，軍過水來，依然洶湧。天子神聖，山川效靈，豈虚語哉。

《青海》：「已出重關萬里西，茫茫千尺緑玻璃。胡僧亦解修真性，大海中間作穩棲。」出西寧鎮海堡西二百里即青海，亦曰苦苦惱兒。遠望水高於地，溶溶碧浪，周圍六七百里，中有小山一二，喇嘛修真於此，無舟可通。嚴冬海凍，間有人往來。沿海而居者，十八家王子，即羅卜藏丹津等。自雍正間大兵洗蕩之後，已乏居人矣。

《吐魯蕃瓜》：「巴里坤西舊吐蕃，康熙間吐蕃已勦滅，因以舊稱。瓜瓤剖出似璵璠。多情只有何觀察，可惜艱難老玉門。」吐蕃又在巴里坤大營西，只隔大山一層，便屬準噶爾地界。大營之兵每歲夏秋移駐於此，十月後仍歸巴里坤。此地産瓜，大如斗，甜如蜜。承涼莊道百尺何公分惠一次。即西路出兵之人，有數十年不得一嘗其味者。百尺爲軍需苦累，終老玉門，可爲嘆息。

《回回眼瓜》：「瓜形圓轉瓜瓤白，瓜蒂深凹瓜味香。種是唐家甥舅國，不曾佳味貢君王。」此瓜乃哈蜜瓜之變種，形圓扁，蒂深凹，瓤白色。味之香比新興之荔，甜勝肅寧之桃。久藏三五日則味變，而瓤亦壞矣，是以不入貢品。産回紇地。瓜名回眼，取形似也。

《哈密城》：「沙城數里起高樓，金帛多藏樓上頭。一自天兵留戍後，長裾嫚舞不知愁。」哈密係沙城，地不過千，人不滿萬，即回紇種類。我朝西域用兵三十年，皆從此起釁。今大兵萬里遠戍，彼卻安堵無恐，且軍行過此，糧草反索重價。城中樓高垣厚，金帛多藏，妻妾滿前，樂云極矣。

《放生鹿》：「望眼須知天地寬，百千大鹿去無端。軍營排弩兼飛砲，箭自飄零火自殘。」天山之下，大鹿成群自西北來。官軍排列鳥鎗數十桿，各張弓矢以待，鹿竟至人前，悠然而逝，無一鎗響，無一矢著。或曰此地除牛羊之外皆屬放生。放生者誰氏也？

《無鱗魚》：「皋蘭已過網罟開，無鱗之魚亦怪哉。釣具偶施含餌上，冰霜五月忽飛來。」余於康熙庚子年五月，同將軍宗公出師西寧口外。於堪布寺下營畢，閒步小溪頭，見無鱗魚擁擠而行，隨手取得數尾，將付庖人。將軍來立止，云此地山神水神不服王化，凡網魚獲獸者，雷雨立至。頃刻果如所言，令人禳解乃得止。穹廬之外，冰雹已堆尺許。此亦地利之一端也，可不慎之！

《一峰駝》：「長鳴沙嶺獨峰駝，重荷千觔不足多。一種哀哀思子切，那能解恨是胡歌。」駝背皆有兩峰如馬鞍，可乘也。此野駝前後合成一峰，有大力，能負千觔，且可半月不飲水，日行千里。性最慈，每墮胎，或傷子，必哀鳴，百日而後止。胡人之善牧者爲唱胡歌、彈胡琴以娱之，則數日而可忘懷矣。不可多得，進貢者七駝而已。

《昭木哆》：「此地經過萬乘時，雷霆一發斃閼氏。蒼蒼古墓依然在，八陣風雲長護持。」昭木哆，方言也，猶云百極木。西方金氣盛，樹木絶少。此地有樹百本，因得是名。康熙三十二年，聖祖親臨沙漠，逆夷噶爾旦之妻領兵接戰於此，我軍一砲殞其命焉。金鎧黄袍，横尸道左。老成將士昔在行營者，猶能道其梗概云。

《噶斯》：「西彝消息在噶斯，瀚海遥遥此路宜。掌握樞機千里外，頻驚上國用兵奇。」西彝準噶爾等，與蒙古四十八家地界相隔，中有瀚海數千里，信息不通，是天限之也。惟噶斯一路爲稍近，彝使騎駱駝負水而來，則一月可至有水草處。我兵亦不能駐噶斯，是以大營安於柴旦木卡。路遠，接千里疾馳，俾兩路不相聯絡。樞機之要，不可不知。

《雪蝦蟆》：「但聞月裏有蟾蜍，雪窖藏身玉不如。莫問官私休叫噪，取來可補長桑書。」巴里坤雪山中有此，醫家取作性命根源之藥。軍中人争買之，一枚價至數十金，且不易得也。

《雪蓮花》:「冷性已離塵世界,冰魂開出雪蓮花。香醪藉爾增春色,陰極陽生詎有涯。」千年不化玄雪深處有之,形似蓮花,高可丈許。取以釀酒,倍增春色。蓋陰極而陽生之意耳。亦産巴里坤等處。

《河西》:「辟土誰堪數將材,嫖姚百戰河西開。長城如線二千里,截得匈奴右臂來。」河西四郡:武威、張掖、酒泉、燉煌,乃漢霍嫖姚將軍所辟地。築長城,夾道二千里,横截匈奴右臂,正所以斷西北兩方之連結,而靖中原之寇盗也。長城之内,城堡相連,軍民居之。但寬闊處不過二十里,狹隘處僅三五里。長城之外,西番雜處。西番,内附中國而外通西虜者也。變亂叢生,奸宄百出,皆此種類。

《莊浪》:「河西最險是莊浪,四郡咽喉接塞長。高嶺烏鞘嶺名,此爲番賊出入之所。行客苦,羌戎出入總無常。」莊浪,古伊吾地,路最狹。羌戎逼近,摽掠行旅,乃其長技。尤爲四郡及各路大營之要區。當年僅設參將一員,緑旗五百,每有疏虞之處。今添設滿副都統、總兵,各領重兵,庶足以資彈壓耳。

《西寧》:「土司圍繞魯番鄰,萬里黄河始入秦。日夜流澌聲不斷,金戈戰馬更愁人。」西寧古湟中地,亦名河源。羌戎土司繞其東南,喇嘛回彝聚其西北,黄河於此入口,向設大兵重鎮。逆彝羅卜藏丹津起兵犯順,全力攻打西寧,我兵固守城中,及東路一隅耳。提督岳公鍾琪自蜀赴秦,先擣賊巢,逆捲東來,逆彝恐怖而去。去後一月,年羹堯之追兵始出。青海一帶不從賊而來降者,皆埽除之。

《多壩》:「鎮海堡西多壩口,珊瑚車載珍珠斗。何來回子錦纏頭,一雙碧眼無些垢。」西寧之西五十里曰多壩,有大市焉。細而東珠瑪瑙,粗而氆氌藏香,中外商賈咸集。一種纏頭回子者,萬里西來,獨富厚於諸國，又能精鑑寶物，年年交易以千百萬計。日中爲市，此處尤甚。

《達賴喇嘛》：「金印堂堂付國師，王公禮下拜堦墀。羨他一語能消受，道是前生那得知。」僧人相傳云：文殊舍利化身爲宗哈巴，而達賴喇嘛爲宗哈巴大弟子，闡揚佛教，法力宏深。托胎變化已六轉人世，今世名噶拉藏嘉謨撮，年甫十三，在西寧塔兒寺登寶座説法，凡貴賤人等羅拜於臺下者何啻億萬。康熙五十九年春，奉旨封以國師，賜以金印，大兵護送起行住持西藏，禮云隆矣。聽其謝恩語有云：「我本童幼，豈知前身是否佛子？今既邀封，諒已無差。」謙而知禮，用載篇章。

《董噶爾寺呼脱脱》：「鳩鳥飛來占鵲巢，堪嗟投舍似投醪。千年功德能圓否？終是浮生石火敲。」方言呼脱脱，華言再來人。董噶爾，其名也。住苦苦惱兒束，鄙投胎之陋，擅奪舍之能，峇窺清俊少年人神魂出舍之頃，彼即以神投其舍焉。在少年者魂返而無所歸則死，在董噶爾以敝屋易華堂，鵲巢而鳩居之矣。千百年來不知傷幾許人命，總之以老易少，他舍我居，乃術數耳。慈悲法門，有此一派，所不能解。自元明來，皆有國師之封册，想借以驚服無知之番虜，然修之終不能成，天意存焉矣。

《武威郡》：「行經百戰古涼州，十萬兵臨笑虜酋。城上大旗空照耀，城中主帥别淹留。」即今涼州府。雍正元年冬，余過涼州，留太守張梅澹村署。適青海反，虜酋發什格兔大青領十萬衆犯邊，鋒甚鋭。是時提鎮將弁及兵備道俱進勦桌子山番賊未還，城中武職惟遊擊、把總二員，兵不滿百，倉卒無備。官吏、賓友、紳士、民壯，一擁上城，日夜謹守。庫内旗旐軍器，盡列城上。訪拏奸細喇嘛八人，即行梟示。一面請援於西寧大營，一面訓習民兵。旬日之間，得馬兵三百，步兵一千五百。虜兵駐營二十里外，遥望聲勢，逡巡不進。援兵又至，解圍而去。胡人多疑，凉人之福也。

《弱水》：「弱水一泓存禹跡，豐碑六字記神功。淒清秋日山丹道，偶試鴻毛宛在中。」一勺之多停泓於山下，大碑屹立，書「大禹導弱水處」六字。屬山丹縣界。

《凉州香水梨》：「沙上梨花香馥馥，沙中石子水沉沉。結成佳果名香水，廿載相離思不禁。」凉州沙磧之區，近城四面皆沙石，大小磊磊，無一寸土壤。掘地至丈許尚皆大石，然頗宜於果木，而梨爲最。三春花似玉盤，八月果成金墜。形長而味美，收藏至冬及春則皮爲黑色，剔破一指痕，吸之入口，清沁無比，滌淨人間烟火氣矣。想瀚海塗山不過如此。

《胭脂山》：「山丹古邑在山邊，婦女朝朝顔色鮮。大塊胭脂無棄擲，不流漲膩勝秦川。」丹縣城築於山麓，古云「奪我胭脂山，使我婦女無顔色」即此。遥觀山色，如一片晚霞相映，萬樹桃花亂落，走馬垂鞭，應接不暇。

《祁連山》：「祁連山勢接長空，虎踞龍蟠萬里雄。昭代封侯張靖逆，掃除不減漢時功。」祁連即天山，在甘州城南，插天高峙，延袤不斷，居然天塹，以分中外，虜番往來孔道。靖逆張侯提督甘州時，遊巡四出，大寇必殺，小寇亦除，一時邊境肅然。至儲材養士之道，尤爲難得。如王將軍進寶等如干名將，皆出帳下。雄風偉度，可以概見。

《張掖郡》：「甘州遍地出甘泉，帥府清波泛畫船。軍政餘閒來嘯咏，名園勛勣並流傳。」即今甘州府。池塘寬廣，樹木繁茂，地下清泉所在湧出。張侯帥府之旁有園，開池曲折，可作水遊。亭臺山石，佈置得宜，皆出笠翁李漁手。名將風流，有此遺跡。

《綠玉》：「却訝甘泉多璞玉，磨琢施工誇結綠。一磬成來三尺餘，材大難擕歎躑躅。」甘州城中大石磊磊，磨之琢之，皆成綠玉，俗名噶巴玉，嗤其似是而非也。余曾令玉人製成一磬，可二尺許。臨發，不能重載，至今惜之。

《果單》：「林檎佳果製成單，貢品還須印鳳鸞。種出甘泉方百里，分來顔色是山丹。」張掖山丹，百里之中皆産林檎果，甚甘美。居民收而擣之，作成單。又刊龍鳳花板印出，竟爲貢品。宫中以爲籠罩糖果之單，遂得是名。

《西番》：「一線天開土窨藏，連穿螺蛤作明璫。齋桑台吉皆爲主，喇嘛蘭占盡是王。」即犬戎、羌戎是也。不住房舍，惟於窨穴藏身。男戴白色毡笠，衣白褐衫。婦女衣色褐。當嫁出時，通身穿掛螺蛤之殼，亦曰頭面，遂服之，終身不解。以西虜爲主，呼喇嘛爲王，每年納貢於二處，名曰天巴。邊將嚴明則奉法惟謹，邊將柔軟則乘間而起。康熙之末，肆横異常，賴涼莊兵備道蔣公泂親率民兵進勦。民間受其荼毒歷有年矣，及鋒而用，一以當千。番人至今戰慄。台吉、齋桑，蒙古之親族官長也。喇嘛、蘭占，佛家弟子之通稱也。

《妻肉僧亦名火居》：「菩薩庵中雞犬吠，天王殿下雲雨興。禪家戒律紛紛是，内行如何妻肉僧。」皋蘭之僧多半茹葷，莊浪以西則偕妻子而住廟中，全不爲怪矣。世界中明修戒律而陰犯淫貪者不可計數，何如此明白懺悔之可恕也。姑載之。

《酒泉郡》：「移封有願笑唐賢，沙磧嚴寒是酒泉。惟託鐘聲六十里，自鳴雙應五更天。」酒泉有泉香之異，因以得名，即今肅州。地冷沙飛，河西絶塞也。惟有古鐘二口，一懸北門，一在嘉峪。每夜五更自鳴雙應，六十里之遥，無間隔也。西方之金，迥異凡響，爲足志耳。

《燉煌郡》：「瓜州舊畝屯田好，古塞新開掛印雄。曾語故人須振作，燉煌尚在玉門東。」即沙瓜州地，今設安溪鎮，出嘉峪三百里乃至其處。向爲荒壘，今稱雄鎮，爲河西之鎖鑰。友人黄觀察雪鴻昔在酒泉，余在將軍幕府，相與論屯田積粟事，惜乎變端百出，徒費筆舌耳。

《臨洮》：「奮威躍馬渡黄河，邊境清寧奏凱歌。一戰生降馬鷂子，將軍功比漢時多。」康熙間降將王輔臣，原名馬鷂子，復叛，據臨洮府城。奮威將軍王進寶領兵進攻。黄河巨浪無舟，賊人不備，將軍一人躍馬渡河，兵亦隨之，頃刻登城，一戰而復得大城，輔臣又降，遂成千古奇功。至今邊民圖其酣戰之形於寺壁。

《高臺》：「高臺澤國産香粳，幾道潺湲澗水清。健婦家家耘隴畝，廿年不解海西兵。」高臺屬甘州，乃來往大營必經之路。縣雖小而多泉，居民頗識稻米之性，播種耘鋤得法，此地開屯田最爲便宜。

《河甘二降虜》：「無端虜駐兩三州，毁像燒經一語收。可惜軍糧千萬斛，更聞日日享椎牛。」青海酋長，大青和碩氣察漢丹津，原授親王爵；額爾得揑額爾克托托奈，原授郡王爵。雍正元年春，與羅卜藏丹津親王、撥什格兔大青貝勒四人一同對天盟誓，約會同犯各邊。將軍宗查布領兵駐柴旦木，已得寔在情形，併有出首之青海世襲公爵某某等呈狀，備細上聞。是年二月朔日具奏，適逢總督年羹堯在京，世宗傳詢之。羹堯云青海之人必不叛，此宗查布欲生事立功耳。是年秋，大青和碩氣領二萬衆進河州口，額爾得揑額爾克領二萬衆進甘州口，皆聲言羅卜藏丹津燒我兩家之佛像經卷，是以進口躲避。名雖內附，將爲外應。羹堯各給口糧衣食，縻費不少。幸羅卜藏丹津在西寧敗走，撥什格兔大青在涼州觀望而去，此二假降之滑酋亦竟寂然而去耳。羹堯授撫遠大將軍，進封三等公。其在邊籌畫類如此。後以欺誑殞其身命，可爲人臣之不忠者深戒也。青海於雍正元年十月反，次年二月將軍岳鍾琪削平之。

《汗血馬》：「宛馬來從西海西，冰山碎踏凍玻璃。雄姿駿骨誰能識，汗血桃花點點齊。」馬從波斯內藏而來，瘦骨稜稜，神駿自若。其形如風，乘者但聞耳中有聲，不知座下有馬。桃花血汗，點點如珠，只此一觀，仍由青海歸藏去矣。

《玉門》：「西出陽關是玉門，封侯定遠大名存。連營又過二千里，已滅荒戎吐魯蕃。」即漢班定遠屯兵處，漢兵至此而止。今大兵直駐巴里坤，且滅吐魯蕃矣。

《瀚海石》：「誰言瀚海中無水，海石開來盡水晶。曾見光圓百八顆，魚蝦荇藻自生成。」瀚海有數十百里者，有千餘里者，但有沙石而無水泉。石中明亮，多山川人物之奇形，五彩雲霞之變色。光華燦爛，莫可名狀。蓋無形之水皆藏於石中，而有形之水自不存於地下矣。此理之常，不足爲怪。又曾於御史某處見瀚海石朝珠一串，中皆水草魚蝦之屬，無不酷肖其形。

《送平逆將軍西征》：「西征萬里護如來，一埽妖氛寶藏開。絕域從兹歸版籍，將軍功業在雲臺。」

康熙庚子夏，平逆將軍貝勒延新奉命領兵護達賴喇嘛進藏，皇十四子大將軍於木爾烏蘇餞送。旌旄戈甲，寶蓋旛幢，金鼓號令之聲，鈴鐸宣揚之器，一時並發，列隊以行，允稱盛事，爰爲述之。

《磚井》：「一井纏供二百家，軍行無計挽天車。山中頃刻泉聲湧，萬馬奔騰向水涯。」在陝西榆林、定邊之間，村中有此一井，四外皆五十里方有泉水，亦甚窘嗇。康熙五十七年，大兵過此，人馬十餘萬衆，日須水數萬石。守土者先期竭蹶運送，僅供人飲，馬渴不能及矣。是日午時兵到大營方定山，水忽來，滔滔不竭，溝澮皆盈。皇十四子大將軍遣飛騎遠尋水脈，在磚井村東北三十里，山中忽開一石口，水從出焉。流至次日，軍去而水亦止。今山上立龍王廟，磚井堡外立無量壽佛寺。穹碑特立，頌聖天子功德，以垂永久云。

《河套》：「冰消雪盡渡黄河，長套東西沃壤多。中外於今稱一統，邊民出塞播春禾。」黄河自西寧入口，流至寧夏復出口，環遶二千里，至山西保德州、陝西府谷縣兩山夾峙處復入口。套中二千里地，一片膏腴，周遭平坦，可耕可居，可漁可獵，中原之所必争，今古之所同羨也。今已歸誠，邊民出種，無分彼我矣。

《寧夏》：「往還銀夏幾停驂，種稻工夫我亦諳。九曲黄河成灌注，方知塞北有江南。」黄河西來而又北去，眷眷有情，灌注稻田，皆成沃土。「塞北江南」之號，誠足當之。且閒地甚多，養民養軍，無窮經畫。

《賀蘭山》：「青海龍孫叩帝閽，王姬下嫁有殊恩。賀蘭如礪黄河帶，永矢孤忠保後昆。」山在寧夏西百里，向無人居。康熙間固始可汗之曾孫阿保首先内附，仁皇帝憐而養之，命大學士明珠教習滿漢書，尚和碩莊親王郡主，使世居賀蘭山下。今青海諸酋俱叛去，惟此獨存，蓋畏天者保其國也。

《元陵》：「元家陵寢避中原，遠計深深蓋墓門。一片黄沙封帝后，千年毳幕守兒孫。」元太祖陵在河套中間，不封不植，非塚非丘，深埋於地下，不洩於人間。葬後放馬十萬匹，使土平草長，了無痕跡，則掣去之，儼然有古風焉。

《額爾多斯》：「河套中央祀可汗，穹廬十頂奉金鑾。我朝威德原無量，不惜分茅土一丸。」方言額爾多斯，華言上帳房。河套之中有穹廬十頂，係蒙古諸王奉元太祖春秋享祀處，至今蒙古人等過此皆爲下馬。四十八家各派宗支官屬守之，分爲六旗，皆服本朝衣冠，受爵禄。殷士朝周，恩榮特異耳。

《丁查拉史》：「漫説當場揮彩毫，更誇異國擅風騷。軍中畫壁題詩在，句解心通意甚高。」丁查拉史者，蒙古額爾多斯之台吉也。康熙五十九年，自領蒙古部落五百人隨大兵進藏，歸至甘州。適宗將軍囑余題壁間畫，判爲詩、爲詞、爲長短別調，體裁不一，而各款各名，因借丁查拉史名題一長歌。丁適至，而微哂之。因問其曾讀漢書否，答以蒙古語曰：「默得黑烏歸。」此五字即漢語「不知道」。細究之，則壁上詩詞，句解字識，而吟哦有聲。方知口外有藏書，乃元末時帶出，至今有傳之者。丁君可謂好學也已。

《石花魚》：「萬里灣環翻濁浪，兩山聳秀落蒼苔。魚生細膩無雙美，魴鯉何堪並數來。」魚在保德州府谷縣兩岸中間黄河深處，但食岩上落下之翠苔，肥美無比。

憶舊遊詩話卷下

錢唐馮一鵬止園著

《大青山》:「雲霞縹緲入虚無,佇立閒看忘世途。青緑斑斑誰染出?天然一幅大癡圖。」歸化城南二十里即大青山。萬壑潺潺,群峰叠叠,樹木叢茂,烟霞變幻,疑入天台路矣。行過數里,轉入一區,則峭壁凌空,青緑之色出自天然。峰腰石榜有人題四大字,曰「大癡筆意」,而不書姓名,殆亦高人隱士遊踪偶至,自言其真趣耳。

《青塚草》:「緑衫紅袖拂秋霜,孤塚遥連紫塞長。不許黄沙埋國色,還留青草發天香。」康熙六十一年夏,余遊歷秦晉,出皇甫川口,至歸化城。望大青山下高塚巍峨,翠屏環列,細草茸茸,青烟緲緲,標致不同,風景殊異。問之土默忒人,曰:「此昭君塚。」因下馬歇息於旁舍。茶飯畢,作七古一篇,題於壁上。旋聞議政大臣鄂公倫岱將至,余稍退。公至見詩,邀余坐,復談,深蒙奬許,並承裘馬之贈。其後賢綏遠將軍補公熙、翰林學士積公德,尚往還如舊,所題七古載《止園詩集》中。兹緣憶舊,復爲作此。

《青塚烟》:「非雨非雲却作烟,旁人休解鬬嬋娟。胡兒不敢輕馳驟,烽火常爲守墓田。」青塚之草,四時皆青,此異事也,前人已言之。更可異者,塚在平地,朝朝暮暮青烟繚繞。或如寶蓋結其頂,或如裙幅拖其足,或如束帶纏其腰,或上下左右劈空半掩,皆畫然整齊,無一些拖帶處。余在歸化,寓居最爲高廠，軒窗之外即望見之，且久留五旬餘，是以言之特詳。蓋土默忒人習見之而不以爲異，滿漢人之讀書好古者罕至其處。即一至焉，而驗其塚上之青草，遂以爲見古之真跡矣，不知尚有此青烟之特異也。噫！此天地山川之靈氣，獨爲昭君表其奇節者。其生前不願妻其前子，服藥而卒，信史足傳，尚何疑議之有哉！

《明妃》：「可憐馬汗濕紅裙，算是當時第一勳。回首漢宮三十六，只將歌舞報明君。」明妃出塞，下嫁單于，有和戎安夏之功，忠於君者也。迨單于死，不從其子而從單于於地下，能守婦人之節而開塞外風化之始。應不在美人列，而與忠節一流並傳焉。或有問余者曰：「昭君雖有青塚之異，子一咏再咏而三咏之，何歟？」答曰：「君不讀少陵《懷古》五篇乎？曰：『群山萬壑赴荆門，生長明妃尚有邨。』則明妃之生也爲天地鍾靈毓秀之人，其殁也爲古今異彩奇光之塚。生長松而千尺，産靈芝而九莖，固其類也。況少陵論定，已與庚信、宋玉、昭烈、武侯並傳千古，今於荒烟蔓草紫塞黄沙之地，而見此前人未道之真跡，能不爲之三嘆息乎？」

《招》：「尋春何處訪春嬌？土默城南大小招。欲結勝因求佛種，須從朔望守僧寮。」方言招者，華言寺廟之類也。歸化城有大招、小招，藏經在焉，喇嘛居之。朔望日，婦女求嗣者入招禮拜。

《摩頂》：「青絲縷縷掛雙絛，未嫁零星墜鬢毛。頂禮山門先脱帽，胡僧掌上膩香膏。」胡女之已嫁者，左右各垂一髮辮。未嫁者，髮辮零星下垂。已嫁而夫亡者，則倒捲其辮，以繩扎之。各戴帽，惟入招時則皆脱帽，長跪摩頂受戒。

《胡把三什》：「胡女紛紛學内妝，塗脂抹粉繡衣裳。今朝入寺瞻金像，斜繫酥胸一縷黃。」土默忒婦女已半改内妝，惟入招禮佛則繫紅黃紬一縑於胸前，謂之胡把三什。其男子亦有栓紅布橐於腰間者，謂之胡把什。皆華言在家修行之謂。

《轉輪》：「浮圖一步一徘徊，春色何時塞外來？鳥語花香渾不解，如從夢裏轉輪迴。」婦女上塔週行，手持數珠，宣揚佛號，謂之曰轉輪，求免輪迴之厄。是耶非耶？不可知也。

《短桃花》：「邊庭五月景偏賒，匝地斜枝映曉霞。已過輕輕飛柳絮，依然短短笑桃花。」余於康熙後壬寅五月在歸化城，見野外正開桃花，花深紅而艷絶，然皆高不滿二尺。少陵詩云：「短短桃花臨水岸，輕輕柳絮點人衣。」余初讀之，竊疑桃花之放豈盡如此短短者乎？今已目擊之，想蜀中桃花與此無異也。

《望鄉臺》：「李陵已去何時返？蘇子依然舊國回。漢代一官典屬國，鹵庭千載望鄉臺。」臺在雁門、殺虎兩口之間，乃李陵宴蘇武於此，望鄉臺因以得名。

《李陵碑》：「邊庭勒馬一逡巡，拂蘚看碑憶去臣。眷眷不能忘故主，更憐步卒五千人。」碑在歸化城西南百餘里荒草中，頹然而峙，人猶呼李將軍碑，然字迹已不可彷彿矣。

《花園》：「鴛鴦濼裏閼氏跡，十里花園上各開。清簟疎簾消歇盡，胡姬觱篥尚吹來。」園在宣化、懷安兩邑之間，傳是蕭太后避暑時所建，今已悉燬，尚存其地。山回水曲，別有一天。背日多風，允稱佳境。則當年風致可想而知耳。

《洗妝樓》：「青山已上明妃塚，古塞猶稱遼后樓。一代雄關無阻隔，三邊紅粉任來遊。」妝樓不在深宫，必多情於山水。舊苑已稱名地，宜載詠於詩歌。后去而樓存，樓燬而人傳矣。昭君不出塞，誰復知之？遼后不登樓，終歸泯没耳。

《山海關》：「帶海襟山萬里封，一朝開闢慶雲從。當年枉是勞堅築，酹酒春風弔祖龍。」此關爲長城關鎖，自秦漢以來數千年防守至謹。本朝順天應人而來，遂坐定中原，永垂大業。蒙古四十八國安之攘之，來朝來王，皆我藩籬也。今日憑弔始皇，勞民傷財而不受命於天，終何益哉！

《拉泊》：「樓閣生成鐘鼓懸，仙靈窟宅在天邊。白山移得三峰頂，鴨緑分來又一川。」船廠之東，有拉泊石山也。四面平坦，中間一山突然而起，幽然而深，上有石樓，樓中有石鼓。鼓在空虚，行人一望可見。但聞木魚聲，無路徑可上。周遭緑水環之，水冷入骨。蓋石山之來自長白，緑水之源出鴨江，宜其清且秀有若此。

《鴨緑江看採東珠》：「緑江六月冷如冰，珠蚌深藏異彩騰。貢數已盈都擲水，不勞關吏更兢兢。」江水之緑真如鴨頭，中多珠蚌，其殼厚且長，産珠極光圓，微帶青色。有官監採擇，其合度者進上用，餘皆一撒江中。以山海關禁嚴，不得私帶顆粒入關，是以寧棄而不存耳。

《乘威虎渡松花江》：「刳木爲舟渡曉潯，長身已過兩三尋。揚帆穩渡松花去，一網先收浪裏鱘。」威虎者，獨木船也。以大木剖而鑿之，坐以浮江，甚穩便。松花江出大鱘鰉，亦以此船施網得之。

《小石屋》：「石屋何人避風雨，矮簷三尺臨江滸。將軍小李畫中形，猶是堂堂開峻宇。」自寧古北上往三姓路中，有小石屋數百間，其高不滿三尺，沿江而居。傳是古小人國處，屋在而人不可問矣。

《石頭店》：「偏多松柏樹森森，不識根鬚何處尋。我過天橋横十里，真如履薄更臨深。」石頭店在寧古塔之南，生成一片石，横亘十餘里，絶無土壤，能生松柏。下聞水生潺湲，破隙間投以小石，丁東有聲。或曰昔仙人鍊丹於此，傾其爐，化爲此大石也。余亦疑信相參，而未能決云。

《洗北》：「生來不讀種魚經，鱗甲爲衣家北溟。啖犬飼豬兼餵馬，可憐水族被繁刑。」洗北之人即魚皮達子是也。住伊蘭哈郎烏蘇里一帶，地不生五穀，人但知漁獵。然魚多於獸，不須網罟。每歲魚大來二次，來則逆流而上，一擁萬萬，至灘淺處皆躍而過焉。人排立於灘上，以棒擊之。魚被擊即傷，順流而下，乃於下灘截取，堆積如山，風乾鹽晒，藏爲半年之用。人食之餘，即以喂馬喂豬喂犬，並將其皮爲衣爲裙，頗光耀奪目。魚至此地遭慘毒矣，偏多生若此。天之於人也，無論中外皆有以曲全之。洗北之人且然，況生於内地者乎？

《阿磯》：「深林纔入意憧憧，老樹杈楂一萬重。不與同儕終雜處，高標獨出是寒松。」即樹林。自船廠至寧古塔，經過有樹林二。一在拉泊南，長七十里；一在拉泊北，長九十里，彎彎如弓狀。兩林即一林也，延袤數百里，行路者一路行來，適逢其兩弓梢耳。林中蔽日遮天，獸蹄鳥迹在在皆是。中有小徑，僅容一車，然高低坑坎，艱難不可言矣。刨參者争趨之，不知有性命之憂也。林樹皆杈楂屈曲，惟松樹直幹沖霄，無一旁枝，有類於杉。結果大如半斗，松仁生草氣，晒乾則可食矣。

《使犬》：「輓運如飛世罕聞，家家畜犬自成群。冰鱗滑處多顛撲，那得逍遥拜郡君。」自寧古塔之北，犬多於衆畜，且大而有力。冬春之際，冰雪載道，凡薪米之物皆用冰床裝載，縛犬數十條拉運，長鞭以驅。犬行疾而冰更滑，日馳數百里。犬之有功於主也若此，今之奴僕飽食暖衣而無所效，視兹犬也能無愧乎？

《使鹿》：「鹿爲人用古稱奇，犄角無勞任載馳。北海遥遥幾萬里，扶南國裏豈通知。」自烏蘇里以北，家家使鹿，亦猶三姓等處之使犬也。不特駕車，亦可乘騎。野獸也，而馴服若此。昔有扶南國以鹿駕車，見之《南史》，今信然。

《人入蟄》：「海濱人自養天真，五百年來有此身。亦與龍蛇同入蟄，一時雷動始知春。」北海人多數百齡者，百歲而死便爲殀矣。其三時亦如平人，惟冬至之日，一家男女老幼閉藏於密室，共爲長夜之寢，至來春雷響則起。有烏蘇里男子妻於北海，即家焉。又暫往他處，至臘方歸。啓户視之，妻已熟睡。不忍遽别，以臉相偎而去。夏月又來，妻竟傷其面矣。《易》曰：「先王以至日閉關，商旅不行。」斯人殆深得之。

《五國城》：「中外兩家皆費約，江山半壁總成塵。行人痛惜前朝事，故壘猶稱五國城。」城在寧古塔東北七十里，俗名捏黑。金主逼辱宋徽、欽二宗青衣行酒即其地也。

《趙家哈郎》：「遷徙隨人去國賒，飄零骨肉在天涯。冷山山下炊烟斷，猶説哈郎是趙家。」國語哈郎，猶言聚族而居。此趙家哈郎在五國城之北，金人遷宋二帝自五國而來，居於此。冷山在其前，河流遶其後，陰風慘淡，積雪瀰漫。至今人呼趙家哈郎，蓋有自也。

《寧古塔》：「高麗東參彩蚌珠，茸茸輕暖是貂狐。非關□塞多珍物，紫氣東來集上都。」有彈丸之城，副都統鎮之，城外即松花江。沿江而居者，皆未入關之滿州。凡崔峰、烏蘇里、三姓、紅旗街、黑龍江、新城各處所産之人參、東珠、貂皮、玄狐、一切箭桿弓料之物，每歲秋冬皆貨於此。江南各省之人亦萬里而來，乃一小都會也。

《採參》：「五葉單花出茂林，闌干玉質裹中心。近來價重無如此，只採東參不採金。」採參之人過寧古塔則分三路，北曰烏蘇里，東曰崔峰，西南曰紅旗街。數千部票，各分頭採取，有得數十觔者，有僅得數兩者，交官之外，聽其自售。然皆無籍之人，塔上賭博又公行無禁，是以採參者一年辛苦僅供一夜呼盧者有之。即能守之人或有多餘，出本之商盤算無遺策，帶票之商加費無底止，未進關門，一二票頭大户盡收而有之，藏之於家，不得其價不售，此時價之所以倍於黄金也。

《船廠》：「隨山刊木已成城，遶郭清江水自平。滿眼刑徒雙刺字，須知湯網漏餘生。」今改永吉州，伐木爲城，倚江爲險，發各省刑徒充配於此，將軍鎮守，蓋關外各鎮之要區也。竊見流徙來者，多非善良，生聚日衆，風俗澆漓，不惟約束之當嚴，亦在漸摩之有道。屯田以養其軍，學校以興其教，使兵民皆知有恥，庶幾日歸於淳耳。

《長白山》：「聞道斯山集百靈，鍾祥累世閼清寧。大開北極稱神嶽，嘉禮嘉牲永德馨。」山在船廠東北四百餘里，本朝發祥光大，實始於此。聖祖仁皇帝遣大學士索額圖等十人前往致祭。山高而深，鴻濛杳渺，雲氣長浮，從未有人登其顛者。十人處潔拜禱，頃刻之間，川壑峰巒無不朗照。祭畢下山，忽見大鹿十隻從高墮下，如束縛然。十人知爲山嶽之靈有以勞之也，各載一鹿而歸。十人中有孔公古禮，乃滿州鑲白旗參領，爲余言之特詳。下二條亦孔公述。

《三江源》：「三江源出白山頭，滚滚泉聲日夜流。共説天池方百里，使臣啣命到靈湫。」三江源在長白山頂，周圍幾及百里，泉源如沸，清可見底，荇藻參差，纖塵不染，乃鴨緑、松花、黑龍三江發脈之處也。

《十二屏風》：「玉爲體質翠爲幪，錦作鋪茵花作叢。大半是誰排列就，白山十二石屏風。」屏風十二在白山之頂，江源之旁，屹然高峙，合數於巫山，燦焉並列齊觀。夫繡嶺，天帝之屏藩，皇朝之柱石也。屏上細草如茵，繁花似錦，纏綿周匝，錯綵鏤金。本出天工，幾同人巧，更莫可名言矣。

《三江水利》：「三江流派水重重，千里膏腴茂草封。天作良田供灌注，至今不見有耕農。」三江水出東西北三面，如船廠、新城、齊齊哈郎三姓等處，江水皆可灌地，地亦滋肥，發生最易。其收穫較之關西，奚啻數倍。居人稀少，漁獵爲生，不知耕種。偶見刨參人帶出菜子種之，每株種二十餘觔，地脈之厚可知。當此之時，井田可復，屯種可興。極大經營，置之無用，深可惜也。

《負義侯》：「封侯勛業有誰如，負義曾邀國史書。海島未能容舊族，謫來江畔好安居。」侯田份，伊祖田雄，乃前明靖南伯黄得功之中軍。得功陣亡，雄挾福王（猶松）〔由崧〕出降。是時世祖封以侯爵，重信賞耳。加以「負義」，使天下後世共凜君臣之分也。其孫應襲，聖祖存其爵而革其俸，永爲船廠水手之長。有客過江，則以大字帖拜而求助焉。

《黄龍府》：「水闊林深據石磐，東都已道足偏安。鄂王不即班師去，直抵黄龍事豈難。」即金東都，在石頭店之東北，故壘猶存，井臼自若。城西有水濼甚寬廣，魚肥美。鯽魚一尾重五觔，即關東亦推爲珍味。

《紅旗街》：「一江水淺分中外，隔岸相望交傾蓋。數語慇懃致饋遺，頓叫絶域添春藹。」在寧古塔西北五六百里，江沿之際，水亦清淺，可以揭渡。江北乃朝鮮界，並望見其城，一官人自城中出，鳴鑼喝道而來，執事頭牌書布政司銜，差人立江中通意。云上國之人定例不得北渡，小國之人亦不敢南渡，但在江中一問候，并送食物，辭之而退。

《鹿肚石》：「鹿肚開來有一丸，風吹堅實費磨鑽。天成葉葉瀟湘竹，投入龍池雨不乾。」石有名羊肚者，以石形似羊肚也。此從鹿肚中剖出，忽見一物如雞卵，風一吹而硬如石，斧鑿不能施。色微黄，間嫩緑，緑者皆成竹葉紋。參票商人等以之進用，頗邀温語，始知其爲祈雨靈應之物。

《護拉》：「草履行來冰雪間，須知國步起多艱。於今都著遊山屐，一派悠游野興閒。」以皂皮爲面，以鹿皮爲幫底，即草履也。内填白草，草茸而暖，即名護拉草。穿之踏冰雪甚宜。興王之初，無分貴賤，禦寒必穿此履。《易》云：「視履考祥，其旋元吉。」其是之謂歟？

《千丁》：「莫訝山門有變更，斷香殘燭慘離情。王師一入開天地，已見綿綿瓜瓞生。」瀋陽城中向多僧尼道衆，本朝初定關東，選僧尼之少壯者一千人，即成婚配。一時曠夫怨女皆得其和，所生之子女編籍曰千丁。《詩》三百篇《關雎》爲首，今去乖戾而致和諧，王化之行，爰始於此。

《天燈》：「縹緲空虚不繫繩，春王晦日見神燈。光明一盞常懸照，便得身心最上乘。」乾隆癸亥正月晦日二更時，在遵化州租户村北，見地上火光二團騰空而上，至半空中，兩燈相盪，而成三寶蓋旛幢，揚東去。家僮二小、中美同看良久。

《一片石》：「危石岩岩掛夕陽，當年戰士守沙場。王師未進榆關路，無數妖氛已滅亡。」在遵化西北，高山叠叠，長城倚之。片石巖巖，立關爲口，有明之所恃以爲險者。王師將入，流寇遠亡，任人來往矣。

《三屯營》：「虎踞龍蹲推上將，星羅碁布列三屯。高山景仰祠忠節，一酹椒漿一斷魂。」在豐潤界景忠山下，乃明帥戚繼光屯兵處。聞其時紀律明而修築整者，此營爲最。至其立祠以祀盡節諸公，忠義之氣凛然如生也。

《朝鮮使臣》：「年年年表進勤勞，萬壽千秋拜幾遭。自是天朝聲教遠，前王禮樂足薰陶。」諸外國奉貢職惟謹莫如高麗，一歲之間使者不絶於道，且衣冠禮樂有古風焉。

《蒙古諸王子》：「傍海依山元世垂，都來王室作藩籬。囊經奉佛朝金□，蒙古皆囊經奉佛以行。蟒式歡呼聖壽時。」山海關外四十八家親王、郡王、貝勒、貝子、公等悉皆元代後裔，當日分封於塞外，今乃受爵於本朝。奉正朔，衣服制，世爲婚姻，歲歲接踵來朝，因得安居近塞，爵禄綿遠，蓋亦知畏天奉職以存其宗祀者。「蟒式」之名，乃國朝大典所行歌舞之式，蒙古皆能之。

《俄洛斯》：「短衣窄袖總無嫌，貂鼠尋常鎖帽簷。也向天階同拜舞，歸來自語喜沾沾。」地處極西，過此則纏頭回子國矣。亦一二年間使臣一至，帶來皮張貨物，頗堪適用。其人喜食胡桃等熟物，又每於冬月入冰中洗浴，盛暑時仍戴貂皮暖帽。所謂夏葛冬裘、飲湯飲水全不知也。

《纏頭回子國》：「銅磚爲郭玻瓈城，自古於今姓不更。爲語鄰人休探望，爾家猶有乞憐聲。」在俄洛斯、準噶爾兩國之間，郭以銅磚壘，城以玻瓈砌，郭外行四十八日而始一週，金湯之固概可知矣。其中宫閙之巍峨，衣冠之美麗，寶玩珍器之多，輿馬僕從之盛，實爲西南第一區。歷古今無二主。鄰國之人每有來犯其邊境者，其國君使人謂之曰：「爾國尚有乞丐偷兒，吾不與較也。」亦從不通使於中國，其買賣交易至西寧多壩口而止。

《準噶爾使臣》：「賣得波斯内藏香，來從殿角見冠裳。歸家若説金鑾事，萬國皈依拜法王。」即策妄阿拉布坦國名，居於伊里。其人狡猾而鮮恥，據偏隅以自固。諸蒙古俱降附，而彼猶觀望，但知以逸代勞之説，誘我兵入其彀中，以得其志。然我之不可去，猶彼之不能來，來則盡殺之，如大將軍六額駙一戰大捷是明驗也。今上御極以來，分疆定界，休兵罷戰，修德以俟之。近已通使交易於邊，間有許其來京問安者，彼見其朝儀肅然，但稱大佛天尊，凜凜而退耳。

《西洋人》：「虬髯碧眼性多貪，黄白從來不肯談。只有蒲桃新釀出，嘗他數盞我猶堪。」海外人知憲法，通天文，更精黄白術，到處開點，誘人入教，而終不傳於人。器用雖多，不過奇技淫巧，供玩賞而已，非中國所必需。惟酒味清冽，善飲者可以數杯而醉。至教稱天主，荒唐極矣。驅而遠之，允稱至當。

《喇嘛》：「到處牛羊染血腥，也來百日念番經。怪他兵器多搬弄，那得祈禳及萬靈。」喇嘛一教有黄衣者，如達賴喇嘛等，真修養性，來去明白，寥寥數人而已。有紅衣者，如地母、地藏等，呼風喚雨，遣將驅雷，亦只數人而已。我聖祖仁皇帝常治地母以法，而彼竟無如何也。此以下更不可問。總之諸蒙古信其法而歸其教，紛紛迷惑而莫可救矣。每見其念經作佛事之日，則晨起而飽食牛羊酥酪，到壇則摇鼓丢鈸，打鬼耍叉，駭人耳目，以爲娱樂，都人謂之曰喇嘛戲。外觀如此，其他可知。至其經卷皆西番字，我未之解，試問喇嘛中能解經義者幾人哉？

《哈石馬》：「拖青紆紫拜中書，辭卻蛙居山畔居。石髓金精含已足，鮮珍何必更求魚。」即水雞也。此不在水而在石隙中，皮黑而油珠滿腹，以香糟製之，則油不化，鮮而且肥。關東口外有之。

《江珧柱》：「江珧一柱似搔頭，鮮美真堪薦膳羞。只在春分三五日，争看海月掛帆遊。」其殼如蚌，而一角長舒，只在春分前後三五日間江邊有之，過此則不知所在矣。土人呼爲獨角蠣云。

《大蟹》：「海濱之蟹大耑車，食犬吞獐道路遮。蓋碎膏流憑一擊，居人從此樂生涯。」紅旗街已接海島，海蟹隨潮而上，大者横長丈許，小者亦徑數尺。與犬獐等物遇則張螯而夾之，必折其股。居人素不識其爲何物，見其來也則群驅而避之。余知其爲蟹，令人以石擊之，蓋碎膏流，公子之伎倆窮矣。且煮食之，味至美，至今爲居人添一食品云。

《小蟹》：「公子微軀有性靈，江邊覓食飽居停。因知道在能容物，士若安居國亦寧。」江邊有蠑蛣，蛤之屬也。身止寸餘，腹居一小蟹，身亦分餘。蟹每出遊爲蠑蛣求食也。主能容客，客亦報主，物雖微而情頗慇。推而廣之，養士報者無殊理也。

《遮鱸》：「如雪鱸魚産北江，松花夜夜照魚魟。金虀玉膾無分别，更喜銀腮却兩雙。」江南松江之四腮鱸，古稱佳味，張翰因秋風起而思之，至今膾炙人口，然大不滿尺。若松花江之遮鱸亦四腮，而大以丈尋計。入貢者衣以布，編以荆，耑車而送之，爲上膳之珍。京師市上無有也，惟在塔廠者，俟入貢後問得一二尾，烹而食之，幾忘歸矣。口腹之誤，可勝言哉！

《鱘魚》：「江上閒看百尺鱘，游絲細網浪中擒。四思令伯陳情語，欲見香羹萬里心。」松花江多鱘魚，大者二丈許。漁人以游絲細網横江而截之。鱘魚入網，自愛其身，不敢用大力。漁者幾十人，乘小舟，左右牽網以隨行。施力有重輕，轉動有緩急，至一日夜而魚力竭矣，則順手一拽而起。是罷獘其精力而緩圖以獲之也，不然將有裂網沉舟之禍矣，可不慎哉！先大母嗜此魚，吾父母令人五更即起，至錢唐江一候網得之，以供朝夕之奉。然一尾不過數十觔而已。此六十年前事，今萬里之外，見物而動遊子故鄉之思，黯然銷魂，其何能已。

《梅花田》：「行盡山邊與水邊，浮雲泛梗總徒然。三間茅舍依親墓，萬樹梅花作義田。」余自弱冠來都，壯年出塞，從軍青海、玉門，作客松花、鴨緑。絶域□□，無遠不届。冰天雪窖，無苦不嘗。今年且七十，將終老湖山。三間茅舍，萬樹梅花，有懷欲遂，決計言旋。百篇詩話，已悉浪□梗概，千里風帆，更望歸途景色矣。

（胡頎、劉奕點校）

詩律淺言九章

詩律淺言九章提要

《詩律淺言九章》一卷，據乾隆十四年敬亭山房自刊本點校。撰者郭宗鼎（一六七五—？），字醉唫，安徽宣城人。課徒爲生。此篇乃九首七律論詩詩，自序署乾隆十四年，時已屆七十五歲。九題差勝，然按之内容，則平平無甚見解。其中《聲譽》、《培風》二首，就詩而論，稍見詩功。又《講學》一首中「蓬頭赤脚殷勤記，鶴膝蜂腰仔細吟」二句，「蓬頭」似指「平頭」，「赤脚」似指「上尾」，亦改辭以就詩耳。然觀其句下小注，又不甚明，似非指一般「八病」中之四病。

休休亭上，妙諦俱傳。是是堂中，真詮獨契。風尋味外，神在箇中。鍾氏之品藻猶繁，嚴公之評量未備。一經繡出，可會金針；無俟買來，自嫻玉律。苟從兹以津逮，庶不墮於花迷。乾隆戊辰小春中浣飴齋胡寶瑔拜題。

蓋聞太上立德，其次立功，其次立言。在昔孔子問禮於老子，老子曰：「子所言者，其人與骨皆已朽矣，獨其言在耳。」甚矣夫言之不可不立也。「且君子得其時則駕」，崇勛銘於鼎鐘，嘉謨垂於竹帛，此達者之言也。否則明心性之旨，彰聖賢之教，廣著述以開來學，當不失爲窮者之言也。余生不聰敏，多疾而短於記，未克力學。及長，先之以父母，繼之以祖父母，戚戚居廬，相接踵者十年。耕無田，讀無暇，不獲已，託啓蒙餬口於四方。然雨窗雪夜，寢食於詩，講求博攬，幾五十載。溯乙卯生人以來，歷古稀又五歲矣。嗚呼老矣！其於夙抱，焉能默默已哉？爰以管蠡之見，吟就七律九章，即命之曰《詩律淺言》。方今聖天子承統御世，崇經尚史，凡有關治道人心之書，靡不闡揚而敕序之。大哉言乎，乃於萬幾餘暇，留心篇什，揮毫則睿藻繽紛，欬唾則珠璣錯落。四海傳頌，一道同風，則詩體之振興更有盛焉者也。第恐里巷幼學，狃於近習，汗漫無宗，即捧成文，難以驟解，是以申之以淺言，俾易知易能，會悟而精進之。且由此而敬陳功德，鼓吹休明，悉歸大雅，其不爲習俗民風、歌詠太平之一助歟？言成，適宛平文學朱君珣、韓君紹曾載酒過寓，見而心喜。朱君樂爲書稿，韓君欣然付之梓。嗟嗟！宇宙大矣，名流輩出，不知幾人是我，幾人非我，唯二同人是問焉可爾。

時在大清乾隆十有四年，歲次己巳，花朝前一日，宣城後學郭宗鼎醉唫氏自志。

詩律淺言九章目次

敬亭山房詩律淺言九章

宣城郭宗鼎醉唫

全格

入手從容構莫奇，詩貴開門見山，若開頭留難，恐機反滯澁。相承語意忌支離。承句須脗合，氣方順暢。春秋景物難通用，切莫玉露春淋、嚴霜夏起之類。今古人文不易移。古人宴會吟賞，故事須按時而用，不相移易。若借比，以巧合爲妙。修竹比將君子賦，名花興起美人思。托物比興，大概如斯，緑竹爲君子、名花當美人之類。結收峭拔歸原旨，峭拔則免率筆，仍要不失原旨。對偶珠聯鐵韵揞。對仗工穩，如珠聯璧合。叶韵，昔人謂爲鐵脚，不可生嫩。

切題

斯人斯地斯時節，所謂即事寫景。殿閣書堂休錯題。不可混淆。處士冠裳非豸繡，朝臣心事絶幽棲。行藏坐卧分門類，分門別類，各有景象。城市山林別逕畦。各有道塗，如街巷、村谷之類。句琢字安方蘊藉，昔人謂「吟安五箇字，撚斷數莖髭」，句須修琢而成，方免輕率而有餘韵。勾深索隱反拘泥。不逞性靈、堆砌走險，俱爲固執而不化。

識見

眼界從寬認必真，不得浮泛輕率。閑情畫意兩清新。王右丞詩中有畫。杜句：「清新庾開府。」多方襯貼存規畫，用典借物，須不即不離。少務浮誇染俗塵。浮而不實，誇而枉大，無所取義。三百篇詩經作主，《詩》三百有十篇，孔子截而言之。幾千年事史爲賓。古今是非，具載於史。機圓神足詞壇壯，腹充則詞富。詩：「三十登壇衆所尊。」杜撰無稽是妄人。唐杜光庭凡有制文，必自云杜撰。大方家有言：杜撰者，不特自我作古，謂之杜撰，即六經、諸子前人不用字面，必强搜摘，亦謂杜撰。孟子云：「是妄人也。」

講學

終日群居講究深，孔子云：「群居終日。」詩中諸弊遍搜尋。蓬頭赤脚殷勤記，八句開頭，或二字、或三字相連，謂蓬頭。落尾八句，或二字、或三字相連，謂赤脚。鶴膝蜂腰仔細吟。八句兩頭粘合，謂蜂腰。中間粘合，謂鶴膝。算染虛文稱博士，一首内數目字叠用，謂算博士。顔色字叠用，謂染博士。鬼神名簿表粗心。古人名叠用，謂點鬼簿。若暗中摸索何妨？風晴月露兼花鳥，山水無重絲竹音。如山之峰巒岩岫，水之波浪漲濤，絲則琴瑟，竹則簫笛之類。

人文

識字尤思文氣通，識字辯音，文氣當求通順。小心翼翼始成功。孜孜不倦，不可自足。《詩》云：「小心翼翼。」錙銖必較居門外，孔子云：「自行束脩以上，未嘗無誨。」非然者，叩其兩端而竭焉。凡不得其傳，謂之門外漢。瀟灑無拘入箇中。尋師訪友，交道接禮，方能諄切不倦。又云：「無友不如己者。」若平白來往，何所不可？莫謂別才輕小技，嚴滄浪云：「詩有別才，非關學問。」揚子雲云：「雕蟲小技，壯夫不爲。」須知佳句動名公。歷來以詩干當路者，不一而足。詆譏時事終何益，抒寫情懷貴渾融。激烈意露則淺，傷時忤俗則不正。

疾徐

八叉七步待何如，温飛卿八叉手韵終，曹子建七步成章。擊鉢傳催興味孤。古人擊鉢刻燭傳催，殊少興趣。罕見天才生敏捷，一目十行爲天才。全憑人力實工夫。孔子云：「好古敏求。」杜詩：「古人學用三冬足。」淵源學海深難測，胸中淵博，謂之學海。完整書厨有若無。記誦不能運用，謂之書厨。老愛西崑防獺祭，李義山創西崑體。陸放翁詩：「老來詩體愛西崑。」凡用典不化，則謂獺祭魚。油腔滑調枉歡呼。打油滑稽，每自拍案叫絶，不知貽笑大方。

聲譽

鷓鴣超脱鴛鴦巧，鄭谷詠《鷓鴣》有云：「雨昏青草湖邊過，花落黄陵廟裏啼。」時謂「鄭鷓鴣」。崔珏詠《鴛鴦》三首，亦即謂之「崔鴛鴦」。三影縱横趙倚樓。張子野詞有「雲破月來花弄影」、「隔墻送過秋千影」、「浮萍破處見山影」，時號「張三影」。趙嘏詩「長笛一聲人倚樓」，亦即以此號之。才辯鬼仙通奥妙，唐人謂李太白爲仙才，李長吉爲鬼才。家成大小溯源流。杜子美世稱大家，杜牧之自稱小杜以别之。元推白讓伊誰信，裴相國設宴，坐中楊汝士詩先成，自謂壓倒元、白。王後盧前豈自由。當時人稱王楊盧駱，汝士云：「耻居王後，愧在盧前。」五字長城才子調，劉長卿爲「五言長城」。元微之、白樂天時稱「元白才子」。旗亭佳話勝瀛洲。旗亭，高適、王昌齡、王之涣三人畫壁事。唐太宗時許敬宗等十八學士登瀛洲。

品評

從來貧賤與豐隆，少小行吟便不同。詩以見志。將相規模饒闊大，道僧雲水付虚空。各有命意。郊寒島瘦憑時論，孟郊、賈島。阮達嵇狂有古風。阮籍、嵇康。格調潛移關氣運，如唐詩初、盛、中、晚之類。文心慧巧奪天工。靜則生慧，慧則生巧。

培風

隱几排聯淚未乾，宋人詩：「自從李杜排聯起。」欲疏九派息狂瀾。大禹疏九河。　唐薛能詩有「詩源何代失澄清，是處狂瀾誤後生。長恐道孤吟有淚，每因風壞句無情」之句。五噫莫作梁鴻比，漢梁伯鸞作《五噫歌》。八詠當同沈約觀。南北朝沈休文有八詠樓。入夜推敲常達旦，賈島遇韓公，以「僧推月下門」、「僧敲月下門」二字相質。經年贈答共謀歡。李陵、蘇武互相贈答。錚錚名輩知多少，觸類旁通化萬端。

西圃詩説

西圃詩説提要

《西圃詩説》一卷，據乾隆間刊《田氏叢書》本點校。撰者田同之（一六七七—一七五一後），字在田，一字彦威，號西圃，田雯長孫，故又號小山薑。山東德州人。康熙五十九年舉人，官國子監助教。有《西圃文説》等。此書之作，自序謂乃繼家學、振門風，然家學外又服膺王漁洋。而於兩家之異，亦非不能識。如分别以先王父繼杜、蘇，以漁洋公繼王、孟，「新城、德州有名家、大家之分」，而並譽之。然究其實，通篇主微妙藴蓄，重唐輕宋，又以宗唐而於明詩頗致恕詞，引七子王世貞等爲同調，是皆偏於漁洋一路，而與乃祖稍隔。篇中引他家語甚多，或標出處，或不標出處，繼申之以己見，自序「因他人之説以立吾之説，即以吾之説而印他人之説」，固已預爲説明矣。此篇未明寫作時間，似非作於晚年，姑置於此。

西圃詩説自序

説詩者衆矣，至今日而説詩，亦戞戞乎其難矣。蓋家持一説，雅鄭雜陳，徒自嘵嘵，以啓其齟齬之釁，附會之弊，則説之何如其已也？予又安得以有説也？然而予之不得已於説者，其故有三。今夫詩，譬猶水陸矣，江河川瀆，各派也，而萬匯來朝則有宗；秦、楚、齊、梁，各境也，而四方會同則有極。南轅北轍，泛濫横流，幾何不嘆望洋而悲歧路乎？是不得已於説。且吾家事也，念我先公尋源創啓，主騷壇者數十年，垂之家法，其不絶僅如綫耳，門風不繼，誰之咎耶？又不得已於説。矧余承藉家學，幾經甘苦，雖不副小同之實，而孤竹老馬，猶堪識路，泯前踪而迷後蹟，非所敢也。更不得已於説。此所以説其可説，并説其不可説。因他人之説以立吾之説，即以吾之説而印他人之説也，又安得以無説也？西圃小山薑田同之自序。

西圃詩説序

詩道之所以日蕪而迄無所底者，則以説詩者誤之也。夫運會遷流，風雅遞變，而正法眼藏，要必以大雅爲宗，以寄興爲主，委婉深摯，以無失乎温柔敦厚之旨，而後可以謂之詩。而説詩者，或以爲是不足以見才而炫俗也，於是别立門户，以尖巧爲新異，以詭特爲奇闢，以襞績故實爲博奥，一唱百和，靡然成風，沿至於今，弊斯極矣！夫失之愈遠則返之愈難，而返之無術則失將愈甚，此吾友西圃《詩説》之所爲作也。西圃爲司農山薑先生長孫，家學淵源，薪傳有自，而又好學深思，以力充其所至，故其爲是説也，上下古今，莫不有以究其指歸而别其僞體。品第則開、寶之是遵，意旨則希聲之爲準，而前哲之緒論微言，其有妙合三昧者，又不惜别擇而表出之，以爲指南。蓋欲學者祛下劣之詩魔而返諸正法眼藏者，至於如此，斯其心至苦而志已勤矣。然則居今日而欲爲風雅一途，迴既倒之狂瀾而砥柱中流也，舍是説其誰屬哉？雖然，西圃之爲是説，固將以正説詩者之誤也；而説詩者又或以其説爲誤，是更相笑也，其又焉正之？而吾謂不然。夫趨舍無憑而是非有定，學者苟觀是説而恍然其有悟焉，則詩道之日蕪而迄無所底者，安知其不自是而有瘳也哉！是西圃之志也，而是説之爲功則大矣。

淄川張元序。

西圃詩説

濟南小山董田同之

詩之道，有根柢焉，有興會焉。鏡中之花，水中之月，羚羊挂角，無迹可尋，此興會也。本之《風》、《雅》以導其源，泝之《楚騷》、漢魏樂府以達其流，博之九經、三史、諸子以窮其變，此根柢也。根柢原於學問，興會發於性情。

興寄深微，五言不如四言，七言又其靡也，況使束於聲調俳優哉？

詩有五聲，全備者少，惟得宫聲者爲最，蓋可以兼衆聲也。

樂府音節至唐已失，即《樂府解題》亦在影響之間，宜歷下謂唐以後不必立樂府名色也。

漢、魏而下，五古之響寂矣，六朝至初唐，止可謂之半格。

《柏梁》爲七言歌行之祖，人知之矣，而不知創體要以拙勝也。

古今體各有規製，各有避忌，然不熟讀古詩，未有能精於律者，觀老杜之詩自見。

唐律由初而盛，由盛而中，由中而晚，時代聲調，故不可同。然亦有初而逗盛，盛而逗中，中而逗晚者。學者固當嚴於格調，然必謂盛唐人無一語落中，中唐人無一語入盛，則亦固哉其言詩矣。

五七絶句，古詩樂府之遺也，意旨微茫，無餘法而有餘味。而世俗竟以截律句爲言，是但見龍門、大伾，而豈知崑崙、岷山之有所自耶？

晚唐七絶，衆稱其妙，且有欲勝盛唐之説。殊不知絶句覺妙，正是晚唐未妙處；其勝盛唐，乃其所以不及盛唐也。

師《三百篇》庶近於漢，師魏、晉乃幾於唐，未有師宋、元而翻合群雅者。譬彼泛舟然，泝洄者不若泝游之便，必欲逆流以上，吾知鼓柁之匪易矣。

聲情並至之謂詩，而情至者每直道不出，故旁引曲喻，反覆流連，而隱隱言外，令人尋味而得。此風人之旨，所以妙極千古也。

渾然不露者，元氣也。而有句可摘，則元氣漸泄矣。詩運之升降，正在於此。

詩歌之道，天動神解，本於情流，弗由人造者是也。故中有所觸，雖極致而不病其多；中無可言，雖不作亦不見其少。

効古人詩，要須神韵相通，不必於聲句格套中求似。如擬《十九首》並蘇、李等詩，皆優孟衣冠也。

吾於趙璧彈五絃而悟詩道焉。其言曰：「吾之於五絃也，始則心驅之，中則神遇之，終則天隨之。吾方浩然，眼如耳，耳如鼻，不知五絃之爲璧，璧之爲五絃也。」

詩本上妙，非一空魔障，終無自己把捉處。轉《法華》不爲《法華》轉，要須識得妙蓮花耳。

唐楊巨源《僧院聽琴》詩：「禪思何妨在玉琴，真僧不見聽時心。離聲怨調秋堂夕，雲向蒼梧湘水深。」此詩家三昧也，然祇可爲解人道耳。

人握夜光，途遵上乘，是已，然須深造之，自得之。深造之力微，則不免邯鄲之步；自得之趣寡，又安望合浦之還？

局方切理，蒐事配景，最是詩家之弊。然革斯弊者，什不得一焉。詩道其難乎！

嚴滄浪「羚羊挂角，無跡可尋」，司空表聖「不着一字，盡得風流」之説，唯李太白「牛渚西江夜」、孟襄陽「挂席幾千里」二首與沈雲卿《龍池樂章》、崔司勳《黄鶴樓》詩足以當之，所謂逸品是也。

情景妙合，風格自上，不爲古役，不墮蹊徑者，最也。隨質成分，隨分成詣，門户既立，聲實可觀者，次也。或名爲閏繼，實則盜魁，外堪皮相，中乃膚立，以此言家，久必敗矣。

蘇、李之詩長於高妙，曹、劉之詩長於豪逸，陶、阮之詩長於沖澹，謝、鮑之詩長於俊潔，徐、庾之詩長於藻麗，而兼之者其惟杜乎？

「陳、杜濫觴之餘，沈、宋始興之後，傑出於江寧，宏肆於李、杜，極矣。右丞、蘇州趣味澄夐，若清沇之貫達。大曆十數公，抑又其次。至元、白，力勍而氣孱，乃都市豪估耳。劉夢得、楊巨源亦各有勝。劉得仁時得佳致，亦足滌煩。賈浪仙誠有警句，觀其全篇，意思殊餒，大抵附於寒澀，方可致才，亦爲體之不備也。」表聖之論，卓有見地，宜其一鳴於晚唐也。

太白詩以氣爲主，以自然爲宗，以俊逸高暢爲貴。子美詩以意爲主，以獨造爲宗，以奇拔沉雄爲貴。咏之使人飄揚欲仙者，太白也；使人慨慷激烈、歔欷欲絶者，子美也。

古人作詩，先有題而後有詩，未有詩成後以題强肖者。故説來雖極平淡，無不入妙，蓋與題有關，是即聲情並至也。今人但觸物造句，雖極警拔，而前後强湊，漫無指歸，即强置一題，究屬不合耳。

不微不婉，徑情直發，不可爲詩。一覽而盡，言外無餘，不可爲詩。美謂之美，刺謂之刺，拘執繩墨，不可爲詩。意盡於此，不通於彼，膠柱則合，觸類則滯，不可爲詩。知此四者，始可與言詩矣。

古人詩意在言外，故從容不迫，藴蓄有味，所謂温厚和平也。若劍拔弩張，無所不至，祇自形其横俗之態耳，何詩之有？

轡公主法慶寺十五年，煆煉鉗錘，刮骨見髓，如獅子搏象兔，必用全力；如醍醐甘露，灌頂沁心；如鐵壁銀山，不可梯傍。學詩者宜悟此境界，宜有此堅貞。

詩中俚語，蓋無所不盡，匪直淺俗也。彼鄭聲淫，其聲固在，至於詞之俚，則無所不盡。並其聲而亡之，風雅委地矣。

華容孫世其謂新進學詩者，必須先服巴豆雷丸，下盡胸中程文策套，然後以《楚辭》、《文選》爲冷粥補之，始可語詩。此真俗學對症之藥。

山川草木，花鳥禽魚，不遇詩人，則其情形不出，聲臭不聞。詩人之筆，蓋有甚於畫工者。即如雪之艷，非左司不能道；柳花之香，非太白不能道；竹之香，非少陵不能道。詩人肺腑，自别具一種慧靈，故能超出象外，不必處處有來歷，而實處處非穿鑿者。固由筆妙，亦由悟高，彼鈍根人，烏足以知此。

詩有真僞，分别正須具眼。不然百寶帳、千絲網，五色迷離，幾何不被人瞞過。

鳳洲、滄溟論盧次楩云：「盧是一富賈胡，群寶悉聚，所乏陶朱公通融出入之妙。」以此知詩之爲道，别有化裁，區區書簏，恐不足道也。

《秋興八首》，章各有意，妙難言罄，似非後人所可增減者。而鍾、譚直斥之，盧德水先生《杜詩胥鈔》輒删去二首，毛西河《唐律選》又删去三首，殊難測其意旨。

詩之爲道，非造微不足以名家。故唐人皆盡一生之力而爲之，至於字字皆練，得之甚難，但患觀者滅裂，則不見其工耳。爲之難，知更不易，其信然哉！

詩非無爲而作，情因景生，景隨情變，感觸之下，即淡語亦自有致。彼無情之言，縱懸幡擊鼓，亦安能助其威靈哉？況掇拾事物以湊好句者，則又卑卑不足道矣。

詩有字字皆是無瑕可指，語音亦澹麗，但細論無功；景意總全，一讀便盡，無可諷咏。此類最易爲人激賞，乃詩之《折楊》、《黄華》也。譬如三館楷書，作字不可謂不工，求其佳處，到死無一筆，此病最難爲醫也。

詩中平澹處，當自絢爛中來。今人以枵腹作俗淺語，而自以爲平澹，且以歇後語爲言外意者，寧不令識者代其入地！

神韵超妙者絶，氣力雄渾者勝，元輕白俗，皆其病也。然病輕猶其小疵，病俗實爲大忌，故漁洋謂初學者不可讀樂天詩。

詩以自然爲至，以遠造爲功。才智之士，鏤心劌目，鑽奇鑿詭，矜詡高遠，鏟削元氣，其病在艱澀。若藉口渾淪，脱手成篇，因陳襲故，如官庖市販，咄嗟輻輳，而不能驚魂駴目，深入人肺腸，寢就淺陋，其病反在艱澀下。

律細格老，與年俱進，皮毛脱落，乃見真實。作詩而多蕪音累氣，皆由浮膔未盡耳。

詩尚新雅，然能以故爲新，以俗爲雅，尤其不易得者。

作詩必使老嫗能解固不可，然必使士大夫讀之不解，亦又何耶？

詩家有樂作俗淺語以爲高妙者，皆因「尋常言語口頭話，便是詩家絶妙詞」二語誤之。然此等空空，不知萬卷爲何物者，其害猶淺。至於自負理學，必用語録入詩者，真是不可救藥也。

詩有句含蓄者，如老杜句「勳業頻看鏡，行藏獨倚樓」，鄭雲叟句「相看臨遠水，獨自上孤舟」是也。有意含蓄者，如杜牧之宫詞云：「銀燭秋光冷畫屏，輕羅小扇撲流螢。天階夜色涼于水，坐看牽牛織女星。」有句意俱含蓄者，如老杜《九日》云：「明年此會知誰健？醉把茱萸仔細看。」王龍標宫怨詩云：「玉顔不及寒鴉色，猶帶昭陽日影來。」是也。

錢考功詩「長信月留寧避曉，宜春花滿不飛香」，于晴雪妙極形容，膾炙人口。其源得之初唐，然從初唐竟落中唐，了不與盛唐相關。何者？愈巧則愈遠。

唐人句如「一千里色中秋月，十萬軍聲半夜潮」，「蝴蝶夢中家萬里，杜鵑枝上月三更」，「深秋簾幕千家雨，落日樓臺一笛風」，人争傳之。然一覽便盡，初看整秀，熟視無神氣，以其字露也。若杜陵句，雖間有拙累處，而更千百世亦無有能勝之者，要無露句耳。

《長慶集》易於模倣，究非雅宗。如唐伯虎，則尤《長慶》之下乘者。

今人作詩必入故事，有持清虚之説者，謂盛唐詩即景造意，何嘗有此。是則然矣，然病不在故事，顧所以用之何如耳。善使故事者，勿爲故事所使，有而若無，實而若虚，可意悟不可言傳，可力學得不可倉卒得也。宋人使事最多而最不善使，故詩道衰。獨有明詩人能越宋而繼唐者，正得使事三昧耳。

大抵宋人務離唐人以爲高，而元人求合唐人以爲法。究之離者不能終離，而合者豈能悉合乎？詩中無所爲奇，即有奇可矜，亦遇物而見。猶夫三江五湖，平漫千里，因風石而奇耳，豈强造哉？李長吉詩有奇句，盧仝詩有怪句，好處自别。若劉叉《冰柱》、《雪車》詩，殆不成語，不足言奇怪也。

子瞻云：「學詩當以子美爲師，有規矩，故可學。退之於詩本無解處，以才高而好爾。淵明不爲詩，寫其胸中之妙爾。學杜不成，不失爲工。無韓之才與陶之妙而學其詩，終爲樂天爾。」此論微妙，足爲千古典型。

後人詩句多有似襲前人者，大抵神與境合，遂爾觸筆，不覺偶同。亦有於增損之間，用意尤精，如李嘉祐詩「水田飛白鷺，夏木囀黄鸝」，而右丞加以「漠漠」、「陰陰」字，更覺精神飛越，豈盡得以襲取歸咎耶？

詩有題不同而各相稱，派不同而均相敵者，甚不可以優劣較，所謂離之則雙美，合之則兩傷也。當分觀之。

詩之妙，在一字兩字工夫。然一字兩字，不惟在學問見解，而一時之心思興會，亦有到有不到，推敲之間，殊難把捉矣。

「詩之聲律，至唐始成，然亦多原六朝旨意，而造語工夫，各有微妙。何遜《入西塞》詩：『薄雲巖際出，初月波中上。』至少陵《江邊小閣》則云：『薄雲巖際宿，孤月浪中翻。』雖因舊而益妍，類獺髓補痕也。」《西清詩話》云云如此。以予論之，「出」與「上」，「宿」與「翻」，四字各有意會，各有見地，所謂同而不同，並不可以言優劣。且杜句着力，而何句乃在有意無意之間，識者自得之。

古人爲詩，意在言外，使人思而得之。唐代詩人，唯子美最得詩人之體。如「國破山河在」，明無餘物矣；「城春草木深」，明無人矣。花鳥平時可娱之物，見之而泣，聞之而恐，則時可知矣。

詩之妙處無他，清空而已。然不讀萬卷，豈易言清？不讀破萬卷，又豈易言空哉？杜詩云：「讀書破萬卷，下筆如有神。」「神」者，清空之謂也。而「清空」二字，正難理會。

或問唐相國鄭綮近爲新詩否？曰：「詩思在灞橋風雪中驢子上，此處何以得之？」旨哉斯語，足見詩境之清，詩思之苦。元遺山詩「情知春草池塘句，不到柴烟糞火邊」，即此意也。

王龍標、高達夫、王并州偕飲旗亭，伎歌三人絶句，至「黄河遠上」篇，并州自贊，二公亦皆帖服。若今人則各不相下矣。何者？音外之音，味外之味，正自索解人不得也。

謝朓《酬王晉安》詩：「南中榮橘柚，寧知鴻雁飛。」後人不解此句之妙。晉安，即閩泉州也。「南中榮橘柚」，即諺云「樹蠻不落葉」也。「寧知鴻雁飛」，即諺云「雁飛不到處」也。樹不凋，雁不到，本是瘴鄉，乃以美言之，此是隱句之妙。

韋縠《才調集》，未免雅鄭同陳，而馮定遠批本，又近於拘俗，幸漁洋先生删爲善本，誠韋氏之功臣也。

義山《錦瑟》詩，拈首二字爲題，即《無題》義，最是。蓋此詩之佳，在一絃一柱中思其華年，心思紊亂，故中聯不倫不次，没首没尾，正所謂「無端」也。而以「清和適怨」傳之，不亦拘乎？

晚唐人詩「藥杵聲中擣殘夢，茶鐺影裏煮孤燈」，與宋人詩「緑攪寒蕪出，紅争暖樹歸」，句非不工而語意俱盡，殆纖巧而非大雅者。然如老杜之「樹濕風涼進」與「殘生逗江漢」，「逗」字「進」字未嘗不生新，而不傷大雅。益見三唐、兩宋有不可假者，此千里毫釐之所以别也。

宋詩深，却去唐遠；元詩淺，去唐却近。

王荆公少以意氣自負，故詩語惟其所向，不復更爲含蓄。後爲群牧判官，從宋次道家盡假唐人詩集，博觀約取，晚年始得深婉不迫之趣。以此見唐人尚有《三百》遺意，而非法唐人，亦終不合正軌。彼後人沉溺宋詩，矜新趨異，翻毁唐人爲不足學者，直是不曾夢見也。

雪詩，漁洋先生以陶淵明「傾耳無希聲，在目皓已潔」，及祖咏「終南陰嶺秀」，王右丞「灑空深巷静，積素廣庭閒」，韋左司「門對寒流雪滿山」爲最。予以爲繼此者，僅有鄒平張蕭亭實居「流水無聲山皓然」句，可稱絶唱，不讓古人。

梅花詩，東坡「竹外」七字及和靖「雪後」一聯，自是象外孤寄。若唐釋齊己「前村風雪裏，昨夜一枝開」，明高季迪「流水空山見一枝」，不落刻畫，亦堪並響。

唐人牡丹詩，以李正封「國色朝酣酒，天香夜染衣」二語爲佳，後代名句罕見。惟明太僕孫緒「分來天上香猶在，欲問洛陽春幾何」，脱盡俗塵，獨標超異。

《竹坡詩話》：「東坡晚年在惠州作《梅花》詩云：『紛紛初疑月挂樹，耿耿獨與參横昏。』此語一出，和靖『暗香』、『疎影』之句索然矣。」又稱「張文潛『調鼎當年終有實，論花天下更無香』，雖未及東坡高妙，然猶可使和靖作衙官」。又云「胡司業份『絶艷更無花得似，暗香唯有月明知』，亦自奇絶，使醉翁見之，未必專賞和靖」等語，大是不解。東坡「紛紛」、「耿耿」句，未是絶作，至張、胡句，更復了不異人，安見在「暗香」、「疎影」之上？且置却東坡「竹外」七字而於此是取，不唯難服和靖之心，亦且大拂東坡之意。妍媸騃昧，烏足言詩。

楊升庵云：「梅花詩被宋人做壞，令人見梅枝可憎而香影無味，安得誦劉方平詩及梁元帝、徐陵、陰鏗諸咏，一洗梅花之辱乎！」余謂不然，「雪後園林纔半樹，水邊籬落忽横枝」，又「竹外一枝斜更好」，非宋人詩乎？亦何得一概抹殺耶？

王元美論梅花詩云：「『疎影』、『暗香』二句，景態雖佳，已落異境，是許渾至語，非盛唐語。」良是。蓋二句原本南唐江爲作，僅易「竹」、「桂」二字爲「疎」、「暗」耳。又云：「老杜『幸不折來傷歲暮，若爲看去亂鄉愁』，風骨蒼然。其次則李群玉『玉鱗寂寂飛斜月，素艷亭亭對夕陽』，大有神采，足爲梅花吐氣。」以余觀之，老杜二語，别有寄托，似難專論。至群玉句，雖有神采，詎能超出象外耶？且二語移之咏梨花，亦未爲不可。

漁洋論梅花詩曰：「如高季迪『雪滿山中高士卧，月明林下美人來』，亦是俗格。」余初閱之，不甚深知。及觀唐釋齊己《風騷旨格》云「下格用事」，方曉暢此旨。然今之詩人，恐不免以下爲上矣。

李賀《新笋》詩：「斫取青光寫楚辭，膩香春粉黑離離。無情有恨何人見？露壓烟啼千萬枝。」汗青寫《楚辭》，既是奇事，「膩香春粉」，形容竹尤妙，但結句以情恨咏竹，似覺不類。故不若陸龜蒙《咏白蓮》詩：「素蘤多蒙别艷欺，此花端合在瑶池。無情有恨何人見？月曉風清欲墮時。」可爲白蓮傳神也。雖第三句相同，實非蹈襲，蓋着題不得避耳。勝棋所用，敗棋之着也；良庖所宰，族庖之刀也，而工拙則相遠矣。

李太白《子夜吴歌》：「長安一片月，萬户擣衣聲。秋風吹不盡，總是玉關情。何日平胡虜，良人罷遠征？」余竊謂删去末二句作絶句，更覺渾含無盡。

杜荀鶴「承恩不在貌，教妾若爲容」一律，王元美以爲去後四句作絶句乃妙，其言當矣。至謂柳宗元《漁翁》一首，東坡不合欲去末二句，愚竊惑之。此首至「欵乃一聲山水緑」一句，恰好調歇，删去末二句，言盡意不盡，何等悠妙？何等含蓄？豈元美于斯未嘗三復耶？

林和靖梅詩：「疎影横斜水清淺，暗香浮動月黄昏。」《葦航紀談》云：「『黄昏』以對『清淺』，乃兩字，非一字也。『月黄昏』，謂夜深香動，月爲之黄而昏，非謂人定時也。蓋晝午後陰氣用事，花房斂藏，夜半後陽氣用事，而花敷蕊散香，凡花皆然，不獨梅也。」其解固是，然和靖以此咏梅，愚意以爲不甚允協。蓋南唐江爲已先有句云：「竹影横斜水清淺，桂香浮動月黄昏。」細玩其情形理致，殊覺一字難移，恰是竹桂。即就「月爲之黄而昏」一解論之，亦自是桂花，不是梅花。而古今誦之，不辨未詳耶？抑附和盛名耶？吾不能無問然矣。

宋詩中黄魯直不免於生强，陸務觀不免於滑易，范致能之縟且弱，楊萬里、鄭德源之鄙且俚，劉潛夫、方巨山之意無餘而言太盡，此皆不成乎鵠者也。尤而効之，是何異越人之學遠射，參天而發，適在五步之内也。

宋、元詩味薄，亦有數家可觀者，終是排布處多，含蓄處少，風氣囿人如此。

弇州云：「詩格變自蘇、黄，黄意不滿蘇，然故不如蘇也。何者？愈巧愈拙，愈新愈陳，愈遠愈近耳。」數語直中詩家之款。

子瞻、魯直、介甫三家古今體，無不從老杜來，但所謂差之毫釐，謬以千里耳。骨格既定，宋詩亦不妨看。

熊蹯鷄跖，筋骨有餘，而肉味絶少，好奇者不能舍之，而不足以厭飫天下。山谷詩大抵如此，細咀嚼之自見。

楊廷秀學李義山，惟覺鄙碎。陸務觀學白樂天，更覺直率。概之唐調，皆有所未協也。

唐人不言詩法，詩法多出宋。而宋人所謂法者，不過一字一句，對偶雕琢之工，而天真興致，則未可與道。其高者失之捕風捉影，而卑者坐於黏皮帶骨，至於江西詩派極矣。唯嚴滄浪所論，超離塵俗，真若有所自得，反覆譬説，未嘗有失。

宋丁謂在珠厓，有詩近百餘篇，號《知命集》。其中有「草解忘憂憂底事？花能含笑笑何人」，詩話以爲警句。予直以爲呆語耳，不知其警處安在。

梅花詩，在漢、晉未之或聞，自宋鮑照以下，僅得十七人，共二十一首。唐詩人雖多，而杜少陵才二首，白香山四首，元微之、韓退之、柳子厚、劉夢得、杜牧之各一首，其餘不過一二，如李翰林、韋左司、孟東野、皮日休並無一篇。至宋代方盛行，究其佳者，亦僅林和靖、蘇東坡數首數句耳，何至程祁、陳從古、周必大等，動輒千首，亦甚不自量矣。

嘗聞之昔人所稱廣大教化主者，于長慶得一人曰白樂天，于元豐得一人曰蘇子瞻，于南渡得一人曰陸務觀，爲其情事景物之悉備也。然王鳳洲列之于詩家正宗之外，亦千古卓識哉。

有明之詩，洪武初高季迪、袁可潛一變元風，首開大雅，卓乎冠矣。二公而下，又有林子羽、劉子高、孫炎、孫蕡、黄元之、楊孟載輩羽翼之。永樂之末至成化之初，則微乎藐矣。弘治間文明中天，古學焕日，藝苑則李懷麓、張滄洲爲赤幟，而和之者多失于流易；山林則陳白沙、莊定山稱白眉，而識者皆以爲旁門。至李、何二子一出，變而學杜，壯乎偉矣。然正變雲擾而剽襲雷同，比興漸微而風騷稍遠。迨嘉靖初，稍稍厭棄，更爲六朝之調，初唐之體，蔚乎盛矣。而纖艷不逞，闡緩無當，作非神解，傳同耳食，又不免物議於後矣。豈非時代爲之哉。

萬曆以來，公安袁氏兄弟欲矯嘉靖七子之弊，意主白、蘇，降而楊、鄭，其詞其志，未大有害也。竟陵鍾氏、譚氏從而甚之，專以僻澀詭譎是尚，斯害有不可言者。于時秦有文天瑞，越有王季重，閩有蔡敬夫，争相効尤，變而益下，可謂風雅之刼運矣。

今之言詩者，多棄唐主宋，下取蘇、黄、楊、陸之體製，而又遺其神明，獨拾瀋滓，無怪乎高者肆而下者俚，博者縟而約者疎，一切麄厲、噍殺、生澀、平熟、俗直之音，瀰漫於聲調間也。是可慨夫。

吾輩作詩，即不能力追大雅，決不可襲噍聲以墮惡道。

踵竟陵之習者，瘦寒枯澀；沿七子之風者，雷同膚蜕。而高明之家，至欲别標新幟，厭三唐而右兩宋，護皮、陸而黨蘇、黄，波之靡也，其去詞曲，曾不能以寸，詩之弊亦極矣。即有力排僞體，希復正宗，而車薪盃水，難滅秦炙，一傅衆咻，反歸楚語，爲之奈何！故一二自好之士，晰釐割毫，銓精播義，寧獨清於舉世皆濁之日，要亦自行其所是已爾。

今人粗學拈韵，便神厲九霄，志凌千載，自吟自賞，不覺更有旁人者，固自狂妄，究屬無知耳。

《許彦周詩話》：「長江大河，飄沙卷沫，枯槎束薪，蘭舟繡鷁，皆隨流矣。珍泉幽澗，澄澤靈沼，無一點塵滓，只是體不似江河耳。」漁洋曰：「由前所云，唯杜子美、蘇子瞻足以當之；由後所云，則宣城、水部、右丞、襄陽、蘇州諸公皆是。」其言韙矣。然以今日論之，足繼杜、蘇二公者，唯我司農先王父；足繼王、孟諸公者，唯阮亭司寇公而已。當代稱詩者，亦嘗云新城、德州，有名家、大家之分。

昌黎遺賈浪仙詩：「孟郊死葬北邙山，日月星辰頓覺閒。天恐文章終斷絶，再生賈島在人間。」漁洋遺趙怡齋善慶詩：「自失馮逡五見秋，腹悲三度過陵州。山川不遺英靈盡，又見清吟趙倚樓。」全脱胎昌黎，然而青于藍矣。

先司農詩本工部，變化無方。如《盆梅》一律：「老鐵一椿圍四寸，橫枝三五尺餘强。人與梅花太冷淡，天教明月來商量。林逋原在山中卧，何遜曾爲水部郎。袖手我無吟賞法，武夷茶臼火新香。」微妙處全從《江上值水如海勢聊短述》篇得來，然而人莫能窺，蓋神似非形似也。

錢牧翁《題石厓秋柳小景》云：「刻露巉巖石骨愁，兩株風柳曳殘秋。分明一段荒寒景，今日鍾山古石頭。」大抵寓意弘光南渡事，次句直是畫出馬、阮，妙不容説。漁洋公和句云：「宫柳烟含六代愁，絲絲畏見冶城秋。無情畫裏逢摇落，一夜西風滿石頭。」情景無限，神韵悠然，自堪並垂不朽。然別以詩派，則牧翁宋調，漁洋唐響矣。

李太白過武昌，見崔司勳《黄鶴樓》詩，嘆服之，遂不復作。王漁洋見先王父《歷下亭》古詩與《桃花扇》絶句，亦不復作。蓋絶唱難繼，寧擱筆不落人後也。大詩人往往如此。

凡詩人作語，要令事在語中，而人不知。杜詩「五更鼓角聲悲壯，三峽星河影動摇」，蓋暗用《史記・天官書》「天一、鎗、棓、矛、盾動摇，角大，兵起」之語，而語中有用兵之意。詩至此誠爲工矣。我先公《題吕芝房鐵庵》詩有句云：「離奇柳樹嵇中散，窈窕梅花宋廣平。」人皆以爲寫景之工，殊不知暗用兩「鐵」字在内，確切典雅，直是事在語中而人不知者，其工妙可與少陵相逼。

詩中篇無累句，句無累字，即古人亦不多覯。唯阮亭先生刻苦於此，每爲詩，輒閉門障窗，備極修飾，無一隙可指，然後出以示人，宜稱詩家，謂其語妙天下也。

前人論詩主格者、主氣者、主聲調者，而漁洋先生獨主神韵。「神韵」二字，可謂放出三昧，直足千古。

竊見數十年來之言詩者，同異相軋，去之愈遠，宗鍾、譚者破碎，宗七子者囫圇，有衣冠而無運動，爭體面而乏神明。若求真詩，别有本末，似且宜堆壁覆瓿，以俟斲輪於甘苦之外者知之。

詩派不一，而詩人亦因之各成家數，有專家者，有兼及者。如三唐之人，各成一家，無不可指而名之。惟老杜聲音格律，克集大成，則無所不有，故中、晚、宋、元皆得從中分其一體，特學之不善，頓成流弊耳。今之皮相者，强分唐、宋，如觀漁洋司寇詩則曰唐，且指王、孟以實之；觀先司農詩則曰宋，且指蘇、陸以實之。殊不知《山薑》一集，原本少陵，以才雄筆大，自三唐以及兩宋，無所不包，千變萬化，終自成一家言，亦所謂集大成者。雖《論詩絶句》有云「老來白陸最相宜」，然自有微意，觀首二句「琢肝鉥腎費尋思，攤飯澆書病不支」，亦略見一斑矣。何得一概目之爲宋詩乎？是不啻汪比部蛟門云：「吾師阮亭亦宋詩也。」又豈其然乎？